BASTEI LÜBBE

KN!

Madeleine Brent

Die Tochter des Magiers

Ins Deutsche übersetzt von Doris Zimmer

BASTEI
LÜBBE

BASTEI-LÜBBE-TASCHENBUCH
Band 17 067

1. Auflage 1982
2. Auflage 1984

Die Originalausgabe erschien 1979 unter dem Titel
THE CAPRICORN STONE
bei Souvenir Press Ltd., London

Lizenzausgabe: Gustav Lübbe Verlag GmbH, Bergisch Gladbach
Printed in Western Germany 1984
Einbandgestaltung: Wolfgang Lauter
Titelfoto: Bavaria
Gesamtherstellung: Ebner Ulm
ISBN 3-404-17067-9

Der Preis dieses Bandes versteht sich einschließlich
der gesetzlichen Mehrwertsteuer

1

Solange ich mich zurückerinnern kann, hat meine Mutter beinahe jede Woche düstere Vorahnungen gehabt und irgendwelche Katastrophen prophezeit. Ihre Ahnungen waren immer undeutlich gewesen, und nie konnte sie die drohende Katastrophe beim Namen nennen. Deshalb war es seltsam, daß sie in der Woche, bevor die beiden Männer von London nach Latchford Hall kamen, nicht von einer bösen Ahnung sprach. Denn mit diesen beiden Männern brach plötzlich ein schreckliches Unheil herein, das unsere Familie vernichten sollte und mein Leben in einer Weise veränderte, wie ich es nie für möglich gehalten hätte.

An dem heißen Julinachmittag, als die beiden in unser Haus auf der leichten Anhöhe am Dorfrand von Wynford kamen, saß ich gerade drei Kilometer entfernt – dort wo die Heide beginnt – vor dem Häuschen des alten Tom Kettle in der Sonne. Ich kritzelte müßig mit meinem Bleistift über den Skizzenblock, während Tom ein großes Stück Ulmenholz für seine Pumpe mit einem eisernen Meißel bearbeitete. Ab und zu blickte ich von meinem Zeichenblock auf und tat so, als schaute ich angestrengt in den fleckenlos blauen Himmel, der an diesem Tag für meine Zwecke viel zu klar war. Wenn Fräulein Foster dabeigewesen wäre, hätte sie mich wegen meiner gerunzelten Brauen bestimmt ausgeschimpft, obwohl ich doch jetzt schon einundzwanzig war. »Ein übertriebenes Minenspiel schickt sich nicht für Damen, Miss Bridie.« Seit ich alt genug war, ihn zu verstehen, hatte ich diesen Satz immer wieder von ihr gehört. Aber aufgegeben hatte ich meine Gewohnheit deshalb nicht. Was mich auch bewegte, Überraschung oder Verwirrung, Freude oder Furcht, in meinem Gesicht zeigte sich alles immer nur zu deutlich.

Dabei hatte Fräulein Foster sich sehr viel Mühe gegeben. Und genauso zwei Gouvernanten und meine Lehrer im Internat.

»Grinsen Sie nicht so, Miss Bridie!«

»Wenn du deine Augenbrauen noch mehr hochziehst, junge Dame, dann fallen dir bestimmt die Augen aus dem Kopf.«

»Um Himmels willen, Kind, lach doch aus etwas weniger vollem Herzen!«

»Verzieh doch dein Gesicht nicht gar so schmerzvoll, Kleine. Schließlich schreibst du nur eine französische Übersetzung.«

Vielleicht habe ich mir eben keine Mühe gegeben. In der Schule – und jetzt auf dem College – schienen mich meine Klassenkameraden amüsant zu finden, und genau das wollte ich. Ich würde nie hübsch genug sein, um wegen meines Aussehens bewundert zu werden, noch so klug, daß man mich wegen meines Verstandes respektierte, und so mußte ich damit zufrieden sein, meine Umwelt zum Lachen zu bringen, auch wenn es nicht immer nur freundliches Gelächter war. Aber wenigstens konnte ich Bernard dazu bringen, mit mir lustig zu sein, anstatt mich auszulachen. Und das war mir wichtiger als alles andere, denn Bernard Page, ein vielversprechender junger Architekt aus Lowestoft, war mein Verlobter, und im nächsten Sommer würden wir heiraten.

Ich sah von meiner Skizze auf und studierte das fast erntereife Getreidefeld jenseits des kleinen Hauses. Ich überlegte, wie ich die vielen eingestreuten Mohnblumen in meiner Zeichnung treffen konnte. Hellrot auf Goldgelb würden sie dem Pächter bei der Ernte bestimmt keine Freude machen, nur für das Auge waren sie wundervoll. Feld und Haus gaben jedoch nur den Hintergrund auf meiner Skizze ab. Das Hauptmotiv aber war Tom Kettle selbst.

Er war im selben Jahr und am selben Tag wie Königin Victoria geboren worden, so daß sie beide nun Ende siebzig waren. Tom stammte aus den Fens, aber nach seiner Zeit als

Soldat, die er in Afghanistan verbracht hatte, hatte er sich hier in East Suffolk niedergelassen, nur drei Kilometer von der Küste. Mehr als ein halbes Jahrhundert lebte er hier ganz allein in seinem Häuschen, aber für die Leute im Dorf war er immer so etwas wie ein Fremder geblieben. Denn die Fens lagen weit im Westen, ganze achtzig Kilometer entfernt, in einer anderen Welt, wo die Farmer nichts von Kühen verstanden und sich alles um Schlachtrinder und Schweine drehte.

Tom arbeitete nicht in der Landwirtschaft. Er machte Küchenmöbel und Ulmenholzpumpen, und das hatte er sein ganzes Leben lang getan. Der eiserne Bohrer, den er gerade benutzte, hatte einen Schaft von fast vier Metern Länge und war so dick wie mein Handgelenk. Das Kreuzeisen an seinem Ende konnte er eben noch mit ausgestreckten Armen fassen. In diesem Augenblick stellte er sich gerade breitbeinig hin, um das gewaltige Werkzeug in Drehung zu versetzen. Der Schaft des Bohrers wurde von einer Seilschlinge gehalten, die an einem Pfahl befestigt war. Den hatte er weit in den Erdboden getrieben, und das Bohrgewinde war schon tief in dem starken Rundholz verschwunden. Ganz langsam wurde so das Ulmenholz ausgebohrt – es sollte einmal das Pumpenrohr abgeben. Auf einigen Farmen waren neuerdings gußeiserne Pumpen in Betrieb, aber denen traute man noch nicht ganz. Von Tom Kettle gab es Pumpen, die er vor mehr als dreißig Jahren angefertigt hatte und die immer noch gut funktionierten. Solche Zuverlässigkeit mußten die eisernen Pumpen erst noch beweisen.

Eine halbe Stunde war vergangen, seit wir das letzte Mal ein Wort miteinander gewechselt hatten; eine halbe Stunde seit Toms letzter Arbeitspause. Nun ließ er den schweren Bohrergriff los, schob sich den alten Hut auf seinem grauen Haar ins Genick, wischte sich mit dem Halstuch, das er sommers wie winters trug, das Gesicht ab, kam herüber und setzte sich zu mir auf die Eichenbank. Im Schatten des Tisches neben der Bank stand in einem Eimer, der ein paar Zentimeter hoch mit Wasser gefüllt war, ein Krug Bier. Den nahm er heraus, trank einen großen Schluck, wischte sich den Mund ab, sah eine Weile auf meine Skizze und sagte dann schließlich: »Nich' übel.«

»Nein, Mr. Kettle, übel ist es nicht«, stimmte ich zu und lachte. »Das meiste, was ich tue, ist nicht übel, aber manchmal habe ich doch das Gefühl, daß es schön wäre, wenn mir einmal etwas wirklich gut gelingen würde, nur so zur Abwechslung.«

»Kann nich' alles was Besonderes sein, Miss Bridie.«

»Ich weiß.« Ich zog die Schultern hoch und ließ die Mundwinkel herabsinken. »Ich wünscht' es mir halt nur mal.«

Er kicherte. »Führt doch zu nix, das Wünschen. Sie ham doch Glück gehabt, daß Sie studieren können, Miss Bridie. Und jetzt schon so 'ne lange Zeit.«

Ich nickte und antwortete ihm in schlimmem Suffolk-Platt. »'ne eklig lange Zeit inzwischen.« Tom Kettle kannte mich schon mein ganzes Leben lang. Er wußte von den beiden Gouvernanten, die ich als kleines Kind gehabt hatte, vom Internat für höhere Töchter in Colchester und daß ich nun Studentin des Girton-College war, in dem hübschen roten Ziegelsteinbau fünf Kilometer außerhalb von Cambridge. Jemandem, der nie in seinem Leben zur Schule gegangen war, mußte es tatsächlich so vorkommen, als dauere meine Erziehung schon eine halbe Ewigkeit.

»Und dann wer'n Sie den Burschen da heiraten«, sagte er und nahm noch einen Schluck Bier.

»Ja, nächsten Juni soll die Hochzeit sein. Das ist sehr aufregend, Tom.«

Er überlegte. Dann: »Und danach weiter mit Studieren und so?«

»Ach du liebe Güte, bloß nicht! Ostern gehe ich von Girton ab.« Ich hatte Fächer in der neusprachlichen Abteilung belegt, aber mit keinem bestimmten Ziel. Ich würde nichts Bedeutendes aufgeben.

Nach einer Weile meinte Tom: »Hat Glück, der Bursche, Ihr Mr. Page.«

Erstaunt und mit runden Augen drehte ich mich zu ihm um. »Bernard? Ich glaube eher, die meisten denken, daß ich dabei die Glückliche bin.«

»Was die schon so reden«, sagte er vorwurfsvoll.

Ich lachte. Tom war Junggeselle mit einer tiefen Abneigung gegen alle Frauen. Mit mir hatte er immer eine Ausnahme gemacht, obwohl ich mir den Grund dafür nicht erklären konnte. Trotzdem hatte er mir gerade ein sehr seltenes Kompliment gemacht, und ich spürte, daß ich vor Freude ein bißchen rot wurde. Ich hatte mich schon lange daran gewöhnt, ein etwas ungraziöses und nicht besonders aufregendes Mädchen zu sein, aber manchmal gab es doch Augenblicke, in denen ich mir wünschte, meiner jüngeren Schwester ein wenig ähnlicher zu sehen. Kate war achtzehn, zierlich und wunderschön; und sie hatte so eine Art, sich zu bewegen wie eine Blume im Wind. Außerdem war sie noch mit einer außergewöhnlichen Musikalität gesegnet.

Wenn ich sie nicht so gern gemocht hätte, wäre ich auf Kate eifersüchtig gewesen, denn ich besaß keine ihrer Gaben. Sogar der Ehrgeiz fehlte mir, denn ich neigte dazu, mich von den Gezeiten meines Geschicks müßig treiben zu lassen. Selbst durch die erste Aufnahmeprüfung in Girton hatte ich mich nur knapp hindurchgemogelt. Sprachen hatte ich belegt, weil ich sie mochte, aber ich wußte, daß ich es auch darin nie zu etwas Besonderem bringen würde. Auf der Universität von Cambridge konnten Frauen keinen akademischen Grad erwerben. Und weil es mir wohl nicht gelingen würde, mich in irgendeinem Fach auszuzeichnen, hieß das, daß ich meine Zeit dort wahrscheinlich verschwendete.

Aber auch das berührte mich nicht sonderlich, denn es trieb mich zu nichts, bei dem ich meine Zeit besser hätte verwenden können. Eine Reihe von Kommilitonen auf dem College mochten mich, wahrscheinlich, weil ich sie amüsierte – nicht etwa durch meinen geistreichen Witz, sondern, weil sie die Art, wie ich sprach, mich bewegte und aussah, komisch fanden. Wenn ein Mädchen plötzlich aufsprang und rief: »Heiliger Bimbam, ich hab' doch schon wieder meine Aufzeichnungen verloren!« dann erregte das kaum die Aufmerksamkeit der anderen Studentinnen. Wenn aber Bridie Chance so etwas ausrief, dann lachte alles. Ich war in Girton glücklich und freute mich auf meine letzten Monate dort, aber noch viel mehr freute ich mich darauf, Bernards Frau zu werden und ein neues Leben zu beginnen.

Neben mir stellte Tom Kettle seinen Bierkrug wieder in den kühlen Eimer, schob beides in den Schatten und stand auf. »So in 'ner halben Stunde, da mach' ich meine Pause. Woll'n Sie noch bleiben, Miss Bridie, und essen 'nen Teller mit?« Es würde wahrscheinlich Graupen geben, in Milch gekocht, mit Zimt und Zucker, ein sehr beliebtes Gericht in unserer Gegend.

Ich sah auf die kleine goldene Uhr, die mein Vater mir zu Weihnachten geschenkt hatte. »Danke, Mr. Kettle, aber ich muß bald gehen. Heute kommt Signore Peroni mal wieder aus London und gibt Kate ihre wöchentliche Klavierstunde. Die beiden sind den ganzen Nachmittag beschäftigt, und ich muß ihnen den Tee machen, bevor er aufbricht, um den Zug nach London noch zu erwischen. Mama ist immer so nervös, wenn sie die Gastgeberin spielen muß, und sie sieht es gern, wenn ich ihr das in den Ferien abnehme.«

Er schüttelte den Kopf und runzelte die Stirn. »Is' 'ne Schande, daß Ihre Mutter so verhext ist. Wenn sie doch bloß in den Dreier-Stunden geboren wäre, dann wär sie von den Elfen beschützt worden.«

Das hatte ich schon oft gehört. In Suffolk heißt es, daß jemand, der in den Stunden mit drei, sechs, neun oder zwölf geboren worden ist, nicht verhext werden kann. Und was die Elfen anging, da war Tom Kettle keineswegs allein der Überzeugung, daß dieses kleine Volk noch unter uns Menschen tätig sei. Wie in vielen anderen Häusern hier auf dem Lande, lagen auf seinem Kaminsims Elfen-Brote, die in Wirklichkeit versteinerte Seeigel waren.

Tom reckte sich, spuckte in die Hände, packte den Griff seines Bohrers und machte sich wieder an die Arbeit. Ich beobachtete ihn einen Augenblick lang und beschloß dann, seinen Kopf und seine Schultern zu skizzieren. Ich wollte in dieses bärtige und wettergegerbte Gesicht einiges von der Anstrengung hineinlegen, die es kostete, den Bohrer in das eisenharte Ulmenholz hineinzutreiben.

Während mein Bleistift über das Papier glitt, wurde mir bewußt, daß kaum Hoffnung bestand, meine sehr begrenzten künstlerischen Fähigkeiten jemals zu erweitern. Ich würde nie in der Lage sein, mich richtig zu konzentrieren. Während ich skizzierte, mit Feder und Tusche arbeitete oder mit Aquarellfarben malte, war ich im Geist immer mit etwas anderem beschäftigt. Im Augenblick dachte ich an Kate und daran, wie sehr meine Mutter sie vermissen würde, wenn sie im September nach London ging. Sie wollte am Prinz-Albert-Konservatorium Musik studieren.

Wie Fräulein Foster in unserer Kindheit immer gesagt hatte und wie sie es auch jetzt noch oft sagte, konnte es wohl kaum zwei Schwestern geben, die sich noch weniger ähnelten als wir. Kate tat alles mit Hingabe, ganz gleich, ob es nun Klavierspielen, Briefeschreiben, Lachen oder Weinen, Lieben oder Hassen war. Sie steckte voll von merkwürdigen Launen, Stimmungen und Widersprüchen. Ich hatte es oft genug erlebt, daß sie mir in einem Moment tödlich gereizt gegenüberstand und im nächsten von Zuneigung nur so überströmte. Verglichen mit Kate, war ich sehr sachlich, und ich teilte weder ihre innere Begeisterung noch die Erregung, die dauernd in ihr brodelte. Trotzdem kamen wir beide gut miteinander aus. Ich nahm es ihr noch nicht einmal übel, daß sie so offensichtlich das Lieblingskind meines Vaters war; denn dafür hatte ich volles Verständnis. Ich freute mich sehr für sie, daß sie an die Prinz-Albert-Musikhochschule ging, aber an Latchford Hall ohne sie dachte ich gar nicht gern. Vater war selten zu Hause, und so würde Mutter dann nur noch das alte Fräulein Foster zur Gesellschaft haben.

Der Gedanke an meinen Vater ließ mich innerlich jubeln. Nächste Woche würde er aus Paris nach Hause zurückkehren und dann bis Mitte September bei uns bleiben. Papa war großgewachsen, mit braunen Locken an den Schläfen und weit auseinanderstehenden, lachenden Augen, ein Mann, der auch an Wintertagen Sonnenschein mit sich zu bringen schien. Immer, wenn er bei uns war, war unser Haus wie verwandelt. Den ernsten und würdigen Herren, die ich von Zeit zu Zeit als die Väter meiner Studienkolleginnen kennenlernte, war er gar nicht ähnlich. Vielleicht war es seine irische Herkunft, die Roger Chance so anders machte, obwohl er von seiner Jugend in Dublin nur selten sprach und auch sein Akzent fast nicht mehr zu spüren war. Auf jeden Fall war er ein wundervoller Redner und hatte tausend Geschichten zu erzählen, von denen er manche stark ausschmückte und übertrieb, um sie noch amüsanter zu machen.

Wenn mein Vater zu Hause war, gab es in Latchford Hall immer Aufregung und Gelächter. Selbst Mama schien dann mit sich und der Welt im reinen, und sie war überhaupt nicht mehr ratlos und ängstlich wie sonst. Fräulein Foster rümpfte zwar immer noch die Nase über die leichtfertige Art meines Vaters, so wie sie es seit meiner frühesten Kindheit getan hatte, aber im Herzen war sie nicht weniger froh als alle anderen, wenn er wieder einmal bei uns war.

Fräulein Foster war schon älter gewesen, als sie zu uns kam, und als Kate ins Internat eintrat, blieb das Fräulein auf Latchford Hall und leistete meiner Mutter Gesellschaft. Inzwischen war sie fast siebzig. »Gelobt sei Gott in der Höhe! Gibt es dich immer noch, Weib?« pflegte mein Vater jedesmal in gespielter Verwunderung auszurufen, wenn er von einer Reise zurückkam. »Ich habe geglaubt, irgendein gutaussehender Bursche hätte dich uns inzwischen weggeschnappt.«

Das Fräulein blies dann immer empört die Wangen auf. »So etwas sagt man nicht, wenn junge Damen dabei sind, Mr. Chance! Und das Wegschnappen wird wohl bald der schwarze Shuck besorgen; für einen Mann ist es zu spät.«

Der schwarze Shuck war eine Norfolker Sagengestalt, ein fürchterlicher schwarzer Hund mit nur einem flammenden Auge mitten auf der Stirn. In stürmischen Nächten streifte er durch die Felder und heulte, daß den Menschen das Blut in den Adern gefror. Ihn zu erblicken, war das sichere Zeichen dafür, daß der eigene Tod noch im selben Jahr bevorstand.

Bevor sie nach Latchford Hall kam, war Fräulein Foster zwanzig Jahre lang in zwei oder drei herrschaftlichen Häusern in Norfolk beschäftigt gewesen. Und obwohl sie inzwischen fast ebensolange bei uns beschäftigt war, betrachtete sie sich nach echt Norfolker Art den Suffolk-Leuten gegenüber immer noch als leicht überlegen. Und das, obgleich sie ursprünglich sogar aus London stammte. Sie war sehr jung zur Waise geworden und hatte früh im Konvent der Kleinen Schwestern eine Stelle antreten müssen. Dort hatte sie eine recht gute Erziehung genossen und gelernt, sich richtig auszudrücken. Als sie achtzehn Jahre alt war, hatten die Kleinen Schwestern ihr eine Stellung als Kindermädchen bei einer reichen Londoner Familie besorgt, und im Lauf der Jahre war sie nach und nach ein sehr fähiges Kinderfräulein geworden. In vielen Dingen standen Kate und ich ihr näher als unserer Mutter, denn eigentlich war es Fräulein Foster gewesen, die uns aufgezogen hatte, bis wir ins Internat kamen.

Ein leises Lachen von Tom Kettle riß mich aus meinen Gedanken. Er hatte eine Pause gemacht und seine Ellenbogen auf den schweren Handgriff des Bohrers gestützt. »Richtig komisch sehen Sie aus, so mit dem Hut, Miss Bridie«, sagte er. Ich hatte mir meinen Florentiner aus Stroh ganz nach vorn über die Nase geschoben, damit die Sonne mir nicht in die Augen scheinen konnte. Nun schob ich mit einer theatralischen Gebärde den Strohhut zurück, und das brachte Tom noch einmal zum Lachen. Dann klappte ich meinen Block zu, stand auf und ging zu der Stelle hinüber, wo Daisy in der Deichsel des Jagdwagens stand. Schläfrig drehte das Pferd seine Ohren hin und her, um die Fliegen schon im voraus zu entmutigen. »Ich muß mich jetzt auf den Weg machen, Mr. Kettle«, sagte ich. »Danke, daß ich Sie zeichnen durfte.«

»Hat mir doch Spaß gemacht, Miss Bridie.« Er half mir in den Jagdwagen und führte Daisy um sein kleines Haus herum auf den Weg. Daisy war ein fügsames kleines Pferd, und es machte mir Spaß, mit ihr zu kutschieren. Kate bevorzugte Saladin, ein feuriges Tier, mit dem ich überfordert war.

»Ich hoff' aber, daß Sie Mr. Chance richtig gut bei Gesundheit antreffen, wenn er nach Hause wiederkommt«, sagte Tom Kettle. »Echt 'ne Schande, daß Ihre Mama nich' so richtig obenauf ist.«

»Nich' so richtig obenauf«, das hatte in dieser Gegend die Bedeutung, daß es einem Menschen ausgesprochen schlechtging. Ich sagte: »Vielen Dank, Mr. Kettle. Nächste Woche komme ich Sie wieder besuchen.«

Er nickte. »Wenn nix dazwischenkommt.«

Diese Worte hatte ich ihn schon hundertmal sagen hören. Er gebrauchte diesen Ausdruck so, wie ein frommerer Mann vielleicht den Ausdruck »wenn Gott will« benutzen würde, und mit diesen Worten drückte der einfache Bauer aus, daß nichts im Leben sicher war und daß keine Menschenseele wissen konnte, was der nächste Morgen brachte. Gewöhnlich lächelte ich dann und sagte: »Ja, wenn nichts dazwischenkommt, Mr. Kettle.« Aber als er die Worte heute aussprach, überlief mich ein Schauder, und mir war plötzlich kalt. Als ich aufblickte, war es für mich fast eine Überraschung, daß die Sonne noch immer schien und der Himmel noch immer nicht die kleinste Wolke zeigte.

»Alles in Ordnung, Miss?«

»Ja. Ja, danke. Mir war nur plötzlich kalt.«

»Tun Sie heute abend 'n Geschenk für die Elfen raus, wenn's dämmert. 'n Stückchen Seide vielleicht. Nur so, falls es nötig ist, Miss Bridie.«

»Ich will versuchen, daran zu denken. Auf Wiedersehn, Mr. Kettle.«

Ich zog an den Zügeln, und Daisy trottete langsam los. Mehr würde ich nicht tun müssen, es sei denn, es passierte irgend etwas auf der schmalen Straße, denn Daisy kannte den Weg nach Hause. Eine merkwürdige Unruhe lastete jetzt auf mir, und ich konnte sie nicht abschütteln. Eigentlich neigte ich nicht zu solchen Gefühlen. Aber manchmal wurde Kate davon befallen, und ich glaube, Mama wurde fast jeden Tag davon gequält. Mir dagegen waren solche Gefühle fremd. Um sie zu vertreiben, fing ich an, über meine Mutter nachzudenken, und sofort stellte sich wieder das leise Schuldgefühl ein, das ich immer hatte. Zu meiner Schande liebte ich meine Mutter nur, weil ich wußte, daß sie meine Mutter war. Die wirkliche, natürliche Wärme und Zuneigung, die ich hätte fühlen sollen, fehlte mir völlig. Den größten Teil meines Lebens konnte ich nicht anders, als Mitleid mit ihr zu empfinden, und dessen schämte ich mich auch.

Mama hatte über ihrem Stand geheiratet und fand diese Bürde zu schwer zu tragen. Ich glaube, diese Tatsache war mir zuerst bewußt geworden, als ich zwölf Jahre alt war. Kate hatte es früher bemerkt, denn sie hatte einen helleren Kopf als ich. Abgesehen davon, daß meine Mutter in Oxfordshire geboren war, wußten wir nichts über ihre Kindheit. Aber es war uns beiden klar, daß sie sich von anderen Damen unserer Gesellschaftsschicht unterschied. Unsere Familie verkehrte kaum mit den anderen vornehmen Familien in der Gegend. Wir sahen sie nur gelegentlich im Dorf oder in der Kirche, und obwohl Mary Chance, unsere Mutter, genausogut gekleidet war wie irgendeine andere der Damen und obgleich sie hübscher war als die meisten, hätte sie ebensogut von einem anderen Stern sein können.

Sie sprach korrekt, aber mit außergewöhnlicher Sorgfalt, als ob sie Angst hätte, beim Sprechen irgendeinen Fehler zu machen. Ihr Benehmen war genauso angespannt, als fürchtete sie, irgendeinen Formfehler zu begehen. Wir hatten eine gute Dienerschaft in Latchford Hall, aber Mama kam nie so richtig mit ihr zurecht. Ihre ganze Haltung drückte immer eine leise Entschuldigung aus. Stete Katastrophenvorahnungen griffen sehr stark ihre Nerven an, und in den letzten Jahren hatte ich bemerkt, daß sie ihr gutes Aussehen verlor und daß Sorgenfalten sich eingruben, während eine ungesunde Blässe die Farbe von ihren Wangen nahm.

Ich habe keinen Zweifel, daß sie ihre Töchter liebte. Aber ich bin genauso sicher, daß die Aufgabe, uns zu erziehen, ihr endlose Ängste bereitet hatte, weil sie so schlecht dafür geeignet war. Um die Wahrheit zu sagen: der Mittelpunkt ihrer Existenz und die Sonne, die ihr Leben erwärmte, das war Papa, ihr Mann. Wenn er zu Hause war, blühte sie auf, schien sich wohl zu fühlen und lächelte immer. Sie sagte wenig, aber sie lauschte jedem seiner Worte und schaute ihn mit einem Ausdruck an, der an Anbetung grenzte.

Die Gefühle zwischen ihnen waren nicht einseitig. Oft, wenn mein Vater auf Besuch zu Hause war und die beiden Arm in Arm über ihr Land spazierten, hatte ich gesehen, wie er stolz auf sie hinabblickte. »Bin ich nicht der glücklichste von allen Männern, weil ich eure wunderschöne Mutter geheiratet habe?« sagte er dann. »Was, Bridie? Kate? Seid mal ehrlich, hat es je einen glücklicheren Mann gegeben?«

Wenn ich einen Grund gebraucht hätte, um meinen Vater zu lieben, dann wäre es der gewesen, daß er stolz auf meine Mutter war.

Der Umgang mit den adeligen Familien der Gegend war vielleicht ein bißchen kühl, weil man spürte, daß Mrs. Roger Chance nicht aus den besten Kreisen stammte, aber meinen Vater kümmerte das überhaupt nicht.

Einmal, während der Sommerferien meines ersten Schuljahrs im Internat, hatte ich ihn gefragt, wo Mama zur Schule gegangen war und warum sie keine Familie hatte. Wir standen damals auf dem Bahnsteig in Halesworth und warteten auf den Zug, der ihn wieder nach London bringen sollte. Ich war mitgekommen, um ihn zu verabschieden, denn meine Mutter konnte es nie ertragen, in der Öffentlichkeit von ihm Abschied zu nehmen, wenn er nach Paris zurückkehrte. Meine Frage war eher beiläufig als interessiert gewesen, denn wie die meisten Kinder akzeptierte ich meine Familienverhältnisse, ohne besonders neugierig zu sein. Andere fanden es vielleicht seltsam, daß Roger Chance, der Herr von Latchford Hall, einen so großen Teil seines Lebens auf dem Kontinent verbrachte. Aber für mich war es ganz natürlich, denn es war immer so gewesen. Als ich alt genug war, um es zu verstehen, hatte man mir gesagt, daß mein Vater Kunsthändler sei und daß sein Geschäft sich in Paris befände, weil diese Stadt – was die Kunst betraf – das Zentrum der Welt wäre. Andere Kinder hatten Väter, die Ärzte oder Anwälte oder Landbesitzer waren oder einfach Privatiers. Mein Vater war anders, und ich war stolz darauf.

Als ich Fragen über meine Mutter stellte, an jenem Tag auf dem Bahnsteig in Halesworth, da lachte er in der herzlichen Art, die ich so sehr liebte, warf den Kopf zurück und wirbelte seinen Spazierstock. »Aber meine liebe Bridie, weißt du, daß ich sie das nie gefragt habe? Ich war an der Universität von Dublin, aber ich habe keine Ahnung, wo deine Mama studiert hat. Ich habe sie kennengelernt, sie umworben, sie geheiratet, und alles andere spielt keine Rolle. Was ihre Familie und Herkunft angeht, so habe ich mich auch von meiner Familie getrennt, ehe ich zwanzig war, und ich habe es nie bereut. Das waren vernünftige Menschen, Bridie, und ich war der Außenseiter. Ich kann mir vorstellen, daß sie genauso froh waren, mich verschwinden zu sehen, wie ich, sie hinter mir zurückzulassen. Und deine Mutter, Gott behüte sie, die hatte ihre Familie schon lange verlassen, als ich sie kennenlernte, wir sind also von derselben Sorte.« Er nahm einen von meinen Zöpfen und kitzelte mich damit an der Nase. »Merk dir mal was, Bridie-Schätzchen. Schau nie zurück und schau nie zu tief.«

»Aber ... ich möchte so gern über die Menschen Bescheid wissen, Papa.«

Er lachte noch einmal. »Gott schütze dich, Bridie, aber so

was ist gefährlich. Nimm die Leute so, wie sie sind, versuch sie nicht zu ändern, und frage sie nicht nach Dingen, die sie nicht erzählen wollen. – Da kommt schon der Zug! Jetzt gib mir einen Kuß und sorge auch ganz bestimmt für Mama, wenn ich fort bin. Im Oktober komme ich für eine Woche oder zwei zurück, und danach sind wir ja auch ab Weihnachten einen Monat zusammen.«

Ich war jetzt viel älter als damals, als ich die Frage gestellt hatte, und erst vor zwei oder drei Monaten hatte ich meinen Vater zum letzten Mal gesehen, als er Ostern nach Hause gekommen war. Bei dieser Gelegenheit hatte ich ihm eine Frage gestellt, über die ich mir in letzter Zeit den Kopf zerbrochen hatte. »Papa, warum haben wir nie alle zusammen in Paris gewohnt, wo du doch dort arbeitest.«

Er hatte mich angesehen, und eine Spur von Sorge hatte hinter dem Zwinkern in seinen Augen gelegen. »Aber Bridie, denk doch mal, wie das für Mama sein würde. Sie braucht ein ruhiges Leben auf dem Land.«

»Ja, ich nehme es an. Natürlich wäre Paris schlecht für sie, aber sie ist nur wirklich glücklich, wenn du hier bei uns bist, und das ist selten.«

»Vermißt sie mich wirklich, Bridie?« fragte er sanft. Ich war mit ihm in der Bibliothek und sortierte ein paar Bücher, und bei seinen Worten schaute ich überrascht auf.

»Sie ist dann ein ganz anderer Mensch, Papa.«

Er seufzte. »Sie beklagt sich mit keinem einzigen Wort. Vielleicht ist mir nie ganz klar gewesen . . .« Er stand gedankenverloren einen Augenblick da, dann brach er in sein typisches, fröhliches Lachen aus. »Keine Angst. Gib mir noch ein Jahr, und dann werde ich soweit sein, mich zur Ruhe zu setzen, Bridie. Ich mußte fern von zu Hause arbeiten, weil mein Beruf mir keine andere Wahl geboten hat, aber genug ist genug. Laß erst einmal den nächsten Sommer kommen, dann werde ich nicht mehr fortgehen.«

Mein Herz schlug höher. »Meinst du das wirklich, Papa?«

»Wann habe ich je ein Versprechen gebrochen, Bridie-Schätzchen? Aber sage Mama noch nichts davon. Es wird ein langes Jahr für sie werden, wenn du es doch tust, denn bis dahin wird sie die Tage zählen.«

Ich wußte vielleicht besser als er, wie die Vorfreude auf die Nerven meiner Mutter einwirken würde, und ich nickte.

»Versprochen, Bridie?« fragte er.

»Ja, natürlich, Papa.«

Ich hatte dieses Versprechen gehalten, hatte die Wochen gezählt, die vorübergingen, und im Herzen darüber jubiliert, daß mein Vater bald nach Hause kommen würde, um immer bei uns zu bleiben. Ich hatte keine Vorahnung, daß, noch ehe der Sommer die ersten Anzeichen des folgenden Herbstes spürte, ein Tag kommen würde, an dem meine ganze Welt im Verlauf von wenigen Stunden zerstört werden würde.

Während Daisy die Einfahrt hinauftrottete, sah ich, daß Dr. Careys Jagdwagen vor der Säulenhalle am Eingang stand. Daneben befand sich die Droschke, die man am Bahnhof mieten konnte. Kate rannte auf mich zu, ihre Röcke flogen, und zwischen George Cooper, der die Droschke fuhr, und Henson, unserem Butler, dem einzigen Mann unter der Hausdienerschaft, schien eine Art Streitgespräch stattzufinden.

Kates Gesicht war bleich, ihre Augen waren riesengroß. Sie begann zu reden, während sie noch immer auf den Jagdwagen zulief. »Oh, es ist fürchterlich, Bridie!« keuchte sie. »Ich – ich weiß nicht, was los ist, aber diese beiden Männer sind gekommen, und dann ist Mama ohnmächtig geworden, und Signore Peroni sagte, unter diesen Umständen wolle er schon früher gehen. Das Fräulein hat Robert mit der Kutsche für die Gouvernante losgeschickt, um Dr. Carey zu holen und um danach Signore Peroni zum Bahnhof zu bringen, und die Männer sagen immer wieder, daß sie mit jemandem sprechen müssen, der hier Weisungen erteilen kann, und da gibt es ja nur dich, Bridie, und wir wußten nicht, wo du warst . . .« Halb schluchzend brach sie ab, rang nach Atem. Ich hatte den Jagdwagen zum Halten gebracht, aber in meiner Hast, auszusteigen, stolperte ich, als meine Füße den Boden berührten, und fiel der Länge nach hin.

Kate lachte hysterisch auf, und Henson kam eilig herbei, um mir aufzuhelfen. In diesem Augenblick rief der Droschkenfahrer wütend hinter ihm her: »'ne geschlagene Stunde habe ich auf diese Londoner Stadtfräcke gewartet, also sagen Sie ihnen gefälligst, sie sollen mich besser bezahlen. Wenn nich', dann hetz' ich denen die Polizei auf den Hals.«

»Das ist die Polizei, Sie alter Narr!« schnappte Henson, der sein normalerweise ruhiges Benehmen völlig verloren hatte. »Ich bitte um Entschuldigung, Miss Bridie, aber er hat sich die ganze Zeit drangehalten, seit . . .«

»Polizei?« unterbrach ich ihn. »Haben Sie Polizei gesagt?«

»Ja, Miss.« Henson holte gequält Atem. »Ein Inspektor Browning und ein Sergeant. Sie sind nicht in Uniform, Miss. Sie sagen, sie sind von Scotland Yard.«

Ich rückte meinen Hut gerade und versuchte, mich zu sammeln.

»Wenn die wollen, daß ich noch warte«, brummte George Cooper, »dann is' es nur recht, daß die mich bezahlen. 'ne geschlagene Stunde habe ich . . .«

»Wollen Sie bitte still sein?« fuhr ich ihn scharf an. Ich war überrascht, daß meine Stimme so fest klang. »Wieviel schuldet man Ihnen?«

Er rubbelte sich mit den Knöcheln über die Stirn. »Vier Pennies die Meile, und 'nen Shilling die Stunde für das Warten, Miss.«

Ich öffnete meine Börse, nahm mit zittrigen Fingern einen Shilling und ein Six-Pence-Stück heraus und reichte Henson die Münzen, damit er sie dem Droschkenkutscher geben konnte. »Wann fährt der nächste Zug nach London?«

Henson schaute den Kutscher an, und dieser sagte: »Nich' eher, als um halb sieben.«

Es war gut, Zeit zum Nachdenken zu haben, denn es half mir, die namenlose Angst zurückzuhalten, die von mir Besitz ergreifen wollte. Ich sagte: »Ich werde mich bei den

Herren erkundigen, ob Sie bis dahin warten sollen. Komm bitte mit mir, Kate.«

Wir gingen die Treppe hinauf in die große, eichengetäfelte Halle. Henson folgte uns und schloß die Tür. »Es tut mir leid, Miss Bridie«, sagte er, »dies alles war sehr verwirrend.«

»Ist schon gut, Henson.« Ich nahm meinen Hut ab und zog den Mantel aus. »Ist Dr. Carey jetzt bei meiner Mutter?«

»Ja, Miss. Fräulein Foster und Ellen haben sie zu Bett gebracht, und Dr. Carey ist eben vor ein paar Minuten gekommen. Ich glaube, ich hätte wegen der Droschke mit den Herren sprechen sollen, aber ich wollte keinen Fehler machen, wo sie doch Polizisten sind.«

»Ich werde selbst mit ihnen sprechen. Sind sie im Salon?«

»Ja, Miss Bridie.«

Ich ging zu der Wand hinüber, an der ein Spiegel mit vergoldetem Holzrahmen hing, und versuchte, aufgelöste Haarsträhnchen wieder an ihren Platz zu schieben, so daß ich nicht allzu unordentlich aussah. Ich konnte nichts dafür, daß meine Nasenspitze ein bißchen nach oben stand, und ich konnte auch nichts dafür, daß diese Nase mit Sommersprossen besprenkelt war oder daß mein Mund zu breit war. Aber was immer mich auch erwartete, ich wollte den Polizisten mit einem gewissen Maß an Würde gegenübertreten. Kate stand neben mir und starrte mich mit einer Mischung aus Furcht und Erregung im Spiegel an. »Was meinst du, worum sich dies alles handelt, Bridie?« fragte sie atemlos.

»Ich habe keine Ahnung. Setz du dich zu Mama, während ich es herausfinde.«

»Ich habe es versucht, aber das Fräulein hat mich hinausgescheucht.«

»Nun . . . dann geh eben hinunter ins Dienstbotenzimmer und frage Mrs. Ryland, ob du bei ihr eine Tasse Tee trinken kannst. Henson, Sie nehmen Miss Kate bitte mit. Ich werde klingeln, wenn ich Sie für irgend etwas brauche.« Ohne auf eine Antwort zu warten, drehte ich mich vom

Spiegel weg, ging durch die Halle und öffnete die Tür zum Salon. Zwei Männer wendeten sich mir von den Sprossenfenstern her zu. Der eine war im mittleren Alter, von untersetzter Statur, und trug einen zerknitterten, einfachen grauen Anzug. Er hatte einen kurzen Umhang über den einen Arm gehängt und hielt in der Hand einen steifen Hut in Braun. Sein Gesicht war viereckig und sein Blick ruhig. Der andere Mann war jünger und besser gekleidet. Er trug eine karierte Reitjacke und Kniebundhosen, und in den Gürtel seiner Jacke war eine gefaltete Mütze eingeklemmt. Er hatte einen kurzen Schnurrbart und flinke Augen, und er trug sein Haar in einer Tolle, die sich quer über seine Stirn wellte.

Plötzlich war meine krampfhafte Gelassenheit wie fortgeblasen, und ich hörte mich nur stottern: »Ich habe Ihrem Droschkenkutscher achtzehn Pence gezahlt. Wenn Sie möchten, daß er wartet, wird es einen Shilling pro Stunde kosten.«

Der jüngere Mann blinzelte überrascht. Der Ältere studierte mich ein paar Augenblicke, dann nickte er höflich und sagte mit tiefer Stimme in Londoner Färbung: »Sehr zu Dank verpflichtet, Miss. Wir möchten, daß er uns später zum ›Woodman‹ bringt, wo wir unsere Unterkunft für die Nacht arrangiert haben.« Er warf seinem Kollegen einen Blick zu. »Gehen Sie und geben Sie ihm das Geld. Danach werden wir weitersehen.«

»Gut, Sir. Entschuldigen Sie mich, Miss.« Der jüngere Mann ging mit energischen Schritten hinaus. Der andere zog eine Geldbörse, öffnete sie, schüttete einige Münzen in die Handfläche, zählte sie und ging dann hinüber und legte das Geld auf den Kaminsims. »Achtzehn Pence. Danke sehr, Miss.« Er steckte die Geldbörse wieder ein, zog Notizblock und Bleistift heraus und schrieb irgend etwas auf. Dann steckte er den Notizblock wieder weg, holte noch etwas aus seinen Taschen, kam zu mir und zeigte mir irgendein Blechzeichen. »Inspektor Browning von der Kriminalabteilung«, sagte er. »Der junge Mann ist mein Kollege, Sergeant Dean. Hier meine Dienstmarke, Miss. Damit habe ich mich vorschriftsmäßig ausgewiesen.«

Ich blickte das Ding an, ohne es richtig zu sehen, und sagte: »Vielen Dank. Ich glaube, es ist bequemer für Sie, wenn Sie Hut und Umhang ablegen, Inspektor.« Ich hatte immer noch keine Kontrolle über das, was ich sagte, und ich war dankbar dafür, daß mein zweiter Versuch zu reden weniger dümmlich war als der erste.

»Vielen Dank, Miss.« Er sah sich um, legte dann seinen Umhang über eine Stuhllehne und plazierte seine Melone obendrauf.

»Mein Name ist Bridget Chance«, sagte ich. »Wenn ich es richtig sehe, fühlt sich meine Mutter seit Ihrem Eintreffen nicht wohl.«

»Ich fürchte, das ist so, Miss.«

Die Tür öffnete sich, und der Sergeant trat wieder ein. Er nickte mir kurz zu, warf dem Inspektor einen entschuldigenden Blick zu und stellte sich dann neben ihn.

Ich sagte: »Darf ich die Herren bitten, Platz zu nehmen?«

»Wir ziehen es vor zu stehen; danke sehr, Miss«, sagte der Inspektor. »Ihr Butler sagte mir, daß Sie hier die Verantwortung tragen, wenn Ihre Mutter einmal krank ist.«

»Ja. Mein Vater ist im Ausland.«

»Das ist uns bekannt, Miss«, sagte der Sergeant. Inspektor Browning starrte ihn bedeutungsvoll an, und der Sergeant murmelte eine Entschuldigung. Er fühlte sich deutlich ungemütlich.

»Haben Sie keine Brüder? Gibt es keine älteren Familienmitglieder?« fuhr der Inspektor fort.

»Nein.« Ich bemühte mich, meiner Stimme einen festen Klang zu geben. »Was Sie auch zu sagen haben, Inspektor, Sie müssen es mir sagen. Es gibt niemanden sonst.«

Er runzelte die Brauen und rieb sich das Kinn. »Das ist eine schwierige Sache, Miss Chance. Ihrer Mutter habe ich bereits sehr großen Kummer bereitet.«

»Meine Mutter ist ein übernervöser Mensch. Ich bin das nicht.« Seit den Worten des Sergeants wuchs ein fürchterlicher Verdacht in mir. »Betrifft das alles meinen Vater?« fragte ich. »Ist er krank? Oder hat er einen Unfall gehabt?«

»Möchten Sie sich setzen, Miss?« Die Stimme des Inspektors klang brummig.

»Nein. Ganz offensichtlich haben Sie schlechte Nachrichten mitgebracht, und ich bin jetzt auf einiges gefaßt. Sie brauchen nicht zu befürchten, daß ich ohnmächtig werde oder einen hysterischen Anfall bekomme.«

Er fingerte an der silbernen Uhrkette herum, die er an seiner Weste trug, und dann sagte er einfach: »Ich habe sehr schlechte Nachrichten, die Ihren Vater betreffen, Miss Chance. Die allerschlechtesten Nachrichten sogar.«

Es war, als hätte mich eine Faust in den Magen getroffen. Ich durchquerte den Raum und starrte blind aus dem Fenster. Es kamen keine Tränen, aber in mir war ein Schmerz . . . der schlimmste, den ich je im Leben gespürt hatte. Mein Vater war immer so voller Leben gewesen, daß ich geglaubt hatte, er würde nie sterben. Und nun war er tot. Die Worte des Inspektors konnten nichts anderes bedeuten.

Ich sagte: »Mein Vater ist gestorben?«

»Ja, Miss.«

Der letzte Funken Hoffnung war erloschen. Ich weiß nicht, wie lange das Schweigen dauerte, aber ich war dankbar dafür, daß die beiden Männer wortlos abwarteten. Der Schmerz durchflutete mich in Wellen; er riß und bohrte in meiner Brust. Meine Augen starrten in eine graue Nebelwand. Ganz weit entfernt hörte ich, wie die Uhr meines Großvaters laut tickte.

Ganz, ganz langsam wich die Betäubung, und mein Verstand begann sich wieder zu regen. Ich versuchte, Haltung zu bewahren und drehte mich um. Beide Männer standen mit auf dem Rücken verschlungenen Händen da und blickten zu Boden. Meine eigenen Worte klangen mir nur undeutlich in den Ohren. »Ich habe überhaupt nicht gewußt, daß mein Vater krank war. War es ein Unfall?«

»Nun ja . . . wenn man so will, schon«, sagte der Inspektor. »Jedenfalls eine Art Unfall.«

»Was meinen Sie damit?«

»Ihr Vater ist gestürzt, während er sich als Gast in einem Schatto aufhielt.«

»In was?«

»In einem Schatto, Miss. Das ist französisch und heißt Schloß.«

»Ach so, in einem Château. Ja?«

»Ich nehme an, ich hab's falsch ausgesprochen; ich kann diese Sprache nicht. Er ist von einem Balkon gestürzt und war sofort tot.«

Der Inspektor unterbrach sich plötzlich, als ob er noch etwas hätte sagen wollen. Ein halbes Dutzend Fragen schwirrten mir durch den Kopf, aber beide Männer sahen mich so seltsam an, und ich erinnerte mich jetzt, daß sie von Scotland Yard kamen. »Gibt es da noch etwas, das Sie mir sagen müssen?« fragte ich. »Hat die Polizei damit zu tun, weil . . . weil irgend jemand ihm etwas angetan hat?«

Sergeant Dean strich sich über seinen kleinen Schnurrbart. Der Inspektor sah mir für ein paar Sekunden fest in die Augen und sagte dann: »Miss Chance, Sie sind eine sehr intelligente junge Dame. Ja, es ist richtig, die Polizei hätte wohl nichts damit zu tun, wenn nicht ein Verbrechen begangen worden wäre. Aber es geht nicht darum, daß jemand Ihrem Vater etwas angetan hätte.«

»Dann erklären Sie bitte.«

»Jetzt bitte ich Sie aber, sich zu setzen, Miss. Es wird ein ganz übler Schock werden. Ich bedauere, daß wir schon Ihre Mutter so aufgeregt haben, aber . . . na ja, wo wir mit keinem männlichen Familienmitglied reden können, gibt es keine Wahl.« Er fuhr sich mit dem Finger an der Innenseite des Hemdkragens entlang und zupfte verlegen an dem Stoff.

Ich hatte das Gefühl, als ob mein Gesicht kalkweiß wäre. Meine Hände krampften sich ineinander, die Fingernägel gruben sich ins Fleisch. Die Worte des Inspektors schienen seltsam unwichtig. Mein Vater war tot. Was könnte mich jetzt noch mehr erschrecken?

»Erklären Sie bitte«, wiederholte ich dumpf.

Er holte tief Luft und entnahm dann seiner Innenstasche ein steifes, gefaltetes Papier. »Ich bedaure, Sie davon in Kenntnis setzen zu müssen«, sagte er rasch, »daß wir von unseren Kollegen, der französischen Polizei, gewisse Informationen erhalten haben. Sie besagen, daß Roger Chance in der Nacht, als er starb, dabei war, einen Diebstahl zu begehen. Daß er ferner dabei überrascht wurde und daß er durch einen Sturz zu Tode kam, während er versuchte, zu flüchten. Die Aussagen der Augenzeugen und das Beweismaterial der französischen Polizei sind so schlüssig, daß mein Vorgesetzter einen Haussuchungsbefehl beantragt und auch erhalten hat. Ich zeige Ihnen hier dieses Dokument, das der Polizei jede Befugnis gibt, das Anwesen des Verstorbenen, Latchford Hall, zu durchsuchen.«

2

Eine volle Minute muß vergangen sein, ehe die Bedeutung dieser Worte endlich in mein Gehirn einsickerte. Einen Augenblick lang hatte ich den fast überwältigenden Drang zu lachen, aber ich brachte es fertig, mich zu beherrschen – mit einer so großen Anstrengung, daß meine Brust sich hob und senkte, als ob ich einen Kilometer gerannt wäre. Dann kam der Zorn, eine gewaltige, schwarze Wut, wie ich sie nie vorher gekannt hatte. Ich glaube, als ich durch das Zimmer ging und mich vor Inspektor Browning hinstellte, muß mein Gesicht ausgesehen haben wie das aus weißen Knochen geschnitzte Gesicht eines mittelalterlichen Wasserspeiers.

»Wie können Sie es wagen!« fuhr ich ihn mit zittrigem Flüstern an. »Wie können Sie es wagen, über meinen Vater so etwas Schreckliches zu sagen! Er ist . . . er war ein Gentleman vom allerbesten Ruf. Er war Kunsthändler. Er kaufte und verkaufte Bilder. Er arbeitete hauptsächlich von Paris aus, aber im Verlauf seiner Arbeit reiste er auch häufig durch ganz Europa. Was Sie sagen, das ist unverschämt! Und lächerlich! Und völlig unmöglich!«

Inspektor Browning seufzte. Sergeant Dean schüttelte langsam den Kopf und sagte: »Er hat ein bißchen mit Bildern gehandelt, Miss, aber das war bloß ein Verschleierungsmanöver. Die Franzosen schätzen, daß er seit zwanzig Jahren oder mehr ein professioneller Juwelendieb war, obwohl er erst vor ein paar Jahren in den Verdacht geraten ist. Und sie haben bis jetzt gebraucht, um ihn endlich zu erwischen . . .«

»Das reicht jetzt«, unterbrach ihn Inspektor Browning grob. Er schaute mich an. »Aber es ist wahr. Es tut mir sehr leid, Miss.«

Mein Verstand setzte aus. Nach einer Weile fragte ich: »Haben Sie all dies meiner Mutter erzählt?«

»Ja. Wir hatten keine Wahl.«

»Diese ganze Geschichte ist ein Lügengewebe«, sagte ich langsam und deutlich. »Jetzt muß ich mich erst einmal um meine Mutter kümmern, aber ich werde auf der Stelle eine Nachricht an den Anwalt meines Vaters schicken. Es ist Mr. John Whiteley, und sein Büro liegt in Southwold. Ich . . . ich hoffe, daß es ihm möglich sein wird, heute abend hierher zu kommen, aber wenn das nicht der Fall sein sollte, werde ich ihn morgen früh sehen und seinen Rat erbitten.«

»Das ist sehr vernünftig von Ihnen, Miss«, sagte der Inspektor. »Ich hoffe, Sie glauben mir, wenn ich Ihnen sage, daß es mir außerordentlich leid tut, von Berufs wegen Ihrer Familie solch tragische Nachrichten bringen zu müssen, aber wir wollen versuchen, Ihnen so wenig Umstände wie möglich zu machen.«

Ich schaute ihn mit leerem Blick an. Er hob das Papier hoch, das er in der Hand hielt, und sagte: »Der Haussuchungsbefehl, Miss Chance. Wir müssen das Haus durchsuchen.«

Ich verstand noch immer nicht und sagte: »Nach was suchen Sie denn?«

»Wir haben den Befehl, nach gestohlenem Eigentum zu suchen, Miss. Meiner eigenen Meinung nach werden wir nichts hier finden. Ich glaube, Ihr Vater hat sein Geschäft gut von Wynford ferngehalten . . .« Er brach ab, als er meinen Gesichtsausdruck sah. »Na, kümmern Sie sich nicht um meine Meinung.«

Mir war ganz schlecht, und ich fühlte einen bitteren Geschmack in meinem Mund, als ich sagte: »Dies ist ein Trauerhaus . . . Ein Haus der plötzlichen Trauer. Ich habe meiner Schwester noch mitzuteilen, daß unser Vater gestorben ist. Sie können uns doch sicherlich für eine kurze Zeit allein lassen, nicht wahr, Inspektor?«

Er biß sich auf die Lippe und sah unglücklich aus. »Es besteht die Möglichkeit, daß irgend etwas entfernt wird, wenn Sie verstehen, was ich meine, Miss Chance.« Er rieb sich das Kinn. »Gibt es im Haus einen Safe?«

Ich schüttelte den Kopf.

»Aha. Also am ehesten könnte wohl im Arbeitszimmer Ihres Vaters oder in der Bibliothek etwas versteckt sein. Oben? Schlafzimmer? Sehr unwahrscheinlich, wo er so oft nicht zu Hause war. Wir werden den Salon jetzt rasch durchsuchen, Miss, dann steht er Ihnen wieder zur Verfügung. Und wenn mein Sergeant dann die restlichen Räume im unteren Stockwerk versiegelt, dann will ich es gern meinem Vorgesetzten gegenüber vertreten, die Durchsuchung erst morgen früh vorzunehmen.«

Bevor ich antworten konnte, klopfte es an die Tür, und Dr. Carey trat ein. Er hatte mich vor mehr als zwanzig Jahren auf die Welt geholt, und sein dichtes Haar zeigte langsam graue Strähnen. Er sah die beiden Männer verwundert an, kam dann zu mir herüber und ergriff meine Hände. Seine Berührung brannte fast auf meiner Haut, und ich merkte, daß meine Hände kalt waren wie im eisigsten Winter.

»Haben sie es dir erzählt, Bridie?« sagte er.

»Papas Tod? Ja. Ich weiß Bescheid.«

»Tut mir leid. Ich war bei deiner Mutter und habe gerade erst erfahren, daß du hier bist. Ich wäre sonst runtergekommen und hätte es dir selbst beigebracht.«

»Wissen Sie es von Mama?«

»Ja. Ich fürchte, sie steht unter einem starken Schock.«

»Hat sie Ihnen sonst noch etwas gesagt?«

Er sah mich überrascht an. »Gibt es sonst noch etwas Wichtiges?«

»Gar nichts. Ich meine . . . Entschuldigen Sie bitte; ich bin völlig durcheinander.«

»Natürlich. Ich habe deiner Mutter ein Schlafmittel gegeben, und das wird bald wirken. Aber vorher möchte sie dich sehen, Bridie. Glaubst du, daß du die Fassung bewahren kannst?«

Ich nickte. Irgendwie war ich über diese Gefahr hinaus. In

mir war eine merkwürdige, schwarze Leere, und meine Nerven waren vom Schmerz wie gelähmt. Aber ich wußte jetzt, daß ich nicht zusammenbrechen würde.

»Tapferes Kind«, sagte Dr. Carey und führte mich am Arm zur Tür. »Ich komme morgen früh wieder vorbei.« Er sah sich noch einmal nach Inspektor Browning und dem Sergeanten um. »Kann ich dir noch bei irgend etwas behilflich sein, Bridie, bevor ich gehe?«

»Nein. Nein, vielen Dank. Daß . . . daß diese beiden Herren hier sind, ist ganz in Ordnung.«

»Na gut. Soll ich hierbleiben, bis du Kate die Neuigkeiten beigebracht hast?«

»Das ist sehr lieb von Ihnen, aber ich komme schon zurecht.«

»Ich lasse dir ein Schlafpulver da. Sieh zu, daß Kate ein bißchen davon mit etwas Wasser einnimmt; und nimm es auch selbst.« Er hielt mir die Tür auf. »Mir ist nicht wohl dabei, wenn ich jetzt fortgehe und du dich in diesem Schockzustand um deine Mutter und um Kate kümmern sollst. Möchtest du, daß ich mal mit dem Pfarrer spreche? Seine Älteste, die Victoria, würde sicher gern vorbeikommen und auch die Nacht über hier bei dir bleiben.«

»Nein, nein. So etwas ist nicht nötig«, sagte ich schnell. »Ich . . . ich glaube, ich komme viel besser allein zurecht. Vielen Dank, Herr Doktor.«

Ich konnte immer noch nicht klar denken, aber ganz instinktiv wollte ich keinen Fremden im Haus. Ich stand in der Tür und sagte quer durch den Raum zu Inspektor Browning: »Bitte verfahren Sie, wie wir es vereinbart haben.«

Der Inspektor nickte leicht mit dem Kopf. Ich trat in die Halle hinaus, und Dr. Carey schloß die Tür. Ich glaube, daß er mir jetzt Fragen stellen wollte, aber ich brachte ihn schnell an die Haustür. Meine Entschuldigung war, daß ich rasch zu meiner Mutter gehen mußte, ehe das Schlafmittel zu wirken begann.

Als ich am Fuß der Treppe anlangte, erschien Henson.

»Miss Kate ist sehr nervös und schwierig, Miss Bridie. Sollte sie . . .?« Er unterbrach sich, als wir uns beide am Fuß der breiten geschwungenen Treppe gegenüberstanden. »Um Himmels willen, Miss Bridie, Sie sehen aus wie . . .« Ich glaube, er wollte sagen, ich sähe aus wie ein Geist, aber dann zögerte er und fuhr fort: »Sie scheinen sich nicht wohl zu fühlen.«

»Dulden Sie Miss Kate noch für fünf Minuten bei sich«, sagte ich kurz angebunden. »Ich komme dann nach unten und erkläre alles.« Mein schlechtes Benehmen tat mir leid, aber ich konnte im Augenblick nicht anders. Henson kannte mich seit meinem dritten Lebensjahr, und wir beide hatten uns immer gemocht; ich hoffte, daß er verstand.

Als ich in Mutters Schlafzimmer kam, saß Fräulein Foster an ihrem Bett und hielt ihre Hand. Meine Mutter hatte ein Gesicht so bleich wie Wachs, und ihr Körper wirkte wie ein Skelett. Ich hatte erwartet, daß sie krank aussah, aber ihr Zustand schien schlimmer als ich es wahrhaben wollte. Von Rheumaschmerzen geplagt, wie immer, stand Fräulein Foster auf und ergriff meine Hand. Sie betupfte ihre vom Weinen rotgeränderten Augen mit dem Taschentuch und sagte: »Wissen Sie es schon, Bridie, mein Liebes? Das mit Ihrem Vater?«

»Ja, Fräulein Foster. Bitte helfen Sie mir; seien Sie tapfer, und machen Sie keine Umstände.« Die Augen meiner Mutter waren geschlossen, aber ich sah, wie die Lider zuckten. »Lassen Sie mich für ein paar Minuten mit Mama allein«, fuhr ich fort. »Aber gehen Sie nicht weg. Ich möchte, daß Sie noch bei ihr bleiben, wenn ich es Kate erzähle und . . . und mich um andere Dinge kümmere.«

»Aber ja, Kind. Ich warte draußen. Der Herr soll uns allen in unserem Leid beistehen.«

Sie ging mit müden Schritten hinaus, und ich beugte mich über das Bett. Meine Mutter sah mich mit fiebrigen, gehetzten Augen an. »Er ist tot, Bridie«, flüsterte sie. »Dein lieber Papa ist von uns genommen worden. Ich weiß nicht, was wir tun sollen.« Selbst jetzt, in ihrem Jammer, sprach sie jedes Wort mit ihrer üblichen Sorgfalt aus, als ob sie befürchtete, einen Fehler zu machen.

Ich sagte: »Versuch zu schlafen, Mama. Bitte, versuch zu schlafen.«

»Alle erzählen so schreckliche Lügen über ihn. Du sollst das wissen, Bridie; diese Polizisten erzählen Lügen!«

»Ich weiß Mama. Aber bitte, versuch doch, gesund zu bleiben. Es ist alles so schwierig. Ich muß es Kate sagen und den Dienern . . . Natürlich nur, daß Papa gestorben ist, meine ich. Sobald ich einen Moment Zeit habe, werde ich Mr. Whiteley eine Nachricht senden. Er ist Papas Anwalt, erinnerst du dich? Ich werde ihm von dem schrecklichen Fehler erzählen, den die Polizei gemacht hat, und er wird schon wissen, was er deswegen unternehmen muß.«

»Ja, mein Liebes. Du mußt tun, was du für das beste hältst. Ich . . . ich werde wirklich nicht damit fertig.« Sie legte die Hände über das Gesicht und begann zu schluchzen. Ich tätschelte ihr sanft den Arm und sagte ein paar unbeholfene Worte, in dem hoffnungslosen Bemühen, sie zu trösten. Mit wachsender Verzweiflung wurde mir klar, daß alles, was getan werden mußte, auf meinen Schultern ruhte, und das brachte mich vorübergehend aus der Fassung. In diesem Augenblick hätte ich am liebsten vor Schrecken und Entsetzen geschluchzt, wenn es jemand anderen gegeben hätte, der alles erledigen könnte. Aber es gab niemanden.

Nach zwei oder drei Minuten wurde Mutters Weinen schwächer, und sie lag nur noch mit geschlossenen Augen da. Ihre Atemzüge kamen zitternd. Anscheinend wirkte das Schlafmittel, und ich flüsterte nur noch: »Ich muß gehen und mich um alles kümmern, Mama. Ich komme zurück, so schnell ich kann.«

Ellen, das Hausmädchen, wartete auf dem oberen Treppenabsatz. Sie sah aufgeregt aus. »Is' da irgendwas, was ich tun kann, Miss Bridie?« fragte sie, als ich die Galerie entlangging. »Ich hab' geholfen, Mrs. Chance ordentlich ins Bett zu kriegen, und dann hat Fräul'n Foster mir gesagt, ich soll hier warten.«

»Danke, Ellen.« Als ich meine Wangen berührte, fiel mir auf, daß ich überhaupt nicht geweint hatte. Aber mein Gesicht fühlte sich an, als ob es aus Holz wäre. »Geh jetzt hinunter in die Küche«, wies ich sie an, »und sag Miss Kate, sie soll sofort in ihr Zimmer kommen. Bitte. Ich werde dort auf sie warten.«

»Ja, Miss, 'tschuldigung, aber is'n da was fürchterlich Schreckliches passiert, wo doch die Männer von London gekommen sind und wo doch auf einmal die arme Mrs. Chance so schrecklich übel dran ist?«

Ich hätte sie dafür anbrüllen können, daß sie in solch einem Augenblick Fragen stellte, aber ich schaffte es, mich zusammenzunehmen, und sagte: »Ich werde später zu euch allen sprechen. Fangt inzwischen nicht an, eine Menge Klatsch zu verbreiten. Nun aber ab, Ellen. Schnell jetzt.«

Sie warf mir einen ärgerlichen Blick zu und trampelte eilig die Treppe hinunter. Mir wurde klar, daß Kate jemand brauchen würde, der bei ihr blieb, wenn ich ihr alles beigebracht hatte. Doch ich selbst hatte zu viel zu tun. So ging ich also zurück, um Fräulein Foster zu holen, die ihren Platz im Zimmer meiner Mutter wieder eingenommen hatte. Das Fräulein und ich waren gerade zusammen in Kates Schlafzimmer angekommen, als Kate hereingeeilt kam. Sie ahnte nicht, daß dieser Aufruhr in Latchford Hall mit unserem Vater verbunden sein konnte, denn ehe ich etwas sagte, fragte sie: »Geht es Papa gut? Oh, Bridie, ist etwas passiert?«

Zuerst einmal bat ich sie, sich hinzusetzen und ein halbes Glas Wasser zu trinken, in dem etwas Schlafpulver aufgelöst war, das Dr. Carey bei Fräulein Foster gelassen hatte. Dann erzählte ich Kate, daß es einen Unfall gegeben hätte und Papa danach getorben war. Kate saß da, die Fäuste auf ihre Wangen gepreßt, die Augen geschlossen, das Gesicht verzerrt vor Schmerz, und die Tränen rannen ihr unaufhörlich über das Gesicht. Ich kniete mich neben sie, drückte sie einen Augenblick ganz fest an mich, und sagte ihr dann, daß Fräulein Foster sie zu Bett bringen und bei ihr bleiben würde, bis sie schlief.

Es war eine Erleichterung, die Tür hinter mir zu schließen, denn ich hatte gefürchtet, daß sie vielleicht Fragen über Papas Tod stellen würde und warum uns diese Nachricht von Polizisten von Scotland Yard überbracht worden war. Im Augenblick kannten nur meine Mutter und ich die entsetzliche Anschuldigung, die gegen Papa erhoben wurde, und durch all den betäubenden Nebel des Schmerzes, der mich umfing, hatte ich mich verzweifelt an die Notwendigkeit geklammert, daß dies alles völlig geheimgehalten werden mußte, bis Mr. Whiteley, der Anwalt, der Polizei klarmachen konnte, wie unmöglich diese Beschuldigung war.

Als ich in die Halle hinunterkam, tauchte Inspektor Browning aus dem Wohnzimmer auf. Er trug wieder seinen Hut und den Umhang. Er wartete, bis ich vor ihm stand und sagte dann leise: »Ich bin mit diesem Raum und mit dem Frühstückszimmer fertig, Miss Chance. Sie können sie also beide wieder benutzen. Sergeant Dean versiegelt gerade die Türen der anderen Zimmer.«

Ich sagte: »Also gut, Inspektor. Ich werde dafür sorgen, daß die Diener keins der versiegelten Zimmer betreten.« Ich überlegte, wie ich ihnen das wohl erklären sollte, aber mir fiel im Moment nichts ein. Nach einem Augenblick fuhr ich fort.: »Es gibt etwas, das ich Ihnen sagen möchte. Die Anklage gegen meinen Vater ist völlig falsch. Aber bis es sich zeigt, daß dies der Fall ist, möchte ich unter allen Umständen vermeiden, daß diese unwahre Geschichte in allgemeinen Umlauf kommt. Ich wäre Ihnen also sehr dankbar, wenn Sie davon absehen können, irgend jemandem davon zu erzählen.«

Inspektor Browning starrte auf seine Stiefel hinab, dann hob er den Kopf und schaute mich direkt an. Sein Gesicht hatte einen sorgenvollen Ausdruck. »Ich fürchte, Sie verstehen nicht ganz, Miss«, sagte er bedauernd. »In einigen französischen Zeitungen sind schon Berichte gewesen. In ein paar österreichischen und italienischen Blättern auch, glaube ich. Und die Auslandskorrespondenten für die englischen Zeitungen würden ganz sicher eine Geschichte wie diese an ihre Zeitungen zu Hause weiterleiten. Weil ein Engländer darin verwickelt ist, wäre es natürlich hier eine Sensation, verstehen Sie? Nun, ich weiß, daß Ihr Vater eigentlich aus Irland kam, aber . . .«

Ich hörte das Ende des Satzes nicht mehr, denn ein Hämmern dröhnte durch meinen Kopf, und ich fühlte, daß mein Herz versuchte, mir aus der Brust zu springen. Als ich endlich wieder sprechen konnte, sagte ich mit gebrochener Stimme: »Sie meinen, die Zeitungen werden das drucken, was Sie mir erzählt haben? Sie werden meinen Vater mit Namen nennen und sagen, daß er ein Dieb ist . . . daß er ein Dieb war?«

»Nun, sie werden ein bißchen vorsichtiger sein, Miss, weil es Gesetze gegen üble Nachrede und dergleichen Dinge gibt, aber nichts kann sie daran hindern, über das zu berichten, dessen er angeklagt ist, und eine offizielle Stellungnahme von der französischen Polizei abzudrucken.« Er zögerte, dann fuhr er fort: »Und die ausländischen Zeitungen haben Ihren Vater mit vollem Namen erwähnt. Drüben auf dem Kontinent hat schon seit Jahren ein höchst geschickter Gentleman-Juwelendieb die großen Häuser heimgesucht, aber sie konnten ihn nie festnageln. Die Franzosen hatten sogar einen Spitznamen für ihn. Le Sosijeh, so hört es sich wenigstens an, Miss. Es ist ein französisches Wort für Magier . . .«

»Aber das war doch nicht mein Vater!« flüsterte ich und schaute hinter mich, um sicherzustellen, daß niemand die Halle betreten hatte. »Es ist Wahnsinn, wenn Sie sagen, daß mein Vater dieser Dieb war, dieser Mann, den Sie Le Sorcier nennen!«

»Aha, ich höre, Sie sprechen selbst französisch, Miss. Das ist auch nicht überraschend, da Ihr Vater es sprach wie ein Franzose.« Er hielt inne, hob eine Augenbraue und schaute Sergeant Dean an, der im Durchgang zur Bibliothek erschienen war.

Der Sergeant nickte zweifelnd. »Ich habe die Türen an

den Zimmern hier unten versiegelt, wie Sie es mir aufgetragen haben, Sir, aber es ist nicht das, was man zufriedenstellend nennt. Ich meine, da sind noch all die Schlafzimmer, die Dienerzimmer, die Außengebäude und so weiter.«

»Für heute haben wir genug getan.« Inspektor Brownings Ton klang unwillig.

»Ich hoffe nur, daß Ihr Vorgesetzter Ihnen da zustimmt, Sir.«

»Das wird er schon, wenn er einen Funken Verstand hat.«

Der Inspektor betrachtete seinen jüngeren Kollegen kalt. »Nur ein Narr würde das Diebesgut im Haus seiner Familie verstecken, wo er nur selten anwesend ist und wo jeder vielleicht darüber stolpern könnte. Und Roger Chance war kein Narr, das ist sicher.«

Ich biß mir fest auf den Handknöchel, damit ich nicht laut vor Wut aufschrie, und dann sagte ich so fest ich konnte: »Wie oft muß ich Ihnen noch sagen, daß ein schrecklicher Fehler gemacht worden ist? Was Sie über meinen Vater sagen, ist völlig unwahr!«

Der Inspektor verzog seine Lippen und wiegte sich gedankenvoll hin und her. »Es ist nicht mein Wunsch, Ihnen noch mehr Kummer zu bereiten, als Sie schon haben, Miss«, sagte er langsam, »aber gleichzeitig wäre es falsch, Sie mit irgendwelchen Hoffnungen zurückzulassen. Tatsache ist, daß kein Fehler gemacht wurde. Die französische Polizei hatte Verdacht geschöpft, daß Roger Chance dieser Sorcier war. Sie haben eine Zeitlang gewartet, ihm eine Falle gestellt und einen schönen Köder hingelegt. Er hat den Köder genommen, und sie haben ihn in flagranti erwischt. Direkt bei der Tat, Miss. Er war übers Dach geklettert und in das Schlafzimmer irgendeiner italienischen Gräfin gestiegen, die einen kostbaren Anhänger besaß. Einen Anhänger, der angeblich ein Vermögen wert war. Irgendein hohes Tier bei der Polizei hatte sie um ihre Hilfe gebeten. Während der Wochenendparty im Château machte sie eine große Schau damit, und Ihr Vater war einer der Gäste. Sie haben auf ihn gewartet, Miss, und sie haben ihn erwischt. Er hatte den Juwel in der Hand, und eine Maske bedeckte sein Gesicht und seinen Kopf. Dann hat er versucht zu entkommen, und er stürzte ab. Sie haben zwei Dietriche und eine kleine Brechstange bei ihm gefunden, und als sie sein Zimmer im Château durchsuchten, haben sie in einem seiner Koffer ein Geheimfach entdeckt. Darin war die feinste Ausrüstung an Einbruchswerkzeugen, die die Polizei je gesehen hatte. Tut mir leid, aber jeder Irrtum ist ausgeschlossen, Miss.«

Ich versuchte aufzuwachen, denn ich wußte, daß ein Alptraum mich in seinen Klauen hatte, ein Alptraum, in dem die Wahrheit umgekehrt wird und jede Vernunft schweigt. Nach einem Augenblick, als die Welt des Schrekkens, in der ich mich befand, sich nicht änderte, sagte ich: »Sie erwarten also, daß dies alles in Kürze in den Tageszeitungen erscheint?«

»Ich bin ganz sicher, daß es morgen in den Zeitungen stehen wird, Miss. Scotland Yard hat die Zeitungen gebeten, so lange zu schweigen, bis wir Latchford Hall durchsucht hätten, aber jetzt gibt es keine Notwendigkeit mehr, es noch weiter geheimzuhalten, besonders, weil es heute schon in einigen ausländischen Zeitungen stand.«

Noch nie in meinem Leben hatte ich mir gewünscht, tot zu sein, aber jetzt wünschte ich es mir. Mein Gehirn konnte einfach nicht mit all dem Durcheinander der Konsequenzen fertig werden, die folgen würden, wenn diese schreckliche Geschichte rauskäme. Der Inspektor sagte gerade: »Wir verlassen Sie jetzt, Miss, und kommen morgen früh wieder. Ich hoffe, halb zehn ist angemessen?«

»Ja«, sagte ich mühsam, »ja, Inspektor. Und ich danke Ihnen für Ihre Höflichkeit.«

Ich brachte die beiden Männer selbst hinaus, anstatt Henson dafür zu bemühen; dann ging ich zurück in den Salon, schloß die Tür und setzte mich in einen Sessel ans Fenster. Morgen würde das ganze Dorf, das ganze Land die Geschichte kennen, die die beiden Polizisten mir eben erzählt hatten, und alle Blicke würden auf die Familie

Chance aus Latchford Hall gerichtet sein. Mein Vater war tot, meine Mutter war krank und unfähig, mit all dem fertig zu werden, was getan werden mußte. Es gab niemanden im Haus, von dem ich Hilfe erwarten konnte, und bald mußte ich den Dienern irgend etwas erzählen. Ich wollte mich hinlegen und mich in den Schlaf weinen und dann aufwachen und hoffen, daß irgend jemand alle Verantwortung von meinen Schultern genommen hatte . . .

Bernard! Ich preßte meine Hände an die Schläfen und fühlte mich fast krank vor Erleichterung. Der Mann, den ich heiraten sollte, würde mir die uneingeschränkte Unterstützung und den Trost geben, den ich brauchte. Er würde wissen, daß die Geschichte, die die französische Polizei erzählte, falsch war, und er würde irgendwie einen Weg finden, das auch zu bewesien. Im Geist sah ich sein Gesicht jetzt vor mir, stark, sicher, lächelnd, die Augen unter dem dichten, blonden Haar voller Lachen. Da war ja auch noch sein Vater. Mr. Laurence Page war ein einflußreicher Mann im Land, und bei den Gelegenheiten, zu denen unserer beider Familien sich getroffen hatten, war er mir gegenüber ausgesprochen liebenswürdig gewesen. Dazu kam noch, daß er mit meinem Vater hervorragend ausgekommen war.

Ich betete still und leidenschaftlich: »Oh, Gott sei Dank«, denn jetzt wußte ich, daß ich nicht allein war. Ich hatte einen fähigen Mann, an den ich mich wenden konnte, einen, der mich liebte. Ich setzte mich an den Schreibtisch, nahm ein Blatt Briefpapier und versuchte, klar zu denken. Robert, unser Kutscher, konnte einen Zug nach Lowestoft nehmen und den Brief noch heute abend abliefern. Ich wußte, daß heute abend sowohl Bernard als auch sein Vater bei einem Arbeitsessen in Norwich waren, aber es konnte vor morgen früh sowieso nichts mehr getan werden.

Ich tunkte die Feder in das Tintenfäßchen und schrieb:

»Liebster Bernard,
mein Vater ist gestorben, und ich bin in größter Sorge, die ich Dir erklären will, wenn ich Dich sehe. Bitte komm zu mir, nimm den frühesten Zug morgen. Ich habe Deine Hilfe verzweifelt nötig.

In Liebe,
Bridie.«

Als ich den Umschlag versiegelte und adressierte, fiel mir ein, daß Bernard, wenn er sich die Zeit nahm, einen Blick in die Morgenzeitung zu werfen, sofort sehen würde, wie sehr ich ihn eigentlich brauchte. Mit diesem Gedanken kam noch ein zweiter. Ich konnte heute abend noch etwas tun. Es war sehr wichtig, mit Mr. Whiteley zu sprechen, dem Anwalt, und zwar ohne Verzögerung. Morgen früh würde er ohne Zweifel lesen, was immer die Times oder die Morning Post über Roger Chance zu berichten hatten, und es konnte gut sein, daß er sich dann weigern würde, für unsere Familie zu handeln. Ich wußte nicht, ob das Gesetz ihm diese Ablehnung erlaubte, aber der Gedanke machte mir Angst. Ich brauchte einen guten Rat, und es schien mir, daß Mr. Whiteley, wenn ich erst einmal bei ihm war, mich kaum hinauswerfen konnte.

Ich schellte nach Henson. Als er eintrat, stand ich am Kamin und sagte zu ihm: »Ich habe schlechte Nachrichten, Henson. Mein Vater ist in Frankreich tödlich verunglückt. Man erzählt sich niederträchtige Dinge über ihn, und deshalb ist die Polizei hiergewesen. Die Beamten haben einige Räume versiegelt, die niemand betreten darf. Ich habe jetzt keine Zeit, Ihnen mehr zu erklären, weil ich sofort nach Southwold fahren und den Anwalt meines Vaters aufsuchen möchte. Würden Sie bitte dafür sorgen, daß Robert Daisy noch einmal anschirrt und den Wagen vor die Tür bringt? Und dann soll er mit dem Zug nach Lowestoft fahren und Mr. Bernard Page diesen Brief überbringen.«

»Ich . . . ich bedaure das sehr, Miss.« Henson sah verstört und betroffen aus. »Ihr armer Vater. Was in aller Welt kann die Polizei damit nur meinen? Und Mrs. Chance . . . die Ärmste, wie sie das treffen wird! Aber Sie, Miss Bridie, sind heute abend auch nicht mehr in der Verfassung, noch auszufahren. Sie werden sich den Tod holen.«

»Ich muß gehen.« Ich merkte, wie meine Stimme schrill wurde, und bemühte mich, normal zu sprechen. »Ich muß, Henson. Es gibt so vieles, was dringend erledigt werden muß. Ich glaube nicht, daß meine Mutter oder Miss Kate heute abend noch etwas essen wollen, die beiden werden sicherlich inzwischen schlafen, aber gehen Sie zu Fräulein Foster. Vielleicht braucht sie etwas.«

Ein anderer Gedanke kam mir, und mein Herz krampfte sich zusammen. »Oh, sprechen Sie doch bitte mit Ellen wegen der Trauerkleidung. Sie muß mit der Schneiderin darüber reden. Und nun bitte gehen Sie, und sagen Sie Robert, daß ich den Jagdwagen brauche. Ich möchte in fünf Minuten fahren.«

Kurz nach sechs Uhr kam ich bei Whiteley & Whiteley in Southwold an. Am Ende der langen Fahrt hatte ich mich in einer Art Trance befunden. Die Trauer, der Schock und der Zorn, die ich spürte, waren auf einmal merkwürdig weit entfernt; wahrscheinlich schützte sich mein Innerstes, so daß ich nicht zusammenbrach.

Die Tür wurde von einem älteren Mann geöffnet, der um jeden Jackenärmel als Schutz gegen den Verschleiß ein Stück Kreppapier gewickelt hatte. In ihm erkannte ich Mr. Bembridge, den Sekretär des Anwalts. In seinem Büro hatte ich einige Jahre zuvor einmal gewartet, als mein Vater in Southwold etwas bei Mr. Whiteley erledigen mußte und mich mitgenommen hatte.

Mr. Bembridge erinnerte sich erst an mich, als ich ihm meinen Namen nannte. Aber dann sagte er mir, daß Mr. John und Mr. William (beide waren Brüder und gleichzeitig Partner in der Firma) an diesem Tag schon nach Hause gegangen waren. Als ich die äußerste Dringlichkeit meines Anliegens deutlich machte, zögerte er ein wenig, aber dann schlug er vor, ich sollte es bei der Privatadresse der Whiteley-Brüder versuchen, wo beide zusammen mit ihrer unverheirateten Schwester lebten. Das Haus lag gerade hinter der Kirche, weniger als eine Meile von den Büros entfernt. Und kaum zehn Minuten später zog ich an der Glocke im Eingang eines finsteren grauen Hauses, das ein wenig von der Straße zurückversetzt lag.

Ein Dienstmädchen öffnete die Tür, nahm meine Karte entgegen und führte mich in ein Arbeitszimmer, das mit einem mächtigen geschnitzten Schreibtisch, deckenhohen Bücherregalen und einigen stark vergrößerten Fotografien von Katzen ausgestattet war. Fünf Minuten später betrat ein großgewachsener Mann mit schütterem, grauem Haar das Zimmer. Er trug eine Brille, einen Gehrock mit Revers aus schwarzer Seide, einen hohen, steifen Kragen und eine graue Halsbinde. Seine Schultern hingen leicht nach vorn, und sein Gesicht war gerunzelt wie eine Walnuß. Er hielt meine Visitenkarte in der Hand, und weder in seinem Gesicht noch in seiner Stimme lag irgendein Ausdruck, als er sagte: »Miss Bridget Chance? Ich bin John Whiteley.«

Als er eintrat, war ich aufgestanden, und nun gab ich ihm meine Hand und machte einen kleinen Knicks. »Ich bin Ihnen sehr dankbar, daß Sie mich empfangen, Mr. Whiteley. Und ich bitte um Entschuldigung wegen der Störung.«

Er berührte meine Hand, blickte auf die Rückseite meiner Visitenkarte und sagte in trockenem Ton: »Sie haben geschrieben, ›Tochter von Mr. Roger Chance – in einer Angelegenheit auf Leben und Tod‹. Nach meiner Erfahrung sind nur wenige Dinge derart dringend.«

»Bitte seien Sie mir deswegen nicht böse, Mr. Whiteley. Es geht tatsächlich um einen Todesfall, denn vor wenigen Stunden haben wir die Nachricht bekommen, daß mein Vater verstorben ist. Aber der weitere Inhalt dieser Nachricht ist so furchtbar, daß ich für das Leben meiner Mutter fürchte, wenn nicht etwas unternommen wird.«

Seine Miene zeigte nicht einmal einen Schimmer von Neugier. Er ging zu einem Sprechrohr an der Wand hinüber, nahm die kleine Pfeife und blies in die Öffnung; dann legte er sein Ohr daran. »Ich darf Sie meines Beileids versichern«, sagte er in derselben trockenen Art wie zuvor. »Und bitte, behalten Sie doch Platz. Zweifellos haben Sie einen schweren Schock erlitten. Ich verstehe jedoch Ihren letzten Satz nicht ganz; denn das einzige, was bei einer Nachricht, so fürchterlich sie auch sein mag, unternommen werden kann, wie Sie sich ausdrücken, ist, sie nachzuprüfen.« Ohne die geringste Pause in seinem Wortstrom sagte er ins Mundstück des Sprechrohrs: »Bitte seien Sie so gut, Nelly, und bringen Sie eine kleine Platte Vollkornbrötchen und eine Kanne Tee in den Arbeitsraum. Wie bitte? Wie? Es kümmert mich einen feuchten Kehricht, was Miss Adelaide dazu sagen wird. Sie soll sich um ihren eigenen Kram kümmern, zum Kuckuck.« Seine Stimme und sein Gesichtsausdruck veränderten sich überhaupt nicht bei diesen Worten, sondern blieben leidenschaftslos wie vorher. Und als er das Mundstück wieder in die Gabel hängte, sprach er gleichmäßig weiter, jetzt wieder zu mir gewandt. »Ich sollte eigentlich annehmen, daß Sie in dieser Situation den Wunsch versprüren, bei Ihrer Mutter zu sein und sie in ihrem Leid zu trösten, aber man sollte hier, wie überhaupt nie und bei keiner Gelegenheit, vorschnell urteilen, und es mag durchaus sein, daß das, was Sie mir zu sagen haben, zeigen wird, daß es dringlicher für Sie war, das zu unternehmen, was zu unternehmen Sie sich entschlossen haben. Wollen Sie bitte entschuldigen? Ich glaube, Henrietta an der Tür zu hören.«

Er ging mit gebeugtem Rücken zur Tür, öffnete sie, bückte sich und wandte sich mir mit einer großen, buntgefleckten, schnurrenden Katze im Arm wieder zu. »Ich habe eine große Zuneigung zu Katzen«, sagte er ohne jede Gemütsbwegung, »eine Zuneigung, die von meinem Bruder, William, geteilt wird, so darf ich wohl sagen. Einigermaßen seltsam, wenn Sie meine Meinung hören wollen, denn er ist nicht der Mann, für dessen Geschmack oder Intellekt ich einen größeren Respekt hege . . .« Er fuhr fort, in demselben, gleichmäßigen Tonfall weiterzureden, während er die Katze in einen ledernen Sessel setzte; dann ging er zu einem Schrank hinüber, öffnete ihn und nahm ein Glas und eine Flasche mit bernsteinfarbener Flüssigkeit heraus.

». . . und jetzt stehe ich im Begriff, Ihnen ein Quentchen Brandy einzuschenken, Miss Chance, und ich wäre Ihnen sehr zu Dank verpflichtet, wenn Sie es Schlückchen für Schlückchen zu sich nehmen würden, ganz langsam. Es ist leicht zu bemerken, daß die Strapaze, die Sie durchgemacht haben, Sie in einen Zustand der Erschöpfung versetzt hat, und Sie müssen jetzt Ihre Kraft zusammenhalten, wenn Sie mir von der beunruhigenden Nachricht erzählen. Sie benötigen also eine kleine Stärkung, und wenn Sie den Brandy schlückchenweise ausgetrunken haben«, er reichte mir das Glas, »dann werden noch Tee und Brötchen da sein, um sicherzustellen, daß kein unerwünschter Nebeneffekt dem Verzehr des Alkohols, gleich, in welch kleiner Menge, auf den leeren . . . hm . . . Magen folgt.«

Er ließ sich in seinem Drehstuhl hinter dem Schreibtisch nieder, nahm die Katze auf den Schoß und begann sie zu streicheln, während er geistesabwesend an die Decke starrte. Ich dankte ihm, nippte gehorsam an dem Brandy, schnappte ein bißchen nach Luft, als er feurig durch meine Kehle rannte, und trank ein paar Minuten später gerade den letzten Tropfen, als es an der Tür klopfte. Ein Dienstmädchen trug das Tablett mit dem Tee herein. Mr. Whiteley starrte noch immer versunken vor sich hin, so als ob er allein im Zimmer wäre.

Das Dienstmädchen stellte das Tablett auf dem Schreibtisch ab und sagte: »Mr. William läßt fragen, wie lange er noch warten muß, bevor Sie kommen und das Dominospiel zu Ende spielen, und Miss Adelaide will wissen, zu welcher Zeit Sie das Essen haben wollen, und die beiden haben eine ganz gewaltige Auseinandersetzung darüber, ob es Ihre Henrietta war, die die Vorhänge zerfetzt hat, oder Mr. Williams Jemima.«

Mr. Whiteley wachte aus seiner Versunkenheit auf und

sagte gleichmütig: »Sie können Mr. William sagen, daß er so lange warten wird, wie es mir paßt, und Miss Adelaide, daß ich die Frage über die Stunde des Essens entscheiden werde, wann immer es mir genehm ist. Das ist alles, Nelly.«

Das Dienstmädchen ging hinaus. Mr. Whiteley setzte die Katze auf den Boden, stellte zwei Tassen auf die Unterteller, schenkte Tee aus und überließ es mir, Milch und Zucker hinzuzufügen, stellte danach eine schwerbeladene Platte mit Vollkornbrötchen bequem in meine Reichweite und sagte: »Es ist wichtig, daß Sie mindestens ein halbes Dutzend Brötchen essen, um bei Kräften zu bleiben. Ich werde mich verpflichtet fühlen, Sie zu nötigen, wenn Sie weniger nehmen.« Er ließ sich wieder in seinen Sessel sinken, zog ein Tintenfaß aus Messing zu sich hinüber, nahm eine Feder auf, begutachtete die Spitze, schraubte das Tintenfaß auf und sagte: »Also. Was wollen Sie mir sagen, Miss Chance?«

Am Anfang kamen meine Worte ungeschickt und wirr. Er unterbrach mich nicht, sondern wartete geduldig. Es war eine große Überwindung für mich, die Geschichte über meine Lippen zu zwingen, aber ich hatte verstanden, daß Mr. Whiteley in seiner eigenen, skurrilen Art ein rücksichtsvoller und freundlicher Mann war, und das half mir sehr. Nicht für einen Augenblick zeigte er Überraschung oder Schock, als ich stockend meine Geschichte erzählte. Seine Feder kratzte gleichmäßig über das Papier, und er hielt nur zweimal inne, um mit strengem Blick auf den Teller mit den Brötchen zu verweisen.

Als ich alles gesagt hatte, war es mir nebenher tatsächlich gelungen, vier Brötchen zu essen. Außerdem hatte ich zwei Tassen süßen Tee getrunken, und ich fühlte mich weniger erschöpft als vorher. Es herrschte Schweigen, während Mr. Whiteley durchlas, was er geschrieben hatte. Dann legte er seine Feder hin und nahm die Brille ab.

»Sie sind also der Meinung, daß das, was die französische Polizei bezüglich Ihres seligen Vaters, Roger Chance, hat verlautbaren lassen, unwahr ist?« sagte er.

»Ja, natürlich, Mr. Whiteley!« bekräftigte ich ein wenig

erhitzt. »Sie stimmen mir doch sicher zu? Schließlich war mein Vater Ihr Klient.«

»Bis jetzt habe ich noch keine Meinung, und in jedem Fall ist die Wahrheit nicht eine Frage der Meinung. Ich muß Ihnen sagen, daß die Sozietät Whiteley & Whiteley niemals Fälle akzeptiert hat, bei denen das Strafgesetz in Betracht kommt . . . Ich bitte Sie, essen Sie noch ein Brötchen, Miss Chance. Allerdings kann ich Ihnen als Seniorpartner auch sagen, daß es aus meiner Sicht der Dinge unseren Gepflogenheiten nicht entgegenstände, Ihre Mutter und Ihre werte Person zu vertreten. Daher, sollten Sie den Wunsch hegen, mich zu informieren, werde ich tun, was immer in meiner Macht steht, um Ihnen in dieser sehr schwierigen Zeit zur Seite zu stehen.«

Eine Welle der Dankbarkeit überflutete mich. Wenn der Bericht in den Zeitungen erschien, würden nur noch wenige von unseren Bekannten und Nachbarn, wenn überhaupt jemand, mit uns sprechen. Einige würden uns meiden, weil wir die Familie eines Kriminellen darstellten, und andere, weil es ihnen wegen anderen peinlich war. Aber Mr. John Whiteley hatte erklärt, daß er helfen wollte, und ich war ihm viel dankbarer, als ich es mit Worten ausdrükken konnte.

Er sagte: »Wissen Sie, wo der Inspektor von Scotland Yard wohnt?«

»Ich fürchte nein; oh, warten Sie. Doch, es fällt mir jetzt wieder ein. Im ›Woodman‹ in Wynford.«

Er setzte seine Brille wieder auf und notierte sich den Namen. »Ich werde dort noch heute abend vorsprechen und mich mit ihm unterhalten, und ich glaube, ich sollte morgen einen frühen Zug nach London nehmen, um mit demjenigen zu sprechen, der bei Scotland Yard die Verantwortung für den Fall trägt. Inzwischen werde ich dafür sorgen, daß mein Bruder, Mr. William, mit dem Abteilungsleiter der Bank Ihres Vaters spricht, um festzustellen, welche Gelder zur Verfügung stehen und ob irgendwelche Dokumente dort im Safe deponiert worden sind.«

Mr. Whiteley ließ seinen Finger mehrere Male an der Nase auf- und abgleiten, dann schien er zu einer Entscheidung gekommen zu sein und fuhr fort: »Ich habe nicht den Wunsch, noch zu Ihren Sorgen beizutragen, aber die finanziellen Angelegenheiten sind von einiger Dringlichkeit. Ich habe keinen Überblick über die pekuniäre Situation Ihres Vaters. Ohne Zweifel gibt es ein Bankkonto in Paris und möglicherweise auch anderswo. Es ist fast sicher, daß die französische Polizei in diese Problematik eingedrungen ist und Scotland Yard darüber informiert hat. Dies alles müssen wir so bald wie möglich herauszufinden versuchen, so daß Sie wissen, wie Sie fürderhin am besten Ihre Familienangelegenheiten ordnen. Darf ich fragen, wie die täglichen Ausgaben in Ihrem Haushalt organisiert sind, im Hinblick auf die Tatsache, daß Ihr Vater für den größten Teil jeden Jahres auf dem Kontinent weilte?«

»Ja.« Ich hielt inne, um meine Gedanken zu sammeln, denn ich fühlte mich plötzlich schwindelig. »Ja, mein Vater unterhielt immer ein laufendes Konto von ein paar hundert Pfund bei der Bank Goslings & Sharpes, und zwar bei der Filiale hier in Southwold. Meine Mutter hat die Befugnis, nach Bedarf Geld für alle Ausgaben von diesem Konto abzuziehen. Ich nehme an, mein Vater hat dafür gesorgt, die abgehobenen Summen in regelmäßigen Abständen zu ersetzen, indem er Geld aus dem Ausland überwies.«

»Die Bank wird in der Lage sein, uns über diesen Punkt zu informieren. Sie haben ein paar hundert Pfund erwähnt. Gibt es noch irgendwelche anderen Konten? Deponierte Gelder? Reserven? Aktien? Wertpapiere irgendeiner Art?«

»Ich bin nicht sicher, Mr. Whiteley, aber ich kann mich nicht daran erinnern, jemals gehört zu haben, daß mein Vater von solchen Dingen sprach.«

Der Anwalt faltete seine Hände und schaute mich mit verschleiertem Blick an. »Ich entnehme meiner Erinnerung«, sagte er, »daß Ihr Vater ein ungewöhnlicher Mann gewesen ist, Miss Chance. Ich habe ihn folgendermaßen eingeschätzt: Er war von abenteuerlustiger Natur, in dem

Sinne, daß er das genoß, was man das Element der Herausforderung nennen könnte. Ich hoffe, ich hoffe ernstlich, daß Sie sich nicht beleidigt fühlen werden, wenn ich ihn als einen Mann beschreibe, der eine etwas leichtfertige Haltung einnahm, in dem Ausmaß, daß er großzügig war bis ins Extrem, aber vielleicht mit wenig Rücksicht auf die Zukunft oder darauf, daß er eine Vorsorge gegen die Möglichkeit finanzieller Engpässe zu treffen hatte.«

Mr. Whiteleys Sätze waren so lang, daß ich, wenn er sich endlich bis zum Ende durchgewunden hatte, mich nur mit Mühe daran erinnern konnte, was er am Anfang gesagt hatte. Aber wenigstens verstand ich die allgemeine Richtung. Ich saß da und dachte eine Weile nach, erinnerte mich an Augenblicke mit meinem Vater, hörte wieder sein sorgloses Lachen, und ich wußte plötzlich, daß die Beurteilung des Anwalts richtig war. Roger Chance war wirklich ein Mann gewesen, der nur für die Gegenwart lebte, wenn dies auch eine Tatsache war, über die ich nie zuvor nachgedacht hatte.

»Ja«, sagte ich endlich. »Ich glaube nicht, daß mein Vater das war, was Sie einen fürsorglichen Familienvater nennen würden, Mr. Whiteley, aber wenn ich jetzt zurückschaue, glaube ich, daß er es auch nicht nötig hatte. Als seine Familie haben wir immer alles gehabt, was wir uns wünschten. In meinem ganzen Leben habe ich kaum Gelegenheit gehabt, über Geld nachzudenken, Mein Vater hat also offensichtlich sehr reichlich für all unsere Bedürfnisse gesorgt.«

»Ganz richtig. Aber ich denke jetzt an die Bedürfnisse, die Sie in der Zukunft haben werden, und ich versuche, sicherzustellen, welche Mittel zur Verfügung stehen, um sie zu befriedigen.«

Ich runzelte meine Augenbrauen und sagte dann: »Ich weiß es wirklich nicht, Mr. Whiteley, aber ich nehme an, daß all diese Dinge im Testament meines Vaters stehen werden.«

Der Anwalt lehnte sich in seinem Sessel zurück und sagte

milde: »Nach meinem besten Wissen hat Ihr Vater kein Testament hinterlassen. Ich habe ihn oft gedrängt, doch eines aufzusetzen, aber er hat nur gelacht. Er sagte, wenn die Zeit reif wäre, würde er auf jeden Fall dafür sorgen, all seine Schulden mir zu hinterlassen – er sprach natürlich im Scherz –, und er wäre mir dankbar, wenn ich in der Zwischenzeit dieses Thema vermeiden wolle, das er als außerordentlich morbide betrachtete.«

»Aha.« Ich war einen Augenblick lang aus dem Konzept gebracht, aber überrascht war ich eigentlich nicht. Ich konnte es fast hören, wie mein Vater den Rat dieses trockenen, genauen Anwalts mit einem Lachen beiseite schob.

»Ich werde zugunsten Ihrer Mutter Vollmachten über das Vermögen beantragen«, sagte Mr. Whiteley. »Und ich stelle mir vor, daß sich bei ihrem Anspruch als einzige und rechtmäßige Erbin des Vermögens Ihres Vaters keinerlei Probleme ergeben werden. Allerdings . . .«, er zögerte, und zum ersten Mal bemerkte ich sekundenlang eine Andeutung von Besorgnis in den distanzierten grauen Augen. Ich hatte den Eindruck, als ob er irgend etwas hätte sagen wollen, es sich dann aber anders überlegt hatte. Nach einer kurzen Pause fuhr er fort: »Allerdings glaube ich, daß wir jetzt soviel besprochen haben, wie für den Augenblick notwendig ist, und es wäre unklug von Ihnen, sich irgendwelchen weiteren Anstrengungen zu unterwerfen, an einem Tag, der für Sie so leidvoll, traurig und erschreckend gewesen ist.«

Er schob die Papierbögen zusammen, die er beschrieben hatte, legte einen Briefbeschwerer auf den Stapel und stand auf. Er nahm eine goldene Sprungdeckeluhr aus seiner Westentasche. Umständlich öffnete er sie, studierte die Uhr und sagte: »Zwei Minuten nach sieben. Wir müssen dafür sorgen, daß Sie nach Hause kommen, Miss Chance. Nach solch einem erschöpfenden Tag ist die Fahrt viel zu lang für Sie.«

Als ich aufstand, sprang Henrietta aus dem Sessel und begann sich laut schnurrend an Mr. Whiteleys Bein zu reiben. Ich sagte: »Bitte, machen Sie sich keine Umstände. Ich werde es schaffen, Mr. Whiteley. Und ich kann Ihnen gar nicht sagen, wie dankbar ich Ihnen dafür bin, wie Sie mich empfangen haben.«

»Keine Ursache«, sagte er mit scheinbarer Gleichgültigkeit und wandte sich ab, während er sprach. »Ihre Haltung verdient meinen tiefsten Respekt.« Bei seinen Worten dachte ich zuerst, ich hätte mich verhört. Im nächsten Augenblick blies er in das Sprechrohr, horchte einen Augenblick und sprach dann ins Mundstück. »Nelly, wollen Sie so gut sein und Frederick sagen, er möchte augenblicklich den Jagdwagen herausholen. Ich fahre Miss Bridget Chance nach Hause, und er soll mir folgen, so daß er mich zurück nach Southwold bringen kann . . . Bitte unterbrechen Sie mich nicht, Nelly. Auf unserem Weg nach Hause werde ich das Gasthaus ›The Woodman‹ in Wynford aufsuchen, um einen Inspektor von Scotland Yard in einer dringenden Angelegenheit zu sprechen. Sie dürfen deshalb Miss Adelaide informieren, daß das Abendessen bis Viertel nach neun zu vertagen ist. Haben Sie das verstanden?«

Mr. Whiteley hielt die Röhre ans Ohr und horchte. Gleichzeitig stahl sich ein maliziöses Lächeln über sein Gesicht. Nach einem Augenblick sprach er wieder. »Ganz richtig, Nelly. Aber Sie können Mr. William sagen, daß, obwohl Frederick in der Tat unser gemeinsamer Diener ist, ich von Mr. William die Ehrerbietung erwarte, die man einem älteren Bruder und Seniorpartner schuldet, und ich benötige Fredericks Dienste heute abend. Daher kann Mr. William heute abend selbst seinen verdammten Anzug ausbürsten und bügeln oder ihn auch ungebürstet und ungebügelt lassen, je nach Belieben. Sie können außerdem Miss Adelaide sagen, daß sie und Mr. William, solange meine Rückkehr noch aussteht, etwas kaltes Fleisch oder eine andere passende Nahrung zu sich nehmen können, sie dürfen nach Belieben auch hungern, aber das Abendessen hat um Viertel nach neun serviert zu werden. Das ist alles, Nelly.«

Er hing das Mundstück der Sprechröhre an den Haken, wandte sich mir zu, rieb sich die dünnen Hände, und ein Glitzern der Befriedigung war in seinen Augen. Aber im nächsten Augenblick war es schon wieder verschwunden, und sein distanziertes, ruhiges Benehmen legte sich wieder wie ein Mantel über ihn.

Ich sagte: »Das ist sehr freundlich von Ihnen, Mr. Whiteley, aber es ist wirklich nicht notwendig, daß Sie mich nach Hause bringen. Ich möchte keine Störung des Haushaltes verursachen.«

»Überhaupt nicht, überhaupt nicht«, sagte er mit förmlicher Höflichkeit, hob Henrietta auf und kraulte sie hinter den Ohren. »Für mich ist es notwendig, heute abend in Wynford mit Inspektor Browning zu sprechen, deshalb hat mein Angebot den Vorteil, außerordentlich praktisch als auch bequem für Sie zu sein.«

Ich weiß nur noch wenig von der Fahrt durch die tiefer werdende Dämmerung von Southwold nach Wynford, denn obwohl ich kerzengerade saß und mich fest an der Seite der Kutsche anklammerte, scheine ich irgendwie geschlafen zu haben, zumindest schlummerte mein Geist. Es war nötig, daß ich mich gut festhielt, denn erstaunlicherweise fuhr Mr. Whiteley wie ein junger Heißsporn; er hatte die Füße breit auseinandergestellt und lehnte sich nach vorn, während er den Jagdwagen klappernd in rasender Geschwindigkeit die Landstraße entlangjagte. Daisy war noch nie in ihrem Leben so angetrieben worden, aber es schien ihr Spaß zu machen, und nach vierzig Minuten kamen wir in Latchford Hall an. Frederick, der Hausdiener, folgte dicht hinter uns im Jagdwagen der Whiteleys.

Henson öffnete mir die Tür, und Mr. Whiteley lüftete den Hut, verbeugte sich und wünschte mir gute Nacht. Ich dankte ihm und wartete auf der Veranda, bis er mit Frederick davongefahren war. Dann fragte ich Henson: »Wie geht es meiner Mutter und Miss Kate?«

»Nach dem, was mir Fräulein Foster sagte, schlafen sie beide, Miss Bridie.«

»Gott sei Dank. Wann erwarten Sie Robert aus Lowestoft zurück?«

»Das ist schwer zu sagen, Miss. Aus der jeweiligen Richtung kommt nur einmal in der Stunde ein Zug. Es wird wahrscheinlich nach neun Uhr werden.«

»Gut. Ich versorge Daisy selbst.«

»Oh, das dürfen Sie nicht, Miss Bridie. Sie müssen zu Bett gehen und das Pferd mir überlassen. Sie sehen so müde aus.«

»Nun . . . danke, Henson.« Daß ein Butler die Arbeit eines Pferdeknechtes machte, war unerhört, und mir wurde klar, wie tief besorgt Henson sein mußte. Als ich mich umdrehte und die Schleife löste, mit der mein Strohhut unter meinem Kinn festgebunden war, sagte er: »Was möchten Sie essen, Miss Bridie?«

»Oh, nichts. Ich danke Ihnen.«

»Bitte, ich schicke Ellen mit etwas warmer Milch hinauf. Die wird Ihnen beim Einschlafen helfen.«

»Ja . . . Also gut. Danke, Henson.« Ich war zu müde, um mich weiter dagegen zu wehren. Er zögerte und sagte dann unsicher: »Die Dienstboten fragen sich, wie es um ihre Stellungen aussieht, Miss Bridie. Ich meine, glauben Sie, daß wir weiterhin in Latchford Hall bleiben werden, oder müssen wir uns möglicherweise nach neuen Stellen umsehen?«

Diese Frage traf mich unvorbereitet, und ich schämte mich deswegen, denn natürlich mußten sich die Dienstboten Sorgen machen wegen der Möglichkeit, daß wir vielleicht in ein viel kleineres Haus umziehen würden. Wie immer, wenn ich verlegen war, zog ich meinen Mund in die Breite und biß mir auf die Unterlippe. Ich machte eine sorgenvolle Grimasse der Entschuldigung und zuckte gleichzeitig hiflos mit den Schultern. »Tut mir leid, Henson, aber ich weiß einfach noch nicht, was passieren wird.« Ich fuhr mir mit den Fingern durchs Haar und fühlte plötzlich, wie mir die Tränen in die Augen schossen, aber es gelang mir, meine Stimme zu beherrschen, während ich fortfuhr:

»Alles ist . . . sehr schwierig und kompliziert, aber ich verspreche: Zum frühestmöglichen Zeitpunkt werde ich Sie und den Rest des Personals wissen lassen, wo Sie stehen.«

»Ich danke Ihnen, Miss Bridie.« Er stieg die Treppe hinab zum Wagen, und ich fragte mich, was er wohl denken würde, wenn er die schreckliche Geschichte hörte oder las. Die schreckliche Geschichte, die man bald über seinen Herrn, Roger Chance, erzählen würde. Dann würde es für uns vielleicht unmöglich werden, überhaupt jemanden einzustellen, denn der Ruf des Hausherrn ist für das Personal in jedem Haushalt von höchster Wichtigkeit. Und im Dienst einer Familie zu bleiben, dessen Hausherrn man als Kriminellen bezeichnete, daran war kaum zu denken.

Langsam stieg ich die Treppe hinauf, und als ich mein Schlafzimmer erreichte, kam Fräulein Foster den Korridor entlang. Sie war im Schlafrock, und eine einfache Schlafhaube saß auf ihrem grauen Kopf. Ich wußte, daß sie sich große Sorgen um mich machen mußte, und ich winkte sie in mein Zimmer, so daß wir miteinander sprechen konnten, ohne meine Mutter oder Kate zu stören.

»Sie schlafen beide, Liebes«, sagte Fräulein Foster zittrig, als ich die Tür zuschob. »Ich habe zuerst einen Blick in das eine Zimmer, dann in das andere geworfen.« Sie blinzelte mich aus rotgeränderten Augen an. »Lieber Himmel, Kind, Sie sehen fix und fertig aus. Nehmen Sie die Medizin, und gehen Sie jetzt ins Bett. Keine Angst, ich halte ein Auge auf Ihre Mama und Miss Kate. Selbst zu meinen besten Zeiten schlafe ich nicht viel, deshalb wird es mir nicht schaden, heute nacht aufzubleiben.«

»Danke, Fräulein Foster.« Ich nahm ihre Hände. Sie war für mich wie ein Familienmitglied, und ich hatte das Gefühl, daß ich es ihr nicht zumuten konnte, die fürchterliche Geschichte aus einer Zeitung oder von einem der Dienstboten zu erfahren. »Setzen Sie sich bitte. Hier auf das Bett, nur ein paar Minuten. Ich muß Ihnen etwas erklären . . .«

Es war schwer, die Worte auszusprechen, die ich sagen mußte. Ich erzählte Fräulein Foster alles, was Inspektor

Browning mir erzählt hatte. Trotz meiner Müdigkeit war ich überrascht, daß sie gleich beim ersten Mal alles verstand, denn ich hatte geglaubt, sie würde von solch einer monströsen Geschichte wie betäubt sein. Als ich fertig war, zitterten ihre Hände in den meinen, und ihre Lippen zuckten. »Diese Teufel!« sagte sie in wildem Flüsterton. »Nennen sich Polizisten und erzählen dann Lügen über Menschen, die höher stehen als sie. Sie hätten die Polizisten mir überlassen sollen, Miss Bridie. Ich hätte sie schon vor die Tür gesetzt!«

»Diese Leute gehören nicht zu denen, die man vor die Tür setzt, Fräulein Foster. Ich weiß, es ist alles nicht wahr, und irgendwo muß ein schrecklicher Fehler passiert sein. Aber was ich Ihnen gerade erzählt habe, ist das, was der oberste Mann bei Scotland Yard glaubt, und es ist die Geschichte, die morgen in den Zeitungen erscheinen wird, deshalb müssen wir uns zusammennehmen, denn wir haben eine sehr schwere Zeit vor uns.«

Sie schwieg sehr lange, und ich sah, wie der Schrecken in ihr wuchs, denn sie begriff langsam, welche Konsequenzen dem, was ich ihr gerade erzählt hatte, folgen würden.

»Der liebe Gott möge uns allen helfen«, flüsterte sie endlich.

»Ja, Fräulein Foster. Und wir müssen einander gegenseitig helfen.« Ich ließ ihre Hände los und zog meinen Mantel aus. »Ich wünschte, ich könnte Kate irgendwohin schicken, aber es gibt keinen Ort, wohin sie gehen könnte. Ich meine, keine Verwandten. Es ist mir früher nie so recht klargeworden, was für eine einsame Familie wir sind. Aber meine Mutter braucht Hilfe am nötigsten, und Sie, Fräulein Foster, können am meisten für sie tun. In mancher Hinsicht stehen Sie ihr näher als Kate und ich.«

Der graue Kopf nickte. »Ja, Liebes«, sagte Fräulein Foster in einer Stimme, die von fern herzukommen schien, so, als ob sie laut dachte. »Sehen Sie, das ist die Einsamkeit. Daß sie aus ihrer Gesellschaftsschicht herausgerissen worden ist. Die Ärmste. In meiner Gegenwart hat sie sich immer wohl gefühlt . . . Und dann hat sie immer darauf gewartet, daß er das nächste Mal nach Haue kam . . . Sie hat immer nur darauf gewartet, daß Mr. Roger nach Hause kam . . .«

Fräulein Fosters Stimme war immer leiser geworden, bis man sie am Schluß gar nicht mehr hören konnte. Dann kam die alte Kinderfrau mit einem Ruck wieder zu sich. »Oh, ich bitte um Verzeihung, Miss Bridie. Ich hoffe, daß ich mich eben im Ausdruck nicht vergriffen habe. Sagen Sie mir bitte, haben Sie schon Vorbereitungen dafür getroffen, daß Ihr Papa hierher nach Wynford übergeführt werden kann, hier beerdigt wird? Ihre Mama wird mich sicher morgen danach fragen.«

Dieses Problem war mir gar nicht in den Sinn gekommen. Nun tauchten weitere Fragen auf. Würden die Franzosen überhaupt erlauben, daß die Leiche meines Vaters nach England gebracht wurde? Was tat man in solch einem Fall? Was würden der Pfarrer und die Kirchenältesten von St. Mary dazu sagen, wenn auf ihrem Kirchhof ein Mann beerdigt werden sollte, der von den Behörden zum Verbrecher erklärt worden war?

Mir schien, als sei endlose Zeit vergangen, bevor ich antworten konnte: »Ich werde morgen mit Mr. Whiteley darüber sprechen. Er ist sehr hilfsbereit, und ich bin sicher, daß er mir die richtigen Hinweise geben wird.«

Das Zimmer drehte sich um mich, und ich mußte mich an einem Bettpfosten festhalten. Dann fühlte ich, wie Fräulein Foster mich am Arm nahm. Sie half mir, mich hinzusetzen, knöpfte mein Kleid auf und plapperte energisch drauflos, als ob ich wieder ein Kind sei. »Na, na. Jetzt haben Sie es aber übertrieben, Miss Bridie. Aber macht nichts, ich bringe Sie jetzt zu Bett, Kindchen, und dann gebe ich Ihnen etwas von dem schönen Mittelchen, das der Doktor dagelassen hat, und dann werden Sie bald hübsch eingeschlafen sein. So, jetzt wollen wir mal den Unterrock ausziehen. Sehen Sie, da haben wir es schon geschafft. Und jetzt einmal aufstehen. Braves Mädchen. Und hier ist schon das Nachthemd . . .«

Ich empfand ihr freundliches Zureden nur noch wie ein

verworrenes Geräusch. Ich war im Bett, und Fräulein Foster hielt mir ein kleines Glas an die Lippen. Ich schluckte den Trank, und dann legte ich mich dankbar zurück in die Kissen. Alles versank um mich. Irgend etwas in mir versuchte wachzubleiben, aber mein schwacher Kampf gegen die Wellen der Dunkelheit war beschämend kurz, und bald überkam mich der Friede des völligen Vergessens.

Ich wußte weder, welche Stunde es war oder welcher Tag, noch, ob die Szene vor mir Traum oder Wirklchkeit war. Ich stand am großen Fenster meines Schlafzimmers und schob einen der schweren Vorhänge ein wenig zur Seite. Mir war zum Ersticken heiß. Das Sprossenfenster stand halb offen, ich konnte mich nicht erinnern, daß ich es aufgedrückt hatte. Sogar die Nachtluft schien warm und feucht.

Der Mond und die Sterne strahlten hell, aber am Boden wallte Nebel über die Wiesen, Blumenbeete und Büsche. Ein schwacher Wind löste ihn in einzelne Streifen auf. Mein Kopf war gedankenleer. Mein Blick war auf der dunklen Linie der Bäume zur Ruhe gekommen, die am Fuß des Hügels an der Südseite der Ländereien von Latchford Hall standen.

In meinem Traum – oder war es Wirklichkeit? – stand ich da und atmete tief; meine Lungen sehnten sich nach frischer Luft. Dicht am dunklen Umriß eines Baumes, der sich über einen Busch erhob und dessen Silhouette an einer Stelle die Form eines Pferdekopfes annahm, blitzte ein Feuerschein. Das Glühen schien ein bißchen höher und ein wenig weiter entfernt zu sein. Fast gleichmütig fragte ich mich, was das wohl sein könnte. Viel zu groß und auch zu rot für Glühwürmchen . . . Aber wenn ich wirklich träumte, bedurfte es keiner logischen Erklärung.

Der feurige Punkt bewegte sich eine kleine Strecke abwärts, beschrieb einen Bogen durch die Luft und fiel in einem Schauer von winzigen Funken auf den Boden. Ich schloß meine Augen und öffnete sie dann wieder. Ein Teil des Gebüschs bewegte sich; der Teil, der so seltsam wie ein

Pferdekopf ausgesehen hatte. Und dann bewegten sich in dem wabernden Nebel Reiter und Pferd aus der Dunkelheit, in der sie vorher still vor dem Hintergrund der Bäume und Büsche verharrt hatten.

Wenn ich überhaupt etwas spürte, dann war es die eigene Überraschung, daß ich kein Erstaunen, keine Furcht und keine Beunruhigung verspürte. Der Traumreiter, oder auch der wirkliche Reiter, bewegte sich langsam und gleichmäßig über das Gras. Ich konnte nicht sagen, welche Farbe das Pferd hatte, aber es war ein schönes Tier, mit breiter Brust, mit einem stolzen Kopf und einem starken Schritt. Vom Reiten verstand ich nicht viel, aber dafür von Pferden. Und das Tier, das ich jetzt im Garten sah, oder mir einbildete zu sehen, würde einen Reiter einen ganzen Tag lang weit und schnell tragen können.

Ich versuchte, den Mann im Sattel deutlicher zu sehen. Er ritt genau vor mir vorüber, und als er den breiten Weg kreuzte, der durch die Bäume führte, fiel das Mondlicht einen Augenblick lang voll auf ihn. Er saß hochaufgerichtet, den Kopf leicht geneigt, und er hielt die Zügel locker in den Händen. Offenbar trug er Handschuhe, denn ich konnte keine Haut schimmern sehen. Zwischen ihm und seinem Reittier herrschte die Harmonie, die nur einen ausgezeichneten Reiter mit seinem Pferd verbindet. Trotzdem gab er ein irgendwie merkwürdiges Bild ab; seine langen Beine reichten so weit nach unten, daß ich mich fragte, ob er überhaupt Steigbügel benutzte. Und die Beine steckten auch in dunklen engen Hosen und nicht in Reithosen, und dazu trug er noch ein langes Jackett. Von seinem Gesicht sah ich nichts, denn es war ganz von einem runden Hut beschattet, der eine breite Krempe hatte und niedrig und flach war wie eine runde Dose. Ich bildete mir ein, einen Kinnriemen zu sehen, aber da war ich mir nicht sicher. Ich hatte nie zuvor jemanden gesehen, der solch einen Hut trug, und trotzdem war der Anblick nicht fremd für mich. Ein Bruchstück von Erinnerung flackerte in mir auf, und ich sah ein Bild wieder vor mir, das ich vor vielen Jahren in einem Kinderlexikon gesehen hatte: Es war die Zeichnung eines Gauchos gewesen, eines der Reiter, die auf den großen Pampas von Argentinien die Rinder hüten. Er hatte auf der Zeichnung genauso einen breitkrempigen, niedrigen Hut getragen wie der Reiter dort unten.

Er war nun nicht mehr vom Mondlicht beschienen, denn er hatte den Weg überquert und war nun wiederum nur eine Silhouette; ein schwarzer Schatten, der immer formloser wurde, als Pferd und Reiter sich von mir entfernten. Und dann war die Erscheinung verschwunden. Ich war immer noch nicht überrascht, fühlte weder Furcht noch Neugier. Wenn es ein Traum war, dann war dies Fehlen von Gefühlen ein Teil des Traums. Wenn ich wach war, dann hatten mich der Aufruhr und die Tragödie dieses Tages so mitgenommen, daß ich über solche Regungen hinaus war. Es schien mir, als hätte ich den Vorhang wieder zurück an seinen Platz gleiten lassen, aber ich habe keine Erinnerung daran, daß ich etwa wieder zum Bett zurückgekehrt und mich schlafengelegt hätte. Und von anderen Träumen in jener Nacht weiß ich auch nichts.

3

Jemand hatte mich bei den Schultern genommen und schüttelte mich. Ich hörte ängstliches Rufen. Als ich langsam aus dem Schlummer auftauchte, stürzten all die Schrecken des vergangenen Tages wieder auf mich ein. Mein Herz schlug heftig, und ich schreckte vor dem Elend dieses neuen Tages zurück, der mir bevorstand.

»Bridie, wach auf! Bitte, Bridie! Es ist etwas mit Mama – ich weiß nicht, was ich tun soll.«

Die Stimme von Kate. Kates Hand auf meiner Schulter. Ich öffnete die Augen und sah, daß die Vorhänge zurückgezogen worden waren und daß Sonnenlicht in den Raum fiel. Kate hatte sich über mich gebeugt; ihr Gesicht war bleich und ängstlich. Sie trug ein graues Kleid und hatte ihr Haar mit einem dunklen Band hinter dem Kopf zurückgebunden. Mühsam tastete ich mich in die rauhe Wirklichkeit zurück. Mein Kopf dröhnte, und ich spürte einen bitteren Geschmack im Mund. Ich war zwar dankbar, daß ich hatte schlafen können, aber nun wünschte ich doch, Dr. Careys Schlaftrunk wäre nicht ganz so kräftig ausgefallen.

»Einen Augenblick noch, Kate«, sagte ich mit belegter Stimme. »Gib mir noch einen Moment . . . mir ist etwas übel.«

»Aber du mußt dich beeilen, Bridie!« rief sie unter Tränen. »Mama hat den Wagen der Gouvernante genommen und ist ausgefahren. Und Henson weiß nicht, was er tun soll; und Fräulein Foster ist in dem Armstuhl in Mamas Zimmer eingeschlafen, und auch, als ich sie geweckt habe, hat sie gar nicht begriffen . . .«

Diese Worte machten mich vollends wach, und ich sprang aus dem Bett. Die kleine Uhr auf dem Tischchen neben mir zeigte, daß es nur zwanzig Minuten nach sieben war. Kate weinte nun, und ich legte meine Arme um sie. »Du mußt nicht weinen. Bitte, wein doch nicht. Was meinst du damit, Mama ist ausgefahren?«

Sie nahm sich zusammen und sagte mit zitternder Stimme: »Ich habe mich gewaschen und angezogen, und als ich dann in ihr Zimmer ging, war nur Fräulein Foster da und schlief in dem Armstuhl. Dann bin . . . bin ich nach unten gegangen, und da war Henson ganz aufgeregt und sagte Robert die Meinung. Es sieht so aus, daß Mama aufgestanden und zu den Ställen gegangen ist, ohne daß irgend jemand sie gesehen hat. Nur Robert. Und sie . . . sie hatte kaum was an, Bridie, mit losem Haar, und sie trug ihren großen Umhang. Robert mußte dann Daisy vor den Wagen der Gouvernante spannen, und dann ist sie weggefahren.«

Ich hatte hastig mein Nachthemd aus- und dann die Unterkleider angezogen, die mir am nächsten lagen – dieselben, die ich am Abend zuvor abgelegt hatte. Von den Nachwirkungen des Schlafmittels war mir noch übel, und mein Herz war krank von Furcht.

». . . Henson hat mit Robert geschimpft, weil er sie nicht aufgehalten hat«, sagte Kate eben, »aber Robert sagte, es hätte ihm nicht angestanden, der Herrin zu sagen, was sie tun sollte, und . . . und dann bin ich gelaufen, um dich zu holen.« Sie preßte ihre hübschen, langfingrigen Hände an die blassen Wangen. »Ach, es ist so schrecklich! Was hat das alles nur zu bedeuten?«

»Ich sagte: »Kannst du mir bitte die Haare aufstecken? Ganz gleich, wie.« Ich setzte mich und zog mir die Strümpfe an. »Hat Robert gesagt, welche Richtung Mama eingeschlagen hat?«

»Sie . . . sie hat die Straße nach Selby genommen«, flüsterte Kate angstvoll. Das war eine schmale Straße, die sich eine halbe Meile von Latchford Hall entfernt gabelte. Der eine Weg führte dann zu dem nahegelegenen Dorf Selby, der andere wurde nur selten benutzt, denn er führte durch sumpfiges Ödland nur zu den Ruinen von ein paar kleinen Häusern, die schon seit langem verlassen waren. Sie lagen in einer Meeresbucht, und früher hatten einmal Fischer dort gewohnt.

»Bridie . . . glaubst du, daß Mama ans Meer gegangen ist, um . . .?« Kate verschluckte die letzten Worte, aber ich hatte dieselbe Vermutung. Einesteils konnte ich nicht glauben, daß Mama sich ertränken könnte, andererseits aber konnte ich mir nicht vorstellen, wozu sie sonst diesen Weg genommen haben mochte.

Als Kate mit meinen Haaren fertig war, sagte ich: »Ich bin sicher, es ist nicht so, wie du befürchtest. Aber ich muß sie so schnell wie möglich einholen. Lauf los und sag Robert, er soll Punch satteln. Ich bin in zwei oder drei Minuten unten. Er soll sich sehr beeilen.«

Sie lief zur Tür und sah sich dann noch einmal um. »Den Damensattel, Bridie?«

»Mein Gott, nein! Ich würde ein dutzendmal vom Pferd fallen. Sag ihm, ich nehme Papas Sattel, und dann muß ich eben sehen, wie ich es schaffe.«

Knapp fünf Minuten später ritt ich im Morgensonnenschein auf die Straße nach Selby hinaus. Mein Gesicht war ungewaschen, und mein Haar war in wirren Strähnen auf meinem Kopf aufgetürmt. Robert hätte schneller reiten können, Kate ebenfalls, aber der Pferdeknecht war ein schüchterner, linkischer Dorfjunge, der sicher keine Ahnung hatte, wie man eine Frau behandeln mußte, die nicht nur Hausherrin war, sondern auch noch halbverrückt vor Schmerz. Kate hätte es auch nicht schaffen können. Sie war zu jung für diese Aufgabe, die sehr beängstigend werden konnte. Außerdem verlangte sie vielleicht körperliche Kraft, wenn Mama hysterisch wurde. Ich war wenigstens ziemlich stark, und zur Abwechslung war ich jetzt einmal dankbar dafür, daß ich diese undamenhafte Eigenschaft besaß.

Nach Roberts Aussage war meine Mutter nicht mehr als zehn Minuten vor mir abgefahren, vielleicht auch weniger. Sie konnte nicht besser kutschieren als ich, und weil Daisy nach den Anstrengungen des Abends wahrscheinlch müde war, hielt ich es für sicher, daß Mama sie wohl kaum zu mehr als einem langsamen Trab überreden konnte. Trotzdem würde ich mich sehr bemühen müssen, wenn ich sie überholen wollte, ehe sie die Bucht erreichte.

Punch ging in leichtem Galopp. Ich wagte es nicht, ihn zu einer schnelleren Gangart zu drängen, denn schon jetzt hopste ich im Sattel auf und ab und schnappte im Takt mit den Stößen des Pferdes nach Luft, während ich versuchte, meine Körperbewegungen denen des Pferdes anzupassen. Ich war so vernünftig gewesen, einen sehr weiten Rock anzuziehen, aber selbst der war bis über meine Knie hochgerutscht, und mit meinem unordentlichen Haar und meiner uneleganten Haltung hätte ich jedem einen ausgesprochen unziemlichen Anblick geboten, der an diesem Morgen auf der Straße nach Selby unterwegs war.

Es begegnete mir jedoch keine Menschenseele. Die schmale Straße war mit der Zeit holprig geworden, und das Herz klopfte mir im Hals vor Angst, daß Punch mit seinem Fuß in ein Loch geraten und stürzen könnte. Die Abzweigung zum Dorf Selby zu nehmen, dieser Gedanke kam mir gar nicht. Irgendwie ahnte ich, daß meine Mutter den Weg zur Bucht genommen hatte. Nach zehn Minuten fand ich endlich den richtigen Rhythmus zum Galopp. Das machte das Reiten einfacher.

Die aufgehende Sonne schien mir voll in die Augen, deshalb konnte ich fast nichts von der Straße erkennen, die sich vor mir über das flache Gelände zur See hinunterschlängelte; erst, als wir auf dem letzten Kilometer ein wenig nach Norden abgebogen waren, sah ich die Kutsche in der Ferne. Der Wagen stand an der Stelle, wo die Straße auf eine Reihe halbzerfallener kleiner Häuser traf. Ich drückte Punch die Fersen in die Flanken, und drei Minuten später ließ ich mich neben dem kleinen Wagen auf den Boden gleiten. Ich verlor prompt die Balance und fiel hin. Keuchend vor Anstrengung und Schwäche rappelte ich mich wieder auf und schaute mich um.

Meine Mutter lief weit hinten die alte steinerne Mole entlang; ihr Haar wehte im Seewind, und der Umhang flatterte um sie her. Ich versuchte zu rufen, aber die Furcht schnürte mir plötzlich die Kehle zusammen, so daß ich kaum Atem holen konnte. Ich begann zu laufen, stolperte über die grünen, algenbedeckten Steine und hatte nicht mehr als zwanzig Schritte hinter mich gebracht, als die Füße unter mir wegrutschten und ich wieder hinfiel. Diesmal stürzte ich hart, der Aufprall war schmerzhaft, und mir wurde übel und schwindelig.

Ich hätte vor Ärger über mich selbst aufschreien können, und ich haßte mich in diesem Augenblick für mein Ungeschick, weil ich jetzt ganz sicher meine Mutter nicht erreichen konnte, ehe sie das Ende der langen Mole erreicht hatte. Ich krabbelte auf die Knie und rief hinter ihr her, so laut ich konnte, aber meine Stimme war noch immer zu schwach. Ich war noch nicht wieder zu Atem gekommen, und der Wind riß mir die Worte vom Mund weg. Ich weiß noch, wie ich weiter über die Steine stolperte und danach über Sand, vermischt mit Treibholz, Strandhafer und zerkrümeltem Fels. Endlich erreichte ich die Mole. Zu beiden Seiten quirlte das Wasser über ein Bett aus kleinen und großen Felsstücken, die von der ausgespülten Küste stammten. Aber am anderen Ende lag die Mole, fast von der Brandung überspült, im tiefen Wasser. Ich sah, daß meine Mutter stehengeblieben war. Sie hatte sich halb umgedreht und schaute auf etwas hinab, das sie in den Händen hielt. Es war ein kleines, viereckiges Ding . . . Es war rot. Eine Dose. Ein Kästchen.

In dem Augenblick, als ich es erkannte, beugte meine Mutter sich ein wenig zurück, schwang plötzlich ihren Arm hoch über den Kopf und schleuderte das Kästchen weit hinaus in die See. Hoch in der Luft schlug der Deckel auf. Winzige, glitzernde Dinge wirbelten durch die Luft und fielen herab. Weißer Schaum spritzte leicht, als sie ins Wasser fielen, und dann klatschte das Kästchen in die Wellen.

Meine Mutter stand da und starrte aufs Meer hinaus,

dann drehte sie sich langsam um. Ich war noch zwanzig Schritte von ihr entfernt, und ich hinkte leicht, während ich auf sie zuging. Sie blinzelte und wartete mit hängenden Armen auf mich. Ihre Augen lagen tief eingesunken in dem kalkweißen Gesicht, das von wirrem, windverwehtem, goldenem Haar eingerahmt war.

»Ach . . . du bist es, Bridie«, sagte sie unsicher. »Was in aller Welt machst du zu dieser Stunde hier draußen?«

Ich hatte sie endlich erreicht und nahm ihre eiskalten Hände. »Ich bin gekommen, um dich nach Hause zu holen, Mama.«

»Das war ein netter Gedanke von dir, mein Schatz. Ja, ich fühle mich wirklich nicht sehr gut, aber jetzt ist es wenigstens geschehen, jetzt kann ich mich ausruhen.«

Sie hatte außer ihrem Trauring regelmäßig immer drei Ringe getragen, wunderschöne Ringe, die mein Vater ihr geschenkt hatte. Der eine davon war ein Halbrund aus Diamanten, der zweite war mit drei hervorstehenden Smaragden besetzt, und der dritte trug eine Blüte aus Rubinen und Diamanten. Alle drei waren fort, und an ihrem Finger saß jetzt nur noch der einfache Goldreif.

Ich wandte mich um, nahm sie sanft am Arm und ging langsam mit ihr über die Mole zurück. Innerlich zitterte ich, doch ich mußte wenigstens versuchen, die Ruhe zu bewahren. Nach ein paar Minuten sagte ich, so normal ich konnte: »Was du da in die See geworfen hast, das war dein Schmuckkästchen, nicht wahr, Mama?«

»Ja, mein Kind.« Ihre Stimme war leiser als bei einer Beichte. »All meine Juwelen, alles, was dein lieber armer Papa mir je geschenkt hat. Jetzt können die Polizisten soviel herumschnüffeln, wie sie wollen.«

Ich drehte mich um und starrte in ihr bleiches Gesicht. »Aber Mama, es war doch dein Schmuck! Er war nicht gestohlen!«

Ein gehetzter Blick zeigte sich einen Augenblick lang in den tiefeingesunkenen Augen. »Man kann nicht vorsichtig genug sein, Bridie.«

»Aber du darfst nicht glauben, was der Inspektor dir gesagt hat!« rief ich; ich war über das, was sie gesagt hatte, genauso entsetzt wie über das, was sie getan hatte. »Papa war kein Räuber, der herumgelaufen ist und Juwelen gestohlen hat! Es ist lächerlich, Mama. Und wir . . . wir müssen tapfer sein und es immer wieder abstreiten, bis die Wahrheit ans Licht kommt.« Ich fühlte, wie Tränen über meine Wangen liefen. »Oh, Mama, wie konntest du einfach deine Juwelen ins Meer werfen? Du kannst doch nicht glauben, daß Papa dir jemals gestohlenen Schmuck geschenkt hat?«

»Nein, mein Kind, das hätte er sicher nie getan. Aber er pflegte immer zu sagen: ›Man kann nicht vorsichtig genug sein, Mary-Liebling‹.«

»Ja, aber dabei hat er an ganz andere Dinge gedacht; ich nehme an, er meinte sein Geschäft. Er meinte damit nicht . . .« Ich schüttelte den Kopf. »Ach, Mama, du verwirrst einen so sehr.«

»Das tut mir leid, mein Kind.«

Wir waren von der Mole aus wieder auf den Strand gelangt, und jetzt gingen wir zu der gepflasterten Straße zurück, wo die Ruinen der kleinen Häuschen standen. Mein Kopf schmerzte dumpf, und es fiel mir schwer, meine Gedanken zu sammeln. Nach kurzem Schweigen sagte meine Mutter mit einer Stimme, die von weither zu kommen schien: »Dein Vater war ein sehr ungewöhnlicher Mann, Bridie. So anders. Er war . . . überlegen, weißt du. Er war anderen Männern überlegen.«

Ich wußte nicht, was ich sagen sollte, und ließ sie stehen, während ich Punch heranführte und ihn am langen Zügel hinter der Kutsche festband. Als ich meiner Mutter beim Einsteigen half, fuhr sie mit derselben abwesend klingenden Stimme fort: »Ich habe mir immer Sorgen um ihn gemacht, aber dann hat er einfach gelacht und mich hoch in die Luft gehoben . . . Er war sehr stark, weißt du. Und dann gingen wir vielleicht hinterher Arm in Arm spazieren, und er erzählte mir Geschichten, Bridie, lustige Geschichten . . .

Und am Ende lachte ich dann mit ihm, und ich versprach ihm, daß ich mir keine Sorgen mehr machen würde. Aber ich habe es doch immer wieder getan, wenn er das nächste Mal fortging . . .« Sie lehnte sich nach vorn, schlug die Hände übers Gesicht und begann zu weinen.

Es gab nichts, was ich hätte antworten können. Ich stieg die Stufe an der Rückseite des kleinen, leichten Wagens hinauf, rutschte nach vorn, setzte mich, nahm die Zügel und schnalzte mit der Zunge. Daisy wendete den Wagen, und wir waren wieder auf der Straße nach Selby.

Es war schon halb neun, als wir Latchford Hall erreichten. Kate wartete auf der Veranda; sie war voller Fragen, aber ich legte den Finger an die Lippen und sagte Ellen, sie solle Mama in ihr Zimmer führen und sie zu Bett bringen. Erst vor ein paar Minuten war mir wieder eingefallen, daß um halb zehn die beiden Männer von Scotland Yard wieder kommen würden, um mit der Hausdurchsuchung fortzufahren, und ich hatte weder Toilette gemacht noch gefrühstückt; aber, um die Wahrheit zu sagen, es war mir auch egal.

Henson stand in der Halle und hielt ein Exemplar der Times in den Händen. Er sah aus wie vom Donner gerührt, und ich wußte sofort, daß er etwas über meinen Vater darin gelesen hatte. Er wartete, bis Ellen meine Mutter nach oben geführt hatte, trat dann auf mich zu und sagte mit gedämpfter Stimme: »Miss Bridie . . . Oh, Miss Bridie.«

Ich sehnte den Augenblick herbei, in dem Bernard auf den Brief hin, den ich ihm letzten Abend geschickt hatte, eintreffen würde. Mit ihm an meiner Seite hätte ich einen treuen Gefährten gehabt, der einen Teil meiner Last auf seine breiten Schultern nehmen konnte. Ich brauchte mich dann nicht mehr so verzweifelt einsam zu fühlen. Aber Bernard war noch nicht da, und der Moment war gekommen, wo ich Kate nicht länger vor dem schlimmen Schock bewahren konnte.

Ich streckte meine Hand aus, und Henson gab mir die Zeitung. »Gehen wir in den Salon bitte, Henson«, sagte ich.

Und dann zu Kate: »Ist Fräulein Foster jetzt aufgewacht?«

Sie nickte: »Ja, sie zieht sich gerade um.«

»Nimm sie doch bitte mit in dein Zimmer, wenn sie fertig ist, und wartet auf mich. Ich komme in fünf Minuten zu euch, aber erst muß ich noch mit Henson sprechen.«

Ihre Augen wurden groß, und ihre Unterlippe zitterte. »Worum geht es, Bridie? Ich habe so ein furchtbares Gefühl, daß es noch mehr schlimme Neuigkeiten gibt, aber ich kann mir nicht vorstellen, was das noch sein sollte.«

»Liebste Kate, versuch doch auch, die Fassung zu bewahren«, sagte ich mit unsicherer Stimme. Das Herz brach mir fast bei ihrem Anblick, aber nun konnte ich nichts mehr tun, um den Schlag hinauszuzögern oder zu mildern. Sie starrte mich an, zuerst verletzt, dann trotzig und mit Tränen in den Augen. Für einen Moment fürchtete ich, sie würde sich weigern, aber plötzlich raffte sie ihre Röcke und rannte durch die Halle die Treppen hinauf.

Ich ging in den Salon und stellte mich neben den Kamin. Als Henson die Tür geschlossen hatte, sagte ich: »Bitte, ich brauche einen Augenblick, um das zu lesen.«

Mit verschmierten Händen und vom Sturz auf die Steine aufgeschürften Handflächen faltete ich die Zeitung auseinander. Der zweispaltige Bericht stand unten auf der Seite, und die Schlagzeile ließ mich schaudern.

Ein Juwelendieb im Frack

Eine Nachricht, die nur als bemerkenswert beschrieben werden kann, wurde gestern von allen größeren französischen Zeitungen veröffentlicht. Sie betrifft einen Gentleman aus Suffolk, der ursprünglich aus Irland stammt und der am Fuß der Wälle eines französischen Schlosses ein gewaltsames Ende fand, während er seiner heimlichen Beschäftigung als Juwelendieb nachging.

Unsere Nachforschungen haben ergeben, daß Roger Chance, zweiundfünfzig Jahre alt, wohnhaft in Latchford Hall, Wynford, in der Grafschaft Suffolk, als Kunstexperte galt und mit Bildern handelte. Er tätigte seine Geschäfte fast ausschließlich auf dem Kontinent, wo er sich meist in Paris aufhielt. Drei- oder viermal im Jahr verbrachte er einige Wochen in England bei seiner Familie auf Latchford Hall. Dort war er bereits seit seiner Heirat vor mehr als zwanzig Jahren zusammen mit seiner Frau (Mrs. Mary Chance) und seinen beiden Töchtern (Miss Bridget und Miss Kate Chance) ansässig.

Der Bericht der französischen Polizei besagt, daß Roger Chance seine außerordentlich geschickt durchgeführten Einbrüche völlig im geheimen beging. Möglicherweise hatte nur der Hehler, der vielleicht auch sein Komplize war, davon Kenntnis. Dieser Bericht ist inzwischen durch unsere englischen Behörden bestätigt worden. Höhere Beamte der Kriminalabteilung von Scotland Yard haben eine Reihe von Augenzeugenberichten der Ereignisse auf Château Montpalion in der Nacht des 3. Juli studiert. Darunter befanden sich auch die Ermittlungsergebnisse von zwei sehr hohen französischen Polizeibeamten.

Die Kriminalabteilung hat uns davon unterrichtet, daß die Polizei mehrerer Länder auf dem Kontinent während der vergangenen Jahre von einem Dieb in Atem gehalten wurde, der sich darauf spezialisiert hatte, in wohlhabenden Häusern Juwelen zu stehlen. Seine Unternehmungen waren nicht zahlreich, erbrachten aber jedesmal eine Beute von beträchtlichem Wert. Die Methoden, mit denen er vorging, waren derart raffiniert, daß er sich im Laufe der Zeit den Spitznamen Le Sorcier (Übersetzung: Der Magier) erworben hat.

Ich blickte von der Zeitung auf, denn die Worte tanzten mir vor den Augen. Henson stand mit gesenktem Kopf da und starrte auf den Fußboden. Der Bericht war länger, als ich gedacht hatte, und die Art, in der man die Schuld meines Vaters für erwiesen hielt, war erschreckend. Ich fuhr mir mit Daumen und Zeigefinger über die Augen, dann senkte ich den Blick wieder und zwang mich, weiterzulesen.

Scotland Yard zufolge ist es nun mehr als ein Jahr her, seit die französischen Kollegen unserer englischen Polizei sich noch einmal all die scheinbar unbedeutenden Fakten vorgenommen hatten, die im Verlauf einer sehr langen Periode aufgetaucht waren und die alle mit diesen verblüffenden Diebstählen zu tun hatten. Bei dieser neuerlichen Untersuchung ergaben sich gewisse gemeinsame Faktoren, die zu der kaum glaublichen Theorie führten, daß der geheimnisvolle Übeltäter möglicherweise niemand anders als der bekannte Kunsthändler Roger Chance war, ein ausländischer Gentleman, der zwar hauptsächlich in Paris lebte, aber ganz Europa intensiv bereiste und in vielen der besten Häuser gern gesehener Gast war.

Nach einigem Hin und Her stellte die Polizei bei einer Wochenendgesellschaft, die Chevalier Montpalion auf seinem schönen Schloß nördlich von Angoulême gab, mit der Hilfe des Chevaliers und eines seiner Gäste, der Contessa Vizzini, dem Dieb eine Falle. In den Wochen, die dieser Gesellschaft vorausgingen, zu der Mr. Roger Chance natürlich eingeladen war, erschienen in einer Anzahl von französischen und italienischen Zeitungen Berichte, die einen prächtigen Diamantenanhänger betrafen. Dieser Schmuck war von der berühmten römischen Juwelierwerkstatt Mirel & Capelli für die Contessa angefertigt worden.

Man hoffte, dem Magier mit diesem Schmuckstück einen passenden Köder anbieten zu können, und diese Hoffnungen erfüllten sich. Mr. Roger Chance hatte die Einladung akzeptiert und befand sich unter den Gästen der Abendgesellschaft. In den frühen Stunden des vergangenen Samstags verschaffte er sich, eine gutsitzende Maske über den Kopf gezogen, Einlaß in das Boudoir der Contessa, und zwar über den Balkon. Er benutzte dabei hervorragende Einbruchsinstrumente und begann seine Suche nach dem Diamantenanhänger.

Ihm war nicht bekannt, daß die Contessa durch ein

vorhergehendes Arrangement in eine andere Suite umgezogen war und daß die französischen Polizeibeamten ihn erwarteten. Sie ließen ihm genug Zeit, um ein billiges Duplikat des Anhängers in einer Schmuckschatulle auf dem Frisiertisch zu finden, und sprangen dann aus ihren Verstecken, als der Verbrecher auf dem gleichen Weg wieder verschwinden wollte, den er gekommen war.

Es gelang dem maskierten Mann, dem Zugriff der Polizisten zu entkommen, er stürzte hinaus auf den Balkon, sprang von der Balustrade und versuchte dabei, den Mauervorsprung zu erreichen, den er wahrscheinlich auf dem letzten Stück seiner gefährlichen Kletterei von seinem eigenen Zimmer aus überquert hatte. In der Hast seines verzweifelten Fluchtversuchs verlor er den Halt und fiel fast zwanzig Meter tief hinunter auf die harten Bruchsteinplatten. Andere Polizisten, die auf dem Hof versteckt gewesen waren, kamen sofort herbei, aber Le Sorcier sollte sich nie wieder bewegen, denn er war augenblicklich beim Aufprall auf den Boden getötet worden.

Als man die schwarze Maske von seinem Kopf abzog, wurde die wahre Identität Le Sorcier endlich enthüllt. Außerdem bestätigte sich eine erstaunliche Theorie, denn das Gesicht des Toten war das Gesicht von Roger Chance, einem Mitglied der High-Society, einem Kunsthändler aus Paris und einem Gentleman aus Suffolk.

In einer Verlautbarung, die gestern nacht herausgegeben wurde, bestätigte Scotland Yard, daß die Polizei gestern damit begonnen hätte, eine Suche in Latchford Hall durchzuführen. Dabei hoffte man, wenigstens einen Teil des unrechtmäßig erworbenen Vermögens dieses Verbrechers wiederzufinden, der so lange Zeit solch ein erstaunliches Doppelleben geführt hat. Ein Erfolg bei dieser Suche wird höchst unwahrscheinlich sein, denn es ist offensichtlich, daß Chance seine verbrecherischen Aktivitäten ausschließlich auf den Kontinent beschränkte. Ohne Zweifel tat er das, um seine Familie zu schützen. Über weitere Entwicklungen in diesem bemerkenswerten Fall wird Sie unser Korrespondent sorgfältig auf dem laufenden halten.

Ich faltete die Zeitungen wieder zusammen und rieb mir die Augen. Henson sagte mit erschütterter Simme: »Ich verstehe es einfach nicht, Miss Bridie. Ich . . . so etwas habe ich noch nie gehört. Wie können sie solche Dinge über Mr. Chance erzählen? Das ist eine üble Verleumdung, Miss. Nicht wahr?«

»Ich glaube, nach dem Gesetz ist es keine üble Nachrede«, sagte ich mit schleppender Stimme. »Sonst hätte man es nie gedruckt. Aber irgendwo muß der Polizei ein fürchterlicher Fehler unterlaufen sein.«

»Ich weiß, Miss Bridie. Aber – ich bitte um Entschuldigung – was für ein Fehler könnte es denn gewesen sein? Ich meine, das werden sie mich alle unten im Dienerzimmer fragen, ich möchte also in der Lage sein, es ihnen zu erzählen.«

Ich schüttelte den Kopf. »Das weiß ich nicht. Ich kann noch nicht einmal anfangen, darüber nachzudenken, Henson. Aber Mr. Whiteley, der Anwalt, fährt heute nach London, und ich hoffe, er wird die Dinge aufklären.«

»Ein Anwalt? Oh, das ist gut, Miss Bridie. Und ich erwarte, daß auch Ihr Verlobter bald hier sein wird, da Sie ihm doch gestern diesen Brief geschickt haben.«

»Ja«. Beim Gedanken an Bernards Ankunft mußte ich die Tränen der Erleichterung zurückhalten. »Ja, Mr. Page wird schon wissen, was man tun muß. In der Zwischenzeit müssen Sie hinuntergehen und den Dienstboten alles über diesen Zeitungsbericht erklären, Henson. Erklären Sie ihnen, daß die beiden Polizisten, die gestern hier waren, in Kürze wieder erscheinen und die Haussuchung fortsetzen werden. Sie müssen das Personal außerdem vorwarnen, daß eine Zeitlang alles sehr schwierig sein wird. Sehr schwierig.«

»Ja, Miss Bridie. Es wird mit Sicherheit ausgiebigst geklatscht werden. Ich fürchte, es werden haufenweise Leute kommen, einfach, um das Haus anzustarren und jeden, der ein- oder ausgeht.«

»Ach Gott«, stöhnte ich, und mir wurde ganz elend bei dem Gedanken. »Und bald haben wir die Reporter hier.«

»Ich stelle Robert ans Tor, Miss Bridie, und ich schicke nach diesem Bruder, den er hat.«

»Den Landarbeiter, der so kräftig ist?«

»Genau der, Miss. Stark wie ein Bulle ist er, der Jack, und man sieht es ihm auch an. Wenn ich ihm einen Shilling gebe, dann können Sie sicher sein, daß Sie den ganzen Tag nicht gestört werden.«

»Gut, Henson, ich danke Ihnen. Und kümmern Sie sich bitte sofort darum – noch bevor Sie mit dem Personal sprechen. Ich muß das alles Ihnen überlassen, weil ich jetzt Miss Kate mit den Tatsachen vertraut machen muß.«

Als ich die Halle durchquerte, sah ich mich einen Augenblick lang in dem großen Spiegel – meine Haare hingen mir völlig zerzaust über den Schultern. Mein Kleid war mit Lehm beschmiert, mein Rock von den beiden Stürzen zerrissen. Ich hatte mir die Augen gerieben und dabei den Schmutz von meinen Fingern über Lider und Brauen verteilt. Ich bot einen erschreckenden Anblick. Doch das war jetzt alles nebensächlich. Obwohl es ein warmer Tag war, fror ich innerlich. Ich fürchtete mich vor dem, was nun auf mich wartete.

Kate war zusammen mit Fräulein Foster in ihrem Schlafzimmer. Ich überredete sie, sich hinzusetzen, sagte ihr dann, daß ein gräßlicher falscher Bericht über Papa in der Times erschienen war, und las ihr danach den Artikel vor, wobei mir meine Stimme einige Male nicht gehorchte. Fräulein Foster saß mit ausdruckslosem Gesicht dabei, und sie wiegte ihren Kopf langsam hin und her. Kate hatte nach der ersten Hälfte des Artikels leise zu weinen begonnen und saß nun mit zuckenden Schultern da, das Gesicht in den Händen verborgen. Ich wußte, wenn sie sich von dem Schock erholt hätte, würde sie ein Dutzend Fragen haben. Doch es gab so viel zu tun, daß ich noch nicht einmal die Zeit aufbringen konnte, sie zu trösten.

Ich legte die Zeitung aufs Bett, tätschelte ihr die Schulter, beugte mich hinunter und küßte sie auf die Stirn. »Es tut mir leid, Schwesterchen«, sagte ich erschöpft. »Bleib mit Fräulein Foster hier und versuch, tapfer zu sein. Wir sprechen später miteinander, aber jetzt muß ich baden und mich umziehen, bevor die Polizeibeamten eintreffen. Und Dr. Carey natürlich auch.«

Ellen, die Gute, hatte auf der Badevorlage vor dem Kamin meine Sitzbadewanne schon vorbereitet und war jetzt dabei, sie aus großen Kannen mit heißem Wasser zu füllen. Sie hatte auch schon saubere Wäsche bereitgelegt. Daneben lag ein marineblaues Kleid. Ellen hatte irgendwie die Zeit gefunden, von Kragen und Manschetten den weißen Besatz zu entfernen. So konnte es vorübergehend als Trauerkleidung dienen, bis die schwarzen Sachen fertiggestellt waren.

Zwanzig Minunten später fühlte ich mich beinahe erholt. Ich verließ mein Zimmer und sah Dr. Carey neben Ellen auf dem Treppenabsatz stehen. Dr. Carey warf mir einen seltsam betretenen Blick zu und sagte: »Guten Morgen, Bridie.«

»Guten Morgen, Herr Doktor.« Ich wußte, daß er den Artikel gelesen hatte. Und ich wußte auch, daß er lieber nicht hiergewesen wäre, sondern im Augenblick nur seiner Pflicht gehorchte. Ich fragte mich, wie oft ich noch in den nächsten Tagen diesen Blick in den Augen der Menschen sehen würde – diesen Blick, in dem sich Schock, Abscheu und Neugier mischten. Ich sagte zu Ellen: »Danke für alles, was du getan hast, Ellen. Ich gehe jetzt mit Dr. Carey zu Mama und möchte, daß du hinunter in die Küche läufst und genau zuhörst, was Mr. Henson dir zu sagen hat.«

»Mir zu sagen, Miss Bridie?«

»Ja. Nun lauf. Ich werde vom Schlafzimmer aus läuten, wenn ich dich brauche.«

Ellen hatte meiner Mutter Gesicht und Hände gewaschen, hatte ihr das Haar gebürstet und ihr ein frisches Nachthemd angezogen. Als ich mit Dr. Carey ins Zimmer trat, schlief Mama, und ich war froh, daß die fürchterliche Anspannung von ihrem Gesicht gewichen war. Ihre Augen waren immer noch eingesunken und hatten tiefe Ringe, aber sie wirkte ruhiger. Als Dr. Carey ihr den Puls fühlte, bewegte sie sich, wachte aber nicht auf. Er legte ihr die Hand auf die Stirn, schüttelte wie überrascht den Kopf, drehte sich dann um und sah mich an. »Sie hat wohl eine gute Nacht gehabt?«

»Ich nehme es an, Herr Doktor.« Ich hatte beschlossen, ihm, solange es nicht notwendig war, nichts von der Fahrt meiner Mutter ans Meer zu erzählen.

Er nickte. »Sie scheint den Schock sehr gut verarbeitet zu haben. Keine Schlafmittel mehr, würde ich sagen. Sie liegt immer noch im Tiefschlaf. Sehen Sie zu, daß sie später etwas ißt. Es sollte irgend etwas Leichtes sein; und morgen müßte sie dann wieder aufstehen können.« Er nahm seine Tasche auf. »Ich glaube nicht, daß Sie mich noch einmal rufen müssen.«

Schweigend gingen wir zusammen in die Halle hinunter, und ich war sicher, daß Dr. Carey unter keinen Umständen noch einmal vorbeikommen würde. Zum ersten Mal wurde mir klar, daß alle unsere Bekannten in der Gegend, von den Dorfleuten bis zu den vornehmen Familien, meine Mutter, Kate und mich als die Familie eines überführten Kriminellen betrachten würden. Man würde uns anstarren, wir würden Stoff für endloses Getratsche bilden, und man würde uns meiden, als hätten wir die Pest. Niemand würde etwas mit der Frau oder mit den Töchtern eines Verbrechers zu tun haben wollen. Wieder einmal fühlte ich eine Welle von Dankbarkeit, als ich daran dachte, welchen Rückhalt mir Bernard geben würde.

Henson war an der Tür, und als er öffnete, sah ich Inspektor Browning und Sergeant Dean auf das Haus zukommen.

»Dann . . . also, guten Morgen, Bridie«, sagte Dr. Carey.

»Auf Wiedersehen, Herr Doktor.« Ich konnte die Bitterkeit in meiner Stimme nicht unterdrücken. Er ging hinaus, setzte sich seinen Hut auf, und ich trat einen Schritt zurück, um die beiden Kriminalbeamten hereinzulassen. Sie grüßten höflich, aber der Inspektor warf mir einen durchdringenden Blick zu und sagte: »Sie sind sehr blaß, Miss. Ist alles in Ordnung?«

»Ich bin ein wenig müde, Inspektor.«

»Wahrscheinlich haben Sie noch nicht gefrühstückt, Miss. Sie sollten wirklich etwas zu sich nehmen.«

»Ja, sobald ich Zeit habe. Hat Mr. Whiteley gestern abend noch mit Ihnen gesprochen?«

»Hat er, Miss, und heute wird er wohl meine Vorgesetzten im Yard aufsuchen. Ein sehr vertrauenswürdiger Gentleman, dieser Mr. Whiteley, wenn Sie mich fragen. Es tut mir leid, Miss, daß wir Sie wieder belästigen, aber wir müssen die Durchsuchung zu Ende bringen.«

»Selbstverständlich. Mr. Henson wird Ihnen jede Hilfestellung geben.«

Inspektor Browning sah den Sergeant an. »Vergewissern Sie sich, ob die Siegel intakt sind; und dann beginnen Sie mit dem Eßzimmer und arbeiten sich diesen Flur entlang.«

»Jawohl, Sir.« Sergeant Dean machte sich energisch an seinen Auftrag.

Der Inspektor zögerte und sagte dann: »Und jetzt würde ich gern den Schmuck Ihrer Mutter sehen, Miss, und außerdem alles an Schmuck, was Ihnen oder Ihrer Schwester gehört. Und ich bedauere, sagen zu müssen, daß ich dann die – hm – Schlafräume durchsuchen muß.«

Ich glaube, daß ich schneeweiß ausgesehen haben muß, denn in meinem Kopf drehte sich alles. Ich spürte die Hand des Inspektors auf meinem Arm und hörte ihn sagen: »Nun mal ganz ruhig, Miss.«

Nach ein paar Sekunden konnte ich wieder klar reden: »Darf ich Sie kurz im Salon sprechen, Inspektor?« Es wäre sinnlos gewesen, die Wahrheit vor ihm zu verbergen. Er würde bald herausfinden, daß meine Mutter Juwelen besessen hatte, die jetzt verschwunden waren. Und irgend jemand von der Dienerschaft würde wohl auch bald ihre morgendliche Fahrt erwähnen.

Als sich die Tür hinter uns geschlossen hatte, begann ich: »Die schockierende Nachricht vom Tod meines Vaters und besonders die fürchterliche Beschuldigung, die Sie gestern erhoben haben, haben dazu geführt, daß sich meine Mutter in einem bedenklichen Zustand geistiger Verwirrung befindet. Heute morgen hat sie etwas völlig Widersinniges getan. Ohne Zweifel unter dem starken Eindruck dessen, was Sie ihr erzählt haben, hat sie ihre Juwelen zusammengerafft, ist hinaus an die Bucht gefahren und hat den Schmuck ins Wasser geworfen. Es tut mir leid, aber ich bin zu spät gekommen, um sie noch aufzuhalten.«

Inspektor Browning pfiff leise durch die Zähne. Dann sah er mich schweigend eine Weile an. Schließlich sagte er sanft: »Na, jedenfalls danke ich Ihnen, daß Sie mir das gesagt haben, Miss.«

Ich hatte ein schlechtes Gewissen, denn es war sehr freundlich von ihm gewesen, am Abend zuvor seine Suche abzubrechen, und dies war nun das Ergebnis. Ich sagte: »Mir tut es auch sehr leid, Inspektor. Und ich glaube, Ihre Vorgesetzten werden gar nicht sehr erfreut sein, wenn sie davon hören.«

»Ach, machen Sie sich deswegen keine Sorgen, Miss. Sicher können Sie mir eine Beschreibung von allen Stücken geben, und die Zofe Ihrer Mutter wird die Liste dann wohl bestätigen.«

»Ja. Das bereitet keine Schwierigkeiten.«

»Keine Angst, ich glaube fest, daß wir auf dieser Liste nichts finden werden, was der Beschreibung entspricht, die uns die französische Polizei von dem gestohlenen Schmuck gegeben hat. In diesem Sinne habe ich mich auch von Anfang an meinen Vorgesetzten gegenüber geäußert. Ich habe ihnen gesagt, daß Mr. Chance sehr schlau gewesen ist. Jedenfalls viel zu schlau, um den albernen Fehler zu machen, Teile der Beute seiner Familie zu schenken.«

Ich sah ihn mit weitaufgerissenen Augen an und sagte mit brüchiger Stimme: »Mein Vater hat keinen Schmuck gestohlen, Inspektor, kein einziges Stück!«

Er seufzte und faßte sich ans Kinn. »Das mag ja stimmen, Miss, das mag ja stimmen«, sagte er ruhig. »Aber Ihre

Mutter scheint doch da nicht ganz so sicher zu sein, oder?«

Um zehn Uhr war Bernard noch immer nicht gekommen, und der nächste Zug kam erst in einer Stunde in Wynford an. Ellen brachte mir ein gekochtes Ei, etwas Brot und Butter und eine Kanne Tee in das Frühstückszimmer, und dann stellte sie sich hin und achtete darauf, daß ich auch aß. Ihr Gesicht wirkte schmal vor Sorge. Alle Dienstboten waren jetzt über das Schlimmste informiert, und im ganzen Haus wurde auf Zehenspitzen gegangen und geflüstert, als ob wir uns auf einer Beerdigung befänden.

Auch um elf Uhr kam Bernard nicht. Ich ging in Kates Zimmer und saß eine Weile bei ihr. Wir redeten nicht viel, denn es schien so, als ob jetzt nichts mehr zu sagen wäre. Zweimal fragte mich Kate, was wir ohne Papa machen sollten, und ich konnte ihr nur sagen, daß ich es auch noch nicht wußte. Ich würde alles mit Mama besprechen, wenn es ihr wieder gut genug ging.

Kates Zimmer lag an der Vorderfront des Hauses, und aus ihrem Fenster konnte ich über die hohen Sträucher hinweg bis zum Haupttor sehen. Ein Dutzend oder noch mehr Leute aus dem Dorf lungerten auf der anderen Seite der Straße und glotzten mit aufgerissenen Mündern das Haus an. Robert, unser Pferdeknecht, stand am Tor, und Jack, Roberts Bruder, der Landarbeiter, ging langsam in der Einfahrt hin und her und schwenkte lässig in seinen riesigen Händen einen armlangen Knüppel aus Weißdornholz. Zweimal hatte Robert mir schon einen Zettel gebracht, auf dem ein Reporter von der East Anglian Daily Times um ein kurzes Interview mit einem Familienmitglied bat. Zweimal hatte ich geantwortet, daß der Presse keinerlei Interviews gewährt werden würden und daß wir dankbar wären, wenn man uns weitere Anfragen ersparte.

Um zwölf Uhr sah ich aus dem Fenster der Bibliothek, wie die Droschke vom Bahnhof die Auffahrt hinaufgeholpert kam. Ich flog hinaus in die Halle und rannte schon die Stufen hinunter, als Bernard eben aus der Kutsche kletterte.

»Oh, Bernard, dem Himmel sei Dank, daß du gekommen bist. Ich bin so schrecklich allein gewesen . . .« Ich klammerte mich an seine Hände, und ich war so überwältigt vor Erleichterung, daß mir die Stimme völlig versagte, und ich mußte schlucken, um die Tränen zurückzuhalten. Sein Blick war fest, sein Mund schmal zusammengepreßt, und als ich zu ihm aufblickte, fühlte ich, wie eine schmerzhafte Einsamkeit sich in mir ausbreitete. Es war ein so starkes Gefühl, daß ich fast ohnmächtig wurde und Bernard mich schnell an den Schultern packte. Er warf dem Droschkenkutscher ein Wort zu, hakte sich fest bei mir ein und sagte wieder etwas, während wir zusammen zum Haus gingen.

Ich antwortete zittrig: »Tut mir leid . . . Was hast du gesagt, lieber Bernard?«

»Ich habe gefragt, wo wir ungestört miteinander reden könne, Bridie.« Sein Benehmen war energisch und entschlossen, und ein neues Fünkchen Hoffnung glomm in mir auf.

Mit Anstrengung gewann ich wieder Kontrolle über meine Stimme. »Oh, bitte . . . nicht im Haus. Es herrscht eine so schrecklich traurige und elende Stimmung dort, und es sind auch zwei Polizisten da und machen eine Hausdurchsuchung.«

»Ja. Das wurde auch in der Zeitung erwähnt. Gott, siehst du krank aus, Bridie. Hast du schon einen Doktor gerufen?«

Ich gab ein kleines Geräusch von mir, das ein Zwischending zwischen einem Lachen und einem Schluchzer war. »Dr. Carey ist zweimal dagewesen, um Mama zu untersuchen. Und um mich brauchst du dir keinen Sorgen zu machen. Von jetzt an wird es mir wieder gutgehen, mein Liebster.« Wir gingen an der Front des Haues entlang zu dem Platz, wo der Fahrweg zu den Ställen und zur Remise führte, die hinter dem Haus lagen. Die Mittagssonne schien warm auf mein Gesicht, und mit jeder Minute fühlte ich mich stärker. Wir redeten nicht, während wir langsam über den großen Rasen hinter dem Haus wanderten. Wir wollten in den Schatten der Bäume, die am Fuß des kleinen Hügels hinter dem Gebüsch standen, und ich war Bernard dankbar, daß er mich verstand. Ich brauchte Zeit, meinen Atem wiederzufinden und meine Gedanken zu sammeln.

Als wir unter den Bäumen stehenblieben, drehte ich mich zu ihm um, legte meine Hände auf seine Arme und schaute zu ihm auf. Er sollte sehen, wie sehr ich ihn dafür liebte, daß er in dieser schrecklichen Zeit mir zur Seite stehen wollte. Mein Herz hob sich ihm entgegen, als ich die harte Entschlossenheit in seinen weit auseinanderstehenden blauen Augen sah.

»Fühlst du dich jetzt gefaßter, Bridie?« fragte er ruhig.

»Ja, viel besser, Bernard, Liebster. Ich danke dir von ganzem Herzen dafür, daß du jetzt hier bist.«

»Ich mußte kommen, Bridie. Ich konnte dir doch nicht einfach nur einen Brief schreiben.«

»Einen Brief?« echote ich.

»Mein Vater hat das von mir verlangt. Ich meine, nachdem er den Bericht in der Times gelesen hatte. Wir hatten eine ziemliche Auseinandersetzung, um die Wahrheit zu sagen, aber ich konnte es nicht tun, Bridie. Ich hatte das Gefühl, mit dir persönlich zu sprechen wäre das einzig Anständige gewesen.«

Ich nahm meine Hände von seinen Armen und verschränkte sie hinter meinem Rücken. Mein Innerstes hatte sich zusammengekrampft, und ich gab mir Mühe, nicht zu zittern. »Was mußt du mir denn von Angesicht zu Angesicht sagen, Bernard?« fragte ich ihn endlich mit dünner, schwankender Stimme.

Er fuhr sich mit der Hand durch sein dichtes, blondes Haar. »Aber sicher weißt du das doch, Bridie. Sicher ist dir doch klar, daß jetzt alles anders ist? Dein Vater war ein Verbrecher, und wie ungerecht es auch sein mag, du und deine Familie, ihr werdet den Rest eures Lebens dafür büßen. Du gehörst zur Familie von Roger Chance, dem berühmten Juwelendieb.«

Ich nickte langsam und brachte es fertig zu sagen: »So ist das also.«

»Ich hoffe, du verstehst, Bridie. Für dich wird es das beste sein, ins Ausland zu gehen, deinen Namen zu ändern, irgendwo neu anzufangen. Wo immer du auch hingehst in England, überall wird man mit dem Finger auf dich zeigen.« Er holte tief Atem und fuhr dann mit harter Stimme fort: »Ich bin gekommen, um dir zu sagen, daß ich unter diesen Umständen unmöglich dein Mann werden kann, Bridie. Das würde meiner Karriere ein Ende setzen, es würde sich auf meine eigene Familie übertragen, und ich würde mich selbst in der Gesellschaft zum Ausgestoßenen machen. Das habe ich dir sagen wollen, Bridie, und ich bin sicher, daß du verstehst.«

Ich nickte noch einmal, doch ich war merkwürdigerweise fähig zu denken. Meine Hoffnungen auf Trost und Unterstützung waren wie vom Blitz zerschlagen worden, und ich war wieder allein. Ich mußte all dem, was mir bevorstand, allein gegenüberstreten, und all das, was getan werden mußte, allein tun. Dennoch verstand ich, was Bernard gesagt hatte, und obwohl ich entsetzt und verzweifelt war, brachte ich es nicht über mich, ihn dafür zu verurteilen. Es war dumm von mir gewesen, es nicht wahrhaben zu wollen, wie groß der Schandfleck war, der auf der Familie des Roger Chance haftete, und ich konnte nicht erwarten, daß irgendein Mann diesen Schandfleck mit mir teilen wollte.

Ich bemerkte, daß ich wieder eine meiner Grimassen machte. Meine Lippen waren eingerollt und fest zusammengepreßt, und gleichzeitig streckten sie sich in einem absurden Versuch, zu lächeln. Meine Augenbrauen waren hochgezogen, um Bedauern und Verständnis anzudeuten. Bei der tiefen Blässe, die auf meinem Gesicht lag, muß ich ausgesehen haben wie eine dieser Puppen aus Flicklappen, deren Gesichtszüge mit ein paar einfachen Strichen angedeutet sind.

Bernard stand da und blickte mit gerunzelter Stirn auf mich hinab, als ob ihm nicht ganz wohl zumute wäre.

Ich nahm meine Hände wieder nach vorn und zog sorgfältig den Verlobungsring mit dem Saphir vom Finger.

Bernard hatte ihn mir erst vor ein paar Monten angesteckt. Als ich ihm den Ring hinhielt, zögerte er, aber dann streckte er die Hand aus, damit ich ihn hineinfallen lassen konnte. »Danke, Bridie«, sagte er betreten. »Dies alles ist eine scheußliche Geschichte, und es tut mir sehr leid. Ich hoffe, daß du und deine Familie am Ende einen . . . nun, einen zufriedenstellenden Ausweg finden werdet.«

Mir war es noch immer unmöglich, etwas zu sagen. Wenn ich es versucht hätte, hätte ich alle Kontrolle verloren, und so nickte ich, als Zeichen, daß ich seine letzten Worte verstanden hatte, trat einen Schritt zurück, zuckte übertrieben mit den Schultern, um die Tatsache anzudeuten, daß es nichts mehr zu sagen gab, schauspielerte dann eine winzige Verbeugung aus der Taille und machte mit zitternder Hand eine große Geste in Richtung des Pfades, der zur Front des Hauses führte. Ich erinnerte mich daran, daß Bernard die Droschke nicht weggeschickt hatte, sondern daß der Wagen noch in der Einfahrt wartete. Jetzt wußte ich, warum.

Er stotterte verlegen: »Na, auf Wiedersehen, Bridie. Tut mir leid, aber es gibt wirklich nichts mehr, was ich noch sagen könnte.«

Ich nickte zustimmend mit dem Kopf und hatte das Gefühl, als ob ich eine Marionette wäre. Als Bernard noch stehenblieb und zögerte, schloß ich die Augen. In diesem Augenblick muß ich noch mehr wie eine Stoffpuppe ausgesehen haben, aber es machte mir nichts aus. Meine Hände waren an die Brust gepreßt, und ich konnte meinen eigenen Herzschlag hören. Ohne eigenen Willen begann ich, die Pulsschläge zu zählen. Als ich bei hundert angekommen war, öffnete ich die Augen, zwinkerte in den hellen Sonnenschein und stellte fest, daß ich allein im Garten war.

Während dieser Zeit, als ich mit geschlossenen Augen dagestanden hatte, war etwas mit mir geschehen. Ich war jetzt nicht mehr den Tränen nahe, und die Panik bei dem Gedanken, daß ich meine Bürde allein tragen mußte, war vergangen. Irgendwie mußte ich es schaffen, meine Mutter und Kate und das Fräulein zu trösten und für sie zu sorgen. Ich würde keine Zeit mehr haben für Tränen, keine Zeit mehr für Selbstmitleid. Verantwortung für die Familie zu übernehmen, dazu fühlte ich mich eigentlich nicht geeignet, und ich fühlte mich auch nicht stark genug, all die Kämpfe auszufechten, die bevorstanden, aber es gab jetzt niemand anderen mehr.

Mit einer heißen Welle der Zuneigung fiel mir Mr. Whiteley wieder ein. Gleichgültig, was er auch von meinem Vater glauben mochte, er hatte mich freundlich empfangen und war, selbst nachdem ich ihm die Geschichte erzählt hatte, freundlich geblieben. Jetzt war er in meiner Sache in aller Eile nach London gefahren und hatte alle anderen Angelegenheiten beiseite geschoben. Ich konnte dankbar dafür sein, solch einen Verbündeten zu haben.

Ich hatte mit gebeugtem Kopf dagestanden und auf das Gras hinabgeschaut. Jetzt bemerkte ich, daß meine Augen die ganze Zeit auf einem kleinen Objekt geruht hatten, das zu meinen Füßen lag. Es war ein dünnes braunes Stäbchen, vielleicht von der halben Länge meines Zeigefingers, und an einem Ende war es geschwärzt. Braune Blätter, fest zusammengerollt. Tabak. Ich bückte mich, um es besser sehen zu können. Es war eine sehr dünne, gerade Zigarre von einer Art, die ich noch niemals gesehen hatte. An einem Ende, wo der Tau die Glut ausgelöscht hatte, war feste schwarze Asche. Aber, außer wenn Papa zu Hause war, rauchte niemand in Latchford Hall Zigarren. Die beiden Gärtner rauchten nur Tonpfeifen.

Ich schüttelte verwundert den Kopf, wie, um wieder klar denken zu können, und wandte mich von dem dunkelbraunen Stummel ab. Was um Himmelswillen – so fragte ich mich ärgerlich – war denn in mich gefahren, daß ich auch nur ein paar Sekunden über solch eine Bagatelle nachdachte, in einer Zeit, in der meine Welt in Scherben ging. Eine Zeitlang stand ich noch nachdenklich da und überlegte, was ich in den nächsten Tagen tun mußte. Morgen früh würde ich wieder zu Mr. Whiteleys Büro in Southwold fahren, um zu erfahren, was bei seinen Nachforschungen in Scotland Yard herausgekommen war. Außerdem mußte ich ihn fragen, welche Vorkehrungen ich zu treffen hatte, um die Leiche meines Vaters aus Frankreich nach England zu überführen. Eine Beerdigung mußte vorbereitet werden, und viele Dinge waren mit meiner Mutter zu besprechen, wenn es ihr erst wieder gut genug ging.

Später würde es für uns wohl ratsam sein, Latchford Hall zu verkaufen und in ein bescheideneres Haus in einem anderen Teil des Landes zu ziehen. In ein Haus, das gerade groß genug war, um uns und Fräulein Foster aufzunehmen. Wir würden dann nur noch eine Köchin oder Haushälterin brauchen, ein Küchenmädchen und ein Hausmädchen. Ich war sicher, daß, wo immer wir auch hingingen, die Geschichte uns folgen würde, und ich fragte mich, ob es nicht vielleicht für uns besser sein würde, uns in London niederzulassen, wo wir anonymer leben konnten.

Wenn wir nach London zögen, konnte Kate weiterhin bei uns wohnen, solange sie das Prinz-Albert-Konservatorium der Musik besuchte. Ich war sicher, daß Mama den Gedanken daran, daß Kate jetzt von uns fortging, nicht ertragen konnte. Aber ich war davon überzeugt, daß es für Kate sehr wichtig war, ihre Studien fortzusetzen. Mein musikalisches Gehör war nicht besser als mittelmäßig, aber dennoch wußte ich ohne allen Zweifel, daß Kate eine wirklich seltene Begabung hatte. Signore Peroni war ein gründlicher Lehrer und neigte nicht zu Schmeicheleien, aber ich hatte gehört, wie er sehr ernsthaft erklärte, daß Kate, wenn sie weiterhin Fortschritte wie in den letzten Jahren machte, eine Konzertpianistin von internationalem Rang werden konnte. Ich liebte meine Schwester sehr, und ich würde alles dransetzen, ihr Talent weiter zu fördern. Ich hatte außerdem das Gefühl, daß die harte Arbeit des dauernden Übens ihr helfen würde, nicht immer an unsere traurige Situation zu denken.

Ich ging langsam zurück zum Haus und überquerte die

Terrasse. Die Fenster standen offen, und als ich das Eßzimmer betrat, hörte ich Kate spielen. Papa hatte ihr das Broadwood-Klavier vor drei Jahren gekauft, als deutlich geworden war, daß sie großes Talent besaß. Das Klavier stand im Salon, und als ich durch die Halle ging, sah ich Inspektor Browning mit leicht gebeugtem Kopf ganz still dastehen; er hatte die Augen halb geschlossen und hörte zu. Sie spielte Les Préludes von Liszt, und ich hatte sie noch nie besser spielen hören, denn es schien, als ob der Kummer ihres Herzens durch ihre Finger in die Tasten floß. Ich wünschte mir, ich hätte meinem eigenen Kummer auch in solcher Weise Luft machen können.

Der Inspektor fuhr ein wenig zusammen, als er mich sah, faßte sich dann wieder und seufzte. Er schüttelte den Kopf und machte mit offener Hand eine kleine Geste, die beides, sowohl Sympathie als auch Bedauern, auszudrücken schien. Ich ging weiter in den Salon und stellte mich hinter Kate; ich legte eine Hand sanft auf ihre Schulter. Sie spielte weiter, neigte dabei leicht ihren Kopf und berührte meine Hand mit ihrer Wange, dann sagte sie: »Ich fühle mich jetzt besser, Bridie. Ich werde nicht mehr weinen.«

Ich drückte ihre Schulter, dann hörte ich eine Weile zu und ließ mich von der Musik überfluten. Endlich sagte ich: »Bist du schon oben bei Mama gewesen?«

»Ungefähr vor einer halben Stunde, aber sie hat mir angst gemacht, Bridie. Sie hat überhaupt nichts gesagt, sie schien einfach mit offenen Augen zu schlafen.«

»Das ist der Schock, Schwesterchen. Du darfst keine Angst haben.«

»Bridie . . .«

»Ja?«

»Meinst du, daß es wahr ist? Ich meine, was die Zeitung über Papa berichtet hat?«

»Kate, wie kannst du nur!« Ich trat nach vorn, so daß ich ihr Gesicht sehen konnte. »Natürlich ist es nicht wahr. Kannst du dir wirklich vorstellen, daß Papa so etwas macht?«

Sie spielte mit finsterer Konzentration etwa eine halbe Minute weiter, ehe sie leise sagte: »Ja, ich kann es mir vorstellen, Bridie.«

»Kate!«

Sie hörte auf zu spielen und schaute mich an. »Er war ein Mann, der immer lachte. Er war ein Abenteurer.« Ihre Hände hoben sich, senkten sich dann wieder voller Kraft, und die Finger tanzten über die Tasten, während Kate ein Stückchen in einer Dur-Tonart spielte. Es war eine fröhliche, übermütige Meoldie aus einem neuen Werk von Dukas, dem »Zauberlehrling«. »So ist er gewesen, Bridie«, sagte sie. »Hast du das nie gemerkt? Hast du nie gespürt, daß er die Welt als einen Witz ansah, über den man lacht?« Sie spielte ein paar verbindende Akkorde, die Les Préludes zurückbrachten, und starrte abwesend in die Ferne; dunkle Schatten unter ihren Augen zeigten sich deutlich auf der Blässe ihres Gesichts.

Es war schwer für mich, die richtigen Worte zu finden, aber endlich sagte ich: »Das ist albernes Gerede, Kate, und ich hoffe, daß du niemals wieder solche Worte aussprichst.«

Jetzt, wo ich einmal angefangen hatte, hätte ich noch viel mehr sagen können, aber ich wollte sie zu einer Zeit, wo sie so verwundbar war, nicht aufregen. Deshalb legte ich meine Hand an ihre Wange, um ihr zu zeigen, daß ich nicht böse auf sie war, und dann ging ich zur Seite, setzte mich hin und hörte zu. Ich hoffte, daß die Musik mir helfen würde, mich zu beruhigen, denn mein Herz hämmerte in einer Mischung aus Schrecken und Verärgerung. Auch nicht einen einzigen Augenblick lang war mir der Gedanke gekommen, daß die Zeitungsberichte vielleicht wahr sein könnten, gleichgültig, was die französische Polizei oder Scotland Yard oder sonst irgend jemand davon hielt. Und trotzdem war meine Schwester Kate schon eine Stunde, nachdem sie die schreckliche Geschichte gehört hatte, im Zweifel.

Ich hatte nicht mehr als zwei Minuten dagesessen, als

Henson hereinkam und sagte, daß die Polizisten sich verabschieden wollten. Ich ging hinaus in die Halle, wo der Inspektor und sein Sergeant mit den Hüten in der Hand schon warteten.

»Tut mir leid, Sie stören zu müssen, Miss«, sagte der Inspektor, »aber ich dachte, Sie wüßten vielleicht gerne, daß wir hier jetzt fertig sind.«

»Ich bin sicher, Sie haben nichts von dem gefunden, was Sie zu finden erwarteten, Inspektor.«

»Ganz richtig, Miss. Ich möchte Ihnen dafür danken, daß Sie keine Schwierigkeiten gemacht haben. Sie haben sich sehr gut benommen, wenn ich so sagen darf. Für Sie und Ihre Familie ist es ein schwerer Schlag gewesen.« Er zögerte, dann fuhr er fort: »Darf ich mir erlauben, Ihnen zwei Ratschläge zu geben, Miss?«

Ich versuchte zu lächeln, während ich antwortete: »In diesem Augenblick ist mir Rat sehr willkommen.«

»Nun, verkriechen Sie sich nicht. Benehmen Sie sich so wie immer. Diese Leute, die da draußen herumlungern, werden sich sofort langweilen und abziehen. Was die Reporter betrifft: Möchten Sie, daß ich ihnen klarmache, daß Sie ihnen nichts zu sagen haben? Sie werden sehen, die glauben mir schon.«

»Dafür wäre ich Ihnen sehr dankbar, Inspektor.«

»Nur noch eins, Miss. Wenn irgend etwas . . . na, etwas Merkwürdiges passiert, irgend etwas Verwirrendes oder vielleicht ein bißchen Erschreckendes, dann wäre ich froh, wenn Sie mir beim Yard ein Kabel schicken würden. Ich habe meine Karte auf dem Tisch in der Halle zurückgelassen.«

Ich starrte ihn verblüfft an. »Seltsam oder alarmierend, Inspektor?«

»Ich weiß nicht, wie ich es ausdrücken soll, Miss. Es ist nur so eine Idee im Hinterkopf.« Er hielt seine braune Melone vor die Brust und verbeugte sich höflich vor mir. »Wir wünschen Ihnen jetzt noch einen guten Tag, und wenn ich mir die Freiheit herausnehmen darf, Miss, dann möchte ich sagen, daß es eine seltene Freude gewesen ist, Ihre Schwester spielen zu hören. Vor ein paar Jahren habe ich Paderewski selbst in der St.-James-Halle spielen gehört, und ich schätze, er würde sich der Art, wie Ihre Schwester dieses Stück von Liszt gespielt hat, selbst auch nicht schämen. Alsdann, Sergeant, kommen Sie, wir wollen nicht den ganzen Tag hier herumstehen.«

Während Henson die Tür hinter ihnen schloß, kam mir in den Sinn, daß dieser erstaunliche Polizist mit seinem Geschmack für klassische Musik mehr echtes Mitgefühl gezeigt hatte als mein verflossener Verlobter.

»Darf ich fragen, wann zu Mittag gegessen werden soll, Miss Bridie?« sagte Henson.

»Ach . . .« Ich sammelte meine Gedanken. »Sagen Sie Mrs. Ryland, daß ich es ihr überlasse. Etwas sehr Leichtes, Einfaches. Ich werde jetzt eine Weile zu meiner Mutter gehen.«

»Sehr gut, Miss Bridie.«

Meine Mutter war wach, als ich klopfte und ihr Zimmer betrat. Ellen hatte ihr das Haar gebürstet und in zwei Zöpfe geflochten, damit es ordentlich blieb. Seltsamerweise sah Mama jünger aus, als ich sie seit vielen Tagen gesehen hatte, Ihr Blick war ruhig und friedlich, ihr Gesicht ohne Anspannung. Sie schenkte mir ein kleines Lächeln und bedeutete mir, mich neben sie zu setzen. »Ich habe auf dich gewartet, Bridie«, flüsterte sie.

»Es hat ein paar Dinge gegeben, um die ich mich kümmern mußte, Mama.« Ich nahm ihre Hand und hielt sie fest. »Fühlst du dich jetzt ein bißchen besser?«

»Ja, Liebes. Jetzt geht es mir wieder wirklich gut.« Sie machte ein Geräusch, das fast einem Kichern glich. »Der Inspektor wird dieses Zimmer jetzt doch nicht durchsuchen. Er hat Ellen heraufgeschickt, um mir zu sagen, daß es unter diesen Umständen sinnlos wäre. Was, glaubst du, hat er gemeint?«

»Er weiß, daß du all deinen Schmuck ins Meer geworfen hast, Mama. Ich habe es ihm gesagt.«

Sie schaute mich tadelnd an. »Oh, Bridie, das war aber nicht sehr vernünftig. Ich bin sicher, dein Papa hätte dich für eine dumme Gans gehalten.«

Ich wollte nicht mit ihr streiten, deshalb nickte ich einfach und hielt weiter ihre Hand. Es gab so vieles, was besprochen werden mußte, aber ich wußte, dies war nicht der Augenblick. Der Blick meiner Mutter wanderte unsicher umher, und mir war klar, daß sie noch immer unfähig war, Entscheidungen zu treffen.

Nach ein paar Minuten schloß sie die Augen. Ich dachte, sie sei eingeschlafen, aber dann sah ich, wie ihre Lippen sich in einem ganz schwachen Lächeln kräuselten, und sie flüsterte: »Er war so schlau . . . ich habe es geliebt, ihn lachen zu hören über die Geschichten, die er mir erzählt hat. All die Geschichten, Bridie. Ich hatte nie Angst, wenn er da war und mir alles davon erzählte und lachte . . . Aber dann, wenn er fort war, mußte ich an die Geschichten denken, und dann hatte ich Angst. Ich nehme an, ich habe nie ganz begriffen, wie er die Dinge sah . . . weil er ein Gentleman war, mein Kind. Ein geborener Gentleman. Und die lachen über andere Dinge, weißt du.«

Es war schwer, ihren wirren Worten zu folgen, aber es lag etwas darin, das eine schattenhafte Angst in mir erweckte. Ich sagte nichts; ich hoffte, daß sie einfach einschlafen würde. Eine Minute lang war sie still, dann sprach sie wieder mit der gleichen, flüsternden Stimme. »Solche Geschichten, Bridie! Damals, vor langer Zeit, in Österreich. An einem Ort, der Witt . . . Witt-Soundso hieß. Ich hab mir nie all diese fremden Ortsnamen merken können. Es hat einen Safe gegeben in dem großen Haus, das einem Edelmann gehörte, und sie hatten ein besonderes Schloß daran, weißt du. Aber er machte zwei kleine Löcher mit einem Bohrer, und dann hat er mit . . . mit einer Luftpumpe die Luft herausgesaugt, glaube ich. Und er hat gesagt, das Vakuum hätte das Pulver durch das andere Loch hereingesaugt. Schießpulver, das war es, glaube ich. Dann hat er . . . ach, da war noch ein Ding, das man Zündschnur nennt, und bei der Explosion flog die ganze Tür heraus. Kannst du dir das vorstellen? Solche wunderschönen Smaragde, und der Samt, in den sie gewickelt waren, hatte noch nicht einmal Brandflecken. War das nicht schlau von ihm? Das muß gewesen sein, ehe wir verheiratet waren, glaube ich, denn ich habe sie gesehen an dem Tag, an dem er mich zu dem Steinbock-Felsen mitgenommen hat. Oh, wie er darüber gelacht hat, daß das Spezialschloß am Safe ganz unberührt gewesen war! Das war der Teil, der ihm davon am besten gefiel, weißt du . . . Der Spaß dabei. Wie damals in Rom . . . auf dem hochvornehmen Ball, als er eine Baronin darauf aufmerksam machte, daß ihre Perlen Imitationen waren. Und die Baronin war dann zuerst so beleidigt, aber es stimmte, weißt du, er hatte selbst die echten ausgetauscht . . .«

Die Stimme plapperte weiter. Ich saß da und schaute auf meine Hand hinab, mit der ich noch immer die Hand meiner Mutter hielt. Ich versuchte, meine Gedanken in Zusammenhang zu bringen, versuchte, mich zu irgendeiner Gemütsbewegung durchzuringen, aber es gelang mir nicht.

Einige Zeit später hatte Mama aufgehört zu reden und war eingeschlafen. Sie wirkte klein und wunderschön und lag in tiefem Frieden da. Mein betäubtes Hirn begann sich langsam wieder zu regen, und ich dachte, daß auch das, was ich eben gehört hatte, an der Sache nichts mehr änderte. Abgesehen von Fräulein Foster war ich wahrscheinlich die einzige gewesen, die sich standhaft geweigert hatte, zu glauben, was die Polizei und die Zeitungen sagten.

Na gut. Ich hatte mich also geirrt, aber darauf kam es auch nicht mehr an. Roger Chance, mein eigener Vater, dieser lachende Abenteurer, wie Kate ihn genannt hatte, war also tatsächlich der berüchtigte Dieb gewesen, den man als Le Sorcier kannte. Aber alle Welt hatte das sowieso geglaubt, und es änderte nichts an dem, was jetzt auf meine Familie und auf mich zukam.

Sicher war es Dummheit, daß mir nicht klar war, wie gravierend der Unterschied doch war. Denn wenn ich es gemerkt hätte, wäre ich vielleicht auf das Gewebe von Geheimnissen, Schrecken und Gefahren, das mich nun bald umschließen sollte, besser vorbereitet gewesen.

In der Nacht wachte ich einmal auf. Ich stand am Fenster und sah in den Garten hinaus. Nichts rührte sich, und kein Reiter tauchte aus den Schatten auf, so wie in meinem Traum in der Nacht zuvor.

Der Funke einer Erinnerung blitzte in mir auf. Ich rieb mir die Augen, schlug mir selbst so fest auf die Wangen, daß es mir weh tat, und drückte die Stirn an die kühle Glasscheibe. Nun konnte ich sicher sein, daß ich wach war und nicht träumte, und jetzt erinnerte ich mich deutlich an die merkwürdige, dünne Zigarre, die ich am Morgen halb aufgeraucht in der Nähe der Büsche hatte liegen sehen. Ich erinnerte mich auch daran, daß ich im Wachen oder Träumen in der letzten Nacht einen feurig glühenden Punkt gesehen hatte, der in einem Funkenschwarm am Boden verlöscht war, kurz bevor der Reiter im Gauchohut aus der Finsternis auftauchte.

Eine Zigarre, von einem Reiter auf den Boden geworfen, hätte genau das sein können. War es doch kein Traum gewesen? Das würde bedeuten, daß es wirklich einen Reiter gegeben hatte, der merkwürdig lange Steigbügel benutzte, einen Gauchohut trug, eine Zigarre rauchte und der sehr, sehr früh am Morgen das Gelände von Latchford Hall durchstreifte.

Ich zuckte die Schultern und kehrte zu meinem Bett zurück. Ich war wütend auf mich selbst, schon, weil ich auch nur in Betracht zog, daß dieser ganze Unfug Wirklichkeit gewesen sein konnte. Ich versuchte, mich selbst davon zu überzeugen, daß ich in der letzten Nacht übererregt gewesen war und daß ich nur einen seltsamen Traum gehabt hatte. Heute war es mir beinahe wieder so ergangen. Ich war aus dem Bett gestiegen und zum Fenster gegangen, aber da war ich dann wach gewesen. Daß ich eine halb geurauchte Zigarre bei den Bäumen gefunden hatte, konnte nur Zufall gewesen sein.

Als ich mich müde wieder ins Bett verkroch, wußte ich nicht, daß ich eben zum zweiten Mal innerhalb von vierundzwanzig Stunden den falschen Schluß gezogen hatte.

4

In den nächsten paar Wochen entdeckte ich, daß ein weiterer Schicksalsschlag, wenn ein gewisser Punkt überschritten ist, fast bedeutungslos wird, weil man ihn nicht mehr spürt. Zwei Tage, nachdem ich erfahren hatte, daß mein Vater tot und darüber hinaus ein professioneller Dieb gewesen war, und an dem Tag, nachdem mein Verlobter unsere Verlobung gelöst hatte, fuhr ich um neun Uhr morgens von Latchford Hall ab. Meine Wangen flammten, als ich mich einem Dutzend Männern, Frauen und Kindern näherte, die noch immer auf der Straße in der Nähe der Einfahrt herumlungerten.

Dort standen zwei Jagdwagen und das Fuhrwerk eines Händlers. Die Männer und Frauen hatten zwei kleine Gruppen gebildet und klatschten. Ein Mann wetzte eine Sichel, eine Frau strickte an einem Strumpf, ein kleines Kind leckte an einem kandierten Apfel. Die anderen Kinder spielten Fangen; sie jagten hintereinander her, und über der ganzen Szene lag eine Art Feiertagsstimmung. Als ich mit dem Wagen auf die Straße hinausfuhr, wurden alle ganz still wie auf einem Bild, und sie starrten, starrten . . .

Auf der ganzen Fahrt, besonders auf den belebten Straßen von Southwold, gaukelte mir meine Einbildung vor, daß tausend neugierige Blicke auf mir lagen, und es kam mir vor, als ob ich das wortlose Flüstern von tausend klatschenden Zungen hörte.

Mr. Whiteley, so trocken und höflich wie immer, empfing mich in seinem Büro und kam sofort zur Sache. »Ich bin im Begriff, Ihnen zu sagen, Miss Chance, so traurig diese Aufgabe für mich ist und so genau mir auch bewußt ist, daß es für Sie noch viel trauriger sein muß, daß ich nach langer

Diskussion mit dem Chef der Polizei und nach dem Studium der Übersetzungen einer nicht unerheblichen Anzahl von Dokumenten der französischen Polizei absolut keinen Weg sehen kann, auf dem wir hoffen dürfen, die Unschuld Ihres Vaters zu beweisen, denn wir würden diesen Versuch unternehmen im Angesicht dessen, was ich als unwiderlegbare Beweise, die von Personen erbracht wurden, die über jeden Zweifel erhaben sind, anzusehen gezwungen war.«

Ich saß nur da, schaute auf meine Hände hinab, die in meinem Schoß lagen, und sagte: »Sie meinen also, daß Sie jetzt von der Schuld meines Vaters überzeugt sind, Mr. Whiteley?«

»Es ist das Privileg meines Berufes, daß ich es mir erlauben kann, keine Meinung zu haben, Miss Chance. Ich kann Ihnen nur sagen, daß man gegen diese Beweise nichts zu unternehmen mag.«

Auf so etwas war ich vorbereitet gewesen, jedenfalls seit gestern abend, als meine Mutter diese schrecklichen, wirren Worte ausgesprochen hatte, und jetzt sagte ich: »Ich bin sicher, Sie erwarten nicht, daß ich den Beweisen Glauben schenke, Mr. Whiteley. Wie deutlich sie auch sein mögen.«

»Selbstverständlich nicht. Ich möchte Ihnen nur nahelegen, daß Sie keine Hoffnungen haben sollten, diese Beweise jemals umzustoßen.«

»Nun gut, Mr. Whiteley. Ich danke Ihnen für alle Ihre Anstrengungen in meiner Sache. Wünschen Sie jetzt, mich unter diesen Umständen nicht mehr als Klientin zu behalten?«

»Ich bin selbstverständlich gewillt, für Sie zu handeln, Miss Chance, aber nur auf der Linie, die ich erwähnte, als wir uns zuletzt gesehen haben. In der Tat ist der Antrag auf Erteilung einer Vollmacht jetzt schon in Bearbeitung, und später an diesem Morgen werde ich mich mit der Bank Ihres Vaters in Verbindung setzen. Haben Sie gegenwärtig irgendwelche anderen Instruktionen für mich?«

»Wenn es möglich ist, dann wäre es mir lieb, wenn die

Leiche meines Vaters zur Beerdigung nach Hause überführt würde.«

Er nickte abwesend und strich sich über die Nase. »Sehr richtig. Ich habe diese Bitte erwartet, und ich habe die Gelegenheit ergriffen, Nachforschungen in dieser Angelegenheit durchzuführen, während ich in London war. Soweit ich alles recht verstanden habe, wird es deswegen keine Schwierigkeiten geben, aber möglicherweise kann eine Verzögerung eintreten. Gewisse französische Gesetze erfordern es, daß . . . bitte verzeihen Sie . . . wenn die sterblichen Überreste per Bahn transportiert werden sollen, sie zuerst gewissen konservatorischen Prozeduren unterworfen werden.«

»Wie bitte . . .? Ach, ja, ich verstehe.« Ich legte eine Hand an meine Kehle und fuhr schnell fort. »Dürfte ich Sie wohl darum bitten, alles zu tun, was nötig ist, Mr. Whiteley? Ich glaube nicht, daß dies in den üblichen Bereich Ihrer Verantwortlichkeiten fällt, aber ich wäre Ihnen zutiefst dankbar dafür. Meiner Mutter geht es nicht gut genug, um sich um alles zu kümmern, und ich scheine wirklich niemanden zu haben, an den ich mich wenden kann.«

»Überlassen Sie mir die Angelegenheit.« Einen Augenblick lang schimmerte warmer Glanz in seinen Augen. »Ich werde meinen Bruder anweisen, diese spezielle Angelegenheit für Sie zu erledigen. Was die anderen Dinge betrifft, so hoffe ich, daß ich innerhalb weniger Tage in der Lage sein werde, mir einen Überblick über die finanzielle Situation zu verschaffen, auch im Hinblick auf inländische Kapitalanlagen. Was die Frage der ausländischen Kapitalanlagen betrifft, so bin ich darüber informiert, daß Nachforschungen durch die französische Polizei bis jetzt ergeben haben, daß Ihr Vater ein bescheidenes Konto auf einer Pariser Bank unterhielt, und zwar für seine normalen Lebenskosten. Aber bis jetzt ist man nicht in der Lage gewesen, irgendwelche anderen Mittel oder Barguthaben, welcher Art auch immer, aufzuspüren. Es scheint so, Miss Chance, daß Ihr Vater sein Kapital – wieviel auch immer er besessen haben mag – gut versteckt gehalten hat.« Mr. Whiteley neigte bedauernd den Kopf und seufzte. »Vielleicht zu gut versteckt, fürchte ich. Allerdings werden wir unsere Nachforschungen weiterverfolgen und Sie jederzeit über alles informiert halten. Ich bin Ihnen sehr zu Dank verpflichtet für Ihren Besuch, Miss Chance . . .«

In den Tagen, die folgten, nahm ich den Rat von Inspektor Browning an und verließ ohne Rücksicht auf die Leute das Haus. In dieser Zeit lernte ich, mich gegen das Angestarrtwerden und das Flüstern, gegen die Seitenblicke und die gemurmelten Worte mit verbissener Resignation zu wappnen. Kate fuhr einmal mit mir nach Wynford hinein, aber sie konnte es nicht ertragen, und sie brachte es kaum fertig, die Tränen zurückzuhalten, bis wir unser Haus wieder erreichten.

Fräulein Foster war eine große Hilfe, wenn es darum ging, Mama zu versorgen und Kate davon abzuhalten, vor sich hinzubrüten. Aber Latchford Hall war ein trauriges, freudloses Haus geworden. Dann kam Henson zu mir und fragte mich betreten, ob ich Referenzen für alle Dienstboten schreiben könne. Es sei nicht so, versicherte er mir, daß irgendeiner von ihnen wegen der Geschichte in den Zeitungen den Dienst verlassen wolle, aber sie sähen alle – nach dem traurigen Hinscheiden des Hausherrn –, daß es für sie vielleicht notwendig werden könnte, neue Stellungen zu suchen. Ich hielt die Dienstboten nicht für unloyal, aber ich konnte ihnen ihr Vorgehen nicht verübeln.

Meine Mutter blieb weiterhin im Bett und interessierte sich für nichts. Sie schien sich in einen langen Tagtraum zurückgezogen zu haben, in dem sie eine Art Zufriedenheit fand. Irgendwie freute mich das für sie, aber gleichzeitig machte ich mir Sorgen, weil sie ihr Essen unberührt ließ und die meisten Stunden des Tages und der Nacht durchschlief. Zuerst hatte ich Angst gehabt, sie mit Ellen oder dem Fräulein oder Kate allein zu lassen, falls sie wieder redete, wie sie es in meiner Gegenwart getan hatte. Damit hätte sie die Wahrheit enthüllen können. Kate hatte bereits ihre

Zweifel über Papas Unschuld, und vielleicht hätte man das gleiche auch über Ellen sagen können, nach allem was ich wußte; aber ich konnte den Gedanken nicht ertragen, daß diese Zweifel durch die Gewißheit ersetzt wurden. Andererseits war ich sicher, daß Mama mit den anderen nicht über die Vergangenheit gesprochen hatte, denn das hätte ich bemerkt an der Reaktion der anderen. Nach ein paar Tagen spürte ich, daß die Gefahr vorbei war.

Ein persönlich ausgelieferter Brief von Mr. Whiteley informierte mich darüber, daß die Vorkehrungen, meinen Vater nach Hause zu holen, zur Zufriedenheit getroffen worden waren und daß der Sarg in voraussichtlich zwei Wochen in der Leichenhalle des Beerdigungsunternehmens Harris & Cole in Southwold, via Harwich, abgeliefert werden würde. Das genaue Datum der Ankunft werde innerhalb von zehn Tagen bestätigt. Er schlug vor, ich möchte vorsorglich mit den Vorbereitungen für die Beerdigung beginnen, und bat mich darum, die Güte zu haben, am kommenden Freitag um elf Uhr morgens seinem Büro einen Besuch abzustatten. Er erwartete, zu diesem Zeitpunkt alle notwendigen Informationen zu besitzen, mich in der Angelegenheit des Vermögens meines Vaters zu beraten. Er fügte hinzu, daß er hoffte, meine Mutter habe sich vom Schock ihres Kummers bis dahin genügend erholt, um mit mir zusammen diesen Termin wahrzunehmen, denn sie sei natürlich die Haupterbin.

Ich schrieb eine Antwort und bedankte mich, erwähnte aber, daß meine Mutter weit davon entfernt sei, sich gut genug zu fühlen, und daß sie unfähig sein würde, an dem Gespräch teilzunehmen. Dies entsprach der Wahrheit, und am Donnerstag machte ich mir so große Sorgen um sie, daß ich nach Dr. Carey schickte. Ich befürchtete schon, daß er irgendeine Entschuldigung suchen und mich darum bitten würde, medizinischen Rat anderswo einzuholen, aber er kam innerhalb von vierzig Minuten. Es war allerdings klar, daß wir in seinen Augen keinerlei gesellschaftlichen Status mehr besaßen, denn sein Benehmen war äußerst zurückhaltend und wenig mitfühlend.

Nachdem er meine Mutter oberflächlich untersucht hatte, sprachen wir noch miteinander, als ich mit ihm den Flur entlang und dann nach unten in die Halle ging. »Sie ist körperlich gesund, aber sie ist unterernährt; Sie müssen also dafür sorgen, daß sie ißt. Brühe, Brot und Milch. Egal, was. Wenn Sie das nicht schaffen, wird's immer schlechter werden.«

Ich sagte: »Wir versuchen es schon, Herr Doktor, aber sie nimmt nur mal einen Löffel voll zu sich und schläft dann wieder ein. Ich mache mir große Sorgen.«

»Nervöse Debilität als Folgeerscheinung bei Schock. Ist ja auch kaum zu verwundern. Ich stelle Ihnen eine Tinktur her und schicke Ihnen heute noch einen Jungen damit rüber. Müßte ihren Appetit anregen. Das macht dann zwei Shilling, bitte und zusätzlich Sixpence für die Tinktur.«

»Ach.« Ich brachte es gerade noch fertig, meine Gesichtszüge unter Kontrolle zu halten. »Ach, entschuldigen Sie. Ich . . . bitte warten Sie, ich hole meine Geldbörse.«

Als er gegangen war, schloß ich mich in meinem Schlafzimmer ein und weinte ein wenig, weil ich mich so erniedrigt fühlte. Ich hätte in kühlem Ton sagen können: »Reichen Sie doch bitte freundlicherweise Ihre Rechnung auf dem üblichen Weg ein, Herrr Doktor.« Oder ich hätte sagen sollen: »Wenn Sie auf sofortiger Barzahlung bestehen, werde ich das Geld dem Jungen mitgeben, der die Medizin bringt.« Es gab eine Menge kühler Sätze, die ich würdevoll hätte vorbringen können. Aber ich war Bridie Chance, und so hatte ich mich entschuldigt, nach Worten gekramt und an all das, was ich hätte sagen können, erst viel zu spät gedacht.

Bei Dr. Careys Haltung fragte ich mich, ob es Signore Peroni jetzt ablehnen würde, Kate weiterhin zu unterrichten, und dieser Gedanke ließ mich zittern. Es war so wichtig, daß ihre Ausbildung fortgesetzt wurde; und ich war bereits fest entschlossen, daß ich, was die Zukunft auch bringen mochte, dafür sorgen würde, daß sie ihr Stipendium für das Prinz-Albert-Konservatorium wahrnahm, denn ihre Begabung war zu groß, als daß sie hätte brachliegen dürfen. Signore Peroni war ein sanfter, freundlicher Mann, aber es konnte gut sein, daß er nicht mit der Familie eines Mannes in Verbindung zu bleiben wünschte, der in jeder Zeitung im ganzen Land als Krimineller bezeichnet worden war. Ich hatte sogar die ständig wiederkehrende Angst, daß man Kate das Stipendium wieder entziehen könnte. Ich wußte noch nicht, was ich in diesem Fall tun würde, aber in mir wuchs die Entschlossenheit, daß ich auch dann etwas unternehmen mußte. Ich warf meinem eigenen Bild in dem großen Spiegel auf meinem Frisiertisch einen finsteren Blick zu und reckte mein Kinn vor, aber das Gesicht, das den Blick aus dem Spiegel zurückgab, sah keineswegs tapfer und kämpferisch aus, sondern eher komisch.

An dem bewußten Freitagmorgen fuhr ich mit dem Wagen schon um Viertel vor zehn von Latchford Hall ab. So hatte ich reichlich Zeit, um zu meiner Verabredung mit Mr. Whiteley pünktlich zu sein. Roberts Bruder, der am Tor Wache stand, begrüßte mich beinah militärisch, und ich fuhr an den Rand, um ein paar Worte mit ihm zu wechseln.

»Nur zwei Weiberleute, und 'ne ganze Horde von Kindern haben hier heute rumgehangen, Miss.« Er zeigte mit dem Kopf auf die kleine Gruppe, die an der niedrigen Mauer auf der anderen Seite der Straße stand. »Keiner hat es mal probiert, reinzukommen, wie vorher. Ist das reinste blaue Wunder für die, nehm' ich an.«

Der Roger-Chance-Skandal war sehr viel mehr als nur ein blaues Wunder, aber ich war dankbar dafür, daß wenigstens das Haus nicht länger von neugierigen Klatschtanten und Journalisten belagert wurde, wie es während der letzten paar Tage gewesen war. Ich sagte: »Danke für Ihre Hilfe, Jack. Ich wäre froh, wenn Sie sich hier mit Robert bis nach dem Wochenende abwechseln könnten, nur um sicherzustellen, daß wir nicht belästigt werden.«

»Aber klar, Miss Bridie. Es sind die blöden Zeitungsfritzen, die die schlimmsten sind, aber im Augenblick ha'm se 'n bißchen Schiß.«

»Das sehe ich. Hier ist ein Extra-Shilling für Sie, und er ist ehrlich verdient.«

Ich wußte von Henson, daß Jack in dieser Woche bereits einen Journalisten, der besonders impertinent gewesen war, in eine Weißdornhecke geworfen hatte. Seit dieser Zeit hatten sie, wie Jack es jetzt beschrieb, »'n bißchen Schiß bekommen«.

Zehn Minuten später, als der Wagen um eine Kurve auf der gewundenen Straße herumschwenkte, die den Wald hinter Liddington umging, riß ich die Zügel hart zurück, um noch rechtzeitig vor einem Reiter bremsen zu können, der ganz still mitten auf der Straße stand. Die rechte Flanke des Pferdes war mir zugewandt. Bei Daisys mäßiger Geschwindigkeit bestand nicht die Gefahr eines Zusammenstoßes, aber die plötzliche Begegnung hatte mich aufgeschreckt, und vielleicht, weil meine Nerven während der letzten Tage dünn gworden waren, packte mich auch die Wut.

Doch ehe ich etwas sagen konnte, drehte der Mann den Kopf, nahm den grauen Hut, den er trug, ab und schenkte mir ein Lächeln. Es war eine so warme und direkte Begrüßung, daß ich in unerwarteter Freude den Atem anhielt und gleich darauf errötete. Er war ein Mann von überdurchschnittlicher Größe, und er hatte sehr dunkles Haar, das wie eine Kappe aus kurzen Locken über einem kantigen Gesicht saß. Seine Augen waren haselnußbraun und hatten einen warmen, leicht belustigten Blick.

Er trug weder Reithosen noch Jacke, sondern einen außerordentlich eleganten Anzug aus feinem grauem Karostoff und eine seidene Krawatte, die mit einer goldenen Nadel befestigt war. Irgend etwas war merkwürdig an dem Schnitt seines Anzugs und an der Art, wie er zu Pferd saß, aber ehe ich darüber nachdenken konnte, sagte er etwas, und ich bemerkte, daß er kein Engländer war.

»Verzeihen Sie, Mademoiselle.« Selbst wenn er das fremde Wort nicht benutzt hätte, ich hätte sicher erraten, daß er vom Kontinent stammte und wahrscheinlich Franzose war. Seine Stimme war ziemlich tief, und sein leichter

Akzent war dem eines Professors aus Grenoble ähnlich, der als Gast am Collage in Girton gewesen war, um französische Literatur des achtzehnten Jahrhunderts zu unterrichten.

Der Mann ritt mit langen Bügeln und ich dachte sofort an den schwarzen Schatten, den ich in der Nacht gesehen hatte. Vielleicht war es tatsächlich kein Traum gewesen? Verwirrt sprudelte ich heraus. »Tragen Sie auch schon mal einen anderen Hut?« Bei diesen Worten spürte ich, wie die Farbe mir in die Wangen stieg. Sicher gab es niemanden außer Bridie Chance, die je solche Worte als Antwort auf die höfliche Entschuldigung eines Fremden gewählt hätte. Ihm muß meine Frage idiotisch vorgekommen sein.

Der Mann zeigte keine Überraschung, sondern zog nachdenklich die Lippen zusammmen und betrachtete den Hut, den er in der Hand hielt. Endlich sagte er: »Gelegentlich eine Mütze, Mademoiselle. Ist das eine Angelegenheit von Wichtigkeit?«

»Nein . . . nein, überhaupt nicht. Bitte entschuldigen Sie.« Ich holte nervös Atem und verzog den Mund zu einem verlegenen Grinsen. Siedendheiß fiel mir ein, daß das alles andere als damenhaft wirken mußte, was meine Unsicherheit nur noch verstärkte.

Der Fremde beobachtete mich mit Interesse. »Es kommt mir zu, Ihnen meine Entschuldigung anzubieten, Mademoiselle«, sagte er. »ich bitte untertänigst um Verzeihung, Sie gestört zu haben, aber erlauben Sie mir, mich vorzustellen. Mein Name ist Chatillon. Philippe Chatillon, zu Diensten.«

Es war schwer für mich, einen klaren Gedanken zu fassen, denn die großen, haselnußbraunen Augen hatten mich völlig in ihren Bann geschlagen, aber ich zwang mich, einen klaren Kopf zu behalten. »Sie meinen, Sie haben mich absichtlich angehalten, Monsieur Chatillon?«

»Von mir, Mademoiselle, werden Sie immer eine ehrliche Antwort bekommen, und so muß ich Ihnen also sagen, daß ich in der Tat hier Stellung bezogen habe, damit ich mit Ihnen sprechen konnte.«

Ärger stieg in mir auf, als ich sagte: »Sind Sie etwa Journalist?«

Sein Lächeln war vollkommen entwaffnend. »Oh, schleudern Sie mir bitte keine Beleidigungen an den Kopf, Mademoiselle. Nein, ich bin kein Journalist. Ich bin, sozusagen, ein Polizist. Ein französischer Polizist natürlich. Und ich war, sozusagen, ein Freund Ihres Vaters, des liebenswürdigen Mr. Roger Chance.«

»Ein Freund?« Meine Stimme war heiser vor Schreck.

»Sozusagen.« Er zuckte in einer Weise mit den Achseln, die ausdrücklich auf Bedauern hindeutete. »Es ist möglich, einen Gegner zu bewundern. Wissen Sie, daß ich Ihren Vater, als er im Begriff war, von Frankreich nach England zurückzukehren, vor ein paar Monaten gedrängt habe, hier bei seiner Familie zu bleiben? Wir teilten damals eine Flasche Wein auf den Champs-Élysées, und ich habe ihn bedrängt, seinen Beruf an den Nagel zu hängen, wie immer dieser Beruf auch ausgesehen haben mag. Er hat mich zwar genau verstanden, aber er hat es vorgezogen, nur über seinen Kunsthandel zu sprechen. Nun, ich bin froh, daß ich damals mit anderen Dingen beschäftigt war, und deshalb war ich nicht in die letzte Szene verwickelt.«

Es dauerte lange, ehe ich sprechen konnte, aber er wartete ohne Ungeduld. Endlich sagte ich: »Sie . . . Sie meinen, als mein Vater auf Château Montpalion gestorben ist?«

»Ja, Mademoiselle. In jener Nacht, als Sie Ihren Vater verloren, da verlor ich einen außergewöhnlich unterhaltsamen Freund.« Sein Blick war warm und tröstlich. »Ihren Kummer kann man natürlich nicht damit vergleichen. Ich entbiete Ihnen mein tiefstes Beileid.«

»Danke.« Ich war so verwirrt, daß ich erst jetzt zur wichtigsten Frage überhaupt kam: »Ich möchte gern wissen, warum Sie mich hier auf der Straße angehalten haben, Monsieur. Möchten Sie mich etwas fragen?«

»Nein, Mademoiselle. Ich habe Ihnen etwas zu sagen.«

»Oh. Was denn?«

»Ich habe Roger Chance gut gekannt, und in mancher

Hinsicht vielleicht besser als seine eigene Familie. Wir nannten ihn Le Sorcier, und diesen Namen verdiente er auch. Aber er war auch ein Mann von merkwürdigen Vorurteilen, von merkwürdigen Phantasien. Er hatte eine brillante Intelligenz und war gleichzeitig naiv. Er war schlau, ohne klug zu sein. Ich glaube, Sie werden feststellen, daß er ein Rätsel hinterlassen hat, das gelöst werden muß. Wenn die Zeit kommt, in der Sie darauf stoßen, bitte ich Sie dringend, meine Hilfe zu suchen, Mademoiselle.«

»Ein Rätsel? Ihre Hilfe? Ich verstehe nicht.«

»Ich habe Ihnen heute einen Brief geschickt, der meine Karte und meine Pariser Adresse enthält. Ein Telegramm wird mich in weniger als einem Tag zu Ihnen bringen. Bitte bewahren Sie die Karte für den Zeitpunkt, an dem Sie sie brauchen werden. Werfen Sie sie nicht weg!«

Ich hatte den dringenden Wunsch zu kichern, obwohl kein Lachen in mir war. »Sind Sie deswegen hier nach Wynford gekommen und haben mich heute auf der Straße angehalten?« fragte ich. »Einfach, um mir dies zu sagen?«

»Wenn ich an Sie geschrieben hätte, Mademoiselle, dann hätten Sie nicht geglaubt, daß ich es ernst meine. Jetzt, glaube ich, können Sie das nicht bezweifeln.«

Meine Nervosität hatte sich gelegt, und ich nickte langsam. »Zum Spaß hätten Sie sich wohl kaum solche Mühe gemacht. Ich glaube, Sie sind ein sehr ungewöhnlicher Polizist, Sir.«

Er starrte gedankenvoll in den Himmel und schaute mich dann wieder an. »Ja, ich bin ein sehr ungewöhnlicher Polizist. Ich spreche nicht wie ein Polizist, ich kleide mich nicht wie ein Polizist, und ich benehme mich auch nicht wie ein Polizist. Ich könnte vielleicht irrtümlicherweise sogar für einen Gentleman gehalten werden. Aber Ausnahmen kann man überall finden, nicht wahr? Mein Freund Roger Chance, zum Beispiel, war ein sehr ungewöhnlicher Gentleman.«

Merkwürdigerweise bereiteten mir seine Worte keinen Kummer. Ich saß im Wagen und schaute ihn mit einem

Gefühl wachsenden Vertrauens an. Ich war einfach froh darüber, daß ich einen Augenblick mit jemandem zusammen war, der anscheinend den Mann, der mein Vater gewesen war, völlig verstand. Monsieur Chatillon ließ sein Pferd zur Seite treten und lehnte sich nach vorn. Er stützte einen Arm auf das Sattelhorn. »Ich will Sie nicht länger aufhalten, Mademoiselle«, sagte er. »Es war mir eine Ehre, Sie kennengelernt zu haben, und eine echte Freude. Ich kenne Ihren Namen jetzt seit langer Zeit.« In seinen Augen tanzte plötzlich ein Funken Humor. »Aber ich hatte keine Ahnung, daß Sie so schön sind.«

Das tröstliche Gefühl zersplitterte unter seinem Spott, und wieder spürte ich, wie mir das Blut ins Gesicht stieg. Tränen umschleierten meinen Blick, und meine Hände zitterten, als ich die Zügel wieder aufnahm. Mit Anstrengung zwang ich mich, meinen Kopf herumzudrehen und zu ihm aufzuschauen, und mit noch größerer Anstrengung zwang ich mich zum Sprechen. »Sie brauchen keine Angst zu haben, daß man Sie irrtümlicherweise für einen Gentleman hält, Sir.«

Ich schüttelte die Zügel, um Daisy aus ihrer dösenden Stimmung aufzuwecken, aber der Franzose beugte sich schnell nach vorn und packte mich am Handgelenk. Sein Griff war sanft, aber fest. »Verzeihen Sie, Mademoiselle, aber ich kann Sie nicht unter dem falschen Eindruck wegfahren lassen.« Sein Gesicht war jetzt sehr ernst. »Mir ist klar, daß Sie glauben, ich hätte im Scherz gesprochen, aber das habe ich nicht getan.«

Ich starrte ihn verständnislos an und sagte dann: »Wie bitte?«

Er ließ sofort mein Handgelenk los und lächelte wieder. »Liebe junge Dame, Sie haben zwar nicht das hübsche Aussehen der englischen Rose und auch kein Porzellanpuppengesicht, und ich bezweifle, daß viele Engländer jemals sehen würden, daß Sie schön sind. In diesem Augenblick sind Ihre Augen traurig und Ihre Wangen eingefallen vom Kummer, aber nichts zerstört wirkliche Schönheit, denn sie kommt von innen, und die wird bei Ihnen bleiben, auch wenn Sie achtzig Jahre alt werden sollten.« Er hob meine schlaffe Hand auf, beugte sich darüber und berührte mit seinen Lippen meine Finger. »Au revoir, Mademoiselle.«

Noch immer lächelnd setzte er seinen grauen Zylinder wieder auf, nahm die Zügel, gab dem Pferd die Hacken und galoppierte die Straße hinunter. Seine Worte hatten mich tatsächlich getröstet, und ich lachte kurz auf. »Das war ein Franzose«, sagte ich gedankenverloren zu Daisy, während ich sie zu einem Trab überredete. »Ich habe manchmal gehört, daß sie blumenhafte Komplimente machen, aber ich wußte nicht, daß sie so überzeugend wirken können.«

In merkwürdiger, träumerischer Stimmung fuhr ich weiter; ich ließ vor meinem inneren Auge die Begegnung noch einmal abrollen und versuchte, ihren Sinn zu verstehen. Irgendwo in meinem Innern hatte diese Begegnung ein kleines Gefühl der Erregung erzeugt, sogar ein Gefühl der Freude. Ich wußte nicht genau, warum. Mit Sicherheit hatte ich die Schmeichelei Monsieur Philippe Chatillons nicht ernstgenommen, obwohl ich froh darüber war, daß er sie gutgemeint hatte. Ich war auch froh darüber, daß er ein Freund meines Vaters gewesen war, selbst wenn die Natur ihrer Beziehungen etwas obskur schien. Aber ich war trotzdem froh darüber, daß wir uns begegnet waren. Es war das erste Mal seit jenem schwarzen Tag, an dem ich zurückgekommen war und die Polizisten in Latchford Hall vorfand, daß sich jemand mit mir persönlich befaßt hatte.

Als ich Southwold erreichte, hatte sich meine Stimmung bedeutend gehoben, und ich begann optimistisch zu denken, daß das Allerschlimmste vielleicht bald hinter uns liegen würde. In dieser Stimmung wurde ich vom Sekretär in Mr. Whiteleys Büro geführt.

Doch schon als Mr. Whiteley mich begrüßte, spürte ich eine starke Unruhe in seiner normalerweise leidenschaftslosen Haltung. Er versicherte sich, daß ich bequem saß, ehe er seinen Platz in dem großen Drehsessel hinter dem Schreibtisch einnahm. »Ich bedaure es, zu so einer Zeit Ihre Bürde noch zu erschweren«, sagte er mit seiner dünnen, ziemlich hohen Stimme, »aber ich muß Ihnen sagen, daß ich beunruhigt bin über die Finanzsituation, in der sich Ihre Familie befindet, Miss Chance. Wie ich bei unserem letzten Treffen schon andeutete, sind keinerlei Werte von Bedeutung entdeckt worden, und die einzigen Mittel, die zur Verfügung stehen, sind die Gelder auf dem laufenden Konto, das Ihr Vater bei der Bank der Herren Goslings & Sharpe unterhielt, und diese Mittel belaufen sich nur auf ein paar hundert Pfund.«

Etwas anderes hatte ich auch nicht erwartet. Das bedeutete, daß unser ganzes Vermögen in Latchford Hall investiert war, und vom Erlös des Verkaufes könnten wir bequem in einem bescheideneren Haus leben. Mr. Whiteley räusperte sich und fuhr fort: »Wir haben uns mit dem Crédit Lyonnais in Verbindung gesetzt, der französischen Bank Ihres Vater, aber deren Anwälte informieren uns, daß der bescheidene Betrag, der dort liegt, vollkommen bei der Erledigung verschiedener Verpflichtungen, wie zum Beispiel die anstehende Miete für seine Wohnung und Galerie und die normalen, noch ausstehenden Rechnungen von Schneider, Weinhändler usw. benötigt werden.«

Mr. Whiteley machte eine Pause. Seine Hände lagen auf dem großen weißen Löscher, der auf seinem Schreibtisch stand, und er tippte sanft die Fingerspitzen zusammen. Nach kurzem Nachdenken sagte ich: »Sie waren so gut, mich zu warnen, daß dies wahrscheinlich der Fall sein würde, Mr. Whiteley. Aber das heißt ja nur, daß wir Latchford Hall verkaufen müssen, und ich bin sicher, daß meine Mutter das in jedem Fall wünschen würde. Ich habe schon in entsprechenden Zeitungen und Magazinen die Anzeigen für Immobilien studiert, und es scheint mir, daß Latchford Hall mit seinen ausgedehnten Ländereien eine Summe bringen dürfte, die nicht unter zwanzigtausend Pfund liegt.«

Mr. Whiteley schaute weiterhin auf seine Hände, während er langsam sagte: »Ihr Vater war nicht der Eigentümer des Gutes Latchford Hall; ich bedaure, Ihnen das sagen zu müssen. Vor einundzwanzig Jahren hat er den Rest eines Neunundneunzig-Jahre-Pachtvertrages übernommen, der Ende nächsten Oktobers ausläuft. Zu diesem Datum fällt das Eigentum wieder an den Besitzer zurück, in diesem Fall die ›Latchford Trust‹, die vor etwa fünfzig Jahren von Lord Royston zum Wohl seiner Familie gegründet wurde.«

Langes Schweigen entstand in dem großen, dumpfen Büro. Ich saß da und schaute auf eine große Sepia-Zeichnung, die an der Wand hinter Mr. Whiteley hing. Darauf waren zwei Katzen, die einen Ball anschauten. So, wie eine Wunde erst weh tut, nachdem die erste Taubheit vergangen ist, so fühlte ich auch in diesem Augenblick weder Panik, noch Furcht, noch wilde Verzweiflung. Dies alles sollte später kommen.

Mr. Whiteley brach das Schweigen. »Sie werden sich fragen, warum ich Ihnen dies nicht schon vorher gesagt habe, Miss Chance, aber Tatsache ist, daß ich es nicht wußte. Ich hatte nur den Verdacht, aus meiner begrenzten Kenntnis des Charakters Ihres Vaters, und ich konnte nichts sagen, ohne sicher zu sein. Tatsache ist, daß zu der Zeit, als er den Vertrag unterschrieb, in dem Jahr, ehe Sie geboren wurden, er einen Anwalt in London beschäftigte, da er ja aus London kam, um in Suffolk zu leben. Später war es bequemer für ihn, eine örtliche Firma zu beschäftigen, aber ich fürchte, er hat nicht für eine Übertragung der Dokumente gesorgt. Wir bekamen erst Einsicht in die wahre Situation, als ich Nachforschungen bezüglich der Besitzrechte an Latchford Hall in die Hand genommen hatte und nachdem ich mich mit den Anwälten in Verbindung befand, die die Latchford Trust repräsentierten und die mir freundlicherweise Einsicht in ihre Kopie des Pachtvertrages gewährten. Es scheint mir, daß diese Anwälte im Begriff waren, uns zu schreiben, da Ihr Vater während seines letzten Besuchs mit ihnen im Schriftverkehr gestanden hat. Er wünschte damals, den Vertrag zu erneuern, und hatte darum gebeten, den Entwurf des neuen Vertrages an uns als seine Rechtsvertreter zu übersenden – eine Angelegenheit, über die er – fürchte ich – es unterlassen hat, uns zu informieren.«

Ich nahm nicht viel von dem auf, was Mr. Whiteley sagte. Er war nicht der Mann, der Fehler machte, und ich wußte jetzt, daß Latchford Hall nicht uns gehörte. Wie dies alles geschehen war, hatte keine Bedeutung. Unumstößliche Tatsache war, daß unsere Familie einer Zukunft entgegensah, in welcher wir niemanden hatten, der uns unterhielt, und wir besaßen nicht mehr als ein paar hundert Pfund, von denen ein Teil mit Sicherheit durch Beerdigung und Ausgaben für Rechtsanwälte verschlungen werden würde.

Ich schaute weiterhin auf das Bild mit den beiden Katzen und versuchte, darüber klarzuwerden, was ich tun konnte. Wir würden einen Platz suchen müssen, wo wir wohnen konnten, aber ich wußte nicht wo. Und wir würden Geld brauchen, von dem wir lebten. Irgendwie mußte ich meine Mutter und Kate und Fräulein Foster versorgen.

Meine Mutter war krank, und ich wußte nicht, wie lange ihre Krankheit dauern würde, aber ich war sicher, daß ich von ihr für lange Zeit keine Unterstützung erwarten durfte. Fräulein Foster hatte vielleicht ein paar Pfund gespart, und sie erwartete, ihre letzten Tage bei uns zu verbringen. Sie besaß niemanden, zu dem sie hätte gehen können. Dann war noch Kate da, die in London anständig untergebracht und gekleidet werden mußte, so daß sie das Stipendium, das sie gewonnen hatte, aufnutzen konnte.

Mir fielen die achtzehn Pence ein, die Inspektor Browning, nachdem ich seinen Droschkenkutscher bezahlt hatte, auf den Kaminsims gelegt hatte. Ich hatte sie in die oberste Schublade des Schreibtischs gelegt. Achtzehn Pence. Ich fragte mich, wie lange ich wohl brauchen würde, um achtzehn Pence zu verdienen.

Mr. Whiteley sagte etwas, und ich zwang mich aus meiner traumähnlichen Leere. Ich sagte: »Bitte entschuldigen Sie, ich fürchte, meine Gedanken sind abgeschweift.«

»Darüber kann man sich kaum wundern, Miss Chance. Es sind ja auch wirklich außerordentlich beunruhigende

Neuigkeiten. Ich habe gerade gesagt, daß ich gerne weiterhin für Sie handeln würde, in welcher Art auch immer Sie es wünschen, und daß Sie sich dessen sicher sein können, daß das Honorar für meine Leistungen . . . mhm . . . dem Aufwand entsprechend ausfallen wird.«

»Sie sind mehr als freundlich, Mr. Whiteley. Bitte glauben Sie mir, daß ich Ihnen sehr dankbar bin.«

»Sie haben meinen Respekt und, wenn ich so sagen darf, auch meine Bewunderung, und zwar bis zu dem Ausmaß, daß Sie mit Abstand meine angenehmste Klientin sind, Miss Chance«, sagte er in dem gleichen Ton, den er vielleicht dafür benutzt haben würde, ein Bemerkung über das Wetter zu machen. »Es ist mir eine Freude, Ihnen behilflich sein zu dürfen, und ich bedaure, daß ich nur so wenig zu tun in der Lage bin. Darf ich offen sprechen?«

»Bitte tun Sie das.«

»Ohne Einkommen werden Sie und Ihre Familie in Kürze am Rande der Armut stehen. Latchford Hall ist vollmöbliert gepachtet worden, deshalb werden nur solche Gegenstände, die seitdem erworben worden sind und deshalb nicht auf der Inventarliste stehen, die ich vom Pachtherrn erhalten werde, zum Verkauf zur Verfügung stehen. Zusammen mit zwei oder drei Pferden und kleinen Kutschen. Weiterhin wird wahrscheinlich – so fürchte ich – eine nicht unerhebliche Summe benötigt werden, um die Kosten für Reparaturen und Renovierungen zu bestreiten, kurz, um den Besitz wieder in jenen Zustand zu bringen, der im Wortlaut des Pachtvertrages verlangt wird. Die Juwelen Ihrer Mutter stehen . . . mhm . . . nicht länger zur Verfügung, und ich würde bezweifeln, daß Sie oder Ihre Schwester irgendwelche Besitztümer von einigem Wert haben. Es wird deshalb wichtig für Sie sein, Miss Chance, sobald wie möglich irgendeine Einkommensquelle zu finden. Würden Sie meiner Analyse der Situation zustimmen?«

Ich nickte. »Ja. Es gibt niemanden sonst, der meine Familie unterhalten könnte.«

»Glücklicherweise sind Sie eine sehr wohlerzogene junge

Dame mit akademischen Neigungen, und ich denke, es sollte nicht schwierig für Sie sein, die Stellung einer Gouvernante in einer guten Familie zu erhalten, trotz des Nachteils, daß Ihre Familie in Verbindung steht mit . . . mhm . . . bitte verzeihen Sie . . . mit dem erst gerade hinter Ihnen liegenden Skandal. Es gibt gute, christliche Leute, die nichts davon halten, die Sünden der Väter auf die Kinder zu übertragen, und ich wäre glücklich, wenn ich meinen Einfluß bei einer oder zwei solcher Familien meiner Bekanntschaft für Sie einsetzen könnte, sollten Sie das wünschen.«

Ich fühlte mich plötzlich so müde, daß es mir schwer wurde zu denken, und mehrere Sekunden vergingen, ehe ich in der Lage war, die Frage zu formulieren. Endlich sagte ich: »Könnten Sie mir eine Angabe über die Summe machen, die eine Gouvernante als Gehalt vielleicht erwarten darf, Mr. Whiteley?«

Er strich sich mit dem Finger über die Nase. »Das wäre natürlich, je nach den gegebenen Umständen, unterschiedlich, aber eine Gouvernante würde, wie Sie ja aus eigener Erfahrung wissen, in einer Weise, die ihrer Stellung angemessen ist, bezüglich der Unterkunft und Verpflegung völlig versorgt werden, und außerdem würde man ihr eine Summe etwa in Höhe von, sagen wir mal, sechzig Pfund im Jahr zahlen.«

Ich schaute wieder eine Weile auf das Bild mit den Katzen und stand dann langsam auf. »Ich habe Verpflichtungen, die sehr viel mehr Geld verlangen, Mr. Whiteley. Ich danke Ihnen sehr für Ihren Vorschlag, aber ich habe das Gefühl, daß ich jetzt gehen und mir selbst Zeit geben sollte, all die Konsequenzen dessen, was Sie mir eben erzählt haben, zu verdauen. Erst dann werde ich in der Lage sein, klarer über die Zukunft nachzudenken.«

Er hatte sich mit mir erhoben und ging jetzt um seinen Schreibtisch herum. »Sollten Sie die Notwendigkeit verspüren, auch über Dinge zu sprechen, die in keiner Weise die Arbeit eines Anwalts betreffen, dann besuchen Sie mich bitte jederzeit, Miss Chance.«

»Ich bin sicher, ich werde Ihre Freundlichkeit in Anspruch nehmen, Mr. Whiteley. Ich danke Ihnen noch einmal.« Er war schon hinübergegangen und hatte die Tür geöffnet, als ein Gedanke in mir auftauchte, und ich sagte: »Als Sie Ihre Unterhaltungen bei Scotland Yard führten, hat man da einen französischen Polizeibeamten mit Namen Philippe Chatillon erwähnt?«

Ausnahmsweise zeigte Mr. Whiteley jetzt einmal Überraschung, und seine Augenbrauen hoben sich um vielleicht einen halben Zentimeter. »Darf ich fragen, wo Sie diesen Namen gehört haben, Miss Chance?«

»Ich habe den Herrn vor weniger als einer Stunde kennengelernt.«

»Hier? In Southwold?«

»Auf der Straße in der Nähe von Wynford. Er hat sich mir vorgestellt.«

»Außerordentlich.«

»Das dachte ich auch.«

»Darf ich fragen, was er zu Ihnen gesagt hat?«

Ich gab ihm eine kurze Schilderung unserer Unterhaltung, wobei ich natürlich die Schmeichelei ausließ. Als ich geendet hatte, zog Mr. Whiteley die Unterlippe ein und sagte gedankenvoll: »Was für ein bemerkenswerter Mensch. Ja, ich habe seinen Namen während meiner Unterredung mit dem Chef der Polizei erfahren, aber er ist nicht direkt ein Polizist, Miss Chance. Er ist in Wirklichkeit ein ziemlich gutgestellter Gentleman mit einem regen Interesse für Kriminaluntersuchungen. Ein Detektiv. Ein Privatdetektiv, so würde man ihn wohl nennen können. Der Chef der Polizei sagte, daß man in Frankreich sehr viel von ihm hält und daß er mitgeholfen hat, einige wichtige Fälle zu klären.«

»Ob ich wohl seine Karte erhalten werde?«

»Ich glaube, das ist sehr wahrscheinlich.« Mr. Whiteley öffnete die Tür, machte eine kleine Verbeugung und streckte seine feingliedrige, knochige Hand aus, damit ich sie schütteln konnte. »Wenn ja, dann würde ich Ihnen raten, diese Karte gut zu bewahren, Miss Chance. Man sagt, daß dieser Herr ein Meister seines Fachs ist.«

Ich war schon auf halbem Wege zu Hause, als mich die Panik endlich überfiel. Ich fühlte, wie sie in meiner Brust hochquoll und durch meine Glieder flutete, so daß ich zitterte wie im Fieber, und ich mußte Daisy an den Straßenrand lenken und halten. Zehn Minuten lang saß ich zitternd im Sonnenschein, halbverrückt vor Angst, und ich fragte mich, was um Gottes willen ich tun konnte, um uns alle vor der Armut zu bewahren.

Eins war sicher. Sobald ich zu Hause angekommen war, würde ich allen Dienstboten die monatliche Kündigung geben müssen. Jedes Pfund, jeder Shilling, den ich sparen konnte, hatte plötzlich eine ungeheure Wichtigkeit bekommen. Und dann, wenn ich die Inventarliste von Mr. Whiteley bekam, würde ich eine Liste all unserer Besitztümer zusammenstellen, um zu sehen, was verkauft werden konnte. Und danach . . .

Mein Gehirn war leer. Ich nahm die Zügel wieder auf und ließ Daisy traben, aber ich nahm die Abzweigung, die von der Straße nach Wynford wegführte. Ich schämte mich meiner Feigheit, aber ich hatte noch nicht den Mut, nach Hause zu fahren. Deshalb wählte ich die Straße, die mich zum Häuschen des alten Tom Kettle bringen würde.

Eine Viertelstunde später führte ich den Wagen um den kleinen Hügel herum, der das Häuschen abschirmte. Tom hatte eine Holzpumpe auf Stützen vor sich stehen und arbeitete an der Auslaufröhre. Er schaute auf, als Daisy zum Stehen kam, legte dann seinen Hammer und seinen Meißel beiseite und stapfte auf mich zu. Er lüftete den alten braunen Filzhut, den er trug.

»Miss Bridie.«

»Guten Tag, Mr. Kettle.«

»Sie wollen doch sicher bleiben und teilen sich 'nen Topf mit Tee mit mir, wie?«

»Ja, bitte. Sie wissen Bescheid über . . . meinen Vater?«

Er nickte mit grimmigem Gesicht, machte ein krächzendes Geräusch tief in der Kehle und sagte mit einer gewaltigen Verachtung: »So ist er eben, der Franzose.«

»Nun . . . wir wollen nicht darüber reden, Mr. Kettle.«

»Is' auch besser so.«

Er nahm mich bei der Hand, als ich abstieg und ging dann voran, auf die offene Hüttentür zu. »Macht es Ihnen was aus, reinzukommen, Miss Bridie? Drinnen is' es kühler, und dann ham wir ja auch 'ne Masse zu sagen.«

»Gut, Mr. Kettle, aber machen Sie sich bitte keine Sorgen. Ich weiß, Sie mochten Papa, und ich bin sicher, daß Sie mit uns fühlen. Es ist sehr schwierig, die richtigen Worte zu finden, deshalb versuchen Sie es auch bitte nicht.«

»Da is' aber mehr dran, an der Sache, Miss.« In der kühlen, dunklen Hütte zog er einen herrlich gearbeiteten hölzernen Armsessel für mich nach vorn und bedeutete mir mit seiner schwieligen Hand, Platz zu nehmen. »Setzen Se sich man ganz ruhig hin, wo ich den Tee mach'. Mehr als eins auf einmal konnte ich nie nich' denken.«

Ich hatte keine Energie mehr übrig, mich zu fragen, was Tom Kettle mir zu sagen haben könnte. Es war außerdem unwahrscheinlich, daß die Geschichte von Wichtigkeit war, denn ich hatte ihn oft ziemlich bedeutungsvoll über irgendeine Bagatelle reden hören. Für den Augenblick war ich nur froh darüber, eine kurze Zeit lang von allem weg zu sein, an einem Ort, wo ich mich ausruhen und versuchen konnte, das bißchen Mut, was ich hatte, wiederzugewinnen und der Zukunft gefaßter ins Auge zu blicken.«

Der Wasserkessel brodelte auf dem kleinen Ofen, und Tom Kettle öffnete für eine Minute den Dämpfer am Feuerloch, um das Wasser zum Kochen zu bringen. Dann machte er Tee in einem großen braunen Topf aus Porzellan. Fünf Minuten später stellte er die Teekanne, einen Krug Milch und eine Steingutschale mit Zucker auf den runden Tisch neben mich und zog noch einen zweiten von seinen Stühlen heran. Er setzte sich mir gegenüber.

»Vielleicht sind Se so nett, und schenken Se ein, Miss Bridie.«

»Danke, Mr. Kettle.«

Eine Zeitlang tranken wir schweigend unseren Tee. Ich wollte nicht reden oder zuhören, und es störte mich, als er doch begann zu sprechen. »Ich wär' ja schon zum Haus rübergekommen, Ihre Mama besuchen, aber ich hab' gehört, es geht ihr gar nich', aber auch gar nich' gut, Miss Bridie.«

Ich war überrascht. »Meine Mutter besuchen?«

»Ich hab' ihr was abzuliefern, von Ihrem Papa, seh'n Se.«

Ich richtete mich in meinem Sessel auf und stellte die Tasse hin. Ich war nur verblüfft. »Was meinen Sie denn damit, Mr. Kettle?«

»Nich' mehr, als wie ich schon gesagt hab', Miss.« Er trank etwas Tee und machte ein finsteres Gesicht. »Ihr Vater, der is' jedesmal vorbeigekommen, wenn er aus der Fremde wieder hier war, und dann hat er mich besucht.«

»Ich weiß. Er pflegte mich immer mitzunehmen, als ich noch ein kleines Mädchen war.«

»Mhm. Aber, wetten, Sie haben nich' gewußt, wie er es dem alten Briggs versaut hat, mich aus diesem Haus rauszuschmeißen, wo wir jetzt drinsitzen. Siebzig Pfund, die hat er dem alten Briggs gegeben, vor zehn Jahren, daß ich auf meine alten Tage hierbleiben kann.«

»Das freut mich sehr, Mr. Kettle. Es sieht ihm ähnlich, so etwas zu tun. Papa war ein großzügiger Mann.«

»Und 'n guter, das war er. Hat mir getraut, das hat er, Miss Bridie. Hat dem alten Tom Kettle mehr getraut, als wie den Rechtsverdrehern und den Banken und so 'nem Pack. Deswegen hat er mir auch den Brief gegeben, und den sollte ich deiner Mutter bringen, wenn ich je zu Ohren kriegte, daß er tot wär, 'tschuldigung, Miss Bridie.«

Meine Nerven spannten sich. »Einen Brief? Wann hat er Ihnen den denn gegeben?«

»Och, so neun oder zehn Jahre is' das jetzt wohl her. Ich habe ihn in Öltuch gewickelt und sicher weggetan. Denken Se mal, ich hab' ihm gesagt, ich geh' jetzt auf die Siebzig,

Mr. Chance, hab' ich gesagt, da bin ich es sicher, der zuerst tot ist. Aber der lacht bloß, wie er das immer gemacht hat, und gibt mir 'n Goldstück. Du bist mir noch gut für zwanzig Jahre, Tom, sagte er, und das, wo mich angeht, sagt er, na, ich bin von der Sorte Mensch, die vielleicht einen schönen Tag mal in 'ner kleinen Rauchwolke einfach verschwinden. Und dann hat er wieder gelacht, so richtig laut und herzhaft, und hat den Kopf zurückgeschmissen, wie das so seine Art war; genau, wie wenn er so 'ne Art Witz gemacht hätte.« Tom Kettle schüttelte ernst den Kopf und stellte seine Teetasse hin.

Vor noch nicht allzu vielen Tagen hätte ich es schwierig gefunden zu glauben, daß Papa einem ungebildeten alten Mann wie Tom einen wichtigen Brief anvertrauen würde. Aber jetzt konnte mich nichts, was ich über meinen Vater hörte, mehr überraschen, und es kam mir sogar in den Sinn, daß die Tatsache, daß Tom nicht lesen konnte, vielleicht bei dieser Geschichte für meinen Vater eine Rolle gespielt hatte.

Ich sagte: »Möchten Sie, daß ich meiner Mutter an Ihrer Stelle den Brief gebe?«

»Na, zuerst mal können Sie mir sagen, ob das auch ganz richtig sicher ist, daß Ihr Papa wirklich tot und weg ist. 'tschuldigung. Nur, ich trau' den Franzosen nich', und den Zeitungen gar schon nich'.«

»Ja, es ist ganz sicher, Mr. Kettle.« Ich schaffte es, mit fester Stimme zu sprechen. »Er ist von mehreren Leuten identifiziert worden, die ihn in Frankreich gut gekannt haben.«

»Aha. Und jetzt sagen Sie mir mal, wie es richtig is'. Weil ich nämlich den Brief an Ihre Mama abliefern soll; aber so lange, als wie sie krank im Bett liegt, kann ich das ja nu' nich' machen. Und so is' es ja, wegen dem, was mir der junge Fred erzählt. Der, wo mir die Zeitung vorgelesen hat. Meinen Sie, es is' richtig, wenn ich den Brief aus sicheren Händen abgeben laß, will heißen, mit Ihren Händen, Miss Bridie?«

Jetzt, da die erste Überraschung vorüber war, war ich

merkwürdigerweise überhaupt nicht mehr neugierig, vielleicht weil ich noch immer betäubt durch den Schock war, den Mr. Whiteley mir versetzt hatte. Ich schenkte noch Tee für uns beide ein und sagte dann: »Ich glaube, das wäre das beste, Mr. Kettle. Ich glaube nicht, daß meine Mutter im Augenblick gesund genug ist, um überhaupt solch einen Brief zu empfangen, aber wenn Sie ihn mir anvertrauen wollen, nehme ich ihn jetzt mit nach Hause und versuche, den richtigen Augenblick auszuwählen, um ihn ihr zu geben.«

Tom Kettle lehnte sich mit einem tiefen Seufzer der Erleichterung zurück. »Aah. Hab' mir ehrlich gewünscht, daß Sie so was sagen würden, Miss Bridie. Ich will nur hoffen, daß Ihre Mama sich bald wieder auf dem Damm fühlt.« Er stand auf und ging in die Ecke des Zimmers, wo zwei Stufen zur Schlafzimmertür hinaufführten. Er ließ sich auf die Knie nieder und schlug mit der Faustkante gegen das senkrecht stehende Brett der untersten Stufe. Sofort drehte es sich um ein paar Zentimeter nach hinten. Tom Kettle griff in die Höhlung hinein und zog ein dünnes, staubiges Päckchen hervor, das mit Bindfaden zugebunden war.

»Wollen Sie das hier ausgewickelt haben, Miss Bridie?«

»Nein, ich nehme es so, wie es ist. Danke.«

Er ging zur offenen Tür hinüber, blies den Staub sorgfältig ab, kam dann zum Tisch zurück und legte das Öltuchpäckchen vor mich hin. »Tut mir nich' besonders leid, daß ich das los bin«, sagte er.

»Ja, es war eine große Verantwortung, Mr. Kettle. Ich danke Ihnen sehr.«

Ich saß da und schaute das Paket eine Weile an, dann hob ich es auf und tat es in meine Handtasche. Ich fragte mich, welche neuen Schwierigkeiten es wohl bringen würde. Ich hatte meinen Vater sehr geliebt, aber jetzt gab es Zeiten, in denen ich Ärger, ja fast Wut über ihn verspürte, daß er mir durch seine leichtsinnige Nachlässigkeit so viele Dinge zurückgelassen hatte, mit denen ich mich jetzt auseinandersetzen mußte.

Zehn Minuten später sagte ich Tom Kettle auf Wiedersehen, dankte ihm und fuhr nach Latchford Hall weiter. Kate erwartete mich in der Halle mit einem Brief, der mit der Vormittagspost von Signore Peroni gekommen war. Er war an meine Mutter adressiert, aber sie war nur lange genug aufgewacht, um Kate zu sagen, daß ich mich schon darum kümmmern würde.

Während ich neben Kate im Salon stand und den Brief las, spürte ich, daß in mir wärmende Dankbarkeit aufstieg. Signore Peronie schrieb, daß er von unserem schmerzlichenVerlust und von den »anderen Schwierigkeiten«, die uns getroffen hätten, gehört hatte und drückte sein tiefstes Beileid aus. Er fuhr fort, daß er davon abgesehen hätte, uns seine normalen Besuche abzustatten, weil er in einer Zeit solchen Kummers uns nicht mit seiner Gegenwart belästigen wollte, daß er aber hoffte, meine Mutter würde ihm schreiben, wenn sie es wieder für angemessen halte, daß er Miss Kates Unterricht fortführte; er betrachte es weiterhin als ein Privileg, solch eine dankbare und begabte Schülerin zu haben.

Kate stieß einen kleinen Seufzer der Erleichterung aus, als ich den Brief laut zu Ende gelesen hatte. »Na«, sagte sie. »Wenigstens dreht er uns nicht den Rücken zu wie alle anderen.«

Ich nickte und nahm meinen ganzen Mut zusammen. »Ja, das rührt einen sehr. Aber ich . . . ich weiß nicht ganz genau, wie wir in nächster Zeit gestellt sein werden, Kate.«

»Gestellt?« Sie sah mich verwirrt an, und in diesem Augenblick betrat Fräulein Foster das Zimmer. Wir trugen jetzt alle drei schwarze Kleider, und der Gedanke, daß auch die Rechnung des Schneiders noch bezahlt werden mußte, versetzte mich in neue Panik.

»Ah, Sie sind zurück, Bridie. Möchten Sie etwas Tee, mein Kind, oder vielleicht eine schöne Limonade, zur Erfrischung? Es ist solch ein heißer Tag.«

»Jetzt nicht, vielen Dank, Fräulein Foster, aber ich bin

froh, daß Sie hier sind. Es gibt etwas, daß ich euch beiden erzählen muß. Ich fürchte, es ist eine sehr schlechte Nachricht, aber es ist mir ganz unmöglich, euch in irgendeiner Weise davor zu schützen, und je früher ihr es wißt, desto besser. Ich komme gerade von Mr. Whiteley, und es scheint so, daß alles, was wir in der Welt besitzen, abgesehen von irgendwelchen persönlichen Habseligkeiten, ein paar hundert Pfund sind.«

Ich erklärte, daß Latchford Hall nicht uns gehörte und daß unser Vater offensichtlich außer einer kleinen Summe auf der Bank kein Geld und keine Geldanlagen hinterlassen hatte. Ich glaube, ich habe mich immer wiederholt, denn ich fürchtete mich davor, zu reden aufzuhören, weil ich wußte, daß dann Fragen gestellt werden würden, auf die ich keine Antwort hatte. Fräulein Foster stand da, die Hände fest vor der Brust zusammengekrampft, und zwinkerte, als ob das Licht sie störte. Kate legte eine Hand auf den Mund und starrte mich ungläubig an. Als ich endlich zu Ende gestottert hatte, sagte sie: »Aber Papa hatte doch immer reichlich Geld. Seine Börse war ganz dick davon, Bridie, weißt du das nicht mehr?«

»Ja, er hat immer eine Menge Geld bei sich gehabt, mein Schwesterchen. Aber das ist nicht dasselbe. Es ist noch immer möglich, daß man irgend etwas finden wird, ich meine, daß einige Mittel entdeckt werden, aber Mr. Whiteley ist nicht optimistisch, weil das, wie er sagt, unserem Vater nicht ähnlich sieht. Papa war nicht der Mann, der sein Geld investiert oder es in Eigentum anlegt.«

Das runde alte Gesicht des Fräuleins sah aus wie eine Maske. Ich hatte sie in all den Jahren als ernst und gleichzeitig liebevoll, als glücklich und traurig, als energisch und müde, aber vor allem als eine ausgeglichene Frau kennengelernt, und mit Sicherheit hatte ich niemals die graue Angst in ihr entdeckt, die sie jetzt gepackt hielt. »Gibt es nichts, Bridie? Gar nichts?« sagte sie mit bebender Stimme.

Ihre Angst steckte mich selbst ebenfalls wieder an. »Es ist nur noch genug da, um eine kurze Zeit damit auszukommen, Fräulein«, sagte ich, mühsam beherrscht. »Aber wir haben eine Menge Rechnungen zu bezahlen.«

»Werde ich ins Arbeitshaus müssen, Miss Bridie?«

Ich ging schnell zu ihr hinüber. Plötzlich verstand ich und legte meine Arme um sie. Mir fiel jetzt wieder ein, daß ihre Eltern in einem Arbeitshaus in Bradford gestorben waren, als Fräulein Foster noch ein junges Dienstmädchen gewesen war. Ich neigte mich zu ihr, legte meine Wange an ihre und sagte: »Sprechen Sie nicht solch einen Unsinn. Ich werde für Sie sorgen, Fräulein, solange ich lebe.«

Ich schaute über die Schulter zu Kate hinüber. Sie war kreidebleich, ihre Augen schienen blicklos. »Keiner von euch darf Mama davon erzählen«, sagte ich. »Es geht ihr dafür nicht gut genug.«

»Und was ist mit den Dienstboten, Bridie?« flüsterte Kate.

»Ich werde sie entlassen. Ich lasse sie von Henson alle zusammen in die Küche bestellen und tu es jetzt gleich.«

»Oh, Bridie. Du bist so tapfer.«

Ich hätte lachen können. Hysterich lachen, bis ich endlich zusammenbrach. Aber ich tätschelte die Schulter des Fräuleins und sagte: »Es gibt so viel zu tun, daß wir keine Zeit haben werden, uns Sorgen zu machen. Mr. Whiteley schickt mir eine Inventarliste von allen Gegenständen und Möbeln, die zu Latchford Hall gehören, ihr beide müßt also anfangen, eine Inventarliste von allem anderen hier zu machen, von allem, das uns gehört.«

Kate bemühte sich, ihrer Stimme Festigkeit zu geben: »Glaubst du, daß ich mein Musikstipendium aufgeben muß, Bridie? Ich meine, ich sollte doch als zahlender Gast bei der Familie Branscombe in London wohnen. Papa hat das alles in der Osterzeit arrangiert. Aber wenn wir kein Geld haben ...«

Ihre Stimme verlor sich. Ich dachte, daß die Familie Branscombe in jedem Fall die Tochter von Roger Chance, dem bekannten Verbrecher, kaum in ihrem Haus würde haben wollen, selbst wenn wir uns das hätten leisten können, aber ich brachte ein kleines Lächeln zustande und sagte: »Natürlich wirst du dein Musikstipendium aufnehmen können. Mir wird schon irgend etwas einfallen, um das zu ermöglichen.«

Sie sah mich unsicher an. »Du siehst so seltsam aus, Bridie. Deine Augen sind so komisch, und dein Mund, und dein Gesicht ist weiß und hat rote Flecken. Fühlst du dich auch wohl?«

»Ja, ganz wohl.« Ich ging zur Tür und schaffte es noch einmal zu lächeln, als ich zurückschaute. »Ich habe sowieso immer ein etwas komisches Gesicht gehabt.«

In der Halle blieb ich stehen und preßte meine Hände auf die Augen. Ich fragte mich, wie lange ich wohl noch durchhalten würde. In den letzten paar Minuten hatte ich zwei Versprechen gegeben, ohne daß ich auch nur die leiseste Ahnung hatte, wie ich sie überhaupt halten konnte.

Später, als ich dem Personal alles gesagt hatte, hörte ich leise gemurmelte, mitleidige Sätze, von denen ich wußte, daß sie echt waren. Aber ich spürte auch ihre Erleichterung. Nach der ersten Aufregung, so im Licht der Öffentlichkeit zu stehen, hatten die Dienstboten angefangen, sich unwohl zu fühlen. Vielleicht befürchteten sie, daß etwas vom Ruf ihres verstorbenen Herrn auf sie abfärben würde, wenn sie sich nicht bald neue Stellungen besorgten.

Nachdem diese schwere Aufgabe erfüllt war, verbrachte ich zehn Minuten damit, neben meiner Mutter zu sitzen. Sie lächelte, aber sagte nichts. Daraufhin ging ich in mein Zimmer, verschloß die Tür, legte mich auf mein Bett und überließ mich meinem Schmerz. Wild schluchzend vergrub ich mein Gesicht im Kissen.

Als der Weinkrampf vorüber war, goß ich kaltes Wasser in die Schüssel auf meinem Waschtisch und benetzte mein Gesicht damit. Ich ordnete meine Haare, zog die Bettdecke wieder gerade, öffnete meine Handtasche und wog dann in meiner Hand das Päckchen aus Ölhaut, das Tom Kettle mir gegeben hatte. Ich wußte: Wenn ich zu meiner Mutter ging mit diesem Brief von ihrem geliebten Mann, dann würde ich damit die Ruhe, in der sie sich jetzt befand, zerstören, und aller Schmerz und alles Entsetzen, das sie in den ersten beiden Tagen nach den schrecklichen Geschehnissen erfahren hatte, würde sie wieder peinigen. Ich wußte auch, daß sie von mir verlangen würde, den Brief zu öffnen und ihn ihr vorzulesen, und dazu mußte ich erst den Mut noch finden, denn irgendein Instinkt warnte mich, daß, wenn der Brief geöffnet war, neue Katastrophen über uns kommen würden.

Mir war klar, daß dies alles närrisch war, so närrisch wie all die Vorahnungen, die meine Mutter schon hatte, solang ich mich erinnern konnte. Die hatten sich alle als falsch erwiesen.

Trotzdem konnte ich noch immer nicht meine Furcht überwinden und ließ das Päckchen in die unterste Schublade meiner Kommode gleiten. Mir fiel der Mann wieder ein, den ich einmal hatte heiraten wollen, Bernard Page. Schon seit einer Zeit, die mir sehr lang vorkam, schien es mir, als ob wir einander in einer anderen Welt und zu einer anderen Zeit gekannt hatte, und er kam mir kaum noch wirklich vor. Merkwürdigerweise war der Mann mehr Wirklichkeit, den ich vor ein paar Stunden erst auf der Straße getroffen hatte. Ärgerlich schüttelte ich den Kopf. Wie konnte ich jetzt solche Gedanken haben?

Um sechs Uhr an diesem Tag kam mit der Abendpost die Karte, die Philippe Chatillon mir geschickt hatte. Es war eine geprägte Karte und sehr elegant gedruckt. Ich glaubte nicht, daß ich sie jemals benötigen würde, aber ich erinnerte mich an den Rat Mr. Whiteleys und steckte sie sorgfältig in meine Schreibmappe. Während ich dies tat, stand der Franzose mit den lachenden, haselnußbraunen Augen und dem freundlichen Lächeln plötzlich im Geiste wieder vor mir. So plötzlich und so lebendig, daß ich einen Augenblick die Luft anhielt.

5

Meine Mutter starb zwei Tage bevor der Sarg mit der Leiche meines Vaters am Bahnhof in Southwold ankam. Es war ganz unerwartet geschehen, denn obwohl sie jeden Tag ein wenig schwächer geworden war, hatte Dr. Carey nicht geglaubt, daß sie in Gefahr sei. Am Tag vor ihrem Tod hatte ich ihn zu uns bestellt. Diesmal hatte ich sein Geld fertig für ihn bereitliegen.

Sie starb still während der Nacht, und ich war diejenige, die es entdeckte, als ich kurz nach sieben Uhr am nächsten Morgen in ihr Zimmer ging, um nachzusehen, ob sie irgend etwas brauchte. Für Kate und Fräulein Foster war der neue Todesfall fürchterlich. Ich dagegen stellte nur versteinert fest, daß meine Mutter von uns gegangen war und daß sie es sicher auch gewünscht hatte. Dann, zu meiner großen Schande und zu meinem Schrecken, stellte ich fest, daß es bei mir Augenblicke gab, in denen ich mich dabei erwischte, eine flüchtige Erleichterung darüber zu empfinden, daß die Bürde, die mich fast erdrückte, etwas durch ihren Tod erleichtert worden war.

Ich sagte mir, daß ich meine Mutter immer, so sehr ich konnte, geliebt hatte, wenn ich sie auch nie verstand, und daß der Tod sie von einer Zukunft erlöst hatte, die nicht nur endlose Trauer, sondern auch Armut für sie bereitgehalten hätte. Dennoch wußte ich tief im Herzen, daß ein Teil meiner Gefühle völlig selbstsüchtig war, und ich haßte mich dafür.

Ironischerweise erleichterte der Tod meiner Mutter das Problem, das mit der Beerdigung meines Vaters verbunden war. Ich hatte schon zweimal wegen der Vorbereitungen für Papas Beerdigung, wenn seine Leiche erst einmal in Southwold war, mit dem Pfarrer gesprochen, aber der hatte immer ausweichend reagiert. Bei der zweiten Besprechung stellte ich fest, daß er gegen eine Beerdigung auf dem Friedhof von St. Mary war. Der Pfarrer war ein schüchterner Mensch und in dieser Gegend neu. Sicher protestierten die Presbyter und die wichtigen Gemeindemitglieder dagegen, daß Roger Chance, der Verbrecher, in genau demselben geheiligten Boden beerdigt werden sollte, wo ihre Vorfahren lagen und wo sie selbst eines Tages auch liegen würden.

Als meine Mutter starb, bot sich dem Pfarrer ein Weg, auf dem er seinem Gewissen folgen konnte, ohne seine Herde zu sehr zu beleidigen. Denn dagegen, daß meine Mutter bei der Kirche beerdigt wurde, in die sie zwanzig Jahre lang gegangen war, konnte niemand etwas haben. Es würde schwierig werden, Einwände dagegen zu finden, daß ihr Mann mit ihr beerdigt wurde, wie groß seine Sünden auch immer gewesen sein mochten.

Ich ordnete an, daß die Doppel-Beerdigung in vier Tagen um zehn Uhr morgens stattfinden sollte, und stattete Mr. Whiteley noch einmal einen Besuch ab, um die rechtliche Situation zu klären. Er war sehr freundlich, und er sagte mir, daß meine Mutter Erbin des Vermögen meines Vaters gewesen wäre und daß dieses Erbe jetzt an ihre beiden Töchter weitergehen würde. Über den Wert des Erbes konnte er mir nichts Tröstliches sagen. Es waren keine weiteren Geldmittel oder Anlagen irgendwelcher Art ans Licht gekommen, und die Summe, die wir in angemessener Zeit erhalten würden, beliefe sich wahrscheinlich auf weniger als vierhundert Pfund.

Noch bevor Mama gestorben war, hatten sich meine Schwierigkeiten dadurch vergrößert, daß Kate mir zunehmend feindlicher gesinnt war. Ich konnte es ihr nicht übelnehmen. Innerhalb weniger Tage hatten wir schwerste Schicksalsschläge zu tragen, und jetzt waren wir auf uns selbst gestellt. Es gab niemanden außer uns, und unsere Zukunft war zu dunkel, als daß wir darüber hätten nachdenken können. Die Dienstboten waren gereizt, Kate hatte zu wenig Beschäftigung, und ich selbst war zu sehr mit praktischen Problemen beschäftigt, um ihr die Zeit und die Liebe zu schenken, die sie brauchte. Ich bin sicher, daß sie nicht mir die Schuld geben wollte für alle Unannehmlichkeiten, doch sie war mit ihren Nerven am Ende, und sie brauchte schlichtweg einen Prügelknaben. Aber obwohl ich versuchte, mich durch ihre trübe Stimmung, ihr Schweigen, ihre gelegentlichen schneidenden Bemerkungen nicht verletzt zu fühlen, mußte ich mehr als einmal in mein Zimmer laufen, um meinen Tränen freien Lauf zu lassen.

Um ihr zu helfen, hatte ich an Signore Peroni geschrieben. Ich dankte ihm für seinen Brief und erklärte, daß es äußerst liebenswürdig von ihm wäre, wenn er Kates Unterricht weiterführen würde. Dieser Unterricht war eine Extravaganz, die wir uns jetzt schlecht leisten konnten, aber die Summe für sein Fahrgeld und sein Honorar war es mir wert, wenn es nur Kate wieder aus ihrer bösen, verbitterten Stimmung heraushalf. Unter dem Schock von Mamas Tod hatte ich allerdings völlig vergessen, daß ich Signore Peroni schon einmal geschrieben hatte. Die Folge war, daß er am frühen Nachmittag des Tages nach ihrem Tod in Latchford Hall erschien.

Als Henson ihm erzählte, was geschehn war, wollte er sich tief erschüttert und mit vielen Entschuldigungen zurückziehen, aber in diesem Moment kam ich glücklicherweise gerade nach unten. Ich bat ihn in den Salon. Ich wollte ihm erzählen, daß wir Latchford Hall bald verlassen mußten, doch bisher noch keine Gelegenheit gehabt hatten, Pläne für die Zukunft zu machen.

Signore Peroni war etwa Mitte Vierzig. Er war klein von Statur und hatte dunkle Haare. Seine Frau war Engländerin, und er hatte drei Kinder, einen Jungen und zwei Mädchen. Der Junge war vier und das älteste der Mädchen zehn Jahre alt. Seine Frau war die Zofe einer englischen Lady gewesen, und Signore Peroni hatte sie in Rom kennengelernt, wo der Ehemann der Lady an der Britischen Botschaft beschäftigt gewesen war. Ein Jahr später hatten sie geheiratet und auch einige Zeit in Rom gelebt. Aber seine Frau hatte sich nach England gesehnt, und schließlich waren sie mit ihrer einjährigen Tochter nach London gezogen. Ein paar Monate zuvor hatte Signore Peroni von seinem Vater etwas Geld geerbt, und so konnte er sich ein bescheidenes, aber hübsches Haus in Kensington leisten. Dort hatte er sich dann nach und nach einen ausgezeichneten Ruf als Klavierlehrer geschaffen. Diesen Beruf hatte er auch schon in Rom ausgeübt.

All dies hatte er mir erzählt, wenn er nach Kates Unterrichtsstunden, bevor er sich wieder auf den Weg zurück nach London machte, mit mir Tee getrunken hatte. Von uns erhielt er immer ein besonderes Honorar, denn Kate war an diesen Tagen seine einzige Schülerin. Seit vier Jahren, seit Papa entschieden hatte, daß keiner der Lehrer in der Umgebung genug Format hatte, Kate bei ihrem Talent zu unterrichten, erhielt sie ihre Klavierstunden von Signore Peroni. Papa hatte Erkundigungen über ihn eingezogen und Kate dann in London Signore Peroni vorspielen lassen. Mein Vater hatte immer eine beachtliche Überredungsgabe besessen, aber ich glaube, es war Kate selbst, die Signore Peroni die Überzeugung vermittelt hatte, daß er es sich auf keinen Fall leisten konnte, diese Schülerin zu verlieren.

Als ich ihm am Tag nach Mamas Tod erzählte, daß Kate und ich jetzt allein waren und daß wir uns in einer sehr schwierigen Situation befänden, weiteten sich seine dunklen Augen voller Entsetzen. »Aber das Musikstipendium, Signorina!« rief er aus. »Ganz gewiß, sie muß dort hingehen, an das Prinz-Albert-Konservatorium. Es würde eine Katastrophe sein, wenn sie eine solche Gelegenheit verpaßt.« Er gestikulierte mit weit ausholenden Bewegungen. »Sie hat die Möglichkeit, zu werden eine große Artista, und sie hat auch die Seele, zu arbeiten, lang und hart, wie es nötig ist. Bitte, man darf ihr nicht erlauben, zu verlieren diese Chance!«

Ich sagte: »Ich stimme Ihnen von ganzem Herzen zu, Signore. Ich möchte nichts lieber, als daß Kate mit ihren

Studien fortfährt, aber die Schwierigkeiten sind viel größer, als ich erwartet hatte.«

»Ah«, sagte er eifrig. »Aber bitte, Sie werden es machen möglich, Signorina?«

Ich seufzte. »Signore Peroni, ich werde sehr offen mit Ihnen sein«, sagte ich. »In ein paar Monaten werden wir kein Geld mehr haben, außer dem, was ich selbst verdienen kann. Und mit Fräulein Foster werden es drei sein, die ich unterhalten muß. Soweit ich das überblicke, werden die Ausgaben für die Schule, zusammen mit den Kosten, die für Kate als zahlender Gast bei der Familie Branscombe anfallen werden, sich auf ungefähr hundert Pfund im Jahr belaufen. Im Augenblick habe ich noch keine Ahnung, wie ich uns drei ernähren, unterbringen und kleiden soll. Sie sehen also, wie wenig Hoffnung es für Kate gibt, ihre Studien fortzusetzen.«

Er schüttelte den Kopf und sah sehr beunruhigt aus. Er hob eine seiner feingliedrigen Hände. »Bitte. Ich wollte nicht mit dummen Fragen eindringen in Ihre Familienangelegenheiten, Signorina Bridie.«

»Aber das macht ja nichts, Signore. Ich will wirklich niemandem etwas verschweigen.«

Er studierte mich einen Augenblick und senkte dann schnell die Augen, um seinen mitleidigen Blick zu verbergen. »Ich bin sehr traurig darüber, daß Sie haben so große Sorgen, Signorina«, sagte er ruhig. »Bitte wollen Sie mir erlauben, zu sagen, daß ich Ihre liebe Vater sehr habe gern gemocht. Er war ein . . .« – er suchte nach Worten, dann zuckte er die Achseln – ». . . ein viel glückliche Mann, ein Mann mit viel Lachen. Ich achten nicht, was man hat gesagt oder was man hat getan. Ich erinner mich für ihn mit viele Sympathie.«

Ich war tief gerührt, und es dauerte einen Augenblick, ehe ich antworten konnte. Dann sagte ich: »Ich danke Ihnen für diese Worte, Signore, und auch dafür, daß Sie heute gekommen sind. Ich fürchte, Kate ist noch zu sehr in Trauer, um heute nachmittag eine Stunde nehmen zu können, aber ich hoffe sehr, daß Sie nächste Woche kommen werden und vielleicht noch ein paar weitere Wochen danach, bis wir Latchford Hall verlassen. Ich bin sicher, es wird Kate helfen, sich ein bißchen von sich selbst abzulenken und ihren Kummer zu erleichtern.«

»Dann ich werde kommen«, sagte er und stand auf. Er verbeugte sich höflich über meine Hand, wie es seine Art war, und zögerte dann. »Ich habe eine kleine Gedanke, Signorina Bridie. Ich muß sprechen davon zuerst mit meine Frau, aber vielleicht es wird möglich sein . . .« Er ließ den Satz unvollendet. »Ich will jetzt sagen auf Wiedersehen. Bitte, Sie müssen Miss Kate meine herzlichsten Grüße geben. Wie Sie wissen, ist sie jetzt seit vier Jahren gewesen meine Schülerin, und ich habe eine große Zuneigung für sie.«

»Sie sind sehr freundlich, Signore Peroni. Ich freue mich darauf, Sie nächste Woche wiederzusehen.«

Später an diesem Nachmittag war Kate böse auf mich, weil ich sie nicht heruntergerufen hatte, als Signore Peroni da war. Ihre Augen waren rot gerändert, ihr Gesicht bleich und fleckig, und ich wußte, sie wäre genauso böse gewesen, wenn ich sie gerufen hätte. Ich fühlte mich sehr bedrückt, und ich hätte alles gegeben, wenn Kate ihre Arme um mich gelegt und irgend etwas Freundliches; Tröstliches gesagt hätte, aber sie ging nur in den Salon und begann, ein Scherzo von Chopin zu spielen. Ein Stück, das für ein Trauerhaus ganz unpassend war. Ich wußte, sie erwartete, daß ich sie dafür ausschimpfte, und das hätte ihr einen neuen Grund gegeben, wütend über mich zu sein. Aber ich sagte nichts und ging hinaus in den Garten. Ich vermißte Kates Zuneigung sehr, aber ich konnte nur warten, bis sie diese schlimme Zeit hinter sich gebracht hatte.

Der Garten stand jetzt gerade in seiner größten Blütenpracht; Geißblatt und Klematis hingen wie Spitzen von der alten Mauer neben dem Obsthof, und die Beete waren voller Farbe von Lupinen und Studentenblumen, Rittersporn und kleinwüchsigen Nelken. Jahr für Jahr hatte ich die Jahreszeiten auf diesen stattlichen Ländereien wechseln sehen, und ich hatte jede Jahreszeit geliebt. Es tat mir weh, daran zu denken, daß ich dies alles bald nicht mehr sehen würde.

Als ich um das große Rosenbeet herumging, stieß mein Fuß gegen etwas, das im Gras lag. Es rollte fort, und als ich nach unten blickte, sah ich, daß es der Stummmel einer dünnen, schwarzen Zigarre war. Aber es war nicht die gleiche, die ich am Abend jenes ersten fürchterlichen Tages gefunden hatte, als unsere Welt einzustürzen begann, denn diese hier war frischer, ein bißchen länger, und sie lag an einem Platz, der einen Steinwurf von dem Ort entfernt war, wo ich den ersten Stummel gefunden hatte.

Ich starrte darauf hinab, und ich dachte an den Gaucho, den ich gesehen oder mir eingebildet hatte. Und dann fiel mir der Reiter mit dem grauen Zylinder ein, dem ich auf der Straße nach Southwold begegnet war. Der wenigstens war keine Gestalt meiner Einbildung gewesen. Philippe Chatillon war ein sehr lebendiges, atmendes menchliches Wesen...

Meine Gedanken machten plötzlich einen Sprung, und ich hielt den Atem an. Philippe Chatillon, dann Mr. Whiteley und dann Tom Kettle. Ich hatte sie alle drei am gleichen Morgen gesehen, und Tom Kettle hatte mir das Paket gegeben, das einen Brief von meinem Vater an meine Mutter enthielt. Er lag noch immer in meiner untersten Schublade, und ich hatte ihn völlig vergessen. Jetzt verspürte ich ein heißes Schuldgefühl, weil ich ihn meiner Mutter nicht gegeben hatte, auch wenn ich gewußt hatte, daß es falsch gewesen wäre.

Ich war nicht neugierig auf den Inhalt des Briefes, eigentlich fürchtete ich mich vor dem Gedanken, ihn zu lesen, denn es war so, als ob man durch ein fremdes Schlüssselloch schaut. Dennoch hatte ich das Gefühl, daß ich keine andere Wahl hatte, als ihn jetzt zu öffnen, denn mit Sicherheit mußte er etwas Wichtiges enthalten. Mein Vater hatte meine Mutter angebetet, und ich konnte mir gut vorstellen, daß er ihr vielleicht eine Art Liebesbrief geschrieben hatte. Der sollte ihr im Fall seines Todes ausgehändigt werden. Aber er hätte nicht so ein Geheimnis darum gemacht, wenn er nicht mehr enthielt, als Worte der Liebe und des Trostes. Der Gedanke kam mir, daß der Brief vielleicht von irgendeiner Geldquelle sprach, die mein Vater so geheimgehalten hatte, daß selbst Mr. Whiteley nicht in der Lage war, sie zu finden.

Fünf Minuten später saß ich in meinem Schlafzimmer. Ich wickelte die äußere Lage Ölhaut ab. Der Umschlag darin war von bester Qualität und versiegelt. Ich schlitzte ihn mit der Nagelfeile auf und entnahm ihm Blätter aus weißem Schreibpapier. Mein Vater hatte den Brief in seiner erstaunlich sauberen Handschrift geschrieben, und er hatte genauso geschrieben, wie er sprach, so daß ich fast seine Stimme hören konnte.

»Mary, mein Liebling!
Ich bin sicher, daß Du dies nie lesen wirst, denn ich habe es nur geschrieben, falls ich Pech haben sollte, und ich habe nicht die Absicht, Pech zu haben. Es tut mir leid, daß ich so viel Zeit in der Ferne verbringe, weit weg von meinem wunderschönen Mädchen, aber ich bin, was ich bin, meine Mary, und Du weißt es genau. Ich bin ein Narr, der ohne die Aufregung, die in seinen Adern sprudelt wie Champagner, nicht leben kann, und das ist die reine Wahrheit.

Ein Mensch wie ich sollte vielleicht Soldat sein, aber das bedeutet, daß man die meiste Zeit Befehle von Idioten ausführen muß, und das könnte ich nicht ertragen. Außerdem würde ich dann jahrelang auf einmal von Dir fort sein, und es würde die herrlichen Tage zu Hause nicht mehr geben, auf die ich mich alle paar Wochen oder alle paar Tage freuen kann.

Hier schreibe ich Dir also jetzt diesen Brief; es ist ein schöner Tag, und ich sitze an meinem Schreibtisch und schaue hinaus über die Dächer von Paris. Ich lache ein bißchen über mich, denn ich bin sicher, es ist eine ungeheure Zeitverschwendung, Worte zu schreiben, wenn man der einzige ist, der sie je lesen wird. Warum schreibe ich sie dann wohl, frage ich mich? Ich bin kein pessimistischer Mensch, und vorsichtig bin ich auch nicht, aber in meinem Kopf ist der Gedanke, daß Bridie und Kate noch lange brauchen werden, ehe sie erwachsen sind, und ich muß darüber nachdenken, wie Du versorgt werden sollst, wenn ich in berufliche Schwierigkeiten kommen sollte. Oder noch schlimmer, wenn der liebe Gott eines Tages geistesabwesend ist und vergißt, daß ich hundert Jahre alt werden muß. Oder wenn er diese Kreatur aus den Erzählungen des Fräuleins schickt, um mich abzuholen – den schwarzen Shuck, heißt er nicht so?

Also, Du sollst nicht traurig sein, Du sollst auch nicht weinen, mein süßes Mädchen, denn wenn Du dies liest, dann bin ich mit Sicherheit nicht mehr zu erreichen, dann werde ich auf meinen Liebling warten, in einer noch schöneren Welt, als diese es ist. In einer Welt, wo das Gras golden ist und der Wind niemals kalt bläst.

Bis dahin aber schreibe ich Dir dies zur Erinnerung, geliebte Mary, und um Dich an all die Dinge zu erinnern, die zwischen uns gesagt worden sind, als wir von der kleinen Schmiede hinauf in die Hochtäler fuhren, an diesem schönen Sommertag, als ich Dir meine Geheimnisse verriet und Du mich trotzdem noch liebtest. Willst Du eine Wallfahrt dorthin machen, und willst Du Dich an meine schlechten Gedichte erinnern, die ich Dir sagte? Tu es für mich, mein Liebling. Geh noch einmal dorthin, wo der Bach golden von den Hügeln fließt, und weiter zum Tal des Steinbock-Felsens. Erinnere Dich dort an mich, und hab keine Angst vor dem Schatten, geliebte Mary, denn die Dunkelheit bei Einbruch der Nacht führt nur zum Anbruch des Tages am Ende des Regenbogens. Erinnere Dich dort an mich, und hab keine Angst vor der

Kuh auf wartenden Füßen, denn sie dient nur dazu, die Leere zu enthüllen, die mit Glanz gefüllt ist.

Denk daran.

Mit all meiner Liebe, Roger.«

Ich saß da und blickte versunken auf die letzte Seite des Briefes hinab, den mein verwirrender und geheimnisvoller Vater vor zehn Jahren geschrieben hatte. Kate hatte gesagt, Vater sei ein lachender Abenteurer gewesen, und wie recht hatte sie doch gehabt! Man merkte es sogar daran, wie er in diesem Brief die Worte gesetzt hatte. Er war auch ein Romantiker gewesen, das hatte ich sogar gewußt; aber ich hätte nie geglaubt, daß er auch versucht hatte, poetisch zu werden. Ich las den letzten Absatz noch einmal. Die ersten paar Zeilen schienen sich auf einen ganz bestimmten Ort zu beziehen und auf den Tag, als Roger Chance seiner Frau die Wahrheit über sein geheimes Leben als Verbrecher erzählt hatte und herausfand, daß ihre Liebe zu ihm dadurch nicht berührt wurde. Das überraschte mich nicht. In den Augen meiner Mutter hatte mein Vater einfach nichts Unrechtes tun können. Und dann war dort der Steinbock-Felsen erwähnt worden. Ich hatte keine Ahnung, was das sein konnte, und ich hatte auch noch nie davon gehört, bevor meine Mutter kurz vor ihrem Tod den Namen gestammelt hatte. Der Rest des Absatzes schien dann ein Versuch zu dem zu sein, was mein Englischlehrer dichterische Prosa zu nennen pflegte. Aber es war ein sehr schwacher Versuch. Die sprachliche Einbildungskraft war mager, und das Wort »Kuh« war sogar ein ausgesprochener Mißklang. Und was er sich bei diesen Worten eigentlich gedacht hatte, kam überhaupt nicht heraus.

Aber als ich es das dritte Mal las, fragte ich mich, ob der Brief nicht eine geheimnisvolle Botschaft war, die nur meine Mutter verstehen konnte. Der Sage nach stand ja am Ende eines Regenbogens ein Topf voll Gold; aber ich war sicher, daß Papa nur einen dichterischen Vergleich gebraucht hatte. In Wirklichkeit konnte es den Topf voll Gold nicht geben. Also mußte das, was folgte, ein versteckter Hinweis sein . . . aber auf was? Eine Person? Eine Bank? Ein sicheres Versteck oder eine Art Schließfach?

Ich las den Absatz auch noch ein viertes Mal und bezweifelte jetzt wieder, daß es eine Geheimbotschaft war. Und plötzlich war ich sogar ein bißchen verärgert, denn es kam mir so vor, als ob mich mein Vater aus dem Grab heraus an der Nase herumführen wollte. Ich starrte in den Spiegel über meinem Frisiertisch und zog eine Grimasse. Dann faltete ich den Brief zusammen, steckte ihn zurück in den Umschlag, wickelte ihn wieder in das Wachstuch und steckte das Ganze in die Schublade zurück.

Der Brief war bedeutungslos; höchstens eine Art posthumer Liebesbrief, geschrieben von einem leidenschaftlichen Mann mit warmem Herzen, der an die Zukunft keinen Gedanken verschwendete. Und wenn der Brief doch eine Bedeutung hatte, dann nur für meine Mutter. Und dieses Geheimnis hatte sie mit ins Grab genommen.

Beim Begräbnis waren wir nur zu dritt. Meine Schwester Kate, Fräulein Foster und ich. Kein Organist machte in der Kirche das dort lastende Schweigen mit seinem Spiel erträglich. Mr. Garth hatte sich geweigert zu spielen. Robert und sein Bruder Jack trugen die Särge einzeln hinaus. Nur zwei Männer aus dem Dorf, die sie entweder bestochen oder einfach gezwungen hatten, halfen ihnen dabei.

Pfarrer Irving benahm sich freundlich und waltete seines Amtes mit Würde. Da keine Leichenrede gehalten wurde und es auch weder Musik noch Choräle gab, war der Gottesdienst kurz. Ich war froh darüber. Fräulein Foster hielt sich tapfer, aber meine arme Kate war von wächserner Blässe, und ich hatte Angst, sie könnte jeden Augenblick ohnmächtig werden.

Als wir aufstanden und dem ersten Sarg nach draußen folgten, nahm ich sie fest am Arm. Ich wollte sie gleichzeitig trösten und stützen.

Sie erwiderte den Druck, und ich hörte, wie sie schwach

flüsterte: »Es tut mir leid, daß ich so scheußlich zu dir gewesen bin, Bridie.«

»Das hat mir doch nichts ausgemacht, du Dummchen. Schon vergessen.«

Zu meiner Überraschung sah ich, daß nach uns noch andere in die Kirche gekommen waren. Nun warteten sie stehend ab, bis sie uns folgen konnten. Es waren Mr. Whiteley, der alte Tom Kettle in einem schwarzen Anzug, der schon so alt war, daß er leicht grünlich wirkte, die beiden Fräulein Cole, zwei alte Jungfern aus dem Dorf, Mrs. Burns, unsere Schneiderin, und ein Fremder, den ich noch nie gesehen hatte. Er war etwa Mitte Fünfzig, breit und untersetzt, aber nicht fett, hatte ein auffallend glattes Gesicht und braune Haare, die er mit Öl flach an seinen Kopf gestriegelt hatte. Der breite Mittelscheitel hätte mit einem Lineal gezogen sein können, so gerade war er. Er trug einen dunklen Anzug und eine schwarze Krawatte, aber obwohl der Anzug gut geschnitten war, saß er nicht. Er sah aus, als ob er sich in auffällig gemustertem Tweed wohler gefühlt hätte.

Als wir an ihnen vorbeigingen, blickte ich jeden einzeln an und versuchte zu zeigen, wie dankbar ich war. Am offenen Grab wurde der erste Sarg abgestellt, und dann gab es eine schmerzliche Pause, als die Träger erst den zweiten holen mußten. Endlich standen die beiden Särge nebeneinander, und der Pfarrer konnte die Zeremonie zu Ende bringen. Als dann die Hände voll Erde geworfen waren, zog ich Kate schnell mit mir fort und ging dort hinüber, wo die Trauergäste, die nicht zur Familie gehörten, in einigem Abstand stehengeblieben waren. Ich gab allen die Hand, bedankte mich dafür, daß sie gekommen waren, und mußte mich gleichzeitig entschuldigen, weil wir nach dem Begräbnis niemanden nach Latchford Hall bitten konnten. Wir hatten keine Vorbereitungen getroffen.

Meine Entschuldigungen wurden rasch und verständnisvoll übergangen, aber das Ganze war ungemütlich und peinlich. Zuletzt trat ich zu dem Fremden. Er wirkte, als hätte er sich nur aus Höflichkeit nicht davongestohlen. Ich bot ihm meine Hand und sagte: »Guten Tag, ich glaube, wir kennen uns noch nicht.«

Er sah mich aus blaßbraunen Augen sehr genau an. »Alfred Perkin, immer zu Diensten, Miss. Ich nehme an, es ist Ihnen nicht unangenehm, daß ich heute zur Beerdigung gekommen bin.« Er sprach mit einer etwas rauhen Stimme, die klang, als ob er sie auch hätte sehr kraftvoll ertönen lassen können. Rauh vom lauten Rufen und Sprechen, dachte ich mir, und ich stellte mir einen Seemann auf einem Klipper vor, der Wind und Wellen mit seinen Befehlen überschreien mußte.

»Meine Schwester und ich sind in einer solchen Stunde für den Beistand von Freunden dankbar, Mr. Perkin«, sagte ich. »Ich nehme an, Sie haben meinen Vater gekannt.«

»Flüchtig, Miss, flüchtig.« Er zögerte. »Aber Ihre Mutter, die habe ich besser gekannt. Wir waren so was wie Kollegen, bevor sie geheiratet hat.«

Ich war völlig überrascht und wußte nicht, was ich sagen sollte. Über Mamas Vergangenheit wußte ich nichts, und zu jeder anderen Zeit wäre ich sehr daran interessiert gewesen, jemanden kennenzulernen, der sie vor so langer Zeit gekannt hatte. Aber im Augenblick war ich den Tränen zu nahe, um mehr zu tun, als die Höflichkeit erforderte. Neben mir drückte Kate meinen Arm und flüsterte mit unsicherer Stimme: »Bitte, Bridie . . .«, und hinter uns hörte ich das schwere Aufschlagen von Erdbrocken, die ins Grab geschaufelt wurden. Mir war, als zöge sich meine Haupt plötzlich vor Kälte zusammen.

»Wenn Sie uns bitte entschuldigen wollen, Mr. Perin . . .?«

»Natürlich, Miss. War mir eine Ehre, Sie kennenzulernen.« Er hielt seinen schwarzseidenen Hut vor der Brust und machte eine Verbeugung – nicht etwa steif, sondern mit einer sehr flüssigen und natürlichen Bewegung. Seinen Blick hielt er dabei auf Kate gerichtet. Ich verabschiedete mich von ihm, und wir bewegten uns in Richtung des

Wagens. Kate hielt mich am Arm, Fräulein Foster folgte.

Später an diesem Tag, der so traurig war und der uns alle erschöpft hatte, mußte ich wieder an Mr. Alfred Perkin denken. Ich fragte mich, wer er wohl sein mochte, und wollte mit Kate über ihn reden. Kate las in einem ihrer theoretischen Werke über Musik und zuckte die Achseln, als sei sie an dieser Frage nicht interessiert. Ich bestand dann auch nicht auf einer Antwort. Als ich mich darangab, Dankesbriefe an diejenigen zu schreiben, die zur Beerdigung gekommen waren, da hielt ich es für unwahrscheinlich, daß ich Alfred Perkin jemals wiedersehen oder erfahren würde, in welcher Weise er und meine Mutter Kollegen gewesen waren. Nicht in meinen wildesten Träumen hätte ich mir ausgemalt, wie schon Wochen später dieser Mann mit der rauhen Stimme, der aus der Vergangenheit aufgetaucht war, mein Leben verändern würde.

Am nächsten Morgen ging ich allein zum Friedhof. Das Grab war geschlossen worden, und auch der Stein war schon gesetzt. Einige Leute hatten wohl ihrer Christenpflicht wenigstens heimlich nachkommen wollen, denn es lagen ein paar Kränze und Blumensträuße da, die ich ordnen wollte. Ein kleiner Kranz war darunter, von dem ich sicher war, daß er am Tag zuvor noch nicht dagewesen war, und auch ein wunderschönes kleines Bouquet. Der Kranz war für meinen Vater bestimmt, und auf einer Karte daran stand in sauberer, eckiger Handschrift: »dormez bien, mon vieux adversaire – Philippe Chatillon.«

Ruhe sanft, mein alter Gegner . . . Also hatte der Franzose, dem ich begegnet war, der Privatdetektiv, der seinen Zweikampf mit Le Sorcier ausgefochten hatte, bevor er nach Frankreich zurückkehrte, daran gedacht, einen Kranz auf das Grab seines alten Widersachers legen zu lassen. Meine Augen brannten, und ich empfand eine Spur von Freude bei diesem Gedanken.

Die Karte an dem Bouquet zeigte eine andere, sorgfältige und mühselige Schrift. »Liebe Mary. in frdl. Angedenken, A. Perkin.«

Ich sah die Karte verwundert an und legte dann das Bouquet sorgfältig nieder. Als ich mich aufrichtete, bemerkte ich im Augenwinkel eine Bewegung, und als ich mich umwandte, sah ich Mr. Perkin selbst, der an der Südmauer des Friedhofs entlang sich still entfernen wollte. Er hatte sich nach mir herumgedreht, und er muße daher wissen, daß ich ihn gesehen hatte. Unsicher blieb er stehen, und ich rief zu ihm hinüber: »Guten Morgen, Mr. Perkin.«

Er kam mit dem Hut in der Hand auf mich zu. »Guten Morgen, Miss«, sagte er mit gesenkter Stimme wie ein gedämpftes Nebelhorn. »Ich sah Sie kommen und wollte nicht stören. Wenn Sie so wollen – ich war eben dabei zu verschwinden.«

Ich merkte, daß ich diesen Mann mochte, denn mir schien es, als hätte er das Herz eines Gentleman und eine natürliche Freundlichkeit. Ich sagte: »Bitte, Sie sollen nicht glauben, daß Sie stören. Ich bin froh, daß wir uns wiedersehen.«

»Sehr freundlich von Ihnen, Miss. Sie sind Miss Bridget, wenn ich mich nicht sehr täusche?«

»Ja, aber woher wußten Sie das, Mr. Perkin?«

»Habe die Anzeige in der Times gelesen, als Sie geboren wurden, Miss. Genau wie bei Ihrer Schwester, ein paar Jahre später. Auf Ehre, das war vielleicht 'ne Überraschung, als ich Miss Kate gestern sah. Ebenbild Ihrer alten Dame, als sie noch jung war. Die war ja so was von schön!«

Ich sagte verwundert: »Ja, wie kommen Sie darauf? Aber da ich glaube, daß Sie meine Mutter gemocht haben, hören Sie es bestimmt gern, daß sie ihr Leben lang sehr schön geblieben ist.«

Mr. Perkin nickte. Ich sah, wie er den Kopf senkte und sich auf die Unterlippe biß. Offensichtlich versuchte er, die Fassung zu bewahren. Nach einer kleinen Pause sagte ich: »Macht es Ihnen etwas aus, wenn ich Sie frage,woher Sie kommen?«

»London, Miss. Da verbring' ich mehr als die Hälfte von meiner Zeit. Aber ich reise auch 'ne Menge. Birmingham,

Sheffield, Manchester – die ganze Runde. Nur, daß ich jetzt für ein paar Wochen ruhe.«

»Oh, sind Sie krank gewesen?«

Er begann zu lächeln, aber dann fiel ihm wieder ein, wo er war, und er fummelte verlegen an seinem Hut herum. »Nein, Miss. Das ist ein Berufsausdruck sozusagen. Beim Theater ruht man, wenn man nicht arbeitet. Meistens heißt das dann, daß man gerade keinen Job hat, aber bei mir ist das nicht so.« Wie durch Zauberei erschien plötzlich in seiner Hand eine Karte, die in der Westentasche gesteckt hatte, und er reichte sie mir. »Wir haben so viel Engagements, wie wir verkraften können, aber ich sorge immer dafür, daß wir im Sommer ein paar Wochen frei kriegen. Es hält uns frisch, sozusagen.«

Die Karte lautete:

Mr. Alfie Perkin & Company
Komiker
Grant Chambers Nur. 10
Holborn
London.

Ich ertappte mich dabei, daß ich Mr. Perkin mit aufgerissenem Mund und kugelrunden Augen anstarrte, und klappte meinen Mund schnell wieder zu. »Lieber Himmel, Sie sind von der Bühne, Mr. Perkin?«

»Im Cabaret, Miss, ja. Jetzt dreißig Jahre. Hatte meinen ersten Auftritt in Canterbury, damals im Jahre siebenundsechzig, als George Leybourne selbst noch seine ganz große Zeit hatte.«

Ich schaute wieder auf die Karte hinab, um den Schreck zu verbergen, der sich jetzt mit Sicherheit auf meinem Gesicht zeigte. Fast alles, was ich über den Schauspielerberuf gehört oder gelesen hatte, besagte, daß das Theater und die Unmoral Hand in Hand gingen. Erst vor drei Jahren hatten die Zeitungen die berüchtigte »Promenade« hinter den Garderoben des Empire-Theater am Leicester Square verdammt, wo Frauen aus besseren Kreisen, aber mit lockerer Moral, zwischen jungen Schauspielern und Bohemiens umherspazierten und ihre Reize anboten.

Es wurde allgemein angenommen, daß Leute von der Bühne unmöglich respektabel sein konnten, und in dieser Frage hatte ich nur eine einzige Gegenstimme gehört, und zwar die meines Vaters. Während der Wochen, die er im vergangenen Jahr zu Hause verbracht hatte, war ein vernichtender Brief in der Times erschienen, der sich mit dem Verfall der Moral befaßte. Dieser sollte angeblich durch die billige Unterhaltung in den Varietés herbeigeführt worden sein. Mein Vater hatte den Brief laut gelesen, gelacht und dann gesagt: »Na, ist dieser Kerl nicht ein ausgereifter Trottel, Mary? Ich wette, der hat noch nie im Oxford oder im Alhambra gesessen und sich über die Komiker totgelacht oder zusammen mit Lottie Collins den Refrain ihres neuesten Schlagers mitgesungen. Wie ich diese korinthenkakkenden Moralapostel verachte, die keinen Funken Spaß in sich haben.«

Damals hatte ich mich irgendwie gewundert, warum er dieses Thema so deftig aufgriff, aber jetzt war mir klar, daß es irgendwie mit der Vergangenheit meiner Mutter zu tun hatte. Ich schaute zu Alfred Perkin auf und sagte: »Dreißig Jahre? Dann waren Sie also ein . . . ein Varieté-Komödiant, als Sie meine Mutter kennenlernten?«

»Nicht ganz, Miss. Ich war damals als Komiker noch nicht so richtig auf die Beine gekommen, damals habe ich noch als Magier gearbeitet, und Ihre alte Dame ist meine Assistentin gewesen.«

Ich preßte die Finger an meinen Mund und merkte, wie ich meine Augen weit aufriß. »Ihre Assistentin? Auf der Bühne?«

»Aber ja, Miss. Ich . . . mhm . . . ich nehme an, Sie haben es nicht gewußt.« Er drehte den Hut in den Händen und sah verlegen aus. »Ich hoffe, daß Sie sich nicht dran stoßen, daß ich Ihnen das alles jetzt sage, nachdem Ihre alte Dame gut geheiratet hat und Sie nobel aufgewachsen sind. Aber sie war in sich selbst 'ne richtige Lady, wenn Sie wissen, was ich meine. Sie stand am Belgrave Square als Zofe im Dienst, als wir uns kennenlernten.« Er warf einen Blick auf den Grabstein und senkte seine Stimme noch mehr. »Denken Sie nicht schlecht von mir, Miss Bridget, aber ich hab' mich wirklich in Ihre alte Dame verliebt, und ich hab' sie drum gebeten, meine Frau zu werden.«

Zum zweiten Mal innerhalb von wenigen Minuten fühlte ich Tränen in meinen Augen brennen. Fräulein Foster wäre entsetzt gewesen, wenn man ihr gesagt hätte, daß meine Mutter einmal auf der Bühne gestanden und daß ein Varieté-Komödiant um ihre Hand gebeten hatte. Aber ich war tief bewegt durch die einfache Art, mit der Alfred Perkin mir sein Herz geöffnet hatte. »Warum sollte ich denn schlecht von Ihnen denken, Mr. Perkin?« fragte ich. »Sicher gibt es nichts, dessen man sich schämen müßte, wenn man sich verliebt.«

Er nickte langsam, seine Augen hatten einen abwesenden Ausdruck. »Sie war sich nicht sicher«, sagte er leise. »Und dann hat sie Mr. Chance kennengelernt, Ihren Vater, und da war sie ganz sicher. Aber ich hab' sie nie vergessen, Miss. Und ich hab' auch nie 'ne andere heiraten wollen.« Er holte tief Luft und reckte sich. »Ich habe gelesen, daß Ihr Vater gestorben ist, und auch über all den Ärger in Frankreich«, fuhr er fort, »und ich war hergekommen, um Mary zu besuchen, falls sie einen Freund brauchte, der ihr an die Hand geht. Aber dann hab' ich jetzt in der Zeitung gesehen, daß sie auch gestorben ist, und deshalb bin ich vorbeigekommen, um ihr die letzte Ehre zu erweisen.«

Tief in Gedanken stand ich eine Weile da, dann sagte ich: »Wie lange werden Sie bleiben, Mr. Perkin?«

»Ich hab' mir 'n Zimmer im ›Woodman‹ gemietet, und ich hatte mir ausgerechnet, daß ich morgen nach Hause fahre, aber ich kann noch 'ne Weile bleiben, wenn es irgendwas gibt, wobei ich helfen kann, Miss Bridget.«

»Nein. Nein, ich würde Sie nicht bitten, dazubleiben, aber ich habe einige Probleme, und es wäre mir sehr lieb, wenn Sie mir einen Rat geben könnten. Wie steht es mit der

Möglichkeit, irgendeine Arbeit für mich in London zu finden?«

»Arbeit?« Seine Augenbrauen zuckten nach oben, und seine Augen weiteten sich in genau dem gleichen Gesichtsausdruck, den ich vielleicht selber benutzt hätte. »Aber sicherlich . . .?«

»Ich will es jetzt nicht erklären«, unterbrach ich ihn schnell, »aber würden Sie so nett sein und heute nachmittag nach Latchford Hall kommen und Tee mit mir trinken? Sagen wir, um halb vier?«

»Ich . . . ich wäre entzückt, Miss. Entzückt.«

Das war kein leeres Wort, denn er sah freudig erregt aus, als er sich wieder verbeugte und sagte: »Also, ich verabschiede mich jetzt von Ihnen, Miss Bridget, und ich freue mich schon, Ihre freundliche Einladung an diesem Nachmittag wahrzunehmen.«

Er entfernte sich mit gemessenen Schritten, bis er den Friedhof verlassen hatte, und ging dann schneller, als er auf die Straße einbog, die zum Dorf führte. Ich stand da, hielt seine Karte in der Hand und war voller Erstaunen über das, was ich soeben erfahren hatte, und auch über meine eigene Offenheit. Dennoch, was ich instinktiv getan hatte, war auf den zweiten Blick sehr vernünftig. Ich mußte Arbeit finden, und London war der beste Ort, an dem ich beginnen konnte. Dort wäre ich anonymer als in einer Kleinstadt, und für eine junge Frau würde sich dort sicherlich auch öfter die Gelegenheit bieten, Arbeit zu finden. Vor allem war es wichtig, falls irgendein Wunder es Kate erlaubte, ihr Musikstipendium wahrzunehmen, daß wir in kurzer Entfernung vom Prinz-Albert-Konservatorium wohnten.

Mr. Alfred Perkin war Londoner. Er würde wissen, nach welcher Art von Arbeit ich suchen sollte und wieviel ich verdienen konnte. Außerdem war er ein Freund, das spürte ich im Innern, und ich hatte klare Beweise dafür, daß er ein treuer Freund war. Denn heute war er zur Beerdigung des Mädchens gekommen, in das er sich vor mehr als zwanzig Jahren verliebt und das er seither nicht gesehen hatte.

Später, als ich Kate von der Begegnung erzählte, zeigte sie wenig Überraschung. Wir waren im Salon, und sie spielte den ersten Satz aus Beethovens Mondschein-Sonate, die Mamas Lieblingsstück gewesen war. Fräulein Foster war nicht da. Sie hielt es nicht für anständig, daß in der Trauerzeit Piano überhaupt gespielt wurde, aber ich hatte Kate dazu ermutigt. Ohne die Augen von der Klaviatur zu nehmen, sagte sie: »Bist du wirklich überrascht darüber, daß Mama von der Bühne kommt, Bridie? Wir wußten doch immer, daß sie keine geborene Lady war.«

»Ach, sprich doch nicht so unfreundlich über sie, Kate!«

»Hab' ich ja auch nicht. Wenigstens habe ich es nicht unfreundlich gemeint. Ich habe Mama geliebt, und sie muß eine großartige Person gewesen sein, daß sie alles so gut geschafft hat. Besonders, wo sie doch so oft Sorgen hatte und ängstlich war. Was du mir gesagt hast, überrascht mich allerdings nicht; irgendwie ist es ganz aufregend, glaube ich. Eine Menge Damen von der Bühne haben in den Adel eingeheiratet, und manche sogar in den Hochadel. Deshalb ist es eigentlich nicht verwunderlich, daß Mama Papa geheiratet hat oder daß Papa sie geheiratet hat, denn er war ein ziemlich außergewöhnlicher Mann. Was willst du denn mit diesem Mr. Perkin bereden, Bridie?«

»Liebe Kate, ich habe es ja schon erklärt«, sagte ich und bemühte mich, nicht ärgerlich zu klingen. »Bald wird kein Geld mehr da sein, von dem wir leben können, deshalb muß ich einen Weg finden, etwas zu verdienen.«

»Ist es wahr, daß du vorhast, dieses Piano zu verkaufen, Bridie?« Sie hörte abrupt auf zu spielen und fuhr auf ihrem Klavierstuhl herum, um mich anzusehen.

»Nun ja«, sagte ich abwehrend, »es muß sein, das kannst du sicher verstehen. Wo immer wir auch wohnen werden, es wird sicher kein Haus sein, das einen Flügel aufnehmen kann, es tut mir leid, Schwesterchen, aber . . .«

»Ach, das ist schon in Ordnung.« Sie schenkte mir eins ihrer wunderschönen Lächeln, schwang dann wieder herum und begann zu spielen. »Mach dir keine Sorgen,

Bridie. Ich bin sicher, wenn wir nach London gehen, wirst du einen Mann kennenlernen, der sich leidenschaftlich in dich verliebt. Er wird sehr reich sein, und du wirst ihn heiraten, und dann wird alles wieder in schönster Ordnung sein. Schließlich ist das ja auch bei Mama und Papa geschehen, nicht wahr?«

Ich gab keine Antwort. Kate war manchmal hoffnungslos romantisch. Im Augenblick war sie halt in einer ihrer romantischen Stimmungen, und ich freute mich für sie, solange das die Kälte und das Elend der Angst von ihr abhielt. Bald würden wir mehr als genug praktische Probleme zu lösen haben.

6

Alfred Perkin erschien pünktlich um halb vier. Er trug einen Vormittagsanzug und hatte Stock und Handschuhe bei sich, wie es sich gehört. Er besaß ein ungezwungenes, gutes Benehmen. Ich hatte ihn so eingeschätzt, aber ich war überrascht über das Ausmaß, in welchem er die Feinheiten der Etikette zu beherrschen schien.

Ich stellte Kate vor, und nach den ersten paar Minuten, in denen nur leichte Konversation gemacht wurde, konnte ich bemerken, daß sie stark von ihm eingenommen war. Vielleicht, weil er überhaupt keine Ähnlichkeit aufwies mit den Leuten, die wir je kennengelernt hatten. Ich wollte, daß Kate anwesend war, weil ich das Gefühl hatte, daß sie die Realität unserer Situation kennenlernen mußte, und sobald ich Tee für uns alle eingeschenkt hatte, sagte ich: »Mr. Perkin, können Sie mir sagen, welche Art von Arbeit für eine gebildete junge Dame in London zu Verfügung steht? Für mich, um genau zu sein.«

Er schaute finster in seine Teetasse. »Nun, ich habe darüber nachgedacht, nach dem, was Sie mir heute morgen gesagt haben, Miss Bridget . . .«

»Verzeihen Sie«, unterbrach ich ihn, »aber ich würde mich freuen, wenn Sie mich Bridie nennen könnten. Da Sie ein sehr alter Freund meiner Mutter sind, scheint es mir angemessener.«

Er errötete ein wenig vor Freude. »Sehr freundlich von Ihnen . . . mhm . . . Bridie. Nun, es gibt Arbeit im Hausdienst, Fabrikarbeit, Arbeit als Verkäuferin, auch als Lehrerin, und es gibt jetzt eine ganze Menge junger Damen, die in Büros arbeiten. Da ist alles, so über den Daumen gepeilt, wie man sagt. Allerdings arbeiten gebildete Damen nur als Lehrerin oder im Büro. Aber vielleicht kann ich Ihnen ein bißchen mehr sagen, wenn ich weiß, was Sie sich vorgestellt hatten, nicht?«

»Das ist sehr einfach, Mr. Perkin. Dieses Haus ist gepachtet, und der Pachtvertrag läuft in Kürze aus. Das Vermögen meines Vaters beläuft sich auf nur ein paar hundert Pfund. Abgesehen davon und von ein paar Wertpapieren, die noch einmal soviel wert sind, haben wir nichts. Die Frau, die unser Kindermädchen gewesen ist und die später als Gesellschafterin für meine Mutter im Haus blieb, ist jetzt ziemlich alt, und sie hat praktisch kein eigenes Geld. Ich muß mich um sie kümmern. Meine Schwester Kate ist eine sehr gute Pianistin, und ich möchte, daß sie das Stipendium wahrnimmt, das sie für das Prinz-Albert-Konservatorium gewonnen hat. Außerdem muß ich natürlich auch für mich selbst sorgen.«

Mr. Perkin zog pfeifend die Luft durch zusammengepreßte Lippen und schaute unglücklich drein. »Ich hasse es, Ihnen keine Hoffnung machen zu können, aber ich sehe keine Möglichkeit, wo eine junge Dame so 'ne Menge Geld verdienen könnte, Miss. Ich meine, Bridie. Jetzt mal ehrlich, ich kann noch nich' mal sehen, wie Sie drei Mann auch nur 'n Bett und Essen verschaffen wollen. Mit Miete, Lebensmitteln und Kleidern, die Sie brauchen werden . . . was? Wir wollen mal sagen, hundertzwanzig Pfund dürfte man schon brauchen, um auch nur irgendwie anständig zu leben.« Er schaute sich um. »Und so wie hier wär es sicher auch nich'«

Kate sagte: »Das scheint mir aber keine große Summe zu sein, Mr. Perkin.«

Er sah sie an, und ich bemerkte, wie sein Gesicht weich wurde. Ich wußte, er sah meine Mutter in ihr, und seine kehlige, gepreßte Stimme war sehr sanft, als er sagte: »Ich glaub' nicht, daß Sie bisher viel über Geld nachdenken mußten, Miss – hm – Kate. Aber nehmen Sie doch mal 'n Mädchen, was im Dienst ist. Ein Hausmädchen. Die kriegt ein Dach über 'n Kopf und vielleicht noch zwölf Pfund im Jahr. Und eine Haushälterin vielleicht 'nen Schein. Verzeihung, das sind fünfundzwanzig Pfund.«

Er sah mich an. »Ich weiß nicht, wieviel 'ne Gouvernante so macht, aber viel mehr wird's auch nich' sein. Wenn Sie in 'ner Schule unterrichten würden, wär's natürlich mehr, aber dann müßten Sie Schlafen und Essen natürlich selber bezahlen. Das gleiche gilt für Arbeit im Büro, und da müßten Sie sowieso auf einer von diesen neumodischen Maschinen schreiben können.«

Ich sagte: »Ich kann ganz gut mit der Nadel umgehen, Mr. Perkin. Gäb es denn da keine Möglichkeit?«

Er warf mit geschlossenen Augen den Kopf zurück und verzog schmerzlich das Gesicht. »Ach du lieber Himmel, nein. Entschuldigung, aber Sie wissen doch, was Sie Ihrer Schneiderin bezahlen. Und in London ist das noch schlimmer. Gehen Sie doch mal durch Hackney, Bow, Behtnal Green, da, wo die ganzen Handwerker sind. Dreißig Shilling in der Woche für 'nen erstklassigen Schuster. Zwei Pfund vielleicht für 'nen ausgezeichneten Schreiner, der sieben Jahre gelernt hat und dann noch zehn Jahre Erfahrung mitbringt. Ein Pfund die Woche für 'nen Dockarbeiter. Und Frauen? Zwölf Shilling die Woche fürs Pelzenähen. Zehn für Buchbinden. Schweißarbeit, das ist alles, was Sie da finden können.«

Ich nickte und versuchte, gleichmütig auszusehen, obwohl mich jetzt aller Mut verließ. Kate blickte Mr. Perkin wie gebannt an, aber ich war sicher, daß nur der Mann selbst und seine Art zu reden sie faszinierten. Sie brachte das, was er erzählte, immer noch nicht mit unserer Lage in Verbindung.

»Zwölf Shilling die Woche?« fragte sie verwundert. »Wie kommen die denn zurecht?«

Er zuckte die breiten Schultern. »Die leben, wie arme Schweine nun mal leben«, sagte er einfach. »Da beißt die Maus kein' Faden ab.«

Kate blinzelte, setzte dann ihre Tasse ab und stand auf. »Entschuldigt mich«, sagte sie mit gedämpfter Stimme und verließ das Zimmer.

Mr. Perkin hatte sich halb mit ihr erhoben und sah mich

nun unglücklich an. »Hab' ich sie beleidigt? Das tut mir sehr leid, ist mir gar nicht klar gewesen.«

»Macht nichts, Mr. Perkin, bitte setzen Sie sich. Kate weiß durchaus, wie es in der Welt zugeht, aber es gibt Augenblicke, da möchte sie es lieber nicht wissen.«

»Tja. Es kann weh tun, Bridie, den Tatsachen ins Auge zu sehen.«

»Das ist wahr. Und Kate ist sehr empfindlich, aber wenn Sie ihr jemals beim Klavierspielen zuhören, vergeben Sie ihr das. Danke für all die Auskünfte, Mr. Perkin, aber nun etwas anderes. Ich wüßte so gern, wie Sie damals meine Mutter kennengelernt haben – wenn es Sie nicht traurig macht, mir das zu erzählen.«

»Warum sollte es?« sagte er langsam. »Es macht mir nichts aus, aber es gibt eigentlich auch nicht viel zu erzählen. Wie ich gesagt habe, sie war Zofe, und einer der Hausdiener war'n Verehrer von ihr. Der hat sie dann eines Abends mit ins Oxford genommen. Ich hab' damals 'ne Nummer gehabt, die nannte sich ›Marvo, der Geheimnisvolle‹. Stand ganz unten auf dem Programm. Aber ich hab' die Nummer jeden Abend in drei verschiedenen Varietés gegeben, deshalb ging's mir nicht schlecht. Na jedenfalls, da gab's einen Trick, wo ich immer einen jungen Mann aus dem Publikum raufholte, der mir helfen sollte. Ja, und an dem Abend hab ich nun Ihre alte Dame entdeckt, und mich hat 'n bißchen der Teufel geritten. Und da hab' ich dann auf sie gezeigt und versucht, sie mit schönen Reden auf die Bühne zu locken.«

Ich sagte erstaunt: »Aber Mama war doch so schüchtern. Ich bin sicher, daß Sie es nicht geschafft haben.«

»Es war nur wegen all der Leute drumherum«, sagte Mr. Perkin. »Die haben sich einen Spaß daraus gemacht, sie anzufeuern; und am Ende hat sie wohl gedacht, es ist das beste, sie geht zu mir rauf und bringt die Sache hinter sich. So hat sie's mir später erzählt.«

»Wie haben Sie sie denn wiedergetroffen?«

Er lächelte und kratzte sich die Wange. Seine Augen

blickten in die Vergangenheit. »Mich hatte es erwischt«, sagte er sanft. »Mich hatte es so sehr erwischt, daß ich den beiden an dem Abend gefolgt bin, ihr und dem Hausdiener. Das Oxford war meine letzte Vorstellung, und so ging ich ganz einfach. Am nächsten Morgen hab' ich dann vor der Tür gewartet, bis sie rauskam, und mich ihr vorgestellt. Und dann haben wir miteinander geredet; und ich glaube, sie war auch ein bißchen beeindruckt, daß ich von der Bühne war und all das.«

Ich füllte seine Tasse nach. »Und dann wurde sie Ihre Assistentin? Richtig auf der Bühne?«

Er lächelte plötzlich. »Das war nur drei Wochen später. Marys Herrschaft ging damals ins Ausland, und die Kündigung stand sowieso vor der Tür. Ich hab' ihr 'nen Job angeboten und gutes Geld, und zu sprechen hatte sie auf der Bühne nie etwas. Sie brauchte nur in ihrem süßen Kleidchen dazustehen, ganz leuchtende Farben und Pailetten, aber sonst anständig geschnitten, und dann hat sie Sachen für mich gehalten und mir die Dinge für meine Tricks angereicht und einfach gelächelt. Sie war ein schönes Mädchen, aber sie besaß auch Würde, wenn Sie wissen, was ich meine. Sie hat der Nummer 'ne gewisse Klasse gegeben. Die Mannesleut im Publikum haben nie gepfiffen oder gerufen, wenn sie auf der Bühne war. Ich glaub', denen hat es gefallen, daß sie so schüchtern war, denn die meisten Mädchen in Varieténummern oder aus der Tanzgruppe sind 'n bißchen direkt, 'n bißchen allzu offen. Aber das soll ja auch so sein.«

Er nippte an seinem Tee. »Und Benehmen hat sie mir auch beigebracht, die Mary.« Er sagte das regelrecht stolz. »Sie wußte immer, wie man sich benimmt; das hat sie ihrer Herrschaft abgeguckt.«

»Meine Schwester und ich haben nie gewußt, was sie früher gemacht hat«, sagte ich. »Haben Sie denn jemanden von ihrer Familie kennengelernt, Mr. Perkin?«

Er schüttelte den Kopf. »Nein. Da hat es keine richtige Verbindung mehr gegeben, Bridie. Ich hab' nur erfahren, daß sie die jüngste von zehn Kindern war und daß man sie schon mit zwölf nach Cambridgeshire in Stellung geschickt hat. Ihre alte Dame war da schon gestorben, und ihr Vater wollte sie einfach loswerden. Dann hat der Sohn ihrer Herrschaft geheiratet, und sie ist mit ihm und seiner Frau als Dienstmädchen nach London gegangen. Mary war da sechzehn, und ungefähr zwei Jahre später hat ihre Gnädige sie zur Zofe gemacht.«

Für eine kurze Zeit hatte ich die schreckliche Angst vor der Zukunft vergessen, denn ich war ganz davon hingerissen, etwas über diese andere Welt zu hören, in der meine Mutter gelebt hatte. Ich sagte: »Hat sie lange mit Ihnen auf der Bühne gestanden?«

»Bißchen länger als ein Jahr.«

»Das muß ihr Leben ja völlig verändert haben.«

»Ja, hat es auch. Wir haben drei Monate in London gearbeitet, dann vier oder sechs Monate in der Provinz und dann wieder in London.« Er sah mich plötzlich unsicher an. »War in allen Ehren, das mit Ihrer alten Dame und mir. In London hat meine Schwester Ethel bei mir gelebt, und wenn ich auf Tour war, ist sie auch mitgekommen. Sie war nicht so 'n toller Anblick, und deshalb hab' ich sie nie in die Nummer reingenommen. Aber sie hat sich um mich gekümmert und auch um die Sachen hinter der Bühne und alles. Erst als ich mit den komischen Einlagen angefangen hab', war Ethel auch mit drin. Aber was ich sagen wollte, ist – Ihre alte Dame hat sich immer ein Zimmer mit Ethel geteilt, und alles war ganz respektierlich.«

»Da bin ich ganz sicher, Mr. Perkin. Aber wenn Sie sie so schätzten, dann bin ich überrascht, daß meine Mutter nicht Sie geheiratet hat.«

Er lächelte. »Nett, daß Sie das gesagt haben, Bridie, aber ich war damals eigentlich gar nicht überrascht. Na klar, sie hat mich gern gehabt, und sie war immer so unheimlich dankbar dafür, daß ich sie da mit reingebracht hab, aber das war auch schon alles. Ich hab' sie ein paarmal gefragt, ob sie mich heiraten wollte, aber sie hat immer gesagt, sie wäre sich nicht sicher. Nicht sicher, ob sie mich liebt, hat sie damit gemeint. Und dann ist Ihr Vater, Mr. Chance, aufgetaucht.«

»Wie ist es denn dazu gekommen?«

»Na, er hat die Nummer im Getty gesehen, und dann hat er Blumen geschickt und am Bühneneingang auf sie gewartet. Und das kann ich Ihnen sagen, das war nicht der erste feine Herr, der so was getan hat. Es gibt immer ein paar von den Bühneneingangs-Kavalieren, wie wir sie nennen, und Ihre alte Dame hat oft Einladungen zum Abendessen bekommen, aber sie hat immer nein gesagt. Das war eigentlich einfach, denn sie kam immer mit mir und Ethel zusammen heraus, und da hielten die Kavaliere gleich Abstand, aber Ihr Vater war anders. Der ist auf uns drei zugekommen, hat gestrahlt, als hätt' er sich im Leben noch nie so gefreut, und gesagt, es wär 'ne Ehre für ihn, wenn wir alle mit ihm im Café Royal dinieren würden.«

»Ich kann mir ihn dabei richtig vorstellen. Oh, Entschuldigung, möchten Sie noch etwas Tee, Mr. Perkin?«

»Nein, danke sehr, meine Liebe.«

»Bitte, erzählen Sie doch weiter.«

»Na ja, ich dachte, wir würden unseren Spaß haben, wenn so ein feiner Mann uns allen ein tolles Essen spendiert, und da hab' ich dann Ethel und Ihrer alten Dame zugezwinkert und gesagt, da wären wir aber sehr geehrt.« Er schüttelte den Kopf, lachte in sich hinein und verdrehte mit einem wehmütig-komischen Ausdruck seine Augen. »Ehrlich, es wurde dann auch ein Spaß. Denn Ihr Vater war ein richtiger Prachtkerl, hat Geschichten erzählt und Späße gemacht, und der armen Ethel hat er genausoviel Komplimente gemacht wie Ihrer Mutter. Aber da war es schon passiert, Bridie, denn Ihre Mutter war sofort verliebt in Mr. Chance. Ich wußte, ich hatte sie verloren, noch ehe wir an dem Abend wieder zu Hause waren.«

»Das muß aber traurig für Sie gewesen sein.«

»Ach . . . ich glaub', ich hab' schon 'ne ganze Weile gewußt, daß Ihre Mutter nicht für mich bestimmt war. Aber das Problem war, ich wußte ja nicht, ob Mr. Chance anständige Absichten hatte.«

»O ja. Ich glaube, die Absichten eines Gentleman einer Dame von der Bühne gegenüber sind oft nicht sehr ehrenhaft.«

»Ich fürchte, das ist so, Bridie. Na, jedenfalls hat Mr. Chance Mary noch zweimal ausgeführt, und dann habe ich ihn festgenagelt und ihn direkt gefragt. Und wissen Sie, was er gesagt hat? Mit dieser Stimme, die so 'n bißchen irisch klang, hat er gesagt: ›War ja auch Zeit, daß Sie mich das gefragt haben, Alfie, ich hätte ja schließlich der schlimmste Schürzenjäger sein können, und unsere liebe Mary ist das vertrauensseligste Mädchen von der Welt. Dann will ich's Ihnen sagen. Mary ist das Mädchen, das ich lieben werde bis zu dem Tag, an dem ich sterbe. Und ich möchte sie heiraten, sobald sie möchte, und ich hoffe doch, daß Sie der Brautführer sein werden.‹«

Mr. Perkin hatte die Augen geschlossen, so, als ob er versuchte, sich an jedes Wort genau zu erinnern. Nun schlug er sie wieder auf, und ich entdeckte, daß seine Augenwinkel feucht waren. »Tja, so ist es dann gekommen«, sagte er. »Drei Monate später haben sie geheiratet, und ich war der Brautführer, und dann sind sie hier nach Suffolk gezogen. Ich hab' Mary gesagt, daß ich ihr nicht schreiben würde und daß sie mir auch nicht schreiben sollte, denn jetzt wär sie ja von Stand, und da mußte sie vergessen, daß sie mal im Dienst gestanden hatte und auf der Bühne gewesen war. Sie war jetzt die Gattin von einem Gentleman, und so mußte sie sich auch benehmen, und normale Freunde, die durfte sie sich jetzt nicht mehr leisten.«

Ich nickte und erinnerte mich, wie sie in all den Jahren gewesen war. Dann sagte ich: »Sie hat das ganz wunderbar gemacht, Mr. Perkin. Sie wären stolz auf sie gewesen. Und mein Vater hat die Wahrheit gesagt; er hat sie wirklich geliebt bis zu dem Tag, an dem er starb.«

»Daran habe ich nie gezweifelt. Ach, ich konnte schon

sehen, daß er so 'n richtiger, lebendiger Kerl war, nach mir die Sintflut, sozusagen, und ich . . . mhm . . .« Alfred Perkin kratzte sich am Kopf und schenkte mir ein verlegenes Lächeln. »Na, ich will nicht sagen, daß ich nicht doch überrascht gewesen war, als ich all diese französischen Geschichten in der Zeitung gelesen hab, aber es hat mich nicht umgehauen, wie man so sagt. Ich wußte, Ihr alter Herr war außergewöhnlich, was wir von der Bühne manchmal 'nen Exzentrischen nennen, aber ich hab' nie bezweifelt, daß er das, was er Mary gesagt hat, auch gemeint hat.«

Es entstand eine Pause, und ich fühlte mich plötzlich sehr müde. Mr. Perkin nahm eine kleine Uhr aus seiner Westentasche und sagte: »Mann Gottes, jetzt bin ich aber viel zu lange geblieben. Ich hoffe, Sie entschuldigen das.«

»Ich habe jeden Augenblick Ihres Besuchs genossen, Mr. Perkin. Es war sehr freundlich von Ihnen, herzukommen und mir Ihren guten Rat zu geben, ganz abgesehen von der Freude, mehr darüber zu erfahren, wie Sie meine Mutter und meinen Vater kennengelernt haben.«

Er stand auf, zog die Stirn in Falten, zögerte einen Augenblick und sagte dann: »Tut mir leid, daß mein Rat nicht so 'ne große Hilfe war, Bridie, aber es hat keinen Zweck, daß ich Ihnen 'n rosa Bild male, wenn es nicht rosig ist. Tatsache ist, ich habe mir so allerhand gedacht, als wir geredet haben, und ich mach' mir große Sorgen. Sie sind schließlich Marys Tochter, und hier sitzen Sie, bis zum Hals im Dreck, weil Sie kein Geld haben, wenn ich mal offen reden kann.

Na, ich hab' es in den letzten Jahren ganz gut hingekriegt, und ich schmeiße mein Geld auch nicht raus wie 'ne Menge anderer Theaterleute, deshalb schätz' ich, ich könnte Ihnen da 'n bißchen aushelfen . . .«

»Aber nein!« Ich stand auf, mein Gesicht war puterrot. »O nein, nein, nein, Mr. Perkin! Das war nicht der Grund, warum ich Ihnen von meinen Schwierigkeiten erzählt habe. Oh, was denken Sie jetzt bloß von mir?«

»Ich denke sehr gut von Ihnen, junge Dame«, sagte er

und hob mit beruhigender Geste die Hand. »Na, nun regen Sie sich doch nicht so auf.«

»Tut mir leid, ich war nur für einen Augenblick erschrokken.« Ich rollte meine Augen zur Decke und stieß einen langen Atemzug aus. Verzeihen Sie mir, daß ich solche Umstände mache, und danke für Ihre Freundlichkeit, aber ich könnte . . . ich könnte es einfach nicht erlauben, daß Sie uns Geld geben. Das wäre ganz unerhört.«

Während ich sprach, studierte er mich mit Interesse, und plötzlich lachte er. Ich war erstaunt und sagte: »Was ist denn jetzt los?«

»Tut mir leid, ich konnte einfach nichts dagegen machen, Bridie. Es war köstlich, wie Sie eben ausgesehen haben, so ganz überwältigt von irgend 'ner Art komischer Verzweiflung.«

»Ach du lieber Gott. Immer, wenn ich irgend etwas fühle, versucht mein Gesicht, es auszudrücken. So ist es immer gewesen, Mr. Perkin, und ich kann auch nichts dagegen machen.«

»Das würde ich auch nicht versuchen, meine Liebe. Es gibt Ihnen 'nen Charakter, und das ist gut.« Sein Lächeln verschwand, und er schaute ernst auf mich hinab. In diesem Augenblick fiel mir auf, daß wir uns irgendwie sehr ähnlich waren, denn sein Gesicht war ebenfalls ausdrucksvoll und hatte sich – je nach der Stimmung unserer Unterhaltung – von einem Augenblick auf den anderen geändert. »Jetzt hören Sie mal bitte zu, Bridie«, fuhr er fort. »Wenn Sie sich nich' auf die eine Art helfen lassen wollen, dann kann ich das vielleicht auf 'ne andere Weise tun, deshalb sag' ich Ihnen jetzt mal was. Es ist 'ne ziemlich große Wohnung, die wir in Holborn haben, ich und Ethel und der kleine Charly – das ist ihr Sohn, der auch 'nen Teil von der Nummer macht. Also, wenn es soweit ist und Sie hier raus müssen, und wenn Sie dann nicht 'nen Platz haben, wo Sie hin können, dann kommen Sie mit Ihrer Schwester einfach nach London. Da haben wir 'nen extra Raum, den Sie sich teilen können. Nichts Tolles, aber Sie könnten ja 'n Wohnschlafzimmer draus machen, bis Sie sich wieder gefangen haben und 'ne Arbeit finden, und Kate könnte dann auch Musik studieren, nicht?«

Meine Gedanken wirbelten durcheinander. Zu wissen, daß wir nach London gehen konnten, daß wir ein Dach über dem Kopf haben würden und daß wir nicht allein waren, das war ein unerwarteter Segen. Ich konnte Mr. Perkin etwas Miete zahlen, und sicher würde mir auch Zeit bleiben zu lernen, auf der Schreibmaschine zu schreiben, ehe unsere Mittel erschöpft waren. Damit würde ich eine gut bezahlte Stellung bekommen. Es gab zwar noch immer Fräulein Foster, über die ich mir Gedanken machen mußte, aber kurz bevor Mama starb, hatte ich schon eine vage Idee, wie ich vielleicht Fräulein Fosters Zukunft sichern konnte.

»Wir bleiben jetzt die ganze Zeit in London bis zum Frühjahr«, sagte Mr. Perkin gerade, »weil wir eben erst 'ne Tour hinter uns haben. 'türlich sind wir jeden Abend draußen und arbeiten, außer den Sonntagen, ich und Ethel und Charly. Deshalb hätten Sie die Wohnung oft genug für sich. Meistens stehen wir spät auf und essen im Restaurant oder lassen uns das Zeug auch schicken, weil Ethel in der Küche keine große Leuchte ist, und außerdem spart es auch Arbeit, aber ich nehme an, Sie könnten sich ja selbst versorgen . . .«

Tränen liefen über meine Wangen, aber es waren keine Tränen des Kummers. Ich versuchte sie nicht zu verstecken, sondern streckte impulsiv meine Hand aus und ergriff Mr. Perkins Hand. »Ich danke Ihnen von ganzem Herzen«, sagte ich. »Ich hoffe, wir werden Sie nicht bemühen müssen, Mr. Perkin, aber es ist eine unvorstellbare Erleichterung zu wissen, daß wir irgendwo hingehen können. Daß es einen kleinen, freundlichen Hafen gibt, der uns Zeit gibt, mit dem neuen Leben fertig zu werden.«

Alfred Perkin schaute sich im Salon um. »Ja«, bestätigte er, »es wird grundlegend anders sein, Bridie.«

Ich betupfte mir die Wangen mit einem Taschentuch und lächelte. »Das macht nichts. Ich hatte solche Angst, aber jetzt haben Sie mir neuen Mut gegeben.«

Über sein Gesicht glitt strahlende Freude. »Na, da bin ich aber sehr froh, ehrlich. Ich verlasse Sie jetzt, aber Sie müssen mir bald einen Brief schreiben, wann Sie kommen wollen. Ich sorg' dann dafür, daß Sie am Bahnhof abgeholt werden und für alles andere.«

Als er gegangen war, ging ich Kate suchen. Sie war in der Bibliothek und studierte die Partitur einer Sonate. Als ich eintrat, blickte sie mit einem kleinen entschuldigenden Lächeln auf. »Tut mir leid, wenn ich mich unhöflich benommen habe, Bridie«, sagte sie, als ich mich neben sie setzte. »Irgendwie hat mir dieser Mann plötzlich klargemacht, wie schrecklich es für uns werden wird, wenn wir arm sind.«

»Er hat dich nicht für unhöflich gehalten, Schwesterchen, und ich weiß, wie du dich fühlst. Ich selbst war ganz verzweifelt, weil ich für uns keine Wege und Möglichkeiten mehr sah.«

»Wirklich, Bridie? Das habe ich nicht gewußt.«

So sehr ich Kate auch liebte, in diesem Augenblick hätte ich sie schütteln können, denn es machte mich wütend, daß sie die Panik, die viele Tage lang in mir geherrscht hatte, überhaupt nicht gespürt hatte. Unsere Situation war so ernst, daß ich mir nachts sogar einmal Gedanken darüber gemacht hatte, ob die einzige Möglichkeit, für uns alle zu sorgen, nicht darin bestand, daß ich die Geliebte irgendeines reichen Mannes wurde. Bei näherer Überlegung mußte ich jedoch feststellen, daß ich nicht die geringste Ahnung hatte, wie man so etwas anstellen muß. Außerdem würde mir mein Aussehen sowieso im Wege stehen. Durch die Hilfe von Mr. Perkin beruhigt, brauchte ich darüber nicht mehr zu grübeln. Ich setzte mich zu Kate und erzählte ihr von dem Angebot.

»Das ist sehr freundlich von ihm«, sagte sie gedankenverloren, als ich geendet hatte. »Glaubst du, daß auch ein Klavier da sein wird, Bridie?«

Es gelang mir, einen Seufzer zu unterdrücken. »Das nehme ich nicht an, Liebes.«

»Nun . . . das macht ja nichts.«

»Aber mir macht es etwas. Ich möchte, daß du soviel üben kannst, wie es für dich nötig ist, und daß du alles tust, was geplant war. Aber es wird alles davon abhängen, welche Arbeit ich finden kann.«

»Ich wünschte, du könntest irgend etwas sagen, um das Fräulein zu beruhigen. Sie macht sich solche Sorgen.«

»Ach, über das Fräulein habe ich schon entschieden. Gerade vor ein paar Minuten habe ich mich entschlossen. Da ist ja noch das einzige Häuschen am Ende der Ladenstraße in Wynford, neben dem Kleidergeschäft. Es steht jetzt schon eine ganze Weile leer, und als ich nachgefragt habe, stellte sich heraus, daß es zum Verkauf steht. Mit einem Pachtvertrag über zwanzig Jahre, für fündundneunzig Pfund. Ich werde es kaufen, und dann kann das Fräulein darin wohnen. Sie wird dort glücklicher sein als in London, weil sie hier Freunde hat. Und dann, wenn ich ihr fünfzehn Shilling in der Woche schicken kann, wird sie damit einigermaßen bequem leben können.«

Kate lehnte einen Augenblick lang ihren Kopf gegen meine Schulter. »Und vergiß auch diesen reichen, gutaussehenden jungen Mann nicht, der sich in dich verlieben wird«, sagte sie träumerisch. »Ach, vielleicht verliebe ich mich auch . . . ich hoffe so, daß er ein schöner, fröhlicher Mann ist, voller Tapferkeit und lustigen Ideen, wie Papa.«

Ich sagte nichts. Tapferkeit und lustige Ideen, das war alles gut und schön. Ich hatte Papa auch sehr geliebt, aber der Preis, den wir dafür zahlen mußten, war zu hoch, und es schien, daß ich auch dafür in Zukunft aufkommen mußte.

Mr. Alfred Perkins Besuch hatte jedoch meinen Mut gestärkt, und die folgende Woche brachte noch ein Stückchen Glück. Signore Peroni erschien wie versprochen an dem festgesetzten Tag, um Kate Unterricht zu erteilen. Während wir im Salon saßen, erklärte er, daß er mit seiner Frau sorgfältig eine Idee diskutiert hätte, die sein Vorschlag gewesen war. Sie wären glücklich, wenn Kate nach London käme und bei ihnen in ihrem Haus in Kensington wohnte; dort könnte sie ein eigenes kleines Schlafzimmer haben und wie eine Tochter der Familie leben. Sie würde Signore Peronis Klavier zum Üben benutzen können, und sie würde in der Lage sein, täglich das Prinz-Albert-Konservatorium für Musik zu besuchen. Signore Peroni und seine Frau hatten die ganze Angelegenheit sehr sorgfältig ausgearbeitet, und sie hätten entschieden, daß sie für Kates sämtliche Bedürfnisse, inklusive Unterkunft und Verpflegung, gegen einen Betrag von fünfzig Pfund im Jahr aufkommen könnten.

»Ich muß Ihnen sagen«, sagte Signore Peroni mit einer kleinen Geste der Entschuldigung, »daß für meine Familie nicht werden gekauft Kleider und Schuhe von hoher Qualität, wie jene, an welche Miss Kate gewöhnt ist; auch ist unser Haus nicht groß und hat nicht eine große Anzahl von Dienern. Aber meine Frau ist ausgezeichnete Köchin, und wir haben sehr gute Essen. Wir haben eine Dienstmädchen und eine Frau, die kommt jede Tag für schwere Arbeit. So kann ich sagen zu Ihnen, daß wir werden versorgen Miss Kate mit große Aufmerksamkeit, als wenn sie ist eigene Verwandte.«

Kate saß gerade da, ihre Augen funkelten, und ich fühlte, wie eine große Welle der Erleichterung mich überflutete. Es dauerte ein paar Sekunden, ehe ich meine Stimme genügend unter Kontrolle hatte und sagte: »Oh, Signore Peroni, ich weiß nicht, wie ich für solche Freundlichkeit die rechten Worte finden soll.«

»Miss Kate hat große Talent. Ich kann nicht ertragen, daß es ist verloren. Und außerdem, ich habe große Zuneigung für sie, und ich bin sicher, daß meine Frau und Kinder auch große Sympathie für sie haben werden. Wir werden glücklich sein, sie zu nehmen in unsere Familie. Ich hoffe, sie wird es nicht finden zu schwierig, eine mehr becheidene Haus zu akzeptieren.«

Ich sagte: »Ich bin ganz sicher, daß Ihr Haus viel besser sein wird als alles, was ich ihr bieten könnte, nachdem wir

Latchford Hall verlassen haben. Meine Schwester ist ein Glückskind, Signore.«

Ich wartete darauf, daß auch Kate ein Wort der Dankbarkeit fand, doch die Freude hatte sie zu Tränen bewegt. Als ich zu ihr hinüberschaute, sprang sie auf, lief zu dem kleinen Italiener mit dem ernsten Gesicht hinüber, umarmte ihn, preßte ihre Wange an seine, brachte ein halberssticktes »Danke!« heraus und eilte aus dem Zimmer.

Mit leiser Stimme sagte Signore Peroni: »Die arme Kind. Es ist viel hart für sie gewesen. Hart für Sie beide.« Er breitete seine langfingrigen Hände aus und schaute wieder entschuldigend drein. »Vergeben Sie mir, daß ich um eine Bezahlung bitten mußte, Signorina Bridie, aber natürlich ich bin nicht eine reiche Mann. Ich sage Sie nur dies: Es ist nicht eine Sache von Dringlichkeit. Bitte, schicken Sie, was ist nötig, wenn Sie haben die Möglichkeit . . .«

Ich unterbrach ihn schnell. »Nein, Signore, ich möchte Ihnen fünfzig Pfund im voraus bezahlen. Ich habe genügend Kapital, um das zu tun, und ich kann danach auch leichter atmen, denn ich werde dann für ein volles Jahr nur noch für mich selbst sorgen müssen.«

»Nun . . . wenn das Ihre Wunsch ist, Signorina.«

»Ja, das ist wirklich mein Wunsch. Wie bald könnte Kate zu Ihnen kommen? Jetzt, wo alles geregelt ist, habe ich das große Bedürfnis, schnellstens hier wegzuziehen.«

»Ich glaube, meine Frau wird sich wünschen eine kleine Zeit für Vorbereitung, und auch Sie werden wünschen, das gleiche zu machen, und entscheiden, welche Dinge Ihre Schwester wird mitbringen.« Er dachte einen Augenblick nach und sagte dann: »Sagen wir, ich würde kommen mit die Morgenzug an diesem Tag von die nächste Woche? Ich kann geben die letzte Lektion hier und kann dann Miss Kate mit mir nehmen nach London.«

Ich hatte keine Zweifel, daß Kate bei Signore Peroni und seiner Familie in besten Händen sein würde. Wir hatten ein sehr beschütztes Leben geführt, hatten niemals wirkliche Not oder Angst oder Unbequemlichkeit kennengelernt, und ich hatte befürchtet, daß der gewaltige Wechsel, der uns bevorstand, sich als zerstörerisch für Kate erweisen würde. Jetzt wenigstens würde sie in der Obhut einer anständigen Familie sein, und ich wußte, daß sie selbst Zuneigung und Respekt für Signore Peroni empfand. Ich sagte: »Das würde eine wunderbare Lösung sein, Signore, und ich freue mich schon darauf, Sie zu besuchen, sobald ich selbst nach London komme. Eins möchte ich Ihnen noch sagen. Kate ist eine gut erzogene junge Dame. Solange sie unter Ihrem Dach lebt, soll sie allerdings unter der Autorität von Ihnen und Ihrer Frau stehen, und Sie dürfen nicht zögern, sie so zu behandeln, als ob sie Ihre eigene Tochter wäre, Ich werde dies natürlich auch Kate selbst sagen.«

Signore Peroni lächelte. »Ich denke, wir werden nicht haben irgendwelche Schwierigkeiten«, sagte er.

Eine Woche später stand ich auf dem Bahnsteig und winkte mit dem Taschentuch, während der Zug sich langsam auf seine Fahrt nach London begab. Fräulein Foster stand neben mir, eine Träne lief über ihre Wange. Kate winkte aufgeregt aus dem offenen Fenster. Sie befand sich in bester Gesellschaft. Signore Peroni hatte seine Frau mitgebracht, damit ich sie kennenlernen konnte. Ich erfuhr, daß sie diesen Vorschlag selbst gemacht hatte. Sie hatte das Gefühl, daß ich als Oberhaupt der Familie das Recht hätte, sie kennenzulernen, wenn Kate in ihre Obhut gegeben wurde.

Anne Peroni war eine rundliche, lächelnde Frau mit ruhiger Stimme und sanftem Benehmen. Ich mochte sie sofort, und ich spürte, daß Kate kein größeres Glück hätte haben können. Das nahm mir einen riesigen Stein vom Herzen.

Die nächsten Tage waren sehr arbeitsreich. Sobald die Verfügungsberechtigungen über den Besitz meines Vaters bestätigt worden waren, nahm Mr. Whiteley den Kauf des Häuschens in die Hand, das ich für Fräulein Foster gefunden hatte. Er hatte schon alle vorbereitenden Aufgaben im voraus erledigt, und in der folgenden Woche war Fräulein Foster gemütlich in dem Häuschen untergebracht.

Noch in derselben Woche erlitt ich jedoch einen harten Schlag. Mit dem Auslaufen des Pachtvertrages auf Latchford Hall erwiesen sich die Verpflichtungen zu verschiedenen Reparaturen und Erneuerungen als viel größer, als ich erwartet hatte. Diese Verpflichtungen verschlangen total den Betrag, den ich aus dem Verkauf des Klaviers, der Pferde, der Kutschen und der kleineren Möbel und Dekorationsgegenstände hatte gewinnen können, und sogar ein Teil des Geldes von der Bank mußte angegriffen werden. Mr. Whiteley focht die Einschätzungssumme verbissen an, und ich glaube, ich hätte Wynford völlig mittellos verlassen, hätte es ihn nicht gegeben. Wie die Dinge standen, hatte ich gerade noch einhundertzwölf Pfund übrig, nachdem alle Rechnungen, die Gehälter für die Dienstboten und die Gerichtskosten bezahlt worden waren. Auch an Signore Peroni waren fünfzig Pfund überwiesen worden, und ich verfügte noch bei der Bank, daß Fräulein Foster jeden Monat drei Pfund und fünf Shilling abholen durfte.

Ich verbrachte mehrere Abende damit, unsere Finanzen durchzurechnen, aber die Summen, die dabei herauskamen, waren immer trostlos. Wenn ich mir pro Woche für all meine Bedürfnisse ein Pfund erlaubte, dann würde ich am Ende des Jahres noch einundzwanzig Pfund auf der Bank haben. Meine Verpflichtungen würden dann mit einem Pfund in der Woche für Kate, der gleichen Summe für mich und fünfzehn Shilling für das Fräulein weiterlaufen. Ich mußte also wenigstens zwei Pfund und fünfzehn Shilling in der Woche verdienen, um uns über Wasser zu halten. Wenn ich Lehrerin oder Gouvernante wurde, konnte ich mit Sicherheit nicht so viel verdienen, selbst wenn ich in der Lage war, eine passende Stellung zu finden. Und andere Fähigkeiten oder Qualifikationen hatte ich nicht zu bieten.

Alfred Perkin hatte mir über die Löhne die Augen geöffnet, und in letzter Zeit hatte ich Anzeigen studiert, die das, was er gesagt hatte, bestätigen. Ich konnte nicht genug Geld verdienen, noch nicht einmal die Hälfte von dem, was ich brauchte, um meinen Verpflichtungen nachzukommen. Das war die grausame Wirklichkeit.

Ich beruhigte mich damit, daß ich ein volles Jahr zur Verfügung hätte, in dem ich meine Probleme lösen konnte, und ich schrieb Alfred Perkin, daß ich dankbar wäre, sein freundliches Angebot einer zeitweisen Unterbringung bei seiner Familie anzunehmen, wenn er es sich nicht inzwischen anders überlegt hätte. Umgehend kam ein Brief zurück, der in einer runden, sorgfältigen Handschrift geschrieben war und mehrere orthographische Fehler enthielt. Mr. Perkin schrieb, er wäre glücklich darüber, helfen zu können, und ob ich ihm bitte mitteilen könnte, wann ich voraussichtlich in London ankommen würde, denn er wäre geehrt, mich vom Bahnhof in der Liverpool Street abzuholen. Ich dankte ihm, gab ihm das Datum an, und schrieb ihm, daß ich den Morgenzug nehmen würde. Ich achtete darauf, den Samstag zu vermeiden, weil ich beim Studieren der Zeitungen entdeckt hatte, daß Varietés oft an Samstagen Matinees gaben.

Die Kündigungsfrist der Dienstboten war abgelaufen, und sie verließen Latchford Hall. Drei Tage lang war ich jetzt allein dort, und nur die Familienmitglieder meiner eigenen Phantasie leisteten mir Gesellschaft. Ich schlief schlecht, und in der zweiten von diesen drei Nächten sah ich in den frühen Morgenstunden wieder den Gaucho, den Mann auf dem Pferd, der still über eine der Rasenflächen ritt. Als die schattenhafte Gestalt des Reiters aus meinem Blickfeld verschwand, ging ich zurück ins Bett und schlief tief bis zum Morgen. Seltsamerweise fühlte ich mich eher getröstet als verängstigt. Als ich allein in dem großen Haus gewesen war, hatte ich mich unsicher gefühlt, sobald der Abend kam, aber nachdem ich mir vorstellte, daß der Reiter da war, erschien es mir, als ob ich einen Beschützer hätte. Diesmal hatte ich kein Glühwürmchen gesehen, und als ich am nächsten Morgen über den Rasen ging, fand ich keinen dünnen, schwarzen Zigarrenstummel. Hinterher kam ich mir dumm vor, weil ich nachgesehen hatte, und ich sagte mir, daß ich, wenn ich schon nichts gegen meine seltsamen Träume machen konnte, wenigstens genug Verstand haben sollte, diese Träume nicht für Wirklichkeit zu halten.

Am nächsten Tag verabschiedete ich mich von Fräulein Foster und Tom Kettle und fuhr dann nach Southwold hinein, um auch Mr. Whiteley Lebewohl zu sagen, der mir in den großen Schwierigkeiten, gegen die ich nichts hatte ausrichten können, so sehr geholfen hatte. Am folgenden Morgen kam Frederick, Mr. Whiteleys Diener, um acht Uhr mit dem Frühzug nach Wynford und ging zu Fuß nach Latchford Hall hinauf. Er trug meinen Koffer und meine Reisetasche hinab zur Kutsche, sah zu, wie ich abschloß, nahm dann die Schlüssel und fuhr mich zum Bahnhof. Der Wagen und das Pferd, das letzte, was uns jetzt von unserem persönlichen Besitz noch blieb, war von heute ab verkauft, und Frederick sollte den Wagen und das Pferd seinem Käufer in Southwold abliefern.

An diesem warmen Septembertag saß ich um neun Uhr in der Ecke eines Abteils der dritten Klasse. Ich trug ein Sommerkleid aus grauem Musselin und einen schwarzen Samthut, dessen Krempe an einer Seite hochgeschlagen war. Am Handgelenk trug ich die kleine Uhr, die ein Geschenk meines Vaters war. Anderen Schmuck hatte ich keinen mehr. Erst die Hälfte der Trauerzeit war verstrichen. In meiner Handtasche trug ich, abgesehen von den üblichen Kleinigkeiten, die Karte, die Philippe Chatillon mir geschickt hatte, und den Brief, der von meinem Vater hinterlassen worden war. Er war noch immer in Wachstuch gewickelt. Ich hätte kaum einen Grund angeben können, warum ich die Visitenkarte des französichen Detektivs und den verwirrenden Brief von meinem Vater behalten hatte. Vielleicht hatte ich Angst, beides wegzuwerfen, obwohl irgend etwas in mir mich dazu drängte. Denn ein Teil meines Lebens war zu Ende gegangen, und ich hatte den dringenden Wunsch, vollkommen mit der Vergangenheit zu brechen.

Im Augenblick meiner Abreise fühlte ich mich sehr einsam, häßlich und voller Angst. Ärgerlich sagte ich mir, daß es lauter Selbstmitleid wäre, wenn ich mich einsam fühlte, und daß ich mich an das Gefühl der Häßlichkeit doch schon gewöhnt haben sollte und daß es feige war, Angst zu fühlen. Ohne Zweifel war all dies richtig, doch beruhigen konnte mich meine eigene Zurechtweisung wenig.

7

Am ersten Samstag im November, um ein Uhr, verließ ich Lady Graingers Salon für feine Damen-Accessoires in Knightsbride, um mit dem Fahrrad nach Hause zu fahren, nach Grant Chambers in Holborn. Gewöhnlich arbeitete ich von acht Uhr morgens bis halb sieben abends, aber heute war der erste Samstag des Monats, und da bekam ich einen halben Tag frei.

Selbst nach sechs Wochen als Verkäuferin hatte ich immer noch am Ende des Tages müde Beine, und es war eine Freude für mich, Hüte und Handschuhe, schwierige Damen und verwöhnte Kinder endlich hinter mir zu lassen, wenn ich heute auch erst einen Vormittag gearbeitet hatte. Es war Ethel gewesen, die Schwester von Alfred Perkin (oder von Alfie, wie ich ihn auf seine Bitte hin jetzt nannte), die mir diese Stelle besorgt hatte, nachdem ich während meiner ersten beiden Wochen in London nicht in der Lage gewesen war, eine Anstellung zu finden.

»Ich hab' da so eine Freundin, die bedient im Weißen Schwan«, hatte sie mit ihrer hohen, durchdringenden Stimme gesagt, die der ihres Bruders so unählich war. »Na, die hat 'ne Cousine, die Zofe bei Lady Grainger ist, die wo einen Hutladen oben im Westend hat, und diese Cousine sagte immer, daß die gnädige Frau dauernd noch ein Mädchen sucht, was da bedient. Nur, die müßte dann natürlich unheimlich ›geböldet‹ sein, gerade so wie Sie, Bridie.«

Ich hatte ihr überrascht in das eckige Gesicht geschaut. »Aber ich wußte nicht, daß hochgeborene Damen Läden besitzen, Ethel. Sind Sie da sicher?«

Alfie hatte eine Pferdesportzeitung studiert, aber jetzt legte er sie zur Seite und grinste mich an. »Jawohl, das is' ja das komische, wenn man drüber nachdenkt. Ich meine, die Adligen, die rümpfen doch über jeden die Nase, der mit was handelt, nich'? Aber irgendwie is' es trotzdem für 'ne Lady in Ordnung, in 'nem Laden Kleider oder Blumen zu verkaufen. Na, es is' ja auch hier in London. Ich weiß nicht, wie das anderswo ist. Sie sollten mal probieren, diesen Job zu kriegen, wie Ethel sagt. Wenistens haben Sie es da mit 'ner netten Sorte Leute zu tun.«

»Wär es wohl besser, wenn Bridie ihren eigenen Namen nicht benutzt, Alfie?« fragte Ethel. »ich meine, die Leute werden sich sicher an Mr. Chance erinnern und alles, und Lady Grainger hat es vielleicht auch nicht gern.«

»Sie ist bekloppt, wenn sie das nicht gern hat«, sagte Alfie. »Bringt ihr wahrscheinlich mehr Kunden rein als raus. Ich meine, du weißt doch, wie die Leute sind, Ethel. Die kommen ja schon rein, bloß um Bridie anzuglotzen.« Er schüttelte mit einer bedauernden Grimasse den Kopf. »'tschuldigung, Bridie, aber so is' es nun mal.«

Ich nickte. Ich hatte mich daran gewöhnt, in Wynford angegafft zu werden, und ich hatte gelernt, es zu ertragen. »Ich werde meinen Namen nicht ändern, ich werde auch keinen falschen benutzen, Alfie«, sagte ich. »Dazu habe ich mich schon ganz von Anfang an entschlossen.«

»Ist auch ganz richtig.«

»Da bin ich nich' so sicher«, sagte Ethel zweifelnd. »Ich meine, es is' ja in Ordnung, so bei der Arbeit und alles, aber was ist denn, wenn sie mal heiratet?«

Ich konnte nicht anders, als darüber zu lachen, aber sie fuhr fort. »Nein, ehrlich, Bridie, da müssen Sie auch dran denken. Eines Tages verliebt sich mal irgend so 'n junger Gentleman in Sie, aber was ist dann mit seiner Stellung in der Gesellschaft? Ich meine, ich habe Ihren Vater gern gehabt, er soll in Frieden ruhen, aber was für ein junger Gentleman wird sich schon seine Tochter nehmen, nach all den Sachen, die in der Zeitung gestanden haben?«

Alfie sagte mit der Stimme, die wie ein fernes Nebelhorn klang: »Warum hältst du nicht einfach die Klappe, Ethel?«

Aber ich war nicht traurig. Ich hatte schon lange all meine Tränen vergossen.

Zwei Tage später stellte ich mich bei Lady Grainger vor und wurde als Verkäuferin mit einem Lohn von vierzehn Shilling in der Woche eingestellt. Als erstes gab ich zwei Pfund von meinem mageren Kapital für ein Damenfahrrad aus, eins aus zweiter Hand. Damit konnte ich ohne weitere Ausgaben zum Geschäft und wieder nach Hause fahren. Die Arbeit machte mir keinen Spaß. Bei den wenigen Gelegenheiten, an denen ich Lady Grainger sah, benahm sie sich, als ob sie es bedauerte, mich eingestellt zu haben, und sie beäugte mich mit dunklem Mißtrauen, als ob sie Angst hätte, ich könnte in ihre Kasse greifen. Die zwei anderen Mädchen, beide älter als ich, waren eng befreundet und zeigten mir sehr deutlich, daß sie keine dritte Person im Laden haben wollten. Ihre Bildung wies etliche Lücken auf. Vielleicht war dies der Grund, warum sie sich einer völlig übertriebenen Ausdrucksweise bedienten. Aber all dies bedeutete mir nichts. Ich war ehrlich dankbar dafür, eine Stelle zu haben, die nicht Schweißarbeit in einer Fabrik bedeutete.

Jede Woche gab ich Alfie drei Shilling als meinen Beitrag zu den Haushaltsausgaben. Lebensmittel waren dabei nicht eingeschlossen, denn die kaufte ich mir meistens allein. Drei Shilling, das war sowieso zu wenig, aber Alfie hatte auch die nur nehmen wollen, nachdem ich fast geweint hatte und ihm sagte, ich würde gehen müssen, wenn er es ablehnte.

Seine Schwester Ethel war eine magere Frau mit einem knochigen Gesicht und einer gewaltigen Menge herrlichen haselnußbraunen Haares, das sie zu einem sehr hohen Knoten aufgetürmt trug. Ihre Gesichtszüge erinnerten vage an ein Pferd, und wenn sie sich bewegte, sah es so aus, als ob sie ihren Knoten auf dem Kopf balancierte, weil er sonst hinunterfiel. Ihre Stimme war hoch, und es waren kaum Modulationen darin, so daß sie immer in derselben monotonen Tonlage sprach. In der Varieténummer von Mr. Alfie

Perkin & Company hatte dies einen gewaltigen Effekt.

Ethel war bekannt als Mrs. Perkin, und ihr Sohn, Charly, war das dritte Mitglied der Nummer. Er war zweiundzwanzig und benutzte den Nachnamen seiner Mutter. Zu keiner Zeit wurde mir gegenüber sein Vater erwähnt, aber aus einem beiläufigen Wort, das Alfie eines Tages entschlüpfte, entnahm ich, daß Charly Perkin das Resultat der sehr kurzen und einzigen Romanze war, die Ethel je gehabt hatte. Charly war ein hochgewachsener, feingliedriger junger Mann mit rotem Haar und sehr blassem Gesicht. Er war kaum zu Hause und verbrachte all seine Zeit für sich allein, außer wenn er auf der Bühne war, Rollen lernte oder im Bett lag. Wie seine Privatangelegenheiten aussahen, das schienen weder Ethel noch Alfie zu wissen, Charly sprach wenig, aber er war sehr freundlich. Mir kam es so vor, daß er einfach keinem von uns etwas zu sagen hatte, und während der kurzen Momente, die er zu Hause war, bestand seine Art der Konversation hauptsächlich aus einem Grinsen, einem Zwinkern, einem Schnalzen mit der Zunge oder Kopfschütteln.

Zu Hause, das war Grant Chambers Nummer zehn in Holborn. Es war eine große Wohnung in einem Gebäude, das auf drei Stockwerke zwölf Wohnungen verschiedener Größe enthielt, einen Aufzug und außerdem noch einen Portier hatte. Unsere Wohnung lag im obersten Stockwerk, und wir hatten eine sehr schöne Aussicht, die St.-Pauls-Kathedrale lag im Osten und Big Ben im Süden. Charly teilte sich ein großes Schlafzimmer mit Alfie, während Ethel und ich je ein kleines Schlafzimmer hatten. Dann gab es noch ein geräumiges Wohnzimmer, ein kleines Eßzimmer, eine Küche und ein herrliches, modernes Badezimmer mit Warmwasserhähnen.

Heizkörper, die an den Wänden befestigt waren, hielten alle Räume wunderbar warm. Die Heizkörper waren mit einem Boiler verbunden, der irgendwo im Keller versteckt lag, und dieser Boiler wurde von einem sehr alten Mann gewartet, der nur selten aus seiner heißen, finsteren Höhle auftauchte. Und dann führte er auch nur bittere Wortgefechte mit dem Portier, Henry, der sich immer darüber beklagte, das Gebäude sei entweder zu heiß oder zu kalt. Henry war ein Fan der Familie Perkin, wahrscheinlich, weil er von Alfie viele Freikarten bekam, und er ließ es sich nicht nehmen, die Verantwortung über mein Fahrrad an sich zu nehmen, das er für mich in seiner kleinen Loge aufbewahrte.

Jeden Morgen um neun Uhr, außer an Sonntagen, erschien eine vierschrötige Frau namens Minnie in der Wohnung. Sie trug einen Blumenhut und einen gewaltigen Korb, in dem sie das Bettzeug, die Handtücher, Kleider und andere Wäschestücke zurückbrachte, die sie am Tag zuvor zum Waschen mitgenommen hatte. Sie machte dann das Frühstück für Mr. Alfie Perkin & Company, ehe sie sich daranmachte, drei Stunden lang die Wohnung zu säubern. In den zwei oder drei Wochen, ehe ich Arbeit in Lady Grainges Laden gefunden hatte, versuchte ich, Minnie bei der Hausarbeit zu helfen, aber sie wollte das nicht zulassen.

So machte ich mich also mit kleineren Dingen nützlich, indem ich alle Flickarbeiten ausführte, die ich finden konnte. Und ich fand mehr, als ich zuerst erwartet hatte, denn durch das dauernde Tragen auf der Bühne litten die Kostüme doch sehr. Den Rest der Zeit schrieb ich Bewerbungsbriefe für Arbeitsstellen und übte das Schreiben auf einer Schreibmaschine, die Alfie hervorgezaubert hatte. Angeblich hatte er sie von einem Freund geborgt.

Ich war ganz beeindruckt über den unerwarteten Luxus, in dem wir lebten, denn ich hatte nichts Derartiges erwartet und fragte mich manchmal, wie es möglich war, daß ein Varietékünstler so gut leben konnte. Die Inhaber der anderen Wohnungen waren Herren aus verschiedenen Berufen. Zwei waren Junggesellen, die anderen hatten eine Frau und eine Familie, obwohl kleine Kinder im Gebäude nicht erlaubt waren. Meistens ignorierten uns die anderen Bewohner, abgesehen von einem gelegentlichen steifen Nicken. Keiner von uns kümmerte sich darum. Alfie hatte für unsere Nachbarn immer ein freundliches und höfliches »Guten Morgen«, übrig, aber er machte sich den Spaß, jeden Herrn mit »Sir George« und jede Dame mit »Mylady« anzureden. Ich folgte Ethels Beispiel und reagierte in genau dem gleichen Maße, in dem wir gegrüßt oder nicht gegrüßt wurden. Charly schüttelte einfach mit dem Kopf, wie das seine Art war, zwinkerte oder schnalzte mit der Zunge, und manchmal fügte er auch noch ein Paar Schritte in einer sehr komischen und seltsamen Gangart hinzu, die er auf der Bühne benutzte, wie ich später feststellte.

Nur am Sonntag war ich in der Lage, etwas mehr Zeit mit meinen neuen Freunden zu verbringen. An jedem Wochentag kam ich um sieben Uhr abends nach Hause, nur eine halbe Stunde, nachdem Alfie, Ethel und Charly in einem geschlossenen Wagen zum ersten ihrer nächtlichen Auftritte losgefahren waren. Gewöhnlich waren das zwei und gelegentlich drei Varietés am selben Abend. Wenn sie um elf Uhr oder manchmal auch später wieder nach Hause kamen, schlief ich schon längst. Und wenn ich am nächsten Morgen um zehn Minuten vor acht das Haus verließ, waren sie noch nicht aufgewacht.

An den Tagen, ehe ich im Laden arbeitete, hatte ich mehrere Abende mit ihnen im Theater verbracht. Beim ersten Mal sah ich ihren Auftritt aus der Loge, begleitet von der unvermeidlichen Minnie als meiner Beschützerin. Beim zweiten Mal schaute ich von der Seite aus zu, die von jedem »Flügel« genannt wurde.

Alfie hatte versucht, mich auf das vorzubereiten, was ich sehen und hören würde. Er hatte mir erklärt, daß es verschiedene Klassen von Varietés gäbe. »Zuerst sind da mal die plüschigen Varietés im West End, meistens um den Leicester Square herum, wie zum Beispiel das Empire und der London Pavillon. Dann gibt's die Varietés, die noch immer im West End liegen, aber nicht mehr ganz so plüschig sind, wie das Hungerford oder das Westons. Als nächstes haben wir da ein paar große Musiktheater, die außerhalb der feinen Gegend in den Vororten liegen, wie zum Beispiel das Bedford, das in Camden ist, und schließlich haben wir noch die kleinen alten Schmieren, die als Restaurant mit Abendunterhaltung für Herren angefangen haben oder als Musikhallen mit Kneipe für die Arbeiter. Ich hab' sie alle gespielt, Bridie, aber ganz unten sind wir jetzt seit Jahren nicht mehr aufgetreten. Wir haben uns 'nen guten Namen aufgebaut, sehen Sie? Ich meine, wir kommen in den guten Häusern nie später raus als Nummer vier im Programm, und in den zweitklassigen Londoner Häusern oder in den Hallen in der Provinz stehen wir meistens auf Nummer zwei.«

Es war am Morgen vor meinem ersten Besuch in einem Varieté, als Alfie mir dies alles erklärte. Ich bin sicher, ich habe mit runden Augen zugehört, denn er sprach über Dinge, von denen ich fast nichts wußte.

»Und denken Sie«, fuhr er fort, »es hat sich 'ne ganze Menge geändert seit damals, als ich die Nummer mit dem Zaubertrick gemacht hab' und als Ihre alte Dame meine Assistentin war. Heutzutage kriegt man in allen Sorten von Varietés 'ne Menge feine Leute, hauptsächlich die jungen Feger und das, was sie die Bohemiens nennen, und auch 'n paar einzelne Damen, die wo gar keine richtigen Damen sind, wenn Sie wissen, was ich meine. Aber der Beruf ist auch ein bißchen respektabler, als es früher mal war, wirklich. Ich meine, wir kriegen heute 'ne Menge anständige Leute, Leute, die Geschäfte haben, und solche. Was passiert, ist: Sie hängen einem die Plakate in ihre Läden, und dann kriegen sie dafür Freikarten, so daß sie regelmäßig mit ihren Familien reinkommen können.

Alfie zog ein Sammelalbum voller Fotografien, Programme und vergilbter Zeitungsausschnitte hervor, die zum Teil weiter zurücklagen als zwanzig Jahre. »Eines Tages werden Sie die vielleicht mal gern ansehen, Bridie. Es ist so 'ne Art Geschichtsbuch.« Er schlug eine Seite auf, die ganz vorn war, und da klebte in der Mitte ein Sepiafoto von Alfie, als er noch viel jüner war. Er trug auf dem Bild einen Abendanzug und einen kurzen Umhang. In der einen Hand hielt er eine kleine Dose mit Sternzeichen und in der anderen einen kurzen schwarzen Stock mit weißer Spitze – einen Zauberstab. Aus der Dose hing eine Leine mit Flaggen heraus, und das andere Ende des Fadens hielt mit scheuem Lächeln und in einem hübschen weißen Kleid mit ganz schmaler Taille . . . Kate, ein bißchen älter vielleicht, und natürlich nicht Kate, sondern meine Mutter, wie sie vor etwa zwanzig Jahren ausgesehen hatte.

»Sie hätte als 'ne Lady geboren werden sollen«, sagte Alfie leise. »Richtig, Ethel?«

Ethel nickte, ihre Augen verschleierten sich. »Die hätte nicht ordinär sein können, auch wenn sie es versucht hätte, Mary nich'. Und wir haben sie immer so gekleidet. Nichts Vulgäres. Die Männer haben sich immer gut benommen, wenn Mary auf der Bühne war.«

Alfie schloß das Buch und schaute mich an. »Als sie uns verlassen hat, ist es Ihr alter Herr gewesen, der mich auf den richtigen Weg geschickt hat.« Er schüttelte den Kopf und kratzte sich lächelnd hinter dem Ohr. »Alfie, sagte er zu mir, du bist kein schlechter Zauberer, aber du würdest 'nen viel besseren Komiker abgeben. Du hast das Gesicht dafür, sagte er, aber du hast nicht die Eitelkeit, die ein Kerl braucht, um es solo anzupacken. Denk mal darüber nach, Alfie. Du brauchst 'ne Kompanie von drei oder vier Mann, aber eventuell wärst du da mit Ethel gut bedient. Wo die doch so 'ne komische Stimme hat. Arbeite dir also mal 'nen Sketch aus und probier's damit.«

»Wir haben gedacht, es wär 'ne erbärmliche Idee«, sagte Ethel. »Hat mich schon nervös gemacht, nur drüber nachzudenken, daß ich da raus auf die Bühne müßte.«

Alfie nickte. »Aber wir konnten es nicht aus dem Kopf kriegen«, sagte er, »und am Ende hatten wir eine Nummer ausgearbeitet mit mir und Ethel und einem jungen Kerl namens Nipper Jennings.« Er machte eine seiner augenbrauenrunzelnden, augenrollenden Grimassen. »Wir haben die Vögel singen hören, als wir es zum ersten Mal im alten Royal Standard in Pimlico ausprobiert haben.«

Ich sagte: »Die Vögel?«

»Sind ausgebuht worden, platt auf den Bauch gefallen mit der Geschichte, Bridie. Na, jedenfalls haben wir damit weitergemacht, haben es hier ein bißchen geändert, es da ein bißchen aufpoliert, und dann ist Ethel über das Nervöse drüber weggekommen, und plötzlich schien es zu klappen. So haben wir also noch 'ne Nummer ausgearbeitet, und das machen wir jetzt seit zwanzig Jahren. Wir spielen immer die zwei Nummern im Wechsel. Nipper Jennings hat vor fünf Jahren Lungenentzündung gekriegt und ist gestorben, aber wir hatten Charly sowieso schon immer als Ersatzmann geschult, und er konnte sofort den Part übernehmen.«

Ich war verblüfft. »Nur zwei Nummern, Alfie?«

Er grinste. »Die Leute ganz vorn, die haben das am liebsten, was sie am besten kennen, liebe Bridie. Ich meine, Charly Coborn kann jede Nacht den Schlager ›Der Mann, der die Bank in Monte Carlo gesprengt hat‹ singen, und alle werden es toll finden. Tatsache ist, die Leute verlangen es sogar extra, wenn er es nicht singt.«

Ethel sagte: »Man muß ja auch bedenken, daß es mehr als vierzig Varietés alleine nur in London gibt. Und die Leute gehen schließlich nicht jede Nacht dahin. Und dann haben wir . . . warte mal . . . na, so zweihundert in der Provinz, und wir bräuchten zehn Jahre, wenn wir die alle mitnehmen wollten. Rechnen Sie mal aus, Bridie, und dann kommt raus, daß 'n regelmäßiger Varietékunde deine Nummer vielleicht zweimal im Jahr sieht, wahrscheinlich aber nur einmal in zehn Jahren.«

»Und außerdem«, sagte Alfie, »die wollen immer wissen, was als nächstes dran kommt. Ich meine, die lachen das zweite oder dritte Mal viel mehr über 'nen Witz. Nehmen Sie doch bloß mal den jungen Fred Kitchen mit dieser Nummer ›Der Gefängniswärter‹. Da ist diese Stelle, wo er sagt: ›Mädchen, wir sind drin!‹ und die Leute lachen sich kaputt. Es is' eigentlich noch nicht mal 'n Witz, aber es hat sich in den Köpfen festgesetzt. Man findet sogar Leute, die sagen: ›Mädchen, wir sind drin!‹, selbst wenn sie nur in 'ne Kneipe gekommen sind, oder so was.«

Ich schüttelte verwundert den Kopf. »Das klingt überhaupt nicht komisch, Alfie.«

Er kicherte und nahm seine Sportzeitung wieder auf. »Warten Sie, bis Sie es Fred Kitchen sagen hören.«

Mein erstes Erlebnis mit Varietés hatte ich im Canterbury, auf der Westminster Bridge Road. Ich schaute mit Minnie von den Logen aus zu, und am Ende des Abends war ich sehr beeindruckt. Es war so, als ob ich eine andere Welt betreten hätte. Rauh und oberflächlich, aber irgendwie ehrlich; vulgär, aber überschäumend lustig und voller Leben; aufregend, aber ein bißchen beängstigend.

Minnie und ich hatte zwischen den jüngeren Edelleuten Platz genommen; einige hatten Begleiterinnen bei sich, die wie besessen über jedes Wort ihrer Herren lachten. Wir zogen ein paar neugierige Blicke an, ehe die Vorstellung begann, aber alles in allem war die Atmosphäre freundlich und offen. Das Publikum war gemischt – von Edelleuten bis zu geräuschvoll plappernden jungen Angestellten und ortsansässigen Jugendlichen, deren Erkennungszeichen eine kleine Zigarre zu sein schien, die sie hinter dem Ohr trugen.

Es waren auch ein paar Familien von Geschäftsleuten da, wie Alfie mich schon aufgeklärt hatte, und hier und dort verstreut saßen Pärchen. Aber mit Abstand der größte Krach kam von oben. Nicht aus dem Parkett, sondern von der Galerie, die darüberlag und die ich selbst mit gerecktem Hals kaum sehen konnte. Dort oben, so sagte Alfie, wurde das Geschick eines Künstlers in Wirklichkeit entschieden, da oben »bei den Göttern.«

Jeder Mann im Publikum schien zu rauchen, und die Luft war dick vor Qualm. Es herrschte ein stetiges Kommen und Gehen von Erfrischungsverkäufern, und ich hatte jetzt schon Mitleid mit der ersten Künstlerin Nellie Hastings, die als komische Tänzerin auf dem Programm stand und die die schwierige Aufgabe hatte, die Aufmerksamkeit der Menge zu erobern.

Als das Orchester die letzten Takte einer Ouvertüre spielte, brachten zwei Bühnenarbeiter in strahlender Livree eine riesige Karte mit einer Nummer darauf in einem vergoldeten Rahmen auf jeder Seite der Bühne an. Dies war die Nummer, die neben dem Namen von Miß Nellie Hastings auf dem Programmzettel aufgedruckt war.

Als der Vorhang hochging, interessierten sich zunächst auch nur wenige für die Vorgänge auf der Bühne. Doch als die Künstlerin ein Lied über einen Soldaten sang, der starb, während er versuchte, sein verletztes Pferd zu retten, kehrte endlich Ruhe im Publikum ein. Ich fand das Lied merkwürdig, aber ich war froh, daß die dunkelhaarige Sängerin am Ende ihrer Nummer trotzdem einen ordentlichen Applaus bekam.

Mr. Alfie Perkin & Company kamen als letzte Nummer vor der Pause dran, und als die beiden Bühnenarbeiter die großen Karten mit Alfies Programmnummer aufbauten, hielt ich voller Vorfreude den Atem an. Gleichzeitig machte ich mir aber klar, daß die Vorstellung, die meine Freunde jetzt geben würden, eventuell nicht gut sein könnte. Um die Wahrheit zu sagen: keine Programm-Nummer hatte mir bisher wirklich gefallen.

Von den Spaßmachern, die schon auf der Bühne gewesen waren, hatten zwei ständig laute Witze erzählt. Das meiste von dem, was sie gebrüllt hatten, war großer Unsinn, aber es gab darin Wortspiele, die das Publikum offensichtlich wiedererkannte und die immer röhrendes Gelächter hervorriefen. Diese Sätze waren für mich gar nicht komisch, und sie lauteten wie: »Das hab' ich meiner Frau auch schon gesagt!« oder: »Erzähl mir doch nichts von Erbsensuppe!«

Nach der Art, wie das Publikum darauf einging, schien es, daß jeder Satz einfach durch Wiederholung komisch gemacht werden konnte. Diese Tatsache machte mich aber nicht ärgerlich, sondern ich sah sie als einen sehr interessanten Aspekt in der Kunst des Humors an. Ich hatte genügend Einfühlungsvermögen, um von Anfang an zu begreifen, daß die Artisten nicht für ein Publikum von jungen Damen aus dem Girton College in Cambridge arbeiteten. Es wäre also dumm von mir, eine kritische Haltung einzunehmen. Doch verstehen tat ich vieles nicht.

Der dritte Komiker war ein Mann mit traurigem Dackelblick, der einen hoffnungslos veralteten und ausgefransten Frack und ein Hemd mit Rüschen trug. Er stand einfach da und hielt einen Monolog über »das Problem, ein feiner Pinkel zu sein«, und das fand ich sehr ulkig. Ein Komiker mit schwarzem Gesicht erzählte schlechte Witze und sang herrlich. Eine Komikerin mit unmöglich rotem Haar gab einen Strom vom komischem Geschwätz von sich, das ganz witzig war. Und ein Bariton sang mehrere schwülstig-sentimentale Lieder, die ich nicht mochte, die aber vom Publikum begeistert aufgenommen wurden. Neben mir weinte Minnie glücklich in ein großes Taschentuch über ein Lied, das von einem kleinen Jungen handelte. Der war in den Tagen Nelsons als Pulverjunge angestellt und trug das Pulver immer wieder aus dem brennenden Schiff an Deck, bis das Schiff in die Luft flog.

Eine dunkelhaarige junge Frau, die vor Lebenslust nur so sprühte, ein rosa Kleid anhatte und einen Sonnenschirm trug, sang ein Lied mit ganz unschuldigen Worten, die sie aber mit einer alles andere als unschuldigen Bedeutung versah. Das Publikum war hingerissen von ihr. Neben mir verbog sich Minnie vor Lachen, bis ihr die Tränen über die Wangen rollten, und ich lachte selbst, obwohl ich manche der angedeuteten Dinge nicht verstand. Aber mit all ihrem Zwinkern, Augenbrauenheben, bedeutungsvollen Blicken und geschickten Pausen verbreitete die junge Frau so viel Spaß, daß für mich alles Abstoßende an dem Lied bedeutungslos wurde. Dennoch, dies war nicht die Art Unterhaltung, an die ich gewöhnt war, und sie unterschied sich sehr von den Konzerten in Cambridge.

Ich mußte mir immer wieder sagen, daß Varietékünstler die breite Masse ansprechen mußten, für einen Geschmack, der nicht durch Bildung an einer Universität geformt worden war. Ich wünschte mir so sehr, Alfie ehrlich sagen zu können, daß mir ihre Vorstellung gefallen hatte. Aber ich war skeptisch.

Im Programmzettel stand, daß die Szene von Mr. Alfie Perkin & Company »Der Mann vom Wasserwerk« hieß, und als das Orchester einen Tusch gespielt hatte, ging ein erwartungsvolles Murmeln durch das Publikum. Die Mitte der Bühne wurde beherrscht von einem mannshohen Streifen Leinwand, auf die Ziegelsteine gemalt waren. Zwei Töpfe mit künstlichen Blumen stellten einen Garten dar, und an einem Pfosten war eine Wäscheleine befestigt. Das Ende der Wäscheleine verschwand in den Seitenkulissen. Neben der Wand stand eine Regentonne, und daran lehnte eine kurze Trittleiter. Auf dem Fußboden lag eine große runde Eisenplatte, die wie ein Kanaldeckel aussah. An einem Ende wurde sie gestützt, als ob sie auf ein Loch im Boden wies.

Alfie Perkin, in einer Uniform, die ihm zu klein war, auf dem Kopf eine Uniformmütze mit leuchtendem Deckel, ging mit gezücktem Notizbuch und Bleistift auf das »Loch« zu. Ihm folgte Charly; er trug eine Uniform, die ihm zu groß war, und einen formlosen Sack mit Werkzeugen. Seine watschelnde Gangart erinnerte an ein Huhn. Sein Kopf bewegte sich ebenfalls wie beim Huhn – immer vor und zurück.

Das Publikum begann zu lachen. Alfie blieb bei dem Loch stehen. Charly ging weiter. Alfie beobachtete ihn, den Bleistift über dem Notizbuch gezückt, mit unausgesprochenem Ärger. Charly ging ganz von der Bühne. Zehn Sekunden später kam er zurück, und diesmal hatte er einen Gang, mit dem er bodenlose Verlegenheit auszudrücken schien. Als er bei dem Loch stehenblieb, fuhr Alfie fort, ihn zu mustern, und dabei ging über sein lebendiges Gesicht eine ganze Auswahl von Gefühlen: Verärgerung, Wut, Resignation, Drohung und endlich eine Art hoffnungsloser Ergebenheit. Als das Lachen im Publikum abgeebbt war, sprach Alfie. Und zum ersten Mal hörte ich seine mächtige Stimme, wenn sie voll ausgenutzt wurde. Sie erreichte ohne Mühe auch die obersten Ränge der Galerie. Er sagte langsam und deutlich, indem er mit dem Bleistisft nach unten zeigte: »Arnold, so etwas nennen wir ein Loch.«

Schallendes Gelächter brauste. Ich selbst hielt mir vor Vergnügen die Hand vor den Mund. In jeder Bewegung, jeder Geste und jedem Ausdruck waren Dutzende von Nuancen, die der einfachen Szene einen umwerfend komischen Effekt verliehen.

Die Geschichte des kurzen Sketchs bestand darin, daß Alfie der Mann vom Wasserwerk war und Charly sein Assistent. Sie wollten die Hauptleitung inspizieren, und Ethel spielte die Hausbesitzerin, Mrs. Fortescue, die ein bißchen taub war. Ich erfuhr später, daß das Loch eigentlich ein solider, wenige Zentimeter tiefer Holzrahmen mit eingesetzten Wasserrohren und Hähnen war, die durch einen dünnen Schlauch von einem hermetisch verschlossenen Behälter in den Seitenkulissen gespeist wurden. In diesem Behälter war unter Druck Luft hineingepumpt worden, damit ein starker Wasserstrahl entstand.

Ethel war mit ihrer schrillen monotonen Stimme erstaunlich komisch als schwerhörige Mrs. Fortescue. Sie versuchte immer, ihre Wäsche aufzuhängen, und sie mißverstand alle Erklärungen des Mannes vom Wasserwerk völlig. Alfie, der anscheinend unter all diesen Dingen litt und mehr und mehr die Geduld verlor, gab Charly Anweisungen, und der machte alles falsch. Er ließ einen Wasserstrahl in Alfies Hosenbein schießen, schlug ihm mit einem weiteren Strahl die Mütze vom Kopf und verhedderte sich schließlich in Ethels Wäscheleine. Charly gab während der ganzen Vorstellung kein einziges Wort von sich, sondern pantomimte, zwinkerte, zuckte und gestikulierte sich durch all seine lustigen Schwierigkeiten. Wenn ein Wasserstrahl ihn im Nacken traf oder wenn der Mann vom Wasserwerk ihn zufällig mit einem Kreuzschlüssel schlug oder wenn Mrs. Fortescue ein riesiges Mangelholz auf seine Zehen fallen ließ, dann wirbelte und torkelte er über die Bühne und zeigte dabei kurze, brillante Einlagen einer Tanzart, die, wie ich später erfuhr, Groteske genannt wurde.

Während ich zuschaute, waren meine Sorgen völlig verflogen. Ich konnte mich kaum mehr halten vor Lachen und war voller Bewunderung. Alle drei waren wirklich ausgezeichnet, aber für mich war Charly die größte Überraschung. Ich hätte nicht im Traum gedacht, daß er so komisch sein konnte. Es gab ein paar ulkige Mißgeschicke mit der Wäscheleine voller Wäsche und eine Katastrophe, als Charly auf die Leiter stieg, um die Rolle von der Wäscheleine zu befreien. Dabei fiel er rückwärts in die Regentonne, und nur seine Beine, sein Kopf und seine Schultern ragten noch daraus hervor.

Die Szene endete urkomisch, als Charly, von den Knien bis zum Hals völlig durchnäßt, von Alfie angewiesen wurde, ihm auf dem Werkzeugsack eine Brechstange zu reichen. Das Objekt, das hervorgeholt und weitergereicht wurde, war eine Klarinette, die Alfie in lauter Verblüffung anstarrte. Dann resignierte er und begann zu spielen, worauf Charly und Ethel ein ernstes Menuett zu tanzen begannen. Sie verbeugten sich, knicksten und hielten sich an den Händen, während sie im Takt zur Musik graziös um das Loch herumgingen. Das war der Moment, in dem der Vorhang fiel.

Das Publikum hatte die Vorstellung von Mr. Alfie Perkin & Company genossen. Tosender Beifall belohnte diese Darbietung.

Am nächsten Tag nach dem Frühstück, nachdem ich die halbe Nacht wachgelegen hatte, um mir die Ereignisse des Abends durch den Kopf gehen zu lassen, wollte ich besonders Charly gratulieren. Ethel und Alfie gegenüber hatte ich meine Bewunderung schon ausgedrückt, aber bei Charly war ich ein bißchen schüchtern, denn weder kannte ich ihn richtig, noch verstand ich ihn.

Ich dankte ihm dafür, daß er mich so zum Lachen gebracht hatte und fügte hinzu: »Ich bewundere wirklich, wie Sie tanzen, Charly. Sie scheinen dann so leicht wie eine Feder zu sein, und es sieht so aus, als ob Sie Glieder aus Gummi besäßen. Zu komisch, wie Sie Ihre Arme und Beine benutzen.«

Er grinste, zwinkerte, zuckte mit dem Kopf und schwebte mit ein, zwei Schritten auf leichten Füßen beiseite. »Na, Onkel Alfie hat es mir ja auch beigebracht, nicht? Alles ganz einfach, wenn man weiß, wie.«

Er hob seine dünne Stimme und rief seiner Mutter zu: »Ich bin jetzt weg, Ma. Tschüß.«

»Tschüß, Charly. Bis heute abend.«

Dann war er fort. Zu den geheimnisvollen Orten, an denen er seine Freizeit verbrachte.

Das andere Stück aus dem Repertoire von Mr. Alfie Perkin & Company sah ich zum ersten Mal aus den Seitenkulissen des Metropolitan an der Edgware Road. Es hieß »Der Tapezierergehilfe«, und das Bühnenbild bestand aus ein paar Möbelstücken, die im Winkel von zwei hohen hölzernen Wänden standen. Diese stellten ein Zimmer dar, das tapeziert werden sollte. Ich erfuhr, daß man Gegenstände, die auf der Bühne benutzt wurden, Requisiten nannte, und für diesen Sketch waren das ein Bocktisch, ein paar Rollen Papier, ein Eimer mit Spezialkleister, ein paar Trittleitern, große Pinsel und lange Papierscheren.

Alfie hatte drei Sätze von Bühnenbildern, Requisiten und Kostümen für jeden Sketch, so daß die Company, wenn nötig, jeden Abend in drei verschiedenen Varietés auftreten konnte. Auch in jeder der kleinen, engen Garderoben befanden sich die Mittel zum Abwaschen des Tapetenkleisters und zum Wechseln der nassen Kleidung, ehe die Künstler in einen wartenden Wagen einstiegen und zu einer weiteren Vorstellung eilig durch London fuhren. Um dabei zu assistieren und die Bühnenbilder und Requisiten in Ordnung zu halten, hatte Alfie einen Mann namens Harold angestellt. Das war ein magerer, trauriger, krummschultriger Mann aus Yorkshire, der nur zwei Gesprächsthemen hatte: das eine war seine Cricketmannschaft, und das andere war die bösartige, raffgierige Natur seiner Hauswirtin. Harolds Pflichten waren absolut nicht leicht, denn er mußte dafür sorgen, daß alles immer zur richtigen Zeit am richtigen Platz war und daß es perfekt funktionierte, aber er arbeitete jetzt schon acht Jahre für Alfie und machte seine Arbeit fehlerlos und zuverlässig.

In diesem zweiten Stück aus dem Repertoire der Company war Alfie der Tapezierer, Charly sein Gehilfe und Ethel die Hausfrau, die ganz allgemein um ihre Möbel zitterte und im besonderen um ein sehr großes Bild. Das war das Porträt eines Mannes mit einem gewaltigen Schnurrbart und einer Melone. Sie bezeichnete diesen Mann in übertrieben feiner Ausdrucksweise als »meinen heimgegangenen Gatten«.

Fürchterliche Dinge passierten mit diesem Bild, und Alfies entsetzte Versuche, die Beschädigungen zu verdekken oder wieder in Ordnung zu bringen, waren umwerfend komisch. Auch hier basierte die Komik des Stücks auf einer Serie von genialen Mißgeschicken, bei denen Charly der Urheber war und Alfie in einer Vielzahl von Ausdrücken darauf reagierte. Manchmal explodierte er vor Wut, manchmal stellte er flehentliche Verzweiflung dar. Vielleicht das komischste von allem war seine ungeschickte Galanterie gegenüber »Mrs. Pendergast«, gespielt von Ethel.

Erst später, als ich beide Sketche mehrere Male gesehen hatte, wurde mir klar, welch ein Könner Alfie wirklich war und auf ihre Art auch Ethel. Charly spielte den Narren und wurde als der Komische betrachtet, aber alles hing davon ab, wie Alfie und Ethel reagierten. Mit der Zeit stellte ich fest, daß ich sie dafür bewunderte, wie sie ihre Pausen und Einwürfe für den Bruchteil einer Sekunde festsetzten und wie sie sogar die jeweils leicht veränderte Reaktion des Publikums mit einkalkulierten.

Nachdem ich meine Arbeit in dem Laden begonnen hatte, blieb mir keine Zeit mehr für abendliche Besuche im Varietè, außer an Samstagen, weil ich am Sonntagmorgen ja ein bißchen länger schlafen konnte. Ich vermißte es, meine Freunde spielen zu sehen, nur die Varietéatmosphäre vermißte ich nicht, denn ich hatte entdeckt, daß mir die Unterhaltung der anderen Künstler überhaupt nicht gefiel. Hinter der Bühne wurde ich einer Menge von Alfies Künstlerkollegen vorgestellt. Manche waren warmherzig und freundlich, manche reserviert, ein paar fast peinlich. Alfie und Ethel waren freundlich gegenüber den freundlichen, gleichgültig, an welcher Stelle sie im Programm standen, und sie ignorierten die unfreundlichen. Charly lächelte oder zwinkerte jeden an, aber im Beruf war er derselbe Alleingänger wie in seiner Familie.

Nach meiner zweiten Woche in London fing ich an, sonntags das Mittagessen für die Familie zu kochen. Ich war keineswegs eine großartige Köchin, aber ich war interessiert genug gewesen, die Grundsätze dieser Kunst von Mrs. Ryland, unserer Köchin in Latchford Hall, zu lernen, und ich konnte es ganz sicher viel besser als Ethel.

»Mein Wort, das war Klasse«, sagte Alfie beim zweiten Mal mit einem zufriedenen Seufzer. »'n richtiger Festschmaus, mein' ich. Ich frage mich, wie das kommt, daß du die gleichen Sachen kochst und sie so fürchterlich werden, Ethel. Komisch, nicht?«

Ethel nickte zustimmend. »Ich hab' es nie so richtig rausgekriegt, glaub' ich. Vielen, vielen Dank, Bridie. War das beste Essen, was wir seit 'ner Ewigkeit gehabt haben, das war es.«

Ich war unendlich glücklich darüber, daß ich diesen freundlichsten der Freunde einen kleinen Dienst erweisen konnte.

Jeden Sonntag nach dem Mittagessen nahm ich mein Fahrrad und fuhr nach Kensington zu Signore Peronis Haus. Dort verbrachte ich den Nachmittag mit Kate und der Familie, trank Tee mit ihnen und kehrte dann ungefähr um sechs Uhr nach Holborn zurück. Zu meiner Erleichterung schien sich Kate sehr gut eingelebt zu haben. Zuerst hatte sie es wie ich beunruhigend gefunden, in so einer kleinen Wohnung zu leben, aber jetzt war sie daran gewöhnt und ihr Studium am Prinz-Albert-Konservatorium machte große Fortschritte.

An dem Sonntag, der meinem freien Tag im November folgte, überraschte mich Kate mit einer Frage. Signore

Peroni und seine Frau hatten immer dafür gesorgt, daß wir eine halbe Stunde für uns allein hatten, so daß wir irgendwelche Privatangelegenheiten bereden konnten. Bei dieser Gelegenheit fing Kate energisch an: »Bridie, bist du sicher, daß du diesen Sixpence, den du mir wöchentlich als Taschengeld gibst, auch erübrigen kannst?«

»Ja, Schwesterchen, natürlich. Schließlich hast du ja ein Recht auf die Hälfte des wenigen, das uns noch geblieben ist.«

Sie lächelte. »Wenigstens hatte ich genug Verstand, dir die Verantwortung für das alles zu überlassen. Arme Bridie, es muß eine schreckliche Zeit für dich gewesen sein.«

»Nun, jetzt ist es ja vorbei, und mach' dir wegen des Sixpence keine Sorgen.«

»Hast du eine Chance, besser bezahlte Arbeit zu bekommen, was meinst du?«

»Bis jetzt habe ich noch nichts gehört. Vielleicht werde ich mich doch um eine Arbeit als Lehrerin bewerben, aber auch dann wird es nicht ausreichen.«

»Ich glaube, ich könnte ein paar Klavierschüler finden. Das würde helfen.«

»Nein, nein, Kate. Das darfst du nicht. Einerseits wird es deine Ausbildung stören, und in jedem Fall würde Signore Peroni dadurch gestört werden.« Sie nickte widerstrebend und schaute auf ihre schlanken, wunderschönen Hände. Ich fuhr fort: »Ein Jahr lang wird es ja gehen. Und ich bin sicher, daß sich schon vor Ablauf dieses Jahres irgend etwas ergeben wird.«

»Ach, du bist ein unverbesserlicher Optimist.« Sie lehnte sich nach vorn und legte ihre Hand auf meine; ihre Augen waren plötzlich feucht. »Tut mir leid, ich wollte dich nicht kritisieren. Wie sieht es bei dir aus, Bridie? Ich meine, wie ist die Arbeit in dem Laden und das Leben bei diesen Leuten?«

»Bitte, Kate, nenn sie nicht ›diese Leute‹. Sie sind so gut zu mir. Die Arbeit im Laden macht mir nicht viel Spaß, aber bei Alfie und seiner Familie bin ich sehr glücklich.«

»Ich wollte nicht unfreundlich über sie reden, aber sicherlich muß es doch . . . nun, seltsam für dich sein.«

Ich zuckte die Achseln, legte die Stirn in Falten und zog meine Mundwinkel in einem Ausdruck der Ungeduld nach unten. »Liebe Kate, für uns beide muß doch alles seltsam sein, aber wir müssen uns einfach daran gewöhnen. Ein Gefühl der Fremdheit muß nicht unbedingt schlecht sein, und in diesen letzten Wochen habe ich eine ganze Menge gelernt.«

Sie lachte und tätschelte meine Hand. »Ich auch, im Konservatorium. Ich mag London. Du auch, Bridie? Zwischen London und Wynford besteht wirklich ein erstaunlicher Unterschied.«

Jetzt lachte ich. »Na, was hast du denn erwartet? Jetzt hör mal, mein Schwesterchen; ich will mit dir über Weihnachten reden.«

Sie wurde ernst, und ich konnte ihre Gedanken lesen. Dieses Jahr würde Weihnachten ganz anders sein, als wir es kannten. Wir würden nicht die glücklichen Stunden erleben, in denen Papa zu Hause bei uns war und in denen Mama froh und erleichtert war. Dieses Glück einer Familienfeier würde nie mehr sein. Ich sagte: »Alfie hat für die Weihnachtswoche keine Buchungen gemacht, aber danach eröffnet er mit einer Pantomimen-Nummer in der Drury Lane. Wir dachten, es wäre nett, wenn du den ersten Weihnachtstag bei uns verbringen würdest; das ist ein Samstag. Und vielleicht würde mir Signore Peroni dann erlauben, den Sonntag hier bei dir zu verbringen. Alfie eröffnet am Montag, und er hat versprochen, uns allen Karten zu besorgen, wenn Signore Peroni das auch gefallen würde.«

Kate beugte sich aufgeregt vor. »Oh, das klingt herrlich, Bridie. Laß uns mit Signore Peroni darüber sprechen. Ich bin sicher, die Kinder würden liebend gern Pantomime anschauen.«

Ich lächelte. »Du auch. Alfie sagt, sie haben sein Stück ›Der Tapezierergehilfe‹ in Pantomime übertragen. Es ist wirklich sehr komisch, Kate.«

»Das glaube ich auch.« Sie dachte einen Augenblick nach. »Bridie, letzten Sonntag hast du erwähnt, daß die Perkins im Frühling auf Tournee gehen. Was wirst du dann machen?«

»Ich mache einfach weiter, nehme ich an. Die Familie vermietet ja die Wohnung nicht, wenn sie fort ist, deshalb macht es nichts aus, wenn ich dableibe.«

»Aber ganz allein?«

»Ja. Das wird schon gehen. Denn sicher ist, daß ich nicht von diesem erstaunlich reichen und gutaussehenden Mann entdeckt werde, von dem du gesprochen hast; du weißt, der vorbeikommen und sich in mich verlieben wird.«

Sie schüttelte ungeduldig den Kopf. »Ach, ich war bloß albern, als ich das gesagt habe.«

»Du warst in einer deiner romantischen Stimmungen. Wie auch immer, mach dir meinetwegen keine Sorgen. Ich werde jede Woche kommen und dich besuchen. Und jetzt laß uns über die Weihnachtsgeschenke sprechen. Du mußt versuchen, für jeden der Familie Peroni ein kleines Zeichen der Dankbarkeit zu kaufen oder selbst zu machen. Ich werde das gleiche für Alfie & Company machen.«

Eine Weile redeten wir über das, was wir für jedes Mitglied unserer Adoptivfamilien ausgeben konnten, dann klopfte es an die Tür, und die Peronikinder kamen herein. Sie waren voller Aufregung, und ihre Mutter und ihr Vater folgten ihnen. Es waren sehr hübsche Kinder, und ich erfuhr jetzt, daß sie ein kleines italienisches Lied für mich geübt hatten, das sie mir vorsingen wollten. Kate tat so, als ob sie vergessen hätte, wie man es spielt, und es gab viel Gelächter und Geplapper, sowohl auf Englisch als auch auf Italienisch, während die Kinder Kate an der Hand nahmen und sie zum Klavier hinüberzogen.

Die Kinder sangen erstaunlich gut, aber ich wäre genauso glücklich gewesen und den Tränen so nahe, wenn sie miserabel gesungen hätten. Ich war so erfüllt von einem großen Gefühl der Dankbarkeit dafür, daß Kate ein Teil dieser warmherzigen, liebenswürdigen Familie geworden war. Ich selbst hatte kaum weniger Glück gehabt, und als ich darüber nachdachte, wie elend die Situation vielleicht für uns beide hätte aussehen können, bekam ich eine Gänsehaut.

In den wenigen Tagen, die bis Weihnachten noch blieben, sah ich meine Freunde öfter als gewöhnlich, denn sie spielten im Moment nicht. Sie schliefen zwar morgens noch wenn ich aus dem Haus ging, aber es war angenehm, mit ihnen ein paar Abende zu verbringen, ohne daß sie, kurz nachdem ich aus dem Laden nach Hause kam, schon zur Arbeit weg mußten.

Es war herrlich, ein Bad zu nehmen, die Kleider zu wechseln und dann mit Alfie und Ethel in einem hübschen Restaurant essen zu gehen. Die Rechnung für uns drei war fast immer so hoch wie mein Lohn für eine ganze Woche, und das machte mir anfangs Sorgen, aber Alfie sagte sehr streng: »Also gut, Bridie, wir wissen jetzt, daß Sie gern für sich selbst bezahlen, aber wenn man von 'nem alten Freund von der eigenen Mutter 'n bißchen Gastfreundlichkeit ablehnt, dann ist das ganz was anderes. Das tut man nich'. Stimmt's Ethel?«

Ethel zeigte das Lächeln mit gebleckten Zähnen, über das die Leute immer lachten, wenn sie es auf der Bühne tat, und sagte: »Wir haben Sie gern bei uns, Bridie, ehrlich. Denken Sie sich einfach, es ist 'n kleines Dankeschön für die schönen Sonntagessen, die wo Sie uns immer kochen.«

Ich konnte mir kaum noch vorstellen – und ich wollte es auch nicht –, daß ich mich während der ersten Tage in London immer verlegen und linkisch gefühlt hatte, wenn ich in Gesellschaft von Alfie und Ethel irgendwohin ging, denn sie stammten ja schließlich nicht aus meiner Gesellschaftsschicht. Dieser Hochmut machte mir keine Ehre, besonders unter diesen Umständen, und deshalb schämte ich mich tief. Aber der Hochmut war mir jetzt schon lange vergangen. Im Geschäft hatte ich schon genug Erniedrigungen erfahren, um von aller Hochnäsigkeit geheilt zu sein, und es war mir jetzt ganz gleichgültig, was irgendein Fremder vielleicht von einer offensichtlich guterzogenen jungen Dame dachte, die sich in Gesellschaft von zwei ganz einfachen Leuten befand. In meinen Augen waren sie nicht einfach, sondern wahrhaft ungewöhnlich, und ich betrachtete sie mit dem größten Stolz als meine besten Freunde.

Wenn wir Zeit zum Plaudern hatten, dann gab es keine Schwierigkeiten, Unterhaltungsthemen zu finden. Ethel war Mitglied bei zwei öffentlichen Büchereien und eine eifrige Leserin von Büchern, die sie »gute Geschichten von anständigen Schriftstellern« nannte. Es war beunruhigend, zu entdecken, daß Ethel, obwohl ich bei der französischen Literatur ganz gut Bescheid wußte, von Dickens, Hardy, Eliot, Thackeray, Emily Brontë und anderen berühmten englischen Schriftstellern viel mehr gelesen hatte als ich. Sie kannte außerdem sehr gründlich die Tragödien von Shakespeare, die sie viele Male gelesen hatte, aber die Komödien mochte sie nicht, die fand sie albern. Alfies Lesestoff war auf die Zeitung »Die Bühne« beschränkt, das war ein Magazin für Theaterleute, und auf die Sportzeitungen, die er immer gründlich studierte, ohne jemals auf ein Pferd zu wetten.

Zwei Tage vor Weihnachten kam ich nach Hause und fand nur Charly dort vor. Er hatte sich fein gemacht, trug einen dunkelgrauen Flanellanzug mit dünnen Streifen und wollte wie gewöhnlich gerade ausgehen. Aber er half mir zuerst höflich aus dem Mantel, hängte ihn im Schrank in der Diele auf und trug meinen Einkaufskorb in die Küche. Dann hatten wir die längste Unterhaltung, die wir jemals zusammen geführt hatten.

»Ma ist mit Onkel Alfie aus«, verkündete er in seiner quietschigen Stimme. »Paar Weihnachtseinkäufe, hat sie gesagt. Kommt aber um sieben zurück. Meint, Sie sollen ruhig schon mal Ihr Bad nehmen und alles, und die beiden kommen dann um halb zurück. Gehen alle zum Essen aus.« Seine Worte wurden von seinen üblichen pantomimischen Bewegungen, seinem Augenzwinkern, seinem Rucken mit dem Kopf und seinen Grimassen begleitet.

Ich sagte: »Danke, Charly. Ich nehme an, Sie wollen jetzt auch selbst ausgehen. Ich wünsche Ihnen einen schönen Abend.« Ich wollte die Unterhaltung nicht beenden, es war einfach die Tatsache, daß Charly immer auf dem Sprung war, auszugehen, und ich wollte ihn nicht hindern. Zu meiner Überraschung zögerte er diesmal, blinzelte gedankenvoll zur Decke hinauf, lehnte sich locker gegen die Wand und sagte: »'n Mann hat wegen Ihnen hier gefragt.«

»Ein Mann?«

»Hm, hm. Wegen Ihnen.«

Ich wollte gerade meinen Hut abnehmen, aber jetzt stand ich da, hielt den Hut an beiden Seiten an der Krempe fest, so daß er über meinem Kopf schwebte, und starrte Charly an. »Wer war denn das?« fragte ich.

Er zuckte mit den Schultern und schüttelte seinen Kopf. »Weiß ich nicht, Bridie. Irgend so'n Mann.«

»Wann war denn das?«

»Gestern abend.«

»Wo, Charly?«

Er zuckte zusammen, schwebte von der Wand fort, schloß seine Augen halb in einem gequält-finsteren Gesichtsausdruck, zog die Unterlippe nach unten und saugte mit einem tief zweifelnden Ausdruck die Luft ein. Ich beobachtete ihn verwirrt, meine Augenbrauen hoben sich immer höher, und meine Lippen rollten sich ein. Ich hielt noch immer den Hut über den Kopf, und plötzlich entdeckte ich, daß Charly und ich Ähnlichkeit miteinander hatten. Mit dem Unterschied, daß er kein Kinderfräulein gehabt hatte, das ihn gemahnt haben könnte, »kein übertriebenes Mienenspiel« zu zeigen.

Ich mußte leise lachen und legte meinen Hut auf den Tisch. Als ich das tat, öffnete Charly seine Augen weit und schaute mich aus den Augenwinkeln an, während sein Kopf teilweise weggedreht war. Es sah aus, als ob er sich zu irgend etwas entschließen müsse, aber dann ließ er plötzlich die Schultern sinken, beugte sich ein bißchen nach vorn, plazierte seinen Spazierstock zwischen Zeigefinger und Daumen seiner linken Hand und bewegte ihn mehrmals vor und zurück. Mein Gesichtsausdruck normalisierte sich wieder und ich wiederholte: »Wo, Charly?«

Er schaute wie ein Verfolger über eine Schulter, dann über die andere und sagte mit verschwörerischem Flüstern: »Billardsalon!«

»In einem Billardsalon? Oh, gehen Sie da immer in ihrer Freizeit hin, Charly?«

Er nickte energisch, aber gleichzeitig hob er einen Finger an die Lippen und sagte: »Pst! Ma nichts davon erzählen!«

Ich runzelte überrascht die Stirn. »Nein. Natürlich nicht, wenn Sie das nicht wollen, aber gehen Sie da immer in einen Billardsalon? Nirgendwo anders hin?«

Sein Kopfnicken wechselte zum Kopfschütteln. »Nur zum Billard. Ganz verrückt danach bin ich. Geben Sie mir 'nen Billardstock in die Hand, und ich bin glücklich!« Er rollte anbetend mit den Augen.

Ich sagte: »Aber Ihre Mutter hätte doch sicher nichts dagegen? Ich meine, das ist ja nicht so, als ob man Karten spielt oder zuviel trinkt oder . . .«

»Nein, nein«, unterbrach er mich hastig und schwebte zur Seite, ohne sichtbar seine Füße zu bewegen. »Zwei halbe Liter den Abend, das ist alles. Aber Ma kann Billard nicht leiden, verstehen Se?« Er wirbelte seinen Spazierstock und schaute an die Decke, während er seine Stimme wieder zum Flüstern senkte. »Ich glaub', es ist wegen meinem Alten. Ich glaub', der war auch Billardspieler, verstehen Se? Und als er in den Sack gehauen hatte, als er Ma verlassen hatte, wissen Sie . . .« Es folgte eine ganze Serie von Zwinkern, Augenrollen, Gesichtsverzerrungen und Atemzüge durch zusammengezogenen Lippen.

Ich sagte: »Ja, richtig, Charly, ich verstehe. Weiß Ihr Onkel Alfie Bescheid? Ich meine, daß Sie in die Billardhallen gehen?«

»Hat's vielleicht erraten. Sagt aber nichts.«

»Ich werde überhaupt nicht davon sprechen. Erzählen Sie

mir mehr von diesem Mann, der nach mir gefragt hat. Was wollte er denn wissen?«

»Ob Sie in Ordnung wären. Ob Sie 'nen Freund hätten.«

»Einen Freund?«

»Hm, hm.«

»Aber warum?«

Noch ein langsames Schulterzucken, bei dem seine Schultern fast die Ohren berührten. »Weiß ich nich', Bridie. Ich habe einfach nur ja und nein gesagt.«

»Was?«

»Ja, Sie wären in Ordnung, nein, Sie hätten keinen Freund. Ich war mit Spielen beschäftigt. Achtunddreißiger Anstoß, verstehen Se?«

»Hatten Sie einen Moment übrig, ihn anzuschauen?«

»Hm . . . Hatte so 'ne Art braunes Gesicht, Haare 'n bißchen lang. Sprach langsam. War 'n Yankee.«

»Amerikaner? Sind Sie sicher? Ich habe nie einen Amerikaner kennengelernt. Abgesehen davon, daß ich im College ein Mädchen kannte, das aus Pennsylvanien kam, aber ich kenne keine amerikanischen Männer.«

»Hm, ja. Das war's ja dann wohl.« Charly schien erleichtert darüber zu sein, sich dieser Last entledigt zu haben. Offenbar hatte er gemeint, es sei seine Verpflichtung, mir von dieser Begegnung zu erzählen. Er klemmte seinen Spazierstock unter den Arm, wirbelte seine Mütze, schaute auf die Uhr und riß dann in plötzlicher Überraschung den Kopf hoch. »Grad ist mir was eingefallen, Bridie. Dieser Mann, der hatte 'n Pferd. Paar von den anderen Jungs haben ihn abhauen sehen, und die redeten drüber, nachdem ich den Schuß hinter mir hatte. Sagten, es wäre 'ne Schönheit, sein Pferd.«

Meine Gedanken wanderten zurück zu einer Nacht in Latchford Hall. Dann fragte ich: »Hat er einen Hut mit niedriger Krone und breiter Krempe getragen, einen fremdartigen Hut?«

Charly rollte seinen Kopf hin und her, schloß dann die Augen, hielt den Spazierstock horizontal direkt unter seine

Nase wie einen enormen Schnurrbart und machte mit seinen Beinen Wellenbewegungen, alles offenbar in einer ungeheuren Anstrengung, sich zu erinnern. Dann sagte er: »Ich hab' seinen Hut nicht gesehen.«

»Na ... Danke, daß Sie mir davon erzählt haben, Charly.«

Er öffnete seine Augen ganz und senkte seinen Spazierstock. »'ne Art Geheimnis?«

»Ja, aber ich glaube nicht, daß es irgendeine Wichtigkeit haben könnte.«

»Wenn ich ihn wiedersehe, passe ich besser auf.«

Ich lächelte. »Verderben Sie sich keinen achtunddreißiger Anstoß, was immer das ist.«

Er grinste, setzte seine Mütze auf, lüftete sie vor mir und glitt zur Tür hinüber, als ob er Räder hätte. »Dann bin ich mal weg. Tschüß, Bridie.«

»Auf Wiedersehen, Charly. Viel Spaß heute abend.«

In dieser Nacht schlief ich unruhig. Ein Mann auf einem Pferd? Von einem solchen Mann hatte ich geträumt, und einen anderen hatte ich in Wynford getroffen, während der ersten finsteren Tage der Katastrophe. Aber ... Ein Amerikaner? Charly hätte mit Sicherheit den französischen Detektiv, Philippe Chatillon, kaum für einen Amerikaner gehalten. Und wenn mein Traum Wirklichkeit gewesen war, wer konnte dann der seltsame nächtliche Reiter sein? Warum war er jetzt in London und fragte nach mir, und besonders: Warum wollte er wissen, ob mir jemand den Hof machte?

Viele Tage dachte ich weiter darüber nach, und die Verwirrung war noch nicht ganz verschwunden, als sie durch eine Begegnung erneut angefacht wurde, die mich vollends aus der Fassung brachte.

8

Weihnachten kam und ging. Für mich wie auch für Kate war es trotz aller Zuwendung beider Familien eine schwere Zeit.

Kate war ein bißchen steif und zurückhaltend bei Alfie & Company, als sie am Weihnachtstag bei uns war, dabei hätte ich mir so sehr gewünscht, daß sie etwas warmherziger und offener gewesen wäre, besonders zu Alfie. Denn es war nicht zu übersehen, daß er sie als die Tochter ihrer Mutter anbetete und kaum die Augen von ihr abwenden konnte. Ich dagegen fühlte mich am Sonntag bei der Familie Peroni sehr zu Hause, und der Besuch im Pantomimentheater am Tag danach war ein riesiger Erfolg. Mrs. Peroni erklärte felsenfest, daß der Sketch mit dem Tapeziergehilfen von Alfie & Company der beste Teil der ganzen Vorstellung gewesen sei.

Ich fühlte mich sehr stolz, als ich sie nach der Vorstellung alle hinter die Bühne bringen konnte, damit sie Alfie und Ethel kennenlernten und die technischen Wunder hinter der Szene gezeigt bekam. Die Kinder waren davon wie gebannt, und die Eltern wiederum erfreut, die Kinder so glücklich zu sehen.

Das neue Jahr war schon ein paar Tage alt, und ich war im Lager hinter dem Laden damit beschäftigt, ein paar Schachteln mit Handschuhen, die am Morgen geliefert worden waren, der Größe nach einzuordnen. Da erschien Helen, eine der beiden anderen Verkäuferinnen, mit runden Augen in der Tür und flüsterte laut mit ihrer übertrieben eleganten Ausdrucksweise: »Huch, da üst ein Kunde üm Laden, ein Hörr, der fragt nach Ühnen, Bridget; er hat sogar Ühren Namen erwöhnt. Er bestöht darauf, daß er von Ühnen bedühnt wird.«

Ein männlicher Kunde war ein seltenes Phänomen in Lady Graingers Geschäft für Accessoires, denn obwohl wir außer Hüten auch noch andere Dinge verkauften, führten wir nichts für Männer. Noch überraschender war es, daß der Kunde darum gebeten hatte, von mir bedient zu werden. Ich mußte innerlich kichern, denn ich dachte mir, daß es nur Alfie sein konnte, und fragte mich, was Helen und Maud wohl von ihm hielten. Aber dann wurde mir klar, daß Helen Alfie niemals als einen Herrn beschrieben hätte.

In der Ankleidekabine neben dem Lagerraum gab es einen deckenhohen Spiegel. Ich schlüpfte in die Kabine, ordnete mein Haar und glättete meine Bluse, die durch das Ausstrecken ein wenig aus dem Rock gerutscht war. Dann lief ich hinaus hinter den langen Ladentisch. Lady Grainger ermahnte uns dauernd, daß wir Mädchen uns immer mit Würde und Grazie bewegten, und ich machte das eigentlich auch ganz gut, bis der Mann im feinen grauen Mantel und mit dem Zylinder in der Hand, der mir den Rücken zugekehrt hatte und im Schaufenster die ausgestellten Hüte betrachtete, sich plötzlich umdrehte. Ich schaute in das lächelnde Gesicht von Philippe Chatillon.

Ich blieb wie angewurzelt stehen, warf fast einen Hutständer um, starrte ihn an und spürte, wie sich in meinem Gesicht wieder alle Empfindungen spiegeln mußten. Er sagte mit der wundervollen Stimme, an die ich mich plötzlich so gut erinnerte: »Guten Morgen, Mademoiselle. Ich entschuldige mich, wenn ich Sie erschreckt habe.«

Ich holte tief Atem und versuchte, einen würdigen Ausdruck zu bekommen, legte meine Hände locker übereinander auf den Ladentisch, so wie man es mir gezeigt hatte, und sagte: »Guten Morgen, Monsieur Chatillon, womit kann ich Ihnen dienen?«

Seine Augen, die voll amüsierter Belustigung strahlten, hielten mich so in ihrem Bann, daß ich nicht hätte wegschauen können, selbst wenn ich es versucht hätte. »Ich hatte gehofft, Sie würden mir die Ehre erweisen, Sie zum Mittagessen zu Ferriers ausführen zu dürfen«, sagte er.

»Die Küche ist französisch, und sie ist hoch gelobt worden.«

Ich spürte, wie mir das Blut vom Nacken in die Wangen stieg. Das bewirkte nicht nur die Tatsache seiner Gegenwart, sondern auch seine Einladung, denn es war ganz ungehörig, daß eine junge Dame mit einem fast völlig Fremden allein zum Essen ging. Ich hatte außerdem Angst, daß Helen und Maud den Zwischenfall vielleicht Lady Grainger berichten konnten, und zwar so, daß es aussah, als ob ich mit diesem ungewöhnlichen Kunden geflirtet hätte. Und das bedeutete fristlose Kündigung.

Ich sagte so ruhig ich konnte: »Ich bitte um Entschuldigung, Monsieur, aber ich kann Ihnen hier nur mit meinen Diensten als Verkäuferin zur Verfügung stehen.«

Er breitete seine Hand in einer enttäuschten Geste des Protestes aus. »Oh, aber ich stelle mir vor, daß man Ihnen Zeit zum Mittagessen erlaubt, Mademoiselle Chance? Und während dieser Zeit sind Sie sicherlich nicht Verkäuferin.«

Ich schaffte es, meinen Blick abzuwenden und zu Helen und Maud hinüberzuschauen. Die beiden hörten atemlos zu, ihre Augen glänzten vor Aufregung. Ich sah Philippe Chatillon wieder an und sagte: »Zum Mittagessen steht mir eine halbe Stunde zur Verfügung, Monsieur, und während dieser Zeit esse ich ein oder zwei Sandwiches, die ich mir von zu Hause mitgebracht habe. In jedem Fall ist es nicht meine Gewohnheit, Einladungen von einem Gentleman anzunehmen, dessen Bekanntschaft ich erst kürzlich gemacht habe.« Ich war froh, daß mir diese gespreizten Sätze einfielen, denn Helen und Maud schnauften hörbar.

Philippe Chatillon sagte mit einem höflichen Lächeln: »Ich hatte gehofft, unsere Bekanntschaft zu vertiefen, Mademoiselle. Erlauben Sie mir, auf Sie zu warten, wenn Sie Ihre tägliche Arbeit beendet haben, so daß ich Sie nach Hause begleiten kann?«

Darauf war ich nicht vorbereitet, was natürlich sofort wieder in meinem Gesicht zu lesen sein mußte, denn sein Lächeln verbreiterte sich für einen Moment fast zu einem

Grinsen, als ich stotterte: »Danke, aber ich habe mein Fahrrad.«

»Ich muß wirklich sehr dringend mit Ihnen reden«, sagte er leise. »Darf ich in Ihrem Haus in Holborn vorsprechen, zu einer Zeit, die Ihnen angenehm ist, und an einem Ort, wo wir unter Aufsicht sind?«

»Ich bin überrascht, daß Sie wissen, wo ich wohne, Monsieur, und außerdem auch darüber, daß Sie mich hier gefunden haben.«

Er zuckte die Schulter und legte den Kopf auf eine Seite. »Ich bin, wie ich schon gesagt habe, eine Art Polizist von Beruf, Mademoiselle. Darf ich Sie besuchen?«

»Ich hätte lieber, daß Sie das nicht tun, Monsieur.« Diese Antwort gab ich eher aus Instinkt als aus Überlegung. Philippe Chatillon mißfiel mir nicht, vielmehr fühlte ich mich stark von ihm angezogen. Aber ich wußte, das lag nur an den hübschen Komplimenten, die er mir gemacht hatte. Diese Komplimente hatten mich aufgerichtet und mir eine Zeitlang das Gefühl verliehen, weniger durchschnittlich zu sein, wenn sie auch nichts weiter waren als typische französische Galanterie.

Ich fand es ziemlich beängstigend, daß ich mich schwach fühlte, wenn dieser Mann mich anschaute. Ich hatte mir damals zu meinem eigenen Erschrecken überlegt, ob ich nicht einfach die Geliebte eines reichen Mannes werden sollte. Hier stand ein Mann, dem es sicher nicht schwerfallen würde, sich eine Geliebte zuzulegen, wann immer er Lust hatte. Aber abgesehen von diesem kleinen Gefühl der Angst, vielleicht Furcht vor mir selbst und nicht vor ihm, wollte ich vor allem einen Schlußstrich unter die Vergangenheit setzen. Unser Leben in Latchford Hall hatte mit einem Alptraum geendet, und ich wünschte mir, daß nichts mehr aus der Vergangenheit uns daran erinnerte. Vielleicht konnten wir niemals den Makel loswerden, den Papas Lebenswandel uns aufgedrückt hatte, aber ich war entschlossen, keine unwichtigen Verbindungen zu unserem früheren Leben übrigzulassen.

Meine Worte der Ablehnung hatte ich höflich ausgesprochen, aber sie waren unmißverstänlich. Philippe Chatillon musterte mich aufmerksam. Nach langem Schweigen, das nur durch gelegentliches Flüstern von Helen und Maud unterbrochen wurde, sagte er ruhig auf Französisch: »Ich glaube, Sie sprechen fließend Französisch, Mademoiselle.«

Ich antwortete in derselben Sprache. »Einigermaßen flüssig, Monsieur, wenn mir auch einige der Ausdrücke fehlen.«

»Ich gratuliere Ihnen zu Ihrer fehlerlosen Aussprache. Darf ich fragen, ob Sie etwas entdeckt haben, was Sie meiner Annahme nach vielleicht entdeckt haben könnten, nachdem wir uns das letzte Mal getroffen haben?«

»Ich verstehe nicht, was Sie meinen, Monsieur.«

»Ich hatte gesagt, daß mein alter Freund und Gegner, Ihr Vater, möglicherweise ein Rätsel hinterlassen hat, das es zu lösen gilt, und ich hatte vorgeschlagen, daß ich Ihnen meine Hilfe zur Verfügung stellen wollte, falls dies der Fall wäre.«

Zum ersten Mal seit Wochen dachte ich an den Brief, der wohlverpackt in meinem Schreibetui lag, und zwar in der hohen Kommode in meinem Schlafzimmer. Ich sagte nichts, sondern schaute den französischen Detektiv mit einem – wie ich hoffte – gleichmäßig starren Blick an. Nach ein paar Sekunden sagte er noch immer auf französisch: »Sie haben meine Frage nicht beantwortet, Mademoiselle.«

»Bitte entschuldigen Sie, aber mir ist Ihre Frage entfallen.«

»Ich hatte Sie gefragt, ob Sie irgend etwas von der Art eines Rätsels gefunden hätten, irgend etwas, das Ihrem Gefühl nach vielleicht eine verborgene Botschaft enthalten könnte.«

»Botschaft? Was für eine Botschaft denn, Monsieur?«

Er lächelte. »Das würden wir erst wissen, wenn das Rätsel gelöst ist.« Es entstand eine weitere Pause, dann sagte er: »Verzeihen Sie, wenn ich mich wiederhole, aber ich muß Sie fragen, ob Sie irgend etwas in dieser Art gefunden haben, Mademoiselle.«

Ich zögerte und ich fühlte, wie ich zwinkerte. Dann schaute ich auf meine Hände hinab und gab eine glatte Lüge von mir. »Nein, Monsieur Chatillon, ich habe nichts gefunden, auf das die Beschreibung passen könnte.« In diesem Augenblick war ich nicht stolz auf mich selbst, aber war gleichzeitig auch erleichtert, daß ich das gesagt hatte.

Als ich wieder aufblickte, nickte er langsam und sagte: »Ich verstehe.« Ich hatte große Angst, daß er es wirklich verstand, und ich bebte davor, was er als nächstes fragen würde, als wir unterbrochen wurden. Ich hätte alle möglichen Unterbrechungen hochwillkommen gefunden, aber diese Störung ergab sich aus dem unerwarteten Besuch Lady Graingers. Sie war eine gutaussehende und ehrfurchtgebietende Dame in den späten Dreißigern. Sie rauschte mit einem gewaltigen, lilafarbenen Hut in den Laden und starrte Philippe Chatillon mit Überraschung und mich mit Mißtrauen an. Gleichzeitig schoß sie eine Salve von Fragen ab, ohne irgendwelche Antworten abzuwarten.

»Guten Morgen. Habe ich Sie Französisch sprechen hören, Bridget? Warum haben Sie mir nicht gesagt, daß Sie Französisch sprechen? Werden sie zufriedenstellend bedient, Sir? Versteht er mich, Bridget? Was starren Sie ihn denn so an, Helen? Und Sie, Maud?«

Helen eilte nach vorn. »Oh, bütte, Lady Grainger, düser Herr kam herein und fragte dürekt nach Brüdget!« sagte sie in sehr hörbarem Flüsterton. »Und dann hat er sü gefragt, ob sie mit ühm essen gehen wollte! Und als sü sagte, sie hätte keune Zeut, wollte er sü nach Hause begleiten, und dann haben sü Französisch zu reden angefangen, glaub' ich, und ich weiß einfach nücht, was sü gesagt haben!«

Lady Grainger hob den Kopf, starrte Philippe Chatillon an und holte tief und drohend Atem. Aber ehe sie sprechen konnte, hatte er die ganze Kraft seiner magnetischen Ausstrahlung auf sie konzentriert, verbeugte sich tief und mit Eleganz, lächelte, während er sich wieder aufrichtete, und sagte: »Ich hoffe, ich habe die Ehre, mit Lady Grainger zu sprechen, denn ich bin beauftragt, ihr die Grüße von La Comtesse de Toureilles zu bringen.«

Lady Grainger hielt inne, als ob ihr der Atem plötzlich abgeschnitten worden wäre. Einen Augenblick lang stand ihr Mund offen, und keine Worte kamen heraus. Dann blinzelte sie und sagte: »La Comtesse . . .«

». . . de Toureilles«, sagte Philippe Chatillon und zeigte auf mich. »Diese junge Dame war ihr beim Kauf eines Hutes und eines Paares Handschuhe behilflich, und zwar hier in Ihrem ausgezeichneten Geschäft, Lady Grainger, kurz vor Weihnachten. Meine liebe Freundin Marie – die Comtesse – war sowohl über ihre Einkäufe wie auch über die Aufmerksamkeit, die ihr geschenkt wurde, so entzückt, daß sie mich darum gebeten hat, während meines Aufenthaltes hier in London bei Ihnen vorzusprechen und ein weiteres Paar Handschuhe für sie zu erwerben.« Er machte eine kleine Verbeugung in meine Richtung. »Und sie bestand darauf, daß ich namentlich nach der gleichen jungen Dame fragen sollte, die sie selbst bedient hatte.«

Lady Grainger starrte mich überrascht an. »Sie haben mir nichts vom Besuch einer Comtesse berichtet!« sagte sie verärgert.

Ich machte eine hilflose Geste, die ohne Zweifel von einem passenden Gesichtsausdruck begleitet war, hatte keine Ahnung, was ich sagen sollte, und konnte nur noch einmal feststellen, daß in bezug auf Lügen dieser bemerkenswerte Franzose viel mehr Phantasie zeigte, als ich jemals haben würde.

»Marie reist inkognito«, sagte Philippe Chatillon leichthin, »und Miss Chance hatte deshalb keine Ahnung, daß sie ein Mitglied einer der höchsten Familien Frankreichs bediente.«

Er verbeugte sich noch einmal. »Bitte vergeben Sie mir, daß ich mich noch nicht vorgestellt habe. Philippe Chatillon, zu Diensten.«

Lady Grainger beäugte ihn mit Interesse. »Wie geht es Ihnen?« sagte sie, während sie sich langsam von ihrer

Überraschung erholte. »Sie sind also wirklich ein Freund der Comtesse?«

»Marie und ich, wir haben uns, seit wir beide Kinder waren, zusammen in den gleichen Kreisen bewegt.«

Plötzlich war eine Andeutung von Steifheit in der Stimme des Franzosen.

»Oh, tatsächlich, tatsächlich«, sagte Lady Grainger hastig. »Aber hat sie Ihnen auch vorgeschlagen, meine Verkäuferin zum Mittagessen einzuladen?«

»Oh, là, là, nein!« sagte er betont, als ob er auf einen kleinen Witz reagierte, den sie gemacht hatte. Er lächelte sie jetzt mit Erobererblick an. »Das war ganz meine eigene Idee, Lady Grainger.«

Ich konnte fast sehen, wie ihr Verdacht und ihr Ärger unter der Wärme seines Charmes dahinschmolzen. Sie machte ein Schmollmündchen, das einem dämlichen Gesichtsausdruck sehr nahe kam, und sagte großspurig: »Ich glaube, Sie sind ein ziemlich gefährlicher Mann, Monsieur, und ich werde Ihnen sicher nicht erlauben, eins meiner Ladenmädchen zum Essen auszuführen. Aber ich werde Ihnen Ihr lockeres Benehmen verzeihen, weil Sie Franzose sind.«

Er schaute sie mit lachendem Protest an. »Ich bin nicht so sehr ein verdorbener Franzose, Mylady, als jemand, der es haßt, allein am Tisch zu sitzen. Es ist sehr freundlich von Ihnen, mir zu verzeihen, aber das ist nicht genug. Ich bitte Sie, mir das Vergnügen Ihrer Gesellschaft zum Essen zu machen.«

»Na, aber wirklich, Sir!« Lady Graingers gespielte Entrüstung konnte ihr flatterndes Entzücken nicht verbergen. »Es ist ganz und gar ungezogen von Ihnen, eine respektable verheiratete Dame dazu einzuladen, mit Ihnen den Lunch einzunehmen! Was würden wohl die Leute denken?«

Philippe Chatillon schaute sie mit falscher Unschuld an. »Ich kann es mir nicht vorstellen, Madame. Schließlich bin ich hier fremd. Was meinen Sie denn, was die Leute wohl denken?«

Lady Grainger kicherte tatsächlich. Dann schaute sie gedankenvoll vor sich hin. »Es wäre ja nicht das gleiche, wenn ich mit einem Mann zu Abend esse«, sagte sie halb zu sich selbst. »Schließlich luncht Dolly St. Clair auch mit jedem Mann, den sie in die Finger kriegt, und es wäre ziemlich aufregend, nur ein einziges Mal die anderen zu schockieren. Und Herbert wird auch keinen Ärger machen, der ist viel zu beschäftigt mit seiner elenden Briefmarkensammlung.« Sie warf den Kopf ein wenig zurück und schaute Philippe Chatillon kühn an. »Welches Lokal schlagen Sie denn für den Lunch vor, Monsieur?«

Er machte mit offenen Händen eine Geste, seine Augen funkelten. »Aber natürlich ein Lokal, wo wir von so vielen Leuten wie möglich gesehen werden, Madame. Die Wahl gebührt Ihnen.«

In diesem Augenblick hörte ich Lady Grainger zum ersten Mal lachen. »Nun gut«, sagte sie. »Es ist natürlich Wahnsinn, aber ich habe vor, diesen kurzen Ausrutscher meines Verstandes zu genießen. Wenn Freunde und Bekannte mich grüßen, werde ich Sie als einen wichtigen Kunden aus Frankreich vorstellen.«

Er lachte mit ihr. »Wie Sie wünschen, Madame. Draußen wartet eine Droschke auf mich, und ich bemerke soeben, daß es fast halb eins ist.«

»Wir werden meinen Wagen benutzen, Monsieur.«

Er verbeugte sich und hielt ihr seinen Arm hin. »Entzükkend. Wollen wir gehen?«

»Gewiß, Monsieur Chatillon.« Sie hakte sich ein. Während sie sich zum Gehen wandten, sagte er höflich: »Guten Tag, meine Damen«, und wir alle drei antworteten: »Guten Tag, Sir.« Einen Augenblick schaute er mich an, und nur ich konnte seinen Gesichtsausdruck sehen. In diesem Moment schloß er ein Auge und zwinkerte mir ernsthaft zu. Dann eilte Helen nach vorne, um ihnen die Tür zu öffnen.

Als die Kutsche am Schaufenster vorübergerasselt war, schauten Helen und Maus einander an und wandten sich dann, fast sprachlos vor Aufregung, mir zu. »Junge, Junge!«

sagte Helen endlich, wobei sie einen Augenblick lang ihren »feinen« Tonfall vergaß. »So was hab' ich noch nie gesehen, noch nie. Hat der gnädigen Frau doch regelrecht den Kopf verdreht, das hat er!«

Lady Grainger kam an diesem Tag nicht zurück, und den Rest des Nachmittages, wann immer keine Kunden im Laden waren, spekulierten Helen und Maud endlos über die erstaunliche Szene mit dem Franzosen. Zuerst plagten sie mich mit Fragen, aber ich war so einsilbig, daß sie es bald aufgaben und die aufregenderen Aussichten verfolgten, die ihnen ihre eigene Phantasie bot.

Um zehn Minuten vor sieben an diesem Abend, als ich den Cambridge Circus erreicht hatte, sah ich Philippe Chatillon, der vor mir auf die Straße hintrat, seinen Hut abnahm und eine Hand ausstreckte. Es war eine bittende Geste, anzuhalten. Ich wollte eigentlich nicht, aber schließlich bremste ich doch und hielt mit meinem Fahrrad neben ihm, während er wieder zurück auf den Bürgersteig trat. Sein Gesicht war ernst, als er sagte: »Ich möchte Sie bitten, mir für die eventuelle Blamage zu verzeihen, die ich Ihnen heute morgen eingebracht habe, Mademoiselle. Ich hatte natürlich nicht erwartet, daß Ihre Arbeitgeberin genau in dem Augenblick den Laden betrat.«

Ich sagte: »Sie wäre von den anderen beiden Mädchen voll informiert worden, Monsieur.«

Ich konnte nicht anders, als in Erinnerung an die Szene zu lächeln, während ich fortfuhr. »Aber ich muß Ihnen danken für die bemerkenswerte Art, wie Sie Ihre Anwesenheit erklärt haben und wie Sie Lady Graingers Ärger über mich zerstreut haben. Ich hatte nämlich die Befürchtung, meine Stellung zu verlieren.«

Er nickte. »Ich habe die Gefährlichkeit der Situation gespürt, aber ich glaube, Sie brauchen jetzt nichts Negatives mehr zu befürchten.«

»Darüber bin ich sehr froh.«

Er nahm irgend etwas aus der Brusttasche seiner Jacke. »Es gab andere Dinge, über die ich mit Ihnen sprechen wollte, Miß Chance. Ich wäre Ihnen dankbar, wenn Sie mir sagen würden, ob dieser Mann an Sie herangetreten ist.«

Ich nahm ihm die Fotografie aus der Hand und starrte dann auf das Brustbild eines Mannes Mitte Dreißig. Er hatte ein mageres Gesicht, sehr weit auseinanderstehende Augen und anscheinend hellbraunes Haar, das dicht und kurz war und sehr hoch über der Stirn ansetzte. Es war nicht möglich, seine Körpergröße einzuschätzen, aber ich gewann den Eindruck, daß er von ziemlich kleinem Körperbau war. Nach ein paar Sekunden schüttelte ich den Kopf und hielt Philippe Chatillon das Foto wieder hin. »Nein, ich habe ihn nie gesehen. Warum sollte er an mich herantreten?«

»Vielleicht, weil er denkt, daß Sie den Schlüssel zu großen Reichtümern in Händen halten, Mademoiselle.« Er nahm einen silbernen Stift aus seiner Tasche, schrieb etwas auf die Rückseite des Fotos und gab es mir zurück. »Bitte behalten Sie dies, und schauen Sie es von Zeit zu Zeit an, damit Sie sich daran erinnern, was ich Ihnen jetzt sage. Dieser Mann ist ein Hochstapler, Lügner und Betrüger. Außerdem ist er sehr gerissen und sehr gefährlich.«

Diese Worte machten wenig Eindruck auf mich, vielleicht, weil ich so müde war. Mir wurde klar, daß Inspektor Browning, Mr. Whiteley und Philippe Chatillon alle das Gefühl hatten, daß mein Vater einen Schatz von wertvollen Juwelen versteckt haben mußte. Was mich betraf, so konnte ich ein gewisses Maß an Logik in diesen Gedanken erkennen, aber ich hatte das Gefühl, daß der Schatz, falls er existierte, wohl kaum von Dieben und Verbrechern aus der Unterwelt aktiv gesucht wurde, weil wahrscheinlich niemand mehr die Wahrheit darüber herausbekommen würde.

Ich wollte allerdings Philippe Chatillons Besorgnis nicht brüsk von mir weisen, also sagte ich: »Wie heißt denn dieser Mann?«

Er zuckte mit einem halben Lächeln die Schulter. »Wer weiß? Ich könnte Ihnen ein Dutzend Namen geben, die er benutzt hat, aber er kann immer wieder einen neuen annehmen.«

Plötzlich fiel mir Charlys Begegnung mit dem Fremden ein, der nach mir gefragt hatte, und ich sagte: »Ist er Amerikaner?«

Philippe Chatillon sah verwirrt aus. »Nein, aber warum fragen Sie mich das?«

»Ach, das ist ganz unwichtig. Ich habe an etwas anderes gedacht.« Noch während ich sprach, fiel mir Charlys Beschreibung wieder ein: ». . . braunes Gesicht, Haare ein bißchen lang.« Der Mann auf dem Foto hatte kurzes Haar.

Philippe Chatillon sagte: »Ich bedaure, Ihnen sagen zu müssen, daß der Mann, vor dem ich Sie warne, ein Landsmann von mir ist. Bitte hüten Sie sich vor ihm, und trauen Sie keinem Wort, das er Ihnen vielleicht sagt.«

Ich ließ das Foto in die Handtasche gleiten, die am Lenker meines Fahrrades hing, und sagte höflich: »Sie sind sehr freundlich, Monsieur. Ich werde mir merken, was Sie mir gesagt haben.« Es klang reichlich gestelzt, und in einem Versuch, weniger förmlich zu sein, lächelte ich und fügte hinzu: »Ich hoffe, Sie haben Ihren Lunch mit Lady Grainger genossen.«

»Nun . . .« Er überlegte einen Augenblick. »Ich habe keinen Zweifel, daß sie eine sehr strenge Arbeitgeberin ist, aber um Ihnen die Wahrheit zu sagen, ich fand ihre Gesellschaft sehr angenehm. Allerdings war es nicht ihre Gesellschaft, die ich gesucht habe.« Er schaute mich direkt und ohne eine Andeutung von lächelnder Herausforderung an. »Es war Ihre Gesellschaft, die ich mir gewünscht habe, Mademoiselle.«

»O weh. Um noch mehr Fragen zu stellen, Monsieur?« sagte ich ein bißchen müde, und ich bedauerte es, daß ich die Unterhaltung nicht vor ein paar Minuten beendet hatte. »Ich weiß wirklich nicht, was Sie von mir wollen, aber ich versichere Ihnen, es ist nicht leicht für mich, mit den Problemen fertig zu werden, die sich aus dem . . . nun, aus den Ereignissen des letzten Jahres ergeben. Und ich wäre Ihnen dankbar, wenn Sie mich in Ruhe lassen würden, damit ich mein Bestes tun kann.«

Einen Augenblick lang sah er fast traurig aus, während er mit leiser Stimme sagte: »Ich wäre froh, wenn ich Ihnen in Ihren Schwierigkeiten helfen könnte, Mademoiselle, und ich muß Ihnen sagen, was ich von Ihnen will. Dies ist nicht die Zeit und auch nicht der Ort, aber Sie haben mir keine Wahl gelassen. Seit ich Sie in der Nähe ihres Hauses in Wynford zum ersten Mal gesehen habe, war es mir ganz unmöglich, Sie zu vergessen, und ich spreche jetzt als erwachsener Mann, ein Mann von zweiunddreißig Jahren, und nicht als unreifer Jüngling. Mit klaren Worten, ich möchte offiziell mit Miss Bridget Chance befreundet sein.«

Ich starrte ihn voller Erstaunen sprachlos an. Nach kurzer Pause fuhr er fort: »Ich habe Angelegenheiten zu erledigen, durch die ich mich einige Zeit in England aufhalten muß, und ich wäre in jedem Fall zu Ihnen gekommen. Allerdings hatte ich gehofft, daß es an einem angemesseneren Platz geschehen würde, als an einer Ecke auf der Shaftsbury Avenue.« Bei den letzten Worten blitzte ein wehmütiges Lächeln in seinen Augenwinkeln auf.

Ich gab mir große Mühe, meine Gedanken zu sammeln, und stotterte endlich: »Ich bin . . . ich bin geehrt, Monsieur Chatillon, und Sie haben mich völlig überrascht.«

»Dafür«, sagte er schnell, »muß ich um Verzeihung bitten. Es ist ein Problem, daß Sie keine Familie haben, an die ich mich wenden kann. Ich hätte vielleicht schreiben können, aber ich ziehe es vor, persönlich mit Ihnen zu sprechen. Die Sprache ist ehrlicher als das geschriebene Wort.« Wieder sah ich dieses traurige Lächeln, und er sagte leise und ein bißchen wehmütig: »Wenn Ihr Vater noch am Leben wäre, dann wäre ich zu ihm gegangen und hätte ihn gefragt, ob ich Sie besuchen darf. Wie seltsam, wenn man darüber nachdenkt, was vielleicht hätte sein können, denn ich bin sicher, er hätte meinen Rat angenommen, wenn sich meine Bekanntschaft mit Ihnen vertieft hätte. Andererseits hatte ich allerdings erst das Vergnügen, Sie kennenzulernen, durch den Umstand, daß er meinen Rat nicht angenommen hat . . .« Er brach ab und schnippte verärgert mit den Fingern. »Narr, der ich bin, jetzt habe ich Sie mit meinem dummen Gerede bekümmert.«

»Nein. Nun . . . vielleicht ein bißchen, aber daran sind Sie nicht schuld, Monsieur.« Ich wußte nicht genau, warum plötzlich Tränen in meinen Augen standen, aber als er gesprochen hatte, da wußte ich, daß ich eine Entscheidung treffen mußte. Diese Entscheidung hatte weder mit Logik noch mit Nachdenken irgendwelcher Art zu tun, und ich fuhr hastig fort: »Ich muß Ihnen sagen, daß ich alle Verbindungen zur Vergangenheit abbrechen möchte, und ich wünsche nicht, daß Sie mich offiziell besuchen, Sie sind sehr freundlich gewesen, und es tut mir leid, wenn ich unhöflich erscheine, aber ich habe keine Zeit, meine Worte besser zu wählen. Ich möchte einfach in Ruhe gelassen werden, und ich bitte Sie, diesen Wunsch zu respektieren. Bitte, Monsieur.«

Lange Sekunden starrte er auf mich hinab, mit einem Gesichtsausdruck, den ich nicht verstand. Endlich sagte er ruhig: »Ich danke Ihnen für Ihre Offenheit, Mademoiselle Bridget. Ist dies wirklich Ihr letztes Wort?«

»Ja. Bitte akzeptieren Sie es als solches.« Eine verzweifelte Müdigkeit war plötzlich über mich gekommen, und ich sehnte mich danach, endlich wegzufahren; aber es wäre unverzeihlich gewesen, jetzt den Rücken zu wenden und den Mann einfach stehenzulassen, der mich gerade darum gebeten hatte, mich kennenlernen zu dürfen.

Er studierte mich noch einmal und nickte dann langsam. »Ich glaube, Sie sind eine sehr resolute Person, Mademoiselle, und ich respektiere Ihre Antwort. Ich bitte nur um eine kleine Ausnahme. Versprechen Sie mir, daß Sie nicht zögern werden, mir zu schreiben, wenn Sie meine berufliche Hilfe benötigen.« Er zog eine Karte aus seiner Brieftasche. »Für meinen Aufenthalt in London habe ich eine Wohnung gemietet, und dies wird meine Adresse für die nächsten paar Wochen sein.«

Ich nahm die Karte und brachte ein Lächeln zustande, während ich sagte: »Sie sind sehr freundlich, Sir, und ich werde mich an Sie wenden, falls es nötig ist. Ich hoffe, Sie entschuldigen, wenn ich Sie jetzt verlasse. Ich bin sehr müde.«

»Natürlich.«

Ich reichte ihm die Hand, und er beugte sich darüber und berührte den Handrücken mit seinen Lippen. »Au revoir, Mademoiselle Bridget.«

»Monsieur.«

Ich bestieg mein Fahrrad und strampelte los. Was für eine würdelose Art war es doch gewesen, die Unterhaltung so zu beenden. Das war typisch für Bridie Chance.

Eine Stunde später, als Alfie & Company zum Theater losgefahren waren, lag ich in der herrlichen Badewanne und spürte, wie das heiße Wasser die Unruhe aus meinem Körper vertrieb, während ich über die merkwürdigen Vorfälle dieses Tages nachdachte. Es fiel mir auf, daß wenigstens ein Teil von dem, was Kate mir in einer ihrer romantischen Stimmungen prophezeit hatte und was ich wie einen Witz betrachtet hatte, tatsächlich eingetroffen war.

Philippe Chatillon war mit Sicherheit ein sehr gut aussehender Mann, und wahrscheinlich war er auch reich. Er hatte mich nicht direkt gebeten, ihn zu heiraten, aber er hatte gefragt, ob ich mit ihm offiziell befreundet sein wollte, und das war der erste Schritt. Ich hatte abgelehnt. Ich schaute an meinen zu langen Beinen nach unten auf meine zu großen Füße und seufzte. Wenn man mich gefragt hätte, warum ich abgelehnt hatte, dann hätte ich keine Antwort gewußt, denn mein Wunsch, mit der Vergangenheit zu brechen, war nur ein kleines Teilchen davon. Es war etwas anderes, und es lag zu tief in mir verborgen, um erkannt zu werden.

Während ich darüber nachdachte, was ich getan hatte, lachte ich leise auf und schüttelte den Kopf. »Wie dumm du doch bist, Bridie Chance«, murmelte ich. Das stimmte wirklich. Denn obwohl meine Situation im Augenblick viel besser war, als sie hätte sein können, würde dieser Zustand nicht unbegrenzt andauern, und es war mir völlig klar, daß das bißchen Geld, das ich noch besaß, viermal so schnell ausgegeben wurde, als meine mageren Verdienste es wieder einbrachten. Dennoch hatte ich es Philippe Chatillon nicht erlaubt, mich offiziell zu besuchen, obwohl ich mich zu ihm hingezogen fühlte und mich gut mit ihm verstand.

Es war sehr merkwürdig. Von einer jungen Dame erwartete man ja, sich in Gesellschaft eines Mannes schüchtern und mädchenhaft zu fühlen, aber bei mir war das nicht so. Unter Philippe Chatillons Blick hatte ich starke Erregung empfunden, und es wäre für mich jetzt sehr leicht gewesen, mir vorzustellen, daß er die Arme um mich legte und den Kopf neigte, um mich zu küssen. Ich wußte, das wäre mir sehr angenehm gewesen. Aber ich wußte auch, daß ich ihm dieselbe Antwort noch einmal geben würde, selbst wenn er in sechs Monaten noch einmal wiederkam. Während ich mich in der Badewanne aufsetzte und mich einzuseifen begann, fragte ich mich, ob ich bis dahin vielleicht herausgefunden hätte, warum ich so handelte.

Es war Ende Februar, als doppeltes Unglück zuschlug. Alfie Perkin & Company beendeten gerade ihre Pantomimensaison und wollten danach drei Wochen keine Engagements annehmen, weil sie sich auf eine Tournee für Mittelengland und den Norden vorbereiten wollten. Ich wußte, daß ich sie schrecklich vermissen würde, wenn sie fort waren, und außerdem machte mir die Erkenntnis Sorgen, daß jetzt fünf Monate vergangen waren, seit wir Latchford Hall verlassen hatten. Ich hatte aber nur zwei oder drei Pfund von den neunzig Pfund ansparen können, die ich in weiteren sechs Monaten brauchen würde, um meinen Verpflichtungen gegenüber Signore Peroni und Fräulein Foster nachzukommen. Ich versuchte, meine Angst vor Alfie und Ethel zu verbergen, und besonders vor Kate. Bei ihr war das nicht sehr schwierig, denn sie schwebte wieder in höheren Regionen.

Der erste Schlag kam ein paar Tage vor der letzten Pantomimenvorstellung, als Lady Grainger eines Morgens in den Laden gerauscht kam und mir verkündete, daß sie meine

Dienste übers Wochenende hinaus nicht mehr benötigen würde. Ich war starr vor Schrecken und machte den Rest des Tages nur noch Fehler. Merkwürdig genug zeigten Helen und Maud große Anteilnahme und halfen mir soviel wie möglich. Zuerst fragte ich mich, ob meine Entlassung irgend etwas mit dem Vorfall mit Philippe Chatillon zu tun hatte, aber das war ja schon lange her. Später am Tag erfuhr ich von Maud, daß Lady Grainger ein neues Mädchen einstellen wollte, das sie unter ihre Fittische genommen hatte. Die Tochter ihrer Schneiderin. Helen und Maud hatten beide Angst gehabt, daß eine von ihnen vielleicht ersetzt würde, und ich glaube, ihre Freundlichkeit mir gegenüber erwuchs aus der Erleichterung, daß ich das Opfer war.

Als ich an diesem Abend zu Hause ankam, schaute Ethel mich lange an, stand dann auf und breitete ihre Arme aus. Ich rannte zu ihr hinüber, legte meinen Kopf auf ihre knochige Schulter und schluchzte. Nach zwei Minuten fühlte ich mich besser, entschuldigte mich stockend, setzte mich dann hin und erzählte ihnen, was passiert war.

»Widerliche alte Krähe«, polterte Ethel erzürnt. »Das ist nicht fair, jemanden auf so 'ne Art zu feuern.« Sie schaute Alfie an. »Wie is' es? Soll ich mal hingehen und ihr mal die Meinung sagen?«

»Oh, nein!« rief ich hastig aus. »Bitte, verärgern Sie sie nicht, Ethel. Ich muß ja noch den Rest der Woche da arbeiten.«

»Nein, müssen Sie nich'«, sagte Alfie fröhlich. »Sie würden sich nur todelend da fühlen, und das is' es nich' wert. Daß Ethel ihre Zeit mit der Gnädigen verschwendet, ist es auch nich' wert.«

Ich schämte mich sehr über meinen Ausbruch, und ich hatte mich jetzt wieder unter Kontrolle, so daß meine Stimme einigermaßen fest klang, als ich sagte: »Aber ich werde am Ende der Woche mein Geld nicht bekommen, wenn ich nicht zurückgehe, Alfie. Ich kann es mir nicht leisten, das Geld zu verlieren.«

»Werden Sie auch nicht, liebe Bridie.« Alfie lehnte sich in seinem Armsessel zurück und sprach mit fester Stimme. »Sie helfen uns bei allem, was wir in den nächsten drei Wochen als Vorbereitung für die Tournee machen müssen, und ich zahle Ihnen dasselbe, was Sie auch im Laden gekriegt hätten.« Er hob eine Hand, als ich protestieren wollte. »Na, jetzt mal ruhig, mal ruhig. Sie werden sich schon jeden Pfennig verdienen müssen, selbst wenn Sie sich nur um die Kocherei kümmern und Ethel, Charly und mich versorgen, solange wir das Bühnenbild, die Requisiten, die Kostüme, die Orchesterteile und das technische Zeug durchsehen. Sie können uns auch mit dieser Schreibmaschine helfen, wo Sie drauf geübt haben. Wir haben Briefe zu schreiben und Listen zu machen und alle möglichen Sachen. Ehrenwort, Sie werden ganz schön beschäftigt sein. Ich weiß gar nicht, warum wir da dran nie gedacht haben. Was, Ethel?«

Ich sagte: »Oh, Alfie. Sind Sie wirklich sicher?«

»Todsicher, Bridie.« Er schaute auf die Uhr und stand auf. »Komm, Ethel. Zeit, daß wir lossausen.«

Ich rannte hinüber und küßte ihn auf die Wange, dann sagte ich: »Ich hoffe so sehr, daß ich Ihnen eines Tages irgendwie helfen kann, Alfie. Als Wiedergutmachung für all das, was Sie für mich getan haben. Ich wäre so glücklich darüber.«

Er klopfte mir auf die Schulter und trat dann zurück; seine Augen waren feucht, und er lächelte verlegen. »Na, das weiß man doch nie, was? Also, Sie kommen morgen früh mit mir zur Drury Lane, bringen 'nen Bleistift und 'n Notizbuch mit, und ich reiche Sie dann an Harold weiter.«

Einen Augenblick lang wußte ich nicht, wen er damit meinte, aber dann erinnerte ich mich an den wortkargen Mann aus Yorkshire, der das Bühnenbild und die Requisiten für die Nummer in Ordnung hielt. Es war schon mehrere Wochen her, seit ich ihn zum letzten Mal gesehen hatte, und da war es auch nur eine kurze Minute hinter der Bühne gewesen.

»Machen Sie sich nix draus, wenn er stöhnt und seufzt«, sagte Alfie gerade. »Harold kommt mit dem Papierkram nicht klar, es macht ihm große Mühe, und er freut sich sicher 'n Loch in den Bauch, wenn er Sie hat, die alles schön und sauber für ihn macht. 'türlich wird er das nie zugeben, denken Sie dran.«

Ich sagte: »Tausend Dank, Alfie. Und wenn ich meine, daß ich nicht genug leiste, dann werde ich das sagen, und wir sprechen noch einmal darüber, aber ich würde liebend gern für Sie arbeiten.«

Den ganzen nächsten Tag verbrachte ich mit Harold. Wir liefen zwischen dem Theater und der Drury Lane, wo Alfie & Company auftraten, und dem großen Lagerhaus in der Nähe von Blackfriars hin und her, wo Alfie für alle Kulissen und Requisiten, die er für die beiden Sketche brauchte, einen Lagerplatz gemietet hatte. Die Kulissen und Requisiten mußten mit dem Zug losgeschickt werden, wenn die Tournee begann. Ein Satz Requisiten für jeden Sketch wurde direkt an das Theater der ersten Stadt der Tournee geschickt, ein weiterer Satz wurde in der zweiten Stadt gelagert, und noch ein weiterer Satz wurde in die dritte Stadt befördert. Sobald das Engagement in der ersten Stadt erfüllt war, wurden die dort benutzten Requisiten zur vierten Stadt der Tournee weitergeschickt, und dieses »Bockspringen« setzte sich dann bis zum Ende der Tournee fort. Es verlangte zwar eine beträchtliche Organisation, aber all die Arbeit lohnte sich.

»Echt gewitzt, das is' Mister Perkin«, vertraute mir Harold finster an, während ich auf einer Kiste in den Kulissen des Drury Lane saß und Adressenschildchen schrieb, die auf die Requisiten geklebt werden sollten. »Das andere Theatervolk schickt sein Zeug am Sonntag in die nächste Stadt, nach der letzten Vorstellung, also Samstagnacht. Da können Sie vielleicht was erleben, Krach und Durcheinander auf Deubel komm raus, wenn irgendwas verlorengeht. Aber bei Mister Perkin nicht. Der hat immer noch Ersatz, wenn irgendwas mit dem ersten schiefgeht, sagen wir mal, die Wasserpumpe; und der muß sich auch nie wegen den Zügen den Kopf zerbrechen, weil das Zeug ja schon wochenlang vorher da gelagert is', und dann haben wir auch immer reichlich Zeit, alles klarzumachen, wenn irgendwas nich' stimmt.« Harold schüttelte in trüber Bewunderung seinen Kopf. »Der einzige, der das so 'rum macht, is' Mister Perkin. Echt gewitzt.«

Wie Alfie mich vorgewarnt hatte, zeigte Harold keine Freude über meine Hilfe, aber ich bemerkte im Lauf des Tages, daß er mir gegenüber ziemlich auftaute, sogar in solch einem Ausmaß, daß er beim Mittagessen seine Schweinefleischpastete mit mir teilte und mir sogar seinen kostbarsten Besitz zeigte. Dies war eine Karte, zur Sicherheit zwischen zwei Stück dicken Karton eingeklemmt, die von Gummibändern zusammengehalten wurden. Auf der Karte war ein Autogramm von Lord Hawke, dem Kapitän der Criketmannschaft von Yorkshire.

Am Ende des zweiten Tages freute ich mich richtig, denn ich war sicher, daß ich Alfie echten Nutzen brachte und meinen Lohn verdiente. Aber am fünften Tag waren all unsere Pläne zerschlagen, denn an diesem Tag brach die zweite Katastrophe über uns herein. Es passierte an dem Montag, der der letzten Samstagvorstellung in der Drury Lane folgte, an dem Tag, der den Anfang der Vorbereitungszeit auf die Tournee bildete, die drei Wochen später anfangen sollte.

Um neun Uhr morgens ging Charly die Holborn Street entlang, um ein paar Zigaretten zu kaufen. Als er an einem Brauereifuhrwerk vorüberkam, das vor einem Gasthaus entladen wurde, rutschte eines der großen Fässer mit Ale aus der Seilschlinge, die es festhielt. Das stürzende Faß traf auf ein paar dicke Kokosmatten auf, die zur Polsterung der Fässer beim Entladen auf dem Pflaster lagen, sprang wieder hoch und traf dann Charly mit großer Wucht. Er wurde gegen die Wand geschleudert und brach sich das rechte Bein zwischen Knie und Oberschenkel.

Charly verlor nicht das Bewußtsein, und deshalb stand

fünf Minuten später ein Augenzeuge vor unserer Tür und berichtete keuchend die schreckliche Geschichte. Durch einen glücklichen Zufall gingen gerade zwei Krankenschwestern von West Smithfield zum St.-Bartolomäus-Hospital, das weniger als eine Meile entfernt lag. Nur zwei oder drei Minuten nach dem Unfall konnte Charly darum von diesen beiden Krankenschwestern schon fachmännisch versorgt werden. Innerhalb einer Stunde war Charly in einem der Operationssäle im St.-Bartolomäus-Krankenhaus, und sein gebrochenes Bein wurde von einem der besten Chirurgen des Landes eingerichtet. Das war wieder ein glücklicher Zufall, denn der Chirurg mußte zufällig gerade an diesem Morgen eine Anzahl von Operationen vor Studenten im Bartolomäus-Krankenhaus ausführen. Wenigstens diese Art von Glück brauchten wir jetzt aber auch verzweifelt.

An diesem Tag waren wir völlig betäubt vom Schock. Abends erlaubte man Alfie und Ethel, Charly für ein paar Minuten zu besuchen. Es schien ihm ganz gut zu gehen, war aber von der Medizin zur Betäubung des Schmerzes sehr schläfrig gewesen.

Ich hatte ein gutes Essen gekocht, während Alfie und Ethel fort waren, und sie taten auch so, als ob es ihnen schmecken würde, obwohl keiner von uns den geringsten Appetit hatte und alle nur in dem Essen herumstocherten. Ich hatte Angst, die Frage zu stellen, die für uns alle am wichtigsten war. Doch schließlich faßte ich Mut und fragte zögernd: »Hat irgend jemand gesagt, wie lange es dauern wird, bis Charly wieder gesund ist?«

Sie schauten einander an. Ethel hob mit müdem Gesicht eine Hand, um den wackelnden Knoten ihres aufgetürmten, braunen Haares festzustecken. »Die Schwester hat geschätzt, vielleicht in drei Monaten, wenn alles gutgeht«, sagte sie, und ihre durchdringende Stimme klang merkwürdig zittrig.

»Es war 'n sauberer Bruch«, sagte Alfie, »und die Schwester meinte, Mr. Dawson, der Chirurg, hätte ihn so gut eingerichtet, daß keine Folgeschäden entstehen. Aber sie meint, selbst wenn Charly – sagen wir mal, in zehn oder zwölf Wochen – wieder auf ist und rumläuft, dann wird er immer noch 'ne Zeitlang Krücken brauchen, und bei den Muskeln dauert es 'ne lange Zeit, bis sie wieder so in Form sind, wie sie waren. Na ja, sie behalten ihn zwei, drei Wochen im Bartolomäus, und dann kann er nach Hause kommen oder in ein Erholungsheim gehen, irgendwo auf dem Land oder an der See. An 'nen Ort, wo er richtig gepflegt wird.«

Ich sagte: »Wird das nicht . . . oh, bitte halten Sie mich nicht für neugierig, Alfie, aber wird das nicht sehr teuer werden?«

Sein Gesicht verzog sich zu einem Ausdruck säuerlicher Erleichterung. »Na, es wär schon teuer, aber vor fünf Jahren, als Charly gerade für Nipper Jennings eingesprungen war, hab' ich für uns alle 'ne Versicherung abgeschlossen. Deckung für Krankenhauskosten und Ärzte und Erholung und all so 'ne Sachen, 'n ganzes Jahr lang, bis zu fünf Scheine in der Woche, und soviel wird es gar nicht kosten. Hab' auch 'ne Versicherung für unser Alter abgeschlossen. Sie hätten mal hören sollen, wie 'n paar Leute da gelacht haben. Die denken nicht viel über morgen nach, nich' in unserem Geschäft.«

Ich dachte daran, wie recht Harold gesprochen hatte, als er Alfie als »echt gewitzt« beschrieben hatte. Weise Voraussicht bewies jetzt mit Sicherheit ihren Wert, aber das löste nur einen kleinen Teil des Problems. Charly war in guten Händen, es gab eine gute Prognose für seine Genesung, aber es tauchte die dringende Frage auf, was jetzt aus den Nummern von Alfie Perkin & Company werden sollte.

Wie ein Echo meiner Gedanken sagte Ethel: »Charly war unheimlich tapfer, nich', Alfie? Hat heute abend kein einziges Wort über sich selbst verloren, nur Sorgen über die Nummer hat er sich gemacht.«

Alfie nickte. »Das is' schon ein braver Junge, dein Charly.«

Ich überlegte, daß ich unmöglich weiterhin auf Alfies Tasche liegen konnte, wenn die Vorstellungen bis zu Charlys Rückkehr mehrere Monate lang ruhen mußten. »Wie schwierig wird es für Sie werden«, fragte ich und schaute von einem zum anderen, »wenn Sie während der nächsten sechs Monate nicht arbeiten können?«

Alfie zog die Luft durch die Zähne und drehte die Augen nach oben. »Na, wir werden zwar nicht pleite sein, weil ich, wann immer ich konnte, was auf die Seite gelegt hab. Aber die Nummer wird dann vielleicht erledigt sein, Bridie, das ist der Ärger. Bis Herbst haben wir die Tournee bei Moss & Thornton gebucht, und die Agentur ist bestimmt nicht begeistert, wenn wir alles streichen müssen. Außerdem, es ist komisch, aber wenn man mal 'ne Weile nicht im Umlauf ist, wird man vergessen. Tatsächlich ist es eigentlich noch schlimmer; man betrachtet dich als so 'ne Art alter Hut. Kannst du dich noch an Paddy Byrne erinnern, den irischen Komiker, Ethel? Wirklich gut, das war er, hat 'nen Haufen Geld gemacht.« Alfie schaute mich an. »Und da hat er sich gedacht, er nimmt sich mal 'n Jahr frei, fährt zurück zu seinen Leuten nach Irland. Und das war's. Als er dann wiederkam, war er nur noch ein Kerl, der früher mal 'nen Namen hatte, und er ist nie wieder reingekommen.«

Alfie verstummte und schaute mit finsterem Gesicht auf die Tischdecke, während er müßig nach ein paar Krümeln neben seinem Teller tappte. Nach einer kurzen Pause sagte ich: »Es ist also wirklich ernst?«

»Hm. Das kann man wohl sagen, Bridie.«

»Vielleicht ist das eine alberne Frage, aber könnten Sie nicht jemanden bekommen, der Charly eine Weile ersetzt?«

»Das ist nicht albern, Liebes«, sagte Ethel, »es wird nur schwer zu machen sein. Ach, wir kennen schon ein paar Groteskentänzer, die die komischen Schritte können; aber wenn sie gut genug sind, würden sie nicht nur eine Tournee mitmachen und sich dann freundlicherweise zurückziehen, wenn Charly wieder gesund ist. Außerdem gehört 'ne Menge mehr dazu, als nur die Tanzerei, und ich kann mir keinen denken, den wir kennen, der bei uns reinpaßt. Oder kannst du dir einen denken, Alfie?«

Er schüttelte den Kopf. »Es is' viel mehr dabei, als man annimmt, die Leute zum Lachen zu bringen. Man muß den anderen richtig ›anspielen‹, genau im richtigen Moment. So nennt man das. Wenn du das kannst, dann lachen sie sich kaputt. Aber wenn du es auch nur ein ganz klein bißchen verkehrt machst, dann macht das Publikum keinen Muckser.«

Ich ging in die Küche, kam mit einem Tablett zurück und begann den Tisch abzuräumen. Ich entschied, daß dies ein schlechter Moment war, ihnen mitzuteilen, daß ich jetzt für mich selbst einstehen und aufhören wollte, ihnen eine Bürde zu sein. Aber ich würde bald mit ihnen sprechen müssen. Ich wußte, daß ich Angst hatte vor dem, was mir bevorstand, denn ich hatte keine Arbeit, und die Zeit lief aus für mich. Aber meine Freunde hatten genug getan, mehr als genug. Ich konnte sie nicht länger in Anspruch nehmen, wie hoch der Preis dafür auch sein mochte.

Während ich die Teller und Schüsseln auf das Tablett stapelte, sagte ich: »Was werden Sie machen, Alfie?«

Er blickte auf, zuckte die Achseln und versuchte zu lächeln. »Weiß ich noch nich', Bridie. Ich bin jetzt total verknotet und weiß nich' mehr, wie ich mich drehen und wenden soll. Entweder ich finde 'nen Ersatz oder ich streiche. Und wenn wir streichen, dann haben wir die gute Aussicht, daß die Nummer stirbt. In den nächsten paar Tagen muß ich mich zu was durchringen, aber im Augenblick kann ich nicht richtig klar denken.«

Am nächsten Morgen kaufte ich einen kleinen Korb mit Obst für Charly und schrieb ihm eine Karte dazu. Ich schickte ihm meine allerbesten Wünsche zur Genesung und sagte, daß ich ihn besuchen würde, sobald das Krankenhaus einen weiteren Besucher erlaubte. Alfie und Ethel nahmen das kleine Geschenk mit, als sie an diesem Abend zum Krankenhaus fuhren. Es war ein schlimmer, trauriger Tag gewesen, und ich war froh darüber, daß ich mehrere

Stunden mit Harold arbeiten und dafür sorgen konnte, daß jeder Teil der Kulissen und Requisiten vom Theater sicher zum Lagerhaus in Blackfriars überführt wurde. Ob die Sachen jetzt untersucht, repariert und für die Provinztournee weitergeschickt wurden, das war sehr fraglich.

An diesem Abend kehrten Alfie und Ethel um acht Uhr aus dem Krankenhaus zurück und setzten sich zum Essen hin, das ich vorbereitet hatte. Sie waren beide in einer Stimmung, die ich mir nicht erklären konnte, denn sie sprachen wenig; dennoch spürte ich etwas Aufgelockertes in ihrem Benehmen, so eine Art von Optimismus. Sie erzählten, daß der Chirurg mit Charly zufrieden wäre, daß Charly selbst eine ziemlich ruhige Nacht verbracht hätte und daß er sich für das Obst bei mir bedanken möchte. Aber die ganze Zeit kam es mir so vor, als ob sie mit ihren Gedanken anderswo wären.

Als das Essen vorbei war und Ethel und ich das Geschirr gespült hatten, nahm ich meine Schürze ab und sagte, ich wolle jetzt meinen Nähkasten holen und ein paar Flickarbeiten erledigen. Alfie und Ethel schauten einander an, dann schauten sie mich an. Alfie erhob sich von seinem Stuhl und sagte: »Warten Sie mal 'ne Sekunde, Bridie.« Er ging hinaus und ließ die Tür offen, und ich sah, wie er über den Flur in das Schlafzimmer ging, das er mit Charly teilte. Eine Minute später tauchte er wieder auf und trug ein paar Kleider über seinem Arm. Als er zurück ins Zimmer trat, sah ich, daß es die Jacke und die Hose von einem der verschiedenen identischen Kostüme war, die Charly für den Sketch »Der Mann vom Wasserwerk« benutzte. Diese Kostüme waren vor mehreren Wochen zum Flicken nach Hause mitgebracht worden, und offenbar hatte Charly sich bis jetzt noch nicht die Mühe gemacht, sie Harold zurückzugeben. Es war ja auch der andere Sketch gewesen, der zwischenzeitlich in der Pantomime gespielt worden war.

Alfie sagte: »Wollen Sie etwas für mich tun, Bridie?«

»Ja, natürlich, aber das Kostüm habe ich doch schon vor langer Zeit geflickt, Alfie.«

»Ich weiß.« Er schaute mich sehr gerade an, seine Augen waren ängstlich, aber hoffnungsvoll. »Wollen Sie es mal anziehen, Bridie?«

Ich wußte, er machte keine Scherze, aber ich konnte mir nicht vorstellen, was er vorhatte. Ich fühlte, wie meine Augenbrauen emporkletterten und wie sich eine Seite meines Mundes in einem fragenden Halblächeln nach oben kurvte. »Es anziehen? Aber . . . aber warum?«

Ethel sagte: »Es war Charlys Idee. Es is' ihm in der Nacht eingefallen, als er sich Sorgen über die Nummer gemacht hat, und sobald wir da waren, is' er damit rausgeplatzt. ›Bridie kann es, Ma‹, hat er gesagt, ›sie bewegt sich richtig, und sie hat das Gesicht, und für dich und Onkel Alfie würde sie arbeiten, bis sie umfällt; sie wird Spitze werden, wenn sie erst mal über die Nervosität drüber weg is'‹, hat er gesagt. Das hat er gesagt, nich', Alfie?«

9

Ich hatte das Gefühl, als ob mir jemand mit einer Keule auf den Kopf gehauen hätte, und starrte wie betäubt von einem zum anderen. Endlich brachte ich es fertig zu flüstern: »Ich? Ich soll Charlys Rolle spielen? Ich? Aber . . . aber das ist unmöglich! Ich kann nicht spielen, und es ist sowieso eine Männerrolle, und ich müßte den grotesken Tanz zeigen, und ich hab' keine Ahnung, wie man das macht! Ich würde vor Angst sterben, wenn ich raus auf die Bühne müßte. Ich war sogar nervös, als ich nur in den Kulissen saß, und ich bin sicher, Charly war im Delirium, daß er so was nur gedacht hat . . .«

Ich erinnere mich daran, daß ich aufgeregt weitergeredet habe, bis ich keine Luft mehr bekam, während Ethel und Alfie mich mit ängstlichen Augen beobachteten. Ich war blaß geworden, und meine Hände zitterten. Als ich endlich innehielt, sagte Alfie ruhig: »Es ist die beste Idee, die Charly je gehabt hat. Wir haben uns beide gefragt, warum wir nicht selber drauf gekommen sind.«

»Aber ich wäre hoffnungslos, Alfie!«

»Nein. Es wird sehr hart werden, aber hoffnungslos ist es nicht, Bridie. Sie haben den Bogen raus, Ihr Gesicht in einer Art zu verziehen, die natürlicherweise komisch ist. So wie ich. Das ist schon mal eins, was Sie nicht lernen müssen.«

»Ach ja, mein Gesicht!« Ich lachte nervös auf, und fühlte, wie meine Augen in einem Ausdruck, der wie komische Verzweiflung aussah, nach oben rollten. »Aber da bleibt noch das Tanzen, und das ist für die Nummer absolut lebenswichtig. Die Leute erwarten das! Wenn Sie diese Sketche mit jemandem ausführen, der den Hühnergang und den Krabbengleitschritt nicht kann und all die anderen

Sachen, dann . . . dann werden Sie ausgepfiffen! Sie können mir unmöglich in drei Wochen den grotesken Tanz beibringen!«

»Ich kann Ihnen genug beibringen, wenn Sie bereit sind, acht Stunden am Tag daran zu arbeiten, Bridie. Sie bewegen sich sehr schön, wie Charly gesagt hat.«

»Tu ich nicht! Ich bin ungeschickt!« schrie ich erzürnt.

»Nein, sind Sie nicht, Kindchen«, sagte Ethel. »Ich meine, Sie brauchten es nicht zu sein. Der einzige Ärger ist nur, nehm' ich an, daß Sie früher immer 'n Haufen Benehmen lernen mußten, als ob Sie noch 'n Mädchen waren, wo Sie doch in so vornehme Schulen gegangen sind. Aber das steht Ihnen nicht, und Sie sind viel besser, wenn Sie sich auf die eigene natürliche Art bewegen, statt immer mit sich selbst zu kämpfen und so zu tun, als ob Sie keine Beine hätten.«

Es entstand eine Pause. Dann sagte ich: »Aber . . .« und hielt inne.

»Schließlich«, sagte Alfie, »müssen Sie ja kein einziges Wort in der Nummer sagen, nich'? Na, das wäre wirklich 'ne harte Nuß, weil Sie so 'ne sanfte Stimme haben, und ich würde Monate brauchen, Ihnen beizubringen, wie man die Götter erreicht, wenn Sie es überhaupt je lernen würden.«

Noch eine Pause. Ich murmelte: »Aber . . .« und hielt wieder inne.

Ethel sagte entschlossen: »Es könnte die Nummer für uns retten.«

Mir fehlten die Worte. Ich hatte Angst vor dem, was auf mich zukommen sollte. Ich erinnerte mich, wie ich nur aus den Kulissen schon die beängstigende Feindschaft gespürt hatte, die in dieser großen dunklen Masse lauern konnte, die man das Publikum nannte.

»Wollen Sie es für uns versuchen, Bridie?« sagte Alfie. »Bitte?«

Ich wußte, ich konnte es nicht. Ich würde nie die Fähigkeit besitzen, Charlys Rolle zu übernehmen, Gesichter zu ziehen und auf schlanken, gummiweichen Beinen zu schweben, wie er es konnte. Ich würde nie den Mut besitzen, hinaus in das grelle Licht der Scheinwerfer zu gehen mit dem Wissen, daß jede Bewegung eines Komikers perfekt abgepaßt sein mußte, damit die Nummer gelang. Das konnte ich nie. Nie. Ich bemühte mich sehr, nicht daran zu denken, wie gut Alfie und Ethel zu mir – einer Fremden aus einer anderen Welt – gewesen waren, wie treu und großzügig und liebenswürdig. Ich wagte nicht, an das zu denken, was ich ihnen schuldete, denn ich würde ihnen jetzt die einzige Hilfe verweigern, um die sie mich je gebeten hatten.

Ich holte tief Atem, um die vernichtenden Worte auszusprechen. Dann sprudelte ich heraus: »Also gut, Alfie. Ich will's versuchen.«

Ich hörte diese Worte mit Entsetzen, aber nun gab es kein Zurück. Wie betäubt und mit einem Lächeln, das sicher fürchterlich aussah, nahm ich die Kleider von Alfie und ging in mein Schlafzimmer. Meine Beine schienen sich plötzlich in Holz verwandelt zu haben.

Als ich hinausging, hörte ich ihn sagen: »Gott schütze dich, Bridie. »Er hatte ›du‹ gesagt, ich war jetzt eine von ihnen.

Zehn Minuten später kam ich mir äußerst lächerlich vor: dunkelblaue Hosen, eine Jacke, die bis zum Hals zugeknöpft war, und eine Mütze mit Lackschirm. Ich hatte die Hosen ein paar Zentimeter aufgekrempelt, meine Füße waren nur mit Strümpfen bekleidet, weil Charlys Schuhe mir natürlich zu groß waren. Mein Haar hatte ich aufgesteckt, und die Mütze thronte oben drauf.

Alfie und Ethel studierten mich wortlos. Dann starrte mich Alfie durchdringend an, zeigte nach unten und sagte mit sehr lauter Stimme: »Arnold, so etwas nennen wir ein Loch.«

Ich war überrumpelt und mußte auch so ausgesehen haben. Alfie und Ethel wechselten einen erfreuten Blick. »Das ist gut«, strahlte er. »Kannst du das Gesicht noch einmal machen, Bridie?«

»Was für ein Gesicht?«

»Na, das, was du eben gemacht hast.«

»Ach so, Hm . . . so etwa?« Die Panik in mir war schwächer geworden, und ich fühlte mich jetzt ruhiger, denn mich tröstete die Gewißheit, daß ich mich in jeder Hinsicht als so ein elender Reinfall erweisen würde, daß Alfie innerhalb weniger Tage seinen Plan aufgeben würde.

»Nein, nicht ganz so«, sagte er. »Du wirst es mal 'ne Weile im Spiegel üben müssen, aber darüber wollen wir uns jetzt nicht den Kopf zerbrechen. Mit deinem Gesicht wirst du keine Schwierigkeiten haben, die Götter zu erreichen, wenn ich dir erst mal beigebracht hab', wie man den Kopf oben behält. Und ich schätze auch nich', daß es allzu schwer sein wird, dich dazu zu bringen, deinen ganzen Körper und die Arme und die Beine als Ausdrucksmittel zu benutzen. Die Tanzerei ist das allerschwierigste, bis du den Bogen raus hast, also fangen wir heute abend gleich damit an. Erst wollen wir dich mal ansehen.«

»Schöne lange Beine«, murmelte Ethel, während die beiden mich von oben bis unten begutachteten. »Wir müßten natürlich die Kostüme ein bißchen ändern, aber das ist 'ne Kleinigkeit. Allerdings weiß ich nich', was wir mit dem Haar machen.«

Ich sagte sofort: »Ich werde es kurz schneiden lassen, wenn ihr das wollt.« Ich hätte mir mit Freuden meinen Kopf rasieren lassen, nur um meinen guten Willen zu zeigen, denn mit jedem Moment, der verging, war ich überzeugter davon, daß meine mangelnden Fähigkeiten mich retten würden. Dann wenigstens würde ich kein Schuldgefühl haben.

Alfie schüttelte den Kopf. »Nein«, sagte er fest. »Wir lassen es genauso wie es ist, mit der Mütze oben darauf, Ethel. Ich meine, es hat keinen Zweck, sie als Charly anzubieten. Das hätten die Leute bestimmt nicht gern. Wir sollten 'ne große Schau daraus machen, daß sie 'n Mädchen is'. Es in ›Die Bühne‹ setzen. Auch in 'ne normale Zeitung, wenn wir es reinkriegen können. Ich meine, das wär 'ne Spezialität in der Nummer, nich'? Sie würde 'ne Hosenrolle spielen wie Vesta Tilley, nur in 'ner Truppe.«

Alfies breites Gesicht begann wachsende Begeisterung zu zeigen, während er sprach. »Morgen kaufen wir 'n paar anständige Stiefel, und dann verbringen wir den Tag unten in Macs Übungssaal, an der Charing Cross Road. Ich kann Vera dazu kriegen, für 'n paar Shilling Klavier zu spielen.« Er tätschelte meinen Arm. »Aber heute abend können wir schon mal anfangen. Behalt die Hose und die Strümpfe an, Bridie, aber geh und zieh die Jacke aus, und zieh dir 'ne Bluse oder irgendwas Leichtes an. Nein, noch besser, eins von Charlys Hemden. Such ihr mal eins raus, Ethel, in der Jacke kann sie nicht arbeiten, da schwitzt sie drin.«

Es war neun Uhr, als Alfie langsam zu zählen begann: »Eins, zwei, drei, vier . . .«, während er mir zeigte, wie man einen Schritt ausführte, der sich »Krabbengleitschritt« nannte. Mit seinem schweren Körper war er nicht so elegant wie Charly, aber ich war überrascht, wie geschickt er den Eindruck erweckte, als ob er seitwärts schwebte und mit seinen Füßen kaum den Boden berührte.

»Es ist 'ne Bewegung, die man mit Hacke und Spitze des Fußes macht, Bridie, siehst du? So. Aber wenn man den Schritt macht, verlegt man eigentlich nur das Gewicht auf ein Bein, während man den Körper so hält, und dann sieht es aus, als ob man sich auf dem anderen Bein bewegt; nur, der Fuß berührt den Boden nicht, siehst du? Und dann auf die andere Seite und wieder zurück, und vice versa, wie man sagt. Jetzt versuch du es mal mit mir zusammen, ganz langsam . . . Eins, zwei, drei, vier . . .«

Ich starrte kummervoll auf meine Füße hinab, denn die kapierten gar nichts. Dann blickte ich auf. Alfie sagte: »Das ist ein guter Gesichtsausdruck. Hol mal den großen Spiegel vom Haken im Badezimmer, Ethel, so daß sie reinschauen kann, wenn wir 'nen guten Ausdruck sehen. Richtig machst du das, Bridie. Noch mal.«

Und noch einmal . . . und noch einmal . . . und noch einmal – eine Ewigkeit – versuchte ich, die schwebend einfachen Bewegungen von Alfies Füßen nachzumachen. Nach einer halben Stunde brach ich in Tränen aus. Ethel sagte: »Na, na, Schätzchen, nun reg dich doch nicht auf. Man muß es immer wieder probieren. Du kannst doch nicht erwarten, es in fünf Minuten zu lernen, nich'? Oh, Sekunde, laß die Augen mal genauso hochgerollt, und schau in den Spiegel. Ich halte ihn dir. Siehst du? Das ist ein herrlicher Ausdruck für den Moment, wo Alfie wütend wird, wenn du ihm die Finger in der Trittleiter einklemmst und wo du so 'ne Art Weinen zeigst. Weißt du noch?«

Alfie wischte sich die Stirn und sagte: »Noch einmal, Bridie. Jetzt . . .«

Um zehn Uhr haßte ich Alfie und Ethel. Ich hatte gelernt, was Alfie vier Takte vom Krabbengleitschritt nannte. Aber die Art, wie ich die Schritte ausführte, war plump. Ich wußte, was ich mit meinen Füßen, meinen Armen und meinem Körper machen mußte, aber ich tat es mit bleierner Langsamkeit, und ich trapste und hüpfte, wo Alfie schwankte und schwebte. Ethel machte Tee, und ich saß schweigend da, während wir uns fünf Minuten lang ausruhten. Dann meinte Alfie: »Sie fühlt sich sicher besser, wenn sie wieder anfängt. Es is' erstaunlich, was 'ne kleine Pause ausmacht.«

Ethel seufzte und lachte ein bißchen, während sie mich anschaute. »Ich weiß genau, wie du dich fühlst, Kind. Ich kann mich noch immer an die Zeit erinnern, vor all den Jahren, als Alfie mir sagte, ich sollte in 'nem Sketch mitspielen, wie dein Vater das vorgeschlagen hatte. Bin halb wahnsinnig vor Angst gewesen, ehrlich. Aber es is' komisch, man kommt tatsächlich drüber weg.«

Um elf Uhr hatte ich entdeckt, daß das, was ich für eine ganze Serie von Schritten gehalten hatte, in Wirklichkeit aus einem einzigen Grundschritt entstand, der mehrere Male in schneller Folge und mit kleinen Variationen wiederholt wurde. Ich konnte jetzt die Bewegungen von acht Takten durchgehen, das reichte aus, um mich einmal über die durchschnittlich große Bühne hin und zurück zu bringen, und wir benutzten jetzt das Wohnzimmer, den Korridor und ein Schlafzimmer mit offenen Türen, um die Strecke zu erhalten, die wir brauchten.

Mein Hemd war naß vor Schweiß. Mein Haar hatte sich schon lange aufgelöst; ich hatte es mit einem Band zusammengebunden, damit es aus dem Weg war, und es hing mir jetzt schlaff den Rücken hinunter. Ich haßte meine Freunde nicht länger, ich war zu müde, um überhaupt noch etwas zu empfinden. Ich kam mir vor wie in einem Traum, in dem ich einfach ohne Gedanken dieselben Bewegungen wieder und wieder und wieder versuchte, denn ich mußte nicht länger darüber nachdenken, was ich tat. Ich hatte das Gefühl, daß ich Teil eines Verkleidungsspiels war, daß ich endlos in Männerhosen und mit einem Männerhemd umhersprang und hüpfte. Ich trug außerdem jetzt ein paar von Charlys Socken, denn meine Strümpfe waren durchgewetzt, und ich hatte sie weggeworfen.

Um halb zwölf sagte Alfies Stimme: »Gut. Noch einmal, Bridie.« Wir gingen durch den Korridor zurück ans andere Ende des Wohnzimmers, und ich nahm meine Ausgangsstellung wieder ein. Kopf zurück, Knie leicht gebeugt, Hände in den Hosentaschen (die kamen erst heraus, wenn Alfie den dritten Takt abzählte), und das »Hinterteil« stand leicht vor. Die Benutzung des Hinterteils war wichtig und Alfie hatte zuerst einige Mühe gehabt, ein passendes Wort dafür zu finden, denn der Ausdruck sollte für mich nicht vulgär oder abstoßend wirken. Nachdem er zuerst verlegen vom »oberen Teil der Beine« und vom »vorgewölbten Teil« gesprochen hatte, war das Wort »Hinterteil« von mir selbst gekommen, weil ich mich an die Benimmlektionen erinnerte, von denen Ethel gesprochen hatte. Alfie nahm das Wort dankbar auf.

Während ich auf sein Zählen wartete, war mein Gehirn völlig leer. Was ich hier machte, das tat ich einfach für Alfie, und ich würde so lange weitermachen, wie er es wünschte oder bis ich zusammenbrach. Mehr war es ja nicht. Er sagte: »Eins, zwei, drei, vier . . .«, und ich begann, die gleichen Schritte zu machen, die ich jetzt mehrere hundert Male geübt hatte.

Irgend etwas war anders. Mein Verstand wachte plötzlich

auf und begriff, daß eine Änderung eingetreten war, obwohl ich nicht hätte sagen können, wie es dazu kam oder was es eigentlich war, aber ich glitt ganz sanft . . . fast ganz sanft . . . ich schwebte . . . ich schwebte fast . . . und trotz aller Schwäche fühlte sich mein Körper leichter an, flüssiger, harmonischer in sich selbst, als ich es je gekannt hatte. Ein Gefühl des Erstaunens und der Freude wallte in mir auf, als ich zum Stehen kam.

Alfie sagte: »Nicht schlecht. Probier es noch einmal, Bridie.«

Ich probierte, aber das magische Gefühl war fort. Alfie sagte: »Hör auf, drüber nachzudenken, was du tust. Deine Füße und dein Körper, die wissen, was sie tun müssen; laß also einfach deine Füße und deinen Körper für dich arbeiten.«

Nach weiteren fünf Versuchen kam die Zauberei zurück, und sie blieb auch während der nächsten drei Versuche. Alfie sagte: »Richtig, du hast 'nen guten Anfang gemacht, und es ist fast Mitternacht. Jetzt schieß los und nimm ein heißes Bad, Bridie. Morgen früh bist du mit Sicherheit steif, aber Ethel kann dir Übungen zeigen, die dich wieder lockerer machen, und in zwei, drei Tagen ist alles in Ordnung.«

Folgsam sagte ich gute Nacht und ging ins Badezimmer, um mir ein Bad einlaufen zu lassen. Wenig später lag ich schläfrig in der Wanne und spürte, wie das heiße Wasser den Schmerz aus meinen müden Muskeln herauszog. In mir war keine Energie mehr übrig, um nachzudenken, aber ich spürte einen winzigen Funken Triumph, irgendwo tief in mir. In dieser Nacht schlief ich sehr tief, und als ich am nächsten Morgen aufstand, war ich weniger steif, als ich erwartet hatte, vielleicht, weil ich vom Fahrradfahren her trainiert war.

Minnie hatte schon Frühstück gemacht, wie gewöhnlich, und als sie zum Bettenmachen hinausging, blickte Alfie von seinem Teller mit gegrillten Nieren und Speck auf und sagte: »Letzte Nacht haben wir vergessen, über Geld zu reden, Bridie.«

Ich ging im Geiste gerade den Krabbengleitschritt durch und sagte: »Geld? Was für Geld, Alfie?«

Er grinste. »Hör mal 'ne Minute auf, im Kopf vor dich hin zu tanzen, junge Dame, und hör zu. Wenn du mit in der Nummer bist, kriegst du auch 'ne anständige Gage. Ich habe es mit Ethel besprochen, und wir schätzen, vier Pfund in der Woche und alle Spesen.«

Mein Gesicht drückte nur noch verblüfftes Staunen aus. Dann krächzte ich endlich: »Vier Pfund? Aber das ist ja lächerlich!«

Ethel kicherte über meinen Gesichtsausdruck, ihr riesiger Knoten schwankte. »Charly kriegt fünf Pfund, zehn Shilling«, sagte sie. »Wir würden dir ja das gleiche zahlen, nur, wir wissen, du würdest ein Heidentheater deswegen machen.«

»Aber . . . aber vier Pfund?«

»Erhöhung auf fünf nach dem ersten Monat auf der Bühne«, sagte Alfie. Er schmunzelte. »Guck doch nicht so verdattert, liebe Bridie. Es gibt 'nen Haufen Herren aus Berufen, wie zum Beispiel Anwälte und Ärzte, die mit Freuden das annehmen würden, was 'ne gute Saison im Varieté einem einbringt. 'ne gute, wohlgemerkt. Und das ist nichts Neues. Verdammich, ich weiß noch, vor dreißig Jahren, als der alte Morton wirklich stark in den neuen Varietés war, da hat es Sänger – Komiker gegeben, die zuerst für 'n Appel und 'n Ei in Evans Lokal mit Abendunterhaltung in Covent Garden aufgetreten waren, und dann haben sie plötzlich im Canterbury dreißig, vierzig Scheine in der Woche eingenommen.« Er rührte in seinem Tee und schaute in tiefer Erinnerung aus dem Fenster, hinter dem man Holborn sehen konnte. »Alfie Perkin & Company nimmt nie weniger als fünfunddreißig Scheine in der Woche ein«, sagte er. »Wenn wir also zwei Häuser pro Nacht haben oder vielleicht drei, dann sind wir doch gut im Geschäft, was? Ich schätze, wir können uns deine vier Pfund leicht genug leisten, Bridie, und du wirst sie dir ehrlich verdienen, keine Angst.«

Ich saß da und starrte über den Tisch zu ihm hinüber. Mein Kopf schwirrte. Vier Pfund in der Woche, das war Reichtum. Niemand mit einem normalen Beruf konnte auch nur annähernd soviel Geld verdienen. Das würde mit Sicherheit all meine Geldprobleme lösen, wenigstens, solange es dauerte. Ich fühlte mich zwischen Furcht und Glück hin und her gerissen, denn ganz plötzlich war für mich etwas Wirklichkeit geworden, was ich nie für möglich gehalten hatte. Ich würde etwas tun, von dem ich gedacht hatte, daß ich es nie wagen würde: Ich würde in einem Varieté auftreten.

Diesen Tag verbrachte ich mit Alfie in einem großen Raum über einem Wirtshaus auf der Charing Cross Road. Dieser und andere Räume wurden für ganz oder halbe Tage als Übungsräume vermietet. Auf dem Weg dorthin hatten wir bei einem Laden für Theaterkostüme auf der Drury Lane angehalten, und dort hatte Alfie mir drei Paar schwarze Stiefel gekauft. Es waren Männerstiefel, aber keine gewöhnlichen, denn sie waren so weich und biegsam, daß sie sich wie Handschuhe an meinen Füßen anfühlten, als ich sie anprobierte. Die Verkäuferin, die uns bediente, zeigte überhaupt keine Überraschung darüber, daß sie mir Männerstiefel anpaßte. Wir kauften außerdem ein paar dünne wollene Unterhemden und Hosen, Socken, zwei Paar leichte Baumwollhosen und zwei lose Tuniken. Es war Alfie überhaupt nicht peinlich, Unterwäsche für Damen zu kaufen, und ich stellte fest, daß es mir genausowenig peinlich war, in seiner Gesellschaft zu sein. Seit ich meine Varietéfreunde kannte, kamen mir manche Einstellungen, mit denen ich aufgewachsen war, nicht mehr vornehm, sondern prüde vor.

Wir teilten unseren Übungsraum mit einem Jongleur, der nur das eine Ende des Raumes und keine Musik brauchte, weil er an einem Trick übte, bei dem er zwei Billardkugeln auf der Spitze eines Stocks balancierte, den er auf sein Kinn gestellt hatte. Am anderen Ende des Raumes stand ein sehr altes Klavier, und daran saß eine rundliche, grauhaarige

Dame, die Vera hieß. Auf dem Klavier stand ein Glas, und auf dem Boden neben ihr waren drei Flaschen Starkbier. Die ganze Wand an dieser Seite wurde von einem gewaltigen Spiegel in Anspruch genommen.

In einer winzig kleinen, schmutzigen Garderobe wechselte ich die Kleider. Ich zog die Trainingssachen an, die Alfie für mich gekauft hatte . . . Hemd und Unterhose, Baumwollhose und Tunika, Socken und Stiefel. Meine eigenen Kleider legte ich in einen Koffer, den wir mitgebracht hatten, trug ihn zurück in den Übungsraum und stellte ihn neben das Klavier, denn vorher hatte mir Alfie fröhlich gesagt: »Es gibt 'ne ganze Menge Langfinger hier. Alles, was nicht angenagelt ist, lassen sie mitgehen.«

Seine eigenen Übungssachen hatte er schon zu Hause angezogen, und sobald ich aus der Garderobe zurück war, begannen wir zu arbeiten. Zu meiner unendlichen Erleichterung war ich in der Lage, den Krabbengleitschritt sofort und mit dem fast magischen Effekt des Schwebens vorzuführen. Ich konnte mich jetzt in dem großen Spiegel sehen, und Alfie verbrachte die erste Stunde damit, mich dazu zu bringen, meine Arme, meinen Kopf und selbst die Finger in einer besonderen Art zu benutzen, damit der leichte, seltsame Eindruck des Schrittes unterstrichen wurde. Wenn ich über die Haltung meines Kopfes nachdachte, verloren meine Beinbewegungen jede Flüssigkeit, und wenn ich an meine Arme dachte, vergaß ich meinen Kopf. Alfie zeigte niemals eine Andeutung von Ungeduld, sondern er war ruhig und freundlich, und er bestand darauf, daß ich weitermachte, wenn ich der Verzweiflung nahe war.

Nach einer Stunde war ich plötzlich in der Lage, alle Elemente des kleinen Tanzes zu verbinden, wenn auch in einer noch etwas unbeholfenen Art. In diesem Augenblick legte Vera auf Alfies Anweisung das Magazin fort, in dem sie gelesen hatte, und begann, ein paar Stücke der bekannten Musik zu spielen, die in den verschiedenen Teilen von Alfies Sketchen als Hintergrund benutzt wurde. Das half mir mehr, als ich erwartet hatte, und ich wurde ganz aufgeregt, während ich im Spiegel sah, wie die Gestalt in Hosen über den Fußboden schlidderte.

»Gut«, nickte Alfie endlich. »Das werden wir jetzt jeden Tag 'ne halbe Stunde üben. Jetzt fangen wir mal mit dem Hühnerschritt an, und du bleibst mit dem Rücken zum Spiegel, bis du ein Gefühl für den Schritt entwickelt hast, Bridie. So geht's; sieh mir jetzt mal zu . . . Du machst so 'ne Art gegensätzliche Bewegung mit dem Kopf und mit dem Hinterteil, siehst du? Das Gegenteil von normal. Und dann streckst du jedes Bein hier, bei diesem Teil des Schrittes, und nicht so, wie du es normalerweise tust. Also, jetzt probier es mal mit mir zusammen.«

Nach einer halben Stunde war ich wieder verzweifelt, und Alfie befahl eine Viertelstunde Pause. Wir saßen auf wackeligen Stühlen in der Nähe des Klaviers, wir atmeten schwer und waren feucht vor Schweiß. Vera las in ihrem Magazin und trank ihre erste Flasche Starkbier aus. Der Jongleur war für eine halbe Stunde fortgegangen, um sich mit seinem Agenten zu treffen, und hatte uns gebeten, seine Kleider und Requisiten im Auge zu behalten.

Ich sagte ganz zerknirscht: »Ich versuch' es ja wirklich, Alfie, aber ich bin anscheinend zu blöd. Ich kapier's einfach nicht.«

Er zog die Lippen zusammen und schaute mich an, während eine Augenbraue nach oben zuckte. »Du versuchst es?« sagte er sanft. »Ja, du versuchst es ganz sicher, Bridie, aber du hast ja gerade erst angefangen. Guck dir diesen Jongleur mal an, Joey Randall. Hat ein Jahr gebraucht, bis er sechs Keulen zur selben Zeit jonglieren konnte. Und vielleicht braucht er noch mal zwei Jahre, bis er die Billardkugeln balancieren kann. Frag mich nicht, warum, denn er wird immer ganz unten auf dem Programm stehen, so, wie der säuft. Cinquevalli, das ist der einzige Jongleur, der irgendwie der Spitze nahekommt, und von dem gibt's nur einen. Egal, Joey arbeitet jetzt schon sechs Monate an diesem Billardtrick. Denk mal drüber nach, Bridie.«

Ich dachte darüber nach, und begriff, daß ich bis jetzt erst weniger als sechs Stunden geübt hatte. Ich entschloß mich, nicht mehr nachzudenken, nicht mehr irgend etwas von mir erwarten zu wollen, sondern einfach weiter zu machen und versuchen, Alfies Anweisungen zu folgen.

Nach einer weiteren Stunde Arbeit nahmen wir ein leichtes Mittagessen in einem kleinen Schnellimbiß ein, das nicht weit von den Übungsräumen lag. Ich trug meinen Mantel über meinen Übungskleidern, und zog auch ein paar neugierige Blicke auf mich, aber die Charing Cross Road schien eine Gegend zu sein, in der Schauspieler und Musiker gang und gäbe waren, und ungewöhnliche Kleidung oder exzentrisches Benehmen erregte wenig Aufmerksamkeit. Ich sah mehrere Leute, die kostümiert oder teilweise kostümiert waren, und ich erfuhr von Alfie, daß diese Leute zu einem Ensemble gehörten, das gerade Generalprobe hatte. Sie spielten in einem Stück, das »Der Richter ist eine Frau« hieß und das man nächsten Tag im Garrick eröffnete.

Vera hatte unsere Sachen bewacht, und wir brachten ihr zwei weitere Flaschen Starkbier mit, damit sie den Nachmittag durchhielt. Nach einer halben Stunde erlaubte mir Alfie, mich im Spiegel beim Hühnerschritt zu beobachten, so daß wir an den Feinheiten arbeiten konnten. Und danach begann ich, den Schritt mit Musik einzuüben.

Am Ende des Tages war ich zwar müde, aber merkwürdigerweise fühlte ich mich nicht annähernd so erschöpft, wie ich nach meiner Arbeit als Verkäuferin in Lady Graingers Putzmachergeschäft gewesen war. Nach drei Tagen schlossen meine Fortschritte schon den »Schlurf-Spring-Schritt« ein, den »Trauerweidenschritt«, den »Storchenschritt« und den »Verzögerten Schritt«, und ich war in der Lage, all diese Schritte zu kombinieren; je nachdem, wie das bei den verschiedenen Tänzen notwendig war, die Charly in jeder der Nummern vorführte. Im Augenblick beherrschte ich diese Tänze schlecht, aber es zeigte sich, daß ich so etwas wie einen persönlichen Stil entwickelt hatte, der in sich selbst komisch war. Das kam ganz unfreiwillig, es war einfach passiert. Am vierten Tag kam Ethel mit in den Übungsraum. Alfie hatte sie vorher gebeten, fortzubleiben, so daß sie meinen Fortschritt unvoreingenommen sehen konnte. Außerdem war sie auch sehr beschäftigt gewesen, weil sie mit Harold alle Vorbereitungen für die Tournee treffen mußte.

Ich war nervös, aber ich tanzte alle meine Schritte zur Musik vor, und am Ende gab es keinen Zweifel mehr, daß Ethels Freude echt war. »Oh, Ehrenwort, du hast Wunder vollbracht, Bridie, ehrlich. Mein Charly hat gesagt, das würdest du auch, und er war sich da ganz sicher. Sie wird es prima hinkriegen, nich', Alfie?«

Er nickte und kniff zwinkernd ein Auge zu. »Wir werden es prima hinkriegen, Ethel. Haste gesehen, wie sie ihr Hinterteil benutzt, mit diesem komischen kleinen Zucken, beim Stelzen und beim Verzögerten?«

»'türlich hab' ich das bemerkt.« Ethel strahlte mich an. »Du hast uns ehrlich vor 'ner Katastrophe bewahrt, Bridie.«

Eine Welle der Panik überrollte mich. Ich hatte mich so stark auf die Arbeit konzentriert, daß ich keinen Gedanken an das Ziel dieser Arbeit verschwendet hatte. Ich sagte: »Oh Gott! Ich habe solche Angst, daß ich zur Statue einfriere, wenn ich je auf die Bühne komme, und daß ich mich überhaupt nicht mehr bewegen kann.«

»Du wirst dich bewegen«, sagte Alfie fröhlich. »Dafür sorge ich schon. Jetzt laß uns mal alles überschlagen, ja? Wir nehmen uns noch vier Tage für die Tanzerei . . . nein, dreieinhalb Tage. Morgen ist Sonntag, und den Besuch bei deiner Schwester Kate darfst du nicht verpassen; machen wir morgen also 'nen halben Tag draus. Den Mittwoch werden wir dann anfangen müssen, 'nen halben Tag zu tanzen, und den Rest zum Üben für das Stück. Wir nehmen das mit dem Tapezieren, weil man für das Wasserwerk mehr Proben braucht, damit die Wasserstrahlen ganz genau kommen. Ethel, du wirst jeden Nachmittag für das Stück hierherkommen, weil wir es immer wieder üben müssen, alle zusammen, mindestens vier Stunden am Tag. Sonst kriegen wir die Sekundenarbeit nicht zusammen. Und abends können wir das Ganze dann noch mal durchgehen. Eins ist sicher . . .« Er wandte sich mir zu, legte die Arme um mich, drückte mich und preßte seine Wange an meine. »Wir werden nicht streichen müssen. Alfie Perkin & Company geht auf Tournee, das ist sicher.«

An diesem Abend ging ich mit Ethel zum Krankenhaus, um Charly zum ersten Mal zu besuchen. Die Unterhaltung mit ihm war so sparsam wie immer, aber er schien sehr erfreut zu sein, mich zu sehen, und versicherte mir immer wieder, daß ich in der Nummer »Spitze« sein würde.

»Sorg dafür, daß du reichlich Übung mit den Requisiten kriegst, Bridie. 'sonders mit dem Tapetenkleister. Darfst ihn nicht an die Stiefel kriegen, sonst versaut er dir deinen Tanz. Klebt, weißt du? Oh, und letzte Nacht ist mir noch was eingefallen. Deine Mütze. Achte drauf, daß sie 'nen richtig steifen Schirm hat. In meiner hab' ich 'n ganz dünnes Stückchen Holz. Es könnte sonst was passieren, wenn Onkel Alfie dich gegen die Wand lehnt und dich mit dem großen Kleisterpinsel vom Kopf bis zu den Füßen vollschmiert. Wenn der Mützenschirm 'n bißchen schlabbrig ist, kriegst du die Augen verkleistert, verstehste?«

Ich sagte: »Danke, Charly. In ein, zwei Tagen komme ich wieder. Ich freue mich über jeden Tip, der dir einfällt. Ich habe wirklich fürchterliche Angst.«

Er grinste, zwinkerte und ließ seinen Kopf wie auf einem Gummihals von Seite zu Seite gleiten, eine Bewegung, die mir Alfie peinlich genau als Teil des Trauerweidenschrittes beigebracht hatte. »'türlich hast du Angst«, sagte er. »Vor so was hat jeder Angst. Ich sag' dir, was ich die ersten paar Mal gemacht hab', als ich dran war. Hab' mir immer dasselbe vorgebetet, jedesmal, wenn ich dachte, ich friere ein. Ich machte dann vielleicht gerade 'n paar Schritte oder ging irgendwas mit Onkel Alfie durch oder hab' irgend 'ne Pantomime gemacht, und dann hab' ich gedacht: ›Gott sei Dank, ich muß den Mund nich' aufmachen!‹ Denk da mal dran, Bridie. Es hilft unheimlich.«

»Das tut es sicher; danke, Charly.«

»Schon in Ordnung. Also, lach mal wieder, was? Du siehst ja total gehemmt aus, nich', Ma?«

»Na, wir haben sie aber auch so hart trainieren lassen, Charly.«

»Weiß ich, weiß ich, aber sie muß sich 'n bißchen entspannen. Komm, Bridie, grins mal.«

Während ich Charlys spitzes, strahlendes Gesicht ansah, dachte ich daran, wie freundlich und selbstlos er gewesen war und wie wenig er sich beklagt hatte, und ich liebte ihn plötzlich so, als ob er mein Bruder gewesen wäre. Voller Ärger über mich selbst, weil ich so egoistisch gewesen war, schob ich alle Ängste und Befürchtungen, die mich bedrückten, beiseite, schloß langsam ein Auge, ließ meinen Kopf von der einen zur anderen Schulter gleiten, mit der gleichen Kopfbewegung, die auch Charly gemacht hatte, und dann zeigte ich ihm all meine Zuneigung in einem Lächeln. Ich wußte, daß ich zumindest meinem Gesicht vertrauen konnte, denn es zeigte ehrlich, was ich fühlte.

Er lachte erfreut und klatschte sich auf seinen unverletzten Schenkel. »So muß es aussehen, Bridie. Du wirst es schon schaffen.«

Am nächsten Tag, einem Sonntag, ging ich wie gewöhnlich zu Signore Peroni, um dort Tee zu trinken und einige Zeit mit Kate zu verbringen. Nach sorgfältigen Überlegungen hatte ich mich entschlossen, diesmal für längere Zeit auf Wiedersehn zu sagen, so daß ich den ganzen nächsten Sonntag mit Alfie und Ethel arbeiten konnte. Jede Stunde Übung war kostbar, und ich wollte meinen Kopf von allen anderen Gedanken frei haben. Als ich Kate die Geschehnisse erzählt hatte, brach sie fast mit einem Lachkrampf in ihrem Sessel zusammen und preßte die Hände über den Mund.

»Oh, Bridie, nein!«

»Doch. Ehrlich.«

»Du meinst, du wirst auf der Bühne spielen? In diesen

Sketch, den wir im Pantomimentheater gesehen haben?«

»Ja.«

»Du wirst komische Tänze vorführen und dich ganz mit Kleister vollschmieren lassen und das große Porträt übertapezieren und . . .?«

»Ja, Schwesterchen. Und ich werde in die Standuhr eingesperrt, und ich mache blödes Zeug mit der Planke, und ich tanze am Ende mit Ethel. Ich spiele Charlys ganze Rolle.«

»Aber Bridie, das kannst du doch nicht! Ich meine, du weißt doch nicht, wie man das macht!«

»Na, ich habe wie ein Pferd daran gearbeitet, und Alfie ist sicher, daß ich es schaffe. Ich habe noch zwei Wochen zu trainieren.«

»Aber wirst du nicht vor Angst sterben?«

»Schon möglich, aber ich werde mich jedenfalls dagegen wehren.«

»Darf ich das Signore Peroni und seiner Familie erzählen?«

»Aber ja, natürlich. Ich wollte es ihnen selbst sagen, beim Tee, weil ich mehrere Monate lang auf Tournee sein werde, und dies ist das letzte Mal für längere Zeit, daß ich dich besuchen werde.«

Kate sah ein bißchen erschreckt aus. »Oh, ich werde dich vermissen, Bridie.«

»Ich schreibe dir jede Woche, und ich gebe dir eine Liste von Terminen und Theatern, so daß du weißt, wohin du mir schreiben kannst.«

»Ja, bitte, ich werde so darauf warten, von dir zu hören. Aber du wirst mir doch nicht böse sein, wenn meine Briefe weniger oft kommen, nicht wahr? Ich bin immer so beschäftigt.«

Ich lachte. Kate war immer eine faule Briefschreiberin gewesen. »Nein, Liebes, ich werde nicht böse sein«, sagte ich.

Sie schaute auf ihre Hände hinab. Sie massierte sanft die langen, wunderschönen Finger und sagte dann langsam:

»Bridie, hat Mama oder Papa irgendeine Botschaft für uns hinterlassen? Einen Brief vielleicht?«

Viele Wochen hatte ich jetzt nicht an den Brief gedacht, den Tom Kettle mir gegeben hatte, und ich war mir auch nicht sicher, ob ich darüber reden wollte. Um mir Zeit zum Denken zu geben, sagte ich: »Eine Botschaft? Warum fragst du?«

»Ach . . . Ich habe einfach neulich mal darüber nachgedacht. Ich war fast sicher, daß Papa irgend etwas Schriftliches für Mama zurückgelassen haben würde. Du weißt, wie er sie angebetet hat.«

In diesen Sekunden entschied ich, daß Kate ein Recht hatte, die Wahrheit zu wissen, und ich sagte: »Ja. Er hat einen Brief für Mama bei Tom Kettle hinterlassen, der ihn mir gegeben hat. Aber Mama war zu krank, als daß ich ihn ihr hätte zeigen können, und dann ist sie gestorben.«

»Bei Tom Kettle?« Kate starrte vor sich hin. Dann stieß sie ein komisches kleines Gelächter aus. »Ja, ich schätze, das ist genau Papas Art, so etwas zu tun. Hast du ihn gelesen, Bridie?«

»Ja, nachdem Mama gestorben war. Es war so eine Art . . . nun, ein Liebesbrief.«

»Ohne irgendeine Botschaft?«

»Ach, ich habe mich tatsächlich für kurze Zeit gefragt, ob ein Teil davon nicht eine verschlüsselte Botschaft sein könnte, aber ich bin sicher, das stimmt nicht.«

»Hast du ihn behalten?«

»Ich hab' ihn irgendwo weggepackt. Aber warum?«

»Ach, ich dachte nur, ich würde ihn gern mal sehen. Du kannst nicht vollkommen sicher sein, daß keine verschlüsselte Botschaft darin enthalten ist.«

»Nun, wenn eine da ist, dann war Mama die einzige, die sie möglicherweise verstanden hätte.« Mir war plötzlich kalt. »Ich suche den Brief, und ich zeige ihn dir dann, wenn ich Zeit habe. Aber ich bin sicher, es ist nur ein Privatbrief. Und jetzt erzähl mir mal, wie du im Konservatorium zurecht kommst.«

Ihr schönes Gesicht leuchtete, ihre Augen glühten, und sie sagte: »Ich bin so glücklich dort, Bridie, wirklich. Was meine Musik angeht, da mußt du Signore Peroni fragen.«

Als ich das wenig später tat, machte er eine merkwürdige Geste des Lobes. Er lehnte den Kopf zurück, hob die Augen zum Himmel und breitete die Finger an einer Hand aus, als ob er einen unsichtbaren Ball hielte. »Sie hat eine große Schritt nach vorn getan, Miss Bridie«, sagte er ernsthaft. »Ich denke, daß zu gehen in die Conservatorio und zu sein mit andere Studenten, ist viel gut für Kate gewesen. In ihre Spiel ist jetzt ein neue Wärme und innere Leben. Es darf nicht werden zu stark. Immer man muß spielen mit die Kopf, die Verstand. Aber es ist gut, auch spielen mit die Herz.«

Kate schien glücklich zu sein, und ich war unendlich dankbar, daß das so war. Als ich Signore Peroni und seiner Frau erzählte, was mit Charly passiert war und daß ich seine Rolle in der Varieténummer übernehmen würde, versuchten sie höflich, ihr Erstaunen zu verbergen, aber mit wenig Erfolg.

»Glauben Sie, daß Sie dabei glücklich sein werden, meine Liebe?« fragte Mrs. Peroni. »Das muß doch ein sehr komisches Leben für eine junge Dame wie Sie sein.«

Ich schaffte es zu lächeln und sagte: »Nun, mit meinen Freunden bin ich sehr glücklich, aber im Augenblick bin ich halb wahnsinnig vor Angst, wenn ich nur an die Bühne denke. Ich erwarte aber, daß es mit der Zeit bessergehen wird.« Ich schaute Signore Peroni an. »Erstaunlicherweise ist es eine sehr gut bezahlte Arbeit, und wenn ich wieder zurückkomme, werde ich mit Sicherheit in der Lage sein, Kates Unterhalt noch ein weiteres volles Jahr zu bezahlen. Glauben Sie, daß ich Kate noch einmal spielen hören kann, ehe ich heute nachmittag wieder nach Hause fahre?«

»Aber natürlich.« Er breitete seine Arme ein wenig aus und lächelte mich an. »Sie sind nicht einfach ihr Schwester, Signorina Bridie. Sie sind auch ihr gute Fee, wie in die Pantomime, si?«

Ich fand, daß das, was er über Kates Fortschritt gesagt hatte, der Wahrheit entsprach. Sie spielte mein Lieblingsnocturne von Chopin, und in ihrem Vortrag war ein aufregender neuer Klang, selbst für mein recht ungeschultes Ohr. An diesem Tag hörte ich inniger denn je zu, denn ich wußte, es würden viele Monate vergehen, ehe ich sie wiedersah. Ich konnte noch nicht wissen, daß dieses Wiedersehen in einem anderen Land stattfinden würde und unter so grausamen Umständen für meine geliebte Kate, daß mir das Herz darüber brechen würde.

Holborn war fast menschenleer, und die Dämmerung hatte sich schon niedergesenkt, als ich mich an diesem Abend meinem Haus näherte. Ich hatte die Karbidlampe an meinem Fahrrad angezündet, und der Mann, der immer die Gaslaternen anzündete, hatte soeben seine Runde gemacht. Ich war auf dem oberen Teil der Königsstraße angekommen. Ein kleines Stückchen vor mir rief ein Mann eine Droschke heran; er stand im Schein einer Straßenlaterne und hob einen Spazierstock, an dem ich ein Glitzern von Silber bemerkte. Als ich vorüberfuhr, erhaschte ich nur einen Blick auf sein Gesicht, und ich wußte sofort, daß ich diesen Mann schon einmal gesehen hatte. Doch mir fiel nicht ein, wo das gewesen war. Er war keiner der Nachbarn in Grant Chambers, und er gehörte auch nicht zu einem von Alfies Freunden oder Bekannten. Ich hatte ihn mit Sicherheit niemals im Laden gesehen, und ich war auch ganz sicher, daß dieses Gesicht keins von denen war, die ich aus Suffolk oder Cambridge kannte.

Es war wie ein kniffliges Puzzlespiel, und ich dachte während des ganzen Abends immer wieder darüber nach, trotz der Tatsache, daß wir zwei Stunden lang verschiedene Teile der Nummer durchspielten, damit ich die Anfangsgründe der Zeitplanung mitbekam. Und um drei Uhr morgens war ich durch den Schock der Erinnerung plötzlich hellwach. Ich kletterte aus dem Bett, zündete eine Kerze an und ging zu meiner Frisierkommode. Unter ein paar Papieren in einer der Schubladen zog ich die Fotografie hervor, die Philippe Chatillon mir gegeben hatte, und starrte sie an. Ein mageres Gesicht, weit auseinanderstehende Augen . . . kurzes, dichtes Haar. Dies war das Gesicht des Mannes, den ich in Holborn beim Anhalten einer Droschke gesehen hatte, des Mannes, den Philippe Chatillon einen Hochstapler, Lügner und Betrüger genannt hatte. Ich drehte das Foto um und schaute auf die Worte, die der französische Detektiv mit Bleistift in einer runden unordentlichen Handschrift hingeschrieben hatte: »Dieser Mann ist gefährlich.«

Kurze Zeit saß ich da und fragte mich, was ich jetzt tun sollte, aber dann wurde mir klar, daß man nichts tun konnte. Ich hatte den Mann in der Nähe meines Hauses gesehen, und ich bezweifelte, daß er mich auch gesehen hatte. Mit Sicherheit hatte er nicht versucht, mich anzusprechen, weder heute abend noch vorher. Wenn er doch an mich herantreten sollte, würde ich sehr vorsichtig sein. Ich würde ihm nicht trauen und Ethel und Alfie alles davon erzählen. Aber bis das geschah, hatte ich mehr als genug Probleme und Ängste, die meine Gedanken beherrschten, und das Beste, was ich im Augenblick tun konnte, war, wieder zu Bett zu gehen. Dennoch saß ich noch einige Zeit da und starrte im flackernden Kerzenschein das Bild an. Ich studierte das Gesicht, drehte das Foto dann wieder um und las die Worte auf der Rückseite.

Irgend etwas stimmte nicht. Irgend etwas fehlte. Es war, als ob man in einer Anzahl von Akkorden einen einzigen falschen Ton hört und nicht genau weiß, wann er aufgeklungen ist. Nach einer Weile schüttelte ich verärgert den Kopf, legte das Foto weg und kletterte wieder ins Bett. Ich sagte mir, daß es nur meine Phantasie war, die mit mir davonlief.

Am Ende der zweiten Woche meines Trainings hätte ich das, was Alfie »meine Routine« in dem Stück »Der Tapezierergeselle« nannte, im Schlaf vortragen können. Am Tag ging ich die Routine entweder körperlich im Übungssaal durch oder geistig, jederzeit, wenn ich sonst nichts zu tun hatte. Ich überlegte mir meinen Teil in der Nummer von dem Augenblick, in dem ich mit dem Eimer auftrat und den »Verzögerten Schritt« machte, bis zu den letzten Takten, bei denen ich mit Ethel in einem langsamen, übertrieben eleganten Menuett von der Bühne abging. Dieses Finale benutzte Alfie für beide Nummern.

Ich machte mir jetzt wegen der grotesken Tänze keine Sorgen mehr, denn viel größere Sorgen ergaben sich aus den tausendundeins winzigen Details, die ich nicht vergessen durfte. Wir übten jetzt mit Requisiten, und ich hatte genau in der richtigen Geschwindigkeit zu drehen, um zeitlich mit Ethel übereinzustimmen, die dabei mit dem Rücken zu mir sich immer wieder leicht niederbeugte, um mit Alfie zu sprechen. Der saß dabei auf dem Boden und versuchte, seinen Fuß aus dem Eimer herauszukriegen, in dem er feststeckte.

Jedesmal, wenn Ethel sich bückte, mußte die schwingende Planke um Haaresbreite an ihrem hohen Knoten vorbeisausen. Ethels Rolle mußte immer unendlich würdevoll sein, deshalb durfte die Planke niemals ihren Knoten berühren. Auch andere Katastrophen durften nicht über sie hereinbrechen. Solche Dinge wie die Planke, der sie haarscharf entging, brachten immer brüllendes Gelächter aus dem Publikum – wenigstens war das jedesmal so gewesen, wenn Charly die Rolle spielte. Ich sollte erst noch entdekken, was passieren würde, wenn ich die Rolle spielte.

Während der dritten Woche meines Trainings übten wir die Nummer den ganzen Morgen lang, und jeden Abschnitt gingen wir immer und immer wieder durch. Jeder Nachmittag war dazu bestimmt, den ganzen Sketch bis zu einem dutzendmal durchzugehen, aber niemals automatisch, sondern immer mit der Anstrengung, ihn hier und da zu verbessern.

Am Samstag besuchten wir Charly zum letzten Mal vor der Tournee. Wir hatten auf besondere Absprache hin eine kurze Zeit am Morgen vereinbart, weil wir am Nachmittag nach Nottingham abreisen würden. Harold war schon vorausgefahren, um alles Nötige für die Kulissen und die Requisiten zu erledigen und um eine Unterkunft für uns zu suchen – oder »Buden«, wie jedermann das nannte.

Zu unserer großen Erleichterung hatte Charly keine Komplikationen mit seinem gebrochenen Bein. Wenn alles gutging, würde er in einer Woche in ein Krankenhaus in Margate an der Ostküste gebracht werden, wo es Erholungsmöglichkeiten gab. Alfie hatte es so eingerichtet, daß er von einer Krankenschwester und einem Krankenträger begleitet wurde und daß er in einem Rollstuhl im Gepäckwagen reisen konnte.

Wir aßen an diesem Tag früh zu Mittag und verließen Grant Chambers um zwei Uhr. Als unser Zug aus dem St.-Pankraz-Bahnhof hinausrollte, überflutete mich plötzlich Panik. Was in aller Welt machte ich hier bloß? Wie hatte ich mir je vorstellen können, daß ich eine Varietékünstlerin werden und Charly Perkin ersetzen könnte? Das war der absolute Wahnsinn. Bridie Chance war ein unscheinbares Mädchen mit zwei linken Händen, dem immer alles schiefging. Mein ganzes Leben lang hatte man über mich gelacht, nicht etwa, weil ich Witz hatte oder ein Talent dafür, die Leute zum Lachen zu bringen, sondern weil ich einfach ein Mensch war, über den die Leute lachten.

Wir reisten erster Klasse, und im Speisewagen wurde uns ein guter Tee serviert, aber ich fühlte mich zu krank, um zu trinken. Ich war sicher, daß Alfie und Ethel wußten, was ich litt, und ich war froh, daß sie vernünftig genug waren, mir nicht meine Unsicherheit auszureden und meine Angst zu zerstreuen. Vielleicht wußten sie, daß dies Ängste waren, denen man sich stellen und die man ertragen mußte. Als wir Nottingham erreichten, fanden wir Harold dort vor, der mit zwei Kutschen auf uns wartete, um unser Gepäck zu den »Buden« zu bringen, die er für uns besorgt hatte. Er berichtete in kurzen Worten, daß alles in Ordnung wäre und daß er mit dem Direktor des Royal eine besondere Vereinbarung getroffen hätte, daß Alfie Perkin & Company am Sonntagmorgen die Bühne zwei Stunden lang benutzen durfte. Am Montagmorgen würde es für jeden auf dem Programm die übliche Orchesterprobe geben, aber Alfie wollte, daß wir am Tag vorher den Sketch zwei- oder dreimal durchgingen; ich sollte ein Gefühl für die Bühne entwickeln können, auf der ich tatsächlich zum ersten Mal auftreten sollte.

»Für den Sonntag kriegt man keine Kapelle«, sagte Harold knapp, während wir auf dem Bahnsteig standen und warteten, daß der Gepäckträger unsere Reisekisten ablud, »aber ich habe einen Klavierspieler besorgt, der für 'ne halbe Krone aus Dooleys Kneipe rüberkommt, Mr. Perkin.«

»Eines Tages wirst du mich noch mal ruinieren, Harold«, sagte Alfie. »Na, macht nichts. Hast du uns anständige Zimmer bei Mrs. Pratt besorgt?«

»Sind nicht schlecht. Ihres is' nich' besonders groß, aber das schöne Doppelzimmer hab' ich für Mrs. P. und Miss Bridie gekriegt. Das eine, das Sie normalerweise mit Charly teilen.«

»Das ist in Ordnung, ich benutz' mein Zimmer ja nur zum Schlafen. Ah, hallo, Maggie! Wie geht's denn, Schätzchen?« Die letzten Worte waren an eine dunkelhaarige, sehr hübsch angezogene junge Frau gerichtet, die aus einem anderen Teil des Zuges ausgestiegen war und jetzt über den Bahnsteig kam. Ihr folgte ein Gepäckträger, der einen Rollwagen mit einem großen Koffer vor sich herschob.

Sie blieb stehen und sagte: »Mir geht's gut, Alfie. Tut mir leid wegen Charly. Ich höre, du hast ein Mädchen als Ersatz für ihn?«

Alfie nickte zu mir hinüber und sagte: »Richtig. Freundin der Familie, Bridie Chance.«

Als er das sagte, fiel mir die junge Frau wieder ein. Sie war eine Komikerin namens Margaret Dane, und ich hatte ihre Vorstellung aus den Kulissen des Metropolitan gesehen, das erste Mal, als ich Alfies Tapezierersketch zugeschaut hatte. Und jetzt, als Alfie meinen Namen sagte, sah sie mich neugierig an und sagte: »Chance? War das nicht der Mann, der . . .?«

Sie brach ab. Alfie sagte: »Richtig, Maggie.«

Die junge Frau schenkte mir ein bedauerndes Lächeln und sagte: »Das tut mir aber leid. Viel Glück bei Alfie & Company.«

Ich antwortete: »Danke«, und mit einem freundlichen kleinen Nicken ging sie weiter.

Alfie murmelte: »Hat dir das was ausgemacht, Bridie?«

Ich schüttelte den Kopf. »Nein. Es kommt mir jetzt nicht mehr sehr wichtig vor.«

»Gut. Du wirst noch herausfinden, daß es auch für die Varietéleute nicht wichtig ist, wenigstens nicht für die meisten. Die haben Besseres, über das sie sich aufregen können.«

»Ich habe sie im Metropolitan gesehen, nicht?«

Ethel sagte: »Richtig, Kind. Sie war kurz nach der Pause dran.«

Alfie machte eine Grimasse. »Ist sie normalerweise immer. Nicht so 'ne besonders gute Künstlerin, die gute alte Maggie, aber sonst 'n nettes Mädchen.« Er schaute den Bahnsteig auf und ab. »Sieht so aus, als ob sie die einzige ist.«

»Die einzige?« echote ich, weil ich nicht wußte, was er meinte.

»Die einzige außer uns, die heute hier heraufgereist ist. Die meisten von den anderen kommen morgen, die machen heute abend erst die Woche in London zu Ende. Maggie muß geruht haben.«

»Ich bin froh, daß sie bei uns ist«, sagte Ethel. »Es ist nett, freundliche Leute mit auf Tournee zu haben.«

»Wird sie denn zu den gleichen Theatern reisen, in denen wir auch spielen?« fragte ich.

Alfie schob seine Melone auf dem Kopf zurück und schaute mit starrem Blick den ganzen Zug entlang. »Richtig«, sagte er abwesend. »Wir ziehen alle zusammen herum, Bridie, jeder auf dem Programm. So funktioniert normalerweise eine Tournee. Was hält bloß unser Gepäck auf, frag' ich mich?«

»Drei von denen stieren da hinten in den Wagen«, sagte Harold verärgert. »Guckt euch die bloß mal an. Ich geh' und weck' sie auf, Mr. Perkin.«

»Nein, nun mal ruhig, die holen ein Pferd heraus. Sieh mal.«

Wir starrten jetzt alle den Bahnsteig hinunter, und ich sah, wie ein prachtvolles Pferd ruhig aus den offenen Türen eines Wagens heraustrat, der offensichtlich eine Art Stall oder Pferdebox enthielt. Das Tier war ein Goldfuchs, und es bewegte sich mit der glatten Arroganz eines Geschöpfs, dem bewußt ist, daß es ein König unter seinen Artgenossen ist. Zuerst konnte ich den Mann nicht sehen, der auf der anderen Seite des Pferdes nebenherging und die Zügel hielt, aber er mußte das Tier gesattelt haben, ehe er es herausführte, denn er schwang sich jetzt auf seinen Rükken, hielt an, um mit den Gepäckträgern zu sprechen, und begann dann, im Schritt über den Bahnsteig auf uns zuzureiten.

Er ritt mit langen Beinen in langen Steigbügeln, er trug enge Hosen, ein buntes Hemd und eine Jacke aus feinem Leder. Auf seinem Kopf saß ein schwarzer Hut, breitrandig, mit niedriger Krone, so ein Hut, der von den Gauchos in Südamerika getragen wird, einen Hut, den ich nie im Leben gesehen hatte, außer in dem Traum, den ich zweimal im Dunkel der Nacht in Latchford Hall gehabt hatte . . . wenn es wirklich ein Traum gewesen war.

10

Ethel sagte: »Puh, ehrlich! So einen hab' ich noch nie gesehen.«

»Ich auch nich'«, sagte Alfie. »Wir haben nie diesen Buffalo Bill mit seiner Wildwestschau zu sehen gekriegt, als der in London war. Wir waren damals auf Tournee, weißt du noch?« Er schaute zu dem Fremden hinüber. »So was wie den, das nennt man einen Cowboy, Ethel. Du müßtest eigentlich über Cowboys Bescheid wissen, bei all den Büchern, die du liest.«

»Solche Bücher les' ich ja nicht«, sagte Ethel beleidigt. »Doch, einmal schon, fällt mir ein. Ich hatte damals nix Besseres da, und Charly sagte, er hätte ein Buch, das ich haben könnte. Von 'nem Mann, der Buntline hieß, war das geschrieben, und es sah mehr wie 'ne Illustrierte aus, mit Bildern drin. Puh, wirklich. Es handelte nur von erschossenen Verbrechern und Indianern und so.«

Ich bekam nur am Rande mit, was die beiden sagten, denn ich starrte den herankommenden Reiter an und versuchte zu verhindern, daß ihm mein nur allzu offensichtliches Staunen auffiel. Ich konnte ihn jetzt deutlicher sehen. Er war hochgewachsen, hatte eine lässige Haltung und ein sehr braunes, verwittertes Gesicht. Unter der Krempe des Hutes konnte ich üppiges, halblanges, weizenblondes Haar erkennen. Er trug einen Schnurrbart, der etwas dunkler als sein Haar und kurz geschnitten war und der sich voll über seine Oberlippe wölbte und sich dann leicht nach unten bog, eine Bartmode, die mir unbekannt war.

»Ich frage mich, was ein Cowboy in Nottingham macht«, überlegte Ethel. »Kommt einem komisch vor, nicht, Alfie?«

»Na, ja, eigentlich schon«, stimmte Alfie zu, »wenn dieser Kerl nicht Nathan McFee wäre.«

»Wer?«

»'n Yankee. Jimmy Samuels, der Agent, hat mir von ihm erzählt. Sagt, er hat 'ne ganz neue Nummer, mit 'nem Pferd und 'nem Lasso. Du weißt schon, so 'nem Seil. Jimmy sagt, es wäre ein ganz dolles Ding. Auf dieser Tournee ist er noch ganz unten auf dem Programm, weil er neu ist, nich'? Aber Jimmy sagt, gib ihm ein Jahr, und er ist oben unter den ersten Fünf.«

Ich konnte jetzt sehen, daß die Augen des Mannes leuchtend blau waren. In den Augenwinkeln hatte er Krähenfüßchen, wie ich sie schon bei Fischern in Southwold gesehen hatte, bei Männern, die daran gewöhnt waren, auf die Weite der See hinauszuschauen. Seine Haltung beim Reiten war völlig entspannt, ich hatte noch niemals jemanden gesehen, der ruhiger auf mich gewirkt hätte. Er hatte eine Nase, die aussah, als ob sie irgendwann einmal gebrochen gewesen wäre, und eine dünne weiße Narbe zog sich von einer Schläfe halb über seine Wange hinab. Sein Kinn wirkte bestimmend und war sauber rasiert.

In meiner Überraschung hörte ich mich sagen: »Das ist kein amerikanischer Cowboyhut, es ist ein Gauchohut.«

Alfie sagte: »Wie?«

Ich antwortete nicht, denn der Mann hatte uns fast erreicht. Jetzt neigte er den Kopf in unsere Richtung, hob träge eine Hand an die Krempe seines Hutes und sagte: »Tag, Ladies.«

Die blauen Augen ruhten freundlich auf Alfie. »Sir.«

Alfie sagte: »Hallo, mein Freund. Nathan McFee?«

Der Mann lächelte, zügelte das Pferd, schwang sich dann aus dem Sattel und nahm den Hut ab. »Hab' Sie erkannt, Mr. Perkin. Ihre Nummer hab' ich schon mehr als einmal gesehen. Hab' aber nicht erwartet, daß Sie mich kennen.« Seine Stimme war tief und schleppend, und sie hatte einen angenehmen Klang; er erinnerte mich an die Stimme des amerikanischen Mädchens, das ich in Girton gekannt hatte.

Alfie sagte: »Jimmy Samuels hat Ihre Nummer erwähnt. Wo wohnen Sie denn, Mr. McFee?«

»Jimmy hat mich bei 'ner Dame mit Namen Mrs. Pratt einlogiert, solange wir in Nottingham sind.« Nathan McFee sagte »Nottinghäm«.

»Na, bei Mama Pratt werden Sie es gut antreffen«, sagte Alfie. »Sehr nette Buden für Leute vom Theater. Wir wohnen da auch immer.« Er warf einen Blick auf die Gepäckträger, die jetzt mit unseren Koffern und Kisten ankamen. »Wir haben ein paar Droschken, die auf uns warten, wir könnten gern Ihr Gepäck mitnehmen.«

Nathan McFee studierte Alfie einen Moment lang ruhig, dann nickte er zustimmend. »Das ist echt nachbarlich von Ihnen, aber ich habe die Angewohnheit, mit leichtem Gepäck unterwegs zu sein.« Er zeigte mit einer Bewegung seiner großen braunen Hand auf seine Satteltaschen. »Hab' meine hauptsächlichen Sachen bei mir, und alles andere, was ich brauche, kauf' ich so nach und nach. Aber ich würde gern Ihrer Droschke folgen, wenn Sie das erlauben. Dann spar' ich mir die Suche nach der Wohnung von Mrs. Pratt.«

»Gern. Und wir hoffen alle, Sie haben großen Erfolg mit Ihrer Nummer, Mr. McFee.«

»Danke, Sir, ehrlich.« Er dachte einen Augenblick lang nach und fuhr dann fort: »Ich bin neu im Showgeschäft oder im Varieté, wie ihr Leute das hier nennt, und ich hab' in der Richtung auch nicht viel vor, aber ich war immer wild drauf, Ihr Land zu sehen, und auf die Art kann ich mir auf der Reise ein paar Scheine verdienen.«

Alfie lachte. »Dann haben Sie aber Glück, daß Sie gleich 'ne Nummer in der Westentasche haben.«

Die Gepäckträger fuhren mit ihren Rollkarren an uns vorbei. Nathan McFee blieb mit Alfie zurück und machte eine angedeutete Verbeugung, während Ethel und ich leicht die Köpfe neigten und den Gepäckträgern folgten. Wie in einer Prozession gingen wir den gepflasterten Weg zum Ausgang des Bahnhofs, und ich hörte, wie Nathan McFee sagte: »Hat mir ehrlich leid getan, daß der junge Kerl diesen Unfall hatte, Sir. Das war richtig Pech.«

»Es war 'ne Katastrophe«, stimmte Alfie zu. »Trotzdem, wir haben einen erstklassigen Ersatz für Charly.«

»Ein Mädel, hat mir Mr. Samuels gesagt.«

Wir blieben bei den beiden Droschken stehen. Alfie sagte: »Das stimmt, und dies ist die junge Dame selbst.« Er schnippte verärgert mit den Fingern. »Da. Ich vergeß meine Manieren, weil ich Sie nicht ordentlich vorstelle. Dies ist meine Schwester Ethel, Charlys Mama, und dies ist eine alte Freundin der Familie, Bridie Chance, die inzwischen, solange es dauert, Charlys Platz einnimmt.«

Wieder machte Nathan McFee eine kleine Verbeugung. »Mrs. Perkin. Freut mich, Sie kennenzulernen, Madame. Bewundere Ihre Arbeit, ganz ehrlich.« Die blauen Augen ruhten auf mir, und ich konnte nichts darin lesen. »Miss Bridie. Ist mir 'ne Freude, Ihre Bekanntschaft zu machen, und ich wünsch' Ihnen alles Glück der Welt, Madame.«

Ethel errötete und sah erfreut aus. Ich machte einen kleinen Knicks, verfing mich mit einem Absatz im Saum meines Kleides und wäre umgekippt, wenn Nathan McFee nicht blitzschnell seinen langen Arm ausgestreckt und mich am Ellbogen gepackt hätte. Er war erstaunlich schnell für einen Mann, der sich sonst so träge bewegte. Ich hätte natürlich versuchen sollen, meine Würde zu bewahren, aber ehe es mir richtig klar wurde, hatte ich schon geseufzt, verzweifelt meine Augen nach oben gerollt und gesagt: »Ach du liebe Zeit! Danke, Mr. McFee.«

Er grinste langsam, aber sein Blick war freundlich, als er mich losließ. »Gern geschehen, Madame.« Er beugte sich nach unten und hob seinen Hut auf, den er hatte fallen lassen, um mich vor einem Sturz zu bewahren. Während er ihn gegen seinen Schenkel klopfte, um ihn abzustauben, ließ ich noch eine weitere Bemerkung von völliger Unwichtigkeit verlauten, indem ich sagte: »Das ist doch sicher kein Cowboyhut, Mr. McDee. Ist es nicht ein Gauchohut?«

Alfie sagte mit einer Spur Stolz: »Bridie ist sehr gebildet. Sie weiß Bescheid.«

Nathan McFee sah den Hut gedankenverloren an. »Das ist korrekt, Miss Bridie«, meinte er. »Es ist ein Gauchohut, aber ich schätze, ein Gaucho ist sowieso ein Cowboy.«

»Ja, das nehme ich auch an. Kommen Sie denn aus Argentinien, Mr. McFee?«

Er schüttelte den Kopf. »Nein, Madame«, sagte er liebenswürdig. »Ich bin in Wyoming geboren, aber ich bin so 'n Mensch, der immer herumwandert, und ich habe früher mal ein paar Jahre da unten in den Pampas südlich vom Gran Chaco verbracht.« Er hob den Hut hoch, setzte ihn auf und lächelte. »Hab' mir immer besser darin gefallen als in einem Stetson.«

Harold hatte das Verladen des Gepäcks überwacht. Nun schaute er den Fremden mürrisch an und sagte: »So 'nen Deckel würd' ich nicht tragen, und wenn Sie mich dafür bezahlten. Wird in Amerika Cricket gespielt?«

»Cricket? Das ist ein Spiel, von dem ich schon mal gehört habe, aber ich weiß nicht viel davon. Kann nicht sagen, daß ich jemals Leute kannte, die es gespielt hätten, egal, wo immer ich auch gewesen bin.«

Harold stieß einen unhörbaren Schnaufer aus. »Na, da haben wir's ja. Gut, Mr. Perkin, ich bin fertig. Wollen wir hier den ganzen Tag herumhängen?«

Mrs. Pratts Pension war ein hohes, vierstöckiges Haus; es lag eine halbe Meile vom Royal-Theater entfernt, in dem wir am Montag Premiere hatten. Das Zimmer, das ich mit Ethel teilte, war groß und freundlich. Es hatte kein fließend warmes Wasser, aber ein Dienstmädchen brachte innerhalb von fünf Minuten nach unserer Ankunft einen großen Kupferbehälter mit kochendheißem Wasser. Es gab einen großen Waschtisch und einen Paravent, hinter den man sich stellen konnte, und am Ende des Korridors war ein Bad.

Ethel plauderte glücklich irgend etwas vor sich hin, verlangte von mir aber keine Erwiderungen. Ich dachte über

Nathan McFee nach. Ich fragte mich, was ich von ihm halten sollte. Es war doch merkwürdig, daß ich von einem nächtlichen Reiter mit einem Gauchohut in Latchford Hall geträumt hatte und jetzt einem Reiter begegnete, der genauso einen Hut trug und sicherlich der einzige Mann in England war, der solch einen Hut besaß. Und es wäre noch merkwürdiger, wenn das, was ich damals gesehen hatte, kein Traum gewesen war.

Ethels Stimme durchdrang meine Gedanken. ». . . morgen werden 'n Dutzend oder mehr von uns hier sein«, sagte sie gerade, »und heute werden wir diejenigen sehen, die ausziehen, wenn wir zum Essen nach unten gehen. Nicht in allen Buden kriegt man Mahlzeiten, wohlgemerkt gute, weil Alfie doch gern gut ißt und ich auch; deshalb gehen wir ja oft in Restaurants, aber Mrs. Pratt versorgt einen immer sehr gut. Ich weiß nich', wie es mit dir ist, Bridie, aber ich bleibe heute abend nicht lange auf; ich meine, wir haben alle so furchtbar hart gearbeitet, und ich nehm' an, wir könnten mal 'nen guten Schlaf brauchen, bei all dem, was morgen noch gemacht werden muß.«

Morgen. Sonntag. Der Tag der Sonderproben für Alfie Perkin & Company, der letzte Tag, ehe ich mich meinem gefürchteten Auftritt stellen mußte. Sofort war alles andere wie weggefegt aus meinem Kopf, und ich konnte fast fühlen, wie das Blut in meinen Adern erstarrte. Nathan McFee und sein Hut hörten auf, für mich zu existieren, und die nackte Angst hielt mich wieder gepackt.

An diesem Abend brachte Alfie uns zu einer Vorstellung ins Royal, nicht um die anderen Künstler spielen zu sehen, sondern um mir zu helfen, das Gefühl für dieses Theater zu bekommen. »Je besser du dich auskennst, desto leichter wird es«, sagte er energisch. »Außerdem kannst du dir die Bühne schon mal ansehen. Kannst dir schon mal merken, wie breit sie ist und wie tief.«

Komiker, Sänger, Tänzer, Jongleure, Conférenciers, keiner machte an diesem Abend irgendeinen Eindruck auf mich. Ich stellte mir immer wieder vor, wie ich selbst auf der

Bühne stand und meine Rolle als »Arnold« spielte, und plötzlich hatte ich das Gefühl, daß das »Ungeheuer Publikum« viel gefährlicher und unberechenbarer war, als ich es mir je geträumt hatte.

Am Ende der Show fuhren wir wieder nach Hause, setzten uns mit einem Dutzend anderer Leute, darunter auch Nathan McFee, an Mrs. Pratts riesigen Tisch zum Abendessen nieder und gingen danach sofort zu Bett. Ich schlief unruhig, aber besser, als ich befürchtet hatte, und um zehn Uhr am Sonntagmorgen stand ich auf der Bühne im Royal-Theater. Ich schaute hinaus auf die Reihen der leeren Stühle in den Logen und im Parkett, schaute zu den Rängen und der Galerie hinauf und versuchte, eine Grimasse zu ziehen. Aber es stellte sich heraus, daß mein Gesicht eingefroren und zum ersten Mal in meinem Leben völlig ausdruckslos geworden war.

Wieder und wieder arbeiteten wir den Sketch durch. Alfie und Ethel sprachen mit leiser Stimme und nicht mit der durchdringenden Lautstärke, die für die wirkliche Aufführung vonnöten war. Ein halbbetrunkener Klavierspieler, der Reg hieß, hämmerte auf dem Piano, während ich mimte, tanzte, Gesichter schnitt und versuchte, den Wunsch zu unterdrücken, daß ich mir an Stelle von Charly das Bein gebrochen hätte.

Gegen Ende des Vormittags durchbrach ich die Barriere der Verzweiflung, und in meinem Gehirn war jetzt ein graues Nichts. Alles war mir jetzt egal, und von da an begann es besserzulaufen. Für die letzten beiden Proben zogen wir Kostüme an und gingen den Sketch vollkommen durch. Wir benutzten Requisiten und machten keine Pausen. Das bedeutete, daß irgendwelche Fehler, die wir machten, so gut wie möglich an anderer Stelle ausgebügelt werden mußten, genauso, wie wir es tun mußten, wenn das Publikum anwesend war. Harold saß neben dem Pianisten und achtete darauf, daß der genau im richtigen Moment einesetzte, und er stoppte auch die Zeit ab, die wir für das Stück brauchten.

Am Ende der ersten Generalprobe sagte Harold: »Sie sind eine Minute drüber, Mr. Perkin.«

»Ich wünschte, das wäre unsere größte Sorge«, sagte Alfie kühl. »Bridie, als du mit dem Eimer von der Bühne gegangen bist, warst du zu langsam. Wir wollen doch nicht, daß du zurückkommst und feststellst, daß das Publikum schon nach Hause gegangen ist, oder? Und die Sache mit der Leiter, die mußt du noch ein bißchen straffen, und wenn ich den Tapetenkleister über dich schmiere, dann mußt du noch ein paar Sekunden länger reagieren. Laß ihnen Zeit zum Lachen, verstehst du? Aber das groteske Tanzen, das ist Klasse. Ich hab' Mühe, selbst ernst zu bleiben. Also gut. Wir wollen's noch mal probieren, aber diesmal wirst du es mit dem verkleisterten Kostüm machen müssen.«

Ich machte diesmal nicht die gleichen Fehler, ich machte andere. Aber Alfie schien es nicht schlecht zu gefallen. »Es is' viel schlimmer, wenn da vorn keine Leute sitzen«, sagte er. »Ich meine, die gehören eigentlich dazu. Zwischen dir und denen, da entwickelt sich so 'ne Art Hin-und-Her-Reaktion. Mit dem Publikum, da ist vieles leichter, Bridie, du wirst es schon sehen.« Ich war ganz sicher, daß es mit einem Publikum anders würde, und genau das war es, was mir solche Angst einjagte. Ethel schnatterte fröhlich vor sich hin und schien sich überhaupt keine Sorgen zu machen. Wir verließen die Bühne und begaben uns in die Garderobe, die man uns zugewiesen hatte.

Die Größe und die Lage einer Garderobe hing vom Ruf des Künstlers ab. Unsere wurde als ziemlich groß betrachtet, obwohl sie mir persönlich winzig vorkam. Zwei Garderoben konnten wir für unsere Company nicht bekommen, und obwohl Ethel und ich den Gemeinschaftsraum für Damen oder Alfie den Gemeinschaftsraum für Männer hätten benutzen können, hatten wir uns entschlossen, diese Garderobe zu teilen. Jede Nacht würde Alfie sein Kostüm und Make-up schon lange vor unserem Auftritt anlegen, so daß Ethel und ich uns danach in Ruhe fertigmachen konnten.

Nach der Vorstellung würden wir dann die Reihenfolge umkehren, denn ich war ja von oben bis unten mit Kleister überzogen. Ethel und ich, wir würden direkt in die Garderobe gehen, in der in einer Ecke eine kleine Sitzbadewanne hinter einem Wandschirm stand, und ein Teil von Harolds Pflichten war es, diese Wanne vorher mit warmem Wasser zu füllen. Dort konnte ich mein Kostüm ausziehen, das Harold dann später zum Reinigen und Bügeln wegbrachte. In der kleinen Badewanne konnte ich mich gründlich waschen, danach meine eigenen Kleider anziehen und mich vom Tapezierergehilfen wieder in Bridie Chance verwandeln.

Alles war bereit für mich, als die Probe zu Ende war, und während ich in der Wanne saß, rief Ethel: »Hast du was auf deine Haare gekriegt, Kind?«

»Nein, alles in Ordnung, danke. Alfie macht das sehr gut, kurz bevor er die Bürste voll Kleister über mich schmiert, drückt er mir die Mütze hart ins Gesicht, und das hält den Kleister aus meinen Haaren. Oh, Ethel, ich habe solche Angst wegen morgen.«

»Ich weiß genau, wie du dich fühlst, Kind. Ich werde es nie vergessen, als ich zum ersten Mal auf der Bühne stand. Ach du liebe Güte, ich hab' gedacht, ich sterbe. Aber das mußt du einfach durchstehen, Bridie, und dann fängst du an, dich dran zu gewöhnen, und manchmal ist es wirklich herrlich, wenn du 'ne gute Vorstellung gegeben hast und hinterher noch mal zum Applaus auf die Bühne mußt. Dann kommt der ganze Applaus und all die Fröhlichkeit auf dich zu, weil du sie zum Lachen gebracht hast, und das ist unheimlich schön. Was würdest du denn gern den Rest des Tages machen, Kind?«

»Ich weiß nicht . . . doch, ich würde gern eine Stunde oder so hinaus aufs Land fahren. Wenn man die Zugfahrt abrechnet, dann habe ich schon lange Zeit kein offenes Land mehr gesehen, und ich vermisse es wirklich.«

»Na, dafür, daß es noch so früh im Jahr ist, ist es schön klar und hell, und ich glaube, der Sherwood-Wald ist nicht weit weg, wo Robin Hood sich rumgetrieben hat.«

»Ich denke, daß dieser Wald seit damals ein bißchen kleiner geworden ist, Ethel; er dürfte also zu weit weg sein. Aber Mrs. Pratt hat mir gesagt, an der Straße nach Attenborough gibt es ein paar schöne Wälder.«

»Also gut, Kind, wir wollen mal sehen, was Alfie sagt. Aber ich fürchte, er ist zu beschäftigt, um uns hinzufahren.«

Wir fanden Alfie noch immer mit Harold auf der Bühne, wo sie Einzelheiten der Beleuchtung, der Kulissen, der musikalischen Einsätze und des Soufflierens besprachen. Alfie hatte bei unseren Kulissen kein gutes Gefühl, er meinte, die Größe der Bühne verlangte es, daß »das Zimmer« ein bißchen breiter würde. Deshalb mußten die Seitenwände in einem breiteren Winkel zur Seite aufgestellt werden.

»Sie sagen das jedesmal, wenn wir in Nottingham spielen«, seufzte Harold verbittert.

»Na, diesmal werden wir es tun, statt nur drüber zu reden.«

»Aber es wird Miss Bridies Entfernungen versauen«, protestierte Harold. »Sie schafft das schon«, sagte Alfie. »Um genau zu sein, Miss Bridie kann ruhig ein bißchen mehr Entfernung brauchen, mit den langen Beinen, die sie hat. Ich schätze, sie ist ein bißchen eingeengt.«

»Na, es wird den ganzen Tag dauern«, erklärte Harold finster.

»Dann man los. Ja, Ethel? Du wolltest was von mir?«

Als Ethel sagte, daß wir gern den Nachmittag auf dem Land verbringen wollten, schüttelte Alfie den Kopf mit dem ersten Zeichen von Ungeduld, das ich je bei ihm gesehen hatte. »Verflixt, hab ein Herz, Ethel, ich hab' zuviel zu tun. Könnt ihr zwei denn nicht allein fahren?«

Ethel sagte: »Na, wir wollen doch nicht in 'ner Droschke eingeschlossen sein, Alfie. Ich dachte, du könntest einen offenen Wagen mieten und uns irgendwohin fahren.«

Ich wollte schon sagen: »Nein, bitte mach dir keine Mühe, Alfie . . .«, als eine Stimme vom Zuschauerraum her erklang, eine schleppende amerikanische Stimme. »Ich hoffe, Sie nehmen es mir nicht übel, wenn ich mich einmische, Mr. Perkin. Aber ich würde gerne Ihre beiden Damen begleiten. Ich hatte nämlich ebenfalls Lust, mir heute ein Stück vom Land anzusehen.«

Wir spähten über die Reihen der Sitze und sahen, wie die hohe Gestalt von Nathan McFee sich erhob. Er hatte jetzt keinen Hut auf, sondern trug nur ein weißes Hemd mit einem dunkelgrünen Halstuch.

Alfie rief: »Hallo, junger Freund. Wußte gar nicht, daß Sie heute hier sind.«

Der große Mann schlenderte mit dem Hut in der Hand den Mittelgang entlang. »Bin hergekommen, um ein Gefühl für das Haus zu krigen, Mr. Perkin. Wollte nicht stören, deshalb hab' ich mich einfach hingesetzt und mir Ihre letzte Probe angesehen.« Er erreichte den Orchestergraben, blieb stehen und schaute mit breitem Lächeln zu uns auf. »War gar nicht leicht, mich davon abzuhalten, die ganze Zeit laut zu lachen.«

Er schaute mich direkt an. »Es wird alles klargehen, Miss Bridie. Einfach prima.«

Ich spürte einen kleinen Hoffnungsschimmer, einen Funken heißerbetener Erleichterung, und mit einem Leuchten der Freude erwiderte ich sein Lächeln. »Ich hoffe, Sie meinen das ehrlich, Mr. McFee.«

»Wirklich, Madame.«

Alfie kratzte sich den Kopf und sagte: »Wie ist es, Ethel? Willst du dich mit Bridie von Mr. McFee fahren lassen?«

Ethel war leicht errötet und himmelte McFee fast an. »Oh, wirklich, ja, das wäre furchtbar schön, nicht?«

»Wäre mir eine Freude«, sagte Nathan McFee. Er schaute Alfie an. »In dem Mietstall, wo ich Lucifer stehen habe, gibt es offene Kutschen zu mieten. Ich könnte für die Ladies bereit sein, sobald sie mit dem Mittagessen fertig sind, und ich würde auch gut auf sie aufpassen, Mr. Perkin. Ich bin ein ganz guter Fahrer.«

Alfie grinste. »Ich wette, daß sind Sie wirklich, mein Sohn.«

Die blauen Augen in dem braunen Gesicht schauten mich an. »Miss Bridie?«

Ich sagte: »Sie sind sehr nett, Mr. McFee. Wir freuen uns schon drauf.«

Er machte eine kleine Verbeugung. »Ich mich noch mehr, Madame. Wenn Sie mich jetzt entschuldigen, dann geh' ich mal und kümmere mich um den offenen Wagen.«

Um zwei Uhr wartete er auf uns vor Mrs. Pratts Pension, und er hatte sich offensichtlich nach einem passenden Weg erkundigt, denn schon innerhalb von dreißig Minuten fuhren wir langsam einen grasigen Feldweg entlang, in Wälder, wo die ersten Frühlingsknospen schon die dunklen Äste tupften. Ethel hatte in den ersten zwanzig Minuten fast pausenlos geplaudert, und danach war sie in schläfriges Schweigen verfallen. Nathan McFee fuhr mit sicherer Hand und sprach wenig, abgesehen davon, daß er gelegentlich den Pferden etwas zumurmelte. Er schien sich als Kutscher zu betrachten, der seine Passagiere nicht stören wollte, und als Ethels Geplauder aufhörte, war ich zuerst wegen der Ruhe verlegen. Aber nach kurzer Zeit, wußte ich, daß sich Nathan McFee durch die Stille nicht gestört fühlte, sondern daß er nur um sich schauen wollte, um alles in sich aufzunehmen, was die Landschaft zu bieten hatte.

Mehr und mehr begann ich, mich leichter zu fühlen, und der Frieden des Vorfrühlingstages half, meine innere Anspannung zu lockern. Ich war froh, daß wir aufs Land hinausgefahren waren, und ich sog in tiefen Zügen die gute Luft ein, die ich seit meinem Auszug in Suffolk nicht mehr genossen hatte. Nach einer halben Stunde brach die Sonne durch die dünnen weißen Wolken und verlieh dem Nachmittag wohlige Wärme. Die Äste der Bäume warfen gefleckte Schatten auf den grasbewachsenen Fahrweg.

Nathan McFee drehte sich halb herum und fragte höflich: »Hätten die Damen was dagegen, wenn ich rauche?«

Ethel wurde wach und sagte: »Überhaupt nicht. Eigentlich mag ich den Geruch von gutem Tabak.«

»Miss Bridie?«

»Bitte, rauchen Sie doch ruhig.«

Aus seiner Jacke zog er eine Zigarre, die er sich zwischen die Lippen klemmte, und holte dann mit der gleichen Hand ein Streichholz heraus, das er am Stiefel anriß. Sein Kopf war mir fast im Profil zugewandt, und als er die Zigarre anzündete, sah ich, daß sie dünn und dunkel war wie die Stummel, die ich zweimal auf dem Gelände von Latchford Hall gefunden hatte.

Eine Art unbesorgte Verwunderung ergriff mich, während ich dasaß und diese breiten Schultern anschaute, und ich erinnerte mich an die beiden Gelegenheiten, bei denen ich den nächtlichen Reiter gesehen oder geträumt hatte; das erste Mal war ich erschreckt gewesen und beim zweiten Mal merkwürdig getröstet; aber ich stellte jetzt keine Fragen, denn ich wußte nicht, wie ich anfangen sollte.

Zehn Minuten später hielt er die Pferde an einer Stelle an, wo der Feldweg in einem Stern von kleinen Pfaden endete. Er kletterte vom Kutschbock herunter und begann, langsam hin und her zu wandern, während er ab und zu an der Zigarre zog und mit ruhiger Zufriedenheit um sich schaute. Als sein Blick meinem begegnete, begann ich zu sprechen, aber er hob nur einen Finger und nickte zu Ethel hinüber, die neben mir saß. Als ich meinen Kopf umwandte, sah ich, daß Ihre Augen geschlossen waren. Sie schlief, obwohl sie aufrecht dasaß. Ich hatte schon oft gesehen, daß sie dies zu allen möglichen Tageszeiten tat. Sie konnte einfach die Augen schließen, das Kinn auf die Brust sinken lassen und für zehn Minuten schlafen. Alfie hatte einmal ziemlich stolz gesagt: »Ich nehme an, sie könnte auch im Stehen schlafen, wie 'n Pferd, ehrlich.«

Ich reichte Nathan McFee meine Hand, und er half mir, vom Wagen herunterzusteigen. Dann sagte ich ruhig: »Ich glaube, Sie würden sich gern die Beine vertreten, Mr. McFee, und ich sollte das auch tun. Vielleicht könnten wir ein Stückchen spazierengehen.«

»Mit Freuden, Madame.«

In Sichtweite von Ethel, falls sie aufwachte, schlenderten

wir etwa hundert Meter schweigend den grasigen Pfad entlang, aber es war kein betretenes Schweigen. Als wir wieder umdrehten, sagte ich mit einem Lächeln: »Wir sind beide heute sehr still, Mr. McFee.«

»Ich hoffe, Sie halten mich nicht für unhöflich, Miss Bridie. Hab' mir gedacht, Sie wären mit Ihren eigenen Gedanken beschäftigt, und da wollte ich mich nicht einmischen.«

Ich seufzte tief und machte eine wehmütige Grimasse, die in seinen Augen ein plötzliches lustiges Funkeln entfachte. Ich sagte: »Ich mache mir die ganze Zeit Sorgen über meinen ersten Bühnenauftritt morgen, und ich wäre nur zu froh, wenn sich da jemand einmischen würde, aber ich habe mir gedacht, daß Sie vielleicht auch ein Mann weniger Worte sind.«

»Na, manchmal schon. Aber hin und wieder kann ich richtig redselig sein.« Wir schlenderten jetzt den Pfad wieder zurück, und er blickte über die Landschaft, mit dem gleichen Ausdruck stiller Freude, den ich schon vorher bemerkt hatte. »Ein anderer Grund, warum ich nicht viel gesagt habe, war auch der, daß ich das hier alles in mich aufnehmen möchte. Schon in den ersten paar Wochen, die ich in England war, hab' ich mich in diese Landschaft verliebt.« Er holte langsam Atem, als ob er die Luft in sich eintrank. »Ich kenne Wüsten und Berge und Ebenen, und es sind alles schöne Orte, wo man sich wohlfühlt, jeder auf seine eigene Art; aber diese Wälder und Landstraßen, diese kleinen Felder und kleinen Hügel und das grüne Gras, das hat mich bezaubert, Miss Bridie. Ich kann davon gar nicht genug bekommen.«

Seine blauen Augen hatten einen warmen Ausdruck, während er sprach, und ich wußte, er meinte es ehrlich. Ich sagte: »Gibt es diese Art Landschaft nicht auch in einem Teil von Amerika?«

»Aber sicher, Madame. Es heißt, in Neuengland sieht es ähnlich aus wie hier. Das ist ein Teil, den ich nie gesehen habe, denn ich habe meist im Westen gelebt und gearbeitet.

Außer den paar Jahren, die ich unten in Argentinien war.« Er lächelte plötzlich. »Aber mit Sicherheit schau' ich es mir an, wenn ich wieder in die Staaten zurückgehe, und wenn es genauso aussieht, wie man sagt, dann hoffe ich, mir da 'ne nette kleine Farm zu kaufen. Eines schönen Tages, wenn ich mich niederlasse, an einem Ort, wo das Land grün und sanft ist, wo nichts zu groß ist und wo die Blumen duften.« Ich sagte überrascht: »Aber Mr. McFee, Sie sind ja ein richtiger Romantiker.«

Er lachte: »Die meisten Cowboys sind das, Madame. Die haben alle ihre Träume.«

»Ich dachte es wären ziemlich wilde Männer, die sich gegenseitig erschießen.«

»Nicht andauernd.« Ich konnte sehen, daß er sich ein bißchen über mich lustig machte, aber es lag keine Böswilligkeit darin. »Ach, wir haben schon Verbrecher und schlechte Menschen, aber es wird immer friedlicher, sogar im Westen.«

»Und die Indianer?«

»Die hauptsächlichen Kämpfe sind vorbei. Die leben jetzt meist in Reservationen.«

»Mußten Sie jemals selbst gegen Rothäute kämpfen?«

»Nein, Madame. Mit denen, die ich kannte, bin ich gut zurechtgekommen, als ich noch Fallensteller war.«

Wir blieben ein kleines Stückchen vom Wagen entfernt stehen, in dem Ethel noch immer aufrecht schlief, und wandten uns dann wieder, um den Pfad noch einmal entlang zu gehen. Ich sagte: »Na, ich hoffe, daß Ihr Traum von einer Farm in Neuengland wahr wird, Mr. McFee.«

»Danke, Miss Bridie.«

»Sie scheinen mir nicht allzu viel Angst wegen Ihres Auftritts zu haben, wenn morgen Premiere ist, aber Sie sind natürlich auch kein Anfänger wie ich. Hatten Sie das erste Mal Angst?«

»Ich glaube, wenn das nicht der Fall war, dann vielleicht deswegen, weil ich die Leute nicht zum Lachen bringen muß. Gott sei Dank. Eher würd' ich mich von 'nem Maulesel treten lassen.« Er lachte leise und schüttelte den Kopf mit dem dichten blonden Haar. »Nein, ich geh' einfach auf die Bühne und mache das, was ich kann, mit ziemlicher Leichtigkeit. Wirble den Lasso, mach' ein paar Tricks mit Lucifer, und das ist alles. Manchmal scheinen die Leute die Nummer zu mögen, manchmal frag' ich mich aber auch, ob sie schon eingeschlafen sind.« Er zuckte die Achseln. »Ich bin noch nie ausgepfiffen worden, aber ich schätze, es gibt immer ein erstes Mal.«

»Ja.«

Ich schluckte hart, während eine Welle der Angst mich überflutete. Vielleicht würden Alfie Perkin & Company durch meine Fehler wieder die gefürchteten Pfiffe bekommen, seit sie das erste Mal vor zwanzig Jahren ihre Nummer auf die Beine gestellt hatten.

Als ob er meine Gedanken lesen könnte, sagte Nathan McFee ruhig: »Morgen werden Sie 'ne ziemliche Angst auszustehen haben, Miss Bridie, und da gibt es keinen Weg vorbei. Aber Sie haben ja zwei feine, professionelle Künstler direkt bei sich auf der Bühne, die Sie unterstützen können, und dann haben Sie auch noch Ihren eigenen Mut, um es durchzustehen.«

Ich stieß ein nervöses Lachen aus. »Sie überschätzen meinen Mut, Mr. McFee.«

Er zog an der Zigarre, nahm sie aus dem Mund und musterte das glühende Ende. »Das bezweifle ich, Madame. Dieser Job, den Sie von Mr. Perkin angenommen haben, würde die meisten Leute regelrecht zum Schlottern bringen, wenn Sie den Ausdruck entschuldigen wollen. Besonders eine junge Lady, die überhaupt keine Bühnenerfahrung hat. Die meisten würden es noch nicht mal probieren, und der Rest würde aufgeben.«

»Ja, es macht mir schon fürchterliche Angst, wie Sie sagten, das ist wahr. Ich tue es nur, weil ich es Mr. Perkin schulde.«

»Das ist Mut, Madame. Und den haben Sie ja auch auf andere Art gezeigt.«

»Andere Art? Ich verstehe nicht.«

Er zögerte. »Nun . . . ich hoffe, ich beleidige Sie nicht, wenn ich davon spreche, Miss Bridie, aber ich kenne Ihre Geschichte.«

Wir gingen schweigend weiter, bis ich sagte: »Sie meinen, Sie haben das gelesen, was in den Zeitungen veröffentlicht worden ist?«

Er nickte. »Ich war zu der Zeit in England. Muß ziemlich hart für Sie gewesen sein.« Er schaute den Zigarrenstummel an und schnippte ihn fort. Während ich zusah, wie er einen Bogen durch die Luft beschrieb und dann auf den Weg fiel, erinnerte ich mich daran, wie ich den kleinen Feuerfunken in der Dunkelheit aus meinem Schlafzimmerfenster gesehen hatte und den Kometenschwanz aus Fünkchen, der im Bogen zu Boden fiel.

Ich sagte: »Mr. McFee, sind Sie jemals in dem Dorf Wynford in der Grafschaft Suffolk gewesen?« Während ich das sagte, blieb ich stehen und drehte mich zu ihm um, so daß ich sein Gesicht sehen konnte.

Ich sah eine Spur von Vorsicht in seinen Augen, und dann war es, als ob ein Schleier vor seine Augen gefallen sei, als er nachdenklich sagte: »Wynford? Ja, ich schätze, durch die Gegend hätte ich wohl durchkommen können, als ich im vergangenen Jahr oben in Suffolk war.« »Darf ich fragen, wo Sie wohnten, Mr. McFee?«

»Kleiner Ort namens Tatcham, soweit ich weiß, Madame. Es war genau zu der Zeit, als das Pech Sie erwischt hatte, und damals habe ich auch darüber gelesen.«

»Hatten Sie Lucifer bei sich?«

Er lächelte. »Sicher. Wir waren in einem Varieté in Norwich aufgetreten. Danach machten wir eine Pause, um uns ganz gemütlich Suffolk anzuschauen.«

»Aus keinem anderen Grund?«

Seine Augenbrauen hoben sich ein bißchen. »Was für andere Gründe hatten Sie sich denn gedacht, Madame? Wie ich schon sagte, ich hab' mich in die englische Landschaft verliebt.«

»Ja. Bitte verzeihen Sie mir meine Neugier, aber haben Sie

die Angewohnheit, in der Dunkelheit spazieren zu reiten?«

»Oh, sicher. Nachts ist das eine ganz andere Welt und eine neue Erfahrung. Wenn ich auf Viehtrieb war, hab' ich immer gern während der Nacht die Wache bei den Kühen übernommen. Entschuldigung, aber Sie sehen mächtig aufgeregt aus, Miss Bridie.«

»Oh, tut mir leid. Nein, tut mir nicht leid. Ich muß Sie etwas fragen – sind Sie jemals bei Nacht über das Gelände von Latchford Hall geritten?«

Er schien ein paar Sekunden lang scharf nachzudenken, dann nickte er langsam. »Das ist möglich, Madame. Es könnte leicht sein, daß ich Lucifer eine Zeitlang einfach hab' wandern lassen, wohin er wollte.« Er schaute mich intensiv an, aber der Schleier über seinen Augen war noch da. »Ich hoffe, ich hab' Sie deswegen nicht aufgeregt.«

Nun wußte ich nicht mehr weiter. Nathan McFee, ein Amerikaner, der einmal Cowboy gewesen war und der Geschmack daran fand, einen Gauchohut zu tragen, dieser Mann hatte in Thatcham gewohnt, fünf Meilen westlich von meinem Zuhause, als die Katastrophe über uns gekommen war. Er mochte die englische Landschaft, und gelegentlich ritt er bei Nacht. Ich hatte ihn zweimal auf dem Gelände von Latchford Hall gesehen, offenbar, weil sein Pferd Lucifer einfach dort hineingewandert war.

Es klang alles ganz plausibel, aber ich war davon überzeugt, daß mehr an der Geschichte war, als Nathan McFee mich glauben lassen wollte. Ich studierte sein braunes Gesicht noch ein paar Sekunden und versuchte, darin zu lesen. Doch außer dem Ausdruck höflicher Geduld enthüllte es mir nichts. Endlich sagte ich: »Gibt es noch irgend etwas, das Sie mir sagen könnten, Mr. McFee?«

Er schüttelte den Kopf. »Nein, wieso, Madame? Da gibt's nicht mehr zu erzählen. Weil wir ja eine Zeitlang Nachbarn sein werden, hatte ich gedacht, es wäre nur richtig, Ihnen zu sagen, was ich wußte, und das ist alles. Halten Sie mich bitte nicht für einen Draufgänger, aber ich hoffe, daß Sie mich vielleicht als Freund betrachten.«

Tief in mir meldete sich eine warnende Stimme. Aus dem Nichts kam mir der Gedanke, daß Nathan McFee einen sehr guten Freund abgeben konnte, aber sicher auch einen sehr angsteinflößenden Feind. Ich schob den Gedanken beiseite, lächelte und sagte: »Danke, Mr. McFee. Sind Sie sicher, daß es Ihnen nichts ausmacht, Ihre Freundschaft jemandem anzubieten, deren Vater der berüchtigte Roger Chance war?«

Zu meinem Erstaunen warf er den Kopf zurück und brach in schallendes Gelächter aus. »Aber nein, Madame, das macht mir überhaupt nichts aus«, sagte er, nachdem er sich wieder gefaßt hatte. »Sehen Sie, mein Pa, das war der berüchtigte Hank McFee.«

Ich krauste die Stirn, wühlte in meiner Erinnerung, doch der Name bedeutete mir nichts. »Tut mir leid. Hätte ich von ihm gehört haben sollen?« fragte ich.

»Bezweifle ich, Madame. Er wurde nur in zwei Staaten gesucht, und ich schätze nicht, daß er hier in die Zeitungen gekommen ist. Wie das bei Bankräubern so ist; er war nicht besonders erfolgreich.«

Ich glaube, mir stand der Mund offen. Als ich wieder sprechen konnte, wiederholte ich: »Bankräuber?«

Nathan McFee nickte, die Belustigung tanzte noch immer in seinen Augen. »Richtig. Zusammen hat er drei Banken ausgeraubt. Knotete sich einfach ein Halstuch über Mund und Nase, ging rein, mit 'ner Fünfundvierziger in der Hand, und sagte ihnen, sie sollten das Geld rausrücken.«

»Ach du liebe Zeit!« Ich war völlig verwirrt. »Hm . . . wann ist all das denn geschehen?«

»Na, das erste Mal war es in Elson, Wyoming. Er hatte sich eine Zeit ausgesucht, als die gerade das Geld vom Tage und den Tagesfund von Goldstaub in ihren Safe eingeschlossen hatten, deshalb erbeutete er nur ungefähr zwanzig Dollar. Die zweite Bank, die er auszurauben versuchte, war in Santa Martha. Einer von den Kassierern zog 'ne Kanone und ließ eine Kugel knallen. Pa zog es vor, unverrichteter Dinge zu seinem Pferd zu rennen und sich blitzschnell aus der Stadt zu verziehen.«

»Oh, Mr. McFee, Sie machen ganz sicher nur Witze mit mir.«

»Nein, Madame. Genauso ist es passiert, nach dem, was er meiner Ma gesagt hat und was sie mir nachher erzählte. Ich war damals erst vier, und ich kann mich nicht so richtig an ihn erinnern. Wir hatten ein Fleckchen Boden in der Nähe von Blackwood, aber er hatte keine Lust mehr, hart zu arbeiten und hat das alles meiner Mutter überlassen, während er loszog und Banken ausraubte. Der dritte Überfall fand in Loganbridge statt, und er kam mit 'nem ziemlich dicken Sack voll Goldstaub weg, aber dann wurde sein altes Pferd lahm, und er mußte das Gold zurücklassen und in einem trockenen Flußbett vergraben, weil eine Posse hinter ihm her war.«

Manche der Worte, die Nathan McFee benutzte, kannte ich nicht, wie zum Beispiel »Fünfundvierziger« und »Posse«, aber ich konnte ihre Bedeutung aus dem Zusammenhang seiner Geschichte erraten. Ich sagte: »Hat er nach dem dritten Mal aufgegeben?«

»Ja, Madame, er hat tatsächlich aufgegeben, weil die Posse ihn in dem trockenen Flußbett gefunden hat, und dann haben sie ihn am ersten Baum, den sie fanden, aufgehängt.«

Ich legte eine Hand an die Lippen. »Sie . . . haben ihn gehängt?«

»Das ist korrekt, Miss Bridie.«

»Oh, wie . . . wie schrecklich für Ihre arme Mutter.«

»Sie war schon ein bißchen traurig, aber sie war immer sicher gewesen, daß es so einmal enden würde, was sie ihm auch die ganze Zeit über gesagt hatte. Wie auch immer, sie war zu sehr damit beschäftigt, aus unserem Stückchen Land den Unterhalt für uns beide herauszuwirtschaften. Deshalb hatte sie auch keine Zeit, sich lange drüber aufzuregen.«

Ich schüttelte langsam den Kopf. »Es scheint alles so seltsam, so anders . . .«

Er legte den Kopf schief. »Wir sind ein neues und ein großes Land. Wir haben noch keine Zeit gehabt, unsere Lebensweise zu ordnen, wie es hier in England der Fall ist. Außerdem war dies vor dreißig Jahren, als alles noch viel primitiver war, als es heute ist. Aber eins kann ich Ihnen sagen, Miss Bridie. Außer ein paar Familien, die sich auf etwas einbilden, mit der Mayflower herübergekommen zu sein, verschwendet kein Mensch einen Gedanken daran, daß mein Vater ein Bankräuber war. Da drüben, da fängt man neu an, wenn man geboren wird, und deshalb werde ich als Nathan McFee beurteilt. Als ich selbst. Gut oder schlecht.«

Ich fühlte mich plötzlich beschämt. Seit Monaten hatte ich mich als sehr mutig betrachtet, weil ich der Welt mit meinem eigenen Namen als Tochter von Roger Chance entgegentrat und nie versuchte, die Vergangenheit zu verbergen. Aber jetzt, als ich die Situation für kurze Augenblicke durch Nathan McFees Augen sah, kam es mir so vor, als ob ich großes Getue um nichts gemacht hätte. Ich glaube, ich hätte ihn wohl weiter über seine Mutter und seine Kindheitsjahre ausgefragt, doch in diesem Augenblick durchdrang Ethels monotone Stimme den stillen Wald. »Bridie! Mr. McFee!«

Während wir auf sie zugingen, winkte sie mit dem Arm, aber sie machte keine Anstalten, aus dem Wagen auszusteigen. »Zeit zu fahren, Kind«, sagte sie, als wir näher kamen. »Es wird ein bißchen kalt, glaube ich.«

Sie schaute den groß gewachsenen Mann neben mir an. »Vielen Dank, daß Sie Bridie bei dem kleinen Spaziergang begleitet haben, Mr. McFee. Ich wäre selbst auch mitgekommen, aber mir war danach, die Augen ein paar Minuten zuzumachen. Ich habe nicht geschlafen, wissen Sie.« Ethel behauptete immer, nicht geschlafen zu haben, wenn sie aus einem ihrer aufrechten Nickerchen aufwachte.

Während Nathan McFee uns zu unserer Pension zurückfuhr, plauderte Ethel die ganze Zeit fröhlich vor sich hin. Alfie konnte dabei immer Zeitung lesen. Ich hörte gewöhnlich bis zu einem gewissen Maß zu, denn ich mochte Ethel sehr, aber heute ließ ich das Geräusch einfach über mich ergehen und überließ es Nathan McFee, an den passenden Stellen »wirklich, Madame?« oder »na, na!« oder einfach »wie?« zu sagen. Meine Gedanken und Gefühle waren stark in Unordnung geraten. Neben der Angst vor meinem Auftritt am nächsten Tag mußte ich noch verdauen, was ich von dem Mann erfahren hatte, der vor uns saß und so ruhig die Zügel hielt.

Nathan McFee hatte mir jede Höflichkeit bewiesen und mir seine Freundschaft angeboten, aber meine Gedanken wurden von nebelhaften Zweifeln beherrscht. Ich war sicher, daß alles, was er mir erzählt hatte, der Wahrheit entsprach, aber ich war genauso sicher, daß seine Erklärung für seine Anwesenheit auf dem Grund von Latchford Hall zur Zeit der Katastrophe unvollständig war. Und ich wollte keinen Freund, dem ich nicht völlig vertrauen konnte.

In dieser Nacht plagten mich wilde Träume, und am nächsten Tag war ich körperlich krank vor Nervosität. Am Morgen war Orchesterprobe für alle Artisten, die im Programm auftraten. Dabei wurden nicht die vollständigen Nummern geprobt, sondern nur die Teile, bei denen die Kapelle mit ihrem Einsatz oder ihrem Tempo wichtig war. Ich trug mein Bühnenkostüm, denn ich mußte die kleinen Stücke des grotesken Tanzes durchgehen, bei denen im Hintergrund die Kapelle spielte, und ich stand schon fertig in den Kulissen, als Nathan McFee an der Reihe war.

Ich wußte noch immer nicht, wie er ein Publikum mit einem Lasso unterhalten wollte, denn soweit ich wußte, war das ein Seil mit einer offenen Schlinge, das die Cowboys in einer ganz bestimmten Art warfen, um eine Kuh oder ein Pferd einzufangen. Alfie hatte gesagt, daß Nathan McFees Pferd ein Teil der Nummer war, und ich stellte mir vor, daß er dem Tier ein paar Tricks beigebracht hatte, wie einem Zirkuspferd. Aber Lucifer nahm offenbar nicht an der Orchesterprobe teil, und Mr. McFee hatte auch keinen Lasso bei sich. Er hockte vorn an der Bühne, gab dem

Kapellmeister ein paar Notenblätter und begann dann, die Einsätze, die in den Noten markiert waren, zu erklären. Er drehte sich halb herum und zeigte zur linken Bühne oder rechten Bühne, je nachdem, um dem Kapellmeister zu beschreiben, wie er sich bewegen würde.

In Zukunft sollte mein Respekt für die Kapellmeister in Varietés mehr und mehr anwachsen. Man gab ihnen oft zerrissene, kaum lesbare Noten, mit unzulänglichen Einsätzen und Anweisungen, und man erwartete von ihnen, daß sie nach einer kurzen Probe alles konnten, was fünfzehn oder zwanzig verschiedene Nummern verlangten. Die Kapellmeister beklagten sich immer bitterlich, aber sie schienen einen Instinkt dafür erworben zu haben, der sie in die Lage versetzte, ihre Aufgabe erfolgreich trotz aller widrigen Umstände auszuführen.

Ich sah, wie der Kapellmeister das Notenblatt an den Pianisten weitergab, der einen Blick darauf warf und Akkorde eines Marschthemas spielte. Nathan McFee schüttelte den Kopf und hob die Hand, während er ein schnelleres Tempo angab. Der Pianist spielte noch einmal, paßte sich dem Tempo an. Nathan McFee nickte und sprach dann weiter mit dem Kapellmeister. Zwei Minuten später war er mit seiner Orchesterprobe fertig, und als er von der Bühne herunterkam, schenkte er mir ein aufmunterndes Lächeln und wünschte mir einen guten Morgen, aber er blieb nicht stehen. Ich war ihm dankbar dafür, denn meine Probleme und Ängste nahmen mich völlig in Anspruch.

Ein Bariton war der nächste. Auch er beugte sich nach vorn, um mit dem Kapellmeister zu reden. Dann flüsterte er sich mit der leisen Begleitung des Pianisten fast unhörbar durch sein Repertoire. Fünf Minuten später waren wir an der Reihe. Alfie verständigte sich rasch mit dem Kapellmeister. Nachdem, was Ethel immer sagte, war er bei allen beliebt. Unsere Noten wurden nämlich schon ersetzt, ehe sie zerfleddert waren. Ethel wurde für die Orchesterprobe nicht gebraucht, aber Alfie überredete den Kapellmeister dazu, zweimal die Begleitung für meine grotesken Tänze durchzuspielen, was ihn einige Zeit kostete. Ich mußte außerdem den Teil üben, in dem ich mich mit dem Brett unter dem Arm immer herumdrehte und Ethel um ein Haar verfehlte. Alfie verlangte vom Musiker jedesmal einen Paukenschlag, wenn ich Ethel nicht getroffen hatte.

An diesem Tag konnte ich kein Mittagessen hinunterbringen, und ich fühlte mich unfähig, stillzusitzen. Mein Magen war verkrampft vor Angst, und jeder Nerv in meinem Körper schien zu zucken und zu flattern. Gleichzeitig war ich wütend auf mich selbst, denn das Schlimmste, was ich Alfie und Ethel antun konnte, war meine Unfähigkeit. Dennoch hätte meine Panik kaum größer sein können, als wenn ich auf den Henker gewartet hätte, der mich zur Guillotine führen sollte. Ethel las ein Buch, und ich saß am Fenster und versuchte mit zitternder Hand die Ecke eines Taschentuchs auszusticken, als es an der Tür klopfte. Ethel nahm die Brille ab und rief: »Herein!« Die Tür öffnete sich, und Nathan McFee stand draußen. Er hielt eine kleine Dose und ein flaches, quadratisches Brett in der Hand. Er machte einen halben Schritt ins Zimmer und sagte: »Ich hoffe, Sie werden mir die Störung verzeihen, Ladies, aber ich hab' herumgesessen und mich gefragt, ob Miss Bridie vielleicht Schach spielt.«

Ethel sagte: »Oh, wie nett. Das kannst du doch sicher, Kind, oder nicht?«

Ich stach mir in den Finger und sagte: »Nun, ich habe früher ein bißchen gespielt, aber ich war nie sehr gut, und im Augenblick könnte ich überhaupt nicht spielen.«

»Aber warum denn nicht, Schätzchen? Wir haben doch nichts Besonderes zu tun.«

»Aber du schläfst doch immer gern eine Stunde, Ethel«, sagte ich verzweifelt.

Nathan McFee hob protestierend eine Hand. »Ich hatte mir nicht vorgestellt, Mrs. Perkin zu stören. Unten im Wohnzimmer ist es ruhig, da könnten wir spielen.«

»Nein. Wirklich. Ich meine, ich konnte nie sehr gut Schach spielen, und heute weiß ich ja kaum, was ich tue.«

Er lächelte. »Dann sind Sie genau der richtige Gegner für mich, Madame. Ich spiele fürchterlich. Ich hab's gelernt, als ich noch ein Junge war, und die meisten Leute, die ich seither kennengelernt habe, neigten mehr zu Poker. Deshalb hatte ich immer nur gegen mich selbst gespielt. Könnten Sie vielleicht eine halbe Stunde opfern, Miss Bridie? Ich würde es ehrlich schätzen.«

Ich holte gerade tief Luft, um mit einer an den Haaren herbeigezogenen Entschuldigung abzulehnen, als Ethel streng sagte: »Na, los, Bridie, raus mit dir! Ich kann mein Nickerchen ja doch nicht machen, wenn du jede zweite Sekunde wie ein Grashüpfer hier herumspringst.« Jetzt war ich völlig verwirrt, und ehe ich wußte, wie mir geschah, war Ethel aufgestanden, hatte mir die Stickerei abgenommen und schob mich zur Tür. Sie versicherte Nathan McFee mit ihrem vogelartigen Trillern, daß es nichts gäbe, was ich lieber täte, als mit ihm eine Partie Schach zu spielen.

Ich war noch immer wie betäubt, als wir uns in einer Ecke des großen Wohnzimmers hinsetzten und Nathan McFee das abgenutzte Schachbrett entfaltete. Er stellte hölzerne Schachfiguren auf, die durch das viele Anfassen wie poliert aussahen, und gab mir die weißen Stücke.

»Der Ärger ist der, wenn man gegen sich selbst spielt«, sagte er, »man weiß jedesmal, was der andere plant. Diesmal wird es anders, und ich freu' mich schon richtig drauf. Ihr Zug, Miss Bridie.«

Ich entschloß mich, schnell zu spielen, ohne viel nachzudenken, und bewegte meinen Königsbauern nach vorn. Er erwiderte sofort mit dem gleichen Zug, und innerhalb weniger Minuten fand ich mein Vorhaben, das Spiel zu beenden, total vereitelt. Die Mitte des Brettes war überfüllt von Schachfiguren, und für einen Spieler meines niedrigen Könnens war es unmöglich geworden, einen Zug zu machen, ohne wenigstens ein paar der Konsequenzen, die sich daraus ergaben, ernsthaft durchzudenken.

Gelegentlich hatte ich in Girton mit einem Mädchen gespielt, die eine gute Schachspielerin war. Sie hatte mir gesagt, daß ich wenig Ahnung hätte, wie man beim Schach gewinnen kann, aber daß es schwierig wäre, mich zu schlagen. Nach einer Weile kam ich zu dem Schluß, daß Nathan McFee zur gleichen Sorte Schachspieler gehörte, denn keiner von uns schien in der Lage zu sein, eine gute Kombination für einen Angriff zu entwickeln. Wir warfen uns gegenseitig raus, wechselten gelegentlich die Seiten, brauchten länger und länger zwischen den Zügen, entschuldigten uns hin und wieder mit murmelnder Stimme, daß wir so langsam waren, und endlich hatten wir beide nur noch drei Bauern, einen Turm und einen Läufer. Ich nehme an, ein guter Spieler hätte die Partie sehr schnell beendet, oder zwei gute Spieler hätten sich vielleicht auf ein Remis geeinigt, aber wir stürzten uns in ein langes Endspiel, bei dem ich zu guter Letzt einen Fehler machte, durch den Nathan McFee einen Bauern in eine Dame umwechseln konnte, und dann war es auch schon vorbei.

Wir lachten beide und lehnten uns entspannt zurück. Ich schaute auf die Uhr und sah zu meinem Erstaunen, daß anderhalb Stunden vergangen waren, in denen ich meine Panik völlig vergessen hatte. Aber ich fürchtete ihre Rückkehr, und so sagte ich schnell: »Ich hoffe, Sie haben genug Zeit, um mir eine Revanche zu bieten, Mr. McFee.«

»Sicher, Madame. Und wenn Sie das nicht zu direkt finden, wäre ich froh, wenn Sie mich Nathan nennen würden. Ich denke, Sie werden noch feststellen, daß die Leute von der Bühne nicht ganz so förmlich sind wie die anderen.«

Ich lächelte. »Ja, das habe ich schon bemerkt. Ich glaube, Harold ist der einzige, der Alfie mit Mr. Perkin anredet. Bitte nennen Sie mich auch Bridie, wenn Sie mögen.«

»Fühle mich geehrt, Madame. Oder Bridie.«

Während er die Schachfiguren zu einem neuen Spiel aufstellte, fragte ich ihn neugierig: »Wer hat Ihnen denn das Schachspielen beigebracht?«

»Meine Mutter.« Er lächelte. »Ma war eine Frau mit guter Erziehung, und sie wollte nicht, daß ich ohne Schule aufwuchs. Deshalb hat sie mir fünf Stunden pro Tag Unterricht erteilt, bis ich fünfzehn war. Mußte gewöhnlich schon vor der Dämmerung aufstehen und zwei Stunden lernen. Dann nach dem Mittagessen noch mal eine Stunde, und noch zwei vor dem Abendessen.« Er schüttelte den Kopf, während er noch immer lächelte. »Bis ich ungefähr zwölf war, hab' ich es gehaßt, dann bekam ich plötzlich Spaß dran.«

»Sie muß eine sehr tapfere und resolute Dame gewesen sein«, sagte ich. »Lebt sie noch?«

»Nein. Sie starb, als ich siebzehn war.«

»Oh, das tut mir leid.«

»Ihre Gesundheit war ziemlich verbraucht, nehme ich an. Ich habe sie sehr bewundert, als ich älter wurde.«

Gedankenlos sagte ich: »Es kommt mir komisch vor, daß sie . . .« Ich unterbrach mich, wütend, daß ich so taktlos gewesen war, aber er lächelte, während er die letzten Schachfiguren auf dem Brett aufstellte.

»Komisch, daß eine wohlerzogene Frau einen üblen Bankräuber heiratet? Ich denke, das war es wirklich, Bridie. Meine Mutter kam aus guter Familie. Gutsbesitzer, oben in New Hampshire. Sie wurde nach Boston zur Schule geschickt. Aber als sie zurückkam, hatte sie das Gefühl, daß Boston unmenschlich war, daß sie nicht atmen konnte. Es waren strenge Leute, sehr strenge . . . Und bei all seinen Fehlern war Pa ein Mann, der mit seinem Charme einen Vogel vom Baum locken konnte.«

Nathan McFee zuckte seine breiten Schultern. »Ma hat nie viel von ihm erzählt, aber er hat es irgendwie geschafft; sie verliebte sich so sehr in ihn, daß sie eine Zeitlang keine eigene Meinung mehr hatte. Wie auch immer, er war aus dem Westen gekommen und arbeitete auf der Farm ihrer Eltern. Sie ist ihm begegnet, und dann haben sie sich heimlich immer wieder getroffen, und sie glaubte an all seine großartigen Versprechen, daß sie zusammen fortgehen und ein neues Leben anfangen wollten.« Er rückte einen Bauern auf seinem Quadrat zurecht und schaute mich dann mit ruhigen Augen an. »So was kommt vor, hat man mir gesagt. Manchmal kann eine junge Dame auf einen Mann reinfallen, der in Wirklichkeit schlecht ist.«

Ich sagte: »Ist Ihre Mutter mit ihm fortgelaufen?«

Er nickte.

»Sie liefen fort, heirateten, und dann hat die Familie sie enterbt. Meine Mutter fand bald heraus, daß Pa ein Taugenichts war, der sie nur als Arbeitstier benutzte, und dann hat sie den Rest ihres Lebens damit verbracht, mich aufzuziehen und dem Stückchen Boden einen Lebensunterhalt abzuringen. Das bißchen Land war mit ihrem eigenen Geld gekauft worden, mit allem, was sie hatte.«

Ich fühlte mich plötzlich den Tränen ganz nah und sagte: »Wie schrecklich für Sie; haben Sie ihretwegen niemals ein bitteres Gefühl, Nathan?«

Er schüttelte langsam den Kopf. »Die Lebensart, die sie mir beigebracht hat, ist anders: Tu, was du willst, aber du wirst dafür bezahlen. Eins muß ich allerdings sagen. Ich bin echt stolz auf die Art, wie sie ihr Kinn vorgeschoben und gezahlt hat.« Er lehnte sich nach vorn und zog den weißen Königsläuferbauern ein Feld nach vorn. »Dies ist das ›McFee-Spezial-Eröffnungs-Gambit‹. Ich habe es einmal in der Nacht ausgearbeitet, als wir eine Herde nach Santa Fé hochgetrieben haben. Kommen Sie, Bridie, tun Sie Ihr Schlechtestes.«

Innerhalb von drei Minuten war ich vertieft in das neue Spiel. Es folgte ziemlich dem gleichen Muster wie zuvor, nur das Endspiel dauerte noch länger. Wir waren beide knapp bei Figuren und hatten keine Bauern mehr übrig. So entschieden wir, daß es für einen Gewinn nicht ausreichte, denn dazu brauchte man bessere Spieler, als wir beide es je sein würden, und wir einigten uns auf ein Remis.

Ich schaute wieder auf die Uhr, stellte fest, daß es fünf Uhr war, holte tief Atem und schaute dann Nathan McFee an. »Ich fange jetzt an, wieder Angst zu kriegen«, sagte ich. »Aber wir werden bald zum Theater müssen. In der Zwischenzeit werde ich mit Vorbereitungen beschäftigt sein. Ich glaube wirklich, wenn Sie nicht gewesen wären, dann hätte ich heute nachmittag einen Nervenzusammenbruch bekommen.«

Er lachte. »Ich bezweifle, daß Sie je einen bekommen werden.«

»Bitte sagen Sie mir doch, haben Sie es getan, weil Sie wußten, wie ich mich fühlte, und weil Sie meinten, es würde helfen?«

»Na . . . vielleicht hat das auch dabei mitgespielt, aber größtenteils war es der reine Egoismus, Madame. Ich hab' die Freude Ihrer Gesellschaft gesucht.«

Ich stand auf, und er erhob sich mit mir. Ich sagte: »Danke, Nathan. Ich glaube, Sie sind ein sehr freundlicher Mensch.«

Zu meiner Überraschung schaute er mich plötzlich verlegen an, ließ den Blick sinken und starrte auf die schwarze Dame, die er in der offenen Hand hielt. »Sie haben ein großes Herz, Bridie«, sagte er ruhig, fast als ob er zu sich selbst spräche, »aber trauen Sie nicht allzu schnell fremden Leuten.« Ehe sie etwas sagen konnte, blickte er auf und schenkte mir ein schnelles Lächeln. »Danke für die Spiele, und viel Glück heute abend. Ich werde Ihnen jede Sekunde die Daumen drücken.«

11

Ich stand in den Kulissen, und mein Herz donnerte so laut in meinen Ohren, daß ich Ethel kaum verstehen konnte, die neben mir redete, ja noch nicht einmal das Orchester, das laut spielte, während zwei Jongleure vor einem Hintergrundprospekt mit einer Zirkusszene glitzernde Keulen einander zuwarfen. Hinter dem Prospekt konnte ich Harold sehen, der mit zwei Bühnenarbeitern schnell, aber ohne Hast arbeitete, um für Alfie Perkin & Company die Kulissen aufzustellen. Harold mit seinen Gehilfen konnte alles, mit sämtlichen Requisiten, in weniger als zwei Minuten aufbauen, und er konnte, sobald unsere Vorstellung beendet war, alles in einer Minute wieder abbauen.

Das Orchester spielte einen langen, lauten Akkord, die Jongleure machten ihre Verbeugung, das Publikum applaudierte, der Vorhang fiel. An jeder Seite trat ein Diner mit Perücke nach vorn zum Bühnenrand, um die Nummer im Rahmen auszuwechseln. Jetzt wußte jeder, daß der Auftritt von Alfie Perkin & Company bevorstand.

Neben mir stand Alfie und tätschelte meine Schulter. Er sagte irgend etwas, das ich nicht verstehen konnte, und ging dann auf die Bühne. Ethel, in einem zu großen Kleid mit einem monströsen Blumenmuster, tätschelte meine Wange und folgte ihm. Wenn der Vorhang sich hob, würden Alfie, der Tapezierer, und Mrs. Pendergast, die Dame des Hauses, in dem »Zimmer« stehen, das renoviert werden sollte, und sie würden darüber diskutieren, wie das getan werden konnte, ohne das Porträt des seligen Mr. Pendergast zu entfernen, das Alfie nicht abhängen durfte. Es kam ein dreißig Sekunden langer Dialog, ehe mein Stichwort fiel.

Ich war völlig allein, obwohl hinter mir all das übliche

Durcheinander einer Theaterbühne vor sich ging. Harold stand mit den Requisiten bereit, die ich brauchen würde. Mein Haar war fest hochgesteckt, und meine große Stoffmütze thronte darauf. Ich trug ein Hemd mit aufgerollten Ärmeln, einen kurzen, grauen, wollenen Schal, der vorn am Hals geknotet und ins Hemd eingesteckt war, eine Hose mit schmalen Hosenbeinen und weitem, faltigem Hinterteil, und eine kurze, farbverschmierte Tapeziererschürze. Die Hose war mehrere Zentimeter zu kurz, damit meine Knöchel und Stiefel zu sehen waren. Unter dem Hemd trug ich ein Band aus Leinen, damit meine Brust weniger üppig wirkte. »Du hast eine unheimlich hübsche Figur, Kind«, hatte Ethel gesagt, »aber es wippt ein bißchen herum, wenn du tanzt. Ich weiß ja, die Leute sollen merken, daß du ein Mädchen bist, aber wir wollen dich nicht zur Schau stellen.«

Mein Gehirn war leer. Ich konnte mich an nichts mehr erinnern. Kein Stichwort, keine Bewegung, keinen Schritt, nichts. Das Orchester spielte unsere Einleitung, der Vorhang hob sich, es kam rauschender Applaus. Als er wieder nachließ, erhob sich Ethels wunderbar durchdringende Stimme indigniert in der fein-unfeinen Ausdrucksweise, die mich immer an die Mädchen in Lady Graingers Hutladen erinnerte.

»Sü können sagen, was sü möchten, Mr. Perkin, aber ich werde es nü erlauben, daß mein dahüngegangener Gatte bewegt wird. Nü.«

Alfie wandte sich von ihr ab, schob seine Melone zurück, und ich wußte, daß er dem Publikum jetzt seine augenrollende Verzweiflung vorführte. Kurzes Gelächter, das sich schnell wieder legte, um die nächsten Worte zu hören.

»Gut, Mrs. Pendergast, dann decken wir ihn einfach zu.«

»Däcken ihn zu?« Ethels kirchturmartiger Knoten wankte vor Empörung. Sie verzog keine Miene, sondern konnte alles mit ihrer Stimme und ihren Kopfbewegungen ausdrücken. »Wirklich, er würde mir das nü verzeihen, Mr. Perkin. Er würde sich im Grab herumdröhen.«

Die Worte klangen verschwommen in meinen Ohren. Ich

war sicher, daß ich träumte. Alles war unwirklich. Ich war zu einem Eisblock gefroren, unfähig, mich zu bewegen. Ich beobachtete die beiden Fremden auf der Bühne und hörte den Mann rufen: »Arnold! Hol den Eimer, Junge!« Jetzt kletterte er auf die Trittleiter, genauso, wie ich das schon so oft in anderen Träumen gesehen hatte. Jemand zischte wütend in mein Ohr. Auf der Bühne rief der Mann auf der Trittleiter: »Na, was ist denn mit dir? Arnold!«

Ich zitterte. Das war kein Traum.

Die fremde Frau mit dem aufgetürmten Haar erhob ihre Stimme. »A – A – Arnold!«

Das Publikum brüllte vor Lachen. Eine Hand schlug mir ins Gesicht, und ich sprang auf. Harold. Er drückte mir den Eimer in die Hand. »Sie sind dran, Miss Bridie, Sie sind dran!«

Ach, du lieber Himmel!

Die Wirklichkeit explodierte um mich. Ich packte den Eimer, lief hinter die Wand auf der Bühne, so daß ich durch die Tür eintreten konnte, und stand im nächsten Augenblick vor den Zuschauern. Ich betrat das Rampenlicht in der Gangart des »Verzögerten Schrittes«. Ich war von der Seite her gekommen, und aus der riesigen schwarzen Höhle hinter den Rampenlichtern zu meiner Linken erklang trompetendes Geräusch; einen Teil davon erkannte ich als Orchester, das die Begleitung zu meinem Auftritt spielte, der andere Teil war Gelächter. Es kam von einem turmhohen Wesen mit tausend Augen, das gewaltig wie ein Berg, unberechenbar wie eine Lawine, dort hinten auf der Lauer lag.

Schweiß tröpfelte meinen Nacken hinunter, als ich durch die Tür stolzierte und dabei in ulkiger Weise auf einem Fuß balancierte. Neues, brüllendes Gelächter aus der Dunkelheit. Ich stellte den Eimer am Fuß der Trittleiter hin, drehte mich wieder herum, stand zum ersten Mal Ethel direkt gegenüber, fuhr erschreckt zurück und schwebte auf Gummibeinen in Rückwärtsgleitschritt zur hinteren Wand zurück.

Alfie rief: »Wir werden auch das Brett brauchen, Arnold.«

Einmal um das Zimmer herum, ab durch die Tür, Trauerweidengang. Mein Gehirn war leer, mein Gesicht und mein Körper arbeiteten jetzt nur mit Instinkt und führten die Befehle aus, die durch Hunderte von Wiederholungen automatisch geworden waren. Nimm die Planke von Harold. Alfie und Ethel führen ihren Dialog fort. Wieder auf die Bühne mit dem Storchenschritt, Planke auf der Schulter. Neues Gelächter. Nicht gewaltig, aber Gelächter. Keine Buhrufe, kein Schweigen.

Denk an Charlys Rat. Denk: »Gott sei Dank, ich muß den Mund nicht aufmachen!« Eine winzige Lösung der fürchterlichen Anspannung, die mich gepackt hält. Im Zimmer. Alfie ist gerade die Trittleiter heruntergekommen, sein Fuß steckt im Eimer, den ich dort hingestellt hatte. Fang an, das Brett zu schwingen, verpaß um Zentimeter Ethels Knoten, jedesmal, wenn sie sich vornübergebeugt, um Alfie zu helfen. Zähl in Gedanken den Takt mit. Achte auf die Beckenschläge. Drehen, zwei, drei, überraschter Blick, zwei, drei, noch einmal, zwei, drei . . .

Alfies Fuß ist frei. Dialog. Ich halte mich ganz still, so daß in diesem Teil des Sketches alle Aufmerksamkeit auf Alfie und Ethel gerichtet bleibt. Gelächter. Mrs. Pendergast geht weg, um Tee zu machen. Einkleistern, Tapete kleben. Zufällig das Porträt übertapezieren, das nicht gefirnist ist. (Wir haben Dutzende davon, die für zwei Shilling pro Stück von einem Mann in Battersea grob gemalt werden.) Papier wieder abschälen, die halbe Farbe löst sich vom Porträt. Blitzschnelles, aufgeregtes Mixen von Farbe, um das Porträt selber wieder zu restaurieren, ehe Mrs. Pendergast zurückkehrt. Lächerliches Ergebnis, Katastrophe folgt auf Katastrophe. Mimen, tanzen, Dialog. Absurdes Ende, bei dem Alfie nichts anderes übrig bleibt, als Mrs. Pendergast einen Heiratsantrag zu machen um sie dadurch mit einem neuen Ehemann zu versorgen. Das wohlbekannte Ende, bei dem Alfie seine Klarinette spielt, während ich mit Ethel ein langsames, lächerliches Menuett tanze.

In acht Minuten bin ich hundert Jahre auf der Bühne gewesen. Der Vorhang fällt, hebt sich wieder, nachdem wir uns aufgestellt haben, um uns zu verbeugen. Alfie steht in der Mitte. Noch einmal. Alfie flüstert scharf aus dem Mundwinkel: »Mütze ab, Bridie! Zieh die Nadeln raus und schüttle dein Haar!«

Erschreckt, völlig verwirrt, schwach vor Erleichterung, gehorche ich, während wir nach vorn zwischen die beiden Teile des Vorhangs gehen. Donnernder, beständiger Applaus. Es ist schön, das Publikum zu spüren. Ich ziehe die Nadeln heraus, schüttle jetzt mein Haar. Ein plötzlicher, zusätzlicher, brausender Applaus.

Alfie murmelt: »Woll'n 's nicht übertreiben.« Er nimmt meine Hand, läßt mich an sich vorbeigehen, und ab zwischen den Vorhängen nach hinten. Das gleiche mit Ethel. Noch eine schnelle, letzte Soloverbeugung, dann ist auch er von der Bühne, ehe der Applaus zu Ende ist. Endlich sind wir in den Kulissen. Meine Beine sind wie Gelee, meine Schultern hängen vor Erschöpfung, ich bin klebrig vom Tapetenkleister. Mir rinnen die Tränen übers Gesicht. Harold und die Bühnenarbeiter bauen unsere Dekoration ab und rollen die große Schutzplane von der Bühne auf. Vor dem Vorhang spielen zwei Musikclowns mit einsaitigen Geigen. Alfies Arm legt sich beruhigend um meine Schultern. »Na, das haben wir doch geschafft, Bridie!« Ich drehte mich um und klammere mich an ihn. »Oh. Alfie, kannst du mir je verzeihen, daß ich mein erstes Stichwort verpaßt habe? Und daß ich die Sache mit der Obstschale nicht richtig gemacht habe und . . .?«

»Liebe Bridie, du hast vier winzig kleine Fehler gemacht, und die sind dem Publikum nicht aufgefallen. Du wirst nie wieder die gleichen Fehler machen. Es gibt ein paar Stellen, wo wir alles ein bißchen straffen müssen, aber das ist nicht schlimm.« Er hielt mich sanft von sich ab, sein Gesicht verzog sich zu einem breiten Grinsen der Erleichterung und Freude. »Du hast zwar das Haus nicht zum Toben gebracht, und niemand wird dir eine Solonummer an der Spitze des

Programms anbieten, aber ich will dir mal was sagen, kleine Bridie. Ich glaube, du warst ein klein bißchen besser als Charly, als der seinen ersten Auftritt hatte! Richtig, Ethel?«

Ethel strahlte und warf ihre Arme um mich. »Wirklich, Liebes, ehrlich. Du hast diese ulkige kleine Macke, und die hast du ganz allein. Dein Stil ist wirklich unheimlich komisch.« Sie trat zurück, um mich anzuschauen. Tränen schimmerten in ihren Augen. »Ich weiß, es war nicht unsere beste Vorstellung, weil wir alle ein bißchen nervös waren, nicht, Alfie? Aber jetzt, wo das Eis gebrochen ist, wird es besser und besser werden, das wirst du schon sehen. Du warst großartig, Bridie, und morgen früh werde ich als erstes Charly schreiben und ihm alles erzählen. Er wird unheimlich stolz sein, weil er schrecklich viel von dir hält.«

Überall wurde gearbeitet und niemand nahm Notiz von uns. Alfie sagte: »Ich kenne jemanden, der auch stolz auf dich gewesen wäre, und das ist dein Papa. Was du eben gebracht hast, das hätte ihn überaus gefreut.«

Er lächelte ein bißchen wehmütig. »Bei deiner Mama wäre ich nicht so sicher, die hätte deinetwegen zu viel Angst gehabt.« Er hielt inne, und dann machte er etwas, an das ich mich, solange ich lebe, immer, immer erinnern würde. »Wirklich, Bridie«, sagte er sanft, und dann nahm er meine klebrigen Hände, beugte sich darüber und berührte zuerst den einen, dann den anderen Handrücken mit seinen Lippen. »Du hast uns gerettet«, sagte er. »Ohne dich hatten wir keine Nummer mehr. Das werden wir dir nie vergessen, Bridie Chance.«

Zehn Minuten später saß ich in der Sitzbadewanne hinter dem Wandschirm in unserer Garderobe. Ich hatte mich vom Kleister, vom Schmutz und vom Schweiß gereinigt und war kaum noch in der Lage, die Augen offenzuhalten. Ich fühlte mich so schlaff wie eine Stoffpuppe, kicherte nur hin und wieder, was ich meiner Überanstrengung zuschrieb.

Ethel amüsierte sich köstlich und prustete auch andauernd, während sie mir half, mich abzutrocknen und anzukleiden. Später, als wir hinter der Bühne auf Alfie warteten, der sich noch abschminkte, kam Nathan McFee an uns vorbei. Er war für seine Nummer fertig angekleidet und trug schwarze Hosen mit Silberknöpfen an den Hosenbeinen, ein rotes Hemd und ein weißes Halstuch. Seinen Gauchohut hielt er in der Hand.

»Hab' nach Ihnen gesucht, um Ihnen zu gratulieren, Bridie«, sagte er lächelnd.

Mühsam ordnete ich meine Gedanken. »Danke, Nathan. Ich bin sicher, Sie haben mir mit dem Schachspiel sehr geholfen . . .« Ich brach ab, unfähig, ein gewaltiges Gähnen zurückzuhalten. »Ach, du lieber Himmel«, sagte ich entsetzt, als ich wieder sprechen konnte. »Ich bitte vielmals um Entschuldigung.«

Belustigung tanzte in seinen blauen Augen. »Ich schätze, Sie haben jetzt das Gefühl, als ob Sie eben hundert Meilen für den Ponyexpreß geritten wären.« Er schaute Ethel an. »Ich will Sie nicht aufhalten, Madame, denn Sie wollen sicher diese junge Lady nach Hause ins Bett bringen. Ich wollte auch nur sagen, daß ich mich in die letzte Reihe Parkett geschlichen habe, um ihre Nummer aus der Sicht des Publikums zu erleben. Ich kann Ihnen sagen, Mrs. Perkin, Ihre Bridie ist ganz großartig angekommen.« Er lachte leise, als ob er sich noch immer amüsierte, und nickte mir bewundernd zu. »Sie haben ein großes komisches Talent, Bridie.«

»Siehst du, Bridie!« strahlte Ethel. Ihr mageres Gesicht wirkte vor Freude fast schön.

Ich kramte vergeblich nach passenden Worten, stotterte aber nur: »Noch einmal vielen Dank, Nathan. Ich möchte Ihre Nummer auch sehr gern sehen . . .« Meine Stimme brach ab, und ich klemmte vor einem erneuten Gähnen die Zähne zusammen.

Er grinste. »Ein andermal, Bridie. Gute Nacht, und das wünsche ich Ihnen auch, Mrs. Perkin.« Er ging zum Gemeinschaftsraum der Männer hinüber, und in diesem Augenblick erschien auch Alfie, fertig angezogen.

»Was für ein netter junger Mann dieser Amerikaner ist«, begeisterte sich Ethel.

»Mm.« Ich konnte das Gähnen nicht länger zurückhalten. »Ich frage mich, warum er wohl gesagt hat . . . was war es doch? Ach ja . . . warum er gesagt hat, ich soll den Leuten nicht so schnell trauen. Weißt du, Ethel, es war fast so, als ob er . . . sich selbst damit meinte.«

Dann hörte mein Gehirn auf zu arbeiten, und ich überließ es Alfie und Ethel, mich nach Hause zu verfrachten.

Am nächsten Morgen schlief ich lange und verleibte mir dann ein Frühstück ein, das einem Schwerathleten alle Ehre gemacht hätte. Bei meiner ganzen Erleichterung war mir allerdings klar, daß nur das Schlimmste vorüber war. Ich begann mir langsam schon wieder Sorgen zu machen über die Vorstellung des kommenden Abends und fragte mich, ob Varitékünstler wohl jemals so viel Erfahrung sammeln konnten, daß sie überhaupt kein Lampenfieber mehr hatten.

Als ich Alfie diese Frage stellte, grinste er. »Es wird leichter, aber eins kann ich dir sagen. An dem Tag, wo du keine Schmetterlinge mehr im Bauch hast, kurz bevor du auf die Bühne gehst, an dem Tag kannst du einpacken. Wenn du dich kein bißchen nervös mehr fühlst, dann hast du auch keinen Einfluß mehr auf das Publikum, verstehst du, was ich meine?«

Ich nickte, das war einleuchtend für mich. »Ja, Alfie. Kein Wunder, daß eine richtige Vorstellung viel ermüdender ist als ein halbes Dutzend Proben.« Ich schaute zu Ethel hinüber. Wir waren die letzten Frühstücksgäste.

»Sollen wir heute einkaufen gehen, Ethel? Ich möchte so gern ein neues Kleid kaufen, um mein Debüt standesgemäß zu unterstreichen.« Das Wort ›Debüt‹ hatte ich feierlich in die Länge gezogen, und ich schüttete mich vor Lachen darüber aus.

Alfie tippte mit dem Finger auf den Tisch. »Seit du in London bist, hast du nichts Neues mehr bekommen, deshalb wirst du dir eine völlig neue Garderobe kaufen, Bridie.

Und das auf meine Kosten. Keinen Widerspruch. Aber heute wirst du dafür keine Zeit finden, weil ich für uns 'ne kleine Halle gemietet habe, wo wir ab heute jeden Nachmittag für die drei Wochen proben können. Vielleicht auch noch ein paar Vormittage.«

Drei Dinge wollte ich auf einmal tun: Dagegen protestieren, daß er meine neuen Kleider bezahlte, ihm für dieses Angebot danken und ihn fragen, warum er drei Wochen Proben geplant hatte. Aber alles, was aus meinem Mund kam, war: »Proben?«

»Die halbe Zeit, die wir in Sheffield spielen, machen wir den Sketch mit dem Wasserwerk, Kind«, zwitscherte Ethel gelassen.

Ich preßte die Hände an die Wangen und starrte entsetzt von Alfie zu Ethel. »Ach, du lieber Gott«, flüsterte ich endlich, »ich hatte den anderen Sketch ganz vergessen. Und wir haben noch keine Zeile davon geübt! Alfie, ich werde es nie schaffen, nie, nie . . .«

»Red keinen Blödsinn«, unterbrach mich Alfie liebenswürdig. »Du brauchst den grotesken Tanz nicht mehr zu lernen, weil es ja genau dieselben Schritte sind, und dein Tanz ist erstklassig, Bridie, wirklich, der ist Gold wert. Wir müssen nur die Handlung und den Zeitplan üben, das heißt, wir müssen den Wassertank aufbauen und die Wasserrohre benutzen. Das ist kniffliger als der Tapezierersketch, aber du fängst ja nicht von ganz vorne an wie vorher, und für diesen Sketch haben wir eine Woche länger als für den anderen.«

Tatsächlich war ich froh, daß meine Tage während der ersten drei Wochen als Mitglied von Alfie Perkin & Company voll ausgefüllt waren, denn dadurch hatte ich wenig Zeit, mir über die abendlichen Auftritte Sorgen zu machen, und der wohlbekannte Tapezierersketch kam mir bald relativ einfach vor.

Als ich an meinem zweiten Abend in den Kulissen stand und auf mein Stichwort wartete, war ich voller nervöser Spannung, aber nicht mehr in Gefahr, in Panik auszubrechen. Am Ende der ersten Woche jagte nur noch mein Puls, der Mund war trocken, und mein Herz schien sich im Hals zu befinden. Das alles stellte sich pünktlich eine halbe Stunde vor dem Aufruf ein.

Ich konnte nicht gerade sagen, daß ich diese Vorstellungen genoß, aber wenn alles hinter mir lag, hatte ich das Gefühl, mein Bestes gegeben zu haben. Und das war am brüllenden Gelächter des Publikums zu messen.

Am dritten Tag kauften Ethel und ich vormittags meine neue Garderobe. An diesem Abend hatte der Theaterdirektor für uns im hinteren Teil der Logen Plätze reservieren lassen, die wir nach unserem Auftritt einnehmen durften. Wir warteten das Ende der Pause ab, denn obwohl mich niemand als »Arnold« erkannt hätte, jeder hätte Alfie oder Ethel sofort entdeckt, und wir wollten keine Aufmerksamkeit erregen.

Nathan McFee hatte die zweite Nummer nach der Pause, und auf dem Programm stand er als »Nathan McFee – Wildwestkünstler«. Als die Bühnendiener seine Nummer in den Rahmen steckten, war ich fast so nervös, als ob ich selbst auftreten sollte. Der Vorhang hob sich, und da stand er in seinem aufregenden Gauchokostüm. Den schwarzen Hut hatte er sich vom Kopf in den Nacken geschoben, das braune Gesicht über dem weißen Halstuch wirkte völlig leidenschaftslos, und große silberne Knöpfe, die die Hosenbeine schmückten, glitzerten im Scheinwerferlicht. Die Kapelle spielte eine fröhliche Melodie. Nathan hielt ein weißes Lasso, ein Stück davon war in seiner linken Hand aufgerollt. Mit der rechten Hand hatte er eine Schlinge geknüpft und drehte sie parallel zum Boden. Dann machte er einen blitzschnellen, leichten Sprung, und befand sich in der Mitte der wirbelnden Schlinge. Nun erweiterte er die Schlinge, indem er die Länge des Seils aus der linken Hand herausrollen ließ. Die Schlinge wirbelte jetzt in Taillenhöhe um ihn und stand weiß vor dem schwarzen Tuch seines Anzugs. Die Schlinge wurde wieder kleiner, begann zu hüpfen, schoß hoch über seinen Kopf und fiel fast auf den

Boden, wobei sie sich in atemberaubendem Tempo die ganze Zeit gleichmäßig drehte.

Ich hatte Jongleure und Bodenakrobaten gesehen, aber das hier war neu für mich. Cowboys benutzten einen Lasso, um damit Vieh einzufangen. Ich hatte aber keine Ahnung, daß man mit einem Seil so kunstvoll jonglieren konnte. Immer wieder sprang die Schlinge hoch und fiel dann wieder hinab. Leichtfüßig trat Nathan beim Hochwirbeln unter ihr hervor, ließ sie neben sich nach unten sinken, sprang wieder hinein, ließ sie noch mal hochsausen und wiederholte das Ganze dann mehrmals in rasender Schnelligkeit.

Danach drehte er die Schlinge in die Vertikale und wirbelte das Seil vor seinem Körper hin und her, wobei eine Art Schmetterlingseffekt entstand. Langsam erhöhte die Schlinge sich, wirbelte jetzt auf seiner rechten Seite, bis sie dreiviertel seiner Körpergröße erreicht hatte. Mühelos sprang er seitwärts durch, brachte das Seil damit auf die andere Seite seines Körpers und sprang wieder zurück. Das wiederholte er mehrmals.

Ich schaute zu Alfie hinüber und sah, daß er mißbilligend den Kopf schüttelte. Ich begriff auch sofort weshalb. Nach jedem Trick wollte das Publikum applaudieren, aber Nathan hatte sich nicht unterbrechen lassen. Das war ein Fehler, denn dadurch sah alles zu leicht aus, und das Publikum fühlte sich übergangen. Ich wußte, daß für seinen Auftritt sechs Minuten angesetzt waren. Ich schätzte, daß vier davon vergangen waren, als das Orchester einen letzten Akkord spielte und Nathan den Lasso fortwirbeln und in den Kulissen verschwinden ließ. Er verbeugte sich dort, wo er stand – auf der Seite der Bühne.

Das Publikum applaudierte, da stampfte Lucifer gesattelt auf die Bühne und trug ein aufgerolltes Seil in seinem Maul. Er schubste Nathan sanft von hinten mit der Nase, so daß der zur Seite taumelte, und ließ sich selbst auf die Vorderbeine nieder, als ob er persönlich den Applaus entgegennehmen wollte. Das Publikum johlte vor Lachen, klatschte und trampelte mit den Füßen. Lucifer stand wieder auf und brachte Nathan das aufgerollte Seil. Dieser knüpfte nochmal eine Schlinge und begann sie wie einen Krinolinenreifen um sich zu wirbeln. Dann sprang er plötzlich in den Sattel, ohne einen Steigbügel zu benutzen und ohne den Kreis des wirbelnden Seils zu stören.

Schnell weitete sich die Schlinge aus und umfaßte sowohl Pferd als auch Reiter. Sie hob und senkte sich, während Lucifer in einem kleinen Kreis auf der Bühne herumtrabte. Die Schlinge wurde riesengroß. Es war offensichtlich ein längeres Seil, als das vorher und endlich konnte Lucifer noch stehenbleiben, weil der Kreis des Seils die ganze Bühne vom Orchestergraben bis zum Hintergrund der Kulissen einnahm. Dann fiel mit Untermalung einer temperamentvollen Melodie der Vorhang.

Nathan trat heraus und verbeugte sich. Der Applaus war zufriedenstellend, doch als Nathan nicht noch einmal erschien, verklang er schnell. Alfie stupste mich an, und wir verließen rasch unsere Loge.

»Er ist ganz gut«, sagte Alfie, während wir in einer Motordroschke zur Pension fuhren. »Gut und neu und eine erstklassige Vorstellung, aber ich meine, man könnte das Ganze aufpolieren, daß es zweimal so gut wirkt. An seinem Zeitplan ist eine ganze Menge falsch, und das Pferd benutzt er nicht annähernd genug.«

Ich hatte die Vorstellung genossen, aber hegte ebenso keine Zweifel, daß Alfie recht hatte. Seine große Erfahrung und Fähigkeit, das Varietépublikum zu beurteilen, hatten schon lange meinen uneingeschränkten Respekt gewonnen. Am nächsten Tag beim Frühstück sagte ich Nathan, wie sehr mir seine Vorstellung gefallen hatte und nahm erfreut seine Einladung zum Nachmittagstee an.

Von zehn bis halb zwölf übten wir den Wasserwerksketch, und dann nachmittags noch einmal von halb zwei bis vier Uhr. Alfie und ich wurden unzählige Male bis auf die Haut durchnäßt. Fräulein Forster wäre entsetzt gewesen, sie hätte mir eine doppelte Lungenentzündung prophezeit, aber ich fand das alles recht belebend, und während meiner ganzen Zeit bei Alfie Perkin & Company blieb ich bei ausgezeichneter Gesundheit. Es machte mir nichts aus, ob ich nun mit Wasser eingeweicht oder in Spezialtapetenkleister erstickt wurde.

Um vier Uhr lief ich eilig in das kleine Zimmer, das wir zum Umkleiden benutzten, schlüpfte aus meinen Übungskleidern und trocknete mich ab. Dies war heute die zweite Garnitur von Hose und Bluse, die durchnäßt worden war. Gleich bei Beginn der Tournee lernte ich Harolds Arbeit noch zu schätzen, denn ich wußte, daß er morgen früh frische Übungskleider für mich bereitliegen haben würde. Mein Haar war trocken, denn während der Proben trug ich eine Gummikappe, und zwanzig Minuten später stand ich in meinem neuen Kostüm und mit frisierten Haaren draußen auf der Straße und hielt nach einer Droschke Ausschau.

Weil Alfie darauf bestanden hatte, mich während der drei Wochen meines Trainings zu bezahlen, war ich bei den vier Pfund pro Woche reich geworden, und bald würde ich noch reicher sein, wenn Ende des Monats meine Gage auf fünf Pfund in der Woche erhöht wurde. Außerdem war ich entzückt über mein Kostüm. Es war hellgrau, und die bolerokurze Jacke saß über einer langen Weste mit hohem Stehkragen. Ich hatte mich schon lange mit der Tatsache abgefunden, daß ich nie hübsch sein würde, aber wenigstens hatte ich jetzt das Gefühl, daß ich ganz schick aussah.

Ich war kaum zwanzig Schritte von der Übungshalle fortgegangen, als Nathan, der eine leichte Kutsche fuhr, neben mir anhielt und seinen Hut zog. Immer trug er den Gauchohut, und nachdem ich Nathan etwas kennengelernt hatte, war ich sicher, daß er ihn einfach nur gern trug. Ihn kümmerten die Leute nicht, die ihn anstarrten. Vielleicht war diese Lässigkeit eine charakteristische Eigenschaft der Amerikaner.

»Hatte mir gedacht, ich hole Sie ab, Bridie«, sagte er, während er ausstieg, um mir in den Wagen zu helfen. »Man kann nicht immer eine Droschke finden, wenn man eine braucht.«

Ich dankte ihm, und als wir im Teesalon des Fortuna-Hotels saßen, nahm ich meinen ganzen Mut zusammen und sagte, daß Alfie ihm helfen könnte, seine Nummer zu verbessern. Die Worte waren kaum heraus, als ich sie schon wieder bedauerte, und ich fügte hastig hinzu: »Oh, bitte, seien Sie nicht beleidigt, Nathan. Ihre Tricks mit dem Seil sind so gut und so neu, ich war wirklich ganz gebannt. Aber Alfie versteht es ganz großartig, das Publikum in Bann zu ziehen, besonders das englische Publikum, und . . .«

»Na, na«, unterbrach er mich sanft, und ich hatte den Eindruck, daß er sich sehr bemühte, ernst zu bleiben. »Ich mach' mir keine Illusionen über meine Nummer, Bridie, und ich bin sicher, daß Alfie sie verbessern könnte. Sieh mal, wenn man Kühe hütet, dann gibt es lange Stunden, in denen man nichts anderes machen kann als dasitzen und die Tiere beobachten. Also redet man vielleicht oder döst oder sitzt auch nur rum. Aber wenn ich nichts tue, werde ich irgendwie nervös, und so hab' ich mit meinem Seil herumgespielt, und mit der Zeit habe ich gelernt, es ganz gut zu wirbeln und ein paar Tricks damit zu machen. Als mir dann die Füße zu jucken anfingen und als ich hier herüberkam, um mir England mal anzusehen, da hab' ich mir gedacht, ich könnte hier Geld verdienen, indem ich im Varieté auftrete.« Er lächelte. »Das hab' ich also getan, aber ich bin nicht drauf aus, mir einen großen Namen zu machen. Ich mach' einfach weiter und zeige meine Tricks. Das einzige Entgegenkommen zum Publikum besteht darin, daß ich Lucifer diese kleine Übung beigebracht habe, die ein paar Lacher auslöst. Aber das genügt auch.«

»Ach so.« Ich konzentrierte mich darauf, den Tee einzuschenken, um den plötzlichen Kummer, den ich fühlte, zu verstecken. »Werden Sie eines Tages zurück nach Amerika gehen?«

»Na, schon ein bißchen früher denk' ich.«

Ach so?«

»Wenn ich diese Tournee beendet habe.«

»Ach so!« Ich stellte die Teekanne hin. »Ich werde Sie vermissen, Nathan. Ach Gott, das ist wieder etwas, was eine junge Dame nicht sagen sollte.«

»Nein? Ich hab' es aber gern gehört, Bridie.«

»Ich habe nur gemeint . . . nun, daß ich Sie eben vermissen werde.«

»Das beruht auf Gegenseitigkeit. Mögen Sie Musik?«

»Ja, sehr.« Ich war froh, daß er das Thema wechselte. »Meine jüngere Schwester ist eine großartige Pianistin.«

»Ich wünschte, ich könnte sie mal spielen hören, irgendwann. Ich hatte nie die Chance, viel gute Musik zu hören, ehe ich hier herüberkam, aber jetzt schein' ich dafür Vorliebe entwickelt zu haben.« Er zögerte. »Ich habe mich gefragt . . . am Samstag, da gibt es ein Orchesterkonzert hier in der Philharmonie. Wir könnten die erste Hälfte des Programmes anhören, also die Zeit, bis wir selbst ins Royal müssen. Würden Sie mir die Ehre erweisen, mich zu begleiten, Bridie?«

Ich spürte, wie mein Gesicht vor Freude aufleuchtete. Ich hatte – so kam es mir vor – kaum einen Moment der Entspannung erlebt, seit dem denkwürdigen Augenblick, als Alfie die Möbel im Wohnzimmer in Grant Chambers beiseite geschoben und mich zu den ersten hoffnungslos ungeschickten Schritten eines grotesken Tanzes überredet hatte. Es würde eine Wonne sein, mitten im Publikum zu sitzen, die Augen zu schließen und einfach der Musik zuzuhören.

»Ja, Nathan«, sagte ich. »Oh ja, das würde ich sehr gern tun.«

Am folgenden Mittwoch hatte ich den ganzen Tag frei bis zum Abend. Alfie hatte entschieden, daß es uns gut täte, mal eine Probenpause einzulegen. Nathan hatte ein Pferd gemietet, ließ mich aber auf Lucifer reiten und streifte mit mir am Vormittag durch die Wälder. Die zahllosen Stunden des Tanzens hatten mir ein besseres Gefühl für Balance und

Körperbeherrschung gegeben, denn ich war überrascht, daß ich mich jetzt viel mehr im Sattel zu Hause fühlte als je zuvor, und ich genoß den Ausritt sehr.

Am Nachmittag schrieb ich Briefe an Kate und Charly. Der Brief an Charly war viel länger, denn darin erzählte ich alle möglichen Einzelheiten über die Sketchs. Dies waren Dinge, die für jeden anderen uninteressant gewesen wären, aber nicht für Charly. Ich bat ihn in drei Kleinigkeiten beim Wasserwerksketch um seinen Rat. Da handelte es sich um Dinge, die ich Alfie nicht richtig hatte erklären können, aber ich war sicher, daß Charly mich verstehen würde.

Ich schrieb auch an Mr. Whiteley und dankte ihm nochmals für seine Freundlichkeit in der Zeit meiner ärgsten Schwierigkeiten. Ich erzählte ihm von meinem Glück, erklärte, was ich jetzt tat, bat ihn aber gleichzeitig darum, die Angelegenheit als vertraulich zu behandeln. Ich wollte die Geschichte der Familie Chance nicht wieder zum Leben erwecken, und außerdem im Keime Zungen ersticken, die über das erstaunliche Phänomen der Bridie Chance in Bewegung gesetzt werden könnten.

Nach den drei Wochen am Royal zogen wir weiter nach Sheffield. Wir reisten an einem Sonntag. Ich war sehr aufgeregt wegen meines ersten Auftritts im Wasserwerksketch. Wir wollten damit in der zweiten Woche in Sheffield anfangen, aber wieder hatte Alfie für den ganzen vorhergehenden Sonntagmorgen eine volle Probe auf der Bühne arrangiert. Meine Ängste waren allerdings nicht annähernd so groß wie in der schrecklichen Nacht am Royal, und tatsächlich lief mein Auftritt auch ganz gut.

Als wir im Empiere in Hull auftraten, hatte ich sechs Wochen Bühnenerfahrung, und ich war voller Zuversicht, daß ich meine Rolle in beiden Stücken spielen konnte, ohne Alfie und Ethel zu blamieren. Jede Woche schrieb ich an Charly und Kate. Jede Woche bekam ich einen herrlichen Brief von Charly, bespickt mit hoffnungsloser Grammatik und orthographischen Fehlern. Aber es waren Briefe, die mich zu Tränen rührten durch ihre grenzenlose Freundlichkeit, ihren wertvollen Rat und ihre enthusiastischen Ermutigungen.

Während unserer ersten drei Tourneeaufenthalte bekam ich auch zwei recht flüchtige Briefe von Kate. Sie waren sehr lieb geschrieben, aber sagten mir nicht viel. Im zweiten Brief sprach sie wieder von dem Brief, den Papa für Mama hinterlassen hatte und bat mich darum, eine Kopie zu machen und sie ihr zuzuschicken. Sie würde gerne herausfinden, ob ich recht hätte, daß Papas Brief keine verschlüsselte Botschaft enthielt. Das wollte ich nicht. Ich hatte sogar stärkste Abneigung dagegen, den Brief noch einmal zu lesen, obwohl ich nicht erklären konnte, warum. Nachdem ich alles durchdacht hatte, schrieb ich in meinem nächsten Brief, daß ich ein ungutes Gefühl für ihren Vorschlag hätte, daß ich aber bei meiner Rückkehr nach London den Brief mitbringen würde, so daß sie ihn lesen könnte.

Während unserer zweiten Woche im Newcastle, zehn Wochen nach meinem ersten, nervenzerreißenden Auftritt auf der Bühne, bemerkte ich plötzlich eine ganz leichte, aber positive Änderungen in meinem Verhalten. Es geschah während meiner längsten tänzerischen Narretei im »Tapeziserergehilfen«, Dabei fiel mir plötzlich auf, daß ich auf irgendeine Weise in ein anderes Können aufgestiegen war; bis jetzt war meine Arbeit angemessen, aber ziemlich gequält gewesen. In Wirklichkeit hatten mich Alfie und Ethel durch eine Unmenge von Schnellstreaktionen und unmerklichen Hilfen immer wieder getragen, sie hatten meine Stärken hervorgehoben und meine Schwächen gedeckt.

An diesem Abend in Newcastle war es, als ob all das, was ich gelernt und geübt hatte, plötzlich ein Teil meiner selbst geworden wäre. Ich war noch nie so echt geschwebt, meine Füße schienen den Boden nicht mehr zu berühren. Ich war noch nie so elegant geglitten, war noch nie so effektiv gerannt, ohne mich vorwärtszubewegen, hatte noch nie so frei und mühelos geschwankt, geschlängelt, getorkelt oder gestelzt. Es kam noch mehr dazu: Ich schien die ganze Struktur des einfachen Sketches völlig neu begriffen zu haben. Ich schien zu verstehen, wie perfekt meine Rolle mit Ethels und Alfies Rollen verflochten werden konnte, wie die Betonung von Augenblick zu Augenblick verändert werden konnte, so daß wir wie ein musikalisches Trio, meisterhaft dirigiert und voller Harmonie, miteinander verschmolzen.

An diesem Abend war der Applaus sehr groß, und er wurde noch lauter, als ich mein Haar ausschüttelte und zeigte, daß ich ein Mädchen war. Hinter der Bühne drückte mich Alfie wild in die Arme, grinste von Ohr zu Ohr und sagte: »Jetzt weißt du's! Verflixt, du hast es schnell geschafft, Bridie! Manche Leute packen es nie.«

Nathan hatte sich angewöhnt, immer aus den Kulissen zuzusehen. Er kam zu mir herüber, lächelte, nahm meine Hände und sagte: »Das war ein dicker Hammer von einer Vorstellung, Bridie! Sie haben das Publikum bis zur Erschöpfung zum Lachen gebracht.«

Vor Aufregung mußte ich halb lachen, halb weinen. »Später müssen Sie mir erklären, was Sie mit ›dicker Hammer‹ meinen«, sagte ich atemlos. »Oh, Vorsicht, Kleister, Nathan! Sie machen sich Ihren Lasso damit schmierig.«

Das beschwingte Gefühl beherrschte mich während unserer ganzen Zeit in Newcastle und dann auch in Edinburgh. Aber jeder Stolz, jede Zuversicht, sollten schon bald vertrieben werden. An unserem dritten Abend am Gaiety in Glasgow, als wir auf unserer Aufruf warteten, konnte ich sehen, daß Alfie wütend und Ethel verstört war. Auch Harold machte ein mürrisches Gesicht, als er nach dem Aufbau unserer Dekorationen von der Bühne zurückkehrte. Vor einem Hintergrundhänger mit einem militärischen Bild beendete gerade ein schottischer Komiker namens Jackie Blair seinen Auftritt, indem er Dudelsack spielte und auf und ab marschierte. Der Applaus hatte schon begonnen und war ohrenbetäubend. Dieser Komiker hatte sich der Tournee nur für Edinburgh und Glasgow angeschlossen, und bis jetzt hatte er seinen Auftritt immer als letzter vor der Pause gehabt. Das war eine sehr gute Stelle auf dem Programm.

Während wir in den Kulissen warteten, fragte ich nicht, warum die Reihenfolge geändert worden war, denn ich wollte Alfie nicht ablenken. Und mich selbst wollte ich auch nicht aus dem Konzept bringen, so kurz vor dem Auftrett. Ich sollte den Grund der Programmänderung für diese Nacht nie erfahren, aber ich sollte bald die katastrophalen Folgen davon kennenlernen. Ich konnte nicht beurteilen, ob der Schotte gut oder schlecht war, denn seine Ausdrucksweise war so breit, daß es mir unmöglich gewesen war, mehr als eins von sechs Worten in seinem Text zu verstehen. Aber das Publikum erhob sich nach seinem Auftritt, und er bekam sechs Vorhänge, ehe der Applaus endlich aufhörte. Als sich der Vorhang für Mr. Alfie Perkin & Company hob, herrschte totales Schweigen, und während die Augenblicke vorbeitröpfelten, hielt das Schweigen an. Nur hier und da ertönte gelegentlich leises Gelächter.

Nach vier Minuten war ich in einem Zustand völliger Verzweiflung, und ich konnte sehen, daß Alfie und Ethel auch nicht besser dran waren. Wir arbeiteten, wie wir nie zuvor gearbeitet hatten, wir kämpften darum, das Publikum zu erreichen. Ich konnte sehen, wie der Schweiß über Alfies Gesicht rann, konnte fühlen, wie er meinen eigenen Körper hinunterlief, während ich clownte und mimte. Ich konnte sehen, wie die Sehnen an Ethels Hals zitterten, während sie mit Mühe ihre Stimme beherrschte.

Wir wurden nicht ausgepfiffen, als diese Strapaze endlich zu Ende war, aber als der Vorhang fiel und sich dann für uns wieder hob, damit wir uns verbeugen konnten, kam nicht mehr als vereinzeltes Händeklatschen. Als der Vorhang wieder fiel, liefen wir wie gehetzt hinter die Bühne. Dort brach ich in Tränen aus. Nathan kam auf uns zu, aber Alfie winkte ab. Nathan zögerte, aber dann drehte er sich zu meiner Erleichterung um und ging schweigend fort. Ethel lehnte sich erschöpft gegen die Wand hinter dem Proszeniumbogen und schloß die Augen.

Ich stammelte: »Es tut mir so leid, aber ich weiß nicht, was ich falsch gemacht habe . . .«

»Du hast nichts falsch gemacht, Bridie.« Er legte den Arm um meine Schulter. »Es war dieser verdammte Idiot von einem Direktor, Kincaid. Jetzt hör auf zu weinen, junge Dame. Wir sind nicht die ersten, die am Glasgow-Gaiety in den Stiefeln gestorben sind, und wir werden auch nicht die letzten sein.«

Ich faßte mich wieder und brachte es fertig, die Schluchzer zu ersticken, die in mir aufstiegen. »Mr. Kincaid?« sagte ich zittrig. »Der . . . der Direktor?«

»Man sollte ihn erschießen«, sagte Ethel wütend und hielt die Augen noch immer geschlossen. »Unerhört, so was zu tun, ohne uns Bescheid zu geben.«

»Worüber Bescheid?« fragte ich und wischte mir einen Klumpen Kleister von den Lippen.

»Über den Programmwechsel«, sagte Alfie grimmig. »Verdammt, der sollte doch wissen, daß es im Gaiety keine einzige englische Nummer gibt, die einem schottischen Spitzenkomiker wie Jackie Blair folgen kann. Es ist reiner Mord, das ist es. Für so einen wie Jackie gibt es in Glasgow nur einen einzig richtigen Platz auf dem Programm, und das ist die letzte Nummer vor der Pause oder die allerletzte Nummer.«

Er schnaufte hart durch die Nase, aber dann wich plötzlich der Ärger von seinem Gesicht, und er grinste mich an. »Mach dir nichts daraus, Bridie, das ist alles Erfahrung, und du bist nicht zusammengebrochen. Du hast wie ein Trojaner gearbeitet. Jetzt geh mit Ethel los und zieh dich um. Ich werde mir diesen verdammten Kincaid mal vorknöpfen, und dann werde ich ihn schütteln, bis ihm die schrecklichen schottischen Zähne klappern.«

Ich habe nie erfahren, was dann zwischen Alfie und dem Direktor vorgefallen ist, aber für den Rest der Spielzeit in Glasgow spielten wir wieder an unserer ursprünglichen Stelle im Programm, und alles ging gut. Natürlich war ich ein paar Tage sehr nervös, denn es war eine ernüchternde Erfahrung gewesen, und sie hatte mich gelehrt, wie sehr das eine Publikum sich vom anderen unterscheiden kann und was für tiefgreifende Folgen eine scheinbar so kleine Änderung nach sich zieht.

Ab dem Tag, an dem wir auf unserem Weg nach Süden in Leeds auftraten, waren wir ein großer Erfolg. Jetzt blieb der Zauber der Bewegung immer bei mir, nicht nur bei meiner Pantomime und bei meinen grotesken Tänzen auf der Bühne. Zum ersten Mal in meinem Leben kam ich mir nicht mehr ungeschickt vor. Es war, als ob mein Körper und mein Geist sich früher nie völlig verstanden hätten, aber jetzt waren beide eins.

Alfie und Ethel beteuerten immer wieder, daß ich ihre größten Hoffnungen noch übertroffen hätte, und das Publikum schien meinen Vortrag in der Tat sehr komisch zu finden. Es war aufregend, auf der Bühne zu stehen, unbeweglich zu warten, während Alfie und Ethel einen Dialog miteinander führten, und dann plötzlich nach dem Stichwort mit gleitendem Schritt über die Bühne zu schweben. Es war aufregend, das aufbrausende Lachen zu hören, noch ehe ich eine Katastrophe verursacht hatte.

Zu meiner Freude war Charly jetzt wieder auf den Beinen, und er sollte zu uns stoßen, noch ehe wir Leeds verließen. Sein Bein war gut verheilt, und er hatte eine sorgfältig zusammengestellte Gymnastik durchgeführt, um die Muskeln zu stärken. Zu meiner noch größeren Freude hatte Alfie gesagt, es käme überhaupt nicht in Frage, daß ich aus der Nummer ausscheiden solle, sobald Charly wieder da wäre. Ich sollte den Rest der Tournee weiterspielen, und in der Zwischenzeit wollte Alfie die beiden Nummern überarbeiten und eine weitere Person hinzufügen.

Ich war sehr erstaunt, als er mir das erzählte und wehrte ab: »Oh, das ist unfair dir gegenüber, Alfie. Das bedeutet doch, daß du zusätzliche Ausgaben haben wirst, ohne zusätzliche Einnahmen zu bekommen.«

»Das glaub man bloß nicht, Bridie.« Er zwinkerte verschwörerisch mit den Augen. »Sieh mal, erstens kann ich Verschwendung nicht leiden, deshalb will ich nicht, daß du wieder Verkäuferin wirst. Zweitens wäre es geradezu köstlich, wenn du mit Charly zusammenspieltest. Ich seh' es jetzt schon vor mir, ehrlich, und es wird urkomisch werden. Drittens ist es jetzt an der Zeit, daß wir den Nummern ein bißchen neues Leben verleihen, und das ist der richtige Moment dazu. Das heißt, wir werden alle Neues lernen müssen, aber ich meine, das wird uns gutun. Verflixt, vielleicht arbeite ich sogar 'ne brandneue Geschichte für das Repertoire aus, wenn ich so dran denke. Und viertens brauchst du dir wegen Geld keine Sorgen zu machen, kleine Bridie, denn die Nummer zieht jetzt viel mehr, weil du ein Mädchen bist. Ich hab' nie auf viel Geld gedrängt; wenn ich mich also jetzt für 'nen extra Fünfer oder Zehner anstelle, dann zahlen sie den schon, mach dir da keine Sorgen.«

Kein Zweifel, seine Begeisterung war echt. Bis jetzt war ich so damit beschäftigt gewesen, mein neues Handwerk zu lernen, daß ich keine Sekunde an meine Situation gedacht hatte, die entstehen würde, wenn Charly zurückgekehrt war. Nachdem Alfie ausgeredet hatte, führte ich mir vor Augen, daß ich von einer Gage von fünf Pfund in der Woche wieder zu einem Lohn von vierzehn Shilling zurückkehren mußte, wenn ich hätte aufhören müssen, ein Teil seiner Company zu sein.

Wieder einmal war ich ganz überwältigt von dem Glück, das mir in den Schoß gefallen war. Ich hatte eine neue Familie, die ich sehr liebte. Ich verdiente sechs- oder siebenmal soviel Geld, wie die meisten Mädchen meines Alters oder sogar wie die meisten Leute überhaupt, so daß ich in der Lage war, Kate und Fräulein Foster zu versorgen. Unsere Varieténummer war ein Erfolg, und ich bekam mehr und mehr Erfahrung. Charly würde bald wieder gesund sein. Die Narben, die die Schicksalsschläge des vergangenen Sommers bei mir hinterlassen hatten, verheilten mehr und mehr. Und in Nathan McFee hatte ich einen Freund und Gefährten gefunden, bei dem ich mich immer wohl fühlte und der mir mit seiner weichen, schleppenden Stimme Geschichten von seinem Leben in den Weiten Amerikas erzählte, die ich unendlich faszinierend fand.

Dennoch ... Trotz all dieser glücklichen Umstände stellte ich zu meiner Schande fest, daß mich oft eine tiefe Melancholie befiel, deren Grund ich nicht kannte. Ich gab mir Mühe, sie nie zu zeigen, aber während unserer Spielzeit in Leeds und unserer ersten Woche in Manchester fragten mich sowohl Nathan als auch Ethel mehr als einmal, ob irgend etwas nicht in Ordnung wäre.

In Manchester konnte ich eine Erklärung finden in Form eines Briefes von Signore Peroni. Kate hatte nur selten geschrieben, und dann auch nur sehr ungenau, aber Signore Peroni hatte mir regelmäßig einmal im Monat einen Brief geschickt, und ich hatte ihn mit gleicher Regelmäßigkeit beantwortet. In seinem letzten Brief schrieb er, daß er sich wegen Kate etwas besorgt fühlte. Dies sei der Zeitpunkt, an dem sie einen großen Schritt in der Technik ihres Klavierspiels weiterkommen sollte, aber anstatt härter als je zuvor an sich zu arbeiten, war sie, wie er sich ausdrückte, ». . . manches Mal von gegensätzlicher Meinung und bokkig gegenüber der Disziplina«.

Er fuhr fort, daß dies bei jungen Leuten nicht ungewöhnlich sei, die sich darum bemühten, einen höheren Fertigkeitsgrad zu erlangen und vielleicht Angst davor hatten, zu versagen; aber er sei besorgt darüber, daß sie aus ihren Bekannten und ihren Mitstudenten am College ein Geheimnis mache, und er frage sich, ob ich ihr nicht schreiben und in diskreter Art versuchen solle, herauszufinden, ob sie am Konservatorium unter einem schlechten Einfluß stehe. Ich sprach darüber mit Alfie und Ethel und auch mit Nathan. Ich benutzte das Ganze als Entschuldigung für die Augenblicke meiner Melancholie, aber um die Wahrheit zu sagen, ich war durch den Brief weder besonders überrascht noch besorgt. Ich wußte, wie kapriziös Kate sein konnte, und ich war sicher, daß diese Laune schneller vergehen würde, wenn nichts gesagt oder getan wurde.

So schrieb ich also einen beruhigenden Brief an Signore Peroni, in dem ich ihm sagte, er solle sich durch die Situation nicht bekümmern lassen. Ich hätte nicht das Gefühl, daß es klug wäre, wenn ich Kate in einem Brief zur Rede stellte, gleichgültig, wie diskret er sei. Ich erzählte ihm, daß unsere Tournee in weiteren sechs Wochen enden würde und daß ich bei meiner Rückkehr nach London eine ernsthafte Unterredung mit Kate führen wolle.

Während unserer ersten Woche in Manchester bekam ich einen weiteren Brief, der von Henry, dem Portier von Grant Chambers, weitergeleitet worden war. Er war von Fräulein Foster. Sie erklärte mir, daß sie sich in ihrem Häuschen hübsch eingerichtet hätte und sich wohl fühlte. Es säßen jetzt neue Leute auf Latchford Hall, und die Menschen aus dem Dorf hätten aufgehört, sie über die Familie Chance auszufragen, weil sie solche Fragen ja sowieso nie beantwortete. Sie schloß den Brief mit der Hoffnung keine allzu große Belastung für mich zu sein, und daß sie jede Nacht darum betete, daß entweder Kate oder ich sie bald besuchen würden.

Als ich Alfie beim Frühstück den Brief zeigte, runzelte er gedankenverloren die Augenbrauen und schaute mich dann begeistert an: »Ich habe eine Idee, Bridie. Du würdest sie sehr gern besuchen, nicht?«

»Ja, aber . . .«

»Na gut. Sieh mal, Charly kommt nächstes Wochenende herauf. Ich werde eine Woche mit ihm proben, und dann kann er in der dritten Woche deinen Part übernehmen. In dieser Zeit fährst du für zwei, drei Tage nach Suffolk und besuchst deine alte Kinderfrau. In Birmingham bist du dann wieder im Programm, und wenn die Tournee zu Ende ist, nehmen wir uns einen Monat Zeit und ändern die Stücke, damit ihr beide drin seid, wie ich schon erklärt hab'. Was hältst du davon, Bridie?«

»Oh, das ist eine herrliche Idee, Alfie. Ich könnte das Fräulein am Mittwoch besuchen, dann die Nacht und einen vollen Tag bei ihr bleiben und am Tag danach zurückkommen.«

»Na prima. Es macht dir doch nichts aus, daß Charly eine Woche übernimmt?«

»Nichts ausmachen? Na, es ist doch Charlys Rolle, die ich gespielt habe, und ich finde es sehr anständig von ihm, daß ich die Tournee überhaupt zu Ende machen darf. Außerdem will ich ihn jetzt mal spielen sehen. Ich bin sicher, ich kann noch immer eine Menge von ihm lernen.«

»Also dann ist das abgemacht. Oh, und du kriegst natürlich trotz allem die Gage für die ganze Woche, Bridie.«

»Nein, Alfie, das darfst du nicht . . .«

»Keine Widerrede, junge Dame. Alfie Perkin zahlt seiner Company zweiundfünfzig Wochen, ob wir nun arbeiten oder nicht.«

Es war zwei Tage später, als ich den Grund meiner seltsamen Melancholie entdeckte. Ich kam nach einer gelungenen Vorstellung von der Bühne und Nathan stand wie gewöhnlich in den Kulissen. Er lehnte an einer hohen Kiste und lachte so sehr, daß er kaum sprechen konnte.

Ich sagte: »Was ist denn los, Nathan?«

Er schüttelte den Kopf. »Du . . . du bist phantastisch, Bridie.« Es folgte ein weiterer Lachkrampf, der bei einem so in sich gekehrten Mann wie Nathan schon fast besorgniserregend war. Er japste nach Luft. »Du warst einfach toll. So verdammt komisch. Weiß Gott, ich hab' die Nummer jetzt oft genug gesehen, aber heute abend hat's mich so richtig erwischt.«

Ich lächelte, dankte ihm und ging, um mein Bad zu nehmen, doch die Traurigkeit lag wie ein schwerer Stein in mir. Er hatte mich geduzt! Während ich in der Wanne saß und mich von Kleister und Schmutz reinigte, wurde mir plötzlich der Grund klar. Auf meine bescheidene Art war ich ein erfolgreicher Clown geworden, und als das sah mich auch jeder an. Selbst für meine Künstlerkollegen war ich ein komisches Mädchen. Ich hatte oft bemerkt, daß sie über irgendeine meiner Bemerkungen lachten, die ich überhaupt nicht ulkig fand. Ich war die komische Bridie Chance . . . Ich wurde mit Kleister eingeschmiert, ich fiel in einen Eimer Wasser, ich stelzte, ich glitt, ich schwebte, ich torkelte auf Zehenspitzen in grotesken Tanzschritten. Ich mimte mit monströs übertriebenen Gesichtsausdrücken. So sahen mich die Menschen meiner kleinen Welt, sogar Nathan.

Aber ich war ein Mädchen. Nicht hübsch oder klug, aber trotzdem ein Mädchen, und nicht der lächerliche und trotzdem gerissene »Arnold« von Alfie Perkin & Company. Das war die Wurzel meiner Traurigkeit. Als Mädchen sehnte ich mich danach, eines Tages von einem Mann geliebt und begehrt zu werden, den ich auch liebte und begehrte. Aber in meinem Herzen hatte ich, ohne es zu begreifen, gespürt, daß dieser Traum nicht wahr werden konnte für ein Mädchen, das ein Clown war.

An diesem Abend saß ich in der Wanne, bis das Wasser fast kalt war, und als ich mich endlich abtrocknete, mein Haar aufsteckte und mich umzog, war ich von Herzen wütend auf Bridie Chance, die so ein undankbarer Narr war. Es gab ja nichts, was mich davon abhalten sollte, wieder als Verkäuferin zu arbeiten oder in einer Fabrik. Aber dort würde ich bald nicht mehr in der Lage sein, für Kate und Fräulein Foster Miete und Unterhalt zu zahlen. Aber dort konnte ich darauf warten, daß der reiche und gutaussehende junge Mann aus Kates Tagträumen sich Hals über Kopf in mich verliebte und mich zu einem Leben in Luxus entführte.

Ich war über mich selbst so aufgebracht, daß ich mit den Zähnen knirschte. Nein . . . ich hatte Glück, daß ich ein Clown war. Ungeheures Glück. Und jetzt, wo ich diesen lächerlichen Grund für meine Traurigkeit kannte, würde ich mich schnell davon heilen.

12

Charly kam am Sonntag an, und wir holten ihn am Nachmittag vom Bahnhof ab. Er sah sehr elegant aus, als er in einem cremefarbenen Anzug und mit einem Strohhut aus dem Zug ausstieg, und ich glaube, wir waren alle gespannt, ob er nicht doch noch die Spur eines Hinkens zeigte. Während wir auf ihn zueilten und Nathan uns folgte, blieb Charly stehen, zwinkerte, schauspielerte Überraschung und Schrecken und schwebte dann auf seinen langen elastischen Beinen so leicht und beweglich rückwärts wie in alten Tagen.

Ich weinte fast vor Freude und zwang mich dazu, zurückzubleiben, so daß Ethel und Alfie ihn zuerst begrüßen konnten. Ethel reckte sich hoch, umarmte ihn mit feuchten Augen und sagte tadelnd: »Junge, daß du aber auch im Zug deinen besten Anzug tragen mußt! Du hast überhaupt keinen Verstand, Charly.«

»Oh, tut mit leid, Ma.«

Sie trat einen Schritt zurück. »Und du bist jetzt wieder in Ordnung?«

»Hm. Ja. Hab' wochenlange Übungen hinter mir. Hallo, Onkel Alfie!«

»Freut mich, dich zu sehen, Charly. Ich hab' für nächste Woche eine Halle zum Proben gemietet.«

»Aha, gut.« Charly spähte an seinem Onkel vorbei und strahlte mich an. »Hallo, Bridie!«

Ich legte meine Arme um seinen Nacken und küßte ihn herzhaft auf die Wangen. Er errötete bis an die Ohren. »Hallo, Charly! Du siehst einfach großartig aus.«

»Unheimlichen Dank für all die Briefe, Bridie.«

»Danke auch für deine.«

»Es läuft also alles gut? Du weißt schon, der alte . . .« – er machte seitliche Wellenbewegungen im Krabbengleitschritt, und es war so perfekt, daß mir klarwurde, was für ein Neuling ich im Vergleich zu ihm immer noch war. Aber ich nahm es nicht übel. Lachend hob ich meinen Rock ein paar Zentimeter über die Knöchel, und dann glitt ich parallel mit ihm mit der gleichen Bewegung zur Seite. Vor sechs Monaten hätte ich noch nicht einmal im Traum daran gedacht, daß ich so etwas in der Öffentlichkeit tun würde. Denn damals wäre ich zu besorgt über das gewesen, was andere wohl von mir denken würden. Jetzt war mir gleichgültig, was andere dachten, denn ich hatte die Tatsache akzeptiert, daß ich eine Art weiblicher Clown war und daß es nichts gab, was mich ändern konnte.

Nachdem ich die Gleitschritte beendet hatte und Charly wieder gegenüberstand, beantwortete ich die Frage, die er halb ausgesprochen und halb geschauspielert hatte. »Na, ich bin dir noch immer nicht gewachsen, mein lieber Charly, aber ich versuche laufend, mich zu verbessern.«

Seine Augenbrauen schossen hoch, sein spitzes Gesicht leuchtete vor Freude. »Nicht gewachsen? Du willst mich auf den Arm nehmen! Mensch, das war Spitze, Bridie. Ich bin ganz wild drauf, dich in der Nummer zu sehen.«

»Das wirst du auch, morgen. Und ich werde sehr nervös sein, weil ich weiß, daß du zuschaust. Aber mach dir nichts draus, ich fange an, mich an meine Nervosität zu gewöhnen. Jetzt komm herüber, du sollst einen Freund kennenlernen. Nathan, dies ist Charly Perkin. Charly, dies ist Nathan McFee, Er ist mit uns im Programm, und er zeigt eine ganz wunderbare Nummer mit dem Lasso.«

Nathan streckte die Hand aus. »Nett, Sie kennenzulernen, Charly.«

»Oh . . . Hm . . . sehr erfreut.« Charly blinzelte, und sein Blick zuckte in fast panischem Erschrecken.

Nathan sagte: »Sind wir uns nicht irgendwo schon mal begegnet?«

»Wie? Nein, glaub' ich nicht. Kann mich jedenfalls nicht

daran erinnern. Ah, da ist ja der Gepäckträger mit meinem Gepäck. Hast du eine Droschke, Onkel Alfie? Haben wir wieder die Bude bei Mrs. Curtis, wie gewöhnlich? Ich schmachte nach 'ner Tasse Tee.«

Charly war durch die Begegnung mit Nathan völlig aus der Fassung gebracht, und ich fragte mich, warum. Aber erst nachdem wir in Mrs. Curtis' Pension Tee getrunken hatten, ergab sich die Gelegenheit, allein mit ihm zu sprechen. Ich kam aus dem Zimmer, das ich mit Ethel teilte, als Charly auf dem Treppenabsatz auf mich wartete.

»Bridie!« Er sprach in dringlichem Flüsterton, während er über die Schulter schaute. »Ist Ma drinnen?«

»Nein, sie ist nach unten gegangen und spielt mit Mrs. Curtis' Vater Siebzehn und vier.«

»Kann ich 'ne Sekunde reinkommen? Muß dir was sagen.«

»Ja, natürlich.«

Es war ein großes Zimmer, und unsere beiden Betten, die an einem Ende des Zimmers standen, waren hinter einem Vorhang verborgen. Charly wollte sich nicht hinsetzen, sondern ging auf die andere Seite und stellte sich ans Fenster, durch das man zahlreiche Dächer und kleine Gärten sehen konnte. Ich stützte meine Hände auf die Lehne eines abgenutzten Clubsessels und sagte: »Worum geht's denn, Charly?«

Er zuckte mit dem Kopf und murmelte rauh: »Ich hab's nicht zu sagen gewagt, aber das is' er!«

»Wer?«

»Der Kerl, von dem ich dir erzählt hab'!«

»Was für ein Kerl, Charly?«

Er zischte durch die Mähne, stieß einen gequälten Seufzer aus. »Na, der am Bahnhof! Ach, verdammt. Ich hab' schon gedacht, er würde was sagen . . . du weißt schon.« Er kauerte sich zusammen und streckte seinen linken Arm aus und schaute an ihm entlang, während er die rechte Hand vor und zurück bewegte. Ein, zwei Augenblicke war ich verblüfft, und dann fiel es mir wieder ein.

»Ach, Billard? Du meinst den Billardsalon?«

»Pst!« zischte er aufgeregt. »Ich will nicht, daß Ma was hört! Das hatte ich doch befürchtet, nich'? Daß es ihm einfiel, daß er mich da gesehen hatte.«

»Wer denn, Charly?«

»Na, der! Der Yankee! Du weißt doch! Der Kerl mit dem Pferd, der nach dir gefragt hat!«

»Ach so!« Plötzlich fügte sich ein Mosaiksteinchen ans andere. Warum war mir diese Idee nicht schon eher gekommen? Ab dem Zeitpunkt von Charlys Unfall bis jetzt hatte ich keine Möglichkeit gehabt, an irgend etwas anderes zu denken als an die Arbeit, die getan werden mußte. Fast jede wache Stunde war ich damit beschäftigt gewesen, zu lernen, zu üben und zu proben. Aber jetzt fiel mir der Abend wieder ein, als Charly mir seine heimliche Freizeitbeschäftigung enthüllt hatte und als er von einem Mann erzählte, der nach mir gefragt hatte. Einem Mann, der nach Charlys Beschreibung »so 'ne Art braunes Gesicht« hatte, »das Haar 'n bißchen lang. Sprach langsam. War 'n Yankee«. Und Charlys Mitspieler hatten ihm später gesagt, daß der Fremde mit einem Pferd fortgeritten war.

Tonlos fragte ich: »Willst du damit sagen, daß Nathan, Mr. McFree, der Mann ist, der dich im Billardsalon in London angesprochen hat? Der dich gefragt hat, ob ich einen Freund hätte?«

»Hm. Das ist er. Sag' ich doch die ganze Zeit, Bridie.«

»Aha . . . Nun, ich nehme an, dafür gibt es eine völlig natürliche Erklärung, obwohl es mich überrascht, daß er mir nichts davon gesagt hat. Ich werde ihn deswegen fragen.«

»Oh, verflixt, tu das nicht.«

»Aber warum denn nicht?«

»Aus demselben Grund, aus dem ich auch am Bahnhof den Mund gehalten hab'! Er muß es vergessen haben, daß wir uns kennen, und ich will nicht, daß ihm der Billardsalon wieder einfällt und er es Ma gegenüber ausplaudert!«

»Ich glaube nicht, daß er zu der Sorte Mann gehört, die

vergessen würden, wo und wann sie mit wem gesprochen haben«, sagte ich zweifelnd.

Charly ließ eine Hand durch sein stachliges, rotes Haar gleiten. »Na, ich weiß nich'. Aber bitte sag nichts, Bridie. Bitte.«

Es war unmöglich, ihm das abzuschlagen. Ich lächelte und sagte: »Also gut, Charly, ich sage kein Wort. Und wenn Nathan mir jemals davon erzählt, dann sorge ich dafür, daß er den Billardsalon nicht erwähnt.«

Charly gab einen langen Seufzer der Erleichterung von sich, schlug die Augen zur Decke und ließ seinen Kopf in einer weichen Bewegung von Schulter zu Schulter gleiten. Es war die Kopfbewegung des Trauerweidenschrittes. »Tausend Dank, Bridie. Du bist das netteste Mädchen, das ich je kennengelernt hab'.«

»Das ist sehr lieb von dir, Charly.«

»Na, ich mach' mich jetzt mal besser weg.«

Als er gegangen war, fiel mir amüsiert ein, daß Charly mit Sicherheit nur sehr wenige Mädchen kannte, und ich einem Vergleich leicht standhalten konnte, denn er verbrachte ja seine ganze Freizeit im Billardsalon. Dann dachte ich über Nathan McFee nach. Während der Wochen und Monate der Tournee waren wir gute Freunde geworden, und ich wünschte mir, daß er mich irgendwann mit Alfie und Ethel in einem der Londoner Theater gesehen haben mußte, daß er meine Bekanntschaft machen wollte, sich aber zuerst über mich erkundigt hätte, ehe er die Gelegenheit dazu suchte. Leider war diese Erklärung unzureichend, denn soweit ich wußte, hatte er nie eine Gelegenheit gesucht. Die Tatsache, daß wir einander kennengelernt hatten, mußte purer Zufall gewesen sein. Ich konnte ihn nicht fragen, was damals vorgefallen war, denn Charly hatte mein Versprechen. Sicher war, daß Nathan irgend etwas vor mir verbarg. Dieser Gedanke ließ eine jähe Traurigkeit in mir aufsteigen, denn nun hatte ich Zweifel gegenüber einem guten Freund.

Am nächsten Tag ging ich nicht zur Übungshalle, damit

ich Charly bei seinen Proben nicht störte. Nachdem er jetzt fast sechs Monate nicht mehr im Varieté aufgetreten war, würde er hart arbeiten müssen, um seine Bestform wieder zu erreichen, und ich wußte, daß ihn Zuschauer nur ablenken würden. Ich selbst war sehr nervös bei dem Gedanken, daß er an diesem Abend mich in der Vorstellung anschauen würde. Aber die Nummer »Der Tapezierergehilfe« lief für mein Gefühl sehr gut.

Charly hatte zwischen dem Publikum gesessen, aber er war schon hinter der Bühne, als Ethel und ich unsere Garderobe erreichten. Sein blasses Gesicht war ein einziges großes, beglücktes Grinsen, und er war fast sprachlos vor Begeisterung. »Mann, Bridie, du warst . . . es war . . . weißt du . . . ich hätte nie gedacht . . . was, Ma? Ehrlich, Bridie . . . Du warst Spitze. Erstklassig. Sorte A. Ach, verflixt. Ja.«

Ich strahlte vor Freude, denn dieses Lob kam von einem Meister dieser Kunst. Doch mußte ich wieder das inzwischen mir wohlbekannte Gefühl der Melancholie zurückdrängen bei dem Gedanken, daß die Kunst, für die er mich lobte, Clownerie war. Nathan hatte mir wie gewöhnlich aus den Kulissen zugeschaut, und als ich von der Bühne kam, hatten wir auch ein paar Worte gewechselt, aber es hatte sich etwas verändert. Ich fühlte mich seit Charlys Ankunft in Nathans Gegenwart scheu und betreten.

Am Samstagabend, während der letzten Vorstellung, die ich geben sollte, ehe Charly in der nächsten Woche meinen Platz einnahm, passierte eine Katastrophe, und zwar genau in der Mitte unseres Auftritts. Wir spielten den »Mann vom Wasserwerk«, und wir hatten erst drei Minunten des Sketches hinter uns, als im Wasserreservoir hinter der Bühne ein Ventil klemmte. Das Wasserrohr funktionierte nicht.

Ich fror vor Entsetzen ein, denn die Geschichte mit den Wasserstrahlen war die Grundlage des ganzen Stücks, und ich stand gerade über das »Loch im Boden« gebeugt und wartete darauf, von einem Wasserstrahl ins Gesicht getroffen zu werden, der nicht kommen wollte. Ein schneller Blick in die Kulissen zeigte mir, daß Harold mit den Verbindungen an dem Kanister hantierte, der das Wasser enthielt, und Nathan war dabei, ihm zu helfen.

Nichts passierte. Im nächsten Augenblick hörte ich Alfies Nebelhornstimme, die sagte: »Hallo! Sieh dir mal diese Ameisen an, die um das ganze Loch herumkrabbeln. Ich geh' und hol ein bißchen Paraffin. Paß auf, daß sie dich nicht beißen, Arnold.«

Ich nahm das Stichwort auf und sprang zurück, als ob ich erschrocken wäre, in diesem Augenblick murmelte Alfie aus dem Mundwinkel: »Tanz, Bridie!« und schritt von dannen. Der Angstschweiß brach mir am ganzen Körper aus, genau wie in der Vorstellung, in der wir den Tod der Artisten auf der Bühne des Gaiety in Glasgow gestorben waren. Ich schlitterte seitwärts fort und tanzte so, als ob ich Horden von Ameisen vertreiben würde, und tat so, als ob ich Angst hätte, daß sie mir die Hosenbeine hochkrabbelten. Ich improvisierte keine neuen Schritte, denn das hätte außerhalb meiner Fähigkeiten gelegen, aber ich hängte alles aneinander, was ich gelernt hatte, und ich modifizierte die Schritte so, daß sie zum Thema des Tanzes paßten und machte auch die entsprechenden pantomimischen Bewegungen.

Ethel war einfach großartig. Während ich glitt, torkelte, stelzte, schlotterte und um sie herumflatterte wie eine große, wahnsinnige Marionette, drehte sie langsam den Kopf, schaute zu und ließ ihr Gesicht in einem lächerlich hochnäsigen Ausdruck erstarren, während ihr Haarknoten verblüfft zitterte. Das Orchester war natürlich nicht darauf vorbereitet, aber der Kapellmeister hatte schnell begriffen, und nach den ersten paar Sekunden muß er dem Schlagzeuger ein Zeichen gegeben haben, meine Bewegungen mit schnellen Wirbeln auf der kleinen Trommel, den Becken und den Klanghölzern zu unterstreichen.

Meine Soloeinlage dauerte vielleicht eine Minute, und ich erregte immer wieder Ausbrüche von Gelächter, aber mein Entsetzen, mit dem ich immer wieder den imaginären Ameisen auswich, war keineswegs gespielt, denn ich fragte mich, was in aller Welt ich tun sollte, wenn es den Männern nicht gelang, die Wasserrohre zum Sprühen zu bringen. Ich hätte vor Erleichterung heulen können, als ein dünner Wasserstrahl plötzlich aus dem Rahmenwerk des Kanaldekkels aufstieg, und auf der Stelle richtete ich meine Schritte so ein, daß ich rückwärts in den Strahl hineinlief und bis auf die Haut durchweicht wurde. Alfie kam wieder auf die Bühne und brachte einen alten Farbkübel mit, den er aufgehoben hatte, und spritzte Wasser daraus auf den Boden, als ob er die Ameisen mit Paraffin töten wollte. Wir fummelten uns durch die nächsten zehn Sekunden, und dann waren wir wieder in der Lage, das Stück aufzunehmen, wo wir abgebrochen hatten.

Der Applaus war stark, und ich bekam einen Sonderapplaus, als Alfie während unserer letzten Verbeugung meine Hand hochhielt. Als wir von der Bühne in die Kulissen kamen, sagte er: »Verflixt, du wirst es nie besser machen als heute abend, Bridie. Ich war einfach zu beschäftigt, um hinzusehen, aber du hast sie richtig in Atem gehalten, ich konnte hören, wie sie lachten.«

Ethel sagte: »Sie war einfach toll, Alfie. Ich war halb verrückt vor Angst, aber sie hat uns ein Solo hingelegt, als ob es immer ein Teil des Stücks gewesen wäre. Frag Charly.«

Ich war unendlich dankbar dafür, daß ich dazu beigetragen hatte, mit dieser Katastrophe fertig zu werden, aber ich wußte, wer den wirklichen Verdienst hatte. »Gott segne dich für das Stichwort mit den Ameisen, Alfie«, sagte ich. »Wenn das nicht gekommen wäre, dann hätte ich nicht gewußt, was ich tun sollte.«

Da stand auf einmal Nathan McFee vor mir, und auf seinem Gesicht lag ein Ausdruck, der mir das Blut in den Kopf steigen ließ. Ich trug noch meine viel zu große, triefend nasse Uniform mit ihren viel zu kurzen Hosen, die meine Stiefel zeigten. Wie gewöhnlich hatte ich mein Haar während der letzten Verbeugung vor dem Vorhang aufgeschüttelt, so daß ich halb Mädchen, halb Clown darstellte. Nathan hatte mich bei den Schultern gepackt und schaute mich mit einem Glühen in den Augen an, daß mein Herz zu hämmern begann und mein Magen sich in einer überwältigenden Erregung zusammenzog.

Alfie und Ethel waren zu beiden Seiten von mir stehengeblieben, aber Nathan schien sie überhaupt nicht zu bemerken. »Bridie Chance«, sagte er und hob seine ruhige Stimme, um die Musik zu übertönen, die für die nächste Nummer gespielt wurde. »Bridie Chance, ich liebe dich, und willst du mich heiraten?«

Die Welt hörte auf, sich zu drehen. Meine Tränen vermischten sich mit dem Wasser auf meinem Gesicht. Irgend etwas in mir öffnete sich wie eine Blume und endlich wurde mir klar, warum ich immer diese namenlose Traurigkeit gespürt hatte: »Ich war verliebt! Ich liebte! Ich liebte ihn schon lange!

Er sagte: »Bridie?«

Neben mir rief Ethel aus: »Na, wirklich!« Und gleichzeitig sagte Alfie erstaunt: »Mann, verflixt noch mal!«

Ich lachte und weinte zugleich, hob die Arme hoch, verschränkte meine Hände hinter Nathans Nacken und sagte: »Oh, liebster Nathan, o ja! Aber was hast du dir bloß für eine Zeit ausgesucht, so was zu fragen?«

»Ich konnte nicht mehr länger warten«, sagte er einfach. Dann zog er mich an sich, beugte sich über mich und küßte mich sanft auf die Lippen. Er legte die Arme um mich, hielt mich ganz fest und ignorierte die grinsenden Bühnenarbeiter und alle anderen, die hinter der Bühne waren.

Ethels Stimme drang an mein Ohr: »Du machst sein schönes Hemd ganz naß, Bridie.«

»Nein, Madame«, lachte Nathan, »das ist ganz allein meine Schuld.« Er ließ mich los und schaute mich zärtlich an. Sein Hemd hatte einen riesigen nassen Fleck. »Geh und zieh dich um, Bridie. Kommst du heute abend nach meinem Auftritt zum Essen mit mir ins Royston?«

»Aber ja, liebend gern, Nathan.«

»Dann saus mal los.«

Ich schwebte in einer rosaroten Wolke, als ich in der

Wanne lag und ließ Ethels Geplauder über mich hinwegrauschen, ohne zuzuhören. Dann hielt sie inne, und mir wurde klar, daß sie mich etwas gefragt haben mußte.

»Tut mir leid, liebe Ethel«, rief ich durch den Wandschirm. »Was hast du gesagt?«

»Ich hab' gesagt, wirst du mit ihm nach Amerika gehen, oder wird er hierbleiben, was meinst du?«

»Ach, darüber habe ich noch nicht nachgedacht. Ich hatte ja noch keine Zeit, es mir zu überlegen oder mit Nathan darüber zu sprechen. Was ist mit Alfie & Company? Alfie plante doch, die beiden Nummern umzuschreiben, und ich würde euch da nicht im Stich lassen.«

»Liebes Kind, ich habe dir gerade gesagt, du sollst dir unseretwegen keine Gedanken machen. Charly geht's jetzt wieder gut, deshalb wird er einfach weitermachen wie vorher. Ich sage ja nicht, daß es uns nicht leid tun wird, dich zu verlieren; nein, wir werden alle furchtbar traurig sein, wirklich, aber ich weiß, daß Alfie sich enorm für dich freut. Ich merke so was immer.«

Ich fühlte, wie mir die Kehle eng wurde, als ob ich weinen müßte, und ich sagte: »Ich hoffe, du hast recht, Ethel. Ich meine, daß er sich freut. Ihr seid alle so nett zu mir gewesen, und ich möchte nicht das Gefühl haben, daß ich euch im Stich lasse.«

Sie kicherte. »Red keinen Blödsinn. Es war herrlich, dich dabeizuhaben, aber wir haben nie geglaubt, daß es immer so weitergehen würde, Kind. Ich meine, das schickt sich eigentlich nicht. Du bist aus einer anderen Gesellschaftsklasse.«

»Ach, Ethel! Du und Alfie, ihr seid die ehrlichsten Freunde, die ich je gehabt habe.«

»Kann sein, Kind, aber Klasse ist Klasse, da kommt man nicht drumherum. Ich meine, du kannst nicht aus einer Schicht in die andere überwechseln, ohne daß das ganz ohne Spuren vor sich geht. Deiner Mama ist es doch auch so gegangen, oder? Ich glaube nicht, daß sie wirklich glücklich darüber war, plötzlich zum Adel zu gehören.«

Ich stieg aus dem Bad und fing an, mich mit dem großen, flauschigen Handtuch abzutrocknen. »Nein«, sagte ich gedankenvoll, »ich glaube, es war immer eine Anstrengung für sie, aber das heißt ja nicht, daß es für jeden das gleiche ist. Schließlich bin ich in den Adel hineingeboren, wie man so sagt, und ich bin trotzdem mit dir und deiner Familie glücklich.«

»Ja, Kind«, sagte Ethel mit sanfterer Stimme als gewöhnlich, »aber ich glaube, du bist was Beonderes.«

Ich lachte und antwortete: »In welche Klasse würdest du denn Nathan stecken?«

»Ach, das ist was anderes, Bridie. Ich meine, in Amerika gibt es so was eigentlich nicht, wenigstens nicht wie bei uns. Schließlich ist er genausowenig ein normaler Varietékünstler wie du. Wenn du mich fragst, dann ist er bloß mit diesem Seiltrick zum Varieté gekommen, damit er bei dir sein konnte.«

Ich schnappte nach Luft. »Meinst du wirklich, Ethel? Oh, das würde ich liebend gern glauben. Aber er kannte mich ja vorher nicht.«

»Lieber Himmel, Kind, er hätte dich doch mit mir oder Alfie überall sehen können, und mit Sicherheit hätte er von dir gehört haben können, als du all diese Acht-Stunden-Tage beim Training in Charing Cross aufgenommen hast. Die Bühnenleute, die klatschen doch den ganzen Tag, das solltest du aber wissen.«

Ich schwebte nur noch auf Wolken. In einer anderen Welt war ich einmal mit einem Mann namens Bernard Page verlobt gewesen. Aber ich konnte mich kaum noch daran erinnern, wie er aussah, und ich wußte jetzt, daß ich noch nie verliebt gewesen war. Ich fühlte mich nicht mehr wie ein weiblicher Clown, der zu nichts nütze war, als ausgelacht zu werden. Ich fühlte mich wie ein Mädchen, das von einem wunderbaren Mann geliebt wird. Und das aus stichhaltigen Gründen Fertigkeit als Komiker erworben hatte, auf die es mit Recht Stolz sein konnte.

Als wir an diesem Abend im Speisesaal des Royston-

Hotels das Abendessen einnahmen, wollte Nathan über die Zukunft sprechen, doch das war äußerst schwierig, denn ich hatte zwei Gläser Wein getrunken, den ich überhaupt nicht gewöhnt war. Ich mußte immer wieder lachen, teils durch Einfluß des Alkohols, teils aus reinster Glückseligkeit. Nathan amüsierte sich darüber und lachte leise mit.

»Jetzt sei mal eine Minute ernst, Bridie«, sagte er. »Morgen kaufen wir deinen Verlobungsring . . .«

»Nicht morgen«, unterbrach ich ihn und kicherte. »Morgen ist Sonntag.«

»Na gut, dann am Montag. Aber wie bald sollten wir denn heiraten?«

»Wie bald? Ach du liebe Zeit. Ich bin so schrecklich direkt, Nathan – ich würde dich eigentlich am liebsten gleich morgen heiraten, aber das geht wohl nicht.«

»Denk mal allein an deine Verpflichtungen Alfie und deiner Schwester gegenüber.«

»Ja.« Ich wurde ein bißchen nüchterner. »Na, mit Alfie ist alles in Ordnung. Ich würde natürlich gern die Tournee zu Ende machen, weil . . . ich weiß nicht so ganz, warum. Einfach so. Und Kate . . . Ich würde es gern sehen, daß sie sich richtig eingelebt hätte und ihre nächsten Examen bestanden wären, ehe . . . nun, es kommt darauf an, wie weit wir fort sein würden, nehme ich an. Würden wir in England wohnen oder in Amerika?«

»Das sollst du entscheiden, Süßes.«

»Süßes? Oh, das mag ich, Nathan. Es ist ein wunderschönes Wort. Ich weiß nicht. Wenn Kate ihren Weg gemacht hätte, würde ich gern mit dir nach Amerika gehen. Ich habe das Gefühl, daß ich mich leicht an eine neue Umgebung gewöhnen kann. Wenn wir hier leben, würden wir immer im Schatten des Skandals meines Vaters sein. Du hast gesagt, in Amerika wäre das anders.«

Er zuckte die Achseln. »Ein paar Leute würde es möglicherweise geben, die die Nase rümpfen würden, aber dem Rest wäre es sicher piepegal.« Er grinste. »Vielleicht könnten wir ein Porträt von deinem Pa und von meinem Pa auf jede Seite des Kamins hängen und Geschichten von ihnen erzählen, wenn wir Nachbarn zu Besuch haben.«

Ich gluckste entzückt. »Und bringen unsere Kinder damit zum Lachen. Schließlich haben wir ja keine Banken ausgeraubt oder Juwelen gestohlen, oder? Nathan, da hinten, ein Stückchen weiter, sitzen zwei Männer und zwei Damen beim Essen, ich kann sie im Spiegel sehen. Die starren dich immer wieder sehr ver . . . verstohlen an.«

»Sicher. Schließlich bin ich im Palace aufgetreten. Die Leute sind immer fasziniert von Artisten, die sie von der Bühne her kennen, das weißt du doch.«

»Es ist aber nicht fair. Mich erkennen sie nicht als Arnold. Soll ich mal aufstehen und den Krabbengleitschritt und den Storchenschritt vorführen?«

Er streckte die Hand aus, packte fest mein Handgelenk und nahm mir mit der anderen Hand das dritte, halbvolle Glas Wein ab. »Ein andermal, Süßes. Mein Gott, wie ich dich liebe, mein süßer Maverick.«

»Maverick?«

»Ein Streuner, der nicht zur Herde gehört. Jetzt hör mal zu, Bridie, wir müssen über Geld reden.«

Ich nickte und bemühte mich, dem Ernst der Angelegenheit gerecht zu werden. Ich hatte gelernt, daß Geld sehr wichtig war. Leute, die genug davon hatten, sagten leichtsinnig, daß es keine Rolle spielte. Reich zu sein, das war nicht wichtig, aber genug Geld zu haben, um ohne Angst leben zu können, das war etwas sehr Wichtiges.

Dann erzählte mir Nathan von der Farm. Kurz bevor er nach England kam, hatte er durch ein amerikanisches Anwaltsbüro erfahren, daß der Vater seiner Mutter, Jonathan Rigby, ein Witwer, gestoben war, ohne ein Testament zu hinterlassen. Diesen Mann hatte Nathan nie gesehen; es war derjenige, der Nathans Mutter enterbt hatte, als sie damals durchgebrannt war und geheiratet hatte.

Die Anwälte hatten Nathan erzählt, daß er als einziges Enkelkind und Verwandter überhaupt, offensichtlich der einzige Erbe war. Es würde notwendig werden, Nachforschungen anzustellen, ehe dies bestätigt werden konnte, aber in der Zwischenzeit wurde die Rigbyfarm von dem Verwalter geleitet, der auch in den letzten drei Jahren schon sehr zuverlässig das Land bewirtschaftet hatte. Jonathan Rigby war damals schon zu krank gewesen, um aktiv mitzuarbeiten.

»Als wir in Glasgow waren, hab ich einen Brief von diesen Anwälten bekommen«, sagte Nathan. »Weitergeschickt von Jimmy Samuels. Sie sagen, es ist alles klar; das bedeutet also, wir besitzen eine Farm, Bridie. Sie heißt Green Ways. Es sind achthundert Acres in New Hampshire; ungefähr ein Viertel davon ist mit Obstbäumen bepflanzt, der Rest gemischtes Ackerland. Richtig hübsch dort, sagen sie, und der alte Mann hat es gut in Schuß gehalten, deshalb kann man gut davon leben, und vielleicht bleibt noch etwas übrig. Sie haben noch keine endgültigen Zahlen darüber, wieviel Geld er hinterlassen hat, aber sie schätzen, daß es etwas über achtzigtausend Dollar sind. Also zwanzigtausend Pfund in eurem Geld. Ich meine, wenn du in England leben möchtest, könnten wir die Farm für einen guten Betrag verkaufen und dann hier eine kaufen . . . oder irgend etwas anderes machen, was uns einfällt.«

Meine Augenlider waren plötzlich so schwer geworden, daß ich sie kaum noch offenhalten konnte. Ich verstand seine Worte, aber es schien nicht mehr in meiner Macht zu stehen, ihm zu antworten, so daß ich nur stumm dasaß.

Nathan sagte wieder etwas, während er sich bemühte, sein Lachen zu unterdrücken. »Meinst du, du könntest noch etwas sagen, Süßes? Irgend etwas, nur um zu zeigen, daß du da bist.«

»Nun . . .«, stotterte ich. »Ach, du lieber Gott, ich habe nicht gewußt, daß du reich bist, Nathan.«

»Na, reich, ich weiß nicht. Aber wie auch immer, sag nicht du, sag wir, Bridie.«

»Bitte warte. Ich kann dir nicht ganz folgen, Nathan. Du sagst irgendwie alles durcheinander.«

»Tut mir leid, ich nehme aber an, es ist der Wein«, sagte er ernst. »Ich habe gemeint, du solltest sagen, wir sind reich. Vorausgesetzt, daß wir es sind. Nicht du.«

»Nein . . . ich bin ganz bestimmt nicht reich, Nathan. Oh, ich wünschte, ich hätte mir nicht vorgenommen, nach Suffolk zu fahren und Fräulein Foster am Dienstag zu besuchen. Ich werde drei ganze Tage lang weg sein, und ich werde dich so sehr vermissen.«

Er mußte dem Kellner ein Zeichen gemacht haben, denn ich sah jetzt, daß er die Rechnung bezahlte. Es war mir peinlich, daß ich in Gegenwart des Kellners so etwas gesagt hatte, aber Nathan lächelte einfach und sagte: »Nicht mehr, als ich dich vermissen werde, Süßes.«

Der Kellner verschwand, und ich wurde plötzlich überwältigt von Traurgikeit, daß ich mich schon von Nathan trennen sollte, nachdem wir erst jetzt herausgefunden hatten, daß wir einander liebten. Ich sagte: »Nathan, ich weiß, es hört sich albern an, weil ich eigentlich sehr glücklich bin, aber ich glaube, ich muß weinen.«

Von diesem Punkt an ist meine Erinnerung sehr verschwommen. Ich weiß noch, wie ich mit Nathan in einer Droschke saß und an seiner Schulter weinte, während er beruhigende Worte sagte, die von unterdrücktem Lachen unterbrochen waren. Ich weiß noch, wie ich die Pension betrat und die drei Treppen hinaufsegelte, wobei ich sie nicht ein einziges Mal mit den Füßen berührte. Das letzte, an das ich mich erinnern kann, ist, daß Ethel versuchte, mich auszuziehen, während ich darauf bestand, ihr das Geheimnis des Hühnchenschrittes zu demonstrieren.

Am nächsten Morgen schlief ich bis neun Uhr und wachte mit einem trockenen Mund, leichten Kopfschmerzen und einem grauenvoll peinlichen Gefühl auf. Ethel war schon fort. Ich zog mein langes Hauskleid an, ging bis zum Badezimmer am Ende des Korridors, fand nur noch einen halben Behälter mit lauwarmem Wasser, nahm ein kühles Bad und kehrte dann zu unserem Zimmer zurück.

Zehn Minuten später war ich angezogen, hatte mein Haar hochgesteckt und ging die Treppe hinunter zum Frühstückszimmer. Als ich meinen Kopf schüchtern durch die Tür streckte, sah ich, daß die Familie Perkin mit Nathan und Margaret Dane, der Komikerin, am Tisch saß. Sie hatten ihr Frühstück schon beendet, aber sie saßen noch bei einer Tasse Tee zusammen und plauderten. Als ich eintrat, trillerte Ethel: »Ah, da ist sie ja!« Jeder Blick wandte sich mir zu, und ich bemerkte, daß alle lächelten; aber das einzige Lächeln, das ich klar sehen konnte, war das von Nathan, der jetzt aufstand und einen Stuhl für mich zurechtrückte.

Ich streckte ihm meine Hand hin, machte eine gewaltige »Arnold«-Grimasse der Verzweiflung und sagte: »Ich war beschwipst! Oh, Nathan, vergangene Nacht bin ich tatsächlich beschwipst gewesen! Ich schäme mich so.«

»Du schämst dich?« Es war Alfie, der zuerst sprach. »Das will ich auch hoffen, junge Dame. Nach dem, was ich gehört habe, hast du zwei volle Gläser Wein runtergekippt, und das ganz allein!«

Ethel kicherte. Charly stand auf und begann im Zimmer herumzutorkeln und zu schwanken, als ob seine Beine zu Gummi geworden wären. Margaret begann ein Lied über die Trunksucht zu singen, und Alfie spielte mit zwei Teelöffeln einen rollenden Trommelwirbel auf dem Tisch. Nathan beugte sich zu mir und berührte sanft mit den Lippen meine Wangen; er lächelte und schüttelte tröstend den Kopf. Als das große Durcheinander in Gelächter endete, sagte er: »Alles meine Schuld, Süßes. Tut mir leid.«

»Ich hätte dir sagen sollen, daß ich nicht an Wein gewöhnt bin. Ich hab' nicht dran gedacht. Ich war so glücklich, und ich war durstig, und . . . ach, es ist einfach furchtbar, daß ich tatsächlich betrunken war!«

»Das warst du ja nicht, Bridie. Du warst nur glücklich, und du warst wunderschön.«

»Aber du hast immer gelacht. Ich kann mich noch dran erinnern.«

»Sicher hab' ich gelacht. Du bist eine sehr unterhaltsame

Dame, und es ist eine Freude, bei dir zu sein. Komm jetzt, versuch ein bißchen zu frühstücken.«

»Ich hab' dadurch eine hervorragende Idee bekommen«, sagte Alfie. »Ich hab' eben davon gesprochen. Selbst wenn du die Company verläßt, Bridie, meine ich doch, daß es Zeit ist, was Neues im Repertoire zu bringen, und deshalb werde ich einen neuen Sketch ausarbeiten. Ich meine, stell dir doch mal 'ne Nachtszene in Covent Garden vor. Na, es sollte eigentlich eher ein früher Morgen sein. Ethel hat einen Karren mit Obst, und ich bin ein Polizist, und Charly ist ein feiner Pinkel mit Zylinder und 'nem Monokel, aber voll wie eine Haubitze. Damit könnten wir 'ne Menge Spaß machen, denk' ich.«

Nathan stellte eine Tasse mit schwarzem Kaffee vor mich hin. Trotz meiner Kopfschmerzen hatte ich sofort Alfies Vorschlag begriffen, denn ein grotesker Tanz als beschwipster feiner Herr würde in der Tat sehr komisch sein.

»Wir brauchen dann mehr Requisiten«, sagte Charly. »Müssen Sachen haben, mit denen wir arbeiten können.«

»Da gibt es das Obst auf dem Karren«, überlegte ich laut, »und Tomaten könnten auch dabei sein. Ein ganzer Korb voll, in den der feine Herr dann fallen könnte. Es gibt doch diese Körbe, die die Leute immer hoch auf dem Kopf tragen, nicht?«

»Richtig«, sagte Alfie. »Und stell dir mal vor, ein Würstchenmann läßt seinen Kessel mit Würstchen, Senf und Brötchen herumstehen. Ich hab' mir schon immer gedacht, das wäre 'ne gute Requisite. Charly könnte bestimmt was draus machen.«

Charly kicherte. »Dich statt dem Würstchen in die Nase beißen, was?«

Ich trank ein bißchen Kaffee und sagte: »Ich nehme an, du brauchst ein Thema für den Sketch, Alfie, nicht wahr? Vielleicht könntest du es ganz einfach machen; ein Rad könnte zum Beispiel von Ethels Wagen abgehen. Du bist der freundliche Polizist, der versucht, es ihr wieder dranzumachen, und Charly besteht darauf mitzuhelfen.«

Alfie stieß einen lauten Seufzer aus, schaute Nathan anklagend an, dann wieder mich. »Es ist 'ne Schande, daß du dich an diesen verdammten Yankee wegschmeißt«, sagte er. »Du hast gute Ideen, Bridie. Und wenn ich daran denke, was wir mit dir und Charly als zwei besoffene Galane anfangen könnten . . . Na, ich weiß nicht, ehrlich.«

Nathan grinste breit. Ich drückte seine Hand und sagte: »Ich heirate diesen verdammten Yankee ja nicht heute; wenn du also meinst, ich könnte dir irgendwie bei der Ausarbeitung eines neuen Sketches behilflich sein, dann wäre ich stolz darauf.«

Es regnete den ganzen Tag, und starker Wind heulte ums Haus. Aber selbst strahlende Sonne hätte mich nicht glücklicher machen können. Am Nachmittag gingen Nathan und ich in einem Park in der Nähe unserer Pension spazieren. Nathan trug so eine Art südamerikanisches Cape und ich einen langen Regenmantel. Ich nahm einen Schirm mit, den Nathan für uns beide hielt. Aber der Wind stülpte den Schirm immer wieder um, und wir kamen mit klatschnassem Haar, doch lachend und herumalbernd nach Hause.

Am Montag suchte ich mir einen Ring mit zwei kleinen Diamanten als Verlobungsring aus. Er war nicht teuer, und Nathan protestierte deswegen, aber die Steine waren wunderschön, die Fassung ungewöhnlich, und ich verliebte mich ganz einfach in diesen Ring. Dagegen konnte Jonathan nichts mehr sagen.

An diesem Abend saß ich im Theater auf dem Rang und sah zu, wie Mr. Alfie Perkin & Company den »Tapezierergehilfen« spielten. Vor nicht allzu langer Zeit hätte ich mich nie getraut, ohne Begleitung ins Theater zu gehen, aber sechs Monate auf der Bühne hatten mir Selbstvertrauen gegeben, und Gedanken an das, was sich schickte oder nicht schickte, kümmerten mich jetzt nicht mehr.

Ich hatte eigentlich eine ganz gute Meinung von meiner Version des »Arnolds« gehabt, doch jetzt verging mir dieses Gefühl gründlich. Ich sah, bei wie vielen Dingen und um wieviel besser Charly tatsächlich war als ich. Auch nach der

Pause blieb ich auf meinem Platz in der Nähe des Mittelgangs, um Nathan zu sehen, und wieder bewunderte ich seine Kunstfertigkeit. Es war schade, daß er seine Lassotricks so lässig darbot, so ohne jede Bemühung, das Publikum zu beeindrucken, aber es war klar, daß dies für ihn nicht wichtig war. Er war ja nie ausgezogen, um eine Karriere in den Varietés zu machen, und seine Zeit auf der Bühne würde bald zu Ende sein.

Wir wollten im Frühling heiraten. Bis dahin würden wir in London bleiben, wenn die Tournee zu Ende war, und Nathan schlug vor, während dieser Zeit einzelne Engagements anzunehmen. Es hatte wirklich keinen Sinn mehr, daß Alfie die Stücke für mich umschrieb, wie er das einmal vorgehabt hatte. Aber Alfie hatte verkündet, daß er mir jede Woche einen festen Betrag als Reserve-Schauspieler zahlen würde; ich sollte die Hälfte meiner jetzigen Gage dafür bekommen, daß ich immer bereitstand, um, falls nötig, Charlys Platz einzunehmen. Außerdem wollte er mir eine halbe Gage für etwas zahlen, das er »Beratung und Vorschläge« nannte; ich sollte ihm beim Schreiben des neuen Sketches helfen, der »Der betrunkene Lebemann« heißen sollte. All dies war nicht mehr als eine ausgetüftelte Methode, daß ich bis zu meiner Heirat meine volle Gage bekam, aber Alfie verschloß sich jeglichen Gegenargumenten.

Nathan und ich mußten noch entscheiden, wo wir in der Zwischenzeit wohnen wollten. Ich hatte das sichere Gefühl, daß ich mich auf der Farm in New Hampshire wohlfühlen würde. Ich wußte, daß es hart für mich wäre, das starre, konventionelle Leben wieder zu führen, in dem ich aufgewachsen war. Amerika bot Freiheiten, die ich hier nicht finden konnte. Viel hing allerdings von Kate ab. Wenn sie nicht zustimmte, dann konnte ich sie hier nicht allein lassen, denn wir waren füreinander unsere Familie. Ich hoffte, sie würde mit uns kommen, und Nathan war auch einverstanden damit. Aber wir konnten keine Entscheidung treffen, bis wir sie besucht hatten.

Früh am Dienstagmorgen brachte mich Nathan zum Zug, der mich zu Fräulein Foster bringen sollte. Die Reise war eine anstrengende Zickzackfahrt mit zweimaligem Umsteigen, und ich kam erst zur Teezeit in Wynford an. Es war seltsam, von demselben sauertöpfischen George Cooper vom Bahnhof ins Dorf gefahren zu werden, der auch die beiden Männer von Scotland Yard nach Latchford Hall gebracht hatte, damals, ein ganzes Lebensalter weit weg.

George erkannte mich, seine Augen weiteten sich, aber er schaute zu Boden und rieb sich die Stirn mit den Fingern, während ich ihm mitteilte, wohin ich wollte. Es wurde mir klar, daß man ihm sehr bestimmte Anweisungen gegeben haben mußte. Ohne Zweifel würde er ausgiebig über seine Fuhre klatschen, sobald ich außer Reichweite war. Ich unterdrückte ein kleines Kichern und wunderte mich über die Art, wie Bridie Chance sich verändert hatte, seit Wynford sie zum letzten Mal gesehen hatte.

Fräulein Foster weinte vor Freude, als sie die Tür öffnete, und begann sofort, großes Theater um mich zu machen.

»Ich hab' den Kessel schon aufgesetzt, Kleines, laufen Sie einfach nach oben, waschen sich die Hände, und dann trinken wir eine schönes Tasse Tee. Das Fräulein hat Ihnen ein paar ganz besonders gute Hörnchen gebacken! Nein, nein, wie hübsch sie aussehen, Miss Bridie, und was für ein süßer Hut. Nein, haben Sie sich aber verändert! So hübsch und elegant, Kind. Ich glaube, Sie haben mit Büchern auf dem Kopf Gehen geübt, wie ich es Ihnen damals immer beibringen wollte.«

Ich sagte ihr nicht, daß meine neu erworbene Grazie daher kam, daß ich Clown im Varieté war. Sie hätte wahrscheinlich nicht einmal fassen können, was ich meinte, aber wenn sie es doch verstanden hätte, wäre sie wahrscheinlich tief erschüttert gewesen. Nach dem Tee saßen wir da und redeten, und zu meiner Erleichterung die meiste Zeit über all die kleinen häuslichen Aufgaben ihres täglichen Lebens in Wynford. Sie fragte auch nach Kate und meinte besorgt, sie hoffe doch, ich arbeitete nicht zu hart.

Aber im großen und ganzen war sie zufrieden mit einfachen, nicht besonders informativen Antworten.

Da wir keine engen Freunde in der Gegend gehabt hatten, gab es in ihrem Klatsch nicht viel Interessantes für mich, aber es war angenehm, ruhig neben ihr zu sitzen und zuzuhören. Der Tod meines Vaters oder die Ereignisse, die seinem Tod gefolgt waren, wurden nicht erwähnt. Wenn sie etwas aus der Vergangenheit unserer Familie erzählte, dann hatte das immer mit Zeiten zu tun, die vor der Katastrophe lagen, und sie tat auch so, als ob diese Katastrophe nie über uns gekommen wäre.

Später, als sie die Lampen angezündet und die Vorhänge zugezogen hatte, servierte sie uns ein einfaches, aber hervorragendes Abendessen aus Hammelkoteletts, Blumenkohl und Klößen, gefolgt von einer Apfel-Heidelbeer-Pastete. Ich bestand darauf, ihr beim Abwasch zu helfen, und während wir zusammen in der winzigen Küche arbeitete, erklärte ich, daß ich am nächsten Tag Mr. Whiteley und den alten Tom Kettle besuchen wollte. Ich hätte geplant, den Rest des Tages mit ihr zu verbringen, über Nacht zu bleiben und dann früh am folgenden Morgen mit dem Zug die beschwerliche Rückreise nach Manchester wieder anzutreten.

Es war eine schwüle Septembernacht, und die Reise hatte mich doch ermüdet. Als wir uns wieder hinsetzten, schaute ich auf die Uhr, stellte fest, daß es neun war, und entschloß mich, um halb zehn zu Bett zu gehen. Es gab in dem kleinen Häuschen kein Gästezimmer, aber Fräulein Foster hatte frisches Bettzeug und ein Kissen von oben heruntergeholt, um für mich ein Bett auf dem Sofa zu machen.

Während sie sich in den Armsessel kuschelte, den sie aus ihrem Zimmer in Latchford Hall mitgebracht hatte, sagte ich: »Ich hab' jetzt die ganze Zeit darauf gewartet, daß Sie nach meinem Ring fragen, Fräulein Foster. Sehen Sie mal.«

Sie nahm meine Hand, die ich ihr hinstreckte, starrte auf den Ring hinab und blickte dann mit leuchtenden Augen zu mir auf. »Bridie! Sie sind doch nicht etwa . . .?«

»Doch, verlobt, Fräulein Foster, es ist erst vor zwei Tagen passiert, und selbst Kate weiß es noch nicht. Morgen muß ich mir Zeit nehmen, um ihr zu schreiben.«

»Oh, das ist ja wunderbar, Kindchen! Ein Herr aus London?«

»Nein, er ist Amerikaner, und sein Name ist Nathan McFee.«

»Amerikaner? Himmel! Wo, um Gottes willen, haben Sie den denn kennengelernt?«

»Ach – wir haben uns geschäftlich kennengelernt. Er ist wirklich ein ganz wunderbarer Mann, und ich bin so glücklich.«

»Dann freue ich mich mit Ihnen. Ich wollte noch fragen, was für eine Arbeit machen Sie denn?«

»Eigentlich habe ich großes Glück gehabt. Ich war in der Lage, eine Stellung als Assistentin der Firmenleitung zu finden.« Dies war eine vorbedachte Antwort. Die Worte stimmten zwar, aber der Eindruck, den sie erweckten, war falsch. Ich wollte jedoch Fräulein Foster nicht mit der Wahrheit verwirren.

»Oh, das ist ja herrlich, Bridie«, strahlte sie. »Und das kommt alles daher, daß Sie so gut erzogen sind. Ihr lieber Papa hat immer gesagt, sie hätten einen klugen Kopf auf den Schultern. Natürlich habe ich schon davon gehört, daß junge Damen heutzutage ins Geschäft gehen, aber ich habe niemals jemanden kennengelernt. Bravo, Kind, bravo! Ich bin sicher, er wäre sehr stolz auf Sie.«

»Ja, Fräulein Foster, das wäre er vielleicht.«

»Oh, wirklich.« Sie schüttelte mit verschleierten Augen den Kopf. »Die kleine Bridie heiratet, denk mal an . . .«

»Ich bin aber nicht mehr direkt klein. Und meine Beine sind noch immer zu lang.«

»Oh, pst, Kind!« sagte sie mit überraschtem Tadel. »In der Konversation sprechen wir doch nicht von Gliedmaßen, das wissen Sie doch!«

Ich schaffte es, nicht zu lachen, und sagte: »Nein. Tut mir leid, Fräulein Foster.«

»Man stelle sich vor! Unsere Bridie heiratet einen Gentleman aus Amerika. Oh, da fällt mir noch was ein. Nur einen kleinen Augenblick, Kindchen.« Sie ging nach oben und kam zwei oder drei Minuten später mit einem vergilbten Umschlag in der Hand wieder herunter. »Sie wissen doch noch, wie Sie mich darum gebeten haben, das Zimmer Ihrer lieben armen Mama aufzuräumen? Nun, es waren ein paar sehr alte Magazine in einer der Schubladen. Ich habe sie mitgenommen, um sie später durchzublättern und nachzusehen, ob sie sie wegen irgendwelcher speziellen Artikel behalten hatte.«

Sie machte eine Pause und setze sich neben mich; ich sagte: »Sie hat oft solche Zeitungen beiseite gelegt, um sie später noch einmal zu lesen, aber ich glaube, sie hat es nur selten getan. Es ist wahrscheinlich ein Rezept gewesen, das sie für interessant hielt, oder ein Artikel oder eine Geschichte. Haben Sie irgend etwas gefunden?«

»Eigentlich nicht, Kind. Ich hatte die Zeitungen mit meinen eigenen Sachen fortgepackt und sie ganz vergessen, nachdem ich mich hier eingerichtet hatte. Aber so vor ein, zwei Wochen habe ich Hausputz gehalten, und dabei habe ich diese Fotografien gefunden, die in einem der Magazine versteckt waren.«

»Fotografien?«

»Ja. Ich habe sie schon einmal vor vielen Jahren gesehen. Ihre Mama hat sie mir einmal gezeigt, als Sie noch ein Baby waren. Sie wurden aufgenommen, als sie mit Ihrem Papa auf der Hochzeitsreise war. In Frankreich war das.«

»Ja, sie haben in einem Dorf der Dordogne gewohnt.«

»Ich nehme an, Sie haben recht, Kind. Ich kann die fremden Namen nie behalten.«

»Ich habe diese Fotografien mal gesehen. Wir hatten ein Album, das ich mir mehrmals angesehen habe, als ich noch ein kleines Mädchen war, aber ich dachte, das wäre in der Kiste mit den Familiendingen, die ich behalten wollte, in der Truhe, die Mr. Whiteley für mich gelagert hat, bis ich mich irgendwo fest eingerichtet habe.«

»Oh, ich bin sicher, das Album ist in der Kiste, Kind. Aber diese Fotografien wurden immer getrennt von den anderen aufbewahrt. Ich weiß nicht, warum.«

Es waren nur zwei, und ich hatte keins von beiden jemals gesehen. Wenn man bedachte, daß sie mehr als zwanzig Jahre alt waren, dann waren die Bilder bemerkenswert scharf geblieben. Das erste zeigte meine Mutter als junge Frau, als sie noch so wie Kate ausgesehen hatte. Sie stand mit dem Rücken vor etwas, das anscheinend der Beginn einer felsigen Klippe war, und sie zeigte ein scheues Lächeln. Auf ihrem Kopf thronte ein Hut mit einer breiten Krempe und langen Federn. Sie hatte einen Arm hochgehoben, um den Hut festzuhalten, so, als ob ein Wind wehte.

Das zweite Bild war aus viel größerer Entfernung aufgenommen, so daß meine Mutter als ganz kleine Gestalt zu erkennen war, aber die Haltung war die gleiche. Jetzt war es klar, daß sie nicht am Fuß einer Klippe stand, sondern vor einer natürlichen Säule aus Fels, die etwa zweimal so hoch wie sie war. Das Gebilde ragte senkrecht aus einem steinigen, öden Boden hervor. Der Hintergrund war verwischt, aber ich hatte den Eindruck, daß auf jeder Seite eines kleinen trockenen Tales sich niedrige Felsklippen erhoben.

Ich sagte: »Ja, ich erinnere mich von mehreren Fotografien im Album noch an diesen Hut, den Mama besessen hatte, aber ich frage mich, wo diese Bilder wohl gemacht worden sind. Die meisten Bilder wurden in der Nähe des Dorfes aufgenommen, aber auf diesen hier ist die Landschaft sehr felsig, und kein Baum und keine Blume sind zu sehen.« Ich schaute wieder auf das erste Bild. »Papa muß sie gemacht haben, aber wie hat er das wohl geschafft?«

»Na, mit einer Kamera, Kind.«

Ich lachte. »Ja, Fräulein Foster. Aber als diese Bilder aufgenommen wurden, gab es noch keine faltbaren oder zusammenlegbaren Kameras. Es sieht so aus, als ob dieser Ort in großer Höhe liegt und schwer zu erreichen ist, deshalb wäre es sicher schwierig gewesen, eine Kamera und ein Stativ dort mit heraufzunehmen.«

»Das hätte Ihrem Papa nichts ausgemacht. Wenn der sich zu etwas entschlossen hatte, dann hat er immer einen Weg gefunden, und mit mechanischen Dingen, da war er sehr geschickt.«

Ich erinnerte mich an Mamas fiebriges Gerede, an das Gemurmel von Schießpulver und einem Safe, und ich sagte: »Ja, darin war er sehr geschickt, aber ich frage mich, warum er sich so anstrengen sollte, um diese Fotografien aufzunehmen.«

»Oh, das könnte ich nicht sagen, Miss Bridie. Wirklich, das könnte ich nicht sagen.«

»Hat Mama Ihnen jemals etwas erklärt, als sie Ihnen diese Bilder zeigte?«

Fräulein Foster zwinkerte. Ich sah, wie ihr Interesse erlosch und daß sie müde war. »Das ist jetzt schon so lange her«, sagte sie unsicher. »Ich glaube, die Bilder waren einfach nur ein Souvernir, weißt du. Die sollten sie an den Steinbock-Felsen erinnern.«

13

Ich setze mich steil auf. »Den Steinbock-Felsen? Was hat sie damit gemeint, Fräulein Foster?«

»Ach, das weiß ich auch nicht, Kind. Ich habe eigentlich nicht so richtig aufgepaßt. Sie hat gern mit mir geredet, weil halt kein anderer da war, wenigstens meistens. Aber ich habe ihr nie Fragen gestellt, Kind. Das wäre nicht höflich gewesen. Ich weiß nur, daß sie vom Steinbock-Felsen gesprochen hat. Als ich noch ein junges Mädchen war, hat mir ein Wahrsager gesagt, ich wäre unter dem Zeichen des Steinbocks geboren, und deshalb hab' ich es wahrscheinlich behalten, Miss Bridie.«

Der Steinbock-Felsen. Diese Worte hatten zu den letzten gehört, die Mutter zu mir gesagt hatte, und sie standen auch in dem Brief, den Vater für Mutter zurückgelassen hatte. Ich versuchte, mir Sätze aus diesem Brief ins Gedächtnis zurückzurufen. Geh wieder einmal . . . irgend etwas über einen Bach in den Hügeln . . . und dann weiter zum Tal des Steinbock-Felsens. Ich schaute noch einmal auf die Fotografie hinab. Sicherlich war darauf das Tal des Steinbock-Felsens abgebildet, und meine Mutter stand vor dem Stein selbst. Aber was kam dann? . . . Dunkelheit in der Abenddämmerung . . . Ende des Regenbogens . . die Kuh auf wartenden Füßen . . .

Ich konnte mich an keine Einzelheiten erinnern, aber eins wußte ich jetzt ganz sicher. Der letzte Teil im Brief meines Vaters war in der Tat eine Botschaft in Form eines Kryptogramms, und meine Mutter hätte sie verstanden, vielleicht, weil sie nicht mehr als eine Erinnerung an etwas war, das sie wußte, sozusagen eine Gedächtnisstütze.

Aber was war in der Botschaft enthalten? Es konnte

eigentlich nur ein Führer zu dem Ort sein, wo die große Menge der Juwelen, die mein Vater während seines halben Lebens gestohlen hatte, sicher verwahrt lagen. Es war typisch für seinen sorglosen Charakter, daß er geglaubt hatte, er könne für seine Frau und seine Familie Vorsorge treffen, indem er Mama sagte, wo sein Raub zu suchen war – als ob sie fähig oder sogar in der Lage gewesen wäre, von dem geraubten Gut zu leben. In diesem Augenblick hätte ich ihn hassen können, wenn ich nicht gewußt hätte, daß er sie so ehrlich und tief geliebt hatte.

Ich drehte die Fotografie um. Nach längerem Hinschauen erkannte ich auf dem Bild, das Mama aus der Entfernung vor dem Steinbock-Felsen zeigte, schwache Markierungen. Jemand hatte mit Bleistift ein Wort darauf geschrieben. Das Blei hatte sich in all den Jahren abgerieben, aber als ich die Fotografie schräg gegen das Licht hielt, sah ich, daß es die Handschrift meines Vaters war und daß er geschrieben hatte: »Kopf der Ziege!«

Das Ausrufezeichen hob sich noch immer stark ab.

Kopf der Ziege. Ziegenkopf. Ich schaute das Bild wieder an, aber die Worte schienen keine Verbindung mit dem zu haben, was darauf zu sehen war. Plötzlich wünschte ich mir, daß Fräulein Foster die Bilder nie entdeckt hätte. Ich ahnte, daß das, was ich in der Hand hielt, zusammen mit dem Brief von Papa dazu benutzt werden sollte, die Antwort auf sein Geheimnis zu finden, aber ich schreckte davor zurück. Ich konnte es Inspektor Browning erzählen oder an Philippe Chatillon, den französischen Detektiv, schreiben.

Aber mein Instinkt sagte mir, ich solle niemanden von den Fotografien und dem Brief erzählen. Kate und ich hatten viel Böses hinter uns, aber jeder von uns hatte sich ein neues Leben geschaffen. Der Gedanke, daß die ganze dramatische Geschichte wieder ans Licht gezogen und eventuell in den Zeitungen berichtet wurde, war mir schrecklich.

Fräulein Foster unterdrückte ein Gähnen und schalt: »Aber, aber, was bin ich heute abend nur für eine Schlafmütze.«

Ich tauchte wieder aus meinen Gedanken auf und ließ die Fotografien zurück in den Umschlag gleiten. »Ja, ich bin auch müde, Fräulein Foster. Es ist ein langer Tag gewesen. Sollen wir jetzt das Bett für mich machen?«

»Bleiben Sie nur sitzen, Kindchen, ich sorge schon dafür. Ich habe alles fertig dort liegen.«

Zwanzig Minuten später, als ich gemütlich in meinem Bett auf dem Sofa lag, beugte sie sich über mich und gab mir einen Gutenachtkuß, wie sie es in all den Jahren meiner Kindheit auch getan hatte. »Schlaf gut, Schätzchen, und rufen Sie das Fräulein, wenn Sie irgend etwas brauchen.«

»Ja, danke. Gute Nacht, Fräulein Foster. Darf ich übrigens die Fotografien behalten?«

»Fotografien? Ach ja. Ja, die sollten für Sie sein, Bridie.« Sie ging hinüber und drehte den Docht der Lampe herunter. »Ach du liebe Güte, ein Amerikaner. Ich frage mich, wie die wohl sind. Wissen Sie, ich habe eine Zeichnung in der Zeitung gesehen, als dieser Mann nach London kam, dieser Buffalo Bill, wie sie ihn nannten. Es waren auch Indianer dabei und Cowboys mit Pistolen . . . Es sah alles sehr gefährlich aus, muß ich sagen. Nun, gute Nacht, Kindchen, ich geh' jetzt nach oben.«

Obwohl ich müde war, lag ich noch lange wach. Dann beschloß ich, daß ich alles mit Nathan besprechen wollte, damit wir zusammen entscheiden konnten, was ich tun sollte. Ich nahm mir auch vor, es Kate zu sagen, denn sie hatte genauso ein Recht, es zu wissen wie ich, und ich fühlte mich schon ein bißchen schuldig, weil ich ihr den Brief von Papa noch nicht gezeigt hatte, obwohl sie mich darum gebeten hatte. Am nächsten Morgen nach dem Frühstück schrieb ich einen langen Brief an Kate. Ich erzählte ihr von meiner Verlobung mit Nathan und daß wir zusammen noch besprechen mußten, was wir tun würden und wo wir leben wollten, wenn wir erst verheiratet wären. Ich erzählte ihr auch von den Fotografien, die Fräulein Foster gefunden hatte, und daß sie meiner Meinung nach irgendwie mit Papas Brief in Verbindung ständen. Dadurch wäre ich sicher, daß Kate mit ihrer Meinung recht gehabt hätte, daß dieser Brief eine verborgene Botschaft enthielt. Wir würden nach meiner Rückkehr nach London ausführlich darüber reden.

Um zehn Uhr ging ich die Hauptstraße entlang zu dem kleinen Postamt. Ich hatte keine Vorahnung, als ich den Brief in den Postkasten warf. Aber ich hatte soeben eine Kettenreaktion von Ereignissen in Gang gebracht, die zu nie geahnter Gefahr, zu Schrecken und Tod führen würde.

Während meiner Vorbereitungen für den Besuch bei Fräulein Foster hatte ich auch an Mr. Whiteley geschrieben und von ihm die Antwort erhalten, daß er sehr erfreut wäre, mich in seinem Büro in Southwold um halb elf Uhr am Mittwochmorgen empfangen zu dürfen. Ich wußte, daß Fräulein Foster eine Spazierfahrt nach Southwold genießen würde; dort konnte sie sich die Geschäfte ansehen, während ich Mr. Whiteley besuchte. Ich hatte mit George Cooper vereinbart, daß er uns um halb elf mit seiner Droschke abholte.

Mr. Whiteley empfing mich in derselben trockenen Art, aber auch derselben kaum versteckten Güte, die ich so wohltuend in meinen dunkelsten Tagen erfahren durfte. Ich erzählte ihm all meine Neuigkeiten und bat ihn, daß er auch weiterhin in allen legalen Angelegenheiten für mich handeln möge. die sich vielleicht durch meine Heirat und durch irgendwelche Verfügungen, die für Kates Unterhalt zu treffen waren, ergeben könnten.

»Ich würde mich glücklich schätzen, dessen versichere ich Sie, zu tun, um was Sie mich bitten, Miss Chance, obwohl ich es als meine Pflicht erachte, sie darauf hinzuweisen, falls Sie diesen Punkt noch nicht in Betracht gezogen haben, daß es für Sie vielleicht von größerer Bequemlichkeit sein könnte, sich der Dienste eines Londoner Anwalts zu versichern.«

»Danke, aber die Bequemlichkeit ist unwichtig, Mr. Whiteley. Ich habe nie vergessen, mit welch großer Freundlichkeit Sie mir geholfen haben, und ich könnte mir nicht vorstellen, zu irgendeinem anderen zu gehen.«

»Das ist . . . sehr befriedigend. Wirklich, sehr befriedigend. Darf ich sagen, daß ich entzückt bin zu sehen, mit welcher Gründlichkeit Sie die ungeheuren Probleme, denen Sie im letzten Jahr gegenüberstanden, aus dem Weg geräumt haben? Ich war ganz fasziniert, als ich von Ihren Erfolgen als . . . hm . . . Varietéartistin hörte. Der Brief ist in meinen privaten Akten, wie ich Sie ganz schnell informieren darf, deshalb haben meine Angestellten davon keine Kenntnis erhalten.« Eine Spur maliziöser Befriedigung glänzte in seinen Augen. »Auch mein Bruder nicht, der außerordentlich neugierig war, zu erfahren, wie es Ihnen ergangen sei. Bitte sagen Sie mir doch, wenn ich Ihnen nicht allzu aufdringlich erscheine, was tun Sie denn nun eigentlich ganz präzise? Rezitieren Sie vielleicht? Oder singen Sie?«

Ich zögerte, und dann verbrachte ich fünf Minuten damit, zu beschreiben, was ich auf der Bühne als eine Person namens »Arnold« machte. Sein Gesichtsausdruck blieb unverändert, aber als ich zu Ende geredet hatte, blieb er für eine weitere Minute still, ohne ein Wort zu sagen oder einen Muskel zu bewegen. Wie eine Wachsfigur. Dann endlich begannen seine Schultern zu zucken, während ein dünnes, trockenes kleines Lachen ihm entschlüpfte.

»Meine liebe Miss Chance, ach, meine liebe Miss Chance, ich bitte Sie wirklich, meine absolut ehrliche Bewunderung zu akzeptieren. Ich kann Ihnen nicht sagen, wie sehr ich es genießen würde, einer Ihrer Vorstellungen beizuwohnen.«

Ich lächelte und sagte: »Ich bin froh, daß Sie nicht schokkiert sind, Mr. Whiteley. Ich weiß, daß man Leute von der Bühne für ziemlich locker hält, aber bei denen stimmt es nicht mehr als bei anderen Leuten. Sie arbeiten halt für ihren Lebensunterhalt auf ihre Weise, indem sie eben das Publikum unterhalten.«

»Es verlangt sicher großen Mut, glaube ich.«

»Nun, das erste Mal hatte ich fürchterliche Angst, aber

jetzt macht es mir großen Spaß. Ich fürchte, Sie werden nicht die Möglichkeit haben, mich auf der Bühne zu sehen, selbst wenn Sie nach London kämen. Ich werde nämlich meine kurze Karriere auf der Bühne beenden, sobald Birmingham abgespielt ist. Das ist die letzte Station unserer Tournee.«

»Schade«, sagte er bedauernd. »Ich muß Ihnen gestehen, daß es, obwohl ich selbst – wenn auch nicht freiwillig – eine sehr orthodoxe Person und extrem konservativ bin, mir große Freude macht, das Unkonventionelle, das Einzigartige, das Außergewöhnliche zu betrachten. Es macht mir ebensolches Vergnügen, die Veränderungen zu bemerken, die Ihre Erfahrungen in Ihnen hervorgebracht haben, wenn ich das sagen darf. Ich habe das Gefühl, daß Mr. Nathan McFee außerordentlich großes Glück hat. Birmingham, sagen Sie? Hm . . . nun, wir werden ja sehen.« Wir verabschiedeten uns fast herzlich.

Mit Fräulein Foster sah ich mir noch einige Geschäfte an. Dann fuhren wir nach Wynford zurück und nahmen ein einfaches Mittagessen ein, ehe ich in einer gemieteten Kutsche allein zum alten Tom Kettle hinausfuhr. Der war gerade damit beschäftigt, einen Stuhl herzustellen, und begrüßte mich so, als ob ich erst gestern bei ihm gewesen wäre.

Ich war froh, daß er keine Neugier über das zeigte, was ich jetzt tat, und während der halben Stunde, die ich bei ihm blieb, war die einzige Frage über die Vergangenheit nur, ob ich noch immer ‚so 'ne Zeichnungen' mache. Zuerst wußte ich nicht, was er meinte, aber dann fiel mir wieder ein, daß ich manchmal mit meinem Zeichenblock und Bleistift im Garten seines kleines Häuschens gesessen und meine kümmerlichen Skizzen gemacht hatte. Es schien mir, als ob dies alles schon Jahrhunderte zurückläge.

Später fuhr ich zur Kirche und legte einen Blumenstrauß auf das Grab meiner Eltern, bevor ich zum Pfarrhaus weiterfuhr. Bei meinem Auszug aus Wynford vor einem Jahr hatte ich dem Küster ein Pfund gezahlt, damit er das Grab zwölf Monate lang in Ordnung hielt, und jetzt vereinbarte ich mit ihm, daß in Zukunft diese Summe regelmäßig von meiner Bank gezahlt werden sollte, so daß das Grab niemals vernachlässigt aussah.

Um die Teezeit herum war ich wieder bei Fräulein Foster. Während meiner Fahrt durch das Dorf hatte ich bemerkt, daß mir neugierige Blicke folgten. Die Tatsache, daß Bridie Chance, die Tochter des berüchtigten Roger Chance von Latchford Hall, zu einem kurzen Besuch in Wynford weilte, sprach sich herum wie ein Lauffeuer. Ich achtete nicht besonders darauf, denn ich war schon von tausend Augen angestarrt worden, und zwar genau sechs Abende in der Woche während der letzten sechs Monate, aber ich war froh, daß ich am nächsten Morgen wieder wegfahren konnte. Ich freute mich schon darauf, wieder bei meinen Freunden zu sein und besonders bei Nathan.

Hätte ich in die Zukunft schauen können, hätte ich gewußt, was mich noch vor Ende des Monats erwartete, ich hätte niemals an diesem frischen Septembermorgen so freudig den Frühzug in Wynford bestiegen.

Es regnete in Manchester, aber ich war trotzdem glücklich, nach Hause zu kommen. Nathan erwartete mich am Bahnhof, und ich wußte, wo immer ich auf der Welt auch sein würde, für mich war »zu Hause« in seinen Armen.

Später zeigte ich ihm die Fotografien und den Brief von Papa, den ich zusammen mit meinen wenigen persönlichen Papieren in meinem Koffer aufbewahrte. Er studierte sie schweigend und mit merkwürdiger Unruhe. Dann sagte er endlich: »Ja, Bridie, ich denke, der letzte Teil dieses Briefes war wohl eine Art Gedächtnisstütze für deine Mutter, aus der sie entnehmen konnte, wo das zu suchen war, was dein Vater versteckt hatte.«

»Glaubst du, daß es wirklich eine Menge Juwelen waren?«

»Kommt mir wahrscheinlich vor. Ich habe die Liste der größeren Einzelstücke gelesen, die er nach Meinung der Polizei in all den Jahren auf die Seite geschafft hatte, und das war ja nur ein Teil davon.«

»Ach so. Wo hast du das denn gelesen?«

»In einer der Zeitungen, damals, als es passiert ist.«

»Ja. Ich habe die Zeitungen nach dem ersten Bericht nicht mehr gelesen.«

»Reg dich nicht drüber auf, Süßes.«

»Tu ich ja auch nicht, Nathan, wirklich. Ich habe nur keine Lust, in dieser Angelegenheit irgend etwas zu unternehmen, aber andererseits habe ich das Gefühl, es doch tun zu sollen.«

»Warum, Bridie?«

»Nun, wenn die Juwelen, die mein Vater gestohlen hat, wiedergefunden werden können, dann schulde ich es, glaube ich, den Bestohlenen, alles zu tun, um dabei zu helfen.«

»Du schuldest denen keinen roten Heller, Süßes. Du bist doch nicht für deinen Vater verantwortlich.«

»Nein . . . natürlich nicht, aber . . . Augenblick mal. Ich bin nicht sicher, ob du recht hast, lieber Nathan. Ich gehöre doch zu seiner Familie.«

»Das ist Sache der Polizei, Bridie, und du hast damit nichts zu tun.«

»Aber ich sollte der Polizei sagen, daß ich diese . . . diese Schlüssel gefunden habe. Sollte ich es nicht Inspektor Browning erzählen? Oder diesem französischen Detektiv, von dem ich dir erzählt habe? Irgendwie möchte ich schon, aber . . . ach, dann werden sicher wieder neue Geschichten in den Zeitungen stehen, und neue Journalisten werden versuchen, Bridie Chance und Kate Chance zu interviewen. Meinst du, der Brief und die Fotografie können genau genug entschlüsselt werden, um die Polizei darauf hinzuweisen, wo Papa seinen elenden Schatz versteckt hat? Ich weiß es nicht. Gegenüber solchen Dingen bin ich machtlos.«

»Schwer zu sagen.« Er ließ seinen Blick noch einmal über den letzten Abschnitt des Briefes gleiten. »Scheint so, als ob dieser Ort auf der Fotografie irgendwo nicht allzuweit von dem Platz entfernt liegt, wo sie ihre Hochzeitsreise verbrachten. Weißt du, wo das war, Bridie? Ich meine, kennst du den Namen des Dorfes?«

Ich verzog unmutig das Gesicht. »Irgendwo in Frankreich. Aber ich kann mich nicht mehr daran erinnern. Und Fräulein Foster weiß es auch nicht.«

»Das macht die Sache schwieriger, aber ich schätze, die französische Polizei könnte schon jemanden finden, der in angemessener Zeit diesen Ort identifizieren könnte. Selbst wenn sie überall an der Dordogne nachforschen müßten. Dann kommt das Rätsel, das dein Vater hier geschrieben hat. Vielleicht würde das auch nicht allzu schwierig sein, wenn man direkt danebenstehen würde, neben diesem Steinbock-Felsen, wie er ihn nennt. Du sagst, die Worte auf der Rückseite bedeuten: Kopf einer Ziege!?«

»Ja.«

Er schaute von dem Brief auf das Bild und wieder zurück. »Das sagt uns nicht viel, aber wenn wir da wären, würde es uns vielleicht doch etwas sagen.«

»Nun, vielleicht kann die Polizei oder Monsieur Chatillon oder sonst jemand das Problem lösen, aber meinst du, ich sollte über diese Angelegenheit reden? Es drängt mich überhaupt nicht, es zu tun, aber ich habe einfach das Gefühl, daß es das richtige wäre.«

Er lächelte, neigte sich über mich und küßte mich auf die Wange. »Ma hat mir immer eingeschärft, daß das Schwierige im allgemeinen auch das richtige ist. Sie meinte, das wäre ziemlich blöde eingerichtet, aber es hätte keinen Sinn, sich drüber zu beklagen. Man müßte sich einfach damit abfinden. Aber eins muß ich dir noch sagen. Du mußt dich ja nicht in diesem Augenblick entschließen, Bridie. Nimm dir ein bißchen Zeit, und denk noch einmal drüber nach. Was immer dein Vater auch versteckt hat, es wird ja nicht in der nächsten Woche oder im nächsten Jahr weglaufen.«

Ich spürte große Erleichterung. »Ja, das ist wahr. Ein paar Tage würden an der Sache nichts ändern, und in jedem Fall sollte ich warten, bis ich mit Kate gesprochen habe, ehe ich mich entscheide. Schließlich ist sie ja kein Kind mehr. Sie ist jetzt neunzehn und hat ein Recht darauf, mitzureden.«

Am Montag übernahm ich wieder für Charly und spielte die letzte Woche unseres Engagements in Manchester. Ich hatte mich gescheut, die Rolle wieder zu übernehmen, aber Charly hatte mich getröstet. »Wie? 'türlich macht's mir nichts aus, Bridie. Jedenfalls war es für mich doch ziemlich ermüdend, und deshalb will Onkel Alfie, daß ich mich ganz langsam wieder reinarbeite, mit Proben, verstehst du? Ich meine, du weißt ja, wieviel mehr einen das anstrengt, wenn man auf der Bühne ist.«

»O ja, Charly. Da gibt es keinen Vergleich.«

»Noch was. Ich will dich mal sehen, Bridie. Du hast ein paar eigene Tricks, die ich unheimlich gern lernen möchte.«

»Von mir lernen? O Charly, ein schöneres Kompliment könnte mir jetzt niemand mehr machen.«

»Nein. Ehrlich, Bridie. Du kannst so was . . . Hier, wart mal 'nen Moment.« Wir waren allein in Mrs. Ransoms großem Wohnzimmer und warteten auf den Gong, der das Mittagessen ankündigte. Charly schob zwei Sessel zurück, um mehr Platz zu schaffen. »Sieh mal, beim Trauerweidengang, da geht es eins und zwei und drei und vier, richtig? Aber du hast noch 'nen besonderen Dreh mit deinem . . . na, du weißt schon.«

»Mit meinem Hinterteil. Ja, aber ich weiß nicht so recht, wie das zustande kommt, Charly. Sieh mal, ob du es sehen kannst.« Ich hob meinen Rock ein paar Zentimeter hoch und schlenkerte durch das Zimmer. Charly folgte mir. Dann bewegten wir uns wieder zurück und machten die Schritte zusammen, und er drehte den Kopf und musterte mich mit großer Konzentration.

»Aha«, sagte er gedankenwoll, »teilweise liegt es an den Hüften und teilweise daran, wie du den Rücken durchdrückst. Ich kann es besser sehen, wenn du Hosen anhast. Vielleicht könnten wir es mal unten in der Übungshalle versuchen, morgen, wenn wir an dem neuen Sketch arbeiten.«

»Ja, natürlich.«

»Danke, Bridie. Und mach dir keine Gedanken drüber, daß du die letzte Woche hier und die nächsten drei Wochen in Birmingham spielst. Paßt mir erstklassig, wo wir doch den neuen Sketch haben, den wir uns ausdenken müssen. Außerdem wird es ja deine letzte Tournee, nehm ich an. Ich, ich hab' noch massenhaft Jahre vor mir.«

Ich war besonders glücklich darüber, Charlys Bestätigung zu haben, daß er sich nicht zurückgesetzt fühlte, weil ich jetzt wieder in der Nummer war. Denn ich hatte zu meiner Überraschung festgestellt, daß ich mich schon wieder sehr auf die Aufregung der Bühne freute, nachdem ich eine Woche nicht auf den Brettern gestanden hatte. »Du bist einfach ein Clown, Bridie Chance«, sagte ich mir, »das ist dein Problem. Aber Nathan liebt dich so, wie du bist, Gott sei Dank.«

Das Stück lief gut an diesem Montagabend. Nathan stand auf seinem üblichen Platz, als wir von der Bühne kamen, und küßte mich trotz des Kleisters, der über meinem ganzen Gesicht verschmiert war. »Du wirst mit deinen verrückten Tänzen immer besser, Bridie«, sagte er mit der ruhigen, schleppenden Stimme, die ich zu lieben gelernt hatte. »Ist eine echte Talentverschwendung, wenn ich dich all den begeisterten Leuten da draußen fortnehmen.« Er lächelte. »Nicht, daß mich etwa einer davon abhalten könnte.«

»Ich werde meine komischen Tänze manchmal ganz für dich allein vorführen, um dich zum Lachen zu bringen, ja? Oh, und ich werde sie auch zeigen, um unsere Kinder zum Lachen zu bringen.«

Ethel schaltete sich entrüstet ein: »Wirklich, Bridie! Du spuckst manchmal ein paar ganz schön schockierende Sachen aus, Kind. Was soll Nathan denn von dir denken, wenn du von Kindern redest, wo du kaum fünf Minuten verlobt bist?«

Nathan grinste: »Ich glaube, sie hat ganz recht, Ethel, Madame.«

Ich lachte vor Glück und Aufregung. Wie wunderbar war es doch, daß Nathan und ich einander so gut verstanden, daß wir nicht auf das achten mußten, was wir sagten, sondern immer aussprechen konnte, was wir im Herzen fühlten.

Am folgenden Sonntag fuhren wir nach Birmingham weiter, wo wir unsere Tournee beenden wollten. Ich hatte mich noch immer nicht entschieden, was ich wegen der Entdekkungen unternehmen sollte, die ich bei meinem Besuch bei Fräulein Foster gemacht hatte. Ich hatte im Geiste die Angelegenheit vorläufig beiseite gelegt. Nathan hatte nichts mehr gesagt, aber ich spürte, daß er noch darüber nachdachte, denn es gab Zeiten, zu denen seine Gedanken weit fort zu sein schienen.

Am Ende der ersten Woche, nach der Matineevorstellung am Samstag, gingen Ethel und ich in ein Café. Es blieb nicht viel Zeit übrig, um zwischen der Matinee und der Abendvorstellung viel zu unternehmen; aber wir zogen es vor, uns umzuziehen und auszugehen, statt in der Garderobe zu bleiben, wie das einige der Künstler taten. Alfie und Charly waren losgesaust, um die Stunde beim Cricketspiel zu verbringen, und Nathan hatte gesagt, er wollte uns vielleicht nach seinem Auftritt im Café abholen. Aber er kam nicht. Ich machte mir keine besonderen Sorgen deswegen, sondern dachte mir, daß er sich vielleicht entschlossen hätte, Lucifer zu striegeln oder sein Geschirr zu polieren. Denn obwohl Nathan keine Anstrengungen unternommen hatte, seine Nummer noch besser zu präsentieren, hatte er immer darauf geachtet, daß Lucifer wie ein Prinz unter den Pferden aussah. Als Ethel und ich zum Empire zurückkehrten, fragte ich den Portier am Bühneneingang, Fred, ob er Mr. McFee gesehen hätte.

»Komisch, daß Sie mir so was fragen, Miss«, sagte er mit der starken Birminghamer Aussprache, die manchmal nur schwer zu verstehen war. »Da war dieser Kerl am warten, als Mr. McFee rauskommt, vor 'ner Stunde. Hat ihm so 'nen Zettel gegeben, hat er, und Sie hätten den Mr. McFee sein Gesicht mal sehen sollen, wie der dem Zettel angesehen hat. Dann kriegt er sich wieder in die Gewalt, alles, liest es sich noch mal und gibt es dem Kerl wieder. Komisch, mein' ich, nich'? Daß er's ihm wiedergegeben hat.«

Ich verbarg meine Aufregung und zuckte die Achseln, weil ich Fred nicht ermutigen wollte, weiter zu klatschen. »Ich glaube nicht, daß es irgendwie wichtig war, Fred. Ist Mr. McFee im Theater?«

»Nein, Miss. Is' losgegangen, is' er, zu Fuß. Der andere Kerl hat sich 'ne Droschke genommen, und für den Fahrer hat er gesagt, er soll ihn am Bahnhof bringen. Hatte 'nen knallroten Kopf, der Kerl. Windiger Bursche, was ich meine.«

Ich ging hinein, suchte mir einen Laufjungen und sagte ihm, er soll nach Mr. McFee die Augen offenhalten und ihn dann bitten, sobald wie möglich zu mir zu kommen. Ethel trillerte ein paar Sätze, die beruhigend wirken sollten, aber sie sah selbst besorgt aus. Wir waren kaum zwei Minuten in unserer Garderobe, als es an der Tür klopfte. Es war Mr. Chapman, der Direktor, ein Mann in mittlerem Alter mit schweren Hängewangen und einem dauernd gequälten Gesichtsausdruck.

»Tut mir leid, Ihnen Kummer zu bereiten, Miss Chance, aber können Sie für zehn Minuten in mein Büro kommen?«

Ich war erschreckt. »Aber natürlich, nur . . . oh, hat es etwas mit Mr. McFee zu tun?«

Der Direktor sah verwirrt aus und schüttelte den Kopf. »Nein, meine Liebe, nein. Es ist nur so, daß einer von meinen Freunden hier ist. Ein Mann, den ich früher kannte, als ich noch Assistent in London war, und man könnte sagen, daß er auch ein alter Bekannter von Ihnen ist. Er ist geschäftlich hier, hat gestern abend die Show gesehen und konnte es kaum fassen, was für eine gewitzte junge Dame Sie sind. Hat seinen Augen kaum geglaubt. Ich sagte, ob er Sie vielleicht gerne wiedersehen möchte – ich meine, Sie wissen ja, wie gern die Leute mit einem reden, wenn man bei der Bühne ist, nicht wahr? Er hat also ja gesagt, aber ich sollte Ihnen sagen, daß es nicht offiziell wäre. In keiner Weise offiziell.«

Ich starrte ihn an. »Wer kann das nur sein? Wie heißt denn Ihr Freund, Mr. Chapman?«

»Browning, Miss. Inspektor Browning von Scotland Yard. Aber es liegt an Ihnen. Das hat er sehr nachdrücklich gesagt. ›Sagen Sie Miss Chance, daß ich ihr nur gratulieren und ihr Glück wünschen will‹, hat er gesagt. Nichts Offizielles.«

Nach kurzem Zögern sagte ich: »Ja. Also gut, Mr. Chapman. Ich würde den Inspektor auch gern wiedersehen. Wie wäre es in drei Minuten in Ihrem Büro?«

»Danke, Miss. Sehr freundlich von Ihnen. Ich tu der Polizei immer gern einen Gefallen, wenn ich kann.«

Als er gegangen war, erklärte ich Ethel kurz die ganze Geschichte, während ich mein Haar vor dem Spiegel ordnete.

»Bist du sicher, daß es dir nichts ausmacht, Liebes? Ich komme mit, wenn du das gerne möchtest. Du hast einen Augenblick lang reichlich komisch ausgesehen, als Mr. Chapman den Namen sagte.«

»Wirklich? Nun, es war wohl so etwas wie ein Schock, und es hat auch böse Erinnerungen geweckt, aber es macht mir nichts aus, Inspektor Browning wiederzusehen. Damals ist er wirklich sehr freundlich zu mir gewesen, und wenn er sagt, es ist nicht offiziell, dann glaube ich ihm. Wenn Nathan kommt, bitte ihn doch darum, zu warten, und sag ihm, ich werden nicht lange bleiben. Ich mache mir Sorgen um ihn, Ethel. Ich hoffe, er hat keine schlechte Nachricht bekommen.«

»Na . . . versuch dir keine Sorgen zu machen, bis wir es wissen, Liebes.«

Drei Minuten später klopfte ich an die Tür zu Mr. Chapmans Büro und trat ein, als er »Herein« rief. Er saß nicht an seinem Schreibtisch, sondern stand mit dem Rücken zum Fenster. Inspektor Browning erhob sich aus einem der zwei Clubsessel; er hielt den Hut in der Hand. Er sah noch genauso aus, wie ich ihn in Erinnerung hatte. Er trug sogar denselben Anzug.

Mr. Chapman sagte fröhlich: »Also, da haben wir sie, Mr. Browning. Nicht nötig, Sie vorzustellen, weil Sie sich ja schon kennen. Jetzt hoffe ich, daß es Ihnen nichts ausmacht, wenn ich Sie für fünf Minuten allein lasse. Aber ich habe noch ein paar Dinge zu erledigen.« Er komplimentierte mich zu einem Sessel hinüber und ging dann eilig zur Tür. »Bitte entschuldigen Sie mich. Ausgesprochen hektische Tageszeit, Mr. Browning.«

Als die Tür sich hinter ihm schloß, sagte Inspektor Browning: »Es ist sehr nett von Ihnen, daß Sie hergekommen sind, Miss Chance. Ich stelle mir vor, Chapman hat mir nicht geglaubt, als ich ihm sagte, daß dieser Besuch nicht offiziell ist. Aber es stimmt wirklich.« Während er noch redete, streckte er mir seine Hand entgegen und war erleichtert, als ich sie ergriff.

Ich lächelte und sagte: »Ich habe Ihnen geglaubt, Inspektor, aber ich bin ganz froh, daß Mr. Chapman sich entschlossen hat, uns allein zu lassen. Sollen wir uns nicht setzen?«

»Danke, Miss.« Er wartete, bis ich saß, und setzte sich dann selbst. »Sie sehen sehr gut aus, und es freut mich, das sagen zu können.«

»Ja, ich habe sehr viel Glück gehabt. Sie sehen auch gut aus. Woher wußten Sie, daß ich hier war?«

Er zeigte eine Spur von Verlegenheit. »Nun, die Akte ist nie geschlossen worden, Miss, der Yard behält Sie also immer noch im Auge, wie man so sagt.«

Empört blitzte ich ihn an. »Sie meinen, ich werde beobachtet?«

»Ach Gott, nein!« sagte er hastig. »In keiner Weise. Aber man hat festgehalten, daß Ihre Schwester am Prinz-Albert-Konservatorium studiert, und man hat auch die Annonce aufgehoben, die in der Zeitschrift ›Die Bühne‹ erschienen ist: Miss Bridie Chance ersetzt Charly Perkin in der wohlbekannten Varieténummer von Mr. Alfie Perkin & Company‹.«

»Ach, so ist das.«

»Es ist nur ein Zufall, daß ich jetzt in Birmingham bin, Miss. Aber als ich die Theaterplakate sah, konnte ich einfach nicht widerstehen, und gestern abend bin ich hergekommen und habe mir Ihren Auftritt angesehen.« Er schüttelte den Kopf und betrachtete mich neugierig. »Sie waren absolut großartig, Miss. Ich konnte nicht glauben, daß Sie das wirklich waren, nicht bis zum Schluß, als Sie diese Mütze abnahmen und Ihr Haar lose fallen ließen.«

Ich war erfreut, daß ich den Inspektor so beeindruckt hatte, und sagte: »Es freut mich sehr, daß Ihnen die Vorstellung gefallen hat.«

»Oh, das hat sie wirklich.« Er lächelte und machte eine komisch verzweifelte Geste. »Ich kann es einfach nicht fassen, wie Sie es geschafft haben, all diese Tanzschritte und diese lustigen Sachen zu lernen. Für mich ist es völlig verblüffend, wirklich, und ich bin eigentlich nicht der Mann, den man leicht überraschen kann.«

»Es gibt Zeiten, zu denen ich selbst immer noch erstaunt bin, Inspektor. Wenn Sie gerne den anderen Sketch noch sehen möchten, könnte ich Ihnen für morgen eine Karte besorgen.«

»Leider muß ich morgen früh wieder in London sein.« Er nahm seine Uhr heraus. »Ich halte Sie jetzt besser nicht länger auf. Ich nehme an, Sie müssen sich für ihren Auftritt fertigmachen.«

»Nun, das hat noch ein bißchen Zeit.«

Während wir beide aufstanden, sagte er: »Es war eigentlich ein bißchen unverschämt, hierherzukommen und Sie um ein Gespräch zu bitten, aber ich wollte Ihnen einfach sagen, wie sehr ich mich darüber freue, daß Sie es so gut geschafft haben, Miss. Das macht Ihnen alle Ehre.«

»Danke, Inspektor.« Ich zögert. »Ich war überrascht, daß unsere Akte bei Scotland Yard noch immer offen ist. Ich hatte gehofft, daß die ganze Angelegenheit jetzt offiziell tot und vergessen ist. Können Sie mir sagen, wie lange es dauern wird, bis man so etwas abschließt?«

»Schwer zu sagen, Miss.« Er schenkte mir einen mitfühlenden Blick. »Es ist das gestohlene Gut, sehen Sie. Eines Tages taucht vielleicht irgendein Stück irgendwo wieder auf, oder wir kriegen vielleicht auch einen Tip von einem Informanten. Ich bin sicher, daß auch die französische Polizei den Fall noch nicht abgeschlossen hat, und Sie wissen ja selbst, daß Pinkerton noch immer daran arbeitet.«

»Pinkerton? Ich verstehe nicht.«

»Na, die Amerikaner. Es ist eine Detektivagentur, die für diese Dame aus Boston arbeitet, die in Biarritz ein unbezahlbares Schmuckstück verloren hat.«

»Eine Dame, die . . .? Sie meinen eine Amerikanerin, die von meinem . . . von Le Sorcier beraubt wurde?«

»Richtig, Miss.« Es schien ihn zu erstaunen, daß ich nicht begriff. »Pinkerton hat jetzt seit Monaten einen ihrer Agenten direkt neben Ihnen postiert, obwohl ich mir nicht vorstellen kann, was sie sich davon versprechen. Trotzdem, ich nehme an, die können es sich leisten, auf lange Sicht zu arbeiten. Sie, Miss Chance, können sich zwar jederzeit beschweren, wenn der Mann Ihnen lästig wird, aber sonst können Sie nicht viel dagegen machen.«

Ich schüttelte den Kopf und versuchte, eine plötzlich aufkommende schreckliche Ahnung zu verdrängen. »Inspektor, ich habe nicht den leistesten Schimmer, wovon Sie reden. Wollen Sie es mir bitte erklären?«

Seine Augen wurden schmal, und er rieb sich verlegen das Kinn. »Es war mir nicht klar, daß Sie nichts bemerkt haben, Miss. Ich fürchte, ich habe zuviel gesagt.«

»Nein.« Ich mühte mich, mit fester Stimme zu sprechen. »Sie sprechen von einer Detektivagentur, und Sie haben mir angedeutet, daß ich seit Monaten beobachtet worden bin, und dennoch weiß ich nichts von alledem. Ich bin kein Verbrecher, und ich habe ein Recht, es zu wissen. Ich bitte Sie, mir zu sagen, was das alles bedeutet, Inspektor.«

Er sah kummervoll aus und knetete energisch seinen Nacken. Dann entschloß er sich zu reden. »Also gut, Miss. Ich stehe unter keiner offiziellen Verpflichtung gegenüber der Detektivagentur Pinkerton, und ich habe Sie gleich von

Anfang an gern gemocht, also sage ich es Ihnen. Pinkerton ist eine riesige Detektivagentur in Amerika, die jetzt seit fast fünfzig Jahren besteht und die meistens nur ganz große Verbrechen aufklärt. Aber für das richtige Geld nehmen sie auch kleinere Fälle an. Die Dame aus Boston hat diese Firma eingeschaltet. Man schickte drei Männer nach Frankreich, die versuchen sollten, den Schuldigen zu finden. Die Pinkertonleute wußten, wen die französische Polizei als den Schuldigen im Auge hatte und haben ein paar Wochen einfach abgewartet. Dann, an dem Tag, nachdem Ihr Vater gestellt wurde und sich zu Tode stürzte, ist einer der Männer hier nach Harwich gekommen und hat angefangen, Ihre Familie zu beschatten. Die anderen beiden fuhren wieder nach Hause. Jeder dachte, daß sich früher oder später ein Schlüssel zu dem Versteck finden würde, wo das Diebesgut verborgen war.« Der Inspektor zuckte die Achsel. »Man glaubt das noch immer, ich eingeschlossen, obwohl das nicht der Grund ist, warum ich hier bin. Wie auch immer, seit damals haben Sie immer unter scharfer Beobachtung gestanden. Ich habe gedacht, Sie wüßten das, Miss. Es tut mir leid, wenn diese Tatsache Sie wie ein Schock trifft.«

Ich sagte langsam: »Sicher müssen Sie sich irren. Es ist jetzt länger als ein Jahr her, seit mein Vater gestorben ist. Keine Detektivagentur würde eine Angelegenheit so lange verfolgen.«

Inspektor Browning schürzte die Lippen. »Pinkerton doch. Man hat mir gesagt, daß sie einmal zwei Männer drei Jahre lang auf einen Fall angesetzt hätten. Außerdem ist es die Dame aus Boston, die bezahlt, und für sie steht der Wert von dreihundertausend Dollar auf dem Spiel.«

Ich wandte mich ab. Ich wollte nicht, daß Inspektor Browning mein Gesicht sah. Ich schluckte, dann fragte ich: »Ist der Mann von Pinkerton Nathan McFee?«

»Ja, Miss. Jetzt denke ich, daß Sie doch eine gewisse Ahnung davon gehabt haben müssen.«

Als ich sicher war, daß ich mein Gesicht und meine Stimme wieder unter Kontrolle hatte, drehte ich mich um und schaute den Mann von Scotland Yard wieder an. »Nein, Inspektor«, sagte ich, und ich wunderte mich, daß es möglich war, einen so grausamen Schmerz zu empfinden und doch dabei so ruhig zu bleiben. »Nein, ich hatte überhaupt keine Ahnung. Danke, daß Sie mich aufgeklärt haben. Bitte entschuldigen Sie mich jetzt. Ich muß mich auf meinen Auftritt vorbereiten.«

Er öffnete mir die Tür und sagte irgend etwas, aber ich hörte nichts mehr und sah nichts mehr, während ich durch das Labyrinth von Korridoren und schmalen Treppen zu unserer Garderobe lief. Ethel schaute von dem Buch auf, daß sie gerade las, und zum zweiten Mal in meinem Leben stand sie einfach auf und öffnete ihre Arme für mich. Ich klammerte mich an sie und zitterte wie unter fürchterlichen Schmerzen, aber ich konnte nicht weinen.

»Was ist denn los, liebe Bridie, was hast du nur? Komm, sag es Ethel. Komm, Liebes, versuch es zu sagen. Wir haben reichlich Zeit. Alfie wird uns nicht stören, weil er durch das Cricketspiel später kommt und sich heute abend im Gemeinschaftsraum umzieht. War es dieser Polizist? Was hat er dir denn gesagt, Liebes?«

Ich flüsterte gegen ihre Schulter: »Wenn Nathan kommt, ich möchte ihn nicht sehen, ich kann nicht. Noch nicht.«

»Ganz wie du willst, liebes Bridiekind. Komm, setz dich da mal hin, und ich reibe dir die Hände. Wirklich, sie sind kalt wir Eis. Ich schicke den Laufburschen nach ein bißchen Brandy, ja?«

»Nein, Ethel. Nein, das wage ich nicht. Der Schnaps macht mich vielleicht benebelt, so daß ich nicht auftreten könnte.«

»Charly kann die Nummer durchziehen, wenn du dich nicht danach fühlst . . .«

»Nein!« Ich hörte, wie meine Stimme brach. »Natürlich trete ich heute abend auf. Ich muß. Ich bin ein Clown, Ethel. Ich bin ein weiblicher Clown, über den jeder lacht, und ich bin nur dazu geeignet, in komischen Hosen und dicken Stiefeln herumzutanzen und mit Kleister und Wasser beschmiert zu werden. Niemand liebt einen Menschen wie mich.«

»Bridie, Bridie, du weißt doch, wir alle lieben dich.«

»Tut mir leid.« Ich umkrallte heftig ihre Hände. «So habe ich das nicht gemeint. Ich habe gemeint, daß sich in mich kein Mann verlieben kann. Oh, ich bin so ein Narr gewesen, Thel, so ein dummer Narr.«

Plötzlich kamen die Tränen, und ich klammerte mich wieder an sie. Sie sagte nichts, sondern hielt mich für lange Minuten einfach im Arm, bis der Weinkrampf vorüber war und ich nur noch vereinzelte Schluchzer von mir gab. Dann sagte sie traurig: »Geht es um Nathan?«

Ich nickte, fand ein Taschentuch und putze mir die Nase. »Ja. Ich habe eben erfahren, daß er ein Detektiv ist, der für eine amerikanische Firma arbeitet. Man nimmt an, daß ich weiß oder daß ich vielleicht erfahren hätte, wo mein Vater die Juwelen versteckt hat. Nathan hat schon unser Haus in Wynford beobachtet, als die Nachricht vom Tod meines Vaters kam. Er hat mich auch in London beobachtet, sogar Charly hat er über mich ausgefragt, und während dieser ganzen Zeit, in der er so getan hat, als ob er mein Freund wäre, da hat er mich einfach bespitzelt. Er hat mich sogar einmal gefragt, ob Papa irgendeine Botschaft hinterlassen hätte, aber ich habe keinen Verdacht geschöpft. Oh, Ethel, ich habe wirklich geglaubt, er liebt mich. Es tut so schrecklich weh, tief drinnen, ich kann es nicht beschreiben . . .«

Sie rieb mir sanft die Hände. »Ich weiß, wie weh das tut, Kind. Ich weiß.«

In diesem Augenblick fiel mir ein, daß der Mann, der Charlys Vater war, sie verlassen hatte. Ein Mann, den sie sehr geliebt haben mußte. Plötzlich schämte ich mich über die Art, wie ich mich aufführte. »Es tut mir leid, Ethel«, flüsterte ich. »Nur . . . Es ist zuerst so ein Schock. In ein paar Minuten geht es wieder.«

Sie seufzte und sah bedrückt aus. »Bist du sicher, daß das mit Nathan stimmt, Liebes? Ich meine, bist du ganz sicher? Vielleicht ist er ein Detektiv, aber vielleicht liebt er dich trotzdem. Mir scheint er so ein netter, ehrlicher junger Mann zu sein.«

Ich ging zum Waschtisch hinüber, goß Wasser aus dem Krug in die Schüssel, wusch mir das Gesicht und trocknete es. Dann sagte ich: »Ja, ich bin sicher, Ethel. Ich glaube, einmal hat ihn sein Gewissen gedrückt, und er hat sich fast verraten, indem er mich ermahnte, nicht so vertrauensselig zu sein. Aber um ganz sicherzugehen, werde ich ihn heute abend nach der Vorstellung fragen.

»Es ist auch besser, die Dinge offen auszusprechen«, sagte Ethel hoffnungsvoll. »Vielleicht wird sich alles aufklären, Liebes.«

Ich ging zu ihr hinüber und küßte sie auf die Wange. »Nein. Ich fürchte, es wird sich nicht aufklären. Als ich ihm meine Freundschaft geschenkt hatte, hätte er mir die Wahrheit erzählen könne, wenn er mich wirklich gemocht hätte. Warum sollte er mir sie verschweigen?« Ich hielt noch immer das Handtuch fest, und als ich nach unten schaute, fiel mein Blick auf den funkelnden Verlobungsring an meinem Finger. Die Blitze, die von den kleinen Steinen ausstrahlten, durchbohrten mein Herz wie Messerstiche. Ich stieß ein zittriges Lachen aus und sagte: »Dies wird der zweite Ring sein, den ich zurückgebe. Ich habe gelernt, daß man sich an die meisten Dinge gewöhnen kann, deshalb nehme ich an, ich werde mich bald auch daran gewöhnen, gedemütigt zu werden.«

In den wenigen Minuten, die wir hinter den Kulissen warteten, bevor unsere Nummer in die Rahmen gesteckt wurde, sagten wir Alfie nichts. Später stellte ich mit dumpfer Überraschung fest – als ob ich ein Zuschauer wäre –, daß ich an diesem Abend gut spielte. Als unser Auftritt kam, war von Nathan keine Spur zu sehen, und er war noch immer nicht da, als wir unsere abschließende Verbeugung machten.

»Kein Nathan?« sagte Alfie überrascht, als wir von der Bühne kamen. »Er ist doch immer hier, um dir zuzusehen, Bridie. Was ist denn los?«

Ethel sagte: »Wie sollten wir das wissen? Wir wissen nur, daß er unsere Bridie im Stich gelassen hat. Fang jetzt bloß nicht an, Fragen zu stellen, Alfie, Ich erzähl' es dir später.« Sie nahm meinen Arm und zog mich schnell fort. »Komm, Liebes, wir wollen dich erst mal in die Wanne packen.«

Geistesabwesend fragte ich mich, während ich badete und mich anzog, warum Nathan ausgerechnet heute abend nicht da war. Er konnte ja nicht wissen, daß ich die Wahrheit über ihn von Inspektor Browning erfahren hatte. Ethel knöpfte mir das Kleid zu, als es an die Tür klopfte. Margaret Dane stand vor der Tür, die schon für ihren Auftritt als erste nach der Pause fertig angekleidet war. Margaret sah bekümmert aus: »Hallo, Ethel, ich mußte einfach kommen. Das mit Nathan McFee, stimmt das?«

Ethel drehte sich um und schaute mich fragend an. »Was haben Sie denn von ihm gehört, Maggie?«

»Nun, Mr. Chapman sagt, er ist weg. Einfach abgehauen. Hat seinen Vertrag gebrochen.«

Ethel schnappte nach Luft. »Aber das ist ja furchtbar!«

»Mr. Chapman ist wütend. Er konnte es einfach nicht glauben, aber ich dachte, Bridie wüßte es.« Sie zögerte. »Na, weil sie doch mit ihm verlobt ist.«

Ich sagte: »Wir wußten es nicht, und ich glaube, die Verlobung ist gelöst, Maggie. Wissen Sie, wo Nathan jetzt ist?«

»Ach, Bridie, es tut mir so leid. Ich nehme an, er ist noch immer in seiner Bude. Molly sagte, er hätte gerade mit Mrs. Baily gesprochen, als Molly vor einer halben Stunde losgefahren ist. Er hat Mrs. Baily bezahlt, als er auszog. O Gott, es tut mir so leid, daß ich diejenige bin, die euch diese schlimme Nachricht bringen muß.«

Ich sagte: »Ich bin froh, daß ich es weiß. Danke, Maggie.«

Sie zögerte, schüttelte den Kopf, machte dann ein bedauernde Geste und eilte davon. Ethel schloß die Tür und drehte sich um. »Willst du versuchen, ihn noch zu erreichen, ehe er geht, Bridie?«

Ich nickte. Mein Gesicht war wie aus Stein.

»Willst du, daß ich mitkommen, Liebes?«

»Nein. Nein, danke, Ethel. Ich beeile mich jetzt besser. Bitte entschuldige.«

Ich hatte Glück, denn ich fand eine Droschke, die gerade einen Fahrgast am Bühneneingang abgeliefert hatte, und zehn Minuten später war ich vor Mrs. Bailys Pension. Das Eßzimmer lag in Dunkelheit, und die Gaslampen im Wohnzimmer waren heruntergedreht worden. Ich traf niemanden, als ich die drei Treppen hinaufeilte, an meinem eigenen Zimmer vorüberging und noch eine weitere Treppe bis zum nächsten Treppenabsatz hinaufstieg. Dort waren fünf Türen, und ich wußte nicht genau, welches Nathans Zimmer war, aber nur unter einer der Türen drang ein Lichtstrahl hervor, und dort klopfte ich an.

Nathan rief: »Herein!« Als ich die Tür öffnete, stand er auf der anderen Seite des Zimmers, hatte mir den Rücken zugekehrt und befestigte die Schnallen an einer der großen Satteltaschen, die er als Koffer benutzte. Ohne sich umzudrehen, sagte er: »Wollen Sie bitte diese Tasche nach unten bringen? Ich möchte zum Mietstall in der Albert Street.«

Ich sagte: »Ich bin nicht der Droschkenkutscher, Nathan.«

Er richtete sich langsam auf. Mehrere Sekunden lang verhielt er in der gleichen abgewandten Stellung. Als er sich umdrehte, wirkte sein Gesicht unnahbar. »Hallo, Bridie«, sagte er ruhig.

»Darf ich reinkommen?«

Er hob eine Hand halb hoch. »So lange es dir nichts ausmacht.«

»Ich mache mir keine Sorgen über meinen Ruf, Nathan.« Ich schloß die Türe hinter mir, blieb stehen und schaute ihn aus der Entfernung an. Ich wünschte, ich hätte endlich aufhören können, ihn so heftig zu lieben. »Darf ich dir ein paar Fragen stellen, Nathan?«

Er nickte. Seine Augen blieben ausdruckslos. Ich sagte: »Heute abend hat mir ein Mann erzählt, daß du ein Agent bist, der für die Detektei Pinkerton arbeitet. Er hat mir gesagt, daß du hierhergeschickt worden bist, um mich zu beobachten. Die Firma Pinkerton glaubt, daß mein Vater eine Menge Juwelen irgendwo versteckt hat und daß ich die einzige Hoffnung bin, diese Juwelen zu entdecken. Ist das wahr, Nathan? Ist das alles wahr?«

Seine Augen wurden schmal. »Wer hat dir das gesagt, Bridie?«

»Ein Polizist von Scotland Yard.«

Vielleicht bildete ich es mir nur ein, aber ich hatte das Gefühl, daß er sich bei meinen Worten leicht entspannte. Dann sagte er: »Ja. Es ist wahr, Bridie. Es tut mir leid.«

Mein Herz fühlte sich an wie ein riesiger kalter Stein. »Als du mich also gefragt hast, ob du mein Freund sein dürftest, und sogar, als du mich darum gebeten hattest, dich zu heiraten, da waren das alles nur Tricks, um mein Vertrauen zu gewinnen? Du hast es getan, damit ich dir alles sagen konnte, was ich vielleicht über die Juwelen ahnte oder was ich entdeckt hatte?«

Er schaute einen Moment weg, und ein Muskel an seinem Unterkiefer zuckte sichtbar. »Das war Geschäft«, sagte er mit flacher Stimme. »Meine Arbeit besteht darin, das gestohlene Eigentum einer Klientin zurückzugewinnen, und das verlangt Opfer. Man muß einen Fall jeweils so anpacken, daß die Wahrscheinlichkeit für gute Ergebnisse am höchsten ist.«

»Du hättest mir die Wahrheit sagen können, Nathan.«

Er schüttelte den Kopf. »Dann hättest du mich nie an dich herankommen lassen.«

Müde ließ ich den Kopf sinken: »Vielleicht.« Es entstand eine kurze Pause. Dann hielt ich meine linke Hand hoch und zeigte auf den Ring. »Das war also auch nur Geschäft, Nathan?«

Er wandte den Blick ab. »Tut mir leid, Bridie.« Seine Stimme war noch immer ausdruckslos.

Ich begann, den Ring von meinem Finger abzudrehen. »Nun, ich habe dir ja den Brief und die Fotografien gezeigt, so daß du genausoviel über die Juwelen weißt, wie ich je erfahren werde. Ich nehme an, daß du jetzt nach Frankreich fährst, ins Dordognetal«

Er schaute mich wieder an. »Nein. Ich bin zurückgerufen worden, dringend.«

»Nach Amerika?«

»New York. Ich hoffe, daß ich morgen abend in Southampton bin.«

Ich ging einen Schritt nach vorn und legte den Ring vorsichtig auf die Kante eines kleinen Tisches. Mein Gesicht fühlte sich wie Leder an. »Du mußt den Ring zurücknehmen«, sagte ich. »Ich wünschte, du hättest ihn mir nicht gegeben. Es war . . . nicht nötig.«

Er verschränkte die Arme. »Das kommt darauf an, wie man es ansieht, Bridie.«

Meine Stimme war gebrochen, doch ich hatte mich sofort wieder unter Kontrolle. »Ja, ich nehme an, das stimmt. Ich bin nur sehr dumm gewesen.« Ich drehte mich um, fand den Türgriff, öffnete die Tür und blieb dann stehen, um ihn noch einmal anzusehen. Eine hohe Gestalt . . . Blaue Augen in einem braunen Gesicht unter üppigem, weizenblondem Haar. Der Stein in meiner Brust schien jetzt so groß geworden zu sein, daß mir die Luft knapp wurde. Mühsam formte ich neue Worte. »Ich sollte dich eigentlich hassen, aber das kann ich nicht. Ich wünsche dir alles Gute, Nathan. Ich hoffe, man wird dir nie so schrecklich weh tun, wie du mir weh getan hast. Leb wohl.«

Er schaute mich noch immer aus finsteren, grüblerischen Augen an, als ich mich umdrehte, hinausging und die Tür leise hinter mir schloß. Als ich hinunter zu meinem eigenen Zimmer kam, fragte ich mich, wie ich es trotz meiner unendlichen Trauer fertiggebracht hatte, nicht zu stolpern, auf dem Treppenabsatz auf den Bauch zu fallen oder die Treppe hinunterzukugeln. Meine Versuche, Würde zu bewahren, endeten ja schließlich immer mit einem solchen Versagen, und ich war dankbar dafür, daß mir wenigstens diesmal nichts Derartiges passiert war.

Ich wusch mir das Gesicht und nahm dann eilig eine

Droschke zurück zum Theater. Wenn ich geblieben wäre, dann hätte ich den Geräuschen von Nathans Abreise zuhören müssen, und das wäre mehr gewesen, als ich ertragen konnte.

Als ich unsere Garderobe betrat, fand ich Ethel und Alfie vor, die auf den zwei einfachen Holzstühlen saßen. Charly lehnte mit den Händen in den Hosentaschen an der Wand. Ich hatte den Eindruck, daß sie schon eine ganze Weile schweigend gewartet hatten. Alfie erhob sich und nahm meine Hände.

»Ethel hat es uns gesagt. Hast du ihn getroffen, Bridie?«

»Ja.« Ich gab mir große Mühe, zu lächeln. »Er hat zugegeben, daß alles wahr ist.«

Charly sagte wütend: »Gemeines Schwein. Er hat kein Recht, unsere Bridie so zu behandeln, Onkel Alfie.«

»Ich weiß, Junge. Aber ich glaube, Bridie möchte nicht, daß wir Ärger machen.«

»O nein, bitte.« Ich hielt meine linke Hand hoch, um den nackten Ringfinger zu zeigen. »Ich bin nicht mehr verlobt. Ich nehme an, ich war eigentlich nie richtig verlobt. Er ist nach Amerika zurückgerufen worden, und heute abend reist er ab. Es ist also alles vorbei und ausgestanden.«

Ethel schloß die Augen, der hohe Haarknoten zitterte, und ich sah, wie eine Träne über ihre Wange rollte. »Ich weiß nicht«, sagte sie klagend. »Ich hätte mir nie träumen lassen, daß er so einer ist.«

»Nein, aber du bist ja auch nicht der allerbeste Menschenkenner, Ethel«, sagte Alfie energisch. »Was geschehen ist, ist geschehen, also hör auf zu heulen, sonst sind wir gleich alle damit beschäftigt.« Er schaute mich an und hielt noch immer meine Hände. »Im Augenblick gibt's nur eins. Was willst du jetzt machen, Bridie?«

Ich brauchte keine Zeit zum Nachdenken. »Willst du mich zurücknehmen, Alfie? Ich meine, könnten wir das tun, was du früher vorgehabt hattest . . . ehe Nathan McFee mich zum Narren machte? Die Stücke umschreiben und . . .

und das neue machen, weißt du,›Zwei betrunkene Lebemänner‹?«

»Dich zurücknehmen? Verflixt, Mädel, du bist doch nie gegangen, oder?« Ein Lächeln vermehrte die Falten auf seinem Gesicht. »Richtig. So machen wir es dann also. Morgen fangen wir an zu arbeiten.«

Ich schaute zur Wand hinüber und sagte: »Und du, Charly?«

»'türlich, Dussel. Es gibt ja nix, was mir lieber wär'.«

Tief in mir fand ein Mord statt. Ein Mord an all meinen Hoffnungen, die ich mit Nathan verbunden hatte. Ich wandte mich an Alfie. »Danke, Alfie. Von jetzt an will ich nichts weiter sein als ein Teil von Alfie Perkin & Company. Ich werde nie wieder nur daran denken, euch zu verlassen.«

Diese Worte meinte ich von ganzem Herzen, als ich sie aussprach. Ich konnte damals noch nicht wissen, daß ich sie innerhalb von drei Tagen brechen mußte.

14

Den größten Teil des Sonntags arbeiteten wir an Ideen für den neuen Sketch. Ich war dankbar, daß ich beschäftigt war. Am Montag spielte ich meine Rolle in dem »Mann vom Wasserwerk«. Ich fühlte mich hohl und leblos, aber merkwürdigerweise merkte man das nicht. Wir boten die beste Montagabendvorstellung, an die ich mich erinnern konnte.

Um neun Uhr am Dienstagmorgen, während wir beim Frühstück saßen, brachte mir Mrs. Bailys Sohn ein Telegramm. Ich öffnete es voller Besorgnis. Mir fiel nur ein einziger Mensch ein, der mir ein Telegramm schicken würde, und das war Kate. Aber auch sie würde es nur dann tun, wenn etwas Schlimmes passiert war.

Es war nicht von Kate, aber es handelte von ihr. Die Worte tanzten vor meinen Augen: MISS KATE LEIDER FORTGELAUFEN STOP MÖGLICHER GRUND: HEIMLICHE HEIRAT STOP BITTE SOFORT KOMMEN STOP PERONI.

Wie aus weiter Ferne sagte Alfies Stimme: »Bridie? Alles in Ordnung? Du bist ja weiß wie ein Bettlaken.«

Ich blickte auf und hielt die Lippen fest zusammengepreßt, damit das verzweifelte Schluchzen, das in mir aufstieg nicht aus mir herausbrach. Mit zitternder Hand reichte ich das Telegramm Alfie hinüber. Er las es langsam durch, und sein Gesicht wurde grimmig. Es saßen noch sieben andere Leute außer uns am Tisch und alle Blicke waren neugierig auf Alfie gerichtet. Da stand er auf und sagte: »Wir sprechen oben darüber. Ethel. Charly. Kommt.«

Charlys Zimmer war im zweiten Stock. Wir gingen schweigend nach oben. Auf dem ganzen Weg die Treppe hinauf sagte mir mein Verstand immer wieder: »Nein. Nein, Kate. Oh, nein. Nein. Nein, Kate . . .«

Keiner von uns setzte sich, als wir das Zimmer erreichten. Alfie schloß die Tür und las das Telegramm vor. Seine Gesichtszüge waren plötzlich grau und eingefallen, und ich erinnerte mich daran, daß Kate ihm wie ein Abbild meiner Mutter vorgekommen war, des Mädchens, das er vor mehr als zwanzig Jahren geliebt hatte. Ethel sagte: »Oh, lieber Gott, wo kann sie nur sein, Bridie?«

Ich schüttelte den Kopf. »Ich habe keine Ahnung. Sie kann manchmal sehr romantisch sein, sehr impulsiv, aber in ihren Briefen hat sie nie von irgend jemandem erzählt.« Ich preßte meine Handballen auf die Augen und versuchte, klar zu denken. »Es sind sowieso nicht viele Briefe gekommen.«

Ethel sagte: »Wenn es ein netter Mensch war, den sie kennengelernt hat, warum hat sie es dann nicht gesagt? Warum hat sie den Mann nicht nach Hause gebracht und dir alles von ihm erzählt?«

»Nun, daß er vielleicht nicht in Ordnung ist, darüber sorgen wir uns ja,« sagte Alfie. »'n Mädchen von neunzehn Jahren läuft weg mit Gott weiß wem nach Gott weiß wo, da muß doch was nicht stimmen mit dem Kerl, nich'?« Er schaute mich an. »Du mußt hinfahren mit dem ersten Zug, den du kriegen kannst, Bridie.«

»Ja. Tut mir leid.«

»Da mach dir man keine Sorgen. Charly ist ja da, und dem macht es nichts aus, wenn er einspringen muß. Tut mir nur leid, daß ich nicht mit dir runterfahren kann, aber wir sind gezwungen, unseren Vertrag einzuhalten.«

»Ja, natürlich, und außerdem habe ich keine Ahnung, was man machen könnte, ehe ich nicht mit Signore Peroni gesprochen habe.« Meine Stimme zitterte. »Vielleicht kann man gar nichts tun. Es kann sein, daß es keine Möglichkeit gibt, herauszufinden, wohin sie gegangen ist, keine Möglichkeit, zu erfahren, was passiert ist, ehe sie nicht schreibt.«

Charly, dessen blasses Gesicht uner dem roten Haarschopf bekümmert und niedergeschlagen aussah, sagte schüchtern: »Vielleicht ist es doch 'ne anständige Sorte Mensch, Bridie. Ich meine, weißt du . . .«

Er verstummte, als Ethel ihn mit starrem Blick musterte. »Es kann keine anständige Sorte Mensch sein, Charly. Du hast ja gehört, was Alfie gesagt hat, oder?«

»Tut mir leid, Ma.«

Alfie sagte: »Ich borge mir jetzt zuerst mal Mrs. Bailys Kursbuch, damit wir nachsehen können, wann die Züge fahren. Geh und kleide dich für die Reise, Bridie. Nein, warte. Pack deine Sachen, aber zieh dir deine Reisesachen noch nicht an. Ich sag' dir später, warum. Du gehst mit und hilfst ihr packen, Ethel. Nur einen Koffer. Wir bringen das übrige mit, wenn wir alle nach Hause fahren, Sonntag in 'ner Woche.«

Zehn Minuten später, während ich mich krampfhaft darauf konzentrierte zu packen, klopfte es. Ethel hatte gerade ein Kleid gefaltet und richtete sich jetzt auf. Sie schaute mich an. »Geht's, Liebes?« Ich zog meinen Bademantel um mich, verknotete den Gürtel und nickte. Sie ging zur Tür, öffnete und ließ Alfie ein. Er hielt ein paar Papiere in einer Hand, und in der anderen etwas, das wie ein dünner weißer Strumpf aussah, der in der Mitte eine Wölbung hatte.

»Der Zug fährt um fünfundzwanzig nach elf, Bridie«, sagte er. »Es ist ein Expreß, und du kommst in ein paar Stunden in Euston an. Ich bringe dich hin und habe für eine halbe Stunde vorher eine Droschke bestellt, die uns zum Bahnhof bringt. Richtig? Jetzt, ehe du dich anziehst, zieh dies mal an.«

Er reichte mir das komische weiße Ding, und ich sah, daß es aus sehr feinem Wildleder gemacht war. Es sah aus wie ein Gürtel in Form eines Schlauches, und irgend etwas war darin. An einem Ende saß eine kleine, lederüberzogene Schnalle. Alfie sagte: »Oben dran ist eine Reihe von Knöpfen, Bridie, damit das Geld schön sicher und säuberlich drinnen bleibt.«

Ich schaute ihn verständnislos an. »Geld?«

»Es ist ein Geldgürtel, Kindchen. Man trägt ihn unter den

Kleidern. Sieh mal, in den nächsten Tagen kann es ja sein, daß du blitzschnell irgendwohin mußt, und dann wirste Bargeld brauchen. Ich hab' achtzig Pfund in Fünfern und zwanzig in Einern hineingetan . . .«

»Alfie, nein!«

»Sei still und hör zu. Sei jetzt mal ein braves Kind. Wenn du es nicht brauchst, gut und schön, aber wenn du es doch brauchst, wirst du froh sein, daß du es hast. Um dir die Wahrheit zu sagen, ich hab' das komische Gefühl, daß die kleine Kate im Ausland ist. Frag mich nicht warum. Ich weiß es selber nicht. Vielleicht denk' ich daran, weil dieser Mr. Peroni ein Ausländer ist und dein Vater immer in Frankreich war. Egal, du weißt nicht, was du vielleicht brauchst, und deshalb hab' ich außer dem Bargeld auch noch die Adresse von meiner Bank in London aufgeschrieben. Steck den Zettel in deine Handtasche, Bridie. So, und jetzt unterschreibst du dieses andere Stück Papier, und ich schick' es noch heute an den Bankdirektor als Probeunterschrift, zusammen mit 'nem Brief, in dem steht, daß du von meinem Konto jede Summe abheben kannst, die du brauchst. Verstehst du?«

Ich protestierte nicht. Ich unterschrieb das Stück Papier, legte dann meine Arme um Alfies Nacken und weinte an seiner Schulter. Kein Wort hätte meine Gefühle ausdrücken können.

Der Zug brachte mich pünktlich nach Euston. Zehn Minuten später saß ich in einer Droschke und war auf dem Weg nach Kensington. Ich hatte ein Telegramm von Birmingham aus geschickt, um anzukündigen, daß ich kurz nach zwei ankommen würde. Mrs. Peroni stand schon in der Haustür, ehe ich den Droschkenfahrer bezahlt hatte. Signore Peroni eilte nach draußen, um meinen Koffer zu tragen, aber er sagte nichts, bevor wir in der Halle standen und die Tür hinter uns geschlossen war. Dann sprudelten die Worte aus ihm hervor.

»Oh, Miss Bridie, dem Himmel sei Dank, daß Sie sind

gekommen! Wir sind untröstlich, Ihnen so gegenübertreten zu müssen.« Er preßte die Fingerspitzen an die Schläfen und schloß die Augen. »Es ist so terribile, so schrecklich, daß Sie vertrauen uns Ihre Schwester an, und dann kommt diese Ereignis.«

Seine Frau stand mit zusammengekrampften Händen da und sagte voller Tränen: »Wir haben es nicht gewußt. Wirklich, wir hatten keine Ahnung, Miss Bridie. Es war so ein Schock, so ein schrecklicher Schock.«

Sie sahen beide todmüde vor Sorgen aus, und während ich meine Handschuhe auszog, sagte ich: »Ich bin sicher, daß es nichts gibt, weswegen Sie sich Vorwürfe machen müßten. Sie haben mir geschrieben, daß Kate schwierig gewesen ist, und ich habe geantwortet, es sei am besten, vorläufig nichts zu unternehmen.« Ich brachte ein armseliges Lächeln zustande. »Wenn also jemand schuld hat, dann bin ich diejenige. Können wir uns jetzt zusammensetzen, und Sie erzählen mir alles, was sie davon wissen?«

»Si, si. Natürlich. Kommen Sie bitte, hierher, Miss Bridie.«

Ich wurde in einen kleinen, aber hübschen Salon geführt, und dort ging Signore Peroni hin und her, blieb stehen, ging wieder hin und her und blieb wieder stehen, während er mit viel Gestikulieren seine Geschichte erzählte. Seine Frau ergänzte gelegentlich seine Sätze.

Zu Beginn der vergangen Woche hätte Kate angekündigt, daß sie gern das Wochenende mit einem Mädchen verbringen wollte, mit dem sie sich am Konservatorium angefreundet hatte, mit Sarah Patton. Sarah wohnte mit ihren Eltern am Sussex Square, auf der Nordseite des Hydeparks. Ihr Vater war ein bekannter Rechtsanwalt, und Kate hatte schon vorher einmal ein Wochenende in diesem Haus verbracht. Als ihr inoffizieller Vormund hatte Signore Peroni dort zuerst einen Besuch abgestattet, um sich die Einladung bestätigen zu lassen und sich zu überzeugen, daß Kate in einem respektablen Haus wohnen würde.

Kate und Sarah waren dann am Freitagnachmittag direkt

in der Kutsche der Familie Patton vom Konservatorium nach Hause gefahren. Die beiden Mädchen waren am folgenden Montag zusammen bei der Vorlesung erschienen, und Kate war dann nach Abschluß des Tagesunterrichts in den Haushalt der Peronis in Kensington zurückgekehrt. Sie war also von Freitagmorgen bis Montagabend fort gewesen.

Für dieses zweite Wochenende nun hatte es Signore Peroni nicht für nötig gehalten, sich die Einladung wieder bestätigen zu lassen, sondern er war sogar froh darüber, daß Kate ein Wochenende bei einer Freundin ihres eigenen Alters und in einem Haus von unbestreitbar gutem Ruf verbringen konnte. Erst als Kate am Montagabend nicht zurückkehrte, begannen er und seine Frau sich Sorgen zu machen. Als sie schon mehr als eine Stunde überfällig war, hatte er eine Droschke zum Konservatorium genommen, und dort hatte er das Glück gehabt, einen Professor zu treffen, der ihm bekannt war. Dieser Professor hatte ihm erklärt, daß Kate nach seinem Wissen ihre Klasse seit dem vergangenen Donnerstag nicht mehr betreten hatte.

Schockiert und verwirrt war Signore Peroni zu Mr. Patton weitergefahren. Dort erfuhr er, daß die Geschichte von der Einladung keineswegs auf Wahrheit beruhte. Sarah wurde herbeigerufen und befragt. Sie war offensichtlich erschrokken, als sie von Kates Verschwinden hörte. Als Mr. Patton ihr dann sehr strenge Fragen stellte, gab sie unter großem Widerstreben zu, daß sie vielleicht den Grund für Kates Verschwinden erraten könne.

Kate sei verliebt, und zwar jetzt schon seit vielen Wochen. Da wäre ein Mann, den sie heimlich träfe an den Tagen, an denen sie das College früher verließ. Manchmal schwänze sie auch eine Vormittagsstunde oder komme nach der Mittagspause zu spät. Sarah hätte den Mann nie gesehen, aber sie hätte keinen Zweifel, daß Kate von ihm völlig verzaubert war. In letzter Zeit habe sie gewirkt, als ob sie in einer Traumwelt lebe, sie sei zerstreut gewesen und habe über ihre eigenen Gedanken gelächelt. Das letzte, was Kate Sarah anvertraut habe, es sei jetzt schon ein paar Tage her, sei die Bemerkung gewesen, daß dieser wunderbare Mann sie gebeten habe, seine Frau zu werden.

Ich hörte voll ängstlicher Anspannung Signore Peronis Geschichte zu, aber dennoch verspürte ich irgendwie wenig Überraschung. Kate war sehr leidenschaftlich, das spielte auch bei ihrem musikalischen Talent eine große Rolle, und wenn ein Mann schlau genug war, den richtigen Akkord bei ihr anzuschlagen . . .

Signore Peroni sagte verzweifelt: »Ich hätte es sollen wissen, aber ich habe es nicht gesehen. Ah, ich habe gewußt, daß sie in ihr Arbeit in eine sehr schwere Stadium war. Sie verstehen. Es ist ähnlich, wenn ein Pferd muß springen über sehr hohe Zaun. Sie war nervös. Sie hatte Angst zu versagen. Vielleicht, ohne zu wissen, hat sie gesucht nach einer Ausweg, ja? All dies weiß ich, verstehe ich. Warum habe ich nicht gesehen auch, daß sie ist eine junge, sehr verliebte Mädchen?«

Ich sagte: »Hat sie Ihnen keine Nachricht hinterlassen? Überhaupt keine?«

Mrs. Peroni schüttelte den Kopf. »Wir haben in ihrem Zimmer nachgesehen, und nichts gefunden.«

Ich rieb mir mit Daumen und Zeigefinger die Augen. »Das ist sehr merkwürdig. Kate konnte klug oder auch dumm sein, romantisch oder praktisch, aber ich habe es noch nie erlebt, daß sie absichtlich unfreundlich war. Sie ohne ein Wort zurückzulassen, nach allem, was Sie für sie getan haben . . . das ist grausam, und es sieht ihr gar nicht ähnlich.«

Signore Peroni machte eine Geste mit der Hand. »Für eine junge Mädchen, die ist verliebt, gibt es keine Regeln«, sagte er. »Ein bißchen Verrücktheit, das gehört dazu, wenn man ist jung. Meine Frau und ich, wir sind nicht böse, daß Signorina Kate keine Wort hat hinterlassen, aber wir haben viele Angst, daß eine Mann, der sie würde führen fort auf diese Weise ist nicht eine gute Mann.«

»Ja.« Ich spielte mit meinen Handschuhen und war unfähig, stillzusitzen. »Ich habe die gleiche Angst. Dieses Mädchen, Sarah Patton, scheint Kates Vertrauen besessen zu haben. Mr. Peroni, Sie sagten, Sarah hätte den Mann nie gesehen, aber haben Sie gefragt, ob das Mädchen irgend etwas über ihn erfahren hat?«

»Ja, Signorina Bridie. Das habe ich gefragt. Oh, natürlich, Miss Kate hatte ihr gesagt, daß diese Mann war schön, wunderbar, klug . . . hm . . . freundlich, liebenswürdig, intelligent et cetera. Sie hat aufgezählt all die Dinge, die eine junge Dame in die Mann sieht, die sie liebt.« Er zuckte die Achseln. »Aber außer diese Dinge Sarah konnte nur noch eine wichtige Ding erzählen, was sie hatte erfahren von Miss Kate. Die Mann ist aus Frankreich.«

Ich holte tief Luft. Nach dieser Beschreibung tauchte unwillkürlich vor meinen Augen das Bild des Mannes auf dem Foto auf, das Philippe Chatillon mir gegeben hatte. Es war derselbe Mann, den ich später in der Nähe unseres Hauses in Holborn gesehen hatte. Das Foto war noch immer in meiner Schreibmappe, zusammen mit den Fotografien, die Fräulein Foster gefunden hatte, und mit dem Brief von meinem Vater. Ich hatte die Sachen in meinen Koffer gepackt, obwohl ich nicht erklären konnte, warum. Auf die Rückseite des Fotos hatte Philippe Chatillon geschrieben: Dieser Mann ist gefährlich.

»Ich weiß nicht, wer der Mann ist«, sagte ich langsam, »aber ich glaube, ich weiß, wie er aussieht. Ich bin selbst vor ihm gewarnt worden.« Es fiel mir plötzlich schwer, weiterzusprechen. »Ich glaube . . . ich glaube, er ist ein Schurke, vielleicht sogar ein Verbrecher, der alles darauf angelegt hat, Kate zu gewinnen – weil er glaubt, sie bietet ihm vielleicht die Möglichkeit, ein paar kostbare Juwelen zu finden, von denen er und . . . und andere Leute glauben, daß sie von meinem Vater versteckt worden sind.«

Signore Peroni und seine Frau wechselten einen sorgenvollen Blick, dann ging er hinüber, setzte sich neben sie auf das Sofa und nahm ihre Hand. Mein Gehirn funktionierte wieder. Die Mosaiksteinchen ordneten sich zu einem Bild. Kates Romanze mit dem gefährlichen Franzosen hatte viel länger gedauert, als ich zuerst gedacht hatte. Sie hatte schon begonnen, noch ehe ich auf Tournee gegangen war. Ich erinnerte mich daran, daß sie Papas Brief erwähnte, daß sie gefragt hatte, ob dieser Brief wohl eine verborgene Botschaft enthielt. Diese Frage, dessen war ich jetzt ganz sicher, war von dem Franzosen gestellt worden.

Ich wußte nicht, welche Geschichte er ihr erzählt hatte, um sie dazu zu bringen, mir dieses Geheimnis abzuverlangen. Aber ein schlauer und skrupelloser Mann hätte es bei einem Mädchen, das leicht zu beeinflussen war, sehr einfach. Außerdem hatte Kate in der Vergangenheit so viele Schwierigkeiten gehabt, daß sie für einen sich liebevoll produzierenden Menschen ein sicheres Opfer war.

Ich dachte daran, wie leicht ich von Nathan McFee betrogen worden war, und Kate war sicher nicht stärker als ich. Der Mann hatte Kate den Hof gemacht, sie geblendet und seine Zeit abgewartet. Dann war der Augenblick gekommen, als sie den Brief erhielt, den ich ihr von Fräulein Foster aus geschrieben hatte. In diesem Brief hatte ich ihr von den Fotografien und dem verschüsselten Teil in Papas Brief erzählt. Das mußte der Augenblick gewesen sein, in dem sich der Mann entschlossen hatte, Kate mit nach Frankreich zu nehmen, ins Tal der Dordogne, um das zu suchen, was dort verborgen lag . . .

Aber nein. Kate besaß ja weder die Fotografie noch eine Kopie des Briefes, und sie wußte nur so viel, wie ich beschrieben oder zitiert hatte. Warum hatte der Franzose nicht gewartet, bis er Zugang zu jedem Detail hatte? Und wenn das, was Kate ihm gesagt hatte, ausreichend war, warum sollte er dann seinen Betrug fortführen? Welchen Grund hatte er dafür, sie zu überreden, mit ihm zu gehen? Sie würde mit Sicherheit glauben, daß er sie heimlich heiraten wollte, dessen war ich mir bewußt. Wie romantisch Kate auch sein mochte, sie war viel zu stolz, die Rolle einer Geliebten zu akzeptieren.

Aber Spekulationen waren nutzlos, und das einzig Wichtige war jetzt, Kate zu finden, wo immer sie auch sein mochte, und ihr zu sagen, daß sie betrogen worden war . . . wenn sie das nicht schon selbst entdeckt hatte. Und dann? Über diesen Punkt hinaus konnte ich nicht denken, denn ich tappte ja im dunkeln. Aber ich wußte, daß der einzige Mann, der mir jetzt helfen konnte, Philippe Chatillon war, der französische Privatdetektiv. Wenn er seine Pläne nicht geändert hatte, dann waren seine beruflichen Angelegenheiten in England schon lange erledigt. Es konnte gut sein, daß das persönliche Interesse, das er einmal an mir gehabt hatte, geschwunden war; aber ich wußte von unserer ersten Begegnung in Wynford, daß er sehr an dem interessiert sein mußte, was ich ihm nun zu erzählen hatte.

»Miss Bridie?«

Signore Peronis Stimme drang an mein Ohr. Ich tauchte aus meiner Versunkenheit auf. »Oh, es tut mir leid, ich habe Sie nicht verstanden. Ich war mit meinen Gedanken weit weg.«

»Natürlich. Ich habe gefragt, ob es wird möglich sein, Miss Kate zu finden.«

»Nun . . . ja, ich glaube, es gibt jemanden, der in der Lage wäre, mir zu helfen, aber dazu müßte ich so bald wie möglich nach Paris reisen.«

»Parigi?«

»Ich bin sicher, daß Kate in Frankreich ist. Haben Sie ein Kursbuch, Signore Peronie? Ich möchte gern die Abfahrtszeiten der Züge zur Fähre nachschlagen.«

Es war jetzt drei Uhr nachmittags. Ich konnte entweder den Neun-Uhr-Postzug erreichen, der von Charing Cross nach Dover fuhr; ich würde dann die Fähre nach Calais nehmen und kurz vor sechs Uhr morgen früh am Gare du Nord in Paris ankommen. Ich konnte aber auch den Nachtexpreß vom Victoria-Bahnhof nehmen; dieser fuhr eine Viertelstunde früher und würde mich über Newhaven und Dieppe zum Bahnhof St. Lazare bringen. Die Ankunft dort war halb sieben. Nach kurzer Überlegung entschied ich mich für den späteren Zug, denn wenn ich die längere Kanalroute nahm, konnte ich mir auf dem Dampfer eine

Kabine reservieren lassen. Dort konnte ich mich wenigstens hinlegen und ausruhen, selbst wenn ich nicht schlief.

Während der nächsten paar Stunden schrieb ich einen Brief an Alfie, ruhte mich eine Zeitlang in Kates Schlafzimmer aus und zwang etwas von dem ausgezeichneten Essen hinunter, das Mrs. Peroni extra für mich gemacht hatte. Sie bestand darauf, daß ich etwas Anständiges aß, ehe ich meine Zehn-Stunden-Reise antrat. Signore Peroni begleitete mich in der Droschke zum Victoria-Bahnhof und machte sich Sorgen darüber, daß ich allein reiste. Ich versicherte ihm, daß das keine Schwierigkeit sein würde und überredete ihn, nicht mehr die halbe Stunde bis zur Abfahrt des Zuges zu warten. Der Gedanke daran, eine Unterhaltung aufrechterhalten zu müssen, war einfach zuviel für mich.

Ehe er mich verließ, sorgte er dafür, daß ich gemütlich in einem Abteil der ersten Klasse saß, beugte sich dann über meiner Hand und sagte: »Bitte, Sie müssen Miss Kate unsere allerbesten Grüße übermitteln. Morgen werde ich gehen mit meine ganze Familie zu die Kirche, zu beten, daß ihr nicht ist Böses widerfahren.«

»Danke, Signore Peroni. Es tut mir leid, daß Kate Ihnen so viele Sorgen gemacht hat.«

»Das macht nichts, Miss Bridie.« Er zögerte. »Ich hoffe, sie wird nicht haben eine zu unglückliche Erfahrung. Aber was immer ist passiert, bitte sagen Sie zu ihr, sie soll kommen zurück zu ihre Musik. La Musica – die kann heilen alle böse Erinnerungen.«

»Das will ich ihr sagen, Signore.«

»Und bitte, sagen Sie ihr auch, sie ist gesegnet mit eine große Talent. Sie darf diese Talent nicht lassen sterben.«

»Ja.«

Als er gegangen war, sank ich in den Sitz zurück und schloß die Augen. Ich war dankbar dafür, daß ich allein war. Mein Kopf schmerzte, und obwohl ich so müde war, hatte ich das Gefühl, daß ich nie wieder schlafen konnte, ehe ich nicht Kates Hand in meiner hielt und sie in Sicherheit gebracht hatte.

Sehnlichst wünschte ich mir, daß jetzt Nathan neben mir sitzen würde, ruhig und stark, einen Mann, an den ich mich anlehnen konnte, bei dem ich mich darauf verlassen konnte, daß er mich unterstützen würde, was immer auch vor mir lag. Doch kam ich rasch in die bittere Wirklichkeit zurück. Nathan McFee. Das war nicht dieser Mann. Er hatte den falschen Freund gespielt und mich gedemütigt. Es war besser, allein zu sein, als so einen Freund zu haben; wenn ich von Philippe Chatillon keine Hilfe bekam, dann würde ich wirklich allein sein, so wie in jenen Tagen, die jetzt für mich schon hundert Jahre zurückzuliegen schienen, in den Tagen der Trauer und der Angst in Latchford Hall.

Als der Zug am nächsten Morgen mit kreischenden Rädern im Bahnhof St. Lazare stehenblieb, war ich in einem viel besseren Zustand, als ich erwartet hatte. Zu meiner Überraschung hatte ich vier Stunden lang in meiner Kabine auf dem Dampfer fest geschlafen und hatte dann noch einmal zwei Stunden während der Zugfahrt von Dieppe nach Paris gedöst. Von dem Augenblick an, als ich den Victoria-Bahnhof verlassen hatte, war es mir gelungen, meine Phantasie fest im Zaum zu halten. Ich hatte nicht darüber nachgedacht, in welcher Situation sich Kate jetzt vielleicht befand. Deshalb war es mir nur möglich gewesen zu schlafen.

Es war noch nicht sieben Uhr. Vor acht Uhr konnte ich mich bei Philippe Chatillons auf keinen Fall melden. Selbst dann würde es noch viel zu früh sein, aber ich war entschlossen, nicht länger zu warten. Ich nahm mir einen Gepäckträger, der meinen Koffer in das Hotel neben dem Bahnhof brachte. Ich hatte Geld bei mir, um den Dienstmann zu bezahlen, denn auf dem Dampfer hatte ich einen kleinen Betrag gewechselt. Ich erklärte dem Portier, daß ich ein Frühstück wünschte und das Bad benutzen wollte. Ich war jetzt sehr dankbar dafür, daß mein Französisch so gut war, denn schließlich hatte ich noch nie meinen Fuß aus England hinausgesetzt, und der Portier verstand mich ohne große Schwierigkeiten.

Es waren nur vier weitere Gäste im Hotelrestaurant, die zu dieser Stunde das Frühstück einnahmen, die Bedienung war erstklassig, und der Kaffee war der beste, den ich je getrunken hatte. Um zwanzig Minuten vor acht trug der Boy meinen Koffer für mich hinaus und pfiff auf einer Trillerpfeife eine Droschke herbei. Ich las dem Fahrer die Adresse von Philippe Chatillon vor, die er mir vor langer Zeit nach Wynford geschickt hatte, versicherte mich, daß der Kutscher alles richtig verstanden hatte und lehnte mich dann in meinen Sitz, während die Droschke in zügigem Tempo die Rue Lafayette hinunterzurasseln begann. Zwanzig Minuten später sprach ich mit einem mürrischen Mann, der als Concierge in dem Haus an der angegebenen Adresse Dienst tat. Es war ein Mietshaus, dessen Farbe abblätterte und das so verwohnt war, daß ich zuerst dachte, der Droschkenkutscher hätte mich an die falsche Adresse gebracht. Ich konnte einfach nicht glauben, daß Philippe Chatillon in einem so armseligen Gebäude wohnte.

Da ich den Fahrpreis noch nicht bezahlt hatte, stand mein Fahrer jetzt neben mir in der Halle und verlangte von dem Concierge zum dritten Mal die Bestätigung, daß dies wirklich das Haus Nr. 6, Rue Flavin, war. Ich sagte auf Französisch: »Ja, ich sehe, daß Sie mich an die richtige Adresse gebracht haben. Warten Sie bitte, während ich dem Mann ein paar Fragen stelle.« Ich wandte mich an den Concierge und hielt ihm die Karte hin. »Hier wohnt kein Herr, der diesen Namen trägt?«

»Nein, Mam'selle.«

»Und er hat auch im letzten Jahr nicht hier gewohnt?«

Ein geduldiger Seufzer. »Nein, Mam'selle.«

Jetzt wußte ich gar nicht mehr, was ich machen sollte. Ratlos schaute ich den Hausmeister an. Der tippte sich schließlich mit dem Finger an die Nase, beugte sich nach vorn und raunte. »Manchmal benutzt ein Herr diese Adresse für Korrespondenz, verstehen Sie. Ein Herr, der nicht wünscht, daß sein wirklicher Aufenthaltsort einer anderen Person bekannt wird, einer »petite amie« vielleicht, einer kleinen Freundin, mit der er wenig im Sinn hat.«

Der Droschkenkutscher lachte amüsiert, und beide Männer schauten mich mit größtem Interesse an. Früher wäre ich errötet und hätte kehrt gemacht, aber dank meiner Bühnenerfahrung konnte mich das hier kaum noch aus der Fassung bringen.

Ich blieb also stur und sagte: »Dieser Herr muß Ihnen ja seine korrekte Anschrift gegeben haben, so daß die Briefe weitergeschickt werden können. Hat Monsieur Chatillon eine solche Adresse?«

Der Concierge breitete die Hände aus und schüttelte den Kopf. »Ich bedaure, Mam'selle. Herren, die diese Adresse benutzen, holen ihre Briefe selbst ab, und für Namen und Gesichter habe ich ein schlechtes Gedächtnis.«

Der Droschkenkutscher sagte: »Chatillon?«

Ich schaute ihn hoffnungsvoll an. »Ja.«

»Doch sicher nicht Monsieur Philippe Chatillon?«

»Aber ja. Er ist ein Detektiv, so habe ich gehört.«

»Oh, là, là. Ja, ja. Da haben Sie sehr genau hingehört, Mam'selle. Natürlich ist er ein Detektiv, und er ist sehr berühmt, außer bei solchen Idioten wie diesem hier.« Er musterte den Hausmeister mit abgrundtiefer Verachtung. »Aber ich, Charles Bouvet, ich habe ihn schon zweimal in meiner Droschke gefahren.«

Ich strahlte: »Können Sie mich zu seinem Haus bringen?«

»Natürlich, Mam'selle, natürlich; aber es liegt weit entfernt von diesem Wanzennest, das versichere ich Ihnen. Kommen Sie, wir wollen sofort fahren, obwohl Sie eine Étrangère sind, eine Ausländerin, werde ich Sie auf dem schnellsten Weg dorthin fahren, denn ich bin ein Mann von Ehre, wissen Sie?«

Während den nächsten Minuten erzählte er mir, daß er seinen Wagen oft für Fahrten in die Nähe der Sûreté zur Verfügung stellte. Ich entnahm seinen Worten, daß die Sûreté ein Gegenstück zu Scotland Yard sein mußte und daß er zwei Mal das Privileg gehabt hatte, Monsieur Chatillon von seinen Zusammenkünften mit wichtigen Freunden der Polizei nach Hause zu fahren. Weil er, Charles Bouvet, ein Mann von Ehre sei, fuhr er fort, wäre es ja nur Rechtens, mich zu informieren, daß neun von zehn Droschkenkutschern in der Lage gewesen wären, mich zum Haus von Monsieur Chatillon zu fahren. Dieser Herr sei unter den Droschkenkutschern vor zwei oder drei Jahren so bekannt geworden, weil er die Unschuld eines Fahrers bewies, der des Mordes angeklagt war und andernfalls unter der Guillotine geendet hätte. Es sei ein außerordentlich dramatischer Fall gewesen, und seit damals sei Monsieur Chatillon unter den Droschkenkutschern von Paris ein großer Held.

Wir fuhren durch das Zentrum von Paris und dann noch zwei Meilen nach Westen, ehe wir endlich am Tor eines kleinen, aber hübschen Hauses vorfuhren, das auf seinem eigenen Gelände an einer baumgesäumten Straße stand. Wieder bat ich den Kutscher darum, zu warten, ließ meinen Koffer in der Droschke und dankte ihm, während er das eiserne Tor für mich öffnete. Als ich vor der schweren Tür stand, zog ich den Klingelzug und wartete nervös. Eine Minute verging; dann wurde die Tür von einer kleingewachsenen, vierschrötigen, grauhaarigen Frau in Dienstbotenuniform geöffnet. Sie warf mir einen mißtrauischen Blick zu und sagte in einem Ton, der alles andere als ermutigend war: »Mam'selle?«

»Ist dies das Haus von Monsieur Philippe Chatillon, bitte?«

»So ist es«, bestätigte sie kalt.

»Ist er im Augenblick zu sprechen?«

»Wer wünscht ihn zu sprechen?«

Ich konterte mit dem gleichen Blick und sagte: »Ich bin über Nacht von London hierhergereist, in einer sehr dringenden Angelegenheit, an der Monsieur Chatillon – das weiß ich – großes Interesse hat. Bitte sagen Sie ihm, daß ich es bedaure, ihn unangemeldet zu dieser Stunde zu besuchen, und sagen Sie ihm weiterhin, daß Mademoiselle Bridget Chance ihn zu sprechen wünscht.« Da ich keine Visitenkarte besaß, hatte ich vorsorglich meinen Namen in Druckbuchstaben auf ein Stück Papier geschrieben, so daß es in punkto Aussprache keine Probleme geben konnte.

Die Haushälterin starrte mich an, nahm das Stück Papier, warf einen schnellen Blick darauf, trat dann zurück und sagte: »Bitte treten Sie ein, Mam'selle.«

Sie führte mich durch eine getäfelte Halle in einen herrlich möblierten Salon. »Bitte nehmen Sie Platz. Ich werde Monsieur Chatillon sofort informieren.« Sie zuckte leicht die Achseln. »Er hat mich angewiesen, ihn nicht zu stören. Dieses eine Mal wird er froh darüber sein, daß ich von seinen Anweisungen wenig Notiz nehme.« Sie drehte sich noch einmal um, »Männer sind manchmal dumm, nicht wahr?«

Sie ging hinaus, ohne auf eine Antwort zu warten. Mir war klar, daß sie schon lange hier Haushälterin sein mußte und ihr ruppiges Benehmen verziehen wurde. Kurz darauf hörte ich schnelle Schritte in der Halle und wieder die Stimme der Haushälterin. »Natürlich habe ich sie nicht warten lassen. Ich bin ja kein Idiot, Monsieur Philippe, und ich weiß, was Sie wünschen.«

Die Stimme eines Mannes klang näher. »Natürlich weißt du das, denn du schnüffelst ja in meinen Angelegenheiten herum und liest meine Briefe, Hortense. Jetzt sei so gut und bring uns Kaffee – nein, nein. Mach Tee. Und ein bißchen was zu essen, ein paar Biskuits, Plätzchen vielleicht . . .«

»Müssen Sie mir das wirklich sagen? Bin ich imbécile? Dumm? Verrückt?«

»Dann geh und sorg dafür, alte Hexe! Und jetzt ab durch die Mitte!«

Die Tür öffnete sich, und Philippe Chatillon betrat das Zimmer. Er war noch immer dabei, sich die Jacke zuzuknöpfen, die er sich auf seinem eiligen Gang durch die Halle angezogen haben mußte. Aber das war nicht der Mann, den ich kannte, war nicht der Mann mit den seltsam magnetischen haselnußfarbenen Augen, die in dem viereckigen Gesicht unter dem Schopf aus schwarzen Locken saßen. Dies war ein ganz anderer Mann. Er trug ein weißes Hemd und eine Krawatte aus stumpf-goldenem Stoff. Er war schlank und nicht mehr als zwei Zentimeter größer als ich. Er bewegte sich leicht und elegant. Seine Augen waren dunkel und standen weit auseinander, das Haar war hellbraun, und jetzt erkannte ich sein Gesicht. Ich hatte es gesehen, ganz kurz nur, unter einer Lampe in Holborn, eines Abends auf der Straße. Ich hatte es auch auf einem Foto gesehen, und auf die Rückseite dieses Fotos hatte Philippe Chatillon geschrieben: Dieser Mann ist gefährlich.

Ich stand sofort auf und starrte entsetzt und verwirrt den Mann an der da auf mich zukam. Er streckte die Hand aus, und auf seinem Gesicht breitete sich ein fragendes Lächeln aus. In ausgezeichnetem Englisch und mit einem Akzent, der angenehm klang, sagte er: »Ich bin erfreut, Sie kennenzulernen, Miss Chance. Ich hoffe, es geht Ihnen gut, ebenso wie Ihrer charmanten Schwester.«

Automatisch streckte ich ebenfalls meine Hand aus, zuckte dann wieder zurück und sprudelte heraus: »Wo ist Monsieur Chatillon?«

Er sah verblüfft aus. »Aber ich bin ja hier, Mademoiselle.«

»Sie sind nicht Philippe Chatillon!«

Er breitete die Hände mit den Handflächen nach oben aus, und in seinen Augen funkelte Belustigung. »Es tut mir leid, daß Sie das denken, aber ich versichere Ihnen, ich kann viele Zeugen beibringen, die bestätigen können, daß meine Behauptung wahr ist.«

Meine Gedanken waren nur noch ein Chaos. Ich preßte die Hände an die Wangen, während ich versuchte, zu denken. Vor diesem Mann war ich von dem französischen Detektiv, Philippe Chatillon, gewarnt worden, aber eben dieser Mann behauptete von sich selbst, Philippe Chatillon zu sein. Die Haushälterin konnte Mitwisserin irgendeines betrügerischen Plans sein, aber ich verstand nicht, wie der Droschkenkutscher, der mich hierhergebracht hatte, auch ein Komplize sein konnte.

Der Mann vor mir sagte: »Sie sind völlig durcheinander,

Mam'selle. Darf ich fragen, warum Sie glauben, daß ich nicht Philippe Chatillon bin?«

Mit großer Anstrengung riß ich mich zusammen. »Ich habe doch Monsieur Chatillon kennengelernt! In der Nähe des Hauses, in dem ich in Suffolk gelebt habe! Er . . . er hat einen Kranz zur Beerdigung meines Vaters geschickt. Und in London habe ich ihn wiedergesehen.« Die Augenbrauen des Mannes hoben sich überrascht, und es schien so, als ob er etwas sagen wollte, aber ich erzählte schnell weiter. »Er sagte, ich solle ihm schreiben, wenn ich irgendeine Botschaft entdecken würde, die mein Vater hinterlassen haben könne, eine Botschaft, die ein Rätsel enthielt, das gelöst werden könnte. Er sagte auch, er würde kommen, um mir zu helfen. Hier ist seine Karte.«

Ich hatte in meiner Handtasche herumgewühlt, und jetzt hielt ich ihm die gedruckte Karte hin, die mir nach Wynford zugeschickt worden war.

Der Mann nahm die Karte, aber er hielt seinen Blick auf mich gerichtet. »Bitte fahren Sie fort, Mademoiselle.«

»Ich . . . ich habe ihm nicht geschrieben, aber mehrere Monate später kam er wieder, als ich in einem Laden in London arbeitet. Damals hat er . . . hat er mich vor Ihnen gewarnt, und er hat mir dies gegeben.« Ich gab ihm die Fotografie. Er schaute sie an, lächelte, drehte sie um, las die Worte auf der Rückseite, zuckte ungerührt die Achseln und studierte anschließend die Visitenkarte.

Dann blickte er auf. »Ich habe tatsächlich einen Kranz zur Beerdigung Ihres Vaters geschickt. Er wurde ausgeliefert von Ihrem örtlichen Beerdigungsunternehmer, dem ich auch eine Karte schickte. Darauf hatte ich geschrieben: »Ruhe in Frieden, mein alter Feind.«

Ich hielt den Atem an, denn plötzlich sah ich vor meinem inneren Auge ganz deutlich die säuberliche, eckige Handschrift auf der Karte, die an dem Kranz von Philippe Chatillon gehangen hatte. Diese Handschrift unterschied sich völlig von dem runden, unordentlichen Gekritzel, mit dem die Worte »Dieser Mann ist gefährlich« auf der Rückseite des Fotos geschrieben worden waren. Ich hatte selbst gesehen, wie der Mann mit den haselnußbraunen Augen die Worte mit dem Bleistift hingemalt hatte, doch als ich das Foto später angesehen hatte, war mir aufgefallen, daß irgend etwas nicht stimmte. Jetzt wußte ich, was es gewesen war. Die Handschriften hatten nicht übereingestimmt!

Der Mann, der vor mir saß, griff in seine Innentasche und sagte: »Vielleicht möchten Sie die Schrift von dem Foto mit der in meinem Tagebuch vergleichen? Und vielleicht haben Sie die Schriftzüge auf der Karte für Ihren Vater noch im Gedächtnis – denn dann könnten Sie leicht feststellen, wer der richtige Philippe Chatillon ist.«

Ich schüttelte den Kopf. »Nein, ich weiß, daß Sie nicht lügen. Mir ist klargeworden, daß man mich ungeheuer betrogen hat.« Ich streckte meine Hand aus. »Ich freue mich, Sie kennenzulernen, Monsieur Chatillon. Bitte verzeihen Sie mir meine unhöfliche Begrüßung.«

Er nahm meine Hand und beugte sich darüber. »Ich habe Ihnen nichts zu verzeihen, und ich bin wirklich entzückt, Ihre Bekanntschaft zu machen, Mam'selle. Bitte setzen Sie sich doch, und dann werden wir uns unterhalten. Ich glaube, wir haben uns viel zu erzählen.«

»Danke, ja. Oh, draußen wartet eine Droschke auf mich, und ich habe meinen Koffer noch darin.«

»Hortense wird sich gleich um alles kümmern.«

»Aber ich muß ihr das Fahrgeld geben.«

»Bitte, behalten Sie Platz, und machen Sie sich keine Sorgen. Sitzen Sie bequem? Gut.« Er stand da, hatte die Hände hinter dem Rücken verschränkt und schaute mich nachdenklich an. »Also, es ist etwas schwierig, einen Anfang zu finden.«

»Ja. Ich bin total verwirrt, Monsieur Chatillon. Wer kann denn der andere sein, dieser Mann, der angegeben hat, Sie zu sein? Und warum hat er so etwas getan? Ich kann ihn leicht beschreiben. Er ist . . .«

»Verzeihen Sie, aber das ist nicht nötig«, sagte Philippe Chatillon und hob entschuldigend die Hand, während er mich unterbrach. »Er ist Franzose, hochgewachsen, gute Figur, kurzes, lockiges Haar, das fast schwarz ist, hellbraune Augen . . . und mit einem Charme begabt, den die Damen – so sagt man – ganz unwiderstehlich finden. Sein Name ist Victor Antoine Jean Pierre Sarrazin, und er ist ein Verbrecher. Die Worte, die er auf die Rückseite meines Fotos geschrieben hat, können mit Recht auf ihn angewendet werden. Dieser Mann ist gefährlich.«

Die Tür öffnete sich, und die grauhaarige Haushälterin trat ein. Sie schob einen eleganten Servierwagen, auf dem ein silbernes Teeservie, Tassen und Untertassen aus herrlichem blauweißem Porzellan und eine Schale mit kleinen, honifarbenen Plätzchen standen. Philippe Chatillon nickte: »Danke, Hortense, das ist alles. Bitte geh jetzt und bezahle den Droschkenkutscher, der Mademoiselle hergebracht hat. Laß dir den Koffer geben, und zahl ihm ein gutes Trinkgeld.«

»Räuber und Schurken, das sind sie alle«, brummte Hortense. »Wird Mam'selle zum Mittagessen bleiben?«

»Ich hoffe, ja. Bitte bereite alles dementsprechen vor.«

»Gut.« Sie schaute mich an, dann ihren Herren. »Monsieur Philippe, werden Sie diese hier auch anhimmeln?«

»Jetzt aber raus, du schreckliches altes Weib. Sonst verkauf' ich dich an die Hundefutter-Fabrik«, raunzte er lachend.

»Ha!« Sie schlurfte mit einem kehligen kleinen Lachen hinaus, und als die Tür sich hinter ihr geschlossen hatte, sagte Philippe Chatillon: »Sie müssen Hortense vergeben. Sie ist jetzt seit fünfundvierzig Jahren bei meiner Familie und hat sich allerhand Rechte erworben. Außerdem ist ihr Mann der beste Koch in ganz Paris.« Er schenkte mir ein freundliches Lächeln, zog einen Sessel heran und begann den Tee einzuschenken. »Und jetzt, was Victor Sarrazin betrifft, gibt es viel, das ich Ihnen erzählen kann. Aber das muß warten. Ich bin nur froh, daß er meinen Namen benutzt hat, als er Sie das erste Mal traf. Denn glücklicherweise hat Sie diese Tatsache hierher zu mir nach Paris gebracht. Sie sind schnell gekommen, und Sie haben gesagt, daß die Angelegenheit dringend ist. Wir sollten also sofort zum Kernpunkt der Sache kommen.«

Ich konnte die Tasse Tee nicht nehmen, die er mir jetzt anbot, denn meine Hände zitterten plötzlich. »Ich glaube, er hat meine Schwester Kate entführt. Ich glaube . . . sie wollten heimlich heiraten.«

Sehr sorgfältig stellte Philippe Chatillon seine Tasse ab und stand dann auf. Zu meiner Überraschung sah ich, daß sein Gesicht jede Farbe verloren hatte, und dann sagte er mit dumpfer Stimme: »Dieser Hund, dieser Sarrazin hat Kate entführt? O Gott, nein!«

Verwirrt fragte ich: »Sie sprechen von ihr, als ob Sie sie kennen, Monsieur?«

Er nickte und ging mit auf dem Rücken gefalteten Händen im Zimmer hin und her, eine kleine, drahtige Gestalt. »Ja, ich kenne sie, obwohl sie mich nicht kennt. Für den größten Teil des Sommers war ich in London und habe sie beobachtet . . . weil ich Sarrazin beobachtete. Dann hat Sarrazin entschieden – so dachte ich –, daß Kate ihm nichts mehr nützen könne, und kehrte nach Frankreich zurück. Jetzt wird mir klar, daß dies ein Trick war. Er muß bemerkt haben, daß ich ihn beschattete. Offensichtlich ist er sofort nach England zurückgekehrt, nachdem er seinen Zweck erreicht hatte.«

Als Philippe Chatillon sich umdrehte und auf mich zukam, sah ich, daß sein Gesicht sorgenvoll war und daß heißer Zorn in seinen Augen brannte. »Ich Narr!« murmelte er. »Was bin ich für ein Narr gewesen!«

Ich legte die Hand an die Stirn. »Es gibt viel, was ich nicht verstehe, Monsieur. Aber ich denke, Sie können mir das alles erkläre. Vor allen Dingen hoffe ich, daß Sie mir helfen können, meine Schwester zu finden.«

»Ich glaube, es wird nicht schwierig sein, sie zu finden«, meinte Philippe Chatillon wieder ruhig. »Sarrazin wird sie in sein Haus gebracht haben; das ist ein kleines, verfallenes Château südlich von Brive. Aber ich bezweifle, daß man ihn der Entführung anklagen kann. Es ist sogar möglich, daß er sie geheiratet hat. Eine Sondergenehmigung wäre nicht schwierig zu bekommen.«

Ich schaute auf die Hände in meinem Schoß hinab. »Warum hat er das getan, Monsieur? Doch sicher nicht aus Liebe zu Kate. Als wir uns in London trafen, hat er . . . hat er mir große Komplimente gemacht und darum gebeten mein offizieller Freund sein zu dürfen.«

»Das überrascht mich nicht. Haben Sie festgestellt, daß Sie sich zu Victor Sarrazin hingezogen fühlten, Mam'selle?«

Ich hob den Kopf und schaute ihn an. »Ja, und in einer Weise, die ich beängstigend fand. Vielleicht habe ich ihn deshalb abgewiesen, denn ich hatte das Gefühl, ich wäre dann . . . verloren. Er hat mehr als nur Charme, Monsieur. Er hat Macht, und wenn er diese Macht auf Kate ausgeübt hat, dann kann es mich nicht überraschen, daß sie ihm nachgegeben hat.«

»Armes junges Ding«, sagte Philippe Chatillon sanft und schloß einen Augenblick lang seine Augen. Dann öffnete er sie wieder und meinte nüchtern: »Sie fragten gerade, warum Sarrazin das getan hat, aber ich glaube, Sie kennen die Antwort.«

»Sie meinen . . . das Diebesgut, das mein Vater hinterlassen hat?«

»Ja. Das ist der Grund für alles, was unser betrügerischer Freund Sarrazin getan hat. Die einzigen Personen, die vielleicht das Geheimnis Ihres Vaters kennen oder es erfahren haben, sind Ihre Schwester und Sie selbst. Wenn Sie eine Botschaft gefunden hätten, ein Rätsel, wenn Sie an Philippe Chatillon geschrieben hätten, an die Deckadresse, die Sarrazin Ihnen gegeben hat, dann hätte Sarrazin auch den Brief bekommen, und sein erster Schachzug hätte Erfolg gehabt. Aber Sie haben nicht geschrieben, und so machte er einen weiteren Schachzug. Als er damals in London zu Ihnen gekommen ist, hat er Sie da gefragt, ob Sie einen Brief oder eine Botschaft gefunden hätten?«

Ich dachte nach. »Ja. Ja, das hat er getan. Zu der Zeit war

ich gerade in den Besitz eines Briefes gelangt, den mein Vater für meine Mutter hinterlassen hatte. Erst später fand ich Fotografien, durch die mir klar wurde, daß der Brief eine Botschaft enthielt. Aber als Victor Sarrazin mich fragte, wollte ich nicht, daß irgend jemand von dem Brief erfuhr. Ich habe Sarrazin angelogen.«

Philippe Chatillon schüttelte den Kopf. »Wenn Sie ihn angelogen haben, dann hat Victor Sarrazin das sicher gemerkt. Er wußte sofort, daß Sie irgend etwas vor ihm verbargen. So hat er halt versucht, Ihnen den Hof zu machen. Als das fehlschlug, wandte er seine Aufmerksamkeit Ihrer Schwester zu.«

»Aber das war schon vor Monaten, Monsieur. Würde er sie so lange verfolgen?«

»Als er erst einmal wußte, daß das Geheimnis existierte, war er nicht mehr davon abzubringen. Denn er glaubt wie ich, daß die Beute gewaltig ist. Die Agentur Pinkerton aus Amerika hat vor über einem Jahr einen Mann auf diesen Fall angesetzt, in der Hoffnung, nur zwei Schmuckstücke für eine reiche Klientin wiederzubeschaffen.«

Ich versuchte mein wild klopfendes Herz zu ignorieren. »Ja. Nathan McFee.«

»Aha, er hat sich Ihnen also zu erkennen gegeben?«

»Nicht ganz. Er hat mich beobachtet, wie dieser Sarrazin Kate beobachtet hat. Natürlich auch aus demselben Grund. Ich habe zufällig entdeckt, daß er für eine amerikanische Detektivagentur arbeitet. Er ist jetzt zurück nach Amerika gerufen worden.«

Philippe Chatillon runzelte überrascht die Brauen. »Merkwürdig, daß man ihn jetzt zurückzieht, wo er mit dem Fall doch so vertraut ist. Ich habe ihn kennengelernt, als er nach Frankreich kam, kurz bevor Ihr Vater gestorben ist. Ein sehr kompetenter Mann, würde ich sagen.«

»Ja. Sehr kompetent, kein Zweifel.« Mein Mund war trocken. Ich schaffte es, meine Teetasse hochuheben und einen kleinen Schluck zu nehmen, ohne daß meine Hände allzu deutlich zitterten. »Ich muß annehmen, daß der Raub all die Zeit und all die Anstrengung wert ist, die verschiedene Parteien in dieser Angelegenheit aufzuwenden bereit sind. Aber wie kann es Victor Sarrazin helfen, Kate dazu zu bringen, daß sie sich in ihn verliebt und mit ihm wegläuft? Sie weiß etwas von dem Brief, den mein Vater hinterlassen hat, und von den Fotografien, die ich entdeckte, denn ich habe ihr davon geschrieben. Aber ich kann nicht glauben, daß sie für Sarrazins Zwecke genug weiß.«

Philippe Chatillon sah mich tiefernst an. »Mam'selle«, sagte er, »Sarrazin wird auf dem Standpunkt stehen, daß er Sie in der Hand hat, sobald er Ihre Schwester hat. Ich bin überrascht, daß Sie noch nicht in irgendeiner Form Nachricht von ihm erhalten haben.«

Ich fühlte, wie alles Blut aus meinen Wangen wich, und stellte meine Tasse wieder hin. »Sie meinen, er würde . . . ihr etwas antun? Er würde Kate tatsächlich etwas antun?«

»Wenn er es für nötig hält, um zu erreichen, was er will. Er ist zu allem fähig, fürchte ich.«

»Dann muß ich zur Polizei. Sofort!« Noch während ich das sagte, stand ich auf, aber er kam auf mich zu und hob die Hände in einer beruhigenden Geste.

»Bitte, Mademoiselle, glauben Sie nicht, daß die Polizei diese Sache für Sie in Ordnung bringen kann. Sarrazin ist sehr klug, und ich bin sicher, daß eine Heirat stattgefunden hat. Was zwischen Ehemann und Ehefrau geschieht, kümmert die Polizei nicht. Das Gesetz ist sehr vorsichtig, was Einmischungen in die Privatsphäre betrifft. Sarrazin kann praktisch mit ihr machen, was er will.«

Es war angenehm warm im Zimmer, aber ich zitterte vor Kälte. Nach einem Augenblick sagte ich: »Bitte, geben Sie mir einen Rat, Monsieur. Bitte, helfen Sie mir. Ich bitte Sie jetzt um Ihre Hilfe als Detektiv und wie hoch Ihr Honorar dafür auch immer sein mag, ich werde eine Möglichkeit finden, Sie zu bezahlen.«

Er schüttelte heftig den Kopf. »O nein, Mademoiselle. Kein Honorar. In dieser Angelegenheit biete ich Ihnen nicht meine professionelle, sondern meine persönliche Hilfe an.«

Er hielt inne, biß sich auf die Unterlippe. Dann fuhr er ruhig fort: »Haben Sie die Bemerkung verstanden, die Hortense gemacht hat, als sie uns vor ein paar Minuten verlassen hat?«

Ich überlegte und sagte unsicher: »Ich erinnere mich daran, daß sie das Wort ›anhimmeln‹ benutzte. Aber ich habe die Bedeutung nicht ganz verstanden.«

Er lachte leise. »Ich bin Junggeselle und fünfunddreißig Jahre alt, Mam'selle. Ich bin wohlhabend, ich verfolge einen Beruf, der mich interessiert, und seit meiner Jugend habe ich mehr als nur ein paar junge Damen kennengelernt. Deshalb amüsiert es Hortense, daß ich mich tatsächlich gefühlmäßig tief an eine junge Dame gebunden fühle, mit der ich nie gesprochen habe, sondern die ich nur wochenlang beobachtet habe.«

Ich runzelte die Stirn. »Sie meinen . . . Kate?«

»Ja. Ihre jüngere Schwester. Ich bezweifle, daß sie mein Gesicht kennt, denn ich kann von mir behaupten, daß ich in der Kunst der Beschattung einige Kenntnisse besitze. Viele Tage begleitete ich sie aus sicherer Entfernung wann immer sie aus dem Haus ging. Ich habe sie täglich auf ihrem Weg vom Haus zur Musikakademie und zurück beobachtet, ich habe ihre heimlichen Zusammenkünfte mit Victor Sarrazin beobachtet, und machte mir die größten Sorgen über ihre offensichtliche Zuneigung zu dem Schurken.«

»Haben Sie sie nicht gewarnt, Monsieur?«

»Ach, Mademoiselle Bridget. Können Sie sich vorstellen, wie ein junges Mädchen auf einen Fremden reagieren würde, der ihr erzählt, daß der Mann, den sie liebt, ein Verbrecher ist?«

»Aber sicher hätte es doch irgend etwas gegeben, was Sie hätten tun können . . .«

Er ging zum Klingelzug und zog daran. »Sie meinen, ich hätte Sie informieren können? Das ist wahr. Aber damals hätte das nur Verwirrung gestiftet, denn Sarrazin hatte ja schon dafür gesorgt, daß Sie mich für einen sehr üblen Menschen hielten. Eine äußerst kluge Vorsichtsmaßnahme seinerseits. Ich habe keinen Versuch unternommen, Sie zu warnen, denn ich hatte das Gefühl, Ihre Schwester besser schützen zu könne, indem ich weder Ihnen noch ihr, noch Sarrazin die Gelegenheit gab, mich zu entdecken. Ich wollte sie einfach bewachen und jeden weiteren Schachzug vereiteln, zu dem Sarrazin sich vielleicht entschließen würde.« Müde zuckte ich die Achseln.

»Aber Sie haben es nicht getan, Monsieur. Er hat Sie betrogen und Kate entführt.«

»Sie können mich nicht mehr beschuldigen, als ich mich selbst beschuldige«, sagte Philippe Chatillon ruhig. »Ich habe mich mit diesem Fall befaßt, weil ich Victor Sarrazin zur Strecke bringen wollte, aber dieser Grund ist mit der Zeit durch einen viel wichtigeren ersetzt worden.« Er schüttelte den Kopf. »Ich kann es nicht erklären, noch nicht einmal mir selbst. Ich kann nur sagen, als ich beobachtete, wie sie ging, wie sie sprach oder wie sie lachte, wie sie pfiffig, ernst, überrascht oder besorgt dreinsah . . . da wußte ich plötzlich, daß sie mein Herz gefangen hatte, daß ich für so etwas immun gehalten hatte.«

Er hielt abrupt inne, als die Tür sich öffnete und die Haushälterin auf sein Klingelzeichen hin das Zimmer betrat. »Was ist denn nun schon wieder, Monsieur?« maulte sie. »Oh, Sie haben aber ein langes Gesicht!«

Er sagte scharf: »Jetzt ist's genug, Hortense! Geh und pack mir sofort eine kleine Reisetasche. Ich will in zehn Minuten fahren. Sag Raoul, er soll die Kutsche fertigmachen. Und jetzt raus mit dir!«

Hortense störte der Ton gar nicht, sondern nickte nur energisch. »Überlassen Sie das mal mir, Monsieur.«

Neugierig fragte ich: »Was haben Sie vor?« als die Tür sich wieder geschlossen hatte.

Er war zu einem Schreibtsich gegangen, hatte ihn geöffnet und ein dickes Buch mit einem Einband aus grauem Papier herausgenommen. »Ich werde sofort nach Château Valbrison fahren«, sagte er, während er die Seiten schnell umblätterte, »denn dort wird Sarrazin mit Ihrer Schwester sein. Mal sehen ... ach ja, ausgezeichnet, es gibt einen Expreß nach Toulouse um kurz nach neun. Er hält nur in Orléans und in Limoges, aber ich werde eine Notiz an einen Freund bei der Sûreté schicken, und der wird es telegrafisch so einrichten, daß der Zug auch einen Augenblick in Brive hält. Von dort gibt es eine gute Verbindung nach Valbrison, das dreißig Kilometer entfernt liegt. Wenn alles gutgeht, werde ich kurz nach drei dort sein.«

Ich stand auf. »Sie müssen mich mitnehmen, Monsieur.«

Er schaute mich an und nickte. »Ich hatte gehofft, daß Sie mitkommen würden. Ihnen ist ja klar, daß Sie Ihren guten Ruf in Gefahr bringen, wenn Sie allein mit mir reisen?«

»Bitte«, sagte ich ungeduldig, »wir brauchen uns nicht mit Angelegenheiten zu beschäftigen, die nicht wichtig sind, denn ich komme von der Bühne, und deshalb habe ich keinen Ruf zu verlieren.«

Er stieß ein kurzes Lachen aus, machte eine Verbeugung vor mir und warf den Fahrplan beiseite. »Ich bin über Ihre Leistungen auf der Bühne informiert, Mam'selle Bridget, und schätze es hoch ein, Ihre Begleitung in Anspruch nehmen zu dürfen. Ich weiß, daß Ihr Vater, mein alter Gegner Roger Chance, seine Tochter mit großem Stolz und großer Freude betrachten würde.«

Ich versuchte, meiner Stimme die Bitterkeit zu nehmen, als ich sagte: »Das macht mir nur wenig Freude, Monsieur. Ich habe meinen Vater geliebt, aber ich kann nicht vergessen, was er an meiner armen Schwester verschuldet hat. Ich glaube, das hätte ihm auch nur wenig gefallen.«

»Das stimmt.« Philippe Chatillon starrte mit leerem Blick eine Weile vor sich hin, kam dann wieder zu sich und nahm seine Uhr heraus. »Wir werden in fünf Minuten losfahren. Ich will versuchen, im Zug ein Abteil zu reservieren. Das dürfte nicht allzu schwierig sein, denke ich. Wir könnten das Mittagessen auf der Reise einnehmen und – wenn Sie einverstanden sind – auch den Brief und die Fotografien in Augenschein nehmen, von denen Sie gesprochen haben.«

»Ich habe sie bei mir, Monsieur Chatillon.«

»Gut. Und da wir ja in dieser Angelegenheit Kollegen sind, wollen Sie mir die Ehre erweisen und mich Philippe nennen?«

»Ich danke Ihnen. Und ich werde immer Bridie genannt.« Ich zögerte, dann fuhr ich fort: »Was werden Sie tun, wenn wir Château Valbrison erreichen?«

Philippe Chatillon zuckte die Achseln. »Ich werde mich Victor Sarrazin gegenüberstellen. Ich werde herausfinden, ob er Ihre Schwester geheiratet hat. Wenn das der Fall ist, werde ich ihm alle Hilfe anbieten, die ich ihm beim Auffinden des Raubes von Roger Chance geben kann. Und zwar mit der ausdrücklichen Erlaubnis, daß Sarrazin die Juwelen nehmen kann, ohne daß ich ihn daran hindern werde. Vorausgesetzt, daß er Kate freigibt. Stimmen Sie diesem Vorschlag zu?«

»Ja, natürlich. Aber wenn Sarrazin ihn ablehnt?«

Kalte Drohung flammte plötzlich in den dunklen Augen des sonst so ruhigen Mannes vor mir auf. Er nahm die Fotografie mit seinem Bild vom Tisch auf, drehte sie um und las vor, was auf der Rückseite gekritzelt stand. »Wenn Sarrazin ablehnt«, sagte er im gleichen höflichen Ton, »dann wird er erfahren, daß die Worte zutreffen, die er geschrieben hat.« Er hob wieder den Kopf. »Ich werde tun, was immer notwendig ist, Bridie. Und ich werde *alles* tun, was notwendig ist.«

15

Wir erreichten den Zug nach Limoges zehn Minuten vor der Abfahrtszeit, und Philippe Chatillon schaffte es noch ohne Schwierigkeiten, für uns ein Abteil zu reservieren. Während der Zug auf dem linken Ufer der Seine aus der Stadt hinausfuhr, nach Süden, Richtung Orléans, erfuhr ich mehr von Victor Sarrazin, dem seltsam faszinierenden Mann, dem ich zum ersten Mal auf einer Landstraße in der Nähe von Latchford Hall begegnet war. Er war der erste Mann, der mich als »schön« bezeichnet hatte, auch wenn er nur log. Er war der erste Mann gewesen, der mich später darum gebeten hatte, mir offiziell den Hof machen zu dürfen. Trotz allem war mir mein damaliges Herzklopfen noch in Erinnerung.

Victor Antoine Jean Pierre Sarrazin, der jüngste Sohn aus einer aristokratischen Familie, war ein Spieler, ein Wüstling und berüchtigter Hehler. Das letztere allerdings hatte man ihm noch nie beweisen können. Seine eigene Familie hatte ihm schon seit langer Zeit den Rücken gekehrt, aber er wurde noch immer von der höheren Gesellschaft in ganz Europa akzeptiert. Viele dieser Damen und Herren, die zu wenig zu tun hatten, wurden nicht nur durch Sarrazins strahlenden Charme angezogen, sondern auch von den dunklen Gerüchten, die sich um ihn rankten.

Es spielte keine Rolle, daß er arrogant, herzlos, skrupellos war und daß er häufig diesen Menschen offen seine Verachtung zeigte. Solch übles Benehmen machte ihn in manchen Kreisen sogar noch attraktiver. Es gab nur einen einzigen Mann, den er respektierte und den er zu einem gewissen Grade vielleicht auch fürchtete, denn dieser Mann war weder durch Victor Sarrazins Charme noch durch seinen finsteren Ruf irgendwie beeindruckt und betrachtete ihn mit so etwas wie toleranter Belustigung, die man einem frühreifen Kind entgegenbringt. Dieser Mann war Roger Chance, mein Vater. Er benutzte Sarrazin als Spitzel, um reiche Damen zu überwachen, die wertvolle Juwelen besaßen. Er benutzte ihn auch als Hehler. Sarrazin wäre gern die rechte Hand und Schüler von »Le Sorcier« geworden, aber Roger Chance wollte in dieser Hinsicht nichts mit ihm zu tun haben. Als Werkzeug hielt er Victor Sarrazin von Nutzen, aber zu sonst nichts.

Während ich in den Polstern unseres Abteils lehnte, starrte Philippe Chatillon aus dem Fenster und erzählte mir von dem Mann, der mein Vater gewesen war. »Er konnte nicht anders, Bridie. Mir war das völlig klar. Sie müssen wissen, daß Sarrazin ausnahmsweise einmal die Wahrheit von sich gab, als er Ihnen damals sagte, ich sei sowohl der Freund als auch der Gegner Ihres Vaters gewesen. Und das entspricht den Tatsachen. Ich kannte Roger Chance, lange bevor er in den Verdacht geriet, Le Sorcier zu sein. Hinterher war sein Vertrauen sogar noch immer so groß, daß es ihm Spaß machte, Wortfechtereien mit mir auszutragen, wenn ich diesen Verdacht andeutete. Sie haben mir auch gesagt, daß Sarrazin als Philipp Chatillon behauptet hat, er hätte Ihren Vater gedrängt nach England zurückzukehren. Auch das ist wahr. Ich mochte Ihren Vater, verstehen Sie? Und ich wußte, daß er bald zu Fall gebracht werden würde. Wenn nicht von mir, dann von der Polizei.«

Er wandte den Kopf und schaute mich mit einem schwachen Lächeln an. »Es gibt Menschen, die auf hohe Berge klettern müssen, auch wenn es sie umbringt. Roger Chance war ein Mann mit genauso einem Drang, aber dieser Drang war finsterer. Durch seine Besessenheit hat Ihre Familie sehr gelitten. Ihr Fall allerdings ist tragischer. Aber er war kein schlechter Mensch, Bridie.«

Ich nickte müde: »Nein. Aber ich habe erfahren, daß ein Mensch nicht schlecht sein muß, um andere zu verletzen.«

Er warf mir einen mitfühlenden Blick zu. »Traf Sie in letzter Zeit solch ein Schmerz?«

Ich zuckte die Schultern. »Das ist nicht mehr wichtig. Ich kann jetzt nur noch an Kate denken. Bitte sagen Sie mir, ist Sarrazin irgendwie meinem Vater ähnlich, oder ist er wirklich schlecht?«

»Oh, der ist wirklich schlecht.« Philippe Chatillon starrte wieder abwesend aus dem Fenster. Nach einer Weile machte er eine abwehrende Handbewegung. »Ich muß meine Gefühle fest im Griff behalten«, sagte er heftig. »Zorn und Sorgen, das sind die Feinde des klaren Gedankens, und wenn wir es mit Victor Sarrazin zu tun haben, brauchen wir jeden Funken Verstand, den wir besitzen. Können wir jetzt den Brief Ihres Vaters und die Fotografien ansehen? Wenn wir beim Entziffern seiner Botschaft einen kleinen Fortschritt erreichen können, werden wir mehr Gegenleistung anbieten könne, wenn wir Sarrazin gegenüberstehen.«

Zwei Stunden lang studierten wir den Brief. Dann gingen wir in den Speisewagen und zwangen uns beide dazu, wenigstens ein bißchen Essen hinunterzuzwingen. Anschließend lasen wir den Brief wieder und wieder durch, studierten und durchforschten die Fotografien, suchten einen Zusammenhang zwischen den Worten herzustellen, die mein Vater geschrieben hatte.

Schließlich sagte Philippe Chatillon: »Für einen Franzosen ist es sehr schwer, die Nuancen zu verstehen, die vielleicht in der englischen Sprache liegen. Wir wollen es noch einmal versuchen. Er spricht von »der kleinen Schmiede«, Gibt es bei diesem Wort eine doppelte Bedeutung, Bridie?«

Ich dachte sorgfältig nach und schüttelte dann den Kopf. »Nein. Ich glaube, es muß wirklich nur eine kleine Schmiede sein, ein bestimmter Platz, von dem man in die »Hochtäler« gelangt.«

Er sagte nachdenklich: »Ja . . . die Hochtäler. Gegen Ende unserer Fahrt werden wir ein solches Gebiet durchfahren. Dort gibt es viele Orte, die diesem felsigen Tal auf dem Foto nicht unähnlich sind. Lieber Gott, wie ähnlich Kate ihrer Mutter sieht. So wunderschön . . .« Er hielt kurz inne. »Ihr Vater spricht von einer Pilgerfahrt zu diesem Ort, und er bittet Ihre Mutter darum, sich an die armseligen Gedichte zu erinnern, die er ihr damals sagte. Wallfahrt? Armselige Gedichte? haben diese Worte irgendeine besondere Bedeutung, Bridie?«

Wieder schüttelte ich den Kopf. »Nein. Mein Vater war Ire, und er neigte immer dazu, seine Worte ein bißchen poetisch zu wählen, aber ich glaube, im Brief soll dieser Ausdruck einfach rechtfertigen, was folgt, und das ist ja ›armselige Lyrik‹ oder schlechte Prosa, zum Beispiel ›Dunkelheit zur Abendzeit‹ und ›Tagesanbruch am Ende des Regenbogens‹. Ich glaube, an dieser Stelle ist die wirkliche Botschaft verborgen.«

»Ja, da stimme ich zu. Aber warten Sie, Bridie, warten Sie. Wir wollen das Ganze einmal in der richtigen Reihenfolge nehmen. ›Geh wieder dorthin, wo der Bach golden aus den Hügeln fließt . . .‹ Ich denke, das ist auch nur eine einfache Anweisung, nur daß ein Bach wahrscheinlich gegen Sonnenuntergang oder kurz nach Sonnenaufgang golden fließt. ›Und weiter zum Tal des Steinbock-Felsens.‹ Das ist mit Sicherheit der Ort, wo Ihre Mutter vor dieser natürlichen Säule aus Stein steht, aber auch hier ist wieder kein direkter Hinweis auf die Landschaft gegeben. Also wurde hier ›Steinbock‹ geschrieben, um den Platz zu identifizieren . . . nur, wie? Warum nennt man diesen Stein den Steinbock-Felsen?«

»Ich kann mir nicht vorstellen, warum, Philippe. Vielleicht ist es einfach ein Name, den mein Vater ihm gegeben hat.«

»Aber wenn wir wüßten, warum er diesen Namen gewählt hat, dann würde uns das vielleicht dorthin führen. Hat das Wort ›Steinbock‹ in Ihrer Familie irgendeine besondere Bedeutung?«

Wieder mußte ich verneinen. »Nicht, daß ich wüßte.«

»Was sagt Ihnen das Wort im allgemeinen?«

»Oh . . . nun, es ist die südliche Grenze der tropischen Zone dieser Erde, und außerdem ist es ein Sternbild. Sonst fällt mir nichts ein.«

»Mir auch nicht.« Sein Blick wanderte wieder zum Fenster. »Ich bin kein Astronom, aber das Sternbild gehört zu den Tierkreiszeichen. Ich habe davon gehört, daß manche Menschen unter dem Zeichen des Steinbocks geboren sind.«

»Ja. Ich weiß allerdings nicht, welches Zeichen es ist. Oder doch . . . das Sternbild des Steinbocks wird ›die Ziege‹ genannt, nicht wahr? Deshalb muß es das Sternbild der Ziege sein . . .«

Ich brach ab, und wir starrten einander mit großen Augen an. Nach Sekunden, die mir ewig vorkamen, nickte Philippe Chatillon »Sehr gut, Bridie. Tête de Chêvre. Kopf der Ziege. Die Worte, die Ihr Vater mit Bleistift auf die Rückseite dieses Fotos geschrieben hat.«

»Ja«, sagte ich voller Zweifel. »Kann sein. Aber mehr sagt es uns eigentlich nicht, oder?«

»Wir können vielleicht mehr Bedeutung darin finden, wenn wir einen weiteren Teil unseres Rätesels gelöst haben.« Er schaute den Brief noch einmal an. »Hier fährt er fort: ›Denk dann an mich, und hab' keine Angst vor dem Schatten, liebste Mary, denn die Dunkelheit zur Abendzeit führt nur zum Tagesanbruch am Ende des Regenbogens.‹ Keine Angst vor dem Schatten? Was für ein Schatten? Der Steinbock-Felsen würde natürlich einen Schatten werfen, aber warum sollte sie Angst davor haben?«

»Ich glaube«, sagte ich langsam. »daß eine paar der Sätze einfach willkürlich eingefügt wurden, um die wichtigen Teile zu verbinden, und der wichtige Teil muß hier sicherlich der Schatten sein.«

»Den er mit ›der Dunkelheit zur Abendzeit‹ gleichzusetzen scheint. Und das führt zu . . . ach, ja! Es soll ausdrükken, daß der Schatten in eine bestimmte Richtung zeigt.« Philippe runzelte die Stirn und schaute von dem Brief auf. »Aber Schatten bewegen sich mit der Sonne.«

»Er schreibt ›zur Abendzeit‹, also muß es bedeuten, daß er damit den Sonnenuntergang gemeint hat.« Ich richtete mich ein wenig in meinem Sitz auf. »Ja, natürlich. Das bestätigt doch, was Sie eben gesagt haben. ›Wo der Bach golden fließt.‹ Daß das wahrscheinlich bei Sonnenaufgang oder . . . Sonnenuntergang der Fall ist.«

Er nickte zustimmend. »Genau. Und jetzt können wir annehmen, daß der Schatten des Steinbock-Felsens bei Sonnenuntergang auf . . .« – er schaute noch einmal auf den Brief hinab – ». . . auf den ›Tagesanbruch am Ende des Regenbogens‹ zeigt, auf die Stelle, wo man nach den alten irischen Märchen einen Topf mit Gold findet. Das wird natürlich ein Versteck sein, aber wir können nicht sagen, wie es aussieht, bevor wir den Steinbock-Felsen nicht gefunden haben und in der Lage sind, die Umgebung zu studieren.«

Ich kannte diesen Teil des Briefes jetzt auswendig, und die letzten Worte fielen mir wieder ein. »Hab keine Angst vor der Kuh auf wartenden Füßen, denn sie dient nur dazu, die Leere zu enthüllen, die mit Licht gefüllt ist.« Die zweite Hälfte des Satzes, darauf hatten wir uns schon geeinigt, mußte sich auf das Versteck beziehen, in dem die Beute lag, aber die erste Hälfte war noch schleierhaft.

Wie ein Echo meiner Gedanken sagte Philippe Chatillon langsam: »Hier sind auch wieder die Worte ›Hab keine Angst‹, und ich stimme mit Ihrer Annahme überein, daß es einfach verbindende Worte ohne Bedeutung sind. Aber was ist die ›Kuh auf wartenden Füßen‹? Es gibt doch sicherlich keine lebendige Kuh in dem Versteck oder eine tote Kuh.«

»Das Wort ›Kuh‹ kann doch keine zweite Bedeutung haben«, sagte ich. »Dieser Satz ergibt überhaupt keinen Sinn.«

»Nein«, stimmte Philippe Chatillon nach kurzem Bedenken zu. »Aber wir müssen anders denken, Bridie. Irgend etwas steckt dahinter.«

Mein Kopf hatte angefangen zu schmerzen, und ich lehnte mich zurück und schloß die Augen. »Ist es so wichtig, daß wir das Rätsel lösen, Philippe?« fragte ich müde. »Meine einzige Sorge gilt doch Kate.«

»Meine doch auch«, sagte Philippe heftig. »Das ist ja der

Grund, warum wir die Antwort suchen. Je mehr wir Sarrazin bieten könne, desto größer wird unsere Chance, daß er Kate als Gegenleistung aufgibt.«

»Ja. Tut mir leid. Sie haben recht. Wir wollen noch einmal von Anfang an alles durchgehen.«

Als der Zug kurz für uns in Brive anhielt, hatten wir immer noch keinen Fortschritt gemacht. Wir mußten fünfzehn Minuten auf den Zug nach Valbrison warten. Es war wärmer als in Paris. Wir saßen zusammen auf einer Bank, sagten wenig, denn es war schwierig, über nebensächliche Dinge zu reden. Über unsere wirklichen Sorgen konnten wir in der Öffentlichkeit ja nicht sprechen.

Der Himmel war wolkenlos. Ein Stückchen von uns entfernt waren vier französische Arbeiter in blauen Arbeitsanzügen damit beschäftigt, die Schwellen auf einem Seitengleis zu erneuern. Sie brachen die alten Schwellen mit dicken Brechstangen aus Stahl los. Nicht mehr als sechs weitere Fahrgäste warteten auf den Zug nach Valbrison. Ich schaute den Arbeitern zu und beobachtete die Passagiere. Doch ich konnte kaum noch die Panik zurückdrängen, wenn ich über Kates Dilemma nachdachte. Die Arbeiter stemmten eine weitere Schwelle hoch, stützten sich dann auf ihre Spitzhacken und Brechstangen, während sie zusahen, wie der Zug nach Limoges langsam aus dem Bahnhof rollte. Es gab nichts, was mich von meinen Gedanken ablenken konnte, und in meiner Verzweiflung schloß ich die Augen und begann, im Geiste den »Mann vom Wasserwerk« herzusagen. Ich deklamierte Alfies Zeilen, Ethels Zeilen, dann meine eigene Rolle, und ich spielte und tanzte mich im Geiste durch all die Bewegungen, die mir jetzt in Fleisch und Blut übergegangen waren.

Ich hatte fast das Ende des Sketches erreicht, als der Bummelzug einfuhr, und zwei Minuten später waren wir auf dem Weg nach Valbrison. Ich wußte, daß Philippe Chatillon genauso angespannt war wie ich, denn ich konnte sehen, wie seine drahtigen Hände nervös mit dem Knauf des schwarzen, schlanken Spazierstocks spielten, den er bei sich hatte. Wir fuhren jetzt an einem Fluß entlang, und als ich hinausschaute, wußte ich plötzlich, daß mir ein wichtiger Gedanke entschlüpft war, der tief in meinem Unterbewußtsein verborgen lag. Was es war, konnte ich nicht sagen. Irgendwo, irgendwann hatte ich etwas gehört oder gesehen, das Licht auf das Rätsel warf, das wir jetzt seit Stunden zu lösen versuchten. Nein . . . nicht irgendwann. Vor ganz kurzer Zeit. Denn was immer es sein mochte, es war noch nicht lange in meinem Gehirn, es war noch nicht dagewesen, als wir Paris verlassen hatten.

Während der Zug langsam das Tal entlang immer höher hinauf in die Berge ratterte, kämpfte ich wütend mit dem Irrlicht meiner Erinnerung. Manchmal schien mir dieses Irrlicht verführerisch nah vor der Nase zu stehen, aber dann verschwand es wieder so total, daß ich mich fragte, ob ich mir das nicht alles eingebildet hätte. Nach zwanzig Minuten schloß ich die Augen und versuchte, an gar nichts mehr zu denken.

Arbeitsanzüge. Blaue Arbeitsanzüge. Ich konnte sehen, wie die alten Bahnschwellen aus ihrem Kiesbett hochgestemmt wurden. Arbeiter, manche rauchten kurze Pfeifen, einer hatte einen Krug Wein . . .

Der Zug verlangsamte seine Geschwindigkeit und war schon fast zum Halten gekommen, als ich hochfuhr, als ob eine Wespe mich gestochen hätte. Ich umklammerte den Arm von Philippe und war dankbar dafür, daß wir allein im Abteil saßen. »Die Kuh, Philippe!« Ich mußte nach Luft schnappen. »Die Kuh auf wartenden Füßen! Es ist gar keine richtige Kuh, es ist ein allgemein üblicher Ausdruck für Brecheisen! Kuhfuß! Wie heißt das Wort doch auf Französisch? Levier? Barre de fer? Ein langer eiserner Hebel zum . . . zum Hochstemmen. Es muß irgend etwas im Versteck sein, das man aufstemmen muß. In dem Brief steht, daß die ›Kuh auf wartenden Füßen‹ nur ›dazu dient, die Leere zu enthüllen, die mit Licht gefüllt ist‹. Es ist ein Kuhfuß, der darauf wartet, zum Anheben von irgend etwas benutzt zu werden, Philippe! Das ergibt doch einen Sinn, nicht wahr?«

Er nickte langsam, und die Erregung ließ seine Augen leuchten. »Großartig, Bridie! Kuh auf wartenden Füßen . . . wartender Kuhfuß. Das ist eine Wortverbindung, die für einen Franzosen nicht verständlich wäre.« Er lehnte sich nach vorn, nahm meine Hand und berührte sie sanft mit seinen Lippen. »Jetzt fehlt uns nur noch der genaue Ort, aber alles andere können wir Victor Sarrazin anbieten. Ich hoffe, daß es ausreichen wird.« Er lehnte sich zurück und schloß die Augen. Nach langem Schweigen sagte er mit leiser Stimme: »Liebe Bridie. Ich habe davon geträumt, daß ich Sie eines Tages meine Schwester nennen dürfte.«

Ich fühlte mich den Tränen nahe und sagte: »Das würde mich sehr stolz machen.«

Ein Schatten flog über sein Gesicht. »Aber jetzt . . .«

Ich sagte: »Vielleicht wird alles wieder in Ordnung kommen, Philippe. Wir müssen nur die Hoffnung aufrechterhalten.«

Er nickte, seine Augen waren noch immer geschlossen. Es entstand eine weitere Pause, und dann sagte er ruhig: »Ich wünschte, Nathan McFee wäre hier. Das ist ein guter Mann, der hat einen klugen Kopf.«

Ich antwortete nicht, aber die schmerzhafte Leere, die unter meiner Angst um Kate lag, wirkte wie ein großes, kaltes Gewicht in meiner Brust.

Château Valbrison lag am anderen Ende eines Hochtales, durch dessen unteren Teil ein Nebenfluß der Dordogne strömte. Wir ließen unsere Koffer an dem kleinen Bahnhof zurück, und in der Hitze des Nachmittages brachte uns eine uralte Droschke die lange, gewundene Straße hinauf. Die beiden alten Pferde stemmten sich gegen die Steigung. Philippe Chatillon hatte für diese Fahrt reichlich gezahlt, denn es schien so, als ob es nie Besucher auf Château Valbrison gäbe, außer denen, die erwartet wurden. Und dann schickte Monsieur Sarrazin seinen eigenen Wagen hinunter.

Am Eingang zum Hof gab es keine Tore. Die riesigen

Scharniere waren schon vor einem Jahrhundert durchgerostet, erzählte uns der Droschkenkutscher, noch zur Zeit seines Großvaters. Er fuhr zwischen den alten Säulen hindurch, passierte dann einen Torbogen, fuhr weiter in einen kleineren Hof und dann hinüber zu einer großen Treppe, die zu einer Haustür aus wettergebleichter Eiche mit schweren eisernen Beschlägen hinaufführte.

Philippe bezahlte den Kutscher. Dann stiegen wir zusammen die moosbewachsenen Stufen hinauf. Während die Droschke quietschend abfuhr, spürte ich, wie mein Herz vor Hoffnung und Furcht zugleich zu rasen begann. Ich sehnte mich danach, Kate hier wiederzufinden, aber dennoch hatte ich Angst davor. Der Gedanke, daß sie irgendwo in diesem düsteren, verfallenen Château war, mit einem Mann wie Victor Sarrazin, dieser Gedanke war mir unerträglich. Dennoch wußte ich: Wenn ich sie hier nicht fand, wo dann?

Philippe hatte schon an der dicken Kette gezogen, die neben der Tür hing und eine Glocke bediente. Sein Gesicht drückte gespannte Aufmerksamkeit aus und verriet nicht die Sorge, die in ihm tobte. Einen Augenblick lang fühlte ich ein wenig Neid, als mir klar wurde, daß Kate ohne jegliche Anstrengung, ja, selbst ohne ihn zu kennen, die Liebe eines solchen Mannes gewonnen hatte, aber dann schämte ich mich dieses Gedankens, und in diesem Augenblick schwang die Tür auf.

Ein untersetzter Mann mit kurzgeschnittenem schwarzem Haar und einem ungepflegten Schnurrbart schaute uns ärgerlich an. Er kaute irgend etwas. Er trug gute Kleidung, aber sie paßte schlecht zu seinem groben Gesicht und seinen schlechten Manieren. Er schluckte, wischte sich mit dem Handrücken den Mund und wollte gerade sprechen, als Philippe ihn anfuhr: »Seien Sie so gut und sagen Sie Victor Sarrazin, daß Philippe Chatillon und Mademoiselle Bridget Chance hier sind und ihn in einer Angelegenheit sprechen möchten, die für ihn von großem Nutzen ist.«

Während Philippe sprach, trat er energisch vorwärts. Es

lag eine stille Drohung in der Art, wie er seinen schlanken schwarzen Stock hielt, und wie ungewollt landete die Spitze durch eine elegante Handbewegung Philippes kurz vor dem Gesicht des Mannes. Dieser machte erschreckt einen Schritt rückwärts – und schon stand Philippe mit mir am Arm neben ihm in der Halle. »Haben Sie verstanden, was ich Ihnen gesagt habe?« fragte Philippe drohend.

Der Mann schaute ihn mit schmalen Augen an und nuschelte mürrisch: »Monsieur Sarrazin ist im Augenblick beschäftigt.«

Philippe stützte sich auf seinen Stock und antwortete kühl: »Seien Sie sicher, daß er uns sofort empfangen wird, wie beschäftigt er auch immer sein mag.«

Der Mann zögerte; er ließ seine Blicke zwischen uns hin und her wandern. Ich bemerkte, daß die große Halle hochgewölbt und finster war und daß sie dringend poliert und entstaubt werden müßte. Nach allem, was ich bis jetzt von Château Valbrison gesehen hatte, machte das Schloß den Eindruck, als ob sein Besitzer verarmt sei, und das paßte mit der Beschreibung zusammen, die Philippe mir von Victor Sarrazin gegeben hatte. Er war ein Spieler, ein Verschwender, ein Heuchler.

Auf der anderen Seite der Halle öffnete sich eine Tür, und dabei drang ein Schwall von Gelächter aus dem Zimmer, das dahinter lag. Eine Stimme, die ich kannte, sagte: »Wer zum Teufel ist denn da, Felix? Wenn es die heiße kleine Stute aus der Bäckerei ist, dann bring sie herein. Wir können immer noch ein weiteres Mädchen brauchen, damit . . .«

Victor Sarrazin blieb der Satz im Halse stecken, als er uns sah. Er war offensichtlich überrascht, aber in keiner Weise verlegen. Sein Hemd stand am Hals offen, und er trug keine Jacke. Aus dem Klingen der Gläser, dem Klappern von Porzellan, dem Klang der Stimmen, männlich und weiblich, dem brüllenden Gelächter, aus all diesen Geräuschen, die aus dem Raum hinter ihm drangen, erriet ich, daß er ein Gelage abhielt. Aber er zeigte keine Anzeichen von Trunkenheit. Auf seiner Wange waren zwei lange Kratzer, aber die haselnußbraunen Augen waren klar, sein Gesicht frisch und aufmerksam, und sein ganzes Benehmen war von einer trägen Sicherheit, wie ich es in Suffolk und in London bei ihm gesehen hatte.

Ich hatte erwartet, daß ich ihn jetzt sofort ablehen würde, und es erschreckte mich, daß ich das noch immer nicht konnte. Einen fürchterlichen Augenblick durchzuckte mich der Gedanke, daß doch eventuell der Mann neben mir mich anlog. Doch da warf Sarrazin abrupt den Kopf zurück und lachte schallend. »Die Sterne sind mir günstig«, sagte er auf Englisch. »Mein störrisches Weib weigert sich, das zu tun, was ich für nötig halte, um Sie hierherzubringen. Und nun sind Sie von selbst gekommen. Erstaunlich.« Er schaute ins Zimmer hinter sich, hob die Stimme ein wenig und sprach Französisch. »Der Teufel sorgt für die Seinen, meine Freunde. Hier ist das dumme englische Mädchen . . .« Er drehte den Kopf wieder um und schaute uns mit einem glücklich-spottenden Lächeln an. »Und der große französische Detektiv ist auch mitgekommen.«

Neben mir sagte Philippe: »Ist Kate Chance hier, Sarrazin?«

Die braunen Augen blitzten vor Belustigung. »Ich habe Kate Sarrazin hier, Monsieur.«

»Sie haben geheiratet?«

»Mit Sondererlaubnis, vor drei Tagen.«

»Also gut.« Ph8lippes Stimme klang ausdruckslos. »Wir sind hier, um uns mit Ihnen zu einigen. Es sollte möglich sein, die Ehe so bald wie möglich zu annullieren. Als Gegenleistung bieten wir Ihnen alle Informationen an, die Sie brauchen, um die gestohlenen Juwelen in die Hände zu bekommen, die Le Sorcier in all den Jahren gesammelt hat.«

Eine dunkle Flamme schoß in Sarrazins Augen hoch, und er reckte den Kopf wie ein horchender Hund. »So haben Sie also die Lösung? Zum Teufel!« sagte er leise. Dann, in schärferem Ton, während er abwehrend die Hand hob: »Nein! Sagen Sie nichts mehr. Ich denke, daß jetzt nicht die richtige Zeit zum Reden ist.« Er trat zurück, öffnete die Tür weit und streckte den Arm aus. »Willkommen in Valbrison, Mademoiselle, Monsieur.«

Philipppe berührte meinen Arm, und ich ging vorwärts. Von dem Augenblick an, als ich Sarrazins Stimme hörte, hatte ich das Gefübl, als ob ich einen unangenehmen Traum durchlebte. Doch als ich nun vor ihm in das Zimmer trat, stockte mir das Blut in den Adern, und die Wirklichkeit zeigte sich mir in absoluter Klarheit.

Es war ein großes, schlecht gepflegtes Zimmer. Drei Männer und drei Frauen lümmelten jetzt schweigend um einen langen Tisch herum, auf dem Platten mit Aufschnitt, lange knusprige Brote, Käse, Schalen mit Butter, Körbe voll Obst und viele Flaschen Wein standen. Wie verfallen das Schloß auch sein mochte, es war klar, daß diejenigen, die hier wohnten, nicht an Essen und Trinken sparten. Die Männer waren vom gleichen Typ wie Felix, der uns die Tür geöffnet hatte. Sie stammten nicht aus der Gesellschaftsschicht, in die Victor Antoine Jean Pierre Sarrazin hineingeboren worden war, aber sie waren auch keine Dienstboten. Mein unmittelbarer Eindruck war der, daß sie seine Komplizen sein mußten. Und ich hatte keinen Zweifel, daß sie alle Verbrecher waren. Die drei Frauen waren in billiges Flitterzeug gekleidet und hatten das dreiste Benehmen von Huren. Sie waren keine Bauernmädchen aus dem Ort. Wahrscheinlich hatte er sie von Brive oder Limoges hierherholen lassen.

Neben mir ertönte Philippes Stimme: »Aha . . . hier bist du also, Didi. Machst du vielleicht Ferien von deinen Taschendiebstählen auf der Place Vendôme? Und da ist ja auch mein alter Bekannter André l'Apache vom Montmartre, bei dem ich einmal das Vergnügen hatte, ihm drei Jahre Gefängnis zu sichern. Der dritte Herr ist mir allerdings unbekannt.«

Die Männer schauten uns mit steinernen Gesichtern an. Eine der Frauen kicherte, eine andere hob unsicher das Glas, zwinkerte mir zu und beschlabberte sich mit Wein, während sie trank. Ich wandte mich zu Sarrazin um, und ich war dankbar dafür, daß meine Stimme ruhig und gleichmäßig klang.

»Wo ist meine Schwester?«

Er lächelte dünn. »Madame Sarrazin befindet sich momentan in ihrem Zimmer, aber Sie dürfen sie in Kürze besuchen.« Er schaute zu Felix hinüber, der uns ins Zimmer gefolgt war, und wies ihn an: »Ich habe etwas zu erledigen. Bring die Weiber hinunter zum Bahnhof, sie sollen mit dem Zug nach Hause fahren. Komm dann auf der Stelle zurück.«

»Gut, Victor.«

Von den drei Frauen kamen halb kichernde, halb beleidigte Proteste, als sie hastig aus dem Zimmer geschoben wurden. Felix packte die Widerspenstigste am Arm und zog sie ohne viel Federlesen hinaus. Als sich die Tür hinter ihnen geschlossen hatte, warf Sarrazin sich lässig in einen Sessel, füllte das Glas, das vor ihm stand, und schaute mich mit dem gleichen Ausdruck höflichen Spottes an, den er im Augenblick unserer Ankunft gezeigt hatte. »Sie wollen in erster Linie ohne Zweifel Madame Sarrazin allein sprechen wollen, nicht wahr?« fragte er,

Ich warf einen Blick zu Philippe hinüber, der fast unauffällig nickte. »Ja, ich möchte allein mit ihr reden.«

»Dann sollen Sie das sofort tun, während der berühmte Monsieur Chatillon mir erklärt, was er in dem Brief Ihres Vaters entdeckt hat und was er daraus schließt.« Sarrazin warf dem Mann einen Blick zu, den Philippe nicht kannte. »Bring sie nach oben, Alex. Laß die beiden zusammen und komm direkt wieder herunter.«

Alex, ein hagerer, knochiger Kerl mit kleinen schwarzen Augen, nickte, ging zur Tür hinüber, öffnete sie und ging hinaus. Ich eilte hinter ihm her. Sarrazin hörte ich noch sagen: »Und jetzt, mein lieber Chatillon, nehmen Sie doch bitte Platz. Ich muß gestehen, daß Ihre Anwesenheit hier recht unerwartet kommt . . . aber keineswegs ungelegen. Überhaupt nicht ungelegen. Was haben Sie mir zu bieten?«

»Nichts, ehe ich nicht sicher bin, daß es Kate gutgeht.« Philippes kalte Stimme wurde abgeschnitten, als ich die Tür schloß. Der Mann stieg die breite, ehemals elegante Treppe hinauf, auf der ein abgewetzter Läufer vor Schmutz starrte. Als er die Galerie erreichte, wandte er sich nach rechts und ging durch den Korridor bis zur letzten Türe. Dort drehte er den Schlüssel herum und mir wurde fast übel bei der Entdeckung, daß Kate eingesperrt war.

Er bedeutete mir einzutreten, und als ich im Zimmer stand, verschloß er die Tür wieder. Das Zimmer war groß und luftig, es war mit fadenscheinigen Teppichen ausgelegt und mit ein paar guten, aber ungepflegten Möbeln ausgestattet. In einer Ecke stand ein großes Bett mit Baldachin. Kate lehnte am Fenster und schaute nach draußen, ihr Rücken war mir zugewandt. Sie trug ein einfaches, graues Kleid mit hochgeschlossenem Kragen, ein Tageskleid, das sie meistens in der letzten Hälfte der Trauerzeit angezogen hatte. Ihre Hände waren fest geballt, und ihr ganzer Körper schien erstarrt zu sein.

Die Kehle schnürte sich mir zusammen, und während ich nach Worten suchte, sagte Kate mit flacher, harter Stimme: »Ich werde es nicht tun. Du kannst mich umbringen, Victor, aber ich werde diesen Brief nicht schreiben.«

Ich durchquerte das Zimmer und ging auf sie zu, und mit heiserem Flüstern sagte ich: »Kate, oh, Kate!«

Sie fuhr herum. »Bridie!« Ihr bloßes Gesicht spiegelte gleichzeitig Freude und Angst, Beschämung und störrischen Stolz, Erleichterung und Verzweiflung. Unter ihren schönen Augen lagen dunkle Schatten, und ein blaugelber Bluterguß zog sich von ihrem rechten Wangenknochen bis fast zum Kinn. Sie wollte auf mich zugehen, blieb jedoch wie angenagelt stehen. »Du brauchst mich nicht auszuschimpfen, Bridie«, sagte sie mit dünner, unnatürlicher Stimme. »Ich weiß, ich bin ein Narr gewesen. Ich bin so dumm gewesen wie nie jemand zuvor.«

Ich ging mit ausgestreckten Armen auf sie zu. »Kate . . . dich ausschimpfen? Oh, nein, Kate, Schwesterchen, nein. Ich weiß, wie stark seine Ausstrahlung sein kann . . .«

Sie warf sich ohne einen Ton in meine Arme, klammerte

sich an mich und preßte den Kopf an meine Schulter. Ich streichelte ihr sanft den Rücken und murmelte Worte des Trostes. »Es ist alles wieder gut, Schwesterchen. Ist ja gut. Ich bin doch bei dir. Ich verstehe dich ja, Bitte, mach dir keine Sorgen . . .«

Ich konnte fühlen, wie sie schluchzte, obwohl sie kein Geräusch von sich gab. Nach kurzer Zeit hörten die Schluchzer auf, aber Kate klammerte sich noch immer an mich. Sanft sagte ich: »Kate, Liebste, ich muß dich etwas fragen. Er sagt, du bist mit ihm verheiratet. Ist das wahr?«

Sie nickte an meiner Schulter und flüsterte: »Ja. Es war eine . . . private Trauung. Mit Sondererlaubnis. In Paris.«

Mein Mut sank. Ich hielt sie ganz fest. »Hat er . . . hat er dich gebraucht?«

Wieder nickte sie, dann hob sie den Kopf und schaute mir in die Augen. »In Paris. Ehe wir hierherkamen. Ehe ich wußte, daß er . . . ein Ungeheuer ist. Ein Ungeheuer, Bridie.« Plötzlich kamen die Tränen, und sie vergrub ihr Gesicht wieder an meiner Schulter. »Oh, Bridie, ich habe ihn so geliebt! Ich dachte, er sei . . . so wunderbar, ich hätte für ihn sterben können. Und dann, als wir hierherkamen . . . da war es plötzlich, als ob er eine Maske fallen ließ.«

Ihr Körper wurde nun von wilden Schluchzern geschüttelt, und ich hielt sie still in meinen Armen, bis sie wieder sprechen konnte. Sie wandte mir ihr tränennasses Gesicht zu, Zorn glänzte in ihren Augen, als sie sagte: »Seit der Zeit hat er mich nicht wieder angerührt, Bridie. Er hat es versucht; er hat es vor diesen Frauen versucht, aber ich habe ihm das Gesicht mit meinen Nägeln zerkratzt.«

Ich stand da, hielt meine Schwester im Arm und wußte mit tödlicher Sicherheit, daß ich Victor Sarrazin umbringen würde, wenn ich eine Möglichkeit dazu finden konnte. Ich sagte: »Hat der Kerl dir dabei ins Gesicht geschlagen?«

Sie schüttelte den Kopf. »Nein, das hat er schon früher getan. Als ich den Brief nicht schreiben wollte.« Ihr Gesicht verzog sich erschrocken. »Oh, lieber Himmel, Bridie, du hättest nicht kommen sollen! Das ist es ja, was er will.

Darum hat er versucht, mich zu zwingen, diesen Brief zu schreiben.«

»Es ist alles in Ordnung, Schwesterchen. Ich bin nicht allein gekommen.« Ich nahm ihre Hände und zog sie zu einem Sofa in der Nähe des leeren Kamins hinüber. »Wir wollen uns hinsetzen. Dann erzählst du mir, was passiert ist.«

Wir saßen Seite an Seite, wandten uns einander zu und hielten uns noch immer bei den Händen. Zuerst sprach Kate stockend, aber dann sprudelten die Worte nur so hervor. Die heimliche Abreise war so geplant gewesen, wie ich es bereits erfahren hatte. Allerdings hatte Kate mir einen Brief geschrieben und auch einen an Signore Peroni, in dem sie sich bedankte und entschuldigte. Sarrazin hatte ihr vorgespielt, er habe die Briefe am Freitagnachmiitag in Dover zur Post gegeben. Aber Kate wußte jetzt, daß diese Briefe nie abgeschickt worden waren. Am nächsten Tag war sie mit Victor Sarrazin von einem Priester der anglikanischen Kirche mit Sondererlaubnis in Paris getraut worden. Sie wußte nicht, wie all das arrangiert worden war, und sie hatte jetzt den Verdacht, daß entweder Bestechung oder Urkundenfälschung oder beides mit im Spiel gewesen waren. Aber sie hatte keinen Zweifel, daß die Ehe selbst legal war.

Sie hatte dann mit Victor Sarrazin zwei Nächte in einem ausgezeichneten Hotel in Paris verbracht, und am Morgen waren sie nach Valbrison abgereist. An diesem Tag hatte Sarrazin die Maske fallen lassen, hinter der er sich bis jetzt versteckt hatte. Seine Spießgesellen waren schon im Schloß, und bald waren auch die Huren aus Brive hergebracht worden. Für Kate hatte ein Alptraum begonnen. Sie war Victor Sarrazins Frau, war völlig in seiner Gewalt, und wußte dennoch, daß sie nicht mehr als ein Mittel zum Zweck war. Denn ich war diejenige, die der Verbrecher haben wollte. Ich war diejenige, die den Schlüssel zu dem Juwelenschatz in Händen hielt, der von Le Sorcier zusammengetragen worden war. Und Sarrazin wußte das. Ich hatte ihn angelogen, aber er hatte mich sofort durchschaut. Als seine Versuche, sich mit mir zu befreunden, scheiterten, hatte er seine Aufmerksamkeit Kate zugewandt, denn wie Philippe erraten hatte, wußte Sarrazin, daß er mich so gut wie sicher gefangen hatte, wenn Kate in seinen Fängen war.

»Er . . . er plante, von mir einen Brief schreiben zu lassen, damit du hierher kämst«, sagte Kate, und ihre Hände zitterten in meinen. »Er hatte den Brief schon fertig aufgesetzt; ich brauchte ihn nur noch abzuschreiben. Es stand darin, daß ich sehr glücklich sei, daß ich dich aber dringend wiedersehen wollte. Ich habe diesen Brief nicht geschrieben, Bridie. Da ist er so wütend geworden, daß ich dachte, er bringt mich um. Aber er hat mich nur niedergeschlagen.« Sie senkte den Kopf. »Als ich dich jetzt sah, da hatte ich zum ersten Mal schreckliche Angst deinetwegen. Doch dann hoffte ich, daß du mit deinem Verlobten, Nathan McFee, gekommen wärst. Er arbeitet für eine amerikaniche Detektivagentur, das weißt du sicher, und Victor hat Angst vor ihm. Du hattest ja gesagt . . .« – sie hob den Kopf – ». . . du hattest doch wirklich eben gesagt, daß er mit dir hier ist, nicht wahr, Bridie?«

»Ich habe dir gesagt, daß ich nicht allein bin, aber Nathan ist nicht mit mir hergekommen. Er . . . er mußte zurück nach Amerika. Ich bin mit einem Mann hier, der Philippe Chatillon heißt. Er ist französischer Privatdetektiv, und ich glaube, er ist auch sehr berühmt. In gewisser Hinsicht war er Papas Freund.«

»Chatillon? Ja, ich habe gehört, wie Victor diesen Namen seinen üblen Genossen gegenüber erwähnte. Wie kommt es, daß er mit dir hergekommen ist?«

Ich erzählte ihr alles, was Philippe mir von seiner Beobachtung in England berichtet hatte, wie er über Kate gewacht hatte und wie er sich dabei in sie verliebt hatte. Sie schüttelte verwundert den Kopf, schaute dann auf unsere verschlungenen Hände hinab, biß sich auf die Lippe und versuchte zu sprechen, ohne wieder weinen zu müssen.

»Ich . . . ich nehme an, daß Victor mir erlauben wird, mit diesem Herrn zu sprechen«, sagte sie endlich stockend. »Aber bitte, danke ihm in meinem Namen, und sag ihm, daß ich . . . über seine Gefühle geehrt bin. Es tut mir sehr leid, daß ich mich als so dumm herausgestellt habe.« Sie drückte meine Hand. »Gott sei Dank, daß dieser Mann bei dir ist, Bridie. Wenigstens wirst du auf diese Weise das Schloß sicher wieder verlassen können.«

»Aber wir gehen nicht ohne dich, Kate!« rief ich aus. »Alles, was Sarrazin will, ist die Beute, die Papa hier irgendwo versteckt hat. Philippe und ich, wir haben die meisten Antworten zu dem Rätsel schon gefunden. Philippe wird Sarrazin unsere ganzen Kenntnisse anbieten, als Gegenleistung für . . . dich.«

Sie schaute mich mit Augen an, die so viel älter aussahen, als vor kurzer Zeit, daß ich erschrak. »Das ist nicht alles, was er will«, meinte sie ruhig. »Er hat mich auch zu seiner Frau gemacht, weil er es genießt, eine Tochter von Roger Chance zu demütigen. Er hat Papa so sehr beneidet, daß Haß daraus geworden ist. Oh, bis zu einem gewissen Punkt waren sie ›Kollegen‹, aber jahrelang hat Victor versucht, den Platz zu finden, an dem Papa die Juwelen, die er stahl, zu verstecken pflegte. Papa hat jeweils immer nur ein einziges Stück von seinen Schätzen an Victor zum Verkauf übergeben, wenn Papa Bargeld brauchte, und dieses Stück war dann gewöhnlich immer schon vor Jahren gestohlen worden. Victor war wie besessen davon, Papas Versteck zu finden, und Papa wußte es. Er amüsierte sich darüber, und es machte ihm Spaß, falsche Spuren auszulegen, an denen Victor seine Zeit verschwendete.«

In mir kroch kalte Angst hoch, aber ich versuchte, Zuversicht auszustrahlen. »Wenn er so davon besessen war, dann wird er dich mit Sicherheit als Gegenleistung für das Diebesgut aufgeben. Philippe will mit ihm handeln, er verlangt eine schriftliche Erklärung, daß die Ehe annulliert werden soll . . .« Ich hatte keine Ahnung, ob so etwas überhaupt möglich war und redete einfach, um Kate Mut zu machen.

In diesem Augenblck klickte das Schloß, die Tür öffnete sich, und dieser gräßliche Mann Alex trat ins Zimmer.

Er schaute mich an und befahl mit herrischer Geste: »Er will Sie unten haben.«

Ich stand auf und zog Kate mit mir hoch. »Also gut.«

»Die nicht. Die soll hierbleiben.«

Ich zögerte, dann drückte ich Kates Hand ganz fest und sagte: »Ich bin bald wieder zurück. Mach dir keine Sorgen, Liebes. Du bist nicht mehr allein.«

Zu meiner Überraschung war Sarrazin im Speisezimmer allein. Er lag lässig in einem Sessel, ein Glas Wein in der Hand, die Stiefel auf dem Tisch und schenkte mir ein so warmes, liebenswürdiges Lächeln, daß mein Magen sich vor Ekel über diese widerliche Scheinheiligkeit umdrehte. »Ich bin sicher, meine Frau hat Ihren Besuch genossen«, sagte er.

Mit gewaltiger Anstrengung hielt ich den Haß in Schach, der in mir hochschoß. Ich hatte den dringenden Wunsch, diesem Verbrecher das Gesicht noch mehr zu zerkratzen, diesem Halunken, dessen Anziehungskraft und gutes Aussehen das Ungeheuer in ihm verbarg. Doch mir fiel wieder ein, daß Philippe um Kates Freiheit handelte und daß ich nichts sagen durfte, nichts tun durfte, was dem guten Ausgang vielleicht schaden konnte. Ich ging auf ihn zu, und fragte: »Wo ist Monsieur Chatillon?«

»Sie meinen den Herrn, der Sie auf Ihrer Reise hierher begleitet hat?«

»Natürlich.«

»Ah. Den Monsieur Chatillon. Nun, der ist meine Frau besuchen gegangen.«

Ich starrte ihn an. »Aber ich habe Kate gerade verlassen, und ich bin ihm nicht begegnet.«

Sarrazin machte eine vage Handbewegung. »Vielleicht ist er auf einem anderen Weg dorthin gegangen. Diese alten Schlösser haben viele Korridore.«

Ich war sicher, daß er log, aber ich wußte nicht, was er damit erreichen wollte. Nach kurzem Schweigen sagte ich vorsichtig: »Ich nehme an, Sie haben die Angelegenheit diskutiert, die uns hierhergebracht hat?«

»Ja. Er hat mir sehr präzise erklärt, was er wollte. Er ist ein Mann, der sich sehr gut ausdrücken kann, meinen Sie nicht auch?«

»Und er hat Ihnen erzählt, was wir in dem Brief, den mein Vater hinterlassen hat, und in den Fotografien entdeckt haben?«

»Zu meiner großen Enttäuschung hat er sich geweigert, mir das zu sagen, ehe ich nicht eine unwiderrufliche Erklärung bezüglich meiner lieben Frau abgegeben habe.« Er hob die Füße vom Tisch und stand auf. Wieder zeigte er dieses liebenswürdige Lächeln. »Ich glaube, die Dokumente, von denen Sie sprechen, der Brief und die Fotografien, sind im Augenblick in Ihrem Besitz?«

Ich packte meine Handtasche fester. »Ja, aber ich werde Ihnen nichts zeigen und auch nichts sagen, bis Monsieur Chatillon Kates Freiheit von Ihnen erreicht hat.«

Er nickte und zuckte traurig die Schultern. »Sie haben ein hartes Herz, Mademoiselle, daß Sie so kalt davon sprechen, mir meine neue Frau wieder wegzunehmen. Ehe wir die Angelegenheit weiter diskutieren, wäre ich dankbar, wenn Sie mir erlauben würden, Ihnen etwas zu zeigen. Ich bin sicher, Sie werden es interessant finden, und dann werden wir uns Monsieur Chatillon und Madame Sarrazin wieder anschließen.«

Ich zögerte, aber mir schien es, als ob ich durch eine Weigerung nichts erreichte und sagte ungeduldig: »Nun gut.«

»Erlauben Sie, daß ich vorangehe.«

Wir verließen das Zimmer, gingen dann einen Korridor entlang und durchquerten eine große, unordentliche Küche. Dahinter lag ein Arbeitsraum. Hier blieb Sarrazin stehen, um eine Laterne anzuzünden, und bog dann durch einen Torbogen in ein kleines dunkles Zimmer mit Steinwänden und einer schweren Eisenstange, die in Taillenhöhe quer zwischen zwei uralten Steinblöcken eingesetzt war. Zuerst dachte ich, hinter der Barriere sei ein runder, flacher Brunnen, aber dann bemerkte ich, daß die Oberfläche nicht spiegelte und daß ich in Wirklichkeit auf eine runde schwarze Öffnung im Steinfußboden starrte, ein Loch, das etwa drei Meter Durchmesser hatte.

Sarrazin stand vor der schützenden Stange und winkte mir; ich sollte mich neben ihn stellen. Dann zeigte er nach unten. »Der Brunnen von Valbrison«, meinte er nachdenklich. »Es ist eigentlich überhaupt kein richtiger Brunnen, sondern ein Schacht, der achtzig Meter frei in einen Fluß abfällt, der hier ungefähr zwölf Meilen weit unterirdisch verläuft, ehe er zutage tritt und in die Dordogne mündet.«

Ein Gefühl schrecklicher Unruhe ergriff mich, während wir im Halbdunkel standen und in das große schwarze Loch starrten. »Warum glauben Sie, daß dies mich interessieren könnte?« fragte ich endlich.

»Weil Sie eine junge Dame sind, die Phantasie hat, Mademoiselle. Überlegen Sie doch mal. Alles, was man in diesen Schacht fallen läßt, wird nach acht oder neun Tagen in einer Flußschlucht wieder auftauchen, die viele Meilen von hier entfernt liegt.« Er hob die Lampe und lächelte mich höflich an. »Das ist nicht etwa eine Legende, müssen Sie wissen. Es ist eine Tatsache, die ich schon selbst bei zwei Gelegenheiten ausprobiert habe, und das Interessanteste daran ist, daß die Eiseskälte des unterirdischen Flusses zum Beisspiel Leichen so gut konserviert, daß es bei ihrer Entdeckung – gewöhnlich hinter dem Dorf Domme – so aussieht, als ob der Tod erst vor ein paar Stunden eingetreten wäre. Auf diese Weise ergibt sich der Eindruck, daß das unglückselige Opfer starb, als es, weit von Valbrison entfernt, in eine der Schluchten stürzte.«

Meine Unruhe hatte sich in blanke Furcht verwandelt. Ich packte die Eisenstange, die sich vor mir erstreckte. »Warum erzählen Sie mir das alles?«

»Nur zur Übung Ihrer Phantasie, Mademoiselle. Wir wollen uns einmal vorstellen, daß meine Frau zum Beispiel mich nur geheiratet hätte, weil sie glaubte, ich sei ein reicher Mann. Selbst Philippe Chatillon, ihr leidenschaftlicher Liebhaber, konnte sie nicht davon abhalten. Wir wollen uns ferner vorstellen, daß sie dann entdeckte, daß ich nicht reich bin. Daher entschloß sie sich, mit ihrem Liebhaber wegzulaufen. Mir bräche natürlich das Herz, und ich würde nach Paris fahren, untröstlich und ohne meine Frau, die ich doch so sehr liebte. Und acht oder neun Tage später würde ich in Paris sein, wenn man die beiden Leichen im Fluß findet, erst vor kurzem verstorben, versteht sich, und zwar durch einen Unfall, der während der vorhergehenden zwölf Stunden stattgefunden haben muß.«

Mit einer Stimme, die nur noch rauhes Flüstern war, zwang ich mir die Frage ab: »Wo . . . wo ist Monsieur Chatillon?«

»Bei Ihrer Schwester, wie ich gesagt habe.«

Mein Herz krampfte sich zusammen. Sarrazin hatte mich mit seiner Unterhaltung lange genug im Speisezimmer aufgehalten, um Kate von seinen Helfershelfern hierherbringen zu lassen und . . .

Ich schauderte vor dem Ende meiner Gedanken zurück und schrie mit überschlagender Stimme: »Wo ist meine Schwester?«

»Völlig in Sicherheit, Mademoiselle.« Im Licht der Laterne konnte ich in seinen Augen die tiefe Befriedigung sehen, die er aus meinem Leid gewann. »Wir wollen jetzt gehen und uns ihnen anschließen, zusammen mit Ihrem Freund, Monsieur Chatillon.«

Ich fühlte mich verloren und hatte Angst, als ich Sarrazin folgte und wieder aus der Küche hinaustrat. In den letzten Minuten hatte er tatsächlich behauptet, mindestens zwei Menschen getötet zu haben. Vielleicht wollte er mir nur Angst machen, aber in mir reifte die schreckliche Überzeugung, daß das, was er gesagt hatte, der Wahrheit entsprach.

Ich wußte jetzt, daß er Kate und mich haßte, weil wir die Töchter von Roger Chance waren, einem Mann, der ihn benutzt und verachtet hatte. Sarrazin hatte diesen Mann bis zum Rand der Besesssenheit beneidet. Ich hatte außerdem den Verdacht, daß Victor Sarrazin in Verfolgung seiner Ziele hart an die Grenze des Wahnsinns gekommen war, um den Schatz zu gewinnen, nach dem er so lange gegiert hatte.

Ich war so verwirrt, daß ich kaum den Weg wahrnahm, dem wir folgten. Doch in dem dunklen Korridor mit nackten Steinmauern kam ich wieder zu mir. Wir traten in einen niedrigen Kellerraum. Vor uns erstreckten sich mehrere eisenbeschlagene Türen. Sarrazin hob die Laterne, und mir wurde schaudernd klar, daß dies ein uraltes Verlies war.

Durch den Ritz unter einer der Zellentüren drang ein schwacher Lichtstrahl, und an einem Haken auf der einen Seite der rechten Tür hing ein riesiger eiserner Schlüssel.

Sarrazin ging zu der Tür hinüber, streckte den Arm aus und drückte dagegen. Ein kleines, viereckiges Paneel glitt zu Seite. Er schaute einen Augenblick lang durch das Loch, trat dann zurück und bedeutete mir, ebenfalls hindurchzuschauen. Die Unterkante des viereckigen Loches war mit meinem Kinn auf gleicher Höhe, und als ich hinunter in die Zelle sah, verspürte ich nicht nur Schrecken, sondern auch eine plötzliche wilde Wut. Hätte ich die Macht oder auch nur die Möglichkeit gehabt, Sarrazin in diesem Augenblick zu töten, ich hätte es ohne Zögern und ohne Skurpel getan.

In der kleinen Zelle war weder ein Stuhl, noch ein Tisch, noch ein Bett und auch kein Fenster. An der einen Seite war das Mauerwerk vorgezogen, so daß sich sechzig Zentimeter über dem Fußboden ein flaches Podest ergab. Anscheinend sollte dieses Podest der Schlafplatz sein, denn die faulenden Überreste eines Strohsacks lagen darauf. Auf dem Fußboden stand eine Öllampe. Kate kniete daneben, und Philippe Chatillon, der bewußtlos auf dem Boden lag, ruhte mit dem Kopf in ihrem Schoß. Blut lief Philippe aus einem Riß an der Seite des Kopfes, und Kate versuchte, es mit einem Fetzen feinen weißen Batists zu stillen.

Ohne Zweifel hatte sie aufgeschaut und Sarranzin gesehen, als er das Paneel geöffnet hatte, aber jetzt blickte sie nicht mehr auf. Während ich wie betäubt hinstarrte, sah ich, wie sie den Rock hochhob, den Saum ihres Unterrocks herauszog und ein weiteres Stück abriß, das sie gegen Philippes Wunde preßte. Ich hatte Kate immer geliebt, aber in diesem Augenblick liebte ich sie so sehr, wie nie zuvor. Gott allein wußte, welche Angst sie haben mußte, aber mit blutigem Rock und blutigen Händen versorgte sie sanft und vorsichtig einen bewußtlosen Mann, den sie nie gesehen hatte. Und sie tat es mit einer Selbstverständlichkeit, als ob ihre eigene Notlage überhaupt keine Rolle spielte.

Ich flüsterte: »Kate.«

Sie blickte auf, wilder Kampfesmut lag in ihrem Blick, aber dann veränderte sich ihr Gesichtsausdruck. »Bridie . . . geht es dir gut?«

»Ja«, sagte ich mit zittriger Stimme. »Er hat mich hergebracht, damit ich dich sehen konnte. Ich weiß nicht, warum.«

»Er wird es dir schon sagen, wenn er soweit ist.« Sie senkte den Blick, preßte das Stück Batist an Philippes Kopf. »Ist dies der Mann, der mit dir hergekommen ist?«

»Ja. Philippe Chatillon. Ist er . . . ist er schwer verletzt?«

»Ich weiß es nicht genau. Didi hat mich erst vor zwei oder drei Minuten hier heruntergebracht, und ich habe ihn so auf dem Boden liegend gefunden. Sein Puls und seine Atmung sind aber gleichmäßig.«

Sarrazin, der neben mir an der Wand lehnte, lachte. »Es ist mehr als nur ein Schlag auf den Kopf nötig, um Chatillon umzubringen«, sagte er. »Wer weiß, vielleicht bringt ihn das sogar wieder zu Verstand! Der liebeskranke Idiot muß wirklich verrückt gewesen sein, hier so einfach mit Ihnen nach Château Valbrison zu marschieren, aber ich kann mich nicht beklagen. Diese idiotische Tat hat ein schwieriges Problem für mich gelöst.«

Ein Blick der Verachtung und des Abscheus überflog Kates zerschundenes Gesicht. »Trau ihm nicht, Bridie«, sagte sie. »Ich weiß nicht, was er jetzt plant, aber trau ihm keine Sekunde lang.«

Ich stand da und versuchte zu denken. Dann wandte ich mich plötzlich ab, ließ meine Handtasche fallen und vergrub mein Gesicht in den Händen. Ich lehnte mich gegen die Mauer und weinte. Hinter mir lachte Sarrazin noch einmal höhnisch auf, und durch meine erstickten Schluchzer hörte ich das Knarren des Paneels, das wieder geschlossen wurde. Dann klickte der Riegel, der das Guckloch zusperrte. »Kommen Sie, Mademoiselle«, befahl Sarrazin energisch, »wir haben zu tun.«

Ich holte tief Atem, drehte mich um und bückte mich, um meine Handtasche aufzuheben. Als ich mich wieder aufgerichtet hatte, hob er die Laterne und lächelte mich an. »Wir werden ins Eßzimmer zurückkehren«, sagte er, »und dort, liebe Schwägerin, werden wir uns unterhalten, Sie und ich. Dort werden Sie mir alles erzählen, was Sie wissen, alles, was Sie ahnen oder was Sie erraten haben. Sie werden mir alles ausliefern, was vielleicht Licht auf die Lage von Le Sorciers Versteck werfen könnte. Wenn Sie in Versuchung kommen sollten, abzulehnen, dann erinnern Sie sich bitte wieder an den sogenannten ›Brunnen von Valbrison‹ und daran, was einer ehebrecherischen Frau und ihrem heimlichen Liebhaber passieren kann.«

Zehn Minuten später schaute ich Victor Sarrazin schweigend über die Essensreste hinweg an, die auf dem langen Tisch im Eßzimmer lagen. Er brütete über dem Brief und den Fotografien, die vor ihm lagen. Ich hatte ihm alles gesagt, alles, was Philippe und ich bezüglich des Steinbock-Felsens ausgearbeitet hatten, den zeigenden Schatten und den Kufuß . . . »die Kuh auf wartenden Füßen«. Zwei Minuten hatte Sarrazin jetzt über den Fotografien gegrübelt. Plötzlich warf er den Kopf hoch, und ich sah, daß die braunen Augen triumphierend glitzerten.

»Tête de Chèvre«, sagte er leise. »Ich wußte es sofort, aber ich habe versucht, zu verstehen, wie . . .« Seine Faust knallte auf den Tisch. »Zum Teufel, dieser schlaue Fuchs hat mich jahrelang reingelegt! Er kam immer von Paris mit einem verschlossenen Dokumentenkoffer. Ich hatte ihn dort immer beschatten lassen, wenn er wieder einmal nach Valbrison fahren wollte, aber ohne Ergebnis. Wir konnten nie entdecken, wo und wann er seinen Schatz aufsuchte . . . und das war auch kein Wunder, denn der Aktenkoffer war leer! Wenn er wollte, daß ich ein Schmuckstück für ihn verkaufte, dann hat er immer den Nachmittagszug genommen und ist über Nacht im Dorf Charlet geblieben, und dann kam er am nächsten Morgen hierher, um mit mir Geschäfte zu machen. Und während dieser Nacht, da hat er sein Versteck aufgesucht . . .«

Sarrazin sprang auf die Füße, rannte zu einem Schrank, öffnete eine Schublade und zerrte mehrere Landkarten und Bücher hervor. »Hier!« Er war wieder am Tisch, breitete eine Karte aus, stieß seinen Finger darauf. »hier ist der Tête de Chêvre, ich habe ihn einmal gesehen, als ich noch ein Junge war. Er liegt zwischen Charlet und Château Valbrison, aber mehr in unserer Richtung als in Richtung Charlet. Und dazwischen gibt es keine Straße, nur steile Hügel aus nacktem Fels.« Mit wild sprühenden Augen blickte er von der Karte auf. »Dieser gerissene Fuchs ist nachts von der Schmiede in Charlet aus zu Pferd oder zu Fuß losgezogen, um etwas von seinem Raub auszusuchen oder etwas hinzuzufügen. Und während all der Jahre, in denen ich den Verkauf getätigt habe, hätte ich nie im Traum daran gedacht, daß das Diebesgut von Le Sorcier fast in Reichweite lag.« Er schaute wieder auf die Karte hinab. »Nicht weiter als einen Stundenritt von den Toren dieses Schlosses entfernt!«

Sarrazin ließ sich in einen Sessel fallen, warf den Kopf zurück und brach in unbändiges Lachen aus. Während er die Faust zu der schmierigen Decke emporstieß, schrie er: »Jetzt endlich gewinne *ich*, mein schlauer, spöttischer Kollege! Victor Sarrazin wird den Raub von Le Sorcier besitzen!« Er sprang auf die Füße, lief zur Tür und riß sie auf. »Alex! Didi! Hierher, schnell!«

Er faltete gerade die Karte zusammen, als die beiden Männer hereinkamen. »Wir haben es, meine Freunde«, grinste Sarrazin triumphierend. »Didi, hol eine Sturmlaterne, ein Seil, eine kurze Brechstange und eine Pistole. Beeil dich, Mann. Ich will in fünf Minuten fort sein. Alex, geh und sattle mein Pferd und eins für das Mädchen. Sie kann den Grauen haben. Ich reite hinauf in die Hügel mit ihr. Ich will eine Garantie haben, daß Roger Chances Schatz auch wirklich dort ist.«

Sarrazins Augen wurden schmal. Sein Gesicht verzog sich in purem Haß. »In dem Augenblick, wo ich die Juwelen an mich raffe, will ich jemanden bei mir haben, der Fleisch und Blut von diesem verdammten Engländer ist.« Er schnippte mit den Fingern. »Jetzt verzieh dich und besorg uns die Pferde. Wir haben ein ganzes Stück zu reiten, ehe die Sonne untergeht.«

In Alex' knochigem Gesicht war eine Spur Mißbilligung, als er sagte: »Aber . . . entschuldige, Victor, wir haben keinen Damensattel für das Mädchen.«

»Du hast doch ein Messer, Idiot! Sie muß halt nach Männerart reiten. Wenn du ihr den Rock und den Unterrock vorne und hinten aufschlitzt, gibt es kein Problem. Besorg ihr ein paar Sicherheitsnadeln, dann kann sie daraus einen geteilten Rock zum Reiten machen. In dem Schlafzimmer, in dem ich vorhin mit dem dunklen Weibsbild rumgetobt habe, steht eine ganze Kiste voll solcher Sachen. Schau dort nach.«

Ich saß da, hielt die Hände fest im Schoß zusammengekrampft und war jetzt über die Angst hinaus. Ich klammerte mich noch immer an eine kleine Hoffnung.

Sie war nur winzig, aber wenigstens nicht ganz unbegründet. Als Alex die Tür erreichte, sagte ich, ohne aufzublicken und mit klarer Stimme: »Wenn Sie mir bitte eine Schere und Sicherheitsnadeln bringen könnten, werde ich mich ohne Hilfe um mein Kleid kümmern.«

Sarrazin lachte trocken. »Also gut. Aber wagen Sie es nicht, zu trödeln, kleine Schwester. Eine Minute Verzögerung, und ich werde Ihnen zeigen, wie schnell man ein Kleid umändern kann, zum Teufel!«

Ich sagte: »Ich werde nicht trödeln.«

Irgendwo schlug eine Uhr einmal. Ich schaute auf meine Hände hinab und sah die Uhr an meinem Handgelenk. Es war jetzt halb fünf. Unglaublich, seit Philippe und ich die Schwelle von Château Valbrison überschritten hatten, war weniger als eine Stunde vergangen.

16

Das Pferd unter mir schwitzte. Wir waren jetzt mehr als eine Stunde bergauf geritten. Wir folgten dem Pfad, der von Château Valbrison direkt nach Norden auf ein kleines bewaldetes Plateau führte. Hinter dem Wald gab es keinen Pfad mehr, nur noch Gestrüpp und Steine. Die Landschaft war öde, abgesehen von ein paar hartlaubigen Pflanzen, die in den Felsspalten wuchsen.

Ich hatte meinen Rock und meinen Unterrock durchgeschnitten, wie Sarrazin es gefordert hatte, und die Kanten mit Nadeln zusammengesteckt, so daß sich daraus eine Art Hosenrock ergab. Meine Handgelenke waren mit einem Spielraum von etwa dreißig Zentimetern gefesselt, damit ich wenigstens die Zügel bewegen konnte. Es gab für Sarrazin keinen Grund, mich zu fesseln, denn ich konnte gegen ihn ja nichts unternehmen, aber ich wußte, daß er es als Vergnügen empfand, mich zu demütigen. Er ritt voraus, und mein Pferd folgte ihm an einer Longe. Die eine Tasche von Sarrazins Jacke wurde durch eine schwere Pistole ausgebeult. In seiner Satteltasche waren ein zusammengerolltes Seil und eine Sturmlaterne. Unter der Klappe der Satteltasche stand ein kurzer Stahlhebel hervor, eine Brechstange. Auf der linken Seite seines Sattels hing an einem Riemen unter dem Sattelhorn ein Kavalleriesäbel in einer Scheide.

Während der ersten Stunde unseres Ritts hatte er hektisch geredet. Es war schwer, ihn als den ruhigen Mann mit dem lebhaften Charme zu erkennen, den ich zum ersten Mal auf der Landstraße in der Nähe von Wynford gesehen hatte, den Mann mit dem bereitwilligen Lächeln und dem offenen Blick, der es eigentlich unmöglich machte, ihm zu mißtrauen.

»Schauen Sie sich den Säbel an, liebe Schwester Bridie. Er gehörte meinem Vater, Gott hab ihn selig, einem großen Herrn und einem noch größeren Narren, der sein Leben im Kampf für ›la douce France‹, das süße Frankreich, gelassen hat. Den Säbel haben sie vom Schlachtfeld zurückgebracht und ihn meiner Mutter übergeben, die ihn zärtlich in meine jungen Hände legte und mir dringend empfahl, dem Namen meines Vaters alle Ehre zu machen. Kurz danach ist sie an gebrochenem Herzen gestorben. Sie werden feststellen, daß sie genauso närrisch war wie er. Man kann nicht anders, man muß sich solcher Eltern schämen, obwohl einen ja in keiner Weise die Schuld trifft. Man kann sich seine Eltern eben nicht aussuchen.«

Er drehte sich um zu mir. Seine Augen leuchteten in bösartiger Freude. »Sie fragen, warum ich den Säbel behalte? Warum ich ihn jetzt trage? Sie fragen nicht, aber ich frage für Sie. Und jetzt werde ich es Ihnen sagen, liebe Schwester. Ich behalte ihn als dauernde Erinnerung daran, kein Narr zu sein wie meine Eltern. Er soll mich daran erinnern, daß das Leben ein endloser Kampf zwischen den Lebenden ist, nicht mehr und nicht weniger. Deshalb muß das Wohlergehen und das Glück von Victor Sarrazin meine erste und einzige Sorge sein. Das verlangt natürlich ein Doppelleben, eine Kunst, die mit stetiger Aufmerksamkeit geübt und genährt werden muß. Es verlangt außerdem die Ausmerzung der idiotischen Skrupel, die wir in der Kindheit erwerben und die unseren Zwecken so hinderlich sind . . .« Ich hörte auf, zuzuhören und fragte mich, ob ich wohl die Chance bekommen würde, ihm seine Pistole zu entreißen.

Wieder drangen seine Worte an mein Ohr. »Ich habe einen interessanten Gedanken gehabt, liebe Bridie, der aus dem äußerst genußreichen Haß gegenüber Ihrem Vater entspringt. Haß ist eine herrliche Leidenschaft. Haß hat den Vorzug, tatsächlich zu existieren, während sein Gegenstück, die sogenannte Liebe, lediglich eine Illusion ist. Aber ich will Ihnen meinen Gedanken erzählen. Ich habe mir gedacht, es wäre – im Hinblick auf die Tatsache, daß Sie Paris in der Gesellschaft des tapferen Philippe Chatillon verlassen haben – vielleicht passender, wenn Sie mit ihm zur gegebenen Zeit in den Wassern der Dordogne gefunden würden, anstatt Kate und er. Natürlich nur, falls Sie mich belogen haben sollten«, er drehte sich um und schaute mich mit einem Lächeln an, »oder falls mir nichts Besseres einfällt, was ich mit Ihnen tun könnte. Natürlich würde ich dann einen anderen Weg finden müssen, mit meiner lieben Frau fertig zu werden, aber für einen zärtlichen Ehemann, wie ich einer bin, sollte das nicht allzu schwer sein. Weil sie mich zum Beispiel nicht länger in ihrem Bett haben will und weil ich nicht wünsche, daß sie auf irgend etwas verzichtet, könnte ich sie an einen Herrn weitergeben, den ich in Marokko kenne. Ihm gehört ein Etablissement mit hervorragenden Betten und einer ganzen Anzahl von Damen, und ich kann Ihnen versichern, er würde mich äußerst großzügig für den Schmerz entschädigen, den mir die Aufgabe einer solch jungen und schönen Engländerin bereiten würde . . .«

Irgendwie gelang es mir, keine Furcht zu zeigen. Ich hatte eine Pistole noch nicht einmal von nahem gesehen, nahm aber an, daß ich sie nur geradeausrichten und dann abdrükken mußte, wenn ich sie in die Hand bekam. Das war meine dünne Hoffnung, an die ich mich klammerte. Ob Sarrazin den Raub fand oder nicht, ich bezweifelte, daß ich jemals lebendig aus den öden Hochtälern zurückkehren würde. Aber für Kate und für Philippe gab es noch immer eine Chance, wenn sie sie nur ergreifen konnten.

Die Sonne stand jetzt niedrig am Himmel, und wir ritten durch ein breites Tal aus Kalkstein nach Norden. Eine Anzahl kleinerer Täler zweigte in unregelmäßigen Abständen auf der östlichen Seite ab, flache Schluchten mit steilen Wänden, die oft spiegelglatt waren. Der ebene Boden der Täler war dicht mit schweren Felsbrocken und Geröll bedeckt. Sarrazin hatte seit langer Zeit nichts mehr gesagt, und seit den letzten zehn Minuten hielt er den Kopf zur

Seite geneigt und schaute in jedes Tal hinein, wenn wir seine Mündung passierten. Plötzlich stieß er einen brüllenden Schrei des Triumphes aus und zügelte sein Pferd. Er hob den Arm und zeigte mit zitterndem Finger irgendwohin.

»Da, da! Dort ist der Tête de Chêvre!«

Wir schauten in eins der Täler hinein, das sich auf unserer Rechten zum Abhang hin öffnete. Mir schien es sich gegenüber den anderen wenig zu unterscheiden. Es führte zuerst geradeaus zwischen glatten Wänden hindurch , die geädert und zerklüftet waren. Dann, nach etwa hundert Schritten, bildete es einen scharfen Knick, so daß der Rest des Tales von uns aus nicht zu sehen war. Sarrazin wies immer noch aufgeregt in dieselbe Richtung, und plötzlich sah ich sie: eine seltsame Felsformation an der Ecke, wo das Tal den Knick machte. Dort war deutlich der gigantische Kopf einer Ziege zu sehen. Sie zeigte sich im Halbprofil, und die Verfärbung der verschiedenen Höhlungen und Kanäle im Fels diente genauso wie der verrückte Zufall der Natur dazu, daß die Umrisse sich deutlich abhoben. Die Hörner waren schwarz, es waren zwei gebogene Furchen, die von der Ausbuchtung des Brauenbogens über einen steil gerundeten Abhang nach oben liefen. Die Augen und die Nasenspitze waren in Wirklichkeit schwarz-bräunliche Höhlungen. Ein leichter Unterbruch bildete den Unterkiefer des nicht ganz symmetrischen Gesichts, und ein paar dünne, geschlängelte Risse darunter gaben den Eindruck eines kleinen Bartes.

Sarrazin warf einen Blick auf die rote Kugel der untergehenden Sonne und riß dann an der Longe. Schweiß sickerte über sein Gesicht, während er mich einen Augenblick mit flammenden Augen ansah. Ich wußte, es war nicht der Schweiß der Anstrengung, sondern der wilden Gier.

»Komm!« sagte er rauh, und wir ritten in das Tal hinein. Während die Pferde sich ihren Weg zwischen den Felsen und Furchen suchten und wir immer näher zu dem Punkt kamen, wo das Tal abknickte, verlor der Kopf der Ziege durch den Wechsel des Blickwinkels etwas seine Form.

Als wir den scharfen Knick umrundet hatten, lief das Tal zuerst wieder geradeaus, machte dann noch einmal eine Kurve, wurde noch schmaler und fiel leicht ab. So weit ich sehen konnte, waren die Wände mit Rissen, Höhlungen und herausragenden Felsen bedeckt. Und dann erkannte auch ich den Steinbock-Felsen. Ich hörte, wie Sarrazin vor Entzücken nach Luft schnappte.

Der Fels sah genauso aus, wie auf dem Foto. Es war ein verwitterter Auswuchs aus hartem Gestein, der sich ganz allein aus dem weicheren Kalkstein erhob. Er ragte nicht weit von unserem Standpunkt aus entfernt in den Himmel, Hier war der Talboden ein ganzes Stück glatt und eben und merkwürdig frei von Schutt und Schmelzwasserrinnen. Aber etwa hundert Schritte hinter der Steinsäule, als ob man dort eine Grenze gezogen hätte, wurde der Boden zu einer Wüste aus Fels und Geröll, zu einer wilden See aus verformten Steinen, die sich von einer Talwand zur anderen zog. Es sah aus, als ob dort einmal Stromschnellen gewesen wären, in einer längst vergangenen Zeit, ehe der Mensch geschaffen war.

Unsere Pferde traten auf den glatten Boden, und Minuten später standen wir vor dem Steinbock-Felsen. Die untergehende Sonne warf einen großen schwarzen Schattenfinger im Winkel über den Talboden. Ich täuschte mich nicht: Sarrazin grunzte tatsächlich vor Aufregung und machte mit jedem Atemzug ein kleines, häßliches Geräusch. Nichts erinnerte mehr an den ehemals ruhigen, charmanten Mann. Er benahm sich wie ein Tier.

Wortlos drängte er sein Pferd an der Linie des Schattens entlang. Mein eigenes Pferd folgte, er führte es noch immer an der Longe. Am Ende des Schattens ritt Sarrazin in derselben Richtung weiter und schaute dauernd zurück, um sicherzugehen, daß er nicht von der Richtung abwich. Wir erreichten einen Abhang aus gerissenem, pockennarbigem Fels, der die südliche Wand des Tales bildete. Dort blieben wir stehen, und Sarrazin schnauzte: »Steig ab, Mädchen, los!«

Ich schwang mich aus dem Sattel. Kurz duchflutete mich ein Gefühl der Dankbarkeit für Alfie, denn durch das dauernde Training war ich körperlich in bester Kondition. Wenn ich jetzt noch eine Chance bekommen würde, Sarrazin anzugreifen, würde ich nicht zögern.

Er stand neben seinem Pferd und starrte auf die Felswand. Plötzlich fuhr er herum, das Gesicht verzerrt, holte mit dem Arm aus und schlug mir mit dem Handrücken ins Gesicht, wütend brüllte er: »Wo ist es, du . . .!« Er benutzte ein französisches Wort, das ich nicht kannte. »Wo ist es?«

Die Geschwindigkeit und das Gefühl für Zeit, das ich bei Alfie Perkin & Company gelernt hatte, kam mir jetzt zustatten, denn ich duckte mich rechtzeitig zur Seite, daß dem Schlag die größte Wucht genommen wurde. Ich schrie erregt: »Ich weiß es nicht! Ich habe niemals gesagt, daß ich es wüßte! Ich habe Ihnen alles gesagt, was es zu sagen gibt!«

Ich entfernte mich langsam rückwärts von ihm, immer an der Felswand entlang. Er kam auf mich zu wie eine Katze, die ihr Opfer anspringen will. Seine Augen waren voller Mordlust. In diesem Augenblick sah ich ihn, den senkrecht überlappenden Fels, der selbst auf kurze Distanz aussah wie eine von den Hunderten von uralten Wasserrinnen, die durch Regen und Wetter geschwärzt waren.

»Da!« schrie ich und zeigte mit meinen beiden gefesselten Händen an Sarrazin vorbei. »Da ist die Öffnung! Da!«

Er blieb stehen, sah mich mißtrauisch an, legte dann eine Hand an die Pistole in seiner Tasche und warf einen Blick über die Schulter. Jetzt glänzte sein schweißnasses Gesicht wieder voller Eifer. »Es ist nicht genau da, wohin der Schatten zeigt«, keuchte er. »Aber andere Jahreszeit . . . oder Tageszeit. Was macht das schon?« Er rannte zu seinem Pferd, nahm die Laterne und den eisernen Hebel aus der Satteltasche, hockte sich dann hin, um die Laterne anzuzünden, fummelte mit den Streichhölzern und fluchte, während er eins in seiner Hast abbrach. Als er aufstand, schaute er mich wieder an und machte eine Kopfbewegung zu dem Spalt in der Felswand. »Du zuerst, kleine Schwester; ich will dich nicht hinter mir haben.«

Der Riß war hoch und schmal, und der Gedanke drängte sich mir auf, daß ein breitschultriger Mann wie mein Vater sich seitwärts hätte durchquetschen müssen. Ich fragte mich, wieviele Male er das in all den Jahren wohl getan hatte und wunderte mich darüber, daß ein so kluger Mann so dumm hatte sein können, anzunehmen, daß meine Mutter jemals in der Lage gewesen wäre, solch einen Platz zu finden und den Schatz zu suchen. Das Licht der Laterne leuchtete über meinem Kopf an mir vorbei, als Sarrazin die Lampe hochhielt. Nachdem ich mit ausgestreckten Händen drei vorsichtige Schritte nach vorn gemacht hatte, knickte der enge Gang plötzlich ab und verbreiterte sich. Es war schwer, die Größe der Höhe zu schätzen, denn Teile davon verloren sich im Schatten, aber sie war höher, als ein großer Mann reichen kann, und mindestens so breit wie unser kleines Nähzimmer in Latchford Hall.

Sarrazins Faust schleuderte mich gegen die Wand. »Bleib stehen!« knirschte er und drückte sich an mir vorbei. Er drehte sich immer wieder und leuchtete mit dem Strahl der Lampe überall hin. Die Höhle war der Form nach ein grobes Oval, die Decke fiel an einem Ende steil nach unten ab, fast bis zum Boden, so daß zwischen Decke und Boden nicht mehr Platz übrigblieb als ein breiter, horizontaler Ritz.

Sarrazin ließ das Licht langsam über den Boden gleiten. Da lag kein Unrat, kein Fetzen Papier, nichts, was darauf hindeutete, daß ein menschlicher Fuß jemals im Laufe der Jahrhunderte die Höhle betreten hatte. Ein paar kleine Steine lagen zwischen Kalkstein und Geröll. Der Strahl der Laterne richtete sich auf ein flaches Stück Stein, der wie eine Raute geformt war und ungefähr die Länge meines Armes hatte. Die gerundete Unterseite schien genau in einer flachen, natürlichen Höhlung im Boden zu ruhen.

»Darunter ist es« ,flüsterte Sarrazin heiser. »Darunter ist es, verdammt!« Der Lichtstrahl begann, wild in der Höhle umherzutanzen. »Wo ist der Kuhfuß? Die Brechstange? Wo zum Teufel hat der Idiot sie versteckt?« Erregt lief er durch die Höhle, bückte sich, suchte und fluchte wie ein Hafenarbeiter. Dann fiel das Licht wieder auf mein Gesicht. Ich wußte, er wollte mich zum Prügelknaben für seinen Jähzorn machen. Einer Eingebung folgend stotterte ich: »Er hätte sie höher versteckt. Ich bin sicher, das hätte Papa getan.«

Der schwarze Schatten hinter der Laterne grunzte. Der Lichtstrahl drehte sich und begann, langsam an den Wänden entlangzuwandern. Zweimal zögerte er, dann blieb er auf einem dünnen, spitz zulaufenden Riß in Schulterhöhe stehen. Sarrazin ging nach vorn, spähte mit Hilfe der Laterne hinein und stieß dann einen heiseren Schrei des Triumphes aus. Im nächsten Moment sah ich, wie er hineingriff und eine schwere Brechstange hervorzog. Er verlor sie fast aus dem Griff, als das flache Ende herauskam und mit einem metallischen Klang auf den Boden fiel. Er stellte die Laterne nieder, so daß der Lichtstrahl auf dem großen, rautenförmigen Stein ruhte, ging dann auf die andere Seite hinüber und begann, die Spitze des Kuhfußes unter die Felskante zu stemmen.

Zuerst versuchte er, den ganzen Fels zur Seite zu wälzen, während er sich ächzend abquälte, aber es gab an dem Stein keinen Vorsprung, der hoch genug war, um dem Hebel einen Ansatzpunkt zu geben. Und da wurde ihm klar, daß der merkwürdig geformte Stein Stück für Stück aus seiner Höhlung gerückt werden mußte. Es war eine Aufgabe, die volle zwei Minuten in Anspruch nahm, und während der Stein sich bewegte, wurde nach und nach eine Höhlung darunter frei. Durch sein wildes Schnaufen und Keuchen hörte sich Sarrazin immer mehr wie ein fürchterliches drohendes Tier an, das in der Dunkelheit hinter dem Lichtfleck sich abmühte.

Endlich war die Höhlung von dem Stein befreit. Sarrazin warf den Kuhfuß auf die Seite und ließ sich auf die Knie nieder. Er langte nach unten und hob aus der Höhlung etwas, das in Ölhaut gewickelt war und am Ende einer kurzen Kette hing. Ich hatte eine Kiste erwartet, und Sarrazin offenbar auch, denn dafür hatte er ja die kurze eiserne Brechstange mitgebracht, um sie aufzustemmen. Aber als er die Ölhaut von dem Gegenstand abriß, sah ich einen Zylinder aus dunklem Metall. Als Sarrazin ihn hinstellte, reichte der Zylinder vom Boden bis zu seiner Hüfte und war breiter als eine Handspanne. Sarrazin beäugte die flache Oberfläche des metallenen Behälters, grunzte wieder, preßte ihn dann an die Brust und legte eine Hand um den Deckel. Er ließ sich abschrauben. Sarrazin legte ihn beiseite und kippte den Zylinder, so daß das Licht hineinschien.

Aber was kam kein dramatisches Funkeln von angehäuften Juwelen, es war nur etwas darin, das aussah wie graues Tuch, Samt vielleicht. Sarrazin nahm das oberste Stück heraus, ein ganz kleines Päckchen, das in ein Stück dieses Stoffes gewickelt war. Sehr vorsichtig legte er es auf den Boden, im Schein der Laterne und mit zitternden Händen entfaltete er die Ecken des Tuches. Grünes, weißes und rotes Feuer glitzerte unter seinen plötzlich bewegungslosen Händen. Smaragde, Diamanten, Rubine . . . eine Brosche, ein Anhänger vielleicht, ich konnte es von meinem Platz aus nicht sehen. Die Steine strahlten unter der Einwirkung des Lichts. Einen Moment bewegte sich Sarrazin nicht, dann brach ein schrilles Lachen über seine Lippen, und er langte fieberhaft wieder in den Behälter.

Ich riß mich aus der Trance, die mich gefangenhielt, und machte einen vorsichtigen Schritt rückwärts. Ich war im Schatten, hinter meinem Rücken lag der schmale Eingang, und obwohl Sarrazin mir zugewandt war, hatte er nur noch Augen für die Juwelen. Ich machte einen weiteren Schritt zurück und noch einen.

Ich hatte die Idee aufgegeben, ihm etwas antun zu können oder ihn zu entwaffnen. Selbst wenn ich in der Lage gewesen wäre, den Säbel zu erreichen, der noch immer an seinem Sattelhorn hing, und selbst wenn ich den Mut gehabt hätte, ihn zu benutzen. Sarrazin war schnell und stark, und er trug eine Pistole in seiner Tasche. Meine einzige Hoffnung war die Flucht. Ich mußte mich in einer dieser zahlreichen Höhlen verstecken. Wenn er es nicht schaffte, mich wieder einzufangen, dann würde ich mich irgendwie nach Charlet durchschlagen, zur Schmiede vielleicht und zur Polizei . . .

Darüber hinaus konnte ich nicht denken. Ich hatte jetzt schon die Ecke passiert und kam rückwärts aus der Felsspalte ins Licht hinaus. Einen Augenblick lang spürte ich die verzweifelte Versuchung, sein Pferd zu besteigen und meins an der Leine mitzunehmen, aber ich war keine gute Reiterin, und ich wußte, über den zerrissenen, felsigen Boden hinter dem Steinbock-Felsen konnte ich nur langsam vorwärtskommen. Wenn ihm in den nächsten Minuten klar wurde, daß ich fort war, dann würde er mich leicht genug zu Fuß wieder einfangen. Er war vielleicht sogar in der Lage, sein Pferd durch ein Kommando zum Stehen zu bringen, und dann hätte ich nur noch Sekunden zu leben; das wußte ich jetzt ganz genau.

Als ich blinzelnd in das schwindende Abendsonnenlicht eintauchte, drehte ich mich sofort um und begann zu laufen. Ich war jetzt dankbar für meinen geteilten Rock. Aber ich lief nicht zur Mündung des Tales. Ich lief, so schnell ich konnte, in die entgegengesetzte Richtung, über das lange Stück glatten Boden, das ins Tal hinaufführte und das in ein wildes Durcheinander von riesigen Felsbrocken überging, durchsetzt mit Steinen jeder Form und jeder Größe, die über den Talboden verstreut lagen. Wenn ich diese Stelle erreichte, konnte ich mich mit etwas Glück dort verstecken, bis die Dunkelheit kam. Kein Pferd konnte hier gehen, und es würde für Sarrazin fast unmöglich sein, mich dort zu finden.

Ich wußte, ich durfte keine Sekunde verlieren. So gebannt er auch sein mochte, Sarrazin würde bald bemerken, wie unsinnig es war, seine Schätze in der Dunkelheit anzusehen, wenn er sie alle ins Licht tragen konnte. Aber in dem Augenblick würde er auch entdecken, daß ich aus der Höhle verschwunden war, und . . .

Ich war noch nie dankbarer über meine vielen hundert

Trainingsstunden, denn ich war kaum atemlos, als ich das felsenübersäte Gelände erreichte. Gute Balance und sicherer Tritt flogen mir instinktiv zu, während ich auf einen flachen Hang zulief, mich auf die Spitze eines Felsens schwang, der dahinter lag, und mich dann auf einen gewundenen Pdad hinunterfallen ließ, der nur ein paar Schritte weit führte und dann von einem Felsen blockiert wurde, der quer vor einer Spalte lag. In dem Augenblick, als ich mich an dem Felsblock vorbei durch die Spalte quetschte, hörte ich aus dem Tal ein gewaltiges Gebrüll.

Sarrazins Stimme.

Durch die vielen Echos konnte ich die Worte nicht ausmachen, und vielleicht hätte ich sie auch nicht gekannt, denn er schrie auf Französisch. Es hörte sich an wie wilde Schimpfworte und Drohungen. Ich preßte mich an den Boden, starr vor Angst, und zwang mich dann dazu, weiterzurutschen. Als ich durch die Felsspalte hindurch war, schaute ich um mich und suchte einen Punkt, von dem aus ich Sarrazin beobachten konnte, ohne selbst gesehen zu werden. Nach einer Weile, in der ich gekrochen, gekrabbelt und geklettert war, fand ich den idealen Platz. Direkt vor einem flachen Vorsprung lehnte ein Felsen mit allmählich zulaufender Sptize an einer Kante, und dazwischen war nur eine schmale Lücke. Ich konnte mich auf dem Vorsprung flach auf den Bauch legen und hatte durch den Spalt einen Überblick über das ganze Tal, bis zum Knick hinter dem Steinbock-Felsen. Aber ich selbst konnte nicht gesehen werden.

Während ich mich vorsichtig auf die flache Oberfläche hinaufzog und jeder Nerv in mir zitterte, dachte ich an Kate und Philippe. Ich murmelte ein unzusammenhängendes Gebet, daß sie die einzige Chance der Flucht, die sich ihnen bot, nicht verpassen möchten. Dann sah ich gerade noch rechtzeitig, wie Sarrazin um den Knick verschwand. Er zwang sein Pferd zu einer Gangart, die über solch unebenem Gelände ungeheuer gefährlich war.

Natürlich dachte er, ich müßte diesen Weg geommen haben, aber er würde seinen Fehler bald entdecken. Der

Graue, den ich von Château Valbrison bis hierher geritten hatte, stand noch immer bei der Höhle, aber es gab keine Möglichkeit, das Pferd zu benutzen. Im Westen zeigte sich nur noch die Hälfte der Sonne über dem felsigen Grat, der hinter dem Haupttal lag. Ich wußte, wenn ich nicht fliehen konnte, würde ich sterben, und meine beste Chance, zu entkommen, so klein sie auch sein mochte, war im Augenblick, nichts zu tun und auf die Dunkelheit zu warten.

Bald würde Sarrazin zurückkehren. Er würde wissen, daß ich die andere Richtung genommen hatte. Er würde zurückkommen und anfangen, mich in dem endlosen Gewirr aus Felsen zu Fuß zu suchen. Dann würde ich meinen Aussichtspunkt verlassen und das versteckteste Loch suchen müssen, das ich finden konnte. Ich konnte aber auch auf seine Schritte horchen und dann versuchen, ihm im Labyrinth der Felsbrocken auszuweichen wie in einem Versteckspiel . . . und der Tod war die Strafe, wenn ich dabei gefunden wurde.

Ich überlegte noch, welche Möglichkeit die bessere wäre, als Sarrazin wieder erschien. Er ritt jetzt langsamer und erlaubte seinem Pferd, sich selbst den besten Weg auf dem steinigen Boden zu suchen. Er kam zu der glatten Stelle und hielt bei dem Steinbock-Felsen an, etwa hundert Meter von der Stelle entfernt, wo ich lag. Dann saß er ab, ging zum Höhleneingang und verschwand. Ich konnte erraten, daß er zuerst einmal die Juwelen in Sicherheit bringen wollte, ehe er anfing, nach mir zu jagen. Ungeschickt fing ich an, mit den Zähnen und der linken Hand den Knoten loszuzerren, der um meine rechte Hand gebunden war. Alle zwei oder drei Sekunden hob ich den Kopf, um nach Sarrazin Ausschau zu halten.

Da packte mich eine Hand sanft am Knöchel. Mein Herz setzte aus, ich unterdrückte einen wilden Schrei, und mein Kopf schoß herum, als ob er auf einer Feder säße.

Wettergebräuntes Gesicht, strahlendblaue Augen, Krähenfüße in den Augenwinkeln, ein Schnurrbart, der auf jeder Seite der vollen Unterlippe nach unten hing, ein dunkelgrünes Hemd, keine Jacke, ein schwarzer Gauchohut, der auf den Hinterkopf geschoben war, ein zusammengerolltes Seil über einer Schulter . . . Nathan McFee. Er lag flach auf demselben Vorsprung, sein Kopf war in der Nähe meines linken Fußes. Als ich ihn nur wortlos mit schreckgeweiteten Augen anschaute, rutschte er nach vorn, bis er neben mir lag. Seine Hand faßte mein Kinn, zog mein Gesicht zu sich hin und küßte mich sanft auf die Lippen. »Das ist mein Mädchen«, sagte er lächelnd. »Das ist meine Bridie.«

Dutzend Fragen stürmten auf mich ein, aber ich brachte nur ein heiseres Flüstern zustande. »Nathan?«

»In Person, Süßes. Erzähl' dir alles später, aber im Augenblick sollst du nur wissen, ich liebe dich wirklich, und ich habe nie aufgehört, dich zu lieben. Jetzt paß weiter auf Sarrazin auf.« Ich wandte meinen Blick gehorsam wieder zu dem Spalt hin. Durch meinen Körper flutete ein goldener Strom aus Freude und Erleichterung. Die Gefahr war geblieben, aber ich war nicht länger allein. Nathan war bei mir.

Nathan, Nathan, Nathan! sang mein Herz.

»Erzähl mir, was passiert ist«, sagte er und langte nach meinem linken Handgelenk. Irgend etwas Kaltes berührte kurz meine Haut, dann fiel das Seil ab.

Ich mühte mich, meine Stimme unter Kontrolle zu halten, und sagte flüsternd: »Er ist noch immer in der Höhle. Er hat mich von seinem Haus, von Château Valbrison, heute nachmittag hier heraufgebracht . . .«

»Ich weiß, Bridie. Ich bin dir den ganzen Tag zu Fuß gefolgt. Hat er eine Pistole?«

»Ja.«

»Hab' ich mir gleich gedacht, deshalb hab' ich mich auch nicht getraut, näher heranzukommen. Wenn er mich erst mal gesehen hätte, dann hätte er einfach die Pistole gegen deinen Kopf gehalten und mir Befehle gegeben.«

Nathans Hand glitt sanft über mein Haar und legte sich dann auf meine Schulter. Ich hielt meinen Blick starr auf den Eingang zur Höhle gerichtet. Drinnen packte Sarrazin wahrscheinlich die Juwelen sorgfältig wieder in den Zylinder, die Juwelen, die er in seinem ersten Anfall von Hast und Gier herausgenommen hatte. »Er ist mit Kate verheiratet«, sagte ich und wunderte mich, daß meine Stimme so ruhig klang. »Sie ist jetzt unten im Schloß gefangen.«

»Das weiß ich auch, Bridie. Darum bin ich ja hier.«

»Der Mann, mit dem ich gekommen bin, Philippe Chatillon, der ist zusammen mit ihr gefangen, und Sarrazin hat gedroht, fürchterliche Dinge mit ihnen anzustellen.«

»Über Chatillon wußte ich nicht Bescheid, aber wenn er bei Kate ist, dann bin ich beruhigt. Er ist ein guter Mann.«

»Aber er ist verletzt, und ich habe solche Angst wegen den beiden, Nathan. Hast du eine Pistole?«

»Ich trage nie eine, Süßes. Hab' ich Ma versprochen, ganz früher, als sie Pa aufgeknüpft haben. Aber ich trag' ein Bowie.« Ich schaute sekundenlang neben mich und sah in seiner Hand das Messer, das er zum Durchschneiden des Seils an meinem Handgelenk benutzt hatte. Es war ein großes Messer, dessen Klinge teilweise gekrümmt war. Der Rücken der Klinge war sehr dick, fast so breit wie mein kleiner Finger, und mit einem Streifen Messing beschlagen. »Wenn ich dicht an ihn herankomme, dann ist er schon tot«, sagte Nathan ruhig. »Aber solange er eine Pistole hat, gibt's da keine Chance.«

»Er hat auch einen Säbel.« Obwohl meine Stimme fest klang, hatte ich immer noch Angst. Einesteils war ich von Herzen erleichtert, daß Nathan an meiner Seite war, andernteils jagte mir die Situation von Kate und Philippe kalte Schauer den Rücken hinunter.

»Einen Säbel?« fragte Nathan.

»Ja, einen Kavalleriesäbel. Der hat seinem Vater gehört, und er hat ihn behalten, wohl als eine Art Scherz für ihn.«

»Und er gehört zu der Sorte Mensch, die ihn auch gern benutzen würde.« Nachdenklich rieb sich Nathan die Nase.

»Können wir . . . können wir eventuell da hinauskommen?« Ich zeigte über meine Schulter hinter mich, ohne den

Kopf umzuwenden. »Uns zum anderen Ende des Tals durcharbeiten?«

»Hat keinen Zweck, Süßes. Es ist ein Schachtel-Cañon.«

Diesen Ausdruck kannte ich nicht, aber ich konnte seine Bedeutung leicht erraten. »Wir könnten klettern. Du mußt ja selbst dorthergekommen sein, Nathan.«

»Sicher. Konnte nicht riskieren, dir hierhin zu folgen, deshalb bin ich das nächste Tal heruntergekommen und habe den Kamm dazwischen überklettert. Aber auf dieser Seite ist es gefährlich glatt. Ich mußte das Seil benutzen und es zweimal losschütteln. Außerdem hätten wir niemals die Zeit . . .«

»Er kommt heraus, Nathan! Er trägt diese Art Zylinder in der Hand. Da sind die ganzen Juwelen drin.«

»Gut. Paß auf!«

»Warum hätten wir nicht die Zeit?«

»Weil Sarrazin Kate festhält. Das ist wie ein Messer an der Kehle, und er könnte es jetzt jederzeit benutzen. Gib mir ein Stück von deinem Unterrock, Süßes. Ich brauche zwei Stücke, jedes ungefähr vierzig Zentimeter im Quadrat.« Er legte das Messer hin. »Nimm das! In weniger als einer Minute bin ich wieder zurück.«

Er schien sich in Luft aufzulösen. Ich sah, daß Sarrazin zu dem Grauen hinüberging. Während er begann, den Behälter mit seinem Seil fest an den Sattel zu binden, machte ich mich mit dem Messer an die Arbeit, um die gewünschten Stoffbahnen aus meinem Unterrock zu schneiden.

17

Meine Kleidung befand sich noch in einem recht unzüchtigen Zustand als Nathan zurückkam. Es störte mich nicht, und auch Nathan schien sich keine Gedanken darüber zu machen. Er nahm das Messer aus meiner Hand, vollendete einen Schnitt, den ich am zweiten »Hosenbein« meines Unterrocks angefangen hatte, zog mir dann den geteilten Rock wieder gerade und rollte sich auf den Rücken. Er war mit zwei Steinen zurückgekehrt, die ungefähr die Größe von Kokosnüssen hatten und in ihrer gerundeten Form ziemlich gleichmäßig waren.

Mit starken, sicheren Händen wickelte er jeden Stein in ein Quadrat aus weißem Stoff ein und knotete ihn dann darin fest. Dann schnitt er ein etwa zwei Meter langes Stück von seinem Lasso ab und begann, das eine Ende davon an das verknotete Tuch zu binden, in dem einer der Steine war. Während er damit beschäftigt war und ich meinen Rock wieder zusteckte, erhob Sarrazin aus hundert Meter Entfernung unten im Tal seine Stimme zu einem durchdringenden Ruf.

»Bridie! Bridie Chance!«

Nathan warf mir einen raschen Blick zu. »Jetzt geht's los, Süßes. Bereite dich darauf vor.«

Ehe ich fragen konnte, was er meinte, fuhr Sarrazin fort: »Bridie Chance! Ich weiß, daß du dich in der Nähe versteckst. Ich weiß, du kannst mich hören. Wenn du in drei Minuten nicht aus deinem Versteck kommst, werde ich nach Château Valbrison zurückkehren. Und mit Hilfe meiner Freunde wird sich deine Schwester wünschen, sie wäre nie geboren! Verstehst du mich, Bridie Chance?«

In meinen Adern stockte das Blut. Nathan band gerade

das andere Ende des Sechs-Meter-Seils an den zweiten Stein, indem er es auch an das zusammengefaßte Leinen knotete. »Genauso hatte ich mir das gedacht«, sagte er grimmig. »Und er meint es auch, Bridie, das kannst du mir glauben. Es gibt nur einen Weg, Kate zu retten: Wir müssen die Sache jetzt beenden. Bist du bereit, ein Glücksspiel mit mir zu wagen.«

Ich nickte stumm. Mein Blick mußte Vertrauen gezeigt haben, selbst in dem diffusen Licht der herannahenden Dämmerung. Er lächelte, rollte auf die Seite, sah mich an und küßte mich noch einmal. »Bleib nur an meiner Seite. Ich schätze, er wird blindwütig entweder mit der Pistole oder dem Säbel auf uns zurasen. Keine Angst, wenn's die Pistole ist, denn von einem galoppierenden Pferd steht die Chance zwanzig zu eins, daß er sogar auf fünf Meter danebenschießt. Und so nah wird er nie herankommen. Wenn ich »Jetzt!« sage, gehst du neben mir auf die Knie.« Wieder küßte er mich. »Den Rest überlaß ruhig mir. Ich liebe dich, Bridie Chance, und ich hoffe, daß du mich auch wieder lieben wirst.«

»Ich legte meine Hand auf seine Wange und sagte: »Ich habe nie aufgehört, dich zu lieben, Nathan.«

Sarrazin schrie wieder; er wiederholte seine Worte, doch in diesem Moment hörte ich gar nichts. Sekunden, die mir wie eine glückliche Ewigkeit vorkamen las ich in Nathans Augen seine unendliche Liebe zu mir. Wenn wir am Leben blieben, würde er mir alles erklären. Aber das spielte jetzt für mich keine Rolle mehr.

Er nahm meine Hand und sagte: »Los, Bridie!« Im nächsten Augenblick war er von dem Vorsprung heruntergerutscht und wandte sich um, damit er mir in die Spalte hinabhelfen konnte, in der er stand. Der Weg, den wir jetzt nahmen, war anders als meiner vorhin. Nathan ging voraus; er hielt meine rechte Hand in seiner Linken. Das große Messer, das er ein Bowiemesser genannt hatte, hing geschützt auf Nathans Rücken. Mit der rechten Hand hielt er die Mitte des Seils gepackt, an dessen beiden Enden die

Steine angebunden waren. Diese Steine, fest eingeschnürt in die viereckigen Stücke meines Unterrocks hingen ihm fast bis in die Kniekehlen hinunter. Ich hatte keine Ahnung, was er vorhatte und hatte das Denken auch aufgegeben. Nathan hatte meine Bürde auf seine Schultern genommen.

Die Sonne war verschwunden, und der westliche Himmel erglühte noch rot von ihrem Licht. Wir traten Hand in Hand aus dem Labyrinth der Felsen und gingen langsam vorwärts. Ich sah, daß Sarrazin sein Pferd bestiegen hatte und sich als Silhouette gegen den Sonnenuntergangshimmel abhob. Er starrte ins Gelände, die eine Hand über die Augen gehoben. Plötzlich brach ein tierisches Brüllen aus ihm heraus. »McFee!«

Nathan blieb stehen, und ich mit ihm.

»McFee!« Sarrazins Stimme zitterte triumphierend, als er den Namen noch einmal rief. »Zum Teufel, du hast mir heute einen guten Tag bereitet, Yankee!« Sein Arm schoß hoch, und einen Augenblick glitzerte etwas blutrot im letzten Leuchten des Abendhimmels. Dann war nur noch das vielfache Echo von Hufschlägen auf dem glatten Fels zu hören, als er sein Pferd zum Galopp zwang. Er hielt den blanken Säbel auf Armeslänge hoch in die Luft, in der klassischen Angriffsstellung, die ich einmal auf einem Gemälde von einer Kavallerieattacke gesehen hatte.

Neben mir sagte Nathan gedankenvoll: »Verrückt wie eine Rothaut mit dem Bauch voller Schnaps. Also, Bridie . . . jetzt!«

Ich ließ seine Hand los und fiel dicht neben ihm auf die Knie. Plötzlich zitterte ich, trotz seiner offensichtlichen Selbstsicherheit. Denn der Anblick Sarrazins, der mit gezogenem Säbel auf uns losstürmte, bot einen Anblick, der einem das Blut in den Adern gerinnen lassen konnte. Ein einziger Schlag mit dem Säbel konnte einen Menschen in zwei Hälften teilen, und ohne Zweifel erwartete er, daß wir uns umdrehten und wegrannten, so daß er sich uns einzeln vornehmen konnte.

Neben mir hob Nathan seinen linken Arm. Ich blickte auf

und sah, daß er noch immer das Seil in der Mitte festhielt und die beiden Gewichte horizontal schwang. Eins folgte dem anderen in einem wirbelnden Kreis. Aus den Tiefen der Kindheit versuchte ein Wort, sich wieder an die Oberfläche zu drängen, ein Wort, das mit anderen in Verbindung stand . . . Gaucho . . . Argentinien . . . Pampas . . . Bolas! Ja, das war das Wort! Bolas waren in dem Lexikon erwähnt, in dem ich nach meiner Erinnerung auch das Bild eines Gauchos gesehen hatte. Die Bolas bestanden aus zwei, manchmal auch drei eisernen Kugeln, zwischen denen ein Seil befestigt war. Diese Kugeln wurden kunstvoll geworfen und wickelten sich um die Beine von Vieh oder Wild . . .

Sarrazin war vierzig Meter entfernt, als Nathan die provisorischen Bolas losließ. Die beiden stoffüberzogenen Steine flogen durch die Luft und entfernten sich langsam voneinander, bis das Seil zwischen ihnen voll ausgestreckt in der Horizontalen war. Aber Nathan hatte nicht nach den Beinen des Pferdes geworfen, sondern nach dem Mann. Ich glaube, Sarrazin sah das Seil im schwindenden Licht nicht, nur die beiden Gewichte, die an jedem Ende hingen und auf ihn zuflogen. Sie kamen so an, daß sie zu beiden Seiten an ihm vorübersausen mußten.

Er hatte seinen Mund weit zu einem markerschütternden Schrei geöffnet. Ich konnte das Glänzen seiner Zähne sehen, als das Seil Zentimeter über dem Kopf des Pferdes hinwegflog und ihn vor die Brust traf, direkt unter dem erhobenen rechten Arm, der den Säbel hielt. Was jetzt geschah, kam plötzlich und überraschend. Die fliegenden Steine schnappten hart um seinen Oberkörper und wirbelten in rasender Geschwindigkeit um ihn herum. Das Seil drehte sich blitzschnell ineinander und fesselte seinen linken Arm vor der Brust, so daß er die Kontrolle über die Zügel verlor. Die Zwillingsgewichte, die Bolas, peitschten um seine Brust herum, sausten mit unvermindertem Schwung über seinen Rücken und kreisten immer dichter um ihn herum, bis der eine Stein schließlich gegen seine

Brust prallte, während der andere ihn am Hinterkopf erwischte. Sarrazin schwankte zur Seite.

Schlaff wie ein Sandsack stürzte er aus dem Sattel, sein Kopf knallte auf den Felsen, der Säbel klapperte über den Kalksteinboden. Das Pferd scheute, behielt aber die Richtung und kam in wildem Galopp auf uns zu. Sarrazins linker Fuß hatte sich im Steigbügel verfangen und sein Körper wurde über den felsigen Boden geschleudert. Neben mir duckte sich Nathan, und als das Pferd dicht auf unserer rechten Seite vorbeikam, drehte er sich blitzschnell und sprang. Er klammerte sich mit der einen Hand an das Sattelhorn und mit der anderen an die Mähne des Pferdes. Dann berührte er mit den Füßen noch einmal leicht den Boden und saß mit einem einzigen Sprung tief geduckt im Sattel.

Ich sah, wie sein Hemd den ganzen Rücken hinunter aufriß, als er sich aus den Knien heraus aufrichtete, um mit all seiner Kraft das Tier zu zügeln. Es schlitterte, bäumte sich auf und kam endlich laut wiehernd zum Stehen. Nathan glitt zu Boden und beruhigte das verängstigte Tier mit murmelnden Worten und sanften Händen. Als das Pferd beruhigt schnaufte, befreite Nathan Sarrazins Fuß aus dem Steigbügel und ließ sich neben ihm auf die Knie fallen. Während ich auf ihn zuging, sah ich Blutspuren auf den Felsen. Nathan blickte auf und nickte mit dem Kopf. »Er ist tot, Bridie. Ich schätze, er war sofort tot, als er auf den Boden aufschlug.«

Ich blieb stehen, hielt meinen Blick auf Nathan gerichtet und schaute nicht auf die am Boden ausgestreckte Gestalt des Mannes, der uns fast ermordet hätte. Ich fühlte nichts als Erleichterung. Nathan erhob sich wieder. »Würdest du das andere Pferd holen, Bridie? Ich werde Sarrazin darauf festbinden, und wir reiten dann zu zweit auf diesem hier. Es ist stärker.«

»Ja, Nathan.« Ich wandte mich um und ging zu dem Grauen hinüber, den ich geritten hatte und der noch immer am Höhleneingang wartete. Dann zog ich erschreckt die

Luft ein und begann zu rennen. Kate . . . und Philippe! In den letzten Minuten hatte ich die beiden ganz vergessen. Während ich eilig mit dem Grauen zurückkam, rief ich: »Wir müssen zu Kate! Schnell, Nathan!«

»Sicher, Bridie.« Er hatte seinen Lasso aus den Felsen hervorgeholt und eins der Stücke von meinem Unterrock um Sarrazins Gesicht gebunden, damit man das wenigstens nicht mehr sehen mußte. Jetzt hob er mit einer leichten Bewegung den Körper hoch und hing ihn mit dem Gesicht abwärts über den Grauen, vor den Zylinder aus stumpfem Metall, der hinter dem Sattel festgebunden war. »Mach dir nicht zuviel Sorgen, Süßes«, sagte er, während er die schlaffe Gestalt mit seinem Lasso gut festbinden begann. »Sarrazins Leute werden deine Schwester nicht ohne Befehl anrühren.«

»Aber . . . aber sie wird mit Philippe vielleicht versuchen zu flüchten«, sagte ich aufgeregt. »Die beiden sind in einer Zelle, und Philippe ist auf den Kopf geschlagen worden, aber ich glaube nicht, daß er sehr verletzt ist. Kate hat sich um ihn gekümmert, und ich habe einen großen Schlüssel an der Wand gesehen.«

Ich machte eine Pause, um Luft zu holen, und fuhr dann fort: »Unter der Tür war ein Ritz, deshalb habe ich meine Handtasche fallen lassen und so getan, als ob ich an der Wand mit den Händen vor dem Gesicht schluchzte, und dabei hab' ich den Schlüssel vom Haken genommen. Und dann, als ich mich gebückt habe, um die Handtasche aufzuheben, habe ich den Schlüssel auf den Boden gelegt und ihn mit dem Fuß unter der Tür durchgeschoben, als ich aufgestanden bin.«

Nathan war jetzt fertig und schaute mich an. Er hatte seine Hände in die Hüften gestemmt und seine blauen Augen strahlten. Dann lachte er anerkennend. »Das ist mein Mädchen!«

»Aber verstehst du denn nicht?« schrie ich. »Wenn sie den Schlüssel finden und versuchen zu fliehen, dann verletzen Sarrazins Männer sie vielleicht! Ich habe solche Angst wegen Kate. Sarrazin hat vier fürchterlich brutale Kerle dort, Nathan.«

»Aber Kate hat den Franzosen bei sich, und Chatillon ist gut. Ich habe ihn nur einmal getroffen, aber ich weiß, was er geleistet hat, und ich hätte nichts dagegen, ihn in einer brenzligen Situation an meiner Seite zu haben.« Er nahm mein Gesicht in die Hände und küßte mich. »Und außerdem werden wir in weniger als einer Stunde dort unten sein.« Er hob mich hoch und setzte mich in den Sattel von Sarrazins Pferd, als ob ich ein Kind wäre. Dann schwang er sich hinter mich und nahm die Leine des Grauen.

Ich sagte: »Aber es sind vier, Nathan.«

Er legte einen Arm um meine Taille. »Sie haben keinen Anführer, Bridie. Und nachdem ich dich wiederhabe, kann uns nichts mehr passieren.«

Die Dämmerung wurde zur Dunkelheit, noch ehe wir zehn Minuten auf dem Weg nach unten waren. Aber dann ging ein heller Mond auf und beschien unseren Weg. Nathan hatte mich mit seinen Armen umfangen, mein Rücken ruhte an seiner Brust. Er hielt die Zügel ganz locker, damit das Pferd sich seinen Weg selbst suchen konnte auf dem steinigen, pfadlosen Abhang. Seine freie Hand lag unter meinem Herzen und preßte mich an ihn. Meine Angst war wie weggewischt, ich fühlte nur noch unbeschreibliches Glück. Ich spürte, daß es Nathan genauso ging. Er flüsterte hin und wieder ein liebevolles Wort in mein Ohr und berührte mit seinen Lippen meinen Nacken. Ab und zu wandte ich meinen Kopf um und küßte ihm zärtlich die Mundwinkel, denn den ganzen Mund konnte ich in dieser Haltung nicht erwischen.

Endlich stieß ich einen langen Seufzer aus, als ob ich aus einem Traum erwachte, und umfaßte fest seine Hand. »Erzähl es mir, mein lieber Nathan.«

Er preßte mich noch fester an sich, und als er anfing zu sprechen, war seine weiche, schleppende Stimme ein bißchen unsicher. »An dem Tag, an dem ich dich verlassen hab', hat mir ein Mann in der Pause eine Nachricht an die Bühnentür gebracht, Bridie. Sie war von Sarrazin. Es stand drin, daß er, wenn ich den Zettel las, schon in Frankreich sein würde und verheiratet mit deiner Schwester Kate. Wenn mir ihr Wohl etwas wert wäre und auch dein Wohl, dann sollte ich mit dem nächstmöglichen Schiff aus England verschwinden. In der Botschaft stand, daß ich beobachtet würde und daß Sarrazin telegrafisch berichtet würde, falls ich nicht sofort seine Anordnung befolgte. Ich mußte dem Mann die Nachricht zurückgeben, damit ich keinen Beweis in Händen hatte. Ich glaube, es war der schlimmste Moment meines Lebens, Bridie.«

Ich lehnte den Kopf zurück und preßte meine Wange an seine. »Oh, Nathan. Warum hast du mir das nicht gesagt?«

»Weil du Bridie Chance bist, und weil du schlecht lügen kannst. Ich wußte, daß Sarrazin Kate benutzte, um dich in die Finger zu kriegen. Ich habe eine Passage von Southampton nach New York gebucht, aber in Le Havre habe ich das Schiff verlassen und bin hierher gefahren, um Kate vor ihm zu retten. Ich wußte nicht, ob sie zustimmen würde, vor allen Dingen, weil die beiden verheiratet waren. Nur eins durfte ich nicht riskieren, nämlich, daß Sarrazin herausfand, daß ich noch immer im Spiel war.« Ich spürte, wie Nathan die Achseln zuckte. »Ich wußte, er hielt mich für das größte Hindernis bei seinem Unternehmen, die Juwelen zu finden. Das ist der Grund, warum ich es dir nicht sagen konnte, Süßes. Ich hab' es nicht gewagt. Wenn ich es dir erzählt hätte und du ihn irgendwie getroffen hättest, wäre ihm schnell klar geworden, daß ich noch immer in England war. Und dann hätte er noch schneller durchgedreht, als es jetzt passiert ist. Ich hatte Angst vor dem, was er dann sicher getan hätte.«

Ich nickte: »Ja, er war zuletzt geistig nicht mehr klar.« Dann, nach einer kleinen Pause: »Als du in London warst, warum hast du Charly da gefragt, ob ich einen Freund hätte?«

»Ich wollte wissen, ob Sarrazin versucht hat, an dich heranzukommen. Ich war von Philippe Chatillon gewarnt worden, daß er so ziemlich jedes Mädchen mit seinem Charme einwickeln konnte, wenn er das nur wollte.«

»Ja. Er hat es bei mir versucht, aber . . . ich wollte nicht eingewickelt werden.« Ich drückte die breite, starke Hand, die mich festhielt. »Nathan, war es sehr schwer für dich, an dem Tag, als du fortgingst . . . ich meine, so zu tun, als ob du mich nicht liebtest und nur versucht hättest, herauszufinden, was ich über die gestohlenen Juwelen wußte?«

»Ich habe in meinem ganzen Leben nie etwas Schlimmeres tun müssen, Bridie«, sagte er leise, und er lehnte sich nach vorn und berührte meine Wange mit seinen Lippen. »Ich hatte schon bei Pinkerton aufgehört, als wir in Manchester waren und mir zum ersten Mal aufgefallen ist, daß ich dich liebte. Ich habe damals sofort ein Kabel geschickt und erklärt, daß ich kündige. Ich nehme an, die Leute bei Pinkerton sind vor Wut fast zerplatzt. Es gab nämlich keine Möglichkeit, einen neuen Mann einzustellen, weil ich es ihnen verboten hatte. Jedenfalls haben sie zurückgekabelt und mir erklärt, sie wären froh, wenn ich einfach auf dem Posten bliebe und eventuelle Kriminelle von dir fernhielt und wenn ich nur alles berichtete, was meiner Meinung nach zu deinem Besten war. Und das hat mir gepaßt.«

»Warum um Himmels willen hast du mir das damals nicht gesagt?«

»Ich hätte dir sagen sollen, ich hätte unsere Bekanntschaft unter falschen Vorspiegelungen erreicht? Daß es damit angefangen hätte, weil ich für eine Detektivagentur arbeitete und versuchte, Informationen aus dir herauszupressen?« Seine Stimme war sehr leise, seine Lippen berührten fast mein Ohr. »Bridie, ich hatte Angst, du würdest sogar meinen Anblick hassen. Ich hatte Angst, daß du glaubtest, ich versuche nur mit miesen Methoden, dich auszuhorchen.«

Ich schüttelte den Kopf. »Nein. Ich hätte dir geglaubt, Nathan. Ich liebe dich.«

»Das sind die schönsten Worte, die ich je gehört habe.« Einen Augenblick lang war es still. Dann sagte er: »Bridie ... weißt du, was mich fast gebrochen hat? Das war der Moment, als ich so getan hab, als ob ich dich nie geliebt hätte und nur meine Arbeit machte. Du hättest mich leicht mit Worten in Stücke reißen können, weil ich so ein widerlicher Betrüger war, aber das hast du nicht getan. Du hast dich einfach verabschiedet und mir Glück gewünscht ... und das hat mir fast das Herz gebrochen.« Er neigte den Kopf und küßte mir zärtlich den Nacken.

Während wir beständig weiterritten, erfuhr ich, daß er mit dem Zug von Le Havre nach Brive gekommen war, aber ohne Lucifer, denn die Zeit reichte nicht, um den Transport des Pferdes zu arrangieren. Von Brive aus war er zu Fuß durch bewaldete Täler und über kahle Hügel gewandert, und wenn offenes Gelände zu überqueren war, dann hatte er die Nacht dazu benutzt. Das Gelände war ihm nicht bekannt gewesen, aber er war an einsame Reisen gewöhnt. Er hatte sich von dem ernährt, was in der Natur Eßbares wächst. In Limoges hatte er sich Landkarten kaufen können, und wenn auch die Gegend für ihn neu gewesen war, den Himmel kannte er, und die Sterne waren alte Freunde, deren Lauf er kannte.

Vor zwei Tagen war er in Valbrison angekommen und hatte sich in den Wäldern nördlich des Schlosses ein kleines, verborgenes Camp eingerichtet. Durch diese Wälder waren Sarrazin und ich vor etwa zwei Stunden geritten. Nathan hatte zwar meine Ankunft mit Philippe verpaßt, aber von einem Aussichtspunkt in den Wäldern hatte er das Schloß beobachtet und gesehen, daß ich mit Sarrazin Château Valbrison verließ. Dann war er uns in die Hochtäler gefolgt, wo der Steinbock-Felsen stand.

Es war nicht leicht, die Lage zu erkennen, als ich hierherkam«, sagte er, als wir weiter unten durch die Wälder kamen. »Es schien so, als ob Kate aus freiem Willen hier wäre und alles, was ich tun konnte, war aufpassen und warten. Dann hab' ich gesehen, wie sie die Frauen herbrachten, diese Saloon-Mädchen aus Brive. Da war mir klar, daß Sarrazin aufgehört haben mußte, Theater zu spielen. Ich hab' mir ausgerechnet, deine arme Schwester wäre jetzt sicher sehr froh, dort rauszukommen. Heute nacht hätte ich mich ins Haus geschmuggelt, Bridie, in der Hoffnung, daß sie alle besoffen wären und – hm – beschäftigt. Kate war Sarrazins Frau. Aber ich hab' mir gedacht, zum Teufel damit! Ich wußte, du hättest sie von hier fortgewünscht, egal, ob sie jetzt mit diesem Abschaum von Mensch verheiratet war oder nicht. Und so hatte ich mir zum Ziel gesetzt, sie herauszuholen, mit ihr nach Paris zu fahren, dir zu telegrafieren und direkt zu Philippe Chatillon zu gehen. Er gehört nicht zur offiziellen Polizei, und ich dachte mir, er wäre der beste Mann, um Kate zu raten, wie sie sich von Sarrazin befreien konnte. Selbst wenn das bedeutet hätte, daß wir sie mit in die Staaten nahmen.«

Ich streichelte seine Hand, die unter meinem Herzen lag. »Du hättest nicht besser wählen können, Nathan. Philippe hat Kate in London beobachtet, und er hat sich in sie verliebt.«

Nathan lachte erheitert. »Na, sieh mal an! Das ist ja was!«

Durch drei Fenster in den oberen Stockwerken des Schlosses fiel Licht, als wir durch den äußeren Hof ritten und unter dem Torbogen absaßen, der zu dem kleinen Innenhof führte. Hinter mehreren anderen Fenstern schimmerte schwächeres Licht, als ob Lampen in einigen der Korridore angezündet worden wären und der Lichtschein durch Zimmer, deren Türen offenstanden, aus den Fenstern drang.

Nathan band Sarrazins Leiche los und hob sie sich ohne große Mühe auf die Schultern. »Bleib dicht hinter mir, Süßes«, sagte er mit sanfter, ruhiger Stimme. »Da sie die Frauen weggeschickt haben, können die Lichter oben nicht mehr nötig sein. Ich denke, daß deine Schwester und Philippe Chatillon den Schlüssel gefunden haben und daß jetzt da drinnen eine Art Versteckspiel stattfindet. Wir wollen

Sarrazins Freunden die Nachricht überbringen, daß ihr Spiel aus ist.«

Er ging mit langen Schritten zum Tor auf der anderen Seite des Innenhofs mit der Leiche über seiner Schulter. Ohne Eile stieg er die Stufen zu der verwitterten Haustür hinauf. Ich hatte jetzt keine Angst mehr, denn mein Vertrauen in ihn war grenzenlos. Ich tat genau das, was er mir sagte. Auf dem ganzen Weg blieb ich einen Schritt hinter ihm. Nathan streckte die Hand aus und riß am Klingelzug. Drinnen ertönte lautes Scheppern. Eine volle Minute verging. Wir warteten geduldig in der Dunkelheit, sagten nichts, brauchten nichts zu sagen, und in Gedanken waren wir einander nah. Endlich hörten wir, wie mit lautem Rasseln der große Riegel weggezogen wurde. Die Klinke wurde von innen aufgedrückt, die Tür begann sich zu öffnen, und der Mann rief aufgeregt auf Französisch: »Victor! Gott sei Dank, daß du zurück bist! Sie sind ausgebrochen . . .«

Die Tür war etwa zehn Zentimeter geöffnet, als Nathan in Hüfthöhe mit einem gewaltigen Tritt flach den Fuß dagegenknallte. Die Bohlen zitterten, als die Tür zurückgeschleudert wurde, und ich hörte einen Schmerzensschrei. Nathan trat in die schlecht beleuchtete Halle, und ich folgte ihm. Der vierschrötige Mann, der Didi hieß, lag ein halbes Dutzend Schritte entfernt flach auf dem Rücken, hatte eine Hand auf sein blutiges Gesicht gepreßt und tastete mit der anderen nach einer Pistole, die auf dem Boden lag. Sie war ihm wohl aus der Hand gefallen, als die Tür gegen ihn knallte.

Ohne Hast trat Nathan nach vorn. Der Mann fand die Pistole, hob sie und stieß dann noch einen Schmerzensschrei aus, als Nathan ihm die Waffe wie beiläufig aus der Hand trat und sie über den Boden schlittern ließ. Didi starrte ihn noch immer gelähmt vor Schrecken an, als Nathan seine Schulter bewegte und Sarrazins Leiche auf ihn fallen ließ. Im nächsten Augenblick sprach Nathan zu meiner Überraschung Französisch. »Voilà votre Maître«, sagte er. »Il est mort. Voulet-vous le suivre à l'enfer?«

Da ist dein Meister. Er ist tot. Willst du ihm zur Hölle folgen?

Die Worte wurden in derselben schleppenden Art ausgesprochen, mit der Nathan auch Englisch sprach. Es war der lustigste Akzent, den ich je gehört hatte. Aber ich glaube, kein Mensch hätte in diesem Augenblick lachen können. Didi schien das mit Sicherheit nicht zu wollen. Er stieß ein unartikuliertes Wimmern aus und krabbelte entsetzt von der Leiche weg, während er unzusammenhängende Sätze, die wie Bitten klangen, stotterte.

Nathan schaute auf, und ich folgte seinem Blick. Nur zwei Lampen brannten in der Halle, und in der Galerie im ersten Stock waren überhaupt keine Lichter. Die Treppe erstreckte sich in völliger Dunkelheit. Nathan ging zum Fuß der Treppe hinüber und horchte. Er hielt jetzt das große Messer in der Hand, hob die Stimme und rief: »Musjöh Chatillon?«

Von oben kam ein schlurfendes Geräusch, ein unterdrückter Schrei, und dann schoß aus der Dunkelheit eine schlaffe Gestalt heraus und polterte mit Schwung die Treppe hinunter. Nathan trat zur Seite, als der Mann am Fuß der Treppe auf dem staubigen Fußboden alle viere von sich streckte. Es war der Mann, den Philippe André l'Apache genannt hatte. Nun lag er mit dem Gesicht nach oben bewußtlos da. Eine kurze schwarze Keule war an einer Lederschlinge an seinem Handgelenk befestigt.

Eine Stimme aus der Dunkelheit sagte: »Es gibt mit Sicherheit nur einen einzigen Mann auf der ganzen Welt, der so einen Akzent hat. Ich bin mehr als froh, ihn zu hören, Mr. McFee.«

Philippe Chatillon tauchte, während er das sagte, aus der Finsternis oben an der Treppe auf. Er hatte die Hemdsärmeln aufgerollt, trug eine mit Blut verschmierte Bandage aus Streifen von einem ehemals weißen Unterrock um den Kopf und hielt in seiner rechten Hand einen schweren schwarzen Feuerhaken.

Nathan machte eine elegante Verbeugung und sagte:

»Froh, Sie zu sehen, Musjöh. Bridie sagte mir, es wären vier Männer hier.«

»Weil Bridie uns die Möglichkeit zur Flucht gegeben hatte, bin ich schon in der Lage gewesen, zwei von ihnen zu überraschen und zu entwaffnen.« Er nickte zu der leblosen Gestalt von André l'Apache hinüber. »Und Ihre hochwillkommene Ankunft hat so große Unruhe hervorgerufen, daß ich auch diesen in das Land der Träume befördern konnte. Und ich bin Ihnen sehr dankbar, daß Sie sich Didi vorgeknöpft haben. Er war derjenige, der eine Pistole hatte . . .«

Philippe brach ab und drehte sich halb herum. Er streckte eine Hand aus. »Ja, kommen Sie, ma petite«, sagte er sanft. »Es ist vorüber.«

Eine schattenhafte Gestalt tauchte aus der Dunkelheit der Galerie auf, ging zum Treppenabsatz, und im nächsten Augenblick stand Kate neben ihm. Sie nahm seine ausgestreckte Hand und starrte zu uns hinunter. Ihre Augen wirkten kohlschwarz in dem totenbleichen Gesicht.

»Wo . . . wo ist er?« fragte sie mit so leiser Stimme, daß ich sie kaum verstehen konnte.

Nathan nahm seinen Hut ab und zeigte in die Richtung, wo er die Leiche hatte fallen lassen. »Sarrazin ist tot, Madame«, sagte er ruhig. »Er drehte durch und versuchte, uns beide mit einem Säbel umzubringen. Ist aber vom Pferd gefallen, mit ein bißchen Nachhilfe meinerseits, und dieser Sturz hat ihn getötet.«

Kate nickte langsam. Die Anspannung schien wie ein Stein von ihr abzufallen. Sie schaute an Nathan vorbei zu mir und ihre Stimme brach fast, als sie sagte: »Du warst gut zu mir, Bridie. Sei mir nicht böse, jetzt wo es vorbei ist. Bitte, sei nicht böse.«

Ich konnte nicht sprechen, aber trat nach vorn und breitete zum zweiten Mal an diesem Tag meine Arme für sie aus. Ich hatte aus eigener Erfahrung gelernt, daß diese Geste viel mehr sagte als nur Worte. Sie stieß einen unterdrückten Schluchzer aus, raffte ihre Röcke und eilte die Treppe hinunter. Sie blieb einen Augenblick vor Nathan stehen und drückte seine Hände, während sie in wortloser Dankbarkeit zu ihm aufschaute. Dann drehte sie sich um und warf sich in meine Arme. Sie weinte nicht, aber ihre Zähne klapperten, als sie stockend sprach und ihr Gesicht an meine Schulter preßte.

»Bridie, du bist in Sicherheit. Oh, Gott sei Dank, du bist in Sicherheit. Ich war sicher, daß er dich umbringen wollte. Oh, Bridie, ich bin so dumm gewesen, so unglaublich dumm . . . Ich habe dir soviel Angst und Schmerz bereitet. Ich schäme mich so sehr, ich könnte sterben. Und Philippe ist so gut zu mir gewesen . . . Ich kenne ihn noch nicht einmal, nur seinen Namen. Aber niemand hätte sanfter und tröstlicher sein können. Und so tapfer, Bridie. Wir haben den Schlüssel gefunden, den du unter der Tür durchgeschoben hattest, und er hat gesagt, wir würden hinter dir herreiten, wenn er erst mit diesen schrecklichen Männern fertig geworden wäre. Aber ich hatte solche Angst, daß wir zu spät kommen könnten. Nicht im Traum hätte ich mir vorstellen können, daß es noch jemand anders gab, der dir half. Das muß Nathan sein, der Mann, über den du mir in deinem letzten Brief berichtet hattest. Oh, Bridie, ich schäme mich zu sehr, um ihn anzusehen. Ich kann auch Philippe nicht mehr in die Augen sehen. Halt mich fest, Bridie . . .«

Ich versuchte nicht, den Fluß ihres Kummers und ihrer Beschämung zu unterdrücken. Später würde Zeit genug sein, sie zu trösten und zu beruhigen und zu versuchen, die tiefen, grausamen Wunden zu heilen, die sie in sich trug. Ich tätschelte ihr nur sanft den Rücken, bis sie endlich erschöpft schwieg.

Nach kurzer Zeit hob ich den Kopf und war überrascht, daß die Halle leer war. Die Leiche von Sarrazin war verschwunden, zusammen mit Didi und dem bewußtlosen André. Während ich Kate noch immer festhielt, sagte ich: »Wir müssen ein bißchen warten. Nathan und Philippe sind beschäftigt. Komm, setz dich, Liebes.«

Sie bewegte sich wie eine Schlafwandlerin, als ich sie zu

einem kleinen Sofa führte. Sie sank in meinem Arm neben mir nieder und bettete den Kopf an meine Schulter. Nathan erschien oben und zerrte den schwarzhaarigen Felix, der kaum noch bei Sinnen war, am Kragen die Treppe herab. »Wir räumen nur auf, Süßes«, sagte er lässig, als er an uns vorüberkam. »Es dauert nicht mehr lange. Dies ist der letzte.«

Ich nickte und schloß die Augen. Die Zeit verging, und ich nickte ein bißchen ein. Als ich wieder wach wurde, sah ich Philippe, der dastand und uns beobachtete. Sein Gesicht sah blaß und müde aus, aber seine Augen waren weit und wachsam. Kate rührte sich nicht. Sie schien fest zu schlafen. Leise sagte ich: »Können wir bitte bald gehen, Philippe? Dies ist ein Ort des Schreckens für meine Schwester, für uns alle, glaube ich.«

»In wenigen Minuten werden wir abfahren, Bridie.« Er wandte den Kopf und schaute zum Eßzimmer hinüber. »Sarrazin liegt da drinnen, und die anderen haben wir unten in die Zelle eingeschlossen. Mein guter Freund Nathan ist losgeritten, um seine Sachen aus dem Camp im Wald hierherzuholen. Er wird den Wagen aus der Remise mitbringen, und dann fahren wir hinunter zum Bahnhof nach Valbrison. Ich werde mit dem örtlichen Gendarmen sprechen und ihn anweisen, hier aufzupassen, bis die Männer vom Polizeiposten aus Brive eintreffen. Wir selbst werden den nächsten Zug nach Brive nehmen. Jede Stunde fährt einer, wir werden also den Zug kurz nach neun erreichen und dann über Nacht in einem Hotel in Brive bleiben.«

Mein Kopf schmerzte, und es machte mir Schwierigkeiten, meine Gedanken zu sammeln. Nach einem Augenblick sagte ich: »Die Polizei wird Kate doch heute abend keine Fragen mehr stellen, oder? Sie hat so viel ertragen, Philippe.«

Er schüttelte den Kopf. »Keine Angst, Bridie, ich werde alles in Ordnung bringen. Wenn wir Brive erreichen, werde ich einem einflußreichen Kollegen in der Sûreté telegrafieren. Dieser Fall ist so wichtig, weil die Entdeckung des Raubes von Le Sorcier damit in Verbindung steht. Also wird Paris sich damit auseinandersetzen, und da besitze ich großen Einfluß.«

»Wird man uns in einen . . . Prozeß verwickeln?«

Wieder schüttelte er den Kopf. »Der Untersuchungsrichter wird feststellen, daß Victor Sarrazin an seinem Tod selbst schuld war. Darüber hinaus gibt es nichts, was geklärt werden müßte. Die Zeitungen werden sicherlich etwas aus der Entdeckung der Juwelen machen, aber Sie kennen solche Veröffentlichungen ja. Und sehr bald . . .« – er breitete seine Hände aus und lächelte –« . . . sehr bald wird alles vorbei sein. Zu Ende.«

»Dann werde ich wirklich froh sein, Philippe.«

»Das werden wir alle; ich muß Ihnen sagen, daß sich Miss Kate in diesen bitteren Stunden großartig bewährt hat. Sie hat mich versorgt, als ich verletzt war und ist während der gefährlichen Situationen, die folgten, völlig ruhig geblieben.«

»Ja. Ich bin sehr stolz darauf, wie sie sich gehalten hat.«

»Morgen werden wir nach Paris fahren. Ich hoffe, daß Kate, Sie und Nathan Gäste in meinem Haus sein werden. Dort ist reichlich Platz.«

»Danke, Philippe. Sie sind sehr freundlich, und es wäre mir eine große Erleichterung, unter Ihrem Schutz zu stehen, bis diese leidige Sache vorüber ist.«

»Es wird mir eine Freude sein.« Wir hatten uns flüsternd unterhalten. Nun zeigte er auf Kate. »Schläft Miss Kate?«

Sie rührte sich in meinem Arm und preßte ihr Gesicht noch fester an meine Schulter und wisperte: »Nein . . . aber ich habe Angst, Sie anzuschauen, Philippe.«

»Angst?« fragte er verwundert.

»Ich schäme mich. Ich habe euch alle an den Rand des Todes gebracht, durch das, was ich getan habe.«

»Aber nein. Das war Sarrazins Werk. Geben Sie sich nicht die Schuld dafür, daß Sie von ihm betrogen worden sind. Darin war er immer ein Genie.«

Ich schwieg, denn ich spürte, daß dieser Moment Kate und Philippe gehörte. Nachdenklich fuhr er fort: »Das Mieder und der Rock Ihres Kleides sind mit Blut verschmiert, Miss Kate. Blut aus der Wunde meines Kopfes. Als ich verletzt war, haben Sie sich um mich gekümmert. Sie haben mich in den Armen gehalten, bis ich aus meiner Bewußtlosigkeit wieder erwachte. Als wir gegen unsere Feinde antraten, haben Sie Ihre Hand in meine gelegt und mir Ihr Vertrauen geschenkt. Zwischen zwei Menschen, die dem Tod nahe waren, gibt es eine Verbindung, die stärker ist als andere. Bis vor drei Stunden haben wir niemals miteinander gesprochen, aber sicherlich sind wir doch jetzt enge Freunde oder nicht?«

Kate rührte sich, und ich zog meinen Arm fort, während sie sich aufsetzte. Einen Augenblick lang hielt sie ihren Kopf gebeugt, dann schaute sie Philippe an. Ihr Gesicht war schmutzverschmiert, ihr Haar unordentlich, ihre Augen müde und älter, als es ihren Jahren entsprach, aber dennoch war sie schön.

»Ich bin eine Frau aus zweiter Hand, Philippe«, schluckte sie.

Er lächelte. »Unsinn, ma petite. Sie sind ein junges, talentiertes, wunderschönes Mädchen, und Sie haben genug Intelligenz, um festzustellen, daß Sie das Opfer eines Ungeheuers geworden sind. Sie haben ja das ganze Leben noch vor sich. Begraben Sie die Vergangenheit. Die Zukunft beginnt jetzt.« Er streckte seine Hand aus. »Bitte. Wollen Sie mir die Hand zur Freundschaft reichen, Kate?«

Sekundenlang schloß sie die Augen. Als sie sie wieder aufschlug, rannen still die Tränen über ihre Wangen. Dann stand sie auf, ging langsam auf Philippe zu und nahm seine ausgestreckte Hand. Eine Welle der Dankbarkeit durchflutete mich. Er nahm auch ihre andere Hand, und sie standen einander gegenüber. »Alles wird gut werden«, sagte er innig. »Alles, Kate.«

Ich erhob mich und ging zur offenen Tür. Ein Wagen mit einem Pferdegespann stand draußen auf dem mondbeschienenen Hof am Fuß der Treppe. Vom äußeren Hof her klangen Hufschläge, und im nächsten Augenblick galoppierte Nathan auf seinem Pferd durch den Torbogen. Für eine kurze Sekunde sah ich, wie ich es schon einmal vor langer Zeit gesehen hatte, ein feuriges Pünktchen vor der dunklen Silhouette seiner Gestalt. Dann machte die kleine rote Glut eine Kurve durch die Luft und fiel auf den Boden. Genauso wie damals sah ich den dünnen Funkenschweif.

Nathan zügelte das Pferd, glitt auf den Boden, küßte mich und sagte: »Bin nur gegangen und hab' meine Sachen geholt, Süßes.« Er warf eine zusammengerollte Decke und einen Rucksack in den Wagen, drehte sich um und legte mir den Arm um die Taille. »Wo ist Kate?«

»In der Halle, Liebster.« Ich preßte seine Hand.

»Wie geht's ihr denn?«

»Ich glaube, es ist alles in Ordnung. Philippe kümmert sich um sie.«

»Aha. Das ist gut.« Er grinste und rief in seinem fürchterlichen Französisch: »La voiture vous attends, Musjöh!«

Ich hörte, wie Philippe lachte: »Mon dieu!« Ein paar Sekunden später kam er mit Kate Hand in Hand heraus. Nathan hielt ihr die Wagentür auf, aber sie blieb stehen und wandte sich ihm zu.

»Ich habe Ihnen noch nicht gedankt, Mr. McFee.«

Er lächelte. »Nichts zu danken, Madame. Und am besten nennen Sie mich Nathan, wo wir doch bald verschwägert sein werden.«

»Ich glaube, Sie können sich glücklich schätzen, Bridie zur Frau zu bekommen, Nathan.«

»Das glaube ich auch, Kate.«

»Und ich kann mich glücklich schätzen, Sie zum Schwager zu haben.« Sie legte ihm ihre Hände auf die Schultern, stellte sich auf die Zehenspitzen und küßte ihn auf die Wange. Dann drehte sie sich um und kletterte in die Kutsche. Nathan blinzelte, schob sich den Hut wieder auf dem Kopf zurecht und schaute Philippe an. »Diese Chance-Mädels haben irgend etwas«, brummte er.

Philippe lachte, streckte dann seine Hand zur offenen Kutschentür und machte eine kleine Verbeugung vor mir. »Bitte steigen Sie ein, Bridie, dann können wir losfahren.«

Ich schüttelte den Kopf. »Kümmern Sie sich bitte um Kate.« Ich nahm Nathans Arm und preßte ihn an mich. »Ich werde mich neben den Kutscher setzen.«

18

In meinem zweiten Sommer in Neuengland, früh an einem wunderschönen, sonnigen Morgen, erhob ich mich aus einem erfrischenden Bad in dem neu eingerichteten Badezimmer neben dem Kinderzimmer in Green Ways und langte nach einem der großen weißen Handtücher. Während ich mich abtrocknete, lächelte ich in Erinnerung an die Zeiten, in denen ich in einer mitgenommenen Sitzbadewanne in den Gaderoben von Edinburgh bis Birmingham gesessen hatte und mir den Tapetenkleister vom Körper wusch.

Ich war voller Aufregung, denn gestern waren zwei Briefe aus England gekommen, und es gab viel, auf das ich mich freuen konnte.

Ich zog ein sauberes Hemd an, eins von den kurzen, die ich im Sommer trug und die mir nicht ganz bis zu den Knien reichten. Dann bürstete ich mir das Haar und lief auf bloßen Füßen zum Kinderzimmer, wo der sechs Monate alte Phillip Nathan McFee junior fest schlafend in seinem Bettchen lag. Sein Zorn, wenn er zum Füttern aufgeweckt wurde, war so furchterregend, daß ich ihn lieber schlafen ließ. Ich schlich also leise wieder hinaus und ging in unser Schlafzimmer, wo Nathan McFee senior mit dem Gesicht nach unten unter einem zerknitterten Bettlaken alle viere von sich streckte.

Ich eilte zum Frisiertisch hinüber, hob Kates Brief auf, ging zum Fenster, wo ein dünner Strahl der frühen Morgensonne sich zwischen den Schlitzen der Jalousie einen Weg gebahnt hatte, und begann den Brief noch einmal zu lesen. Sie schrieb mir jetzt jeden Monat, mit der gleichen Pünktlichkeit wie Charly Perkin. Und in diesem Brief stand etwas ganz Besonderes.

Nathan sagte plötzlich: »Morgen, Mrs. McFee, Madame!«

Ich fuhr überrascht zusammen, schwebte dann auf schwankenden Beinen im umgekehrten Trauerweidenschritt durchs Zimmer, riß die Augen weit auf und rundete den Mund, während ich den »Arnold« von Alfie Perkin & Company wieder auferstehen ließ. Nathan, noch immer in derselben Stellung, verdrehte ein Auge, um mir zusehen zu können, und stützte sich dann mit einem begeisterten Lachen auf den Ellbogen. »He, mit dem Hemdchen sieht das noch besser aus, Bridie. Man sieht deine Beine dann besser. Mach doch mal den Krabbengleitschritt für mich.«

»Nathan, ich mache andauernd Schritte für dich«, rügte ich.

»Ach, komm, Süßes. Bitte.«

»Du bist wie ein riesiges Baby, aber ich tu's, weil ich dich liebhabe. Und weil du so ein herrliches Publikum bist.« Ich hatte vor Nathan nie auch nur die geringste Scheu gehabt. Ich legte den Brief hin, zog mein Hemd bis zu den Hüften hoch und schwankte dann durch das Zimmer auf ihn zu, mit den grotesken Schritten, die ich als erste bei Alfie gelernt hatte. Mein Gesicht trug den Ausdruck lüsterner Drohung.

Ich machte mir heutzutage keine Sorge mehr darüber, wenn mein Gesicht sich selbständig machte, denn Nathan liebte das, was Fräulein Foster immer meine »übertriebene Mimik« genannt hatte.

Als ich mit dem Krabbengleitschritt das Bett erreichte, bog sich Nathan vor Lachen. Kurzentschlossen warf ich mich auf ihn und küßte ihn hart auf die Lippen. Als ich endlich den Kopf wieder hob, grinste er atemlos: »Wie geht's denn dem jungen Herrn?«

»Schläft noch immer. Oh, Nathan, ist das nicht herrlich, die Nachricht von Kate? Könnten wir nicht nach Weihnachten nach Paris fahren? Dann wären wir da, wenn sie ihr Baby bekommt.«

»Sicher, Bridie. Unser kleiner Phillip Nathan ist ja dann

ein Jahr alt. Höchste Zeit, daß er ein bißchen was von der Welt zu sehen kriegt.«

Kate hatte Philippe Chatillon vor drei Monaten geheiratet. Es war uns nicht möglich gewesen, zur Hochzeit zu fahren, denn unser Baby war damals erst zwölf Wochen alt.

Ich schaute auf Nathan hinab und sagte: »Es wird wirklich herrlich, sie wiederzusehen. Eigentlich ist es schade, daß sie mit ihrer Musik nicht ernsthaft weitermacht, aber genaugenommen tut es mir auch wieder nicht leid.«

»Du hast einmal gesagt, wenn sie Konzertpianistin werden wollte, dann müsse sie das zu ihrem Lebensinhalt machen.«

»Ja.«

Er drückte mich ein wenig an sich. »Nun, ich schätze, sie hat was Besseres gefunden. Sie kann für sich selbst spielen, für ihre Familie, ihre Freunde. Soll doch ein anderer berühmt werden.«

»Ja . . . Das meine ich auch, Nathan.«

Er fuhr mit dem Finger an meiner Unterlippe entlang. »Und was ist mit dem anderen Brief, Bridie?«

»Oh, Liebling, ist das nicht aufregend?«

Der andere Brief war von Charly, und auch darin stand eine ganz besondere Nachricht. Alfie Perkin & Company hatten sich eine Tournee in den Burlesk-Theatern – wie man das Varieté in Amerika nannte – in den größten Städten an der Ostküste gesichert. Sie würden sechs Monate in unserer Nähe sein, und sie hatten es so eingerichtet, daß sie vor ihren Auftritten in Boston, nur sechzig Kilometer von unserem Zuhause entfernt, eine zweiwöchige Pause machten.

»Könnten sie nicht bei uns wohnen, wenn sie ihre Ruhezeit einlegen, Nathan?« fragte ich. »Ich mag sie so sehr, und ich werde nie vergessen, was sie alles für mich getan haben.«

»Ich auch nicht, Süßes«, sagte er warm und glättete mit der Hand meine Augenbrauen. »Jetzt hör mal zu. Du schreibst ihnen heute, daß sie in den zwei Wochen unsere

Gäste sind, aber schreib Alfie auch, er soll ein paar Wochen früher hierherkommen, ehe die ganze Tournee anfängt.«

»Oh ja! Aber . . . warum, Nathan?«

»Weil es reichlich Arbeit gibt. Die Leute in New York, Philadelphia, Baltimore, die werden bestimmt ein paar Schwierigkeiten mit Alfies Aussprache haben, deshalb werden wir sie breiter machen müssen. Ethel ist in Ordnung, und Charly redet ja sowieso nicht. Ich schätze, es ist vielleicht das beste, den Dialog zu kürzen und die Stellen mit viel Gestik auszuweiten.«

»Ja«, nickte ich gedankenvoll. Nathan hatte recht. Für das Publikum in Amerika würde Alfie fast so unverständlich klingen, wie damals für mich Jackie Blair, der schottische Komiker. Aber mit ein bißchen Unterricht konnte es keine Schwierigkeiten mehr geben.

»Und du könntest dabei helfen, den tänzerischen Teil zu gestalten, Bridie«, fur Nathan fort. »Du kennst die Stücke ja, und du hast immer gute Ideen. Du könntest gleich jetzt anfangen, ein paar neue Sachen auszuarbeiten, damit du ihnen etwas vorschlagen kannst.«

Ich lachte. »Also gut. Aber ich glaube, das hast du dir nur ausgedacht, damit du mir beim Üben zusehen kannst.«

»Nein. Das Üben ist nur eine Zugabe, Süßes.«

Ein schwaches Wimmern war aus dem Kinderzimmer zu hören. Ich legte den Kopf schief und horchte. Aus dem Wimmern wurde unüberhörbares, forderndes Brüllen. Nathan seufzte, küßte mich und ließ mich los. Ich erhob mich nur zögernd und ging zum Fenster hinüber, um die Jalousien hochzuziehen, so daß der helle Sonnenschein in den Raum fluten konnte.

Mein Mann setzte sich auf und folgte mir mit den Augen, wie er das so oft tat. Ich freute mich jedes Mal wieder, daß Nathan mich gern ansah, denn dadurch fühlte ich mich geliebt und begehrt.

»Hol ihn zum Stillen hierher, Bridie, ja?« bettelte er.

»So daß du einfach hier herumliegst und zusiehst, während wir die ganze Arbeit machen?«

»Genauso hatte ich mir das gedacht, Süßes.« Er streckte verlangend die Arme aus.

Ich ging zu ihm, zerzauste sein Haar und neigte mich über ihn. Sanft küßte er meine Lippen. Dann ging ich endlich ins Kinderzimmer, um unseren Sohn zu holen. Mein Herz sang.

Roman

Als Band mit der Bestellnummer 17 013 erschien:

Madeleine Brent

WILDE BLUME GLÜCK

Die 18jährige Chantal hat ihre unglückliche Kindheit endlich überwunden. Als Trapezkünstlerin fühlt sie sich bei den »Fliegenden Gallettis« im Zirkus geborgen und glücklich. Dann aber geschehen Dinge, die sie in tiefste Verwirrung stürzen. Wie durch ein Wunder entgeht sie einem Mordanschlag. Aus England taucht der zwielichtige Gideon Sumner auf, um das elternlose Mädchen im Auftrag von Verwandten in die Heimat zurückzuholen. Doch dort, auf dem Landsitz der Kirkbys, wird alles nur noch rätselhafter. Wer waren Chantals Eltern wirklich? Was haben die Verwandten mit ihr vor? Welche Rolle spielt Gideon Sumner, in den sie sich fast verliebt?
Als Chantal schließlich erfährt, daß ihre totgeglaubte Mutter als Ärztin auf einem Schloß in Ungarn lebt, reist sie dorthin und gerät in eine beinahe hoffnungslose Lage, bis sich wie durch ein Wunder alle Geheimnisse lüften.

Roman

Als Band mit der Bestellnummer 17 056 erschien:

Wilbur Smith

WILD WIE DAS MEER

Nicholas Berg, von seiner Frau eines anderen Mannes wegen verlassen, versucht als Kapitän eines Bergungsschiffes ein neues Leben zu beginnen. Bei einer Aktion in der Antarktis rettet er Samantha, eine bildhübsche junge Meeresbiologin, aus den eisigen Fluten.
Aus der Begegnung entwickelt sich ein Liebesverhältnis. Doch Nicholas' Frau sehnt sich inzwischen nach ihm zurück, und so gerät er in einen tiefen Zwiespalt. Erst durch ein dramatisches Ereignis wird ihm klar, wie er sich entscheiden muß.